Iatros Verlag

Pro captu lectoris habent sua fata libelli

W0060810

Werner Schwarz

Schlechtwetterzonen

Band V

Mein Bruder Mario Reich

* 21. September 1958. † 21. Januar 2021

Teil I
... Verdammtes Vaterland

Iatros Verlag

Impressum

Bibliografische Information der Deutschen Bibliothek

Die Deutsche Bibliothek verzeichnet diese Publikation in der Deutschen Nationalbibliografie; detaillierte bibliografische Angaben sind im Internet über http://www.ddb.de abrufbar.

© **2022 IATROS-Verlag & Services e.K**

Herstellung und Verlag:
Iatros-Verlag & Services e.K.
Kronacher Straße 39, 96242 Sonnefeld

Lektorat:
Thomas Seidel & PD Dr. phil. Björn Seidel-Dreffke, Berlin

Bilder:
Werner Schwarz

Druck & Bindung:
SDL, Berlin

ISBN 978-3-86963-699-3

Inhalt

Vorwort

Dieses Buch widme ich posthum meinem Bruder Mario oder
wie er amtlich hieß: Mario Günter Werner Reich, geboren am
21. September 1958 in Berlin. Laut Marios Geburtsurkunde
hieß sein Vater Günter Adolf Theodor Rudolf Reich, geboren am
24. Juni 1934 in Berlin, war damals Maurer und evangelisch.
Seine Mutter, wie die meine, Gisela Reich, am 04. Februar 1931
als Wolfshohl in Kassel geboren, geschiedene Minge, zukünftig
verheiratet mit Wolfgang Alexander Schwarz.

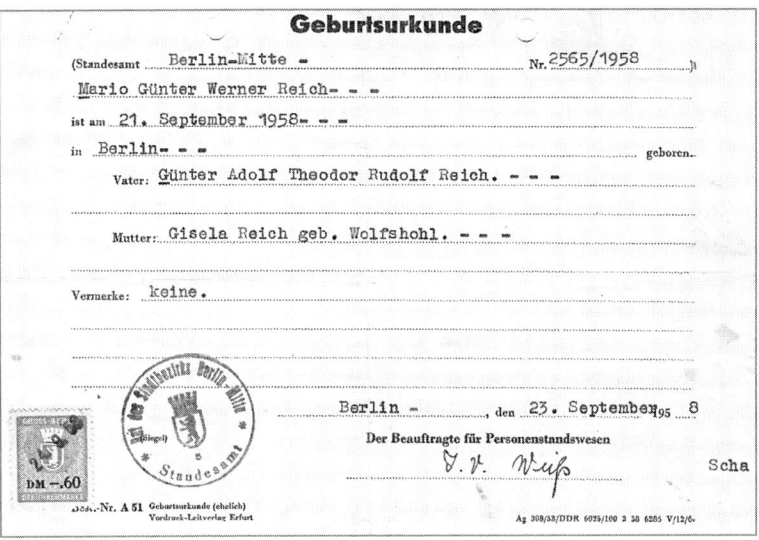

Explizit machte ich mir die Biografie von meinem Bruder Mario zur Aufgabe, weil ich an einen Menschen erinnern möchte,
dessen Schicksal seit frühester Kindheit von diesem Land besiegelt war. Sein Leben begann, früher hätte man gesagt, „unter der Gewaltherrschaft dieses Landes" und es endete letzt
endlich auch genauso. Und das über seinen Tod hinaus mit all
den verwerflichen Vorkommnissen und gesetzlich geregelten
Angelegenheiten, die nach seinem Tod noch eingetreten sind.

Während der Entstehung des Werkes stellte ich fest, dass der gewählte Titel des Buches „... verdammtes Vaterland" mehrmalig einen anderen, einen prägenderen, einen wohlverdienten noch negativeren Titel verdient hätte. Zu vieles im Verlauf dieser Niederschrift wird mich mit einer gerechtfertigten Vergabe eines passenden Buchtitels beschäftigen. Ich werde zwar im Verlauf der Geschichte darauf aufmerksam machen, bleibe aber insgesamt bei dem jetzigen.

Wer meine Autobiografie, die ersten Bände meiner Bücherreihe „Schlechtwetterzonen", Band I und II, gelesen hat, kennt mich, den Bruder von Mario, Werner Schwarz, geboren am 24. Dezember 1961 in Berlin, eigentlich ganz gut, denn auch darin waren mein Bruder und meine anderen Geschwister bereits Thema, doch bei weitem nicht so ausführlich, wie ich hier heute von Mario erzählen möchte.

Natürlich, so heißt es: „Wo viele Menschen sind, gibt es viele Meinungen." Andere Meinungen, die mich bezüglich dieser Geschichte nicht interessieren dürfen. Meinungen, die jeder Leser oder Kritiker gerne zu einem eigenen Werk verfassen kann, um diese Geschichte, die dennoch gelebt wurde, zu widerlegen. Ich möchte daran erinnern, dass ein paar Namen in diesem Buch geändert werden mussten, Personen sind aber dennoch nicht frei erfunden. Alle Geschehnisse sind autobiografisch, sollten Ähnlichkeiten zu Reaktionen und Aktionen erkennbar sein, dann handelt es sich dabei um unangenehme Zufälle, die es zu entschuldigen gilt.

Allübergreifend wird deutlich, diese Geschichte beweist, „die Würde des Menschen ist", auch über ein ganzes Menschenleben hinweg, „antastbar". Und nichts von all dem Geschehenen ist in irgendeiner Form wieder gutzumachen, alles was geschehen ist, ist definitiv geschehen und unabwendbar.

Als Kind mit der Begründung schutzbefohlen aus der Obhut der eigenen Eltern entrissen:

„Wir müssen das zum Wohle des Kindes tun, weil wir das, schon allein im Schutz unserer geltenden Gesetze, sehr viel besser können."

Unser Vaterland, das letztendlich in all den vielen Jahren unseres Lebens, nicht nur über das Leben meines Bruders, sondern unser aller Leben entschieden hat. Unser Vaterland hat dieses Leben, unser aller Leben, noch sehr viel schlechter gemacht, als es womöglich jemals hätte werden können.

Mario traf es zu alldem auch noch besonders hart, weil er selbst die letzten, fast 11 Jahre seines Lebens durch die Gesetze dieses Landes, das bei diesen Geschehnissen keinerlei Menschenwürde duldete, nur einem Jahre dauerndem Dahinsiechen ein letztendlich erlösendes Ende durch den Tod finden durfte.

Ein stolzer, kräftiger, letztendlich erfolgreicher aufrecht im Leben stehender Mann, der ein positives Lebensziel im harten Kampf über viele Jahre hinweg endlich erreicht hatte, wurde gebrochen wider aller seiner eigenen und den Wünschen seiner wenigen Angehörigen.

Mario Reich, ein Leben beginnt ...

Anmerkung:
Viele Fotos in diesem Werk sind Mario nicht bekannt, ich habe sie erst nach dem Ableben meines Schwagers Jürgen Schmidt 2012 erhalten. Jürgen Schmidt (geb. 1940) wurde nach meinem Vater Wolfgang Alexander Schwarz schon in den sechziger Jahren der weitere Lebensgefährte unserer Mutter und heiratete 1992 unsere Schwester Dagmar Schwarz. Sie lebten bis zum Ableben unserer Mutter am 12. Oktober 1996 alle zusammen in der Hornstraße in Berlin. Jürgen Schmidt, der zur Aufklärung dieser Geschichte sehr intensiv hätte beitragen können, nahm ebenfalls all diese Geheimnisse mit ins Grab, war nie gewillt, über die damaligen Ereignisse zu reden, trotz aller Nachfragen, „Fragt Eure Mutter", waren stets seine Worte.

Doch vor Jürgen Schmidt waren da noch die anderen Väter und Ehen unserer Mutter, auch die von Marios Eltern.

Marios Eltern

Heirat am 29.06.1957: Gisela Schwarz, geb. Wolfshohl, geschiedene Minge, mit Herrn Günter Adolf Theodor Rudolf Reich.

Unser aller Mutter, hier ca. 1951 als Gisela Wolfshohl.

12

Gisela Reich, wahrscheinlich mit ihrer Mutter Gisela Wolfshohl, verwitwete Zumpfort, die einst 1908 in Torgau geborene Schulz, verstarb am 4. Juli 1964 in der gemeinsamen Wohnung Berlin Schöneberg in der Goltzstraße 48. Auf ihrem Schoß Mario, auf Oma´s Schoß das Baby Wolfgang, der am 05. November 1959 geboren wurde. Neben der Oma, die Kinder Detlev und Petra Minge.

Insgesamt waren wir einst sieben Geschwister, eine Mutter, drei Väter.

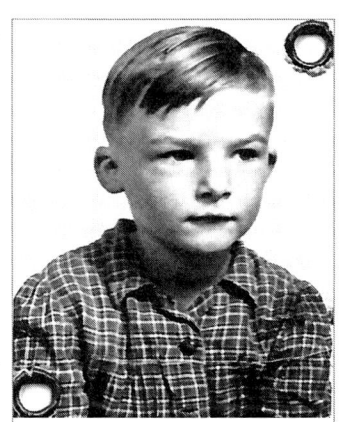

Kinderausweisfoto von Mario, ca. 1964.

Detlev Minge   23.05.1952
Petra Minge   10.06.1954
Mario Reich   21.09.1958
Wolfgang Reich   05.11.1959
Alexander Schwarz 25.11.1960
Werner Schwarz   24.12.1961
Dagmar Schwarz   12.01.1963

Wir sind echte Berliner Jungs oder Kinder, Mario noch in Berlin Mitte geboren. Im August 1961, als die Grenzen zwischen Ost- und Westberlin endgültig geschlossen wurden, floh unsere Mutter Gisela (30) mit meinem Vater Wolfgang Schwarz (40), aus Berlin-Mitte, dem sowjetischen Sektor, von Ost- nach West-Berlin, daher wurde ich zwei Monate später zu einem echten Schöneberger.

Nun weiß man gar nicht so recht wie man solch eine Geschichte beginnen soll, am entsetzlichen Anfang oder am entsetzlichen Ende dieses Lebens. Sehr bewegend und sicher nicht alltäglich abwechslungsreich waren die ersten 32 Jahre meines Bruders bis ca. 1990. Dann folgte eine mir damals unvorstellbare Wandlung, sein Leben verlief Zug um Zug immer erfolgreicher und mein Bruder wurde durch sehr viel Kraft und Fleiß, gesegnet mit Freude und Zufriedenheit, durchaus auch mit einem akzeptablen Wohlstand, ein ganz neuer Mensch. Die letzten Jahre seines Lebens, vom 29. Mai 2010 bis 21.Januar 2021 war er durch die Gesetze dieses Landes zum Siechtum verurteilt, erlebte als atmender Organismus, all die Jahre in einem Pflegeheim als Wachkomapatient. Genaueres erliest sich in der weiteren Geschichte.

Seine gesamte Lebensgeschichte beinhaltet so unfassbar vieles, bespickt mit Verworrenheit und Unverständnis, auch im Zusammenhang so beschwerlich. Doch vielleicht fange ich besser am Anfang an, da ja alle, auch Horror-„Märchen", mit „Es war einmal" anfangen, die meisten mit einen Happy End gesegnet sind, welches in dieser Geschichte garantiert ausbleiben wird. Doch wird sich diese, unsere Lebensgeschichte sehr zerrissen anfühlen. War doch unsere gemeinsame Zeit sehr kurz, so ist sie daher sehr lückenhaft. Andere Menschen, die ihn in seinem Leben begleiteten, mussten befragt werden, die wenigen gemeinsamen Erinnerungen, die wir tatsächlich zusammen hatten, versuche ich hier ebenfalls festzuhalten.

Berlin September 1958 bis Februar 1967

Die Ehe mit dem Minge-Vater war bereits 1956 geschieden, die mit dem Reich-Vater 1959 ebenfalls. Aus dieser beiden Ehen kamen bis dato 4 Kinder hervor, verheiratet war Gisela nun, seit 1960, mit Wolfgang Alexander Schwarz, geboren 16. Dezember 1921, meinem Vater, aus dessen Ehe erst ein Kind, Alexander, hervorging. Aus dieser Zeit sind mir keinerlei Überlieferungen bekannt. Erst ab August 1961, als Mutter Gisela

14

mit dem Vater Schwarz und den damals fünf Kindern „in den Westen" flüchtete, Detlev damals rechnerisch ca. 9, Petra 7, Mario 3, Wolfgang 2 Jahre und Alexander 1 Jahr alt, hochschwanger mit mir, Werner, der erst im Dezember 1961, und später ungeplant Schwester Dagmar, die erst im Januar 1963, geboren wurden. Fünf Kinder, eine dreißigjährige Mutter, eine anscheinend noch funktionierende Ehe, hochschwanger, von einer zur anderen Minute auf der Flucht, nur wenige Kilometer durch eine Stadt, diese Stadt. Dennoch war das Bezirksamt von Berlin, Abteilung Jugend und Sport, Familienfürsorge, schon damals aktiv gewesen. Wie diese Aktivität zu Stande kam, ist mir nicht bekannt. Irgendwie muss die Familie Schwarz auffällig geworden sein. Die wenigen Akten, die mir zu meiner Person vorliegen, beinhalten auch den Zusammenhang der ganzen damaligen Umstände in der Familie Schwarz. Diese Dokumente von 1959–1967 sind daher für alle Geschwister im gleichen Maße zutreffend, bevor es sich im späteren Verlauf der lückenhaften Unterlagen von ca. 1972 bis 1974 nur noch um meine Person handelt. Unterlagen nach 1974 bekam ich trotz aller Bemühungen nie in meine Hände.

Auszug Originalakte 1965:
Familie Schwarz wird seit 30.Januar 1959 betreut. Sie zog aus dem sowjetischen besetzten Sektor Berlins zu und wechselte hier häufig die Wohnung.
Die Kinder wurden in den Jahre 1959 bis 1965, 4 Mal zur Begutachtung beim Jugendamt vorgestellt.
Mario Reich: War von 28. Mai 1961 bis 03. Juni 1961 wegen Grippal Infekt und Blindarmreizung in der Karl-Schrader-Klinik.
Vom 12. Juni 1961 bis 28.Juni 1961 befand er sich wegen Phimose in der Karl-Schrader-Klinik.
Vom 17. September 1963 bis 31. Oktober 1963 zur Kinderkurverschickung in Karlshafen.
Vom 27. Juni 1964 bis 10. Juli 1964 befand er sich wegen Blindarmoperation in der Karl-Schrader-Klinik.
Mario ist in der ersten Zeit, ziemlich regelmäßig vorgestellt worden.

Die in Augenscheinnahme auch aller anderen Kinder wurde damals dokumentiert. Mario kennt diese Unterlagen nicht, da ich diese erst 2010, im Jahr seines Infarktes und seiner weiter folgenden Erkrankung, auf einem absolut surrealen Weg erhalten habe. Surreal, weil diese MEINE Akte nicht von diesem Staat ausgehändigt wurde. Blöd, jetzt hab ich es angesprochen, hier daher in Kurzfassung, wie ich, ich allein durch einen unfassbaren Zufall an einen kleinen Teil nur meiner Akte gekommen bin.

Ich lernte in Regensburg rein zufällig einen jungen Erzieher kennen. Es gab im erzkatholischen Regensburg zwei katholische Kinderheime der „Un"Barmherzigen Schwestern. Das Domkapitel Regensburg gründete das vom Volk schon immer so genannte „Wittmann-Stift" (Bischof-Wittmann-Anstalt ab 1860). 130 Jahre vorher, 1731, wurde das Waisenhaus St. Salvator gegründet. Ab 1853 umbenannt in Katholisches Kinderheim in der Ostengasse 27, die Einrichtung, in der ich knapp vier Jahre in Gefangenschaft war. Diese beiden Heime lagen keine Hundert Meter voneinander entfernt, nicht in Stadtmitte aber sehr Zentrum nah.

Historisch Interessantes und Wichtiges ...

Ich hoffe, es fragt nun keiner: „Was hat das jetzt mit Mario zu tun?" Wenn doch, dann sag ich, eigentlich sehr viel, denn ich möchte in diesem Absatz nicht nur an Mario erinnern, sondern an die Umstände einer Epoche, die kein einziger Mensch der heutigen Zeit erlebt hat. Es gleichen sich darin ansatzweise Ereignisse der heutigen Zeit, die zumal auch noch hochinteressant sind. Eine Zeit, die schon damals mit Feder und Tinte dokumentiert wurde, eine Zeit, die eine ganz andere war und dennoch gravierend zur Entwicklung der Heimerziehung beigetragen hat. Und da der Mensch doch zu gerne an den Erfahrungen der Vergangenheit versucht festzuhalten, spielt das alles eine wichtige Rolle in der Heimerziehung, wie wir sie alle, all meine Geschwister und ich, also auch Mario, erlebt haben, nur eben ca. 240 Jahre später. Es besteht immer die Möglichkeit, ein paar Seiten weiterzublättern. Doch empfehle ich sehr, diese Zeilen zu lesen. Sie sind sehr interessant, versetzen den Leser in ihrer Darstellung geradezu in diese Zeit. Sehr viel ehrlicher, ja sogar detailgetreuer und empathisch sind all die schlechten und guten damaligen Geschehnisse niedergeschrieben worden. In einer Grammatik, Verwendung und Darstellung von Worten, die in unserem Sprachgebrauch schon lange Zeit keine Verwendung mehr finden, sogar unbekannt und belustigend erscheinen und dennoch gut zu verstehen sind.

Und es ist zu erkennen, vielleicht geht es auch nur mir so, man könnte nach all dem, was man so erlebt hat, fast glauben, diese Entwicklung hat den folgenden „Erzieher"-Generationen gelehrt, immer weniger so ehrlich ihre Wahrnehmungen und Reaktionen niederzuschreiben. Durch das akribische Erlesen meiner Heimakte und dem Vergleich mit den damaligen Niederschriften, denen von 1731 und vorher, kann ich das sehr gut bestätigen.

Übrigens, ich erinnere noch einmal daran, ich war ca. 240 Jahre später, Zögling dieser hier genannten Einrichtung.

In großer Ehrfurcht nenne ich in diesem Zusammenhang die Autorin und Historikerin Frau Dr. phil. Ute Küppers-Braun, der wir diese Studien, Forschungsarbeit und Ausarbeitung zu verdanken haben. Als ich mehr von diesem Waisenhaus St. Salvator, Regensburg in Erfahrung bringen wollte, wurde ich durch Recherchearbeiten u. a. durch die Universitätsbibliothek Regensburg und die Heimatforschung-Regensburg.de auf sie aufmerksam. Hier fand ich diese Auszüge, von denen ich nur wenige Abschnitte aus einem komplexen Werk von 193 Seiten vorstellen möchte, Abschnitte, die vor allem das Waisenhaus St. Salvator in Regensburg betreffen. Das Projekt wird hier in dieser Randbemerkung, dem Hinweis zum Quellbezug, genannt.

* Die Arbeit in den auswärtigen Archiven wurde mir ermöglicht durch eine großzügige Sachbeihilfe der Deutschen Forschungsgemeinschaft für das Projekt: *Kinder-Abpracticirung – Entführung, Flucht, zerrissene Familien. Kinder zwischen den Konfessionen im 17. und 18. Jahrhundert.* Die vorliegende Studie ist Teil dieses Forschungsvorhabens.
[1] StAR: Reichsstadt Almosenamt (alm), Bd. 1319: *Protocollum der Armen Kinder im Waysenhause,* fol. 2–34, hier 32.

Erzieh- und Exulantenkinder im Regensburger Waisenhaus für die *Armen Kinder* 1725–1779*

Von Ute Küppers-Braun

Dieser Knab hatte seit seinen Blattern wehe Augen und etwas Auszehrendes an sich. Doch lag er nicht zu Bette, er aß und trank mit denen Kindern über Tisch, gieng auch den letzten Tag in die Schule, bettete auch den Abendsegen den letzten Abend mit, gieng nach dem Abendsegen in der Waisenmutter Stuben; die Mutter schmierte ihm seine Augen, gab ihm [Arznei] ein; [er] wünschte gute Nacht, bedanckte sich vor alle Bemühungen. Die Waisenmutter sagte, geh hin, mein Wagner, in Gottes Nahmen, bet fleißig u. bleib Morgen in Gottes Nahmen liegen. In die Nacht überfiel ihn ein Fluß und machte, ohne daß der Paedagog und Kinder es wahr genommen, sein Leben ein Ende; den 2ten April Morgens um 5 Uhr nahmen die Kinder es gewahr, daß der Knab todt war, sagtens dem Paedagog, welcher aufstund um 5 Uhr und in sein Zimmer gieng. Nach 6 Uhr gieng er herauf und zeigte es dem Waisenvater an und sagte, der Wagner ist todt im Bette, worüber wir uns sehr verwundert, u. sagten zu ihm, um Gottes Willen, solls denn gar niemand gemerckt haben, so ist noch kein Kind gestorben, daß man ihm nicht zu Hülf kommen wäre. Da hat es wohl geheissen: Ach Gott, wenn alles mich verläßt, so thue Du bei mir das Best. Der Herr wird ihn auch sel. aufgenommen haben, ich kan sagen, er ist einer der besten Kinder in unsern Hause gewesen.[1]

Der Junge, von dessen Krankheit, Sterben und Tod am 2. April 1778 hier berichtet wird, hieß mit Vornamen Johann und war der uneheliche Sohn des *Schulhalters* Elias Wagner im Oberen Wöhrd in Regensburg. Den Namen der Mutter erfahren wir nicht. Johann war am 27. Mai 1775 als Erziehkind aufgenommen worden, hatte also drei Jahre im Waisenhaus gelebt. Sein Alter wird nicht genannt, doch kann er höchstens 14 Jahre alt geworden sein.

Anmerkung: „Blattern" waren die Pocken; „Überfiel ihn ein Fluß" hohes Fieber, Ausscheidung von Sekreten.

3. Waisenhausprobleme

3.1 Krankheiten

Johann Christoph Packendorff, Waise, da der Vater unbekannt und die Mutter vor etlichen Wochen gestorben war, kam 1726 total verlaust ins Waisenhaus. Der Großvater hatte den 7-jährigen zum Betteln geschickt. Johann war aufgefallen, weil er *mit allerhand Unwarheiten denen Leuten beschwerlich gefallen* war. Als man ihn ins Haus brachte, war er *(S. V.) voll Läuse und Unsauberkeit […], daß man von Fuß biß auf den Kopf Ihm ein ander Gewand anziehen und das alte wegwerfen muste.*[22]

Soviel Unsauberkeit, auch wenn sie in diesem Fall sicher besonders schlimm war, brachte selbstverständlich auch eine Reihe von Krankheiten – insbesondere Hautkrankheiten – mit sich, die wohl schon damals gefürchtet waren. So war z. B. die Krätze, die durch Milben übertragen wird, in damaliger Zeit *eine für Waisenhäuser typische Hauterkrankung.*[23] Doch offensichtlich wußte man, daß Reinlichkeit sie beseitigen konnte. Denn als sich 1752 im Waisenhaus die Krätze ausbreitete, wurde Georg Gottlieb Emel von seinem Paten, Bierbrauer Friedel am Oelberg, für einige Wochen herausgeholt, *um von der häßlichen Krätze befreyt zu werden,* denn der Junge hatte eine gute Stellung als *Bedienung* bei dem Spitalmeister Schwehres in Aussicht.[24] Zu gleicher Zeit holte auch der *Bediente* Illing, der bei einem nicht näher genannten hochfürstlichen Regierungsrat beschäftigt war, seinen Sohn Johann Gottlieb, den der Vater selbst zu *besserer Erziehung* ins Waisenhaus gegeben hatte, wieder zu sich nach Hause, weil er *(S. V.) kräzig* geworden war.[25] Und auch Katharina Barbara Muncker, die ihren 10-jährigen Sohn Johann David *unter die Erziehkinder gebracht* hatte, holte *aus Sorge, er dörfte S. V. kräzig oder kranck werden, worüber sie ihr ein Gewissen machte,* den Jungen nach vier Tagen wieder nach Hause.[26]

Eine andere Hauterkrankung war der *Erbgrind* (Favus), den die Baumgartners-Kinder, Johann Wolfgang und Caspar, bereits bei ihrer Aufnahme 1768 bzw. 1771 mitbrachten. Offensichtlich erzeugte diese Pilzerkrankung schon damals Ekel und Abscheu bei den Mitmenschen. Denn Johann Wolfgang wurde *von wegen seines S. V. Erbgründ in die Herrn Arbeit* und nicht wie die meisten anderen in eine Handwerkslehre geschickt. Die Krankheit wird heute folgendermaßen beschrieben: *Favus beginnt mit roten, grauweiss schuppenden, krustigen Herden auf der behaarten Kopfhaut. Die Pilze setzen sich zuerst im Bereich der Haarwurzeln fest. Die Haare verlieren in diesen Hautbezirken in ihrer ganzen Länge den Glanz und sind farblos oder mausgrau.*

Der typische Geruch dieser Hautareale ermöglicht erfahrenen Mykologen schon fast eine sichere Diagnose […]: die Haut riecht nach Mäuseurin. Später entwickeln sich dann krustige Auflagerungen auf der Kopfhaut, die sogenannten ‚Schildchen'. Diese schwefelgelben Schildchen können pfenniggross werden und bestehen komplett aus Pilzen. Im Extremfall bedecken die Pilzmassen den ganzen Kopf. [27]

---

[22] StAR (wie Anm. 1), fol. 3 und 6.
[23] BARTH, Waisenhaus (wie Anm. 2), S. 129.
[24] StAR (wie Anm. 1), fol. 16 und 20.
[25] Ebd., fol. 19 f.
[26] Ebd., fol. 20.
[27] www.hauss.de/~upload/pages/Neue_Seite_1759_12_7.asp – 24k vom 18.1.2005; Vgl. auch Jacob und Wilhelm GRIMM, Deutsches Wörterbuch. 33 Bde. Leipzig 1854 ff. Nachdruck München 1984, hier Bd. 9, S. 368 ff.

4.4 Sterbefälle

Der eingangs beschriebene Tod des Johann Wagner war kein Einzelfall. Im Laufe des Untersuchungszeitraums starben noch weitere 12 Kinder, was einem Prozentsatz von 8,6 % bezogen auf 151 Waisenkinder entspricht. Epidemien gab es in diesem Zeitraum nicht, so daß die Todesfälle zeitlich weit gestreut sind. Meist werden Todesursachen angegeben: Matthias Schüß und Johann Christoph Packendorff, der *total verlaust* ins Heim gekommen war, starben an *hitzigem Fluß* bzw. am *Schlagfluß*.[47] Weitere Todesursachen waren *innerlicher Brand*[48] und die *Hectica* oder *Hection*,[49] die wohl mit *Auszehrung* bzw. Schwindsucht gleichzusetzen ist. Daran starben Johann Andreas Vollhardt (1750), Johann Christoph Teufel (1752) und Johann Georg Gutmann (1771). *Heftiges Magenfieber*, das trotz *aller Arznei* nicht besiegt werden konnte, bösartige Geschwülste, aber auch eine *lang gehabte Glieder Krankheit* brachten anderen Kindern den Tod.[50]

Beigesetzt wurden sie in der Regel auf dem außerhalb der Stadt gelegenen Friedhof St. Lazarus, der in den 30-er Jahren des vorigen Jahrhunderts eingeebnet und in die neue Stadtparkanlage einbezogen wurde.[51] Abgesehen von einigen Fällen, wo kein Bestattungsort genannt wird, weil es vielleicht zu selbstverständlich war, ist lediglich Franz Schmaitman bei St. Peter bestattet worden. Erstaunt nimmt man zur Kenntnis, daß der Leichnam des 8-jährigen Johann Jakob Fasoldt einen Tag nach seinem Tod am 23. Juli 1730 zusammen *mit der Leiche des seel. Herrn Röhlers, Steyer-Schreibers, beygesetzt worden* ist.[52] Befremdlich ist auch, daß der 11-jährige Johann Georg Gutmann am 6. Mai 1776 kein ordentliches christliches Begräbnis bekam, da er *noch nicht comunicirt* hatte. Seine Leiche wurde offensichtlich ohne Pfarrer *abends durch die Pestinträger nach St. Laz*[arus] *hinaus getragen*, wo keine Leichenpredigt gehalten, sondern *nur ein Personal* [kurzer Lebenslauf] *verlesen* wurde.[53]

---

[46] Ebd., fol. 15–17 auch zum Folgenden.
[47] Ebd., fol. 3, 6, 11.
[48] An dieser Krankheit starben Johann Michael Garg (1744) und Johann Adam Löschenkahl (1749), ebd. fol. 14 f., 17 f.
[49] Ebd, fol. 14, 18, 20, 28. 31.
[50] Ebd., fol. 11 f., 14, 28.
[51] Vgl. Carolin SCHMUCK, Der Friedhof St. Lazarus in Regensburg und sein geplantes reformatorisches Bildprogramm [...]. (Kasseler Studien zur Sepulkralkultur 7), Kassel 1999, S. 10; Die Abbildung einer Federzeichnung, die St. Lazarus mit allen Pertinenzen darstellt, findet sich in: Paulus, Spitäler und Stiftungen (wie Anm. 4), S. 73.
[52] StAR (wie Anm. 1), fol. 11.
[53] Ebd., fol. 31.

Anmerkung: „Innerlicher Brand" diverse Verletzungen die letztendlich mit einer Blutvergiftung tödlich endeten; „Schwindsucht" Tuberkulose; „heftiges Magenfieber" Magen-Darm Entzündung; „Gliederkrankheit" Arthritis.

3.2 Schwierige Kinder

Bei einigen Kindern waren alle Liebesmüh und Erziehungsversuche der Waisen-
eltern und Pädagogen vergebens. In acht oder neun Fällen (ca. 5 %) haben sie – wie
es scheint – resigniert. Obwohl sich die Schwierigkeiten in den 50/60-er Jahren,
als das Waisenhaus auch als Besserungsanstalt genutzt wurde und ältere, 15–17-jäh-
rige Kinder aufnehmen mußte, häuften (5 Fälle), gab es doch auch schon früher
große Probleme. Sechs Kinder wurden weggeschickt.

Bereits 1726, ein Jahr nach der Gründung des Hauses, wurde der 15-jährige Johann Michael Spahn schon nach einem Monat *wieder aus den Hauße gethan*, weil
er *die Jugend verführet*. Man mag an Homosexualität denken, doch wahrschein-
licher ist, daß er katholisch ,missionierte'. Denn Michael war vor Jahren seinen
Eltern entlaufen und *durch böse Verführung unter das Papstthum gerathen*. In
Straubing hatte er sogar bei einem Schneider namens Johann Peter Altschäfler das
Schneiderhandwerk ausgelernt, konnte aber – so der Bericht – sehr wenig. Da er
gegenüber seinen Eltern *eine grosse Reue seines Abweichens* gezeigt haben sollte,
hatten diese dringend gebeten, ihn *zu gutem Unterricht* ins Waisenhaus aufzuneh-
men. Nach knapp einem Monat war diese Episode jedoch schon wieder zu Ende.[29]

Der schlimmste von allen war für die Erzieher wohl Christoph Friedel, der 1765
im Alter von 17 Jahren zur Besserung eingewiesen wurde. Sein Vater war Koch in
einer Gesandtschaft gewesen. Christoph, *ein Erzböser Bub mit einem krummen
Fuß*, war seiner *Kostmutter* entlaufen und hatte drei Wochen unter freiem Himmel
genächtigt. Man unterstellte ihm wohl noch mehr Übles, denn bevor er ins Waisenhaus kam, wo er 24 Tage bei Wasser und Brot in einer *Keuchen Tag und Nacht auf-
behalten* wurde, ließ man ihn *durch den Bettelrichter hauen*. Er sollte wenigstens so
viel lernen, daß er unterrichtet werden konnte. Doch es scheint, daß er wohl nicht
nur körperlich, sondern such geistig behindert war. Es sieht fast nach Resignation
der Pädagogen aus, wenn man liest, daß der Strumpfstricker N. Diener als Dank
und Belohnung für die Übernahme des Jungen in *Prob und Lehre [...] nach der
Hand das Bürger- und Meisterrecht erlanget hat*.[30]

Auch bei anderen Jungen war man offensichtlich froh, wenn sie endlich das
Waisenhaus verließen. Philipp Junker, der 1754 als 12-jähriger bei einem Rekruten-
transport zurück gelassen worden war, konnte *als ungeschickter Mensch* 1763 endlich beim Bauamt als *Gassenkehrer* untergebracht werden.[31] Ebenso froh war man,
als Johann Gottlieb Dirnbacher nach fast sieben Jahren 1754 *endlich nach vielen*

---

[28] StAR (wie Anm. 1), fol. 29 und 31.
[29] Ebd., fol. 4.
[30] Ebd., fol. 26 f.
[31] Ebd., fol. 22 und 26.

Anmerkung: Man berichtet wenigstes im Ansatz ehrlich, dass
der Michael Spahn „durch böse Verführung unter das Pabstt-
hum gerathen ist" und aus diesem Grund „die Jugend verführet".

Christoph Friedel, der „Erzböse Bub mit einem krummen Fuß", saß 24 Tage bei Wasser und Brot ein, bevor er vom Bettelrichter verhauen wurde.

Ein Stadtknecht (Bettelrichter, Bettelvogt) war in mittelalterlichen und frühneuzeitlichen Städten, insbesondere den ehemaligen Reichsstädten und Königlichen Freistädten, der niedrigste Rang der Polizei und der Stadtgerichte. Zu den Aufgaben der Stadtknechte gehörte das Verhaften von Verbrechern, Unruhestiftern etc., sie wachten über Sicherheit und Ruhe der Straßen und verrichteten andere niedrige Dienste. Sie waren auch am Prozedere von Hinrichtungen beteiligt (Abtransport der Leiche, Bestattung). Eine ebenfalls übliche Bezeichnung für Stadtknechte war „Häscher". [Siehe: de.wikipedia.org/wiki/Stadtknecht]

Ungemach und wegen seines losen Mauls zur Arbeit in den Ziegelstadel geschickt werden konnte.[32]

Auffällig ist, daß drei dieser ‚renitenten' Jungen (also fast die Hälfte) katholische Väter hatten bzw. der Zögling Michael Spahn selbst zuvor katholisch geworden war. Voreingenommenheit der Erzieher ist hier sicher nicht auszuschließen, doch es muß offen bleiben, inwieweit sie die vermeintlichen oder tatsächlichen Ungezogenheiten aus deren Nähe zur ‚falschen' Konfession erklärten.

Resignation wird man auch unterstellen müssen bei solchen Kindern, die – ohne daß ein Grund genannt wird – wieder nach Hause geschickt wurden, so z. B. geschehen mit Friedrich Perg, der sich nur drei Wochen im Waisenhaus aufgehalten hat.[33] Sogar nach zwölf Jahren im Heim schickte man den unehelich geborenen Johann Adam Hendel weg und gab ihn *einstweilen in die Kost,* weil er schon 19 Jahre alt *und zu nichts tauglich* war.[34]

Anmerkung: Die Konfessionszugehörigkeit ist so klar erkennbar, spielte damals im Umgang mit den Heiminsassen eine sehr gravierende Rolle. Auch wenn diese Einrichtung damals evangelisch war, erst 1853 katholisch wurde, habe ich als damaliger Evangelist, als einziger Evangelist, da alle anderen Kinder und die Heimführung Katholiken waren, meine Zeit darin von 1968–1972 mit spürbaren Unterscheidungen leben müssen.

4. Ende der Waisenhauszeit

4.1 Entlaufene Kinder

Offensichtlich hatten aber auch die Kinder Probleme mit ihren Erziehern und deren Vorstellungen von Zucht und Ordnung. 10 Kinder, das sind knapp 7 %, entliefen.

Manche, wie z. B. Johann Zacharias Haumann, hatten ganz offensichtlich Heimweh. Nachdem sein Vater, der als Kutscher bei dem Grafen von Metternich gedient hatte, gestorben war, hatte der Graf den 9-jährigen im August 1732 ins Heim gegeben und versorgte ihn dort auch weiterhin mit der notwendigen Kleidung. Doch vielleicht machte gerade diese bevorzugte Sonderstellung dem Jungen das Leben im Heim schwer, denn er entlief im November 1734 wieder zu seiner Mutter.[35]

Ein ähnlicher Fall ereignete sich 1768 mit dem 12-jährigen Georg Christoph Finck, dessen Vater zu Lebzeiten ebenfalls Kutscher gewesen war beim kursächsischen Gesandten von Ponickau. Die Akten vermerken, *als verwöhntes Kind* sei er in acht Wochen dreimal entlaufen und dann nicht mehr aufgenommen worden.[36] Die meisten liefen aber wohl weg, weil sie sich nicht fügen und eine Strafe vermeiden wollten.[37] Wer sich dann eines Besseren besinnen und wieder aufgenommen werden wollte, hatte das Nachsehen.

Anmerkung: Trotz all den Hintergründen und den Gedanken, dass Kinder damals genauso Kinder waren wie heute, herrlich zu erlesen. „Wer sich dann eines Besseren besinnen und wieder aufgenommen werden wollte, hatte das Nachsehen", auch interessant.

4.2 Ausbildungen

Der größte Teil der Kinder (60 = 39,7%) blieb bis etwa zum Beginn der Pubertät im Heim und machte anschließend eine Lehre – meist in einem nicht zünftigen Handwerk. Sie erlernten zum Teil recht ausgefallene Berufe, die wohl vor allem in Regensburg als Stadt des Reichstages gefragt waren: Neun Kinder wurden Perückenmacher, acht wurden Schumacher, jeweils vier erlernten die Arbeit des Schreiners, Küfers und Kaufmanns; je drei wurden Schneider, Schreiber oder durften sogar das Gymnasium besuchen. Weiter finden wir jeweils zwei Jungen, die folgende Berufe erlernten: Schlosser, Seidenweber, Kupferschmied, Goldschlager, Zinngießer, Buchdrucker, Hafner, Zeugmacher, Zeugschmied, Weber, Schachtelmacher, Taschner. Einmal vertreten sind der Flaschner, Aufwärter, Rauchfangkehrer, Corduanmacher[38], Geigenbauer, Galanterie-Arbeiter, Strumpfstricker, Bordenmacher, Steinmetz, Kürschner, Nadler u. Knopfmacher, Gassenkehrer, Hausknecht. – Für zwanzig Kinder (= 13,2 %) liegen keine Angaben vor.

Anmerkung: So viele längst nicht mehr existierende Berufe und keiner von ihnen wurde wie ich Schiffer, ja sogar Binnenschiffer, wo doch die Donau so nah lag.

Aber halt, ein anerkannter Beruf war der Schiffer damals noch nicht und ist vielleicht aus diesem Grund nicht erwähnt.

Womöglich befinden sich die dann doch gewordenen Schiffsleute in diesen 13,2% von denen keine Angabe vorliegen.

Somit ist die kleine Reise in die Vergangenheit schon beendet, danke für's Interesse.

Beide kirchlichen Einrichtungen waren mehrere Hundert Jahre in Aktion, sicher auch tausende Kinderseelen geschunden. Diese beiden Heime, „Bischof-Wittmann-Stift" in der Heiliggeistgasse und das Katholische Kinderheim in der Ostengasse, wurden 1976, ca. zwei Jahre nach meiner Entlassung, zu einer Einrichtung, zu einem großen Kinderheim in nur noch einem großen Komplex mit mehreren eckigen Kisten am Rande von Regensburg neu erbaut und zusammengelegt. Es nennt sich heute Kinderzentrum St. Vincent, dessen Träger ist weiterhin die Katholische Jugendfürsorge der Diözese Regensburg e. V. Ist also noch immer in Kirchlicher Hand.

Von dem vielen Grün von damals, 1976, ist heute kaum etwas übrig geblieben. Ergebnis ist ein unangenehmes Wohnen in einem an der Stadt angrenzenden, nach und nach wachsenden Industriegebiet fernab des Stadtzentrums. Hier passt der Ausdruck „industrielle Kindererziehung" doch recht gut.

Zurück zum Erlangen meiner Akten. Im Gespräch erzählte mir dieser Erzieher, nachdem er von meiner Inhaftierung in der Ostengasse erfuhr, dass es in diesem neuen Heim ein sehr gepflegtes Archiv gäbe, worin alle Unterlagen in Abdruck der vielen, auch aus der Vergangenheit „betreuten" Kinder aufbewahrt werden und er würde sich bemühen, meine Unterlagen zu finden. So kam ich ca. sechs Wochen später, fast fünfzigjährig zu einem kleinen Teil meiner Akte, meiner Entwicklungsgeschichte, erfuhr von den Umständen, warum es 1965 zu dieser Handlung von Amts wegen gekommen ist und vieles mehr, schockierend, verwerflich, verlogen. Diese Akte, diese Dokumentation meiner Zeit, beantwortete nun endlich das, was auch hier Verwendung findet, der Verlauf einer fatalen und misslungenen Kindserziehung von sieben Kindern, die bis in die Ewigkeit nie erfahren hätten, wie das alles zustande kam, wenn diese Akte nicht aufgetaucht wäre.

Meine offiziellen Anträge bei den Behörden, dem Jugendamt Schöneberg, auf Einsicht meiner „Heimakten" wurden vehement verhindert. Letztendlich behauptete man, die Akten wären des bedingten Alters wegen vernichtet worden. Natürlich kann man davon ausgehen, dass auch Mario all das sehr interessiert hätte, aber auch ihm wurde die Einsicht oder gar die Aushändigung seiner „Heimakte" bis zu seinem Ableben verwehrt.

Aber, um nicht von einer NS- oder Stasiakte sprechen zu müssen, dessen Einblicke sogar fremden Menschen leichter möglich gemacht werden, wurde dem vom diesem Land zu erziehenden Kinde die Aufklärung der ganzen Umstände, wie es zu diesem fatalen Schritt, diesem massiven Eingriff in sein Leben gekommen ist, verwehrt. Das Kind beschreitet seinen weiteren Lebensweg unwissend, keine Oma, kein Opa, keine Mutter, kein Vater, die davon erzählen könnten, kein Vaterland, das davon erzählen möchte. Es hat nicht nur mich Zeit meines Lebens sehr beschäftigt, wie es damals zu all dem kam, und niemand konnte, andere wollten nicht davon berichten. Das Kind musste danach forschen, um von seiner Vergangenheit zu erfahren. Erkenne nur ich in dieser Vorgehensweise eine massive Verletzung der Menschenwürde, die doch so hochgepriesen unantastbar ist? Aber ja, was muss man groß darüber nachdenken.

Das in der Obhut des Landes gestandene Mündel könnte in diesen seinen Akten Dinge erlesen, deren Fragwürdigkeit in vielen Angelegenheiten Staub aufwirbeln könnten. Angefangen von fragwürdigen Vorgehensweisen, Erziehungsberichte, die Dinge offenlegen, die schon damals nicht tragbar waren. Abgesehen von all den „Entwicklungsberichten", ich nenne sie berechtigt „Anklageschriften", da diese erlesenen und erkennbaren Schriften durch die Bank eine weitere dringende Notwendigkeit einer Heimerziehung bekräftigt haben. Berichte verfasst von zum Teil nicht einmal anerkannten Pädagogen und Erziehern, wie diesen Grobbas, von denen ich gleich noch berichten werde, oder 60-jährigen Klosterschwestern. Anerkannte Erzieher, die uns mit Boxhandschuhen an den Händen erzogen, mit Medikamenten aus dem Verkehr gezogen, physisch und psychisch geschunden haben, diese „Menschen" haben diese Berichte geschrieben. Von Hundert könnte ich nur vereinzelte Menschen nennen, die wir auch ganz anders kennenlernen durften. Dennoch haben sie geschwiegen, sind daher noch schuldiger als die Täter. Staatlich geprüfte Erzieher, sogar Heimleiter, die ihr pädophiles Verlangen an ihren Schutzbefohlenen auslebten. Manchmal finde ich es fast ein bisschen ungerecht, dass immer nur die Herren, die im Namen Gottes ihren Trieb befriedigten, so sehr im Fokus des dahinschleichenden und geheuchelten Willens der Aufarbeitung stehen. Ich, bei meinem Wahn, dem fairen Verlangen nach Gerechtigkeit, betrachte das schon als ungerecht. Menschen, die mit ihren geschriebenen verlogenen Worten, auch frei erfunden, dem Kind das Leben weiterhin bis weit in das Erwachsenenalter hinein erschwert, für viele unmöglich gemacht haben, genossen Lohn und Gehalt, Ansehen und Respekt für ihre überragenden Leistungen. Kein Wort mehr, wie einst 1731 „vom Bettelrichter verhauen", von ihren tagtäglich getätigten brutalen erzieherischen menschenverachtenden Maßnahmen, um das Kind zu züchtigen, gezielt zu brechen, gezielt klein und unterwürfig zu halten.

Erlesen wurden solche Schriftstücke von den Kindern natürlich nicht, nichts für sachlich richtig befunden, rechtlich einwandfrei, vorgespielt und genehmigt, wie man so sagt, ähnlich wie man eine amtliche Zeugenaussage erlesen darf, bevor man sie unterschreibt, was das Gesetz genau so fordert. Alle Schriftstücke unterstreichen den dringend weiteren Verbleib des Kindes in ihrer Einrichtung. Glaubhafte Dokumente, die eine weitere erzieherische Maßnahme für notwendig erklärt haben, wo doch sonst eine weiterführende Zahlung des Landes an diese Einrichtungen ausbleiben könnte. Klar erkannt, diese Akten sind auch nach dreißig, selbst vierzig Jahren noch zu frisch, womöglich lebt der eine oder andere der Staatsbediensteten noch, der so manches in dieser Zeit verbrochen hat. Man hätte, wenn man nichts zu verbergen gehabt hätte, diese Akten vor der Verbrennung dem Namensgeber der Akte aushändigen können, bevor man sie vernichtet. Man hätte den Aktenkundigen Menschen kontaktieren können. Immerhin standen wir alle, jeder für sich, offiziell in unserer gesamten Kindheit in der Obhut dieses Landes.

Vielleicht hätte ein ungefähr nach Wortlaut wie folgt verfasstes Schreiben schon ausgereicht:

„Sehr geehrter Herr Schwarz, Herr Minge oder Herr Reich, nach dreißig Jahren werden rückläufige Akten vernichtet. Sie haben die Möglichkeit, diese Akten zur eigenen Verwendung zu erhalten. Melden Sie sich bitte innerhalb von vierzehn Tagen.
Mit freundlichen Grüßen,
unser demokratisches Deutschland"

In diesem Land wird doch so vieles von den Bürgern akribisch gespeichert. Ein ehemaliger Vorbestrafter bleibt, auch wenn er seine Strafe abgesessen hat, ein ewiger Vorbestrafter. Er hat nie eine nur normale Chance, sein Leben neu zu beginnen, sein Vorstrafenregister erlischt niemals wieder. Man erinnert sich zum gegebenen Zeitpunkt immer gerne an die Missetaten des rehabilitierten Menschen. Wenn ich allein daran denke, wie schnell man sich an mich, als auch an Mario erinnerte, als unsere Mutter und Marios Vater als Sozialfall ein Anrecht auf Unterstützung durch ihre Kinder geltend machen wollten. Ruckzuck hat man uns gefunden und finanzielle Forderungen für die Elternteile gestellt. Eltern, deren Gesicht man nicht einmal kannte. Es beweist sich die Tatsache, dass es eine Möglichkeit gegeben hat, den Betroffenen die Heimakten, ihre Geschichte, zukommen zu lassen. Sofern man eben dazu gewillt gewesen wäre und nichts zu verbergen gehabt hätte. Gibt es da nicht irgendein Gesetz, das die Verschleierungen von Straftaten verbietet? Oder ist es in diesen wahrscheinlich millionenfachen Vorfällen nicht anwendbar, weil der Angeklagte sich nicht selber belasten muss?

Einstige Verantwortliche aus der NS-Zeit zu finden, ist inzwischen sehr schwierig geworden und fast nicht mehr möglich. Akten aus der Stasizeit wird das Verbrechen aus dem einstig abtrünnigen Deutschland, einem einst fremden Land zugeschrieben. Es gestaltet sich ebenfalls als schwierig, diesbezüglich noch Verantwortliche zu finden. Aber es geschieht dennoch sehr umfangreich, Wiedergutmachungen werden angestrebt, monatliche Sonderzahlungen, Rentenvorteile für Geschehnisse in einem einst fremden Land. Ich hoffe, es bleibt erkennbar, dass hier Prinzipien genannt werden.

So kam mir damals etwas, meine Akte, zu Händen, die Zeit meines Lebens nie für meine Augen bestimmt war, nie für die Augen eines Betroffenen bestimmt war. Nachdem ich diese Akte, nun doch wenigstens einen kleinen Teil davon, kenne, beurteile ich diese Akte von A–Z als einen dokumentierten Misserfolg und als einen gesetzlich geregelten, aber durchweg gescheiterten Wegweiser, wie man mit einem der Mutter entrissenen Kinde umzugehen hat, damit es ein anständiger Bürger dieser Demokratie wird.

Ein paar Dinge zur damaligen Gesamtsituation und dem Bezug zu Mario und allen anderen Geschwistern konnte ich also absolut zufällig in dieser Akte, die, ich wiederhole, nicht für mich bestimmt war, erlesen. Daher findet dieser Abschnitt schon einen gravierend wichtigen Platz auch in Marios Geschichte.

So zum Beispiel erfuhr ich unter anderem auch: Schon vom 10. Juli 1962 bis 30. Mai 1963 waren die Brüder Mario (4) und Wolfgang Reich (3) in ein Kinderheim am Wannsee verbracht gewesen.

Am 29.01.1963 wurde bereits der erste Antrag zur Kindsentziehung gestellt.

Auszug original Akte 1963:
Wir beantragen der Kindesmutter im Wege der einstweiligen Anordnung gemäß §1767, V BGB, die elterliche Gewalt für die Kinder Detlev, Petra, Mario und Wolfgang zu entziehen und dem Jugendamt Schöneberg als Vormund zu übertragen.

Bürgerliches Gesetzbuch (BGB) § 1767 Zulässigkeit der Annahme, anzuwendende Vorschriften
(1) Ein Volljähriger kann als Kind angenommen werden, wenn die Annahme sittlich gerechtfertigt ist; dies ist insbesondere anzunehmen, wenn zwischen dem Annehmenden und dem Anzunehmenden ein Eltern-Kind-Verhältnis bereits entstanden ist.

(2) Für die Annahme Volljähriger gelten die Vorschriften über die Annahme Minderjähriger sinngemäß, soweit sich aus den folgenden Vorschriften nichts anderes ergibt. Zur Annahme eines Verheirateten oder einer Person, die eine Lebenspartnerschaft führt, ist die Einwilligung seines Ehegatten oder ihres Lebenspartners erforderlich. Die Änderung des Geburtsnamens erstreckt sich auf den Ehe- oder Lebenspartnerschaftsnamen des Angenommenen nur dann, wenn sich auch der Ehegatte oder Lebenspartner der Namensänderung vor dem Ausspruch der Annahme durch Erklärung gegenüber dem Familiengericht anschließt; die Erklärung muss öffentlich beglaubigt werden.

Was ein Kauderwelsch, aber womöglich glaubte man, nein man ging davon aus, die Mutter sei nicht erwachsen genug, dieses Problem der sieben Kinder zu meistern. Es wären zu viele Kinder für nur eine Mutter. Nehmen wir mal vier weg, dann wären es nur noch drei, da wir zu diesem Zeitpunkt, ab dem 12 Januar 1963, der Geburt des letzten Kindes, meiner Schwester Dagmar, schon zu siebt waren.

Nun erliest sich in einer Akte vom 01. Februar 1965 vom Rathaus Schöneberg Folgendes, verfasst von einer Fürsorgerin Frau S., gerichtet an die weibliche Kriminalpolizei, Berlin 62. Diese hatte Akteneinsicht beantragt, um sich ein genaueres Bild von den Zuständen dieser Familie in Berlin Schöneberg, Goltzstraße 48, IV Etage, zu machen.

Ein nur kurzer Auszug, eine originale Abschrift der Originalakte von 1965:

Am 25.Januar 1965, gegen 12 Uhr werden wir nicht in die Wohnung eingelassen, Detlef (12) erklärt durch die Tür, dass er niemanden öffnen dürfte. Gegen 13 Uhr öffnet uns die Cousine der Kindesmutter. Wir gelangen bis zum Kinderzimmer. Dort befinden sich die fünf jüngeren Kinder, die seit der Nacht noch nicht angezogen waren. Sie waren den ganzen Vormittag eingesperrt dort, dass Zimmer ist ungelüftet es stinkt nach Kot und Urin, unerträglich. Die Kinder haben keinerlei Beschäftigungsmaterial, sondern wühlen auf den Betten herum. Im Zimmer befinden sich insgesamt 6 Bettstellen, darunter 5 Erwachsenenbetten und 1 Kinder-Gitterbett. Auf den Bettstellen liegen Matratzen die zum Teil kaputt sind, es ist kein Stück

Bettwäsche vorhanden, es sind lediglich zwei Zudecken da. Zwischen 12 und 13 Uhr sind die Schulkinder nach Hause zurückgekehrt, sie nehmen sich sofort der jüngeren Geschwister an. Petra (10) versorgt die kleine Dagmar. Dagmar trägt mit zwei Jahren noch Windeln, sie weigert sich auf den Topf zu gehen, ist entsprechend schmutzig. Dagmar spricht noch nicht. Detlef (12) zieht inzwischen die anderen Kinder an, soweit sie das noch nicht alleine können.

Am 26.Januar 1965, gegen 13 Uhr wird ein gemeinsamer Hausbesuch mit der zuständigen Säuglingsfürsorgerin Frl. S, durchgeführt. Detlef (12) öffnet die Tür und wir dringen bis ins Kinderzimmer vor. Dort sind die fünf jüngeren Geschwister eingeschlossen in einem ungelüfteten, stinkenden, völlig verschmutzten Raum. Ein ganz mit Kot beschmierter Nachttopf ist auf dem Fußboden ausgelehrt, dort befindet sich eine Kot-Urin-Lache. Die Kinder nur mit etwas Oberzeug bekleidet, spielen auf den Betten. Dagmar steht in ihrem Kinderbettchen, dass sie nass gemacht hat, die Höschen hat sie herausgeworfen, sie hat eine Maske aus Schmutz und Kot, in den Haaren befinden sich Kot-Klumpen. Die Kinder scheinen nachts mit einen Teil ihrer Tageskleidung ins Bett gelegt zu werden. Offensichtlich hatte sich noch kein Erwachsener um die Kinder bemüht, sie hatten wahrscheinlich lediglich ein Stück Brot erhalten. Die Schulkinder gerade von der Schule zurückkommend, nehmen sich der Geschwister an. Petra (10) ist recht unglücklich, als sie Dagmar die verkoteten Haare herausschneiden muss, wäscht ihr anschließend die Haare. Detlef (12) und Petra (10) ziehen dann mit vereinten Kräften die Kinder an. Diese sind glücklich als sie aus ihrem „Gefängnis" befreit werden.

Nach einiger Zeit erscheint Herr Ernst Wolfshohl, der seit 1½ Jahren mit der Kindsmutter im eheähnlichen Verhältnis lebt. Er beschimpft die Kinder: Mario (6) hätte an die Tür klopfen müssen als die Kinder auf die Toilette wollten. Die Erwachsenen hätten dann angeblich die Tür aufschließen können. Detlef (12) hätte den Topf morgens nicht ins Zimmer stellen dürfen, Detlef erklärte dazu, dass er bevor er zur Schule ging, den Topf gesäubert habe. Die kleinen dürften nicht so viel Unordnung machen. Der Erwachsene möchte also den Kindern die Schuld für die herrschenden Zustände zuschieben.

Die jüngeren Geschwister zeigen typische Verwahrlosungserscheinungen. So gibt das Nachbarschaftsheim an, dass sie bei Besuchen des Heims bei Passanten betteln. In der Kindergemeinschaft suchen sie in Gaunereien ihren Vorteil. Sie nutzen jede sich bietende Gelegenheit zu Diebereien im Heim und außerhalb. Sie haben große Einordnungsschwierigkeiten in den Gruppen, ihnen fehlt eine Bezugsperson, die ihnen Regelmäßigkeit und Geborgenheit gibt, nach der sie sich ausrichten können. Es ist davon auszugehen, dass sich Mario (6) und Wolfgang (5) zu Diebereien verführen lassen und diese auch mit Geschicklichkeit ausführen werden. Mario (6) wurde der Familienberatung des Pestalozzi-Fröbel-Hauses bereits vorgestellt. Eine Betreuung in der Sonderspielgruppe sollte aufgenommen werden. Die Kindesmutter klagt am meisten über Wolfgangs (5) Entwicklungs- und Erziehungsschwierigkeiten, brachte aber trotz Aufforderung ihn bisher nicht zu Vorstellung in die Familienberatung. Die Kindesmutter, die nicht grundsätzlich böswillig ist, ist doch äußerst labil. Sie hat in keiner Weise die Kraft und Durchhaltevermögen. Sie geht häufig trinken, sie hatte ein schlechtes Vorbild an ihrer eigenen Mutter, die im Sommer 1964 innerhalb der Familie starb, man kann sagen, sie hat sich „zu Tode getrunken". Sie lebte in den vergangenen Jahren im Haushalt der Kindesmutter. Von Hausbewohnern, von ihrer eigenen Mutter, von ihren jetzigen Bekannten erfuhren wir immer wieder, dass Frau Schwarz regelmäßig in Kneipen geht. Nicht nur nachts, sondern auch am Tage war sie dort anzutreffen. Außerdem werden innerhalb der Wohnung mit Bekannten Trinkgelage durchgeführt. Es wurde sogar von einer Seite angegeben, dass es zu orgiastischen Feiern käme. Wenn getrunken und gewürfelt wird sind die Kinder zum Teil dabei und gucken interessiert zu, die Feiern müssen sie zu mindestens mit anhören. Es ist anzunehmen, dass früher oder später Detlef (12) und Petra (10) an diesen Feiern beteiligt werden.

Detlefs (12) ständiger Begleiter ist Mario (6), der sehr an seinem großen Bruder hängt.

In der ganzen Akte wird nicht berücksichtigt, dass dieser Detlef mit „v", Detlev, geschrieben wird, so steht es in seiner Geburtsurkunde. Eine seltene Schreibweise, doch aus diesem Grund eine wichtige zu respektierende Angelegenheit.

Die Kinderväter sind nach den Scheidungen ihrer Unterhaltspflicht nicht nachgekommen, so dass die Kinder voll vom Sozialamt unterstützt werden mussten. Auch die Kleidung wurde zusätzlich vom Sozialamt gestellt.

Herr Minge kam ungefähr ein- bis zweimal im Jahr, um seine Kinder zu besuchen. Er hat daher gar keinen Kontakt mehr zu ihnen.

Detlev Minge (links) mit seinem Bruder Mario (rechts) ca. 1960.

Herr Reich hat seine Kinder nicht mehr besucht. Näheres ist uns über die Verhältnisse zu den Kindern nicht bekannt. Nach unserem Ermessen werden die Kinder nicht zu ihren Vätern gegeben werden können.

Die zweite Ehe der Kindesmutter mit Herrn Reich wurde 1959 vor dem Landgericht Berlin unter Alleinschuld des Ehemannes geschieden.

Da nach dem Versagen der Kindesmutter auch den Kindervätern wegen Verletzung ihrer Unterhaltspflicht nicht die elterliche Gewalt übertragen werden kann, muß das Jugendamt Schöneberg als Vormund eingesetzt werden.

Die Geschwister haben ein besonders gutes Verhältnis zueinander, auffallend ist vor allem das große Verantwortungsgefühl der Älteren gegenüber der Jüngeren. Wir planen daher die fünf jüngeren Kinder in einem Heim gemeinsam unterzubringen, d.h., dass die beiden Reich-Kinder nach ergangenem Beschluss im gleichen Heim wie die Schwarz-Kinder in Westdeutschland untergebracht werden sollen. Die beiden Schulkinder möchten wir ebenfalls nach Möglichkeit zusammen lassen.

Letztendlich setzte mein Vaterland in Vertretung das Jugendamt Schöneberg sein Verlangen um, kam zu dem Entschluss:

Auszug Originalakte von 1965:
Wenn diese Kinder in der Obhut ihrer Mutter bleiben, ist mit einem sozialen Verfall zu rechnen, die Zukunft der Kinder ist ungewiss.

Schockierend bleibt, unsere Zukunft, auf die wir uns nun begeben mussten, wurde erst durch diesen Akt der Kindsentziehung ungewiss und betraf unser aller Leben. Von dreien meiner Geschwister, die sehr jung starben, ist es längst verstrichen. Und man soll es nicht glauben, das Vaterland hat aus all den vielen, diesen Fehlentscheidungen, die irgendwie dazu beigetragen haben, gelernt. Doch würde kein Amt der Welt so viel Courage besitzen und sagen:

„Ja, wir haben damals mit unseren Vorgehensweisen hunderttausende Kinderleben in eine Lebenssituation katapultiert, die keinem Menschen würdig ist. Ja, wir haben unsere Aufsichtspflicht verletzt und ja, wir haben massiv dazu beigetragen, dass dieses Verbrechen an der Menschlichkeit, dass Verbrechen an Kindern geschehen konnten. Ja, wir haben durch unsere Aufsichtspflichtverletzung dazu beigetragen, dass die brutale menschenverachtende Art und Weise, Kinder zu züchtigen, über Jahrzehnte unbeschadet für Peiniger und Kleriker Anwendung fand, und ja, wir haben durch unser nachlässiges Verhalten tausende Kinder zum Spielball der Pädophilie werden lassen. Ja, wir tragen die Verantwortung für unzählbare gescheiterte Existenzen und die Schuld an tausenden Suiziden in all den vielen Jahren."

Ergänzung, beeinträchtigt von meinen Wahrnehmungen: *„Und es war und ist uns scheißegal!"* Das wäre doch mal entzückend ehrlich.

Dennoch waren das Vaterland und dessen Entscheidungsgewalten gezwungen zu reagieren, so richtig toll ist das ja nicht, was da in der Vergangenheit, nicht nur in unserer Geschichte, passiert ist. Zigtausende Geschichten gibt es. Präventionsmaßnahmen heißt auch hier eines ihrer Lieblingsworte, das sie auch in diesem Fall gerne verwenden und immer mehr in der öffentlichen Diskussion Anwendung findet. Das heißt, so sagt man, sollten dem Jugendamt solche fragwürdigen familiären Umstände bekannt werden, dann ist man nicht mehr ganz so schnell dabei, Kinder aus ihrem gewohnten Umfeld von Mutter und Vater herauszureißen. Geschulte Pädagogen betreuen zu Hause diese Familien, nehmen sich heute diesen Geschehnissen an, kümmern sich um Missstände und streben nach positiven Veränderungen. Erst wenn diese Mittel versagen, dann besteht das Vaterland auf seiner Staatsmacht, der Familie das Kind zu entziehen, um es einer gesitteten, ehrlichen und liebevollen Heimerziehung zuzuführen.

Mal wieder fordert mich mein Verlangen auf, mich zynisch und zweideutig zu äußern, sicher ist sicher, könnte ja sein, dass ich Recht behalte, dass das alles nur Phrasen sind und es nicht wirklich so ist. Auch mein einstiges Vertrauen in Sachen Obhut, Kindserziehung in der Hand des Vaterlandes ist nun mal schon seit Jahrzehnten aufgebraucht. Aber, so heißt es, auch dahingehend hat sich einiges zum Positiven verändert. Man wagt es sich heute nicht mehr so schnell, einem Kind mit der Faust ein Auge blau zu schlagen oder anderweitig zu verdreschen. Rippenprellung durch einen schwungvollen Kick in die Seite mit einem weiter und weiter wachsenden riesigen Bluterguss, schön versteckt unter dem Unterhemd, damit es keiner sieht. Rippenprellung, ein Wort, das ich damals noch gar nicht kannte und es mich dennoch über Wochen beschäftigte. Da soll es keinen mehr geben, der einem 12-Jährigen eine Zigarette im Gesicht ausdrückt oder einem 10-Jährigen mit dem 30-Zentimeter-Lineal und ordentlich Schwung dreckig grinsend 10 Mal auf die Fingerspitzen schlägt.

Wer Mut hat, tut das mal auf die Schnelle, um einmal diesen wahnsinnigen Schmerz am eigenen Leibe zu fühlen. Wer wegzieht, bekam 5 Schläge extra. Das monströse Geschöpf fragte vor Beginn der Folter, ob man Rechts- oder Linkshänder ist, man musste die Hand opfern, die man die nächsten Tage nicht weiter gebrauchen kann. Ich hielt mit meiner rechten Hand immer am Handgelenk die linke fest, damit ich nicht in Versuchung gerate, sie doch wegzuziehen. Aber mach mal, gönn Dir den Spaß, forme all Deine Finger mit der Handfläche nach oben zu einer geschlossenen Krone und dann hab den Mut, Dir mit einem Lineal und richtig Schwung auf Deine Fingerkuppen zu schlagen. Dieser Schmerz geht durch bis in die Zehenspitzen und ob Du willst oder nicht, es treibt Dir die Tränen in die Augen. Ein Tipp noch, warte nicht zu lange auf den nächsten Angriff, halte mit all den Schmerzen so schnell wie möglich erneut Deine Hand hin und der schon existierende Schmerz macht die nächsten 9 etwas einfacher, ansonsten fängst Du mit jeden Schlag erneut an zu zögern. Wenn Du das schaffst, merkst Du die letzten beiden schon gar nicht mehr, erstmal ... Geschnittene Fingernägel wären nicht schlecht, denn wenn die zu lang sind, dann bohrt sich dieser Schmerz über die Fingernägel ins Nagelbett, was außerdem noch für blaue Nägel sorgt, das dann noch langanhaltender schmerzt.

Es gab keine Gnade, nicht einen Schlag gab es zu wenig. Und danach, na ja, was hilft? Eis wäre gut gewesen, aber das gab es natürlich nicht. Also die gepeinigte Hand, damit die Finger nicht so pulsieren, nach oben halten und sehr lange kaltes Wasser drüber laufen lassen. Gute Ratschläge anderer Kinder waren also eine große Hilfe. Wenn Du das nun tatsächlich getan hast, nur ein einziges Mal, dann wirst Du mich auch sehr schnell besser verstehen ... Verbrechen geschahen tagein, tagaus, verachtend brutal mussten Kinder tagelang an diesen Schmerzen leiden. Man ist, nein sie sind, und es klingt jetzt so, als ob ich, warum auch immer, Zweifel hätte, „vorsichtiger" geworden. Dies aber nur, um den Extremfall, den es sicherlich geben wird, nicht ausschließen zu müssen.

Die Erzieher sind heute tatsächlich Erzieher und Pädagogen, es gibt Ernährungspläne und gut geschult Küchenkräfte, es gibt ausreichend Kleidung und sogar ein monatliches Taschengeld. Man schläft nicht mehr in Schlafsälen mit 30 Betten, hat vielleicht ein Doppel-, doch oft schon Einzelzimmer ab einem gewissen Alter. Eine irre Klosterschwester für 30 oder noch mehr Kinder gibt es nicht mehr. Mehrere Erzieher, männliche und weibliche, teilen sich diese Aufgabe. Die betreuten Gruppen sind auch mal gemischt, Jungs und Mädchen zusammen. Man ist als Pubertierender dem anderen Geschlecht sehr viel näher als damals, wird so auch die Möglichkeit haben, seine ersten sexuellen Erfahrungen auf die von Gott vorgeschriebene Art zu erleben. Das Kinderleben hat Struktur und Regelmäßigkeit, wird geschult und gefördert und es ist nicht ganz, aber doch annähernd normal möglich. Natürlich wird das Dasein ohne Mama und Papa und dieses Große, dieses Viele an Gebäude und anderen Kindern wohl manchmal etwas nerven. Nach wie vor ist die Überwachung solch einer Erziehungsvariante schwierig, aber das Kind hat definitiv mehr Möglichkeiten, sich zu äußern, wo es doch mehr Ansprache hat. Die Aufmerksamkeit für das einzelne Mündel ist intensiver und stärker geworden, was nichts daran ändert, dass Heimerziehung Scheiße ist.

Ich erzähle also von positiven Veränderungen, die ich in Erfahrung bringen konnte, an die ich aber auch nur bedingt glauben kann. So haben wir damals alle irgendwo in diesem Land diese menschenverachtenden Erfahrungen machen müssen, zu komisch, dass wir dies untereinander nie so richtig besprochen haben. Es blieb immer nur bei „Dresche bezogen", „Prügel bekommen", vielleicht ergänzend „von dieser brutalen Sau". Daher gibt es von meinen Geschwistern nur wenige Details über die Vorgehensweisen dieser Verbrecher, die nun fast keiner mehr erzählen kann.

Allein diese Wortfindung, „die Zukunft der Kinder sei ungewiss", macht also das danach Geschehene unvorstellbar. Unser aller Schicksal war damit besiegelt. Das Kind wurde zum „Mündel".

Ich kann es fast nicht beschreiben, wie abstoßend ich diese Bezeichnung „Mündel" betrachte. Die mittelalterliche Bezeichnung „Vogtkind" hatte mehr mit einem Kind zu tun als dieses „Mündel", dieses Ding, das Subjekt, etwas, was sich nicht so recht zuordnen lässt. Oder anders gesagt: Man drückt damit aus, dass man nicht gewillt ist, einem kleinen hilflosen Wesen jenen Schutz zukommen zu lassen, der ihm gebührt. Man gibt der Bezeichnung Kind einfach einen anderen Namen, eine sachlichere Bezeichnung, damit Empathie von Fall zu Fall mehr in den Hintergrund gerät und letztendlich keine Bedeutung mehr findet. Man schützt den Erwachsenen, den in Lohn und Brot des Vaterlandes stehenden Vormund, der sich dieser verantwortungsbewussten Aufgabe annehmen soll, mehr vor eventuellen wachsenden Sympathien und Mitgefühl, als das Kind, das nicht in der Lage ist, sich zu schützen.

Begriffsbestimmend kann man dazu herausfinden, insofern man möchte, (Wiktionary):

Der deutsche Gesetzgeber verwendet im BGB das Substantiv Mündel im Nominativ und Akkusativ Singular durchweg mit dem männlichen bestimmten Artikel In § 1793 II BGB alte Fassung wurde erstmals die sächliche Form das Mündel benutzt, was aber 2002 im Rahmen der Neufassung der Norm zu der Mündel wurde. Es wird vermutet, dass die Verwendung der sächlichen Form den Bemühungen des Gesetzgebers um eine geschlechtsneutrale Formulierung geschuldet war. Nun aber wird in Übereinstimmung mit dem Grimm'schen Wörterbuch der Mündel wieder für „personen beiderlei geschlechts" gebraucht.

Im Grimm'schen Wörterbuch wird daneben noch auf die feminine Form die Mündel verwiesen, welche für „weibliche[n] unmündige[n]" benutzt werde. Laut Duden gilt dies auch heute noch, komme allerdings nur selten vor. (Jacob Grimm, Wilhelm Grimm: Deutsches Wörterbuch. 16 Bände in 32 Teilbänden. Leipzig 1854–1961 „Mündel". Reviewed 12.04.2021)

Die Kindermärchen schreibenden Grimms haben also ihren Teil zu dieser Versachlichung beigetragen, sicher nicht an die weitreichenden über Jahrzehnte wachsenden Folgen gedacht, aber trotzdem mächtigen Schaden an Leib und Seele des Kindes verursacht. Großartig, ein Hoch auf Rotkäppchen und Hänsel und Gretel.

Dennoch, die Bezeichnung oder die Verwendung „das Mündel" hat Empathie und alles, was mit Menschlichkeit zu tun hat, verdrängt. Das Kind wurde zur Sache, zu einem Gegenstand, den es zu versorgen gilt. „Man sorgt sich um das Kind oder man versorgt es", was je nach dem Auge des Betrachters auch mit einer Scheibe trocknem Brot und einem Becher Wasser vollbracht ist. Man kann es auch mit massiver körperlicher Züchtigung versorgen, um genau zu sein. Das haben wir alle ausreichend erleben dürfen in der Obhut dieses Landes. Natürlich auch Mario, darum betrachte ich es als notwendig, das hier zu erwählnen.

Ich denke daher, es ist ein großer Unterschied: Versorgen hat nichts mit umsorgen zu tun. Jeder Mensch, der womöglich selber ein Kind zu Hause in der Wiege liegen hat oder liegen hatte, würde sich anders verhalten als die Obhutnehmer des Staates, allerdings nur, wenn das zu versorgende Mündel ebenfalls das Recht behalten würde, als Kind bezeichnet zu werden. So macht man es zu einem Ding, dieses Kind, zu einer Sache, die es zu erledigen gilt.

Geradezu amüsant der gerade geschehene Augenblick. Ich machte eine kleine Schreibpause, schalte den Fernseher ein, auf dem Sender WELT läuft eine Dokumentation, „Vom Schwein zum Schnitzel" der Titel. Ein Landwirt einer Großzuchtanlage für Schweine erzählt: *Es ist ihm besonders wichtig, dass sich seine Schweine trotz tödlicher Umstände, die sie in zwölf Wochen erwarten, sich wohl und umsorgt fühlen.*

Wie komme ich nur darauf, gerade jetzt einen Zusammenhang zu meinen gerade geschriebenen Worten zu finden?

Man glaubte damals dennoch als rettende Maßnahme, der Mutter die elterliche Gewalt entziehen zu müssen, und so kam es, dass wir alle, auch die Minge-Kinder, am 28. Januar 1965 tatsächlich von der weiblichen Kriminalpolizei aus der Wohnung in der Goltzstraße 48, IV Etage, Berlin 62 geholt wurden. Laut Akte unter Zuhilfenahme eines Streifenwagens.

Spuren einer Kleinkindzeit I …

Vorher aber folgendes. Ich konnte mich in Bezug auf die Aufgabe, dieses Buch schreiben zu wollen, dem Verlangen nicht entziehen, mir dieses Gebäude, das Haus in der Goltzstraße 48, einmal näher anzusehen.

„Back to the Roots", wie man so sagt, wo diese Adresse doch so oft genannt wird in dieser Akte der Behörden von 1963 bis 1965, die ich erneut sehr intensiv gelesen habe. Ich fuhr dort schon mal vorbei, als ich 2013 nach Berlin kam. Leider waren damals Parkplätze Fehlanzeige, daher durchfuhr ich diese Straße nur, wurde kurz langsam an der Nr. 48 und sofort wieder durch ein hupendes Auto weiter gehetzt.

Heute, acht Jahre später, suchte ich mir gezielt einen Parkplatz, einen weit entfernten Parkplatz sogar, lief durch diese

Straße und stellte mir in Gedanken vor, wie es vor 57 Jahren dort gewesen ist. Sieht heute alles anders aus, konnte ich mir gut vorstellen. Damals war hier bestimmt nicht so ein Getümmel und die Häuser werden nicht so bunt gewesen sein, alle fünfzig Meter ein Café mit Tischen und Stühlen davor oder eine Fressbude neben der anderen, Geschäfte und Speiselokale mit Gerichten aus den Ländern dieser Erde, Menschen und Sprachen aller Nationen.

Damals hat man hier wahrscheinlich überwiegend „berlinert". Ich dachte beim langsamen Abschreiten des Straßenzuges an vielleicht aschgraue und braune, dunkle Gebäude, womöglich noch die eine oder andere mit Bauschutt gefüllte Kriegslücke von Häusern, die erst, 1961 gerade mal vor 16 Jahren, weggebombt wurden. Und was zum Teufel sind in diesem Zusammenhang schon 16 Jahre. Spät wurden viele dieser nicht mehr bewohnbaren Häuser abgerissen und weggeräumt, die dann diese Lücken hinterließen. Lücken, die erstmal verplant werden mussten. Sicher waren viele Eigentumsverhältnisse neu zu klären. Eigentum allein von so vielen einstigen jüdischen Einwohnern dieser Stadt, von denen die wenigsten diesen Greul der NS-Zeit überlebt haben und wenn sie überlebt haben, irgendwo auf der Welt Schutz vor diesem Land gefunden haben und womöglich nicht daran interessiert sind, zurückzukehren. Vorstellbar wurden Einschusslöcher aus den Straßenkämpfen in dieser Stadt, Einschusslöcher an Häusern, die noch nicht zugeschmiert wurden, da es keine Besitzer gab, die sich darum kümmerten. Der Wiederaufbau war noch immer nicht beendet, neue Wohnanlagen, zig Millionen Wohnungen sind entstanden. Etliche Anlagen ziert noch heute dieses eingemauerte wappenähnliche Emblem, Wiederaufbau Berlin 1955, davor und danach.

Womöglich war es eine Straße aus Pflastersteinen, die hier einst durchführte, mit nur wenigen Autos, womöglich der Kohlenhändler noch mit Kutsche und Pferdeäpfel kackenden Pferden unterwegs. Amerikanische Jeeps, die hier als Viermächtebündnis den Stadtteil Schöneberg zu ihrem Sektor zählten, durchfuhren die Straße. Man wird damals noch vielen Bein- und Armamputierten, Rollstuhl fahrenden und mit Krücken laufenden Kriegsinvaliden begegnet sein. Die glücklichen aber vom Krieg gezeichneten Heimkehrer, wozu auch vor allem mein Vater, der 1921 geboren wurde, gehörte.

Die hohen Bäume werden recht jung gewesen sein, wurden doch alle Bäume in dieser Stadt erst weggeschossen und in den kalten Wintern auch nach dem Krieg verfeuert. Auch wenn der Gassenhauer „Im Grunewald, im Grunewald ist Holzauktion" sehr viel älter ist, irgendwann 1890 entstand, hatte dieser Titel in diesen Schreckensjahren eine sehr reale Bedeutung.

Es könnte sogar sein, dass zu dieser Zeit ab 1961, als Familie Schwarz hier lebte, noch ein Leierkastenmann seine Runden hier drehte und genau diesen Titel ableierte und die ganzen Gören um ihn herumstanden. Und wo ich gerade davon schreibe, warum nicht kurz erwähnen, dass der relativ bekannte Berliner, eventuell sogar letzte originale Leierkastenmann „Orgel Ebi", Eberhard Franke, 89-jährig am 12. Dezember 2020 an Covid 19 verstorben ist.

Je mehr ich mich der Nummer 48 näherte, desto präsenter war der Gedanke an Mario, in schwarz/weiß machte sich meine Vorstellung breit. An der Hand von seinem großen Bruder Detlev, womöglich auch alle anderen Geschwister, ich womöglich mit vollen Windeln auf dem Arm eines Erwachsenen, egal bei wem auch immer. Sie sind definitiv auf diesem Gehweg, der vielleicht schon seit Jahren ein neuer ist, geschritten und haben die eine Stufe am Hauseingang mit ihren kurzen Kinderbeinen bezwungen, sind durch diese, sicherlich noch selbe Haustüre geschritten, um dann vier Treppen hoch, bis nach oben zu dieser Wohnung zu klettern von August 1961 bis Januar 1965.

Auch, wenn ich keinerlei Erinnerungen daran habe, hat in diesem Gebäude eine grundlegende Entscheidung für unser aller Leben stattgefunden, was gerade jetzt sehr gegenwärtig war. Im Juli 1964 hat man hier unsere Oma Gisela, geborene Schulz, verwitwete Zumpfort, verheiratete Wolfshohl, geboren 1908, rausgetragen, die sich ja laut unserer Heimakte „zu Tode getrunken hat". Ihr Mann, unser Opa, Ernst Wolfshohl, wurde am 15.03.1888 geboren, war Oberlandvermesser und starb 1931 an einer Gallenoperation. Der in der Akte 1964 genannte Ernst Wolfshohl soll ein Cousin unserer Mutter gewesen sein, also ein Sohn des Bruders oder Schwester, von Opa Ernst Wolfshohl. Verrückt geht es weiter, das sind alles Angaben, die ich wiederum in der 70-seitigen Stasiakte unserer Tante erlesen konnte.

Unsere Tante Pivi ...

Informierend dazu muss ich doch erwähnen: Erst 2018 kam ich an die Stasiakte unserer Tante Margret Wolfshohl, Tante Pivi (geb. am 18.02.1930), die nicht nach Westberlin geflohen ist und bis zu ihrem Tod nach einer Krebserkrankung ca. 1991 in Berlin-Mitte lebte. In dieser Akte konnte ich nicht nur verwunderlichen und spannenden Stasikrempel, sondern vieles andere aus der Kindheit unserer Großeltern, Mutter und Tanten erfahren. Ein hochinteressantes Schriftstück mit siebzig Seiten, behandelt und archiviert vom M.f.S, „Ministerium für Staatssicherheit". Es ist nicht aus dem Zusammenhang gerissen, wenn man ein wenig Nachsicht übt. Ich denke, eine Tante mit solch einer Akte zu haben, ist schon auch was Außergewöhnliches, und Mario, der im Allgemeinen sehr belesen war, der hätte diese Akte verschlungen, wenn sie denn nur früher aufgetaucht wäre. Daher möchte ich nur fünf Seiten dieser Akte hier abbilden, Akten, wie sie tatsächlich existieren. Vieles darin wurde geschwärzt, ist nicht für das Auge des Betroffenen bestimmt. Der Bürger darf also nur zensiert von einigen Dingen erfahren, ein Hoch auf die Demokratie. Warum das so ist? Hier ein einleitender Text aus folgendem Link:

Jeder Mensch hat das Recht, jene Unterlagen einzusehen, die das Ministerium für Staatssicherheit über die eigene Person angelegt hat. Angaben zu anderen Betroffenen oder Dritten werden dabei allerdings geschwärzt, um deren Persönlichkeitsrechte zu schützen. [Siehe: stasi-unterlagen-archiv.de/akteneinsicht/warum-werden-stasi-unterlagen-geschwaerzt/ Reviewed 17.05.2021]

Auch lustig und zugleich fragwürdig. Warum wurden ganze Textpassagen geschwärzt? Es existieren DIN-A-4-Seiten, da wurde außer 10 Worten alles geschwärzt. Namen von betroffenen Dritten sind doch nicht so lang oder war das drüben anders? Warum sind dennoch Namen von Dritten genannt, die dennoch nicht geschwärzt sind? Nach welchen Kriterien wurde geschwärzt, gab es Unterschiede und wie wurden diese berücksichtigt? Wenn da stehen würde (surreale Vorstellung):

Die Bürgerin Wolfshohl hat den jungen Helmut Kohl, den späteren Bundeskanzler der Bundesrepublik Deutschland, hinter einer Litfaßsäule im Tiergarten bei einer sexuellen rektalen Handlung mit unserem Staatssekretär, Erich Honecker, beobachtet,

könnte ich es nachvollziehen, warum man das geschwärzt hat. Ein recht krasses, unvorstellbares, aber nicht außergewöhnliches Geschehen in dieser Stadt, diesem Berliner Tiergarten.

Es ist so vieles nicht erklärbar, vielleicht hat dieses Land definitiv „Dreck am Stecken", ich kann es anders nicht nachvollziehen. Widersprüchlich dieses „vielleicht und definitiv", zwangsläufig berechtigt widersprüchlich.

Wieder kann man natürlich weiterblättern. Ich würde die Lektüre allerdings empfehlen, sollen doch diese Beigaben diesem schweren Tobak in diesem Buch auch etwas Abwechslung verleihen.

Aktenfoto: Unsere Tante, die Schwester unserer Mutter, Margret Wolfshohl, geb. 18.02.1930 in Magdeburg.

B e r i c h t

über die Kontaktaufnahme zu der **Wolfshohl** . . am 29.5.1957.

Am 28.5.1957 wurde die .W.. . . . durch den Gen. Dorn und
Steinbock in ihrer Wohnung aufgesucht. Da die .W: . . . Besuch
hatte, konnte die Kontaktaufnahme nicht unmittelbar erfolgen.
Es wurde für den 29.5., 10 Uhr, Ecke Friedrichstraße-Reinecke-
straße ein Treff vereinbart, der auch von der . .W: . . . . .
wahrgenommen wurde.
Der Legende entsprechend wurde sie als Ministerium für
Staatssicherheit angesprochen. Mit ihr wurde die HO-Gast-
stätte "Zenner" aufgesucht, um dort das Gespräch zu führen.
Über ihren Wohnsitz in der Paderborner Straße in Westberlin
sowie über die Mitbewohner des Hauses befragt, sagte sie,
daß sie keine oder sehr wenige Mitbewohner namentlich kennen
würde. Sie habe bei ████████ gewohnt und könne sich lediglich an einen Kaufmann erinnern, der einen Opel-Kapitän
fährt, der Name des Kaufmanns ist ihr jedoch entfallen.
Nach ihren konkreten Wohnverhältnissen befragt, sagte sie,
daß sie bei der ██████ als Untermieterin wohnte.

13

███████████, schilderte sie mir ihren Lebenslauf.

Sie ist in Verhältnissen aufgewachsen, die nicht denen eines vernünftigen Elternhauses entsprechen. Ihre Bindung zu ihrer Mutter war immer sehr lose . Während der letzten Jahre der Nazizeit war sie in Schlesien evakuiert und kam erst 1945 nach Berlin zurück. Hier arbeitete sie vorerst in einigen kleineren Geschäften bis sie durch eine Krankheit arbeitslos wurde. Nachdem sie diese Krankheit überstanden hatte, ging sie zu einem Antiquitätenhändler in Arbeit. Dieser machte jedoch, da sein Geschäft der pleite entgegenging, durch Selbstmord seinem Leben ein Ende und sie wurde wieder arbeitslos. Ihr gelang es trotz eifrigen Bemühens nicht, eine Arbeitsstelle zu finden, ████████████████████
████████████████.

██
██
██
██
██

1952 lernte sie durch Vermittlung einer gewissen ████████
████████ die Angelika Hurwicz kennen, der sie ihr Leid klagte. Von diesem Zeitpunkt an stand sie in unmittelbarer Verbindung (████████) mit der H., bis es dieser gelang, sie in den demokratischen Sektor Berlins herüberzuziehen. ████████████
██
██

Die . Wolfshohl wurde dann im einzelnen nach dem Arbeitsverhältnis bei ████████████ befragt und erzählte, daß es
██
██
██

14

Die .W. . . . erzählte weiterhin, daß sie ████████████
████████████████████████, seitdem sie hier bei uns beschäftigt ist. ██

Unmittelbar nachdem die . W. . . . in den demokratischen
Sektor Berlins gezogen war, ████████████████████████

Jetzt ist sie mit einem Schauspieler des Berliner Ensembles
verlobt.

In dem op. Teil der Unterhaltung wurde mit der .W......
über ihre evtl. Bereitwilligkeit gesprochen, unsere Arbeit zu
unterstützen. Hierbei kam zum Ausdruck, daß sie erst konkret
wissen möchte, welcher Art die Arbeit sein wird. Als ihr an
einigen Beispielen gezeigt wurde, daß wir sie xxx zur Abklärung
und zum Kennenlernen " ▬▬▬▬▬▬▬ " benutzen wollen,
erklärte sie sich grundsätzlich einverstanden. Ihr mußte jedoch
erst die Frage beantwortet werden, was wir mit diesen ▬▬▬▬
vorhaben. Hierüber wurde sie folgendermaßen aufgeklärt.
Wir benötigen diese ▬▬▬▬, um in die Zentren der Westberliner
und westdeutschen Agentenzentralen einzudringen, um diese auf
der Abwehrbasis zu bearbeiten.
Bei dieser Arbeit soll sie sich möglicherweise von ▬▬▬▬▬▬
▬▬, die sehr viel ▬▬▬▬▬▬▬▬ kennt, beraten lassen.
Eventuell soll sie sogar die Verbindung von uns zur ▬▬▬▬▬
herstellen.
Ihr wurde vorgeschlagen, daß wir uns turnusmäßig allwöchentlich
treffen. Da sie jedoch beruflich stark beansprucht ist und
nicht immer genau ihre Freizeit berechnen kann, wurde ihr die
Telefonnummer   mitgeteilt, um ihr die Möglichkeit zu geben, die Verbindung aufrechtzuerhalten.
Der nächste Treff wurde für 4.6.1957, 9.00 Uhr am Treptower Park
(S-Bahn) vereinbart. Wenn sie telef. angerufen wird oder wenn sie
selbst anruft, wird als Losungswort "Salut"(Salü) verwandt.

Einschätzung:

Die .W..... machte einen offenen und ehrlichen Eindruck.
Sie erzählte von sich, daß sie über die Kontaktaufnahme am
28.5. sehr erschrocken war. In ihrem Wesen ist sie ein sehr
lebendiger Mensch. In der Unterhaltung zeigte sich, daß sie sehr
sprachgewandt und intelligent ist. Im Laufe der Unterhaltung
äußerte sie sinngemäß "Wenn Du bloß 3 Jahre früher gekommen
wärest, so hätte ich da die besten Möglichkeiten gehabt für
euch zu arbeiten".
Im Laufe der Unterhaltung ging sie zu dem Du über. Darauf
wurde auch eingegangen. Dies ist wahrscheinlich bezeichnend
für ihren Umgang mit Künstlern, wo die Du-Anrede sehr geläufig

ist. Trotzdem die .W:... offenbar sehr vertrauensvoll
und mitteilsam war, konnte man feststellen, daß sie doch der
künftigen Arbeit und dem Verhältnis zu unseren Organen noch
skeptisch gegenüber steht. Vor allem hat sie Angst davor,
daß man sie evtl. unter Druck setzt und sie zur Mitarbeit
zwingt. Einem Zwang würde sie ihre ganze Willenskraft entgegen-
stellen. Ihren Äußerungen nach-s und ihrem Wesen nach zu urteilen hat sie offentlichlich ██████████████████████████.
Sie ist jetzt auf dem Wege, auch ████████████████████
██

Wenn mit der .W..... in der weiteren Zusammenarbeit vorsichtig verfahren wird, kann sie sich zu einem guten GM entwickeln.
Eine schriftliche Verpflichtung der .W.... erscheint jedoch
in der augenblicklichen Situation nicht ratsam, da sie erst
einmal Vertrauen zu uns gewinnen muß und eine solche schrift-
licheVerpflichtung sofort wieder Mißtrauen säen würde.

29.5.1957

.Dorn...

Doch kam es anders als von der Stasi erhofft ...

47

Schlußbericht

Betr.: W o l f s h o h l , Margret

Mit der W. wurden insgesamt drei Treffsdurchgeführt.
Während des ersten Treffs sagte sie die Mitarbeit mit unserem
Organ zu.
In der Zeit zwischen dem ersten und dem zweiten Treff rief die
W. bei der Ihr mitgeteilten Telefonbummer an und bat darum,dass die
Verbindung zu ihr abgebrochen wird.
Während des daraufhin durchgeführten Treffs gelang es uns wieder,
die W. umzustimmen und sie sagte wiederum ihre Mithilfe zu.
Mit ihr wurde ein dritter Treff vereinbart,zu dem sie in Begleitung
der Schauspielerin des Berliner Ensembles,A n g e l i k a
H u r w i c z , erschien.
Die W. hatte offenbar der H. alles über unsere Verbindung mitgeteilt
und es machte sich der Abbruch der Verbindung notwendig,da sich
die W. vollkommen dekonspiriert hatte.
Die W. hat die H. nur deshalb mit z um Treff gebracht,um in ihr
eine Stütze und die Verbindung zu uns abzubrechen.

Auf Grund der Dekonspiration der W. sehen wir uns gezwungen,das
über sie vorhandene Material dem Archiv zwecks Ablage zu übersenden.

Berlin , den 21.6.1957

48

Berlin, den   .57
Tgb.Nr.: R/ 1227/57

A k t e n n o t i z
-.-.-.-.-.-.-.-.-.-

An dieser Person besteht kein operatives Interesse mehr.
Das Material wird deshalb, entsprechend einer.Verein-
barung mit der Abt. XII, dem Archiv übergeben.

                    gez. B e c k e r
                    Hauptmann

Ich betrachte diese Akten als hochinteressant, sie hatte wirklich Charakter, unsere Tante Pivi. Man sollte auch über sie eine
Biografie schreiben. Aber darum könnte sich Pivis Tochter
kümmern, zu der es allerdings keinen Kontakt gibt. Meine Bemühungen allein ließen bei ihr kein Interesse an ihren Cousins
und Cousinen wecken.

Immerhin, so soll erzählt sein, war Pivi Aufnahmeleiterin
beim Deutschen Fernsehfunk, der DEFA und als Inspizientin, als
Souffleuse und sogar Sängerin aktiv. Sie wandelte schon sehr
früh im Berliner Ensemble am Schiffbauerdamm mit leibhaftig
erlebten Erinnerungen mit dem großen Berthold Brecht und
war 1956 über seinem Tod hinaus weiterhin mit Helene Weigel
bekannt. Sie war sogar zu Ehren Berthold Brechts anlässlich
von dessem 10. Todestag zusammen mit Carola Braunbock und
vielen anderen namhaften Künstlern an der Gestaltung einer
Schellackplatte beteiligt, die ich tatsächlich persönlich in meinem Besitz habe.

Die Schauspielerin aus dem Berliner Ensemble, Angelika
Hurwicz (1922–1999), die man für nicht bedeutend genug
empfand, sie in diesen Akten zu schwärzen, zählte schon Ende

der 40er Jahre zu Pivis engsten Freundinnen, das ist auch in dieser Stasiakte so niedergeschrieben. Verpartnert hat sie sich aber heimlich und doch geduldet mit der Schauspielerin Carola Braunbock (1924–1978). Natürlich waren Angelika Hurwicz und Carola Braunbock die Wegführenden zum großen Bertold Brecht, da beide mit ihm arbeiteten.

Als Wiedererkennung genannt, Carola Braunbock war die böse Schwiegermutter im Weihnachtsklassiker „Drei Haselnüsse für Aschenbrödel", danach in einer ganzen Reihe von Theaterstücken und Filmproduktionen der DEFA zu bestaunen. Auch Angelika Hurwicz war nicht nur im Theater am Schiffbauerdamm unter Bertold Brecht und Helene Weigel aktiv, auch sie ist in über 30 Filmen der DEFA verewigt. Und in dem vom Deutschen Fernsehfunk aufgezeichneten Bühnenstück von Fritz Marquardt an der Volksbühne Berlin „Avantgarde" von 1971 spielte unsere Tante immerhin eine russische Umsiedlerin aus dem Jahr 1928.

Es waren wohl mal drei Mädchen der Familie Wolfshohl: Margret (Pivi), Gisela (unsere Mutter) und Magda (die jüngste). Tante Magda wurde von einer Straßenbahn überfahren irgendwann in den 1950 Jahren. Irrerweise wurden die Mädchen oder schon Jugendlichen im Krieg aus Berlin nach Breslau geschickt zum Schutz vor dem Bombenhagel, gerieten mitten rein in den Wahnsinn der Festung Breslau, hatten garantiert so manches erlebt und ertragen als ca. 15-, 14- und 12-jährige Mädchen. Sie hatten Dinge erlebt und gesehen, die kein Mensch erleben möchte.

NACHRICHTENBLATT
für die deutsche Bevölkerung

Nr. 18   9. Mai 1945

Unterzeichnung der Urkunde über die bedingungslose Kapitulation der deutschen Streitkräfte

Urkunde über die militärische Kapitulation

1. Wir Endesunterzeichneten, die wir im Namen des deutschen Oberkommandos handeln, erklären die bedingungslose Kapitulation aller unserer Streitkräfte zu Lande, zu Wasser und in der Luft sowie aller übrigen Streitkräfte, die zur Zeit unter deutschem Befehl stehen, vor dem Oberkommando der Roten Armee und gleichzeitig vor dem Oberkommando der Alliierten Expeditionsstreitkräfte.

2. Das deutsche Oberkommando erteilt unverzüglich allen deutschen Befehlshabern des Heeres, der Marine und der Luftwaffe und allen von Deutschland beherrschten Streitkräften Befehl, die Kampfhandlungen am 8. Mai 1945 um 23.01 Uhr mitteleuropäischer Zeit einzustellen, in den Stellungen zu verbleiben, in denen sie sich zu dieser Zeit befinden, sich vollständig zu entwaffnen, indem sie alle Waffen und alles Kriegsgut den örtlichen Verbündeten Befehlshabern oder den durch die Vertreter des Verbündeten Oberkommandos bestimmten Offizieren abliefern, sowie Schiffe, Boote und Flugzeuge, ihre maschinellen Einrichtungen, Rümpfe und Ausstattungen, ferner Maschinen, Bewaffnung, Apparate und technische Gegenstände, die Kriegszwecken im allgemeinen dienstlich sein können, weder zu vernichten noch zu beschädigen.

Unterzeichnet am 8. Mai 1945 in Berlin.

3. Das deutsche Oberkommando bestimmt unverzüglich die entsprechenden Kommandeure und stellt die Durchführung aller weiteren vom Oberkommando der Roten Armee und dem Oberkommando der Alliierten Expeditionsstreitkräfte herausgegebenen Befehle sicher.

4. Diese Urkunde steht der Ersetzung durch ein anderes Generaldokument über die Kapitulation nicht im Wege, das von den Vereinten Nationen oder in deren Namen bezüglich Deutschlands und seiner Streitkräfte im ganzen abgeschlossen wird.

5. Sollten das deutsche Oberkommando oder irgendwelche Streitkräfte, die unter seinem Befehl stehen, nicht gemäß dieser Kapitulationsurkunde handeln, so werden das Oberkommando der Roten Armee ebenso wie das Oberkommando der Alliierten Expeditionsstreitkräfte diejenigen Strafmaßnahmen ergreifen oder andere Handlungen durchführen, die sie für notwendig erachten.

6. Diese Urkunde ist in russischer, englischer und deutscher Sprache ausgefertigt. Nur der russische und der englische Text sind authentisch.

Im Namen des deutschen Oberkommandos:
KEITEL, FRIEDEBURG, STUMPF

Es waren anwesend:

Im Auftrag des Oberkommandos
der Roten Armee
Marschall der Sowjetunion
G. SHUKOW

Im Auftrag des Obersten Befehlshabers
der Expeditionsstreitkräfte der Alliierten
Hauptmarschall der Luftstreitkräfte
TEDDER

Bei der Unterzeichnung waren als Zeugen anwesend:

Der Befehlshaber der strategischen
Luftstreitkräfte der U.S.A.
General **SPAATZ**

Der Oberbefehlshaber
der französischen Armee
General **DELATRE DE TASSIGNY**

ERLASS

des Präsidiums des Obersten Sowjets der UdSSR

9. Mai zum Feiertag des Sieges erklärt

Zu Ehren des siegreichen Abschlusses des Großen Vaterländischen Krieges des Sowjetvolkes gegen die deutschfaschistischen Eindringlinge und zu Ehren der von der Roten Armee errungenen historischen Siege, die durch die volle Niederschlagung Hitlerdeutschlands, das seine bedingungslose Kapitulation erklärt hat, gekrönt wurden, wird festgesetzt, daß der 9. Mai ein Festtag des gesamten Volkes — der FEIERTAG DES SIEGES ist.

Der 9. Mai gilt als arbeitsfreier Tag.

Der Vorsitzende des Präsidiums des Obersten Sowjets
der UdSSR
M. KALININ

Der Sekretär des Obersten Präsidiums der UdSSR
A. GORKIN

Moskau, Kreml, 8. Mai 1945.

51

Wenn sich nun mal dieses interessante Blatt in meinem Besitz befindet, warum also nicht zeigen. Vor allem, weil sich auf der Rückseite ...

Breslau genommen

(Aus dem Bericht des Informationsbüros der Sowjetunion vom 8. Mai 1945)

Die Truppen der 1. Ukrainischen Front bemächtigten sich im Ergebnis einer langandauernden Belagerung am 7. Mai der Stadt und Festung Breslau vollständig. Die die Stadt verteidigende deutsche Besatzung stellte mit dem Festungskommandanten General der Infanterie von Nigof und seinem Stab an der Spitze den Widerstand ein, streckte die Waffen und gab sich gefangen.

Bis zum 7. Mai, 19 Uhr, nahmen unsere Truppen in Breslau 40 000 deutsche Soldaten und Offiziere gefangen.

... diese Nachricht darauf befindet. Am 07. Mai 1945 befanden sich die drei Wolfshohl Mädchen genau an diesem Ort. Kriegshandlungen, Bomben, Granaten und Schießereien waren beendet. Der Russe, nein, der damalige vom Krieg gebeutelte Russe hat die Festung Breslau eingenommen.

Für die verbliebene Bevölkerung, die wochenlang unter Zwangsarbeit, Belagerung, Kämpfen und Zerstörungen gelitten hatte, kam mit der Kapitulation keine Erleichterung. Krankenhäuser und Kanalisation waren zerstört, Epidemien verbreiteten sich angesichts der katastrophalen Verhältnisse. Hinzu kamen Plünderungen, Übergriffe und Vergewaltigungen durch Rotarmisten. Nach Schätzungen des britischen Historikers Norman Davies kamen im Kampf um Breslau insgesamt 170.000 Zivilisten, 6.200 deutsche und 13.000 sowjetische Soldaten ums Leben. Es wurden 12.000 deutsche und 33.000 sowjetische Soldaten verwundet. Andere Schätzungen belaufen sich auf 20.000 getötete Zivilisten. General Niehoff kapitulierte und verbrachte zehn Jahre in sowjetischer Gefangenschaft. [Siehe: de.wikipedia.org/wiki/Schlacht_um_Breslau Reviewed 28.05.2021]

Definitiv ein Kapitel unserer lückenhaften Familiengeschichte.

Mario hatte ebenfalls einen distanzierten Kontakt zu Tante Pivi, bedingt, dass sie in der DDR lebte, er als Junkie so schnell nicht in die DDR einreisen konnte, womöglich auch nicht daran interessiert war. Als Rentnerin und längst als DDR-bürgertreu erkannt, durfte Pivi auch fast problemlos immer mal wieder in die BRD reisen. Ein paar Begegnungen mit Mario hat es in der Zeit bei der Familie Schwarz und Schmidt in der Hornstraße gegeben. Ich hatte die meiste Zeit meines Lebens in Westdeutschland verbracht, die DDR für mich ein unerreichbares Ziel. Ich hatte nur einmal das Vergnügen, unsere Tante kennenzulernen, sehr spät leider, viel zu spät. Aber dennoch war sie unsere Tante, eine Tante, die trotz aller Schicksale ihr Leben gemeistert hat und hier auf keinen Fall unerwähnt bleiben soll.

Spuren einer Kleinkindzeit II ...

Ich machte in der Goltzstraße erst ein paar Aufnahmen und setzte mich an das Kaffee direkt links neben den Eingang der Nummer 48. „Mamsell" nennt es sich, schön dachte ich, ein sehr schöner Name für ein Kaffee, passt auch irgendwie zu meinem gedanklichen Zeitgeschehen. Im Kaffee ein sehr augenfrohes Ambiente und eine sehr große Auswahl an feinster Schokolade, Eis, Kuchen und vielen anderen Leckereien. Ein Apfelpfirsichkuchen und ein Kaffee sollten es sein, wurde von mir entschieden. Erkenntnisse wuchsen in Gedanken. Verdammt, warum war ich denn nie mit Mario hier, überall haben wir uns, wenn ich mal in Berlin war, rumgetrieben, ständig mal eben irgendwo einen Kaffee getrunken, aber warum nie hier? Was würde er mir heute antworten, wenn ich ihn danach fragen könnte? War diese Zeit tatsächlich so prägend damals, so negativ prägend, dass man da nicht mehr hin wollte? Gab es keine Geschichten, die man zur damaligen Zeit erzählen wollte? Er müsste sich doch an das eine oder andere sehr viel besser erinnern als ich, wo er doch 1965 schon bald sieben Jahre alt war. Mag es vielleicht doch dieser psychologisch genannte Verdrängungsmechanismus gewesen sein, der ihn in seiner, vor allem dieser Erinnerung einschränkte?

Na ja, diesbezüglich ticke ich zu hundert Prozent ganz anders. Es gibt nicht ein Gebäude, das mein Schicksal entschieden und beeinflusst hat, das ich nicht wenigstens einmal danach besucht habe. Das Haus macht, wenn man es betrachtet, den Eindruck, als sei es, wenigstens die Hauptmauern, Fassade usw. noch original aus der Jahrhundertwende 18/19. Die alten

Fenster ließen darauf schließen. Vielleicht wie so viele Häuser auch in dieser Stadt von Bomben zerstört und nur innen wurden das Treppenhaus, die einzelnen Etagen und das Dach neu aufgebaut. 2013 war es noch grün, fiel mir auf. Dieser Erker ähnliche geschlossene Balkon wurde nach links durch zwei offene Balkone erweitert, man erkennt durchaus, dass hier in den letzten acht Jahren der Gentrifikator sein Unwesen getrieben hat. Nun ist es weiß, na ja edel eben, edel in einem mittlerweile sehr edlen und teuren Bezirk Schöneberg.

Die junge Frau im Kaffee Mamsell, ich denke keine 30 Jahre alt, kam ich nicht drum rum, sie anzusprechen, ob sie denn nicht eine kleine historische Information zu diesem Gebäude hätte. Sehr interessiert an meiner Frage fiel ihr auf, dass ich mich fotografierend auf der Straße auffallend verhalten habe und nun wusste sie, warum das so ist. Noch mehr Interesse wuchs, als ich kurz berichtete, dass ich einst als kleiner Hosenscheißer mit meinen Geschwistern hier, na ja, gelebt habe.

Ein Kolonialwarenladen befand sich einst in diesen Räumen, danach angeblich eine Gaststätte, was aber nicht gesichert ist, dann ein Lager zu dem Geschäft von nebenan, bevor sie dieses Kaffee hier einrichteten, wusste sie zu berichten. Ob meine Verwandtschaft oder die damaligen Kinder, meine Geschwister, hier mal eingekauft haben, fragte ich mich sofort. Vielleicht ein paar abgezählte „Schlommies", wie Mario alle auf der Welt befindlichen Lutschbonbons nannte. „Fünf Schlommies, für'n Sechser", hat der strohblonde Knabe mit seinen Segelohren vielleicht hinauf zu dem erwachsenen Verkäufer gerufen. Der „Sechser", das 5-Pfennig-Stück wie bei den Berlinern so gebräuchlich.

Fünf Schlommies auf die kinderschmutzige Hand, die er dann in eine Hosentasche der damals überall in Verwendung befindlichen kurzen Lederhose mit Hosenträger steckte oder in eine kleine Papiertüte, die er so fest und beschützend festhielt, dass die Schlommies allesamt an der Papiertüte festklebten und mühsam mit viel Spucke wieder herausgelutscht werden mussten. Vielleicht auch fünf Schlommies, für jeden seiner Geschwister eines, denn „Geben ist seliger denn Nehmen", sein gelebtes Motto, das, warum auch nicht, schon damals Anwendung fand. Wer weiß, wer weiß, ich zehre an dieser Vorstellung.

Ganz interessiert erzählte sie, dass sie bei der Renovierung dieses Geschäftes einen dieser Rollladenkästen für Schaufenster und Eingangstür öffnen mussten und darin dieses hier angezeigte Informationsblatt fanden, was anscheinend vom damaligen Ladeninhaber, der Krämersfrau oder dem Krämersmann, zum gegebenen Anlass an die Scheibe geklebt wurde.

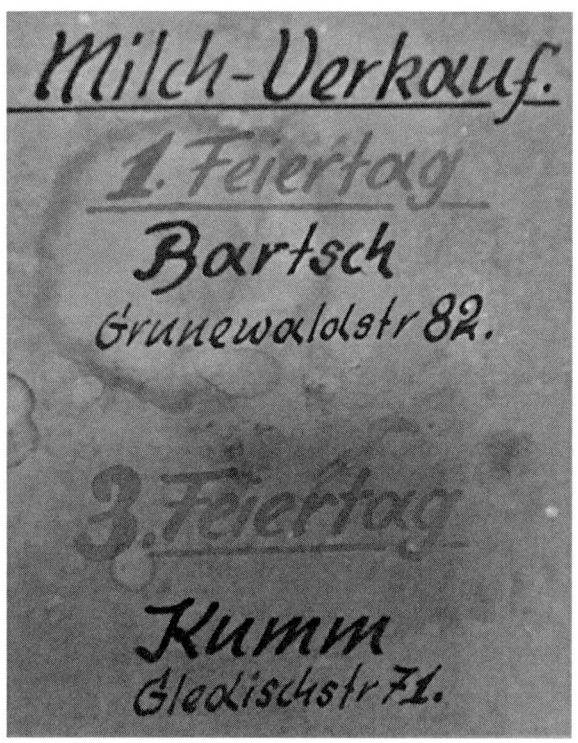

Milch-Verkauf.

1. Feiertag

Bartsch
Grunewaldstr 82.

3. Feiertag

Kumm
Gleditschstr 71.

Man teilte sich wohl damals mit anderen Geschäften die feiertäglichen Öffnungszeiten, womöglich Ostern, Pfingsten oder Weihnachten.

Zum Abschied verwies sie mich an die Hausnummer 50, den Verein „Berliner Geschichtswerkstatt". Leider öffnen die erst um 15 Uhr und so nutzte ich die bis dahin verbleibende Zeit, dieses Nachbarschaftsheim zu besuchen, das in dieser kurzen Berlinepisode ganz gravierend eine Rolle für vor allem Detlev, Petra, Mario, Wolfgang und Alexander spielte. Denn laut Akte heißt es,

„dass die älteren Kinder nach der Schule erst die kleinen versorgt haben und dann zusammen in dieses Nachbarschaftsheim gingen."

In der Karl-Schrader-Straße befindet sich noch heute dieses sehr große Gebäude, noch immer in einer annähernd ähnlichen Funktion als Kinderhort und Kindergarten.

Auguste-Victoria-Krippe, Karl-Schrader-Straße 9, errichtet 1908.

In der Akte ist explizit dieses Heim immer wieder genannt, auch deren Meinung wurde immer wieder erfragt. So heißt es:

Auszug Akte 1965:
Ohne Mittagessen zu erhalten gehen alle Kinder, bis auf Dagmar, gegen 14 Uhr zum Nachbarschaftsheim. Sie nehmen dort von 14 – 15 Uhr am Freispiel teil und 15 Uhr gehen die Schulkinder in ihre Beschäftigungsgruppen. Die Beaufsichtigung der kleinen Kinder übernimmt dann das Nachbarschaftsheim zur Entlastung der Großen, obgleich dies nicht im dortigen Programm eingeplant ist.

Die jüngeren Geschwister zeigen typische Verwahrlosungserscheinungen. So gibt das Nachbarschaftsheim an, dass sie bei den Besuchen des Heims bei Passanten bettelten. In der Kindergemeinschaft suchen sie in Gaunermanier ihren Vorteil. Sie nutzten jede sich bietende Gelegenheit im Heim und außerhalb.

Na da würde sich doch so manch ein Anwalt oder Richter, die Mario und Wolfgang 10–12 Jahre später verknackt haben, ihre schmierigen Hände reiben: „Wir haben es doch immer gewusst!"

Im vergangenen Jahr haben sich die Zustände in der Familie verschlechtert. Am 22.01.1965 erklärte uns das Nachbarschaftsheim, dass seine Betreuungsarbeit an den sechs Kindern der Familie, die sich an allen Wochentagen dort aufhielten nicht mehr ausreiche, um die Kinder vor weiterer Verwahrlosung zu bewahren. Es müssten intensivere Maßnahmen durchgeführt werden. Außerdem könnten die

Kinder in der Woche vom 25.01. bis 29.01. nicht ins Nachbarschaftsheim gebracht werden, wegen der Erkrankung einer Mitarbeiterin.

Ich lief diesen Weg dorthin, von der Goltzstraße 48 in die Karl-
Schrader-Straße 9, stellte mir die Jahre der damaligen Zeit, die
kleine Kolonne der sechs Kinder vor. Detlev mit damals schon
11 Jahren der älteste, Petra 10, Mario vielleicht gerade 6, Wolfgang gerade 5, Alex gerade 4, ich, beim ersten Besuch der Einrichtung wahrscheinlich noch keine 3 Jahre alt, und Dagmar
war da wegen zu klein sein nie dabei. Eine große Verantwortung lastete vor allem auf Detlev und Petra.
Ich lief diese Strecke mit Schuhgröße 46 und einer Schritt-
länge von 80 Zentimetern in ca. 10 Minuten. Erst die Goltzstraße hinauf keine 100 Meter zur Ecke Grunewaldstraße, dort
dann links nochmal reichlich 100 Meter entlang bis links zur
Abzweigung, den Beginn der Karl-Schrader-Straße. Es dürften
dann noch keine 100 Meter bis zum Nachbarschaftsheim gewesen sein. Klein Werner mit seinen nicht einmal 3 Jahren hatte es womöglich nicht so sehr mit dem Laufen. Vielleicht gab
es einen Kinderwagen, so einen strohgeflochtenen, gelblichen,
mit vier kleinen Rädern mit roten Felgen, in dem ich voran
geschoben wurde. Ich weiß es nicht. An der August-Victoria-
Krippe machte ich noch ein paar Aufnahmen und wanderte
noch einmal zurück in die Goltzstraße.

Letztendlich besuchte ich um 15 Uhr noch diesen Verein „Berliner Geschichtswerkstatt". Es könnte ja sein, dass man dort
ein wenig mehr weiß von dieser Straße und diesem Haus. Leider war es nicht so, aber dennoch war man sehr entgegenkom-
mend, mir zu helfen.

Unsere Zeit in dieser Straße, so laut Akte, endete also am 28.01.1965. Mit der weiblichen Kriminalpolizei und einem Streifenwagen wurden wir dort herausgeholt.

Auszug Akte 28.01.1965:
Am 28.01.1965, meldeten wir nach verschiedenen Hausbesuchen der weiblichen Kriminalpolizei, daß die verwahrlosten Zustände im Haushalt Schwarz einer Kindesvernachlässigung gleichkämen. Daraufhin wurden noch am gleichen Tage die sieben Kinder der Familie von der WKP aus dem Haushalt herausgeholt. Außerdem wurden von der WKP fotografische Aufnahmen in der Wohnung gefertigt. Allerdings konnte in das Kinderzimmer nur unter Zuhilfenahme der Besatzung eines Funkwagens eingedrungen werden.

Wie auch immer. Heute würde ich sagen, welch eine Schocksituation für die Kinder, kein Wunder, dass die alle was am Kopf haben, um es vereinfacht auszusprechen. Mutter schlecht, Mutter gut. Vollkommen egal, es war eine unfassbare schockierende Situation, die uns alle wie aus heiterem Himmel traf. Leider liegen mir diese fotografischen Aufnahmen nicht vor. Man hat sie wohl auch vernichtet, wo es uns alle doch nichts angeht, was damals geschehen ist.

Fragen über Fragen, sinnige und unsinnige stellten sich auf einmal in diesen expliziten Gedanken am Ort des Geschehens. Januar 1965, welches Auto mag das wohl gewesen sein, in das man uns alle gesetzt hat? Ein Käfer, ein Bulli VW-Bus oder gar ein BMW 501/502, der legendäre heiß begehrte Barockengel, alle im ganz dunklen damaligen Polizeigrün? Waren wir oder wenigstens die Großen wehrhaft, hatten sie ordentlich zu tun, um uns in den Wagen zu pferchen? Sei's drum, letztendlich wurden wir besiegt, saßen garantiert einer neben dem anderen geschockt und entsetzt im Fond dieses Wagens und wussten nicht wirklich, wie uns geschieht.

Es ist ein sehr schlechter aber berechtigter Vergleich und ich schwöre hiermit, keinem Menschen nahe treten zu wollen. Aber ich betrachte diese amtliche Vorgehensweise als einen Abtransport, einen Abtransport ohne Wiederkehr, einen Abtransport in eine ungewisse Zukunft. Die Definition „zwangsweise weg-, an einen anderen Ort bringen, verschleppen", heißt nichts anderes als Deportieren, nüchtern beurteilt nach Ähnlichkeit der Vorgehensweise und Durchführung vergangener Zeiten. Vollkommen unsensibel, anscheinend ohne ein Recht auf Abschied. Oh mein Gott, wie schön für mich, dass ich noch so klein war, die Großen haben das alles life erlebt. Ist dies der Grund, warum Mario, damals fast siebenjährig, nie davon erzählte? Darf man sich vorstellen, dass diese Kinder, trotz aller Umstände, ihre Mutter geliebt haben? Ich denke schon, Kinder lieben ihre Mütter immer in diesem Alter, wo doch so ein Kind so Vieles nicht versteht, was richtig und falsch ist, und Liebe und Zuneigung mit so wenigen einfachen Gesten an ein Kind vermittelt ist. Sei es nur mal kurz auf dem Schoß sitzen, eine herzliche Umarmung, ein liebliches Streicheln über das Haupt des Kindes, ein Küsschen beim Gute Nacht Sagen. Eine Mutter müsste ihr Kind geradezu hassen, wenn sie das nicht tut. Ach du Schreck, die Beauftragten unseres Vaterlandes haben all das nicht getan ...

Was passierte an diesem besagten Tag vor allem in den Köpfen von Detlev, Petra und auch Mario? Sie waren alt genug, um zu verstehen, dass da gerade etwas passiert, was nicht normal ist. Nebensächlichkeiten interessierten mich auf einmal neben Obstkuchen und fantastischem Kaffee. War das die erste Autofahrt in unserem aller Leben womöglich, die Autofahrt in eine ungewisse Zukunft? Es war Januar, ob wohl Schnee gelegen hat? Was dachten die Polizisten, die da diese Kinder aus dieser Umgebung zerrten? Keines meiner älteren Geschwister erzählte jemals von diesem damaligen Abtransport, ihren Empfindungen und Wahrnehmungen. Als ob all das niemals geschehen wäre, weg, aus der Erinnerung gestrichen, nie passiert, verdrängt, vergessen, doch erschreckend prägend und tief im Inneren immer präsent. Wir wurden im Kinderheim Raffelsberg-Schertl in Berlin „interniert" und auch wenn es in diesem Zusammenhang laut Begriffsbestimmung „interniert" nicht die richtige Bezeichnung darstellt, stehen die Empfindungen des Betroffenen auch hier im Vordergrund. Genaue Daten von dieser wahrscheinlich nicht mehr existierenden Einrichtung konnten nicht recherchiert werden. Ich denke, ich darf, damit das alles seinen Zusammenhang nicht verliert, so vergleichen oder benennen.

Uniformierte Menschen, alte Wehrmachtsuniformen, die damals nur dunkelblau gefärbt waren, poltern die Treppe hinauf, klingeln und poltern an der Tür, „Aufmachen, Polizei!", reißen sie womöglich gewaltsam auf, plötzliches gewaltsames Eindringen von mehreren, doch sicherlich mindestens 5 erwachsenen Menschen in diese kleine Zwei-Zimmer-Wohnung, vielleicht, Beeilung, Beeilung ein kleines Köfferchen für jeden, mehr war nicht erlaubt, gewaltsame Herausnahme aller sieben Kinder, gewaltsames, kein freiwilliges, in ein Transportfahrzeug-Setzen, abfahren an einen unbekannten Ort, eine unvorstellbare Zukunft. Widerstand der in Verwahrung Genommenen wegen Unterlegenheit sicherlich negativ. Wenn das keine Spuren hinterlassen hat, dann weiß ich auch nicht mehr.

Maria Laß-Leben ...

Ein paar Monate später, am 01. April 1965, wurden wir alle in die Einrichtung Kinderheim Maria Laßleben in Kallmünz in der Oberpfalz, Landkreis Regensburg verfrachtet. Welch ein gottbehüteter Name, „Laß Leben". Da kann ja nichts schief gehen, auch wenn es nach entsprechenden Erkenntnissen heißen dürfte: „**Maria, Laß** es gerade mal so **leben**." Ausgeflogen vom Flughafen Berlin-Tempelhof nach Nürnberg, wo wir dann für den weiteren Transport nach Kallmünz, ca. 60 Kilometer, abgeholt wurden. Es könnte sogar sein, dass wir in der damaligen Zeit mit einem Propellerflieger nach Nürnberg geflogen wurden. Wer da wohl den Fensterplatz in Beschlag genommen hat und ob gar jemand vor Angst geheult hat? Hat überhaupt jemand geheult, vom unvorhergesehenen Abschied, der schon spürbaren Trennung von der Mutter, dieser plötzlichen Aktion des Jugendamtes? Sieben Kinder, auf einmal von einer zur anderen Minute weg, rausgerissen aus ihrem Alltag, sei er noch so schmutzig gewesen, rein in ein Auto und los. War es doch nun schon zwei Monate her, dass dies geschah, waren Folgeerscheinungen bemerkbar?

Oh doch, ganz bestimmt haben diese sieben Kinderaugenpaare nicht nur am 28. Januar 1965 geheult wie Schlosshunde. Selbst in dieser tiefen Schocksituation konnte das gar nicht ausbleiben. Jede Mutter würde sterben, wenn sie mit ansehen müsste, wie ein fremder Mensch ihr Kind in ein Auto zerrt und mit ihm davon fährt. Und ich will sie nicht wirklich in Schutz nehmen, aber dennoch, es kann unmöglich sein, dass dieser Tag nicht auch in ihrem Leben keine tiefen Narben hinterlassen hat. War es zu diesem Zeitpunkt, zwei Monate später, noch real oder schon in der Verdrängungsschublade der Mutter und den Kindern gelandet? Ich fragte mich sehr oft in meinem Leben, wie hat sie das wohl alles verkraftet, wollte es mir vorstellen und fand nie eine nur vorstellbare Antwort. Erfahren habe ich es allerdings nie. Trat für sie eine plötzliche Erleichterung ein, eine Erlösung am Ende? Nein, das wollte und konnte ich mir vor allem nicht vorstellen, denn das wäre nicht im Ansatz normal. Mutter bleibt Mutter, auch wenn ich keine Ahnung von Müttern habe. Warum hat die dumme Pute zu Lebzeiten eigentlich nie davon erzählt oder anders, warum war ich nicht hartnäckiger und habe es nicht aus ihr herausgepresst?

In Laßleben verbrachten alle Geschwister zusammen ihre Jahre bis zum 05. Juni 1967. Bedenklich fand oder finde ich diese Entscheidung von unseren neuen Eltern, den behütenden Vater Staat, schon immer, die Kinder so weit entfernt von Berlin und ihren tatsächlichen Eltern unterbringen zu müssen. Dies wurde einst umfassend damit begründet, dass Berlin zur damaligen Zeit von Kindern, die untergebracht werden mussten, absolut überlastet gewesen sei.

Auch der Mauerbau hat dazu beigetragen. Da waren auch viele Kinder, die zurückgelassen wurden auf beiden Seiten Berlins. Es ist ja nicht so, dass nur alle aus Ost-Berlin raus wollten, es gab auch einige, die nach Ost-Berlin rein wollten. Die plötzlich kleinere Stadt verlor auch Kapazitäten an Heimplätzen. In diesem gemeinsamen Berlin hatte es vorher ja sehr viele Heime gegeben. Dennoch hätte man mit Herz und Verstand, natürlich von Amts wegen nach einer Lösung suchen müssen, die Kinder näher bei der Mutter zu lassen. Es lag bei unserer Mutter in unserer Zeit der Kleinkindertage nie ein Fall von Kindesmisshandlung vor. Es gab keinen Grund, uns so weit entfernt, so extrem zu beschützen und von ihr fern zu halten. Hahaaa, wie erbärmlich lustig, wenn es nicht so schockierend und traurig wäre. Kindesmisshandlungen in allen erdenklichen Formen erfuhren wir erst, nachdem man uns vor unserer Mutter gerettet hatte, von Amts wegen. Was eine verdammte Scheiße!!!

Nun gut, nur damit man das nicht vergisst in der weiteren Erzählung. Zur damaligen Zeit war es eine Weltreise allein in Berlin von Neukölln nach Dahlem zu fahren. Wie sollte das funktionieren, von Berlin mal eben nach Bayern zu fahren von einer mittellosen Mutter und mittellosen Vätern? Man sagte natürlich auch, „Sorgerecht entzogen" beinhaltet auch den Verlust des Rechtes, sich trotzdem noch um das eigene Kind zu sorgen, welches der Staat nun sehr viel besser versorgen kann. Die Eltern haben alle Rechte der Sorge um die Kinder verwirkt, können nun ihrem Friseur erzählen, wie es ihnen damit geht. Wirklich wissen tu ich es nicht, auch Dinge, die ich gerne erfahren hätte, welche Rechte unsere Eltern an ihren Kindern noch hatten.

Sicherlich gab es einen entsprechenden Schriftwechsel zwischen Staat und Mutter. Urteile werden doch nicht nur ausgesprochen. Im Fundus von Jürgen Schmidt fand sich dazu nichts. Diese Dokumente, diese Urteilsverkündungen, „Im Namen des Volkes ergeht folgendes Urteil", könnten womöglich noch in irgendeinem amtlichen Archiv der Gerichtsbarkeit liegen. Selbstredend, dass mich dieser damalige Wortlaut, die Formulierung des damaligen Urteils, sehr interessieren würde, da all das die Kinder dieser Mutter zwar gravierend betraf, aber so festzustellen, nichts anzugehen hat. All das nicht nur geschwärzt, sondern wahrscheinlich vernichtet. Selbstverständlich wusste also das Vaterland auch das sehr gut zu verbergen. Das nur so nebenbei, eine erneute kleine Feststellung.

Zurück zum vorherigen Absatz. Auch wenn es anderen bekannten Müttern oder Eltern von Mitzöglingen gelungen ist, sie aus den fernsten Städten zu besuchen, geht es um die Umstände, die nun mal nicht jeder in der Lage war, zu bewältigen.

Fakt bleibt, wenn solche Besuche anstanden bei längeren Wochenenden durch Feiertage zum Beispiel, war es für uns schon recht blöd, dass wir stets mit keinem Besuch rechnen konnten, irgendwie an solchen Tagen immer nur im Weg rumstanden. Die Eltern besuchter Kinder waren einen Ausflug machen, man saß fast mutterseelenallein im großen Speisesaal, es gab nur kleine Kost, da sich Kochen nicht lohnte. Auch unsere angeblichen Retter, die uns von Amts wegen zugeteilten Vormünder, die gegen Spesenabrechnung uns sogar etwas Schokolade auf Staatsrechnung hätten mitbringen können, blieben für uns unbekannte Gesichter.

Dennoch, wären wir, wenn man zum ehrlichen Wohl des Mündels entschieden hätte, in Berlin verblieben, hätten unsere leiblichen Eltern die Chance gehabt, ihre Kinder mit Bus, U- oder S-Bahn zu besuchen. Die Chance auf ein neues Verantwortungsgefühl wäre eventuell gewachsen, wenn denn die Kinder nur näher gewesen wären. Auch, um uns mal ein kleines Geschenk zu Weihnachten oder etwas Süßes zu bringen, auch mal ein Auge auf uns zu werfen, wie wir denn aussehen, und sie hätten fragen können, ob es uns gut geht. Sie hätten fragen können, ob uns all das Neue gut tut, oder ob uns „im Namen des Vaters", ob Staat oder Kirche, ein Unrecht geschieht, Unrecht, das uns letztendlich über unsere ganze Kindheit hinaus bis ins Erwachsenenalter begleitet hat. Vielleicht wäre wenigstens die Tatsache Familienzusammengehörigkeit am Leben geblieben, der Kontakt zu den Eltern nicht ganz verloren gewesen. Man hat den Kindern von Amts wegen die Entscheidung genommen, Eltern haben zu dürfen. Im richtigen Verhalten der Ämter, auch unter Beobachtung aller, hätte das Recht bestehen bleiben können.

Zurück zu Kallmünz, zu Maria Laßleben. Auch meine Erinnerungen an diese Zeit dort, all das ganze Geschehen davor und die an meine Geschwister existieren nicht oder sind mehr als schemenhaft. Dennoch war es mir wichtig, mich dieser Einrichtung etwas expliziter anzunehmen. Immerhin begann hier unsere gemeinsame Erziehung, wir alle noch zusammen, im Sinne unseres Vaterlandes. Ich hab auch dieses eigentlich schlichte, doch große Gebäude aufgesucht, sogar in viel späteren Jahren mit Mario zusammen. Auch seine Erinnerungen waren daran nicht sehr umfangreich. Aber ich fand dazu Folgendes:

Der Name Laßleben ist in Kallmünz ein alteingesessener Name, aus dem auch ein für die Oberpfalz sehr prägender Heimatforscher, Lehrer und Verleger, Johann Baptist Laßleben (1864–1928), hervorging, nach dem auch eine Schule benannt ist. Dessen Sohn, Michael Laßleben (1896–1962), wurde ebenfalls Verleger und Bürgermeister von Kallmünz. Dessen Sohn wiederrum, Hans Laßleben (1908–1941), war in seinem leider sehr kurzen Leben, er ist in Russland gefallen, Lehrer und ein erfolgreicher Grafiker und Illustrator. Dieser Verlag Laßleben existiert in deren Nachfolge übrigens noch immer. Irgendwie mag es falsch sein, in diese durchaus interessante und erfolgreiche Familiengeschichte Maria Laßleben zu implizieren, aber dieser Name machte es einfach unumgänglich, hat aber so, wie ich es in Erfahrung bringen konnte, nichts mit diesen oben genannten Laßlebens zu tun.

Zu Maria Laßleben und deren Schwester Walburga, beide bei der Schaffung der erzieherischen Einrichtung nach dem Krieg schon an die fünfzig Jahre alt, ließ sich absolut nichts finden. Komisch, dass sie keine Würdigung und kein Andenken gefunden haben, wo sie sich doch in all den Jahren mit so viel Liebe dem Wohlbefinden hunderter Kinder angenommen haben. Verschweigt man in diesem Dorf von ca. 2.800 Einwohnern ihre einstige Existenz womöglich bewusst? Das Heim Maria Laßleben wurde in einer Erbengemeinschaft betrieben, fand ich noch heraus. Es gab allein in Kallmünz übrigens drei Kinderheime zu dieser Zeit, heute existiert noch eines.

Lebensjahre eines Zirkuskindes ...

Originaler Auszug aus den Zeilen eines Manuskriptes von einem ehemaligen Zögling des Maria Laßleben Kinderheims in Kallmünz von 1950 bis 1963: Norbert Rainer-Althoff: GNADENLOS, Lebensjahre eines Zirkuskindes. Es wurde leider nie ein Buch daraus:

Vor dem Krieg betrieb Frau Laßleben in ihrem Haus eine kleine Weberei. Die Webstühle wurden von den Besatzungsmächten, womit ich die Amis meine, beschlagnahmt und etwas später abtransportiert. Zurück blieb das leere Haus. Frau Laßleben fasste den Entschluss, zum zukünftigen Gelderwerb ein Kinderheim zu gründen. Kinderheime waren wohl sehr gefragt damals, der Krieg hatte ja genügend Waisenkinder hinterlassen und zerrüttete Ehen, die vernachlässigte Kinder hinterließen gab es damals wie heute. Die meisten Kinder waren bereits psychisch gestört bevor sie ins Heim kamen. Was haben die Jugendämter sich damals eigentlich gedacht, als sie die Kinder in die Verantwortung der Frau Laßleben übergaben? Wie um Gottes Willen sollte eine Frau, die niemals auch nur die geringste Ausbildung zur Erziehung von Kindern genossen hat, ja noch nicht einmal selbst irgendwelche Erfahrungen als Mutter gesammelt hat, diesen Kindern den Weg ins Leben bereiten.

Von Maria Laßleben ging nur eisige Kälte aus. Da war nichts Vertrautes, wie ich es doch noch von Tante Reta kannte, kein freundliches Lächeln, nie kamen irgendwelche lieben oder tröstenden Worte über Ihre Lippen, wo es doch ständig so unendlich viele Tränen um sie herum gab. Nicht die geringste Wärme brachte sie den ihr in Obhut anvertrauten Kindern entgegen. Geborgenheit, Liebe oder Mitgefühl suchte man bei ihr vergebens. Da gab es nur Befehle und Anordnungen. Die Kinder heulten als sie kamen, sie heulten wenn sie wieder gingen und besonders heulten sie in den Nächten. Unvergessen! Abends, wenn wir im Schlafzimmer in den Betten waren, hörte man von allen Seiten das Schluchzen, das unter den Kopfkissen hervordrang, in welche sie ihre traurigen Gesichter vergruben. Nie wieder habe ich so viel Traurigkeit gesehen wie in den Antlitzen dieser gepeinigten und von ihren Eltern verlassenen Kinder. Da war niemand, der ihnen Trost zusprach oder ihre Tränen zu trocknen vermochte. So verwunderte es mich dann auch nicht sonderlich, als ich sehr viel später von Selbstmorden der Verstoßenen hörte.

Zwei Betten rechts von mir hatte Robert seinen Schlafplatz. Er war Bettnässer. Es ist einfach unvorstellbar welche Grausamkeiten diesem armen Jungen angetan wurden. Nach dem morgendlichen Wecken kontrollierte „Tante Maria" mit einem Tep-

pichklopfer in der Hand bei allen Bettnässern die Leintücher. Robert passierte dieses Missgeschick fast jede Nacht. Sein kleiner Kinderpopo, ich glaube Robert war etwa 9 Jahre alt bestand nur noch aus unverheilten Wunden. War das Lacken nass, umklammerte sie den Klopfer fest mit beiden Händen, dann drosch sie, weit ausholend mit aller Kraft auf den vor Schmerzen schreienden Jungen ein. Ihr vor Wut verzerrtes, hochrotes Gesicht und seine Schreie haben mich noch sehr lange in meinen Träumen verfolgt. Wie vieles andere auch. Als sie feststellte, dass ihre Schläge alleine keine Wirkung erzielten, wurde Robert von ihr im vom Urin durchnässten Schlafanzug und mit dem bepissten Leintuch über den Schultern durchs Dorf gejagt.
[Siehe: katzenbande.de/autobiografie.html Reviewed 30.05.2021]

Geschehnisse, die sich vor meiner Möglichkeit zu denken ereignet haben. Als ob diese Vorgehensweise in einem kleinen handgerechten erzieherischen Ratgeber dem lernenden Erzieher gereicht wurden, Titel: „Wie Sie das Einpissen von Kindern verhindern", und zu erlesen gewesen wären, von Generation zu Generation in dieser Branche weitergereicht. Womöglich von Jugendämtern als offizielles Lernmittel empfohlen, muss ich mir in diesem Zusammenhang einfach vorstellen. Denn genau das geschah in jeder einzelnen Einrichtung, in der ich gehalten wurde. Sieben verschiedene Anstalten in drei verschiedenen Bundesländern.

So ergaben auch spätere Recherchen, dass es auch bei „Maria" im „Laß Leben" massive Vorfälle gegeben hat, verwerfliche Vorfälle, die fast allen anderen Heimen der damaligen Zeit gleichzusetzen sind.

Kinderheim Kallmünz: *Die „personifizierte Bosheit" und der Triebtäter* heißt es in einem Pressebericht vom 29. März 2010 im Forum Regensburg digital von Stefan Aigner, der sich dieser Geschehnisse der vergangenen Jahre angenommen hatte. Aber auch schon wieder vergessen sind.

Eigentlich kann ich es allein schon beurteilen, ich war mit Raffelsberg-Schertl sogar in acht verschiedenen Heimen. Sie wären allesamt in irgendwelchen Belangen anzuklagen. Die Geldmaschine Kind haben sich unfassbar viele sehr gewinnbringend zur Angelegenheit gemacht, der Staat hat schon immer ordentlich dafür bezahlt und wie oft liest und hört man noch heute zum Beispiel von der „Arbeiterwohlfahrt", eine einst der größten aktiven sozialen Einrichtungen weltweit von 1919, unter dessen Obhut auch das Kinderheim Witthoh in Baden-Württemberg stand, in dem Alexander, Dagmar und ich ebenfalls Zöglinge waren. Unfassbares Verbrechen geschah dort in dem nur einen Jahr, das wir dort verbrachten, zu erlesen in den autobiografischen „Schlechtwetterzonen", Band I und II. Und die barmherzige Kirche, die war vielleicht mal 1350 barmherzig, vielleicht auch noch ein paar Jahre darüber, aber sonst hat sich auch die Kirche jedes einzige Mündel vom Staat recht gut bezahlen lassen und tut es weiterhin. Ein vehementer Trugschluss zu glauben, die Kirche täte es umsonst, weil es Gottes Wille wäre. Die wahrscheinlich verwendete, rechtlich geregelte Tagespauschale pro Kind war und ist für jede Einrichtung und jeden Betreiber solcher Einrichtungen eine wichtige kalkulatorische Größe. Man müsste nun fast schon wieder, ich schreibe mal, vermuten, die Kirche ist und war in ihrer Gier unschlagbar, wo sich doch so eine Nonne oder ein Pater jedem Kapital, jedem Besitztum entsagt hat. Und ihrem sexuellen Verlangen konnten sie auch noch unbemerkt nachkommen. Sie arbeiten betend nebenbei auch für eine Brotsuppe und ein Glas Wasser. Damit bleibt für das Oberhaupt der Kirche mit dem großen Kirchenschatz doch sehr viel mehr übrig als einer öffentlichen Einrichtung, die weltliche Erzieher und Pädagogen bezahlen müssen.

Das Einzige, woran ich mich im Zusammenhang mit Mario an Kallmünz erinnere ist, dass Mario einmal beim Herumstöbern mit der Hand auf ein Brett gefallen ist, woraus ein Nagel hervorstand. Dieser Nagel bohrte sich durch eine seiner Hände und da er sich nicht traute, diesen wieder herauszuziehen, kam er irgendwie mit dem ganzen Brett ins Heim zurückgelaufen, wo er dann befreit wurde. Allerdings wurden mir diese Details erst viele Jahre später bei diesem Besuch in Kallmünz und einer Erzählung von Mario zu Teil. Wolfgang ist auf der Burg am Berg neben Kallmünz wohl mal abgestürzt und hat sich den Arm gebrochen, wusste er noch, und Detlev wurde mal von einem Eichhörnchen in die Hand gebissen. Es befanden sich in dem Gebäude mehrere Schlafsäle mit mehreren Betten. Mario, Detlev und Wolfgang hatten Betten nebeneinander. Petra war bei den Mädchen untergebracht und man sah sich auch nicht so oft. Gegessen wurde in einem Speisesaal. Dadurch, dass Alexander, Dagmar und ich mit die jüngsten waren, waren wir in einer anderen Gruppe, der Gruppe für Kinder im Kindergartenalter, untergebracht. Wir sahen unsere Geschwister durch diese Trennung, so nah und doch so fern, die in den „Gruppen der Großen" untergebracht waren, eher selten. Zwei Jahre später, 1967, an den Tag der Vorstellung in unserer zukünftigen Pflegestelle kann ich mich noch sehr gut erinnern. Gut, ich war da auch schon fast 5 und Mario 9 Jahre alt, als wir, alle sieben Geschwister, wie die Orgelpfeifen vor diesen Personen antreten mussten, damit die uns begutachten konnten.

Hirschau von 05.Juni 1967 bis 06. Juni 1972

1967 kamen Mario (9), Wolfgang (8), Alexander (6), ich (5) und Dagmar (4) nur kurze Zeit nach dieser Begutachtung nach Hirschau in der Oberpfalz, nahe Amberg. Eine Großpflegestelle, wie sie von Amts wegen genannt wurde, galt es zu besetzen. Na ja, sachlich vielleicht richtig. Aber es nennt sich eine „Stelle", von mir aus auch „Großpflegestelle". Es stellt meines Erachtens auch eine weitere Versachlichung der Mündel dar, aber das hatten wir ja schon. „An welche Stelle stellen wir jetzt die Kuh, die es zu melken gilt?" Man nannte es offiziell nicht Großpflegefamilie, das wenigstens ist ehrlich und nicht so dahin geheuchelt, in einer Familie aufwachsen zu dürfen.

Grundsätzlich eine tolle und gewinnbringende Sache, wo heute so eine Heimunterbringung für nur ein Kind zwischen 3.000 und 5.000 Euro im Monat kostet, warum soll sie damals nicht 2.000 DM pro Kind gebracht haben, ohne jetzt genauer danach forschen zu wollen. Fünf Kinder à 2.000, na da ließ es sich doch ab 1967 großartig davon leben. Allein die Verpflegungspauschale eines Kindes, so habe ich dies schriftlich in den Akten gefunden, betrug 1970 17,50 DM pro Tag und pro Kind. Also an einem 31-Tage-Monat 542,50 DM für nur ein Kind. Unfassbar eigentlich. Keine Familie dieses Landes hatte so viel Geld nur für die Ernährung eines Kindes zur Verfügung. 2.712,50 DM nur für Essen und Trinken für fünf Kinder in einem Monat. Dass man dieses Geld in Hirschau nicht im Ansatz für die tatsächliche Ernährung der Kinder ausgegeben hat, erliest sich im weiteren Text.

Und dann waren da noch diese Sonderzahlungen, Weihnachts-, Schul-, Kleider- und sonstigen Pauschalbeihilfen, die extra bezahlt wurden. Kinder wachsen doch so furchtbar schnell. Vereinfacht war es nur nötig, diese Sonderauslagen zu begründen und zu beziffern. Es kam ja nie einer und hat kontrolliert, ob wir denn eine neue Unterhose oder die der Brüder und die wiederum die ihrer Brüder getragen haben. In den Heimen war die Auswahl der abgetragenen Klamotten bei 30–50 und mehr Jungs entsprechend größer. Glück hatten immer die am Anfang der Nahrungskette, die Ältesten, die mussten tatsächlich immer mal wieder neue Klamotten bekommen, weil es eben keinen vor ihnen gab.

So also auch Mario und Jörg, die damals ältesten in Hirschau. Jörg werde ich gleich noch erwähnen. Dagmar als einziges Mädchen war noch lange nicht so weit, dass sie Spezielles für Mädchen brauchte, die Unterhöschen mögen andere gewesen sein. Die ganzen Heime, vor allem aber das katholische, waren noch viel umfangreicher sortiert, hatten riesige Schränke in Kleiderkammern voll mit noch Tragbarem. Ein Schrank für Hosen, einer für Unterwäsche, einer für Jacken usw. Es fand sich immer was, was der nächste noch tragen konnte. Da trug man schon mal Klamotten auf, die schon in den dreißiger Jahren andere getragen hatten.

Da das gutgläubige, nein, das desinteressierte, nein, das dumme Amt nach so einem Bettelbrief der Einrichtung einfach nur immer bezahlt hat, beweist sich abermals in meiner Heimakte, denn darin befanden sich solche Anträge auf Beihilfen der besonderen Art. Obwohl es dafür, wie ich erlesen konnte, für die Bekleidung des Mündels eine Jahrespauschale von 350 DM gab, suggerierte man dem Amt, dies würde bei

Weitem nicht ausreichen. Natürlich betrafen diese Vorgehensweisen alle Kinder aus der Familie Minge, Reich und Schwarz im
gleichen Maße, wenn nicht im ersten Heim in Kallmünz, dann
im nächsten Heim, bei den Grobbas und weiter und weiter in
anderen Einrichtungen. Es lässt fast erahnen, dass all dies berechnend durchgeführt wurde, wo es doch so einfach war, noch
mehr und mehr Umsatz zu machen. Äußerst lukrativ war diese
Sparte der weiteren Ausschöpfung. Ein Bettelbrief durchstrich
das Land, Preise für Dinge, die das Kind benötigt, in etwa darauf genannt.

Kath. Kinderheim
84 Regensburg · Ostengasse 27
Telefon 513 93

Regensburg, den 16.10.1975.

An das

Jugendamt des Bezirkes
Berlin - Schöneberg

1000 B e r l i n 62
John-F. Kennedy Platz

Betreff : Antrag auf Bekleidungsbeihilfe für S c h w a r z Werner,
                         geb.24.12.1961
         Ihr Az.: Jug. 2 D6 / Sch. 241261.

Für den obengenannten Jungen ersuchen wir höflich um Gewährung eienr
Bekleidungsbeihilfe für den Winter.Werner benötigt dringend:

1	Winterjacke oder Mantel		DM	90.--
1	Paar Stiefel		"	8o.--
1	Paar Gummistiefel		"	20.--
2	Pulover	á DM 20.--	"	40.--
2	Hemden	á DM 18,..	"	36.--
4	Paar Kniestrümpfe		"	24.--
1	Paar Handschuhe		"	15.--

                              Sa. DM 305.--

Für Ihre Genehmigung danken wir im Voraus bestens.

                              Hochachtungsvoll

Die Einrichtung erhielt immer eine Bewilligung.

„In der Heimkostenabrechnung" heißt es hier. Ich denke, darin befand sich dann gelegentlich eine Position mehr, in der diese schon bewilligten 305 DM beziffert waren.

Fakt ist, ich hatte nie neue Klamotten oder Schuhe, denn auch davon gab es ein umfangreiches Sammelsurium. Alles, was ich tragen durfte, war bereits von anderen Kindern, von vielen Kindern vorher getragen. Was mit diesen Geldern, die bereitwillig bezahlt wurden, geschehen ist, ich weiß es nicht.

Detlev, seit Mai 67 schon 15, und Petra (13) Minge, mussten in Kallmünz bleiben, womöglich zu alt für diese Pflegeeltern. Die Gefahr eines erwachsenen Denkens könnte sich annähern, Gerechtigkeitsempfinden zu ausgeprägt werden, Reaktionen, die unangenehme Folgen mit sich bringen, wären möglich. Uns suggerierte man, wie später erfahren, die beiden wollten in Kallmünz bleiben. Die Inhaberin dieser Großpflegestelle war eine Frau Ursula Grobba (ca. 50) mit ihrem Mann Gerhard (ca. 55). Sie kamen einst aus Schlesien, hatten drei eigene Kinder, die größten schon außer Haus, der Jüngste ein paar Jahre älter als Mario, war in einem Privat-Internat in Regensburg. Die Mutter der Frau Grobba (ca. 70), eine Frau Sperling, wohnte da noch, ein altes boshaftes Weib. Beim Eintreffen, das ich nicht mehr so genau in Erinnerung habe, befand sich dort schon ein anderer Junge in Marios Alter, auch erst angekommen, sein Name war Jörg S. Er kam aus Berlin nach Hirschau. Ein Vorteil schon der Verständigung wegen, wo wir doch alle noch ordentlich berlinerten in diesem Bayerischen oder Oberpfälzer Land. Wir alle, auch Jörg, gehörten als Leidensgenossen irgendwie zusammen, waren eine gemeinsame Etagenfamilie.

Aber, von Amts wegen hat sich in Hirschau für uns alle ein weiteres Tor zur Hölle geöffnet. Wir befanden uns nach Berlin und Laßleben in Kallmünz mit Hirschau im Level drei, würde man heute sagen, eine Stufe höher, die wir nun durchkämpfen mussten. Diese so herzensgute Familie Grobba, deren eigene Kinder außer Haus waren, wusste sehr gut, dass mit nunmehr sechs Kindern aus dem Staatsresort der Alltag auf alle Fälle problemlos, sogar im entsprechenden Wohlstand bestritten werden kann. Ein recht guter Gehaltsempfänger hatte damals keine 1.000 DM im Monat, auch nicht, wenn er 6 Kinder hatte. Wenn man das alles, die guten 10.000 oder mit dem Scholz-Kind 12.000 DM im Monat ein bisschen plant, den Kindern nur das Notwendigste gibt, dann bleibt doch eine beachtliche Summe, um schöner leben zu können, problemlos die Schulden für das Haus abzutragen und die weitere Ausbildung des eigenen Zöglings in einem Privatinternat ist auch noch gesichert. Wir alle waren, so den Ämtern suggeriert, ein Fulltimejob, keiner der Grobbas ging wie bei einer normalen Großfamilie einer Erwerbstätigkeit nach.

Anfänglich schien alles normal zu sein. Nicht wirklich familiär, da wir getrennt im Erdgeschoss des großen im Rohbau befindlichen Hauses lebten und sie, die Herrschaft, in der Etage über uns. Also ein großes gemeinsames Frühstück oder am Sonntagstisch schön feierlich zusammensitzen zum Mittagessen, das gab es außer einmal, nicht in all den Jahren. Wir waren weiterhin auf uns allein gestellt, was uns gar nicht so richtig störte. Wir waren darin auch sehr geübt, kannten es vorher auch nicht anders, hatten unsere Späße, hatten unsere Freude. Alex (6) und ich (5) teilten uns ein Zimmer. Mario (9), Wolfgang (8) und Jörg (9) eines und Dagmar (4) als einziges Mädchen hatte ein eigenes Zimmer, was ihr Jahre später zum Verhängnis wurde. Der dann schon volljährige Sohn des Hauses hat sich an der damals 10-jährigen vergangen, nie entdeckt, nie behandelt, nie bestraft.

Es gab noch einen großen Aufenthaltsraum, eine große Küche, eine Speisekammer, ein Bad und eine Toilette extra. Und es gab einen Aufgang, eine teppichbelegte Treppe in die obere Etage, die uns allerdings grundsätzlich verboten war zu betreten. Die älteren, Mario, Jörg, Wolfgang hatten weiterhin unser Wohlbefinden in der Hand und versorgten uns von A–Z und nur sie lehrten uns die Selbstständigkeit, wie sie von ihnen erwartet wurde. Ich weiß nicht mehr genau, wer mir das mit dem Klopapier zeigte, aber Mario war der, der mir das erstmal zeigte, wie ich meine Socken anzuziehen habe, der mir zeigte, wie ich eine Schleife binde und wo bei der Unterhose vorne und hinten ist, und er erklärte mir auch, „wie man sich den Piepl wäscht".

Eine unfassbare Geschichte dazu: Als die alte Grobba den kleinen Mario irgendwann auch mal nackt sah und seinen beschnittenen Penis entdeckte, hat sie mit ihm einen Arzt aufgesucht, weil sie glaubte, bei dem Kind stimmt da unten irgendwas nicht. Im Übrigen sind mir weitere Arztbesuche nicht bekannt. Viele Kinderkrankheiten hatten wir schon in Berlin so eng aneinander erledigt. Da war ab und zu, nur bei Extremfällen, ein Arzt, der ins Haus kam. Einer, der angerufen wurde, wenn es notwendig war. Am meisten ärgere ich mich darüber, dass auch der Besuch beim Zahnarzt in allen Einrichtungen so vernachlässigt wurde. So lang man keine Zahnschmerzen hatte, war auch kein Zahnarzt vonnöten. Wir hatten allesamt sehr früh furchtbar schlechte, auch schiefe Zähne und auch relativ früh Zahnlücken. Auch das ist eine massive Vernachlässigung von Amts wegen. Die Kinder hätten allesamt Spangen tragen müssen, um ihren Zahnstand rechtzeitig zu korrigieren. Was zur Hölle wussten wir in diesem Alter davon, wie wichtig das ist. Und dass dem Vater Staat und all seinen Mittätern unser Lachen nicht wichtig war, vielleicht sogar, um unsere schiefen Zähne nicht sehen zu müssen, das beweist sich selbstredend von alleine. Zumal Mario in Bezug auf seine Zähne schon sehr eitel war. „Die Lachleiste muss stimmen", sagte er einst, als ich ihn im älteren Erwachsenenalter mal dabei ertappte, wie er sein Gebiss in den Händen akribisch mit der Zahnbürste putzte und es dann noch in ein spezielles Bad in ein Glas einlegte. Jede Mutter, jeder Vater wird in der frühesten Kindheit ihrer liebenden Kinder darauf achten, dass sie gute Zähne haben, heute mehr denn je.

Ich kann mich auch nicht daran erinnern, dass sich in Hirschau irgendeiner von den Erwachsenen nur einmal darum bemüht hatte, die Kinder bei der Körperhygiene zu unterstützen. Jahre später, in meiner Zeit im katholischen Waisenhaus, waren die Klosterschwestern sehr darauf erpicht, dass die nackigen Knaben sich anständig wuschen, na ja, und in den anderen staatlichen Einrichtungen, wo so manch ein Pädophiler immer darauf achtete, dass wir uns richtig und überall wuschen. Es gab auch in Hirschau nur einen Badetag, auch hier der Samstag in der Woche, der dafür genutzt wurde, beaufsichtigt von den Großen für die Kleinen, und alle mussten im gleichen Wasser baden. Wohl dem, der der erste war. Waren die Hände mal nicht sauber genug, der alte Grobba unzufrieden, dann hat er zügig mal selber mit der Wurzelbürste Hand angelegt und die Kinderhände geschrubbt, dass man den ganzen Tag damit nichts mehr anfangen konnte.

Der alte Grobba, der gewaltig unter den Fittichen seiner Frau stand, war in jeglicher Hinsicht der Aktivste. Sie, ein altes faules Weib, die Königin eines kleinen Volkes. Ich würde den Alten heute als einen Brocken von Mann beschreiben, vielleicht so 1,70 und, na ja, als gelernter Maurer entsprechend kräftig. Gezeichnet als Kriegs-

Hirschau ca. 1967, wahrscheinlich eine Aufnahme für das Amt gedacht, man hatte noch etwas zu lachen. Links: Werner, dahinter Wolfgang, dahinter Mario; Mitte: Dagmar, dahinter Jörg; Rechts: Alexander und hinter ihm der alte Grobba, unser Versorgungsoffizier.

heimkehrer in seinem Wesen nie am Lachen, kalt und lieblos.

Hin und wieder kam er herunter, um etwas zu kochen, soviel, dass es ein paar Tage reichte. Wobei das größte Hindernis darin lag, die großen Konservendosen mit einem Dosenöffner zu öffnen. Ständig wurden Eintöpfe aus großen 5-Kilo-Blechdosen in einem großen Topf zubereitet, der dann von Mario und Jörg immer wieder aufgewärmt wurde, bis er eben leer war.

Oder der Grobba nahm die Bestände auf, was in der uns verschlossenen Speisekammer fehlte, und dann bei der bayrischen Lagerversorgung bestellt werden musste, die das mit einem Lkw lieferten. Wie beauftragt, war alles von einer großen Palette Stück für Stück in die Speisekammer zu tragen, die dann hinter uns wieder verschlossen wurde. Er schnitt auch immer abgezählt das Brot auf, es könnten pro Tag zwei Scheiben gewesen sein. Der Rest vom Laib verschwand wieder in der Speiskammer. Viele große Konserven wurden eingelagert. Linsen-, Erbsen-, Kartoffeleintopf, manchmal gab es sogar Pfirsiche oder Pflaumen aus der Konserve. Einen Zentner Milchpulver und Haferflocken, mehr Hafer als Flocken wurden regelmäßig geliefert. Der Hafer bei den Pferden entlang unseres Schulwegs sah auch nicht anders aus. Es waren noch so Schalen darin, die man fortlaufend ausspucken musste. Sie wären auch durch stundenlanges Einweichen in dieser Milchpulvermilch nicht weicher geworden.

Die Pferdekoppel der oben erwähnten Pferde gehörte übrigens der Familie Conrad (Elektro Conrad) und befand sich direkt auf unserem Schulweg entlang der Schönbrunner Straße. Ein paar der Conrad Kinder besuchten derzeit mit uns die Hauptschule in Hirschau, waren auch in unseren Klassen. Ich kann, auch wenn es schon sehr lange her ist und ich mich selbst damals manchmal nicht freundlich gegenüber der Familie Conrad verhalten habe, dennoch aus vollster Überzeugung Folgendes sagen: Sie war damals auf alle Fälle eine großartige Familie und hatte natürlich, wie all die anderen Menschen in unserem Umfeld, keine blasse Vorstellung, wie es uns bei den Grobbas ergangen ist. Außer unsere unmittelbaren Nachbarn, denen das alles scheißegal war.

Aber ich Kinderlump bin damals auf der Flucht in ihr Gartenhaus eingebrochen, um dort zu nächtigen. O. k., ich war gerade mal 6 Jahre, habe in deren Baumhaus ohne Erlaubnis gepennt. Und zu allerletzt, ein paar Jahre später, mit neun Jahren, als nur die Flucht aus diesem gnadenlosen Kinderknast als meine letzte Rettung zu erkennen war, auch noch das orangene Bonanza-Fahrrad geklaut, um vor den Grobbas zu flüchten. Aber auch das misslang, ich und das Fahrrad kamen wieder dorthin, wo wir hingehörten. Das Fahrrad blieb dabei unversehrt. Die Familie Conrad wusste, denke ich schon, dass wir keine eigenen Kinder der Grobbas gewesen sind. Sie ahnten sicher, dass wir elternlos aufwuchsen. Aber sie waren dennoch eine der wenigen Familien, die uns das nicht haben spüren lassen, die uns nicht mit dem Stigma „Heim- bzw. Pflegekind" versahen.

Ich weiß es nicht wirklich, vielleicht haben sie sogar die großherzige Leistung der Familie Grobba gewürdigt, sich so vielen fremden Kindern anzunehmen. Ein paar Mal war ich bei den Conrads im Haus zum Spielen, bis das mit dem Fahrrad passierte. Mein Fluchtfahrzeug, ich wollte nur ein Fluchtfahrzeug, wollte es nicht besitzen oder mein Eigen nennen, wollte nur weg von da. Heute denke ich, die Grobbas haben meinen Kontakt zu den Conrads aus Scham unterbunden, nachdem ich unvergessen ordentlich Dresche vom alten Grobba bezogen hatte. Oder sie wollten verhindern, dass diese so soziale Familie Conrad unangenehme Fragen zu meinem unnormalen Verhalten stellen könnte, dessen Antworten weitere Fragen aufgeworfen hätten.

Alexander, Alex oder damals Axel genannt, ist ebenfalls Jahrgang 1960. Er war es, der bis 1975 am längsten in Hirschau war. Er hatte relativ lange Kontakt zu Werner Conrad, der nach der Grundschule Hirschau eine andere schulische Ausbildung und Studium, weg von Hirschau genoss. Erst da verlor sich langsam der Kontakt zueinander.

Aber in der kurzen Zeit, die ich dort verbrachte, war alles normal, der Umgang untereinander, keiner war besser, keiner war schlechter, alle waren einfach nur Kinder und später für meine älteren Geschwister Jugendliche. Ich bin mir nicht sicher, ob ich dieses Buch, sobald es fertig ist, nicht einfach mal an die Familie Conrad senden sollte. Obwohl ich ein wenig daran zweifle, dass es jemals die richtige Person erreichen wird, bei all dem gewachsenen prominenten Status, geschweige denn, dass diese so umfangreich beschäftigte Person überhaupt noch Zeit zum Lesen findet. Allerdings, ganz nüchtern betrachtet, so sozial wie diese Familie sich immer engagiert hat, würde es sie vielleicht interessieren, was aus den etwas „anderen Kindern", den „Grobba-Kindern", von damals aus ihrer eigenen Kindheit vor über fünfzig Jahren geworden ist. Das nur so am Rande der weiteren Entwicklung.

Zurück zu einer immer währenden gleichen Kinderverkostung, einer fiktiven Speisekarte, die nicht nur in Hirschau Anwendung fand. Quatsch, es gab doch keine Speisekarte, nicht einmal fiktiv. Welch ein dummer Scherz. Es gab das, was am Tag des Servierens auf den Tisch gestellt wurde. Natürlich hat uns Kinder niemals jemand gefragt: „Was magst Du denn essen, mein Kind?", noch eine Auswahl zur Verfügung gestellt. Wer hätte das auch tun und wen hätte man auch fragen sollen, was es heute oder morgen zu essen gibt, die Antwort lautete immer: „Das wirst Du dann schon sehen." Vielleicht noch eingeleitet mit: „Frag nicht so blöd", oder, „Der Herrgott wird Dich schon nicht verhungern lassen." Doch gewöhnt man sich auch daran, wenn man 14 Jahre lang diese Lebensform hat aushalten müssen. Aber man hatte was zu kauen.

Zucker gab es eigentlich gar nicht in Hirschau. Süßes gab es im Wald beim Blaubeeren pflücken, in kleinen Eimern, der überwiegende Teil war für die obere Etage, für uns das, was wir bei diesen Pflückaktionen in uns hineinschieben konnten, na ja, und die Erd- oder Stachelbeeren, die an einem Zaun entlang bei den Nachbarn wuchsen und unsere kurzen Arme erreichen konnten. Etwas Salz wäre in Haferflocken gesünder, meinte der Grobba immer. Ich bin tatsächlich heute noch in der Lage, Haferflocken ohne Zucker zu verzehren, obwohl ich nun eigentlich zuckern dürfte und könnte.

Marmelade im 10-Kilo-Eimer, der dann für viele Wochen reichte. „Im Krieg, der Gefangenschaft und der Flucht von Schlesien hätten sie noch viel weniger bekommen", begründete der alte Grobba unseren Wohlstand. Der grün-weiß-faserig dahinwachsende Schimmel in diesem großen Blecheimer wurde oben immer ein paar Millimeter abgetragen, bis eben dieser 10-Kilo-Eimer Aprikosenmarmelade nach vielen Wochen leer war und für die weiteren Wochen mal ein Eimer Erdbeermarmelade geöffnet wurde.

Margarine in 5-Plaste-Kiloeimern wurde dosiert gereicht. Milchpulver und Haferflocken immer in Blech- und Plastikdosen aufbewahrt, die wir uns einzuteilen hatten. War etwas leer, musste der Schließgewaltige die Tür zur Speisekammer öffnen. Haferflocken mit Milch aus Wasser und Milchpulver gab es zu Hauf und wenn ich heute im Fernseher einen Drei-Sterne-Koch sehe, wie er klimpernd mit einem Schneebesen in einem Behälter, was auch immer umrührt, dann sehe ich sehr oft noch Mario in dieser großen Küche stehen, wie er für den Tag das Milchpulver gepanscht in Wasser mit einem riesigen Schneebesen zu Milch anrührt. Die darin verbliebenen Klumpen, die auch irgendwie süß schmeckten, waren geradezu ein Genuss, wenn man mal einen erwischt hat.

Die obere Etage wurde natürlich immer mit Frischwaren wie Brötchen, Brot und Wurst versorgt. Säuberlich mit Bleistift auf einen Zettel geschrieben, musste jeden Tag eines der Kinder mit abgezähltem Geld zu einem Geschäft am Ende der Kommerzienrat-Dorfner-Straße oder zum Metzger laufen, mit Milchkanne bewaffnet auch frische kalte Milch holen. Einen erfrischenden gestohlenen Schluck aus dieser Milchkanne ergänzte man dann wieder, mal kurz am Wegesrand, ein wenig mit frischer Kinderpisse und krönend dazu etwas Spucke. Ich war erst ein paar Jahre später damit beauftragt, aber gut beraten von den Brüdern, von denen ich dieses Geheimnis aufschnappte, erfuhr dann auf diesem kleinen Umweg, ich denke, ich war schon sieben Jahre alt, wie richtig frische Milch von einer Kuh schmeckt.

Eine Scheibe Wurst vom Aufschnitt zu stehlen war nicht ratsam, da vor allem die alte Sperling die Waren immer sehr genau nachgewogen hatte, als ob sie denn vom Metzger beschissen werden würde. Wir lernten und lehrten das, was man so lernen musste, um nicht gänzlich auf alles verzichten zu müssen. Die Prioritäten waren gesetzt, Flexibilität und Einfallsreichtum waren sehr früh schon gefragt. Scheiß auf Schule und alles andere, wenn der Magen knurrt. 1967 schon sachlich beantwortet von Kindern zwischen 4 und 9 Jahre alt. Für die Schule in all den Jahren gab es jeden verdammten Tag ein zusammengeklapptes Schmalzbrot, so richtiges Schmalz, also nur Fett sonst nichts. Schmalz gab es beim Schlachter in großen Mengen auch recht günstig zu beziehen.

„Milchgeld" für die Schule, für eine Brezel, einen süßen Amerikaner wie bei allen anderen Kindern aus „normalen Familien" gab es nicht. Das war mit einer der härtesten Entbehrungen, wenn die da alle in einer Reihe beim Hausmeister am Tresen, dem Schulverkauf standen und wir uns nicht anschließen konnten. Und wehe einer der Brüder stand da mal unerwartet. Sofort wurde er von den anderen Brüdern gestellt: „Was machst Du denn hier, woher hast Du das Geld?" Verdammte 20 Pfennige für eine Brezel verschleudern. Mario hasste im Übrigen Schmalzbrote von Anfang an, wobei wir, vor allem Dagmar und ich, ein paar Jahre dazu brauchten, bis wir es auf dem Schulweg an Conrads Pferde entlang des Schulwegs verfütterten, die irgendwann auch Reißaus davor genommen haben.

Trotzdem, man soll es nicht glauben, waren wir weiterhin gar nicht so unzufrieden, wussten gar nicht, wie es anders besser sein könnte. Wie bei den anderen Kindern das Normale alltäglich war, war es bei uns auch unwissend das Unnormale. Es war halt irgendwie blöd alles. Wir waren zusammen, hatten vom Jugendamt als Grundausstattung so eingerichtet, damals noch relativ neuwertige Kleidung und Schuhe, die wir wie die Blöden putzen mussten. Hatten eine große Wohnung für uns alleine, nichts Besonderes, kein Sofa oder Fernseher, nur Tische und Stühle und man ließ uns eigentlich in Ruhe oder sollte man sagen, man beachtete uns sonst nicht weiter? Mit einem Erwachsenen spielen, rumtoben, gemeinsam lachen ist nie geschehen. Nur zum Lichtausmachen kam am Abend manchmal einer von oben herab, wenn die Großen es nicht selber taten, wenn sie nicht einfach von oben für unten die Sicherung rausdrehten.

So ging es dahin, das erste halbe Jahr. Wir mussten natürlich auch unser Reich selber sauber halten, dafür wurden dann einzelne Putzdienste vergeben. Kleine Hände kommen besser in die Ecken beim Putzen. Allerdings geschah all das auch sehr streng, vor allem von ihr überwacht, sehr streng kontrolliert und vor allem bestraft, wenn die Zufriedenheit der Hausherrin nicht erreicht wurde. Die rief dann nach ihrem Göttergatten, der dann den, der seine Aufgabe nicht ordentlich ausführte, ordentlich verprügelte. Sie stand mit verschränkten Armen daneben und genoss diesen Akt der körperlichen Züchtigung, zog den Peiniger dann am Arm weg vom Kinde, allerdings erst, wenn sie glaubte, es wäre genug des Guten. Hin und wieder, wenn ihr danach war, tat sie es auch selber unter Zuhilfenahme eines Teppichklopfers, großen Kochlöffels oder eines Rohrstocks. Übers Knie gelegt hat sie aber keinen, wie ihr Züchtigungsbeauftragter es machte. Sie schlug wahllos auf einen ein, traf Hände, Arme, Beine, Kopf, Gesicht irgendwo immer eine Stelle, wo es richtig weh tat, Beulen und blaue Flecken hinterließ. Der Sieg war ihrer.

Es war auch irgendwie komisch, dass es keinen Trost untereinander gab, wenn irgendein Opfer heulend seine Dresche ertragen hatte. „Oooooch, Du armes Hascherl", „Hör jetzt uff zu heulen, reis Dich zusammen", waren eher der Kinder Worte. Wir haben uns damit arrangiert, lernten zu funktionieren, alle haben einfach gute Arbeit geliefert, dann gab es auch keins auf die Fresse oder auf den kleinen Kinderhintern, der im Ansatz nicht so groß war wie nur eine Hand des ehemaligen Maurers. Heute könnte man sich vorstellen, er hat all diese Kinder immer unter der Vorstellung verdroschen, sich an seiner ungeliebten Frau auszulassen, denn untereinander waren sie für unsere Augen nicht als liebendes Ehepaar zu erahnen.

Dennoch war das erste Weihnachten 1967 bei den Grobbas für uns alle ein besonderes Ereignis, von keinem nur im Ansatz so vorgestellt, noch nie so erlebt. Man hätte tatsächlich an eine Verbesserung unserer Lebensumstände glauben können, wenn es uns nur im Ansatz bewusst gewesen wäre, dass dies alles nur einer gewissen Darstellung, mit erfreuten Kindern unterm Weihnachtsbaum auf vielen schönen Fotos für das Jugendamt, 500 Kilometer entfernt von Berlin, gedient hat. Der Beweis des freudigen Kindes musste erbracht werden, wie es schien. Es gab von Amts wegen leider keinerlei Kontrollen, kein Mensch aus diesem Berlin hat uns nur einmal gefragt, wie es uns geht und das war nicht nur in Hirschau so.

Alle Handlungen der Beauftragten Kindserziehung basierten auf Vertrauensbasis gegenüber der Einrichtung. Ein Vertrauen, das sie unserer Mutter nicht geschenkt haben. Erziehungsberichte sollen regelmäßig beim Amt eingehen, heißt es. Wie schön, dass zum einen Papier geduldig ist, zum anderen wie blöd, dass diese Erziehungsberichte nicht eingefordert wurden, auch wenn sie erstunken und erlogen waren. So steht in meiner offiziellen, sehr lückenhaften Akte bezüglich meiner Erziehung in Hirschau wortwörtlich:

Zur Angelegenheit der Familie Grobba, Hirschau, liegen uns keine Erziehungsberichte vor.

Was man erst nach fast vier Jahren feststellte. Dieses dumme Amt hat daher eine unfassbare Leistung bezahlt, die ihnen nicht einmal bekannt war. Ich erinnere mich an nur eine einzige Person aus dem weit entfernten Berlin, die natürlich vorher angemeldet ihren Besuch ankündigte. Wir wurden darüber nicht informiert, erst einen Tag bevor dieser Mann, ein Herr Schneider, anzukommen drohte, wurden sie verdächtig nett und wir mussten auf einmal die Bude putzen wie noch nie zuvor und uns am nächsten Tag in die besten Klamotten mit blitzenden Schuhen stecken, die wir hatten. Nach Kaffee und Kuchen in der oberen Etage kam die ganze Delegation, die Grobbas und der Herr Schneider nach unten und wir standen in diesem Aufenthaltsraum mit den Händen auf den Rücken verschränkt, einer neben dem anderen und schwiegen, als eigentlich unser Retter, unsere physischen und psychischen Zustände nur im Vorbeilaufen in Augenschein nahm. Kein einziges Wort wurde dabei an uns gerichtet oder erfragt. Kein Kinderkörper auf blaue Flecken und Striemen kontrolliert. Dann ein kurzer Fahnenzug durch unsere schönen, von uns gewienerten Räumlichkeiten und der Schneider fuhr wieder in vollster Zufriedenheit zurück nach Berlin.

Weihnachten 1967 war definitiv der Zufriedenheit des Jugendamtes geschuldet und wir wurden dazu in die obere Etage gerufen, das erste und das letzte Mal, dass wir alle zusammen diese Räume betraten, nur das Wohn- und das angrenzende

Speisezimmer, das sich gleich links neben der Treppe von unten herauf befand. Ob unsere uns liebenden Ersatzeltern ein Schlafzimmer hatten, weiß ich eigentlich gar nicht, hab keines gesehen in all den Jahren. Wer auf die Toilette musste, musste hinunter in die Toilette der Bediensteten. Wir fanden einen Tannenbaum vor, wie wir ihn vorher nie gesehen hatten, haben Geschenke erhalten, denn auch dafür wurden Gelder vom Staat gesondert entrichtet. Es waren 50 DM pro Kind, erlesen in meiner Akte. Doch waren auch Geschenke für 10 DM zu bekommen. Weihnachtslieder liefen vom Plattenspieler, es gab das erste Mal Süßes, Plätzchen und Lebkuchen aus der Großpackung von der Lagerversorgung, einen Apfel vom Bauern gespendet. Und vorher ein unfassbares gemeinsames Mahl an der großen Tafel im Esszimmer neben dem Wohnzimmer der Durchlaucht. Ein schlesisches Gericht, „Schlesische Schlitschgen", welches die Grobbas traditionell zu Weihnachten verspeisten, wurde uns an diesem Tag unvergessen zu Teil. Die Großpflegestelle Grobba hat der Fürsorge entsprechend listig und berechnend doch äußerst aussagekräftig vermittelt, wie gut es uns doch allen geht an diesem ersten Weihnachten 1967 in einer Form, wie wir es noch nie erlebt hatten. Ihr Ansehen, herausragende Pflegeeltern zu sein, mehr als glaubwürdig mit herzerwärmenden Kinderfotos dargestellt. Immerhin haben sie mal ganz kurz ein paar Kinderherzen mit Freude erwärmt, ihnen sogar ein Lachen auf das Gesicht gezaubert.

Kindersklaven von Amts wegen genehmigt ...

Ab diesem Tag allerdings ging es bergab mit unserem Wohlbefinden. Wir waren einer Tyrannei ausgeliefert, es folgte eine sich weiter und weiter ausdehnende, eine, ach ja, kann man schon so sagen, Haussklavenexistenz. Sehr schnell übernahm die große strenge Hand des ehemaligen Kriegshelden Herr Grobba das Zepter der aktiven Gewalt, während seine Ursula nur die Befehle dazu vergab. Regeln wurden eingeführt, Regeln, die weit über unsere Räumlichkeiten hinausreichten. Mario und

Jörg als die Ältesten wurden zu Etagensklaven. Nur sie hatten ab sofort das Privileg, die obere Etage zu betreten, mussten unter anderem regelmäßig die ganze Wohnung putzen, die genau so groß war, wie die untere, beim Frühstück an Wochenenden Kaffee nachschenken, nach dem Essen der Herrschaft den Tisch abräumen, Geschirr spülen und letztendlich auch noch uns, die jüngeren, verpflegen und versorgen. Und die Wäsche musste gemacht werden, auch wenn wir oftmals recht lang unsere Unterhosen und alles andere trugen. Aber Mario, so kam es mir vor, tat es immer in einer gewissen Gelassenheit. Ich bin heute noch nicht in der Lage zu beurteilen, was in dieser Zeit genau in ihm vorging. Er hat einfach funktioniert.

Nun waren nach diesen paar Monaten auch schon ordentlich Devisen auf das Konto der Grobbas geflossen. Die Fertigstellung des Hauses konnte, nachdem der Rohbau abgeschlossen war, endlich fortgesetzt werden. Die Außenmauern waren noch nicht verputzt. Im Frühjahr 1968 wurden die Kräftigsten, zwangsläufig Mario (10), Jörg (10) und Wolfgang (9), damit beschäftigt, Mörtel zu machen, Sand, Gips und Zement in Zentnersäcken und das benötigte Wasser dafür in Eimern heranzuschleppen und den Betonmischer zu füttern. Eine Ladung nach der anderen in Schubkarren an ein Gerüst heranfahren, in Eimer umschaufeln und mit einem Flaschenzug in die oberen Etagen ziehen, um sie dort in Maurerschaffeln zu kippen. Wer eine Vorstellung oder Ahnung davon hat, wie wichtig das Heranschaffen von frischem Mörtel beim Verputzen einer, nein aller Hauswände ist, kann sich vielleicht vorstellen, unter welchem Druck die Jungs diesen Mörtel heranschaffen mussten. Der einzige anwesende und anschaffende Maurer, der alte Grobba, der den Mörtel auf dem Gerüst wie ein geölter Blitz an die Wand klatsche, war daher recht anspruchsvoll, aber auch stressend in Sachen schneller Zulieferung. Mit „Kommt Kinder, nicht schlafen, arbeiten", hielt er vor allem Mario, Jörg und Wolfgang auf Trapp. Am Abend musste das Gerüst gesäubert werden und die kleineren Kinderhände mussten am Boden unter dem Gerüst alles, was herunterfiel, mit Kellen und Spachteln zusammenkratzen und ebenfalls in Eimern zu einem großen Haufen schleppen. Wir alle waren mit aufgerissenen

Händen vom trockenen, scharfen Zement und Gips erschöpft an jedem Abend. Die großen hatten durch das viele Schaufeln und das Anfassen der Seile, mit dem sie in Eimern den Mörtel nach oben zogen, Blasen an den Händen.

Auf Marios und Jörgs Buttler-Leistungen in der oberen Etage wurde allerdings nicht verzichtet, die mussten dann erstmal, entsprechend sauber, hinauf, um die Herrschaften zu bedienen. Hin und wieder fand Mario Genugtuung darin, ihnen mal kräftig in den Tee oder in die teure Marmelade ins Glas gerotzt zu haben. Es fielen auch des Öfteren ein paar Speisen, ein paar abgezählte Scheiben „Männerwurst", so nannte er die Salami, für uns ab, die er geschickt entwenden konnte. Für jeden eine Scheibe als Wegzehrung womöglich und auch gerne zwei für ihn. Ich war 1968 schon sieben Jahre alt, als ich die erste Scheibe Männerwurst in meinem Leben gegessen habe. Speisen, die für uns im Untergeschoss unerreichbar waren, denn die Speisekammer der oberen Stationen war durchweg besser bestückt als die unsere. Oftmals brachte er auch das Brot, das der Herrschaft zu alt wurde, mit nach unten, bereits sauber den Schimmel herausgeschnitten. „Im Krieg gab es auch nichts anderes." Erst musste dieses gegessen werden, bevor es frisches gab, doch kam oft genug altes Brot von oben. Womöglich, da Mario sehr gut von all dem wusste, war er auch so heikel, was das Essen betraf, mochte er doch das, was wir essen mussten, ganz und gar nicht.

Wir lernten sehr früh, was es heißt, auf Knien den Boden zu wischen und wehe, er war zu nass, was natürlich oft der Fall war. Wie sollen kleine kraftlose Kinderhände auch einen Wischlappen richtig auswringen. Wir wussten alle durch die Bank, wie lang so ein Abflussrohr einer Kloschüssel ist, die wir mit unseren Händen tief hineingreifend schrubben mussten, mit dem kleinen Unterschied, dass wir in der unteren Etage nur unsere Fäkalrückstände wegschrubben durften, die großen Jungs diesen widerlichen Vorgang immer und immer wieder von den Erwachsenen in der oberen Etage tun mussten. Natürlich gab es keine Gummihandschuhe, dafür aber scharfes Reinigungsmittel. Sicherlich war Mario, genauso wie ich heute, geprägt von diesem Wahn, die sauberste Kloschüssel dieser Stadt haben zu wollen.

Nach der Fertigstellung des Hauses folgte das Mauerwerk für einen Zaun an der unteren und der oberen Straße entlang des Hauses, jeweils womöglich 100 Meter lang. Wieder wochenlang erst Erdarbeiten, um einen Graben für diese Mauer auszuheben, Verschalungen bauen, dann wieder Zementarbeit. Hunderte Schubkarren voll Zement fanden Platz in diesen tiefen Verschalungen für diese Mauer. Dafür dann ein aus Holz gefertigtes, entsprechend schickes Oberteil, der eigentliche Zaun, welchen wir mit Xyladecor, einer stinkenden Holzschutzlasur, streichen mussten, die Hände tagelang schwarz von diesem Dreck. Immerhin wussten wir schon im Kindesalter, was Xyladecor ist und wie man Zement anmischt.

Schon bald kam Frau Grobba zu einem Auto. Die kostentreibende Versorgung der Kinder hatte mal wieder Früchte getragen. Mit einem nagelneuen VW Variant 1600 Automatik fuhr sie vor und dafür musste eine Garage gebaut werden. Wir hatten natürlich nicht den Hauch einer Vorstellung davon, dass so Vieles, was sie sich ohne zu arbeiten leisten konnten, alles unserer mangelhaften und vernachlässigten Versorgung zuzuschreiben war. Alles war so irgendwie normal für uns. Jeder Pfennig wurde eingesackt, am Essen gespart, wo es nur ging. Vom Amt geforderte Zuschüsse, welche sie einstrichen, wurden nur zwangsläufig den Großen zu Teil, wir Kleinen konnten auch in Hirschau einer nach dem anderen die Klamotten des davor Geborenen auftragen. Somit war für mich als jüngster Junge die billige Katalog-Mode immer ein wenig abgetragen. Wenn die Haare mal ab mussten, ging es zum Friseur am Marktplatz. Die Lehrlinge durften dann für wenig Lohn unseren Haarschnitt bestimmen.

Als die Bauarbeiten abgeschlossen waren, ging es darum, eine Grünanlage um das Anwesen zu schaffen. Ein Lkw brachte etliche Fuhren Erdreich, „gute Erde" nannte sie der Grobba, und kippte diese an der Straße vor die Einfahrt zum Grundstück. Der braune schmutzige Erdaushub vom Haus wurde vorher strategisch auf dem Gelände verteilt, bevor die gute Erde darüber aufgetragen wurde. Mario, Wolfgang und Jörg als die

Ältesten und Kräftigsten mussten diese Erdmassen dann auf dem ganzen Anwesen mit Schubkarren verteilen und wir, unsere praktischen kleinen Hände, mit Eimern ausgestattet, mussten die Steine darin aussortieren, nachdem der Grobba die Erde verteilt hatte, viele Steine, den ganzen und noch einen und noch einen Tag. Viele Tonnen Erde wurden bewegt, so kann ich es heute beurteilen. Ich höre noch heute den Grobba schreien: „Faules Pack, der ist doch leer, nichts drauf!" So musste der Schubkarren immer nachgeladen werden und die dann schon 12- und 13-Jährigen hatten mit dessen Gewicht ordentlich zu kämpfen. Na ja, Kinder eben, da sie sich der tatsächlichen Pein noch nicht bewusst waren, machen die drei dann auch mehrmals einen Wettbewerb daraus, wer den schwersten Schubkarren bewegen kann, woraus Mario immer mit hochrotem Kopf als Sieger hervorging.

Zwei waren immer damit beschäftigt, den Schubkarren vollzuschaufeln und einer schob diesen Karren an die gewünschten Stationen, die der Grobba dann zeigte, wo er die nächste Fuhre haben wollte. Aber die Blasen an ihren Händen wurden weniger, hatten doch alle schon ordentlich Hornhaut an ihren zarten Kinderhänden. Auf dieser großen, von Erdreich schwarzen Fläche von bestimmt 2.000 Quadratmetern wurde nach vielen Tagen Rasen gesät und der Grobba hatte für alle ein paar Bretter zurechtgeschnitten, die er uns dann mit Schnüren unter die Schuhsolen gebunden hat. Und damit mussten wir alle stampfen, stampfen, stampfen. Schritt für Schritt, Meter um Meter auf dieser frischen Saat rumtrampeln, damit die nicht wegfliegt und die Vögel sie nicht so schnell aufpicken können. Für Mario und Wolfgang mit ihren heranwachsenden Fußballerwadeln eine eher sportliche Ertüchtigung, für mich und meine Schwester reine Folter, denn die Marschgeschwindigkeit wurde vom Ex-Soldaten Grobba angegeben. Die Antwort, ob denn schon Kleinkinder bis an ihre Grenzen mit schmerzendem Muskelkater die Nacht verbringen können, wäre also auch mit Ja beantwortet.

Noch bevor das Grün sprießte, mussten immer wieder auf Knien dahinkriechend die Unkräuter gezupft werden. So wuchs ein sehr edler Rasen. Doch der kleine Golfplatz blieb für uns

Kinder tabu, er sollte nur das Anwesen verschönern und war nie für uns gedacht, bis auf die weitere Pflege, regelmäßiges Unkraut zupfen, Stück für Stück. Da saß uns wiederum die alte Grobba im Nacken und wehe, es war zu viel Gras an der Löwenzahnwurzel oder die Wurzel nur halb aus der Erde entfernt. Während die Großen den schweren Handrasenmäher über das Grün schoben und mit Rechen den Schnitt zusammenkratzten, um den Komposthaufen zu füllen, durften die Kleinen die Ränder des Rasens auf Knien dahinrutschend mit Scheren auf das gleiche Niveau stutzen wie der restliche Rasen. Es wurde sehr oft gemäht. „Der Rasen muss dicht werden", meinte der Grobba. Und dazu muss er auch oft geschnitten werden.

Der stetig weiter wachsende stinkige Komposthaufen musste auch einmal im Jahr umgeschaufelt werden. Mit System sehr penibel geplant. Der alte Gammel nach unten, die untere bereits gewordene „gute Erde" an die Seite. Hin und wieder handelte der Grobba mit Bauern unsere Hilfskräfte aus. Für einen Korb Äpfel, einen Sack Kartoffeln, ein paar Ringe Wurst oder einen feinen Schinken für die obere Etage mussten wir dann in Blechdosen Kartoffelkäfer sammeln oder hinter einem Pflug herlaufen und immer zu zweit in Eisenkörben Kartoffeln einsammeln, sogar Zuckerrüben ziehen. Gar nicht so leicht, ein paar Tausend Zuckerrüben den ganzen Tag über aus der Erde zu reißen. Mario als Ältester hatte da manchmal das Glück, dass er mit einem Rechen bewaffnet das Feuer, in dem das Grünzeug, die Reste der Kartoffeln, verbrannt wurden, bewachen durfte, aus dem wir dann nach gebrannten heißen Kartoffeln suchten, die er für uns hineingeworfen hatte. So saßen wir am Feldes Rand und verzehrten die schwarz gebrannten Kartoffeln mit unseren schwarzen Händen auch mal mit knuspriger schwarzer Schale. Der Duft ge- oder verbrannter Kartoffeln aus dem Unkraut verbrennenden Lagerfeuer, der uns allen sehr gegenwärtig ist, wenn wir Zeit unseres Lebens daran denken.

Kartoffeln gab es gar nicht so oft, wer sollte die auch alle schälen. Reis, Grütze und Nudeln war das, was die Lagerversorgung in großen Säcken liefern konnte und auch in großen Töpfen schnell zubereitet war. Alles andere, was man obendrauf packt, gab es auch in Dosen schnell zu erwärmen oder auch nicht. In unserer kindlichen Naivität war das alles kein Unrecht, was da geschah, es war einfach so, auch wenn so viele Tage in diesem Hirschau in totaler Erschöpfung endeten, Hände schwarz wie Kohlen, fanden wir es einzig und allein toll, mal auf einem Anhänger eines Traktors mitfahren zu dürfen, labten uns am Erfolg, mehr Kartoffelkäfer in der Dose zu haben als der andere. Immerhin gab es vom Bauern für uns pro volle Dose 10 Pfennig, ein Vermögen, denn Geld war für uns absolut nicht vorhanden, da sogar unser vom Staat bezahltes Taschengeld zu sicherlich 90 Prozent einbehalten wurde. Pro Lebensjahr gab es 10 Pfennige im Monat. Mario war somit am besten bezahlt. Doch wurde auch ich älter und verstand so nach und nach, dass so vieles unmenschlich war, was da lief, und noch unmenschlicher die Tatsache, weil wir Kinder waren. Irgendwie wuchs ein bedingungsloser Kompromiss, keine Schläge, wenn alles zu deren Befriedigung lief, kleine Belohnungen, die zum Beispiel darin bestand, dass Mario und Wolfgang in dem Fußballverein „Weiße Erde Hirschau" Mitglieder werden durften. Beide waren hervorragende Fußballer, als Brüderpaar in diesem Verein sogar gefürchtet. Wolfgang war zu dem noch ein hervorragender Bodenturner, ein Flickflack von mehreren, sehr vielen Metern aus dem Stand, gar kein Problem.

Mario mit ca. 13 beim unfassbaren Lauschen von Musik aus einem Kofferradio und nein, wir hatten in der überwiegenden Zeit kein Radio und keinen Fernseher auf unserer Etage. Aber wer Mario kennt, könnte auf diesem Foto erkennen, dass er genau diesen hochkonzentrierten, starren und geradezu leeren Blick niemals abgelegt hat.

Nun waren die beiden mit 13 und 14 schon lange nicht mehr an der Unterhaltung ihrer kleineren Geschwister interessiert und hatten neben Fußball andere Flausen im Kopf. Seine abstehenden Ohren waren auf einmal ein nervendes Hindernis und doch kamen sie ihren Pflichten nach, uns zu versorgen, nur eben, auch verständlich, immer mehr einer Pflicht nahe als der Verbundenheit.

Durch die Kirche, ein paar Jahre davor einen getätigten Aufruf durch das Kirchenblatt, wurden ehrenamtliche Taufpaten für die armen Kinder gesucht, denn wir alle waren konfessionslos, wurden erst dort in Hirschau getauft. Ich erinnere mich nicht an meinen Taufpaten. Aber es muss ein Heidenspektakel gewesen sein, als diese sechs Kinder, längst den Windeln entsagt, getauft wurden. Für Mario näherte sich daher als Getaufter die Konfirmation. Er genoss die Zeit des Unterrichts, da er an diesen Tagen auch mehr Freiheiten erhalten musste, um zu diesem Konfirmationsunterricht gehen zu können. Die Grobbas hatten mit der Kirche nichts am Hut, der Weg dorthin diente immer nur der Vorführung, wie sehr die guten Menschen doch bemüht sind, diesen armen Kindern ein Heim zu geben, in Liebe und Geborgenheit, wie sehr sie doch ihr eigenes Leben so entbehrungsreich aufopferungsvoll gestalten. Wenn sie dort auftauchten, kamen sie mit dem Auto vorgefahren, wir mussten den langen Weg, mehrere Kilometer, dorthin laufen.

Mario sollte sich im Quelle-Katalog, da in diesem Dorf Hirschau nichts war, einen Konfirmationsanzug aussuchen. Nicht teurer als ein festgesetzter Betrag, einen Anzug, den man sehr lange an die Geschwister weitergeben kann. Sicher waren beim Jugendamt diese Sonderausgaben beantragt und genehmigt. Das Kind muss doch gläubig erzogen werden. Irgendwann kam dann dieser Karton mit diesen Klamotten und Mario trug ihn stolz aus der oberen Etage nach unten, behielt es sich aber vor, uns seine neue Errungenschaft zu zeigen. Die Grobbas hat auch das weiter nicht interessiert, haben seine Bestellung nicht genauer kontrolliert, aber der Knabe wird an diesem Tag, dem Tag seiner Konfirmation, entsprechend angezogen, mehr musste nicht sein.

Am Tag der Konfirmation, wir waren schon alle in der Kirche, fehlte nur noch Mario. Die sehr kleine Gustav-Adolf-Gedächtniskirche, doch voll mit Menschen, alle andächtig unauffällig scheinheilig bekleidet. Es dürfte 1968 oder 1969 gewesen sein, als wir hier bei einem Pfarrfest die erste Leberkässemmel unseres Lebens gegessen haben, versüßt mit einem Löffelchen süßen Senf und der ersten Orangen-Limonade unseres Lebens, die sich „Frucade" nannte, gereicht von einem sehr netten Pfarrer, der, soweit ich mich erinnern kann, Seifert hieß. Selbstredend hatte er keine Ahnung davon, was die 6 Kinderschäfchen für ein verwerfliches Leben führten. Man soll nicht glauben, wie sehr dieser Augenblick mein weiteres Leben geprägt hat. Tausende Male habe ich in meinem weiteren Leben an diesen einen Tag, diesen Augenblick gedacht, wenn ich, egal wo auch immer, in eine Leberkässemmel gebissen habe. Auch die Grobbas und ihr jüngster Sohn, der sicher schon 16 war, waren schon im Auto vorgefahren. Die anderen Jungs, ich weiß nicht mehr wie viele, standen schon in feinem Outfit entsprechend in schwarzen und dunkelblauen Anzügen am Altar, als Mario nun endlich durch die Tür kam. Wären Stühle vorhanden gewesen, hätte man sie rücken hören. Ein leises Raunen der Empörung machte sich breit. „Unverschämt", „Das geht doch nicht", „Blasphemie!" Mario hatte sich bei Quelle einen schneeweißen jeansähnlichen Anzug bestellt, sah richtig gut aus, war aber von Blicken gelöchert, als er im Mittelgang zwischen den Sitzreihen locker schwingend hindurch an den Altar heranschritt. Mit ernster Miene aber entsprechend dominant ließ er die ganzen Gaffer Schritt für Schritt an sich vorbeiziehen. Ich hätte am liebsten geklatscht, so cool fand ich das. Die Blicke ließen nicht von ihm ab, es wurde getuschelt: „das ist doch einer von den Grobbas, Frechheit", und, „wie können das die Eltern nur erlauben, das ist respektlos gegenüber der Kirche." Den Grobbas blieb all dies nicht verborgen, ihr guter Ruf stand in Gefahr. Mario wurde trotzdem konfirmiert, ganz in weiß unter den anderen schwarzen und blauen Anzügen. Er hat aber noch in der Kirche, als wir die letzten waren, erstmal seinen verbalen Anschiss erhalten, von diesem Uwe Grobba, dem Sohn der Alten, Dresche bezogen, Dresche, die er, so wie ich das in seinem Verhalten erlesen konnte, sehr gerne eingesteckt hat, wo es ihm doch gelungen ist, ein wenig Unruhe in so manche geheuchelten Dinge zu bringen.

Diese Kirche war übrigens auch ein Ort, an dem wir immer zu ein paar Pfennige gekommen sind. Klingelbeutel und Opferstöcke in der Sakristei zu plündern war der Lösung letzter Schluss. Neben dem Ertasten der Jacken in der Schule, die man mal eben auf dem Toilettengang nach ein paar Pfennigen durchsuchte. Es war einfach unfassbar schwer zu ertragen, dass sich die anderen Kinder in der Pause einen Kakao, ein Stück Gebäck oder eine Brezel kauften, während wir unsere Schmalzbrote, abstoßend wie sie waren, an die Pferde verfüttert haben. Der Hunger blieb für die ganzen Stunden in der Schule. Es gab auch nie direkt Essen, wenn wir von der Schule kamen. Es gab zu essen, wenn die Herrschaft Lust dazu hatte, uns welches zuzubereiten, oder doch eher, wenn noch was von den Tagen davor übrig war, was die Großen dann warm machten. So hat irgendeiner von uns allen immer geklaut und ja, diese Tipps, wie ich an ein paar Pfennige kommen könnte, bekam ich auch von meinem Bruder. Wenn er erfolgreich war, er war ja auch immer der Geber-Typ, wenn er hatte, gab er auch. So gab es auch mal auf dem Weg zurück von der Kirche eine Kugel Eis für 15 Pfennig, gespendet von einem gläubigen Menschen aus der Kirche direkt ohne großen Umweg über Mario zu dem gepeinigten und hungernden Kinde. Süßigkeiten, ein wichtiger Bestandteil eines glücklichen Kindes, sind nun mal unumgänglich, den sehr oft vollzogenen Ladendiebstahl bezeichne ich daher als „kindlichen Mundraub".

Ich hatte dann, nach ein paar Jahren, 1972, die Schnauze voll gehabt von dieser Einrichtung. Mir war nach Veränderung, konnte das alles nicht mehr ertragen und habe im Alleingang dafür gesorgt, dass ich von Hirschau weg komme. Meinen Kampf dafür musste ich allerdings alleine führen, keiner meiner großen Geschwister, außer Daggi (Dagmar), hat sich mir manchmal angeschlossen. Mit ihren 5 Jahren schon bei unserer ersten Flucht einige Jahre davor war ihr gar nicht bewusst, was sie da genau tut. Die Großen, doch nur wenige Jahre älter, waren anders geworden, das Weib, das Verwirrungen in den

Lendengegenden verursachte, hat für Veränderungen gesorgt. Sie befanden sich in der pubertierenden Ebene, die von mir noch ein zwei Jahre entfernt lag. Anderweitig war es nicht so ganz logisch, dass der kleinste Junge in dieser kleinen Herde eine Revolution anzetteln möchte. Man nahm mich dahingehend nie so richtig ernst. Unsere Interessen gingen vollkommen andere Wege. Manchmal hab ich mich darüber geärgert, war ich doch als einziger ständig auf der Flucht, hab mich noch vor der Schule aus dem Haus geschlichen, diese tagelang nicht besucht, wollte einfach nur weg. Hab sie dann auf dem Grundstück der Grobbas, ungeahnt von allen auf feindlichem Territorium, durch das Fenster beobachtet, wenn sie alle vor dem Fernseher, den wir nach ein paar Jahren, weil oben ein neuer gekauft wurde, erhalten hatten, am Boden lagen und Bonanza schauten und ich nur wenig später in der Hundehütte bei Grobbas Schäferhund Alfa meine Nächte verbrachte. Es war ihnen allen zu schmutzig. Jungs in diesem Alter möchten sich ungern einsauen, könnte ja jemand sehen. In Taubenschlägen, vollgekackt von hunderten Tauben, oder in kalten Baum- und eingebrochenen Gartenhäusern, sogar in wenigstens trockenen Schrottautos zu übernachten, lag weit außerhalb ihrer Vorstellungen. Diesbezüglich war ich definitiv der härteste Hund mit meinen, ach Gott, von 6–10 Jahren, die Zeit, in der ich immer mal wieder, nicht nur hier, auf der Flucht war. Irgendwann hatte man mich immer wieder erwischt und zurückgebracht, zigmal die Flucht versucht. Marios Worte einmal dazu, ihn nervten sichtlich meine Alleingänge: „Na, Dickkusch, da biste ja wieder", bekam ich oft von den Großen zu hören.

Dann kamen eine sehr schnelle Wende und eine noch schnellere Trennung. Es geschah von einer Minute zur anderen. Die alte Grobba, hat mich nicht mehr zur Schule gelassen, weil ich immer auf „Trebe" gegangen, ausgerissen bin, hat mich an diesem besagten Tag in ihrem Auto nach Amberg in ein Heim für Schwererziehbare gefahren. Ohne Vorwarnung, ohne Information, wohin die Reise geht. Meinte nur, „komm mal mit", führte mich zu ihrem Auto, in das ich mich hinten hineinsetzen musste und fuhr los. In Amberg, was ich am Ortsschild erlesen konnte, holte sie mich auf einem Innenhof geparkt aus dem Wagen, zog aus dem Kofferraum einen Koffer, lieferte mich dort ab und ging wortlos an mir vorbei auf nimmer Wiedersehen. Da verbrachte ich dann eine mir noch immer nicht richtig nachvollziehbare Zeit in einer im Keller liegenden Einzelzelle mit schweren Riegeln oben und unten vor der verschlossenen Tür. Ich bin heute davon überzeugt, dass man mich mit irgendwelchen Tropfen im Tee ruhiggestellt hat. Es waren mehrere Wochen und ich habe nur wenige Erinnerungen, es gab keinen Blick ins Freie, außer in einen Kellerschacht. Licht durch das darüber befindliche Kellergitter. Freigang wie in einem „Erwachsenen"-Knast gab es ebenfalls nicht. Die ganzen Wochen waren ausschließlich in dieser Zelle verbracht. Womöglich damals mit 10 Jahren der jüngste Einzelhäftling des Landes. Viele Jahre später erfuhr ich, dass auch Mario und Alex eine kurze Zeit, nur wenige Tage, dort eingesessen haben, bevor Mario ca. 1973 weiter nach Berlin und Alex 1974 nach Baden-Württemberg abtransportiert wurden. Irre, dass sich damals diese Heimleitung in Amberg nicht gefragt hat, was ist denn da los bei den Grobbas, ständig bringt die irgendwelche Kinder, die wir hier einsperren müssen.

Als die anderen von der Schule kamen, war ich weg und es würde allen anderen auch so gehen, wenn sie nicht spuren, war kurz mein nicht mehr Dasein erklärt. Das war der Beginn der grundsätzlich ewigen Trennung von meinen Geschwistern am 06. Juni 1972, ich war 10 Jahre alt. Sie erhielten weder Auskunft über meinen Aufenthaltsort noch eine Adresse, um mit mir in Kontakt treten zu können. Ich wurde aus ihrem Leben gestrichen.

Während meiner Reise ins Ungewisse, die sich weiter und weiter fortsetzte, blieben alle anderen weiterhin in Hirschau. Erst viele Jahre später erfuhr ich davon, dass sich ein Jahr später, 1973, auch Mario und Wolfgang gegen die Grobbas auflehnten.

Fazit: Sie wurden einer nach dem anderen zu unbequem wieder dem Jugendamt übergeben und landeten dann beide kurz hintereinander in Berlin. Die Grobbas bekamen übrigens, nachdem wir drei, Mario, Wolfgang und ich entfernt wurden, drei neue, wieder kleine wehrlose Pflegekinder, der Rubel musste ja weiter rollen. Befragt wurden wir dahingehend nicht, warum wir uns so verhalten haben oder was genau vorgefallen ist. Allein das Wort der ins Vertrauen gezogenen Ersatzeltern hatte gegenüber dem Vaterland Gewicht. Nichts von all dem, auch nicht meine Zeit in dieser Einzelhaft in Amberg ist in den mir vorliegenden Akten vermerkt. Diese Zeit des Verbrechens fand nie statt, die bestehende Lücke in der Akte wurde mit „es liegen für diesen Zeitraum keine Berichte vor" gefüllt, man wagte sich diese Zeit des geschehenen Verbrechens nicht zu verschriftlichen. Wie auch immer, es scheint doch keiner kontrolliert zu haben, hat ja keiner gefragt: „Wo war denn das Mündel in diesen hier fehlenden Wochen?"

Funkstille, keine Kontakte zu Mario bis 1987

Ein jeder hatte nun seinen Kampf zu kämpfen und ich als einziger, der allein einen neuen Weg beschreiten musste, wusste absolut nichts vom Verbleib von Mario und Wolfgang. 1975 kamen Alexander (14) und Dagmar (12) in das Heim „Witthoh" in Baden-Württemberg, in dem ich ein Jahr vor ihnen gelandet war. Sie waren auch in einem Alter angelangt, mit dem die Grobbas nichts mehr zu tun haben wollten. Ich hatte bis dahin das Heim in Amberg und Regensburg überlebt. Von Detlev (22) und Petra (20) hatten wir noch immer keine Informationen. Zu diesem Zeitpunkt waren Mario (16) und Wolfgang (15) in Berlin irgendwo. Wieder bekamen die Geschwister keine Information über den Verbleib der Brüder. Eine jahrelange Trennung folgte, nur Gerüchte erreichten uns, beide sind den Drogen verfallen, wären jetzt Junkies in der Obhut ihres Vaterlandes. Für mich ein unfassbares Wort so weit entfernt der großen Städte. Zu wenig habe ich mit Mario über diese Zeit geredet, wie ärgerlich, habe keine Geschichten aus erster Hand, erfuhr immer nur unvollständige Geschichten, die recht komisch klangen, außerhalb meiner Vorstellungskraft.

Meine liebe Mammy ...

Ich habe nicht lange überlegt, ob ich diesen Brief von Mario (21) an seine oder unserer Mutter vom 19. Oktober 1979 in diesem Buch verwenden soll. Könnte ich ihn danach fragen, würde er es mir nur mit großer Überredungskunst erlauben. Heute betrachte ich es als wichtig, ihn zu verwenden, es ist ein Zeitdokument einer eigentlich surrealen Mutter-Kind-Beziehung, die mit unsicheren Worten beginnt. Worte, die mir auch immer schwer fielen zu verwenden, ein Wort, das „M"-Wort, das ich in diesem Zusammenhang immer vermieden habe zu verwenden. Es ist in der Tat so, dass man sich beim Aussprechen dieses Wortes unwohl fühlt – Mama, Mutti, Mutter. Es weckt ein gewisses Unbehagen, auch was Papa, Vati, Vater betrifft.

„Meine liebe Mammy" schreibt er zu Beginn. So herzlich und lieb, doch wenn man von all dem weiß, was geschehen ist, ist dies schon sehr bedenklich. Klarer Fall, unsere Vorstellung einer liebenden Mutter ist sowas von im Arsch, da wird man auch sehr schnell oberflächlich und tatsächlich bedeutungslos in manch einer Aussage. Er sagt es nur, weil es andere sagen. Der so lange gelebte Verzicht, versuche ich mal so zu vermitteln, macht es nicht wichtig, was für eine Mutter man hatte. Oder man hat sich so sehr danach gesehnt, dass man womöglich sogar zu der netten alten Nachbarin Mutter, Mammy oder Mutti gesagt hätte. Das kam bei mir nie so richtig an, fand es fast schon ekelhaft und umging die persönliche Anrede sehr durchdacht und gekonnt, als ich unsere Mutter kennenlernte, obwohl wir alle sehr vergebend sind. Keine Ahnung, warum das so ist, ihre Schandtaten wurden unwichtig, Hauptsache, da ist sie nun endlich, was allerdings nie für mich zutraf. Marios Brief endet aber mit „Adios Mutti" und vor allem erinnert er daran – „Dein Sohn Mario".

Ich fand diesen Brief in einem Ordner von Jürgen Schmidt, ein Name, der noch öfters im weiteren Verlauf auftaucht und kleinere Erklärungen liefert. Ich denke, ich erwähnte es schon: Er war es, der all das wenige in einem Ordner aufbewahrt hatte. Den Ordner bekam dann Dagmar, als Jürgen 2011 verstarb. Und da lag er dann einfach in einem Schrank rum, ohne dass ich davon wusste. Erst ca. 2015, als Dagmar mir diesen Ordner bei einem Kaffee eher beiläufig zeigte, habe ich diesen an mich genommen. Somit soll also auch ein Teil davon, dieser eine Brief, den meine Mutter wahrscheinlich aufbewahrte, hier Verwendung finden. Es gibt nur diesen einen und zu schade, dass der Brief, den unsere Mutter an Mario geschrieben hat, nicht mehr existiert. Dieser Brief wäre wirklich extrem interessant gewesen. Womöglich hat auch Mario diesen einen Brief, es weiß keiner, ob es mehr waren, ebenfalls aufbewahrt. Man weiß es nicht, ausgehend von seinem damaligen Zustand wäre es unwahrscheinlich, aber man weiß es nicht. Wenn ja, dann befand sich dieser Brief, der Brief unserer Mutter an ihn, als auch die Fotos, die darin erwähnt sind, im Mai 2010 bis zu seiner Erkrankung in seinen persönlichen Sachen in der gemeinsamen Wohnung seiner damaligen Freundin, K. W. in Steglitz. Dazu folgt im Verlauf dieses Buches noch eine ausführliche Geschichte, die genau beschreibt, warum all das verloren gegangen ist, all das, was mir, seinem Bruder, so extrem wichtig gewesen wäre.

Zurück zu diesem Brief, wovon Mario natürlich auch nicht wissen konnte, dass er noch existiert. Er wurde erst ab 2015 nur ein einziges Puzzlestück einer 100.000 Teile umfassenden Gesamtausgabe. Dinge, die mir mit keinem Wort bekannt waren, konnte ich erst 36 Jahre später in diesem Brief erlesen. Ich hatte und besitze nichts aus dieser Zeit, als ich selber die verrückteste Geschichte in meinem Leben zu überleben hatte, zu erlesen in meiner Bücherreihe *„Schlechtwetterzonen"*, Band I und II. Da dies aber geschah, als Mario gerade in Moabit im Knast einsaß, muss ich sie kurz anreißen, um einen Zusammenhang zu meinem damaligen Problem herzustellen, hier in absoluter Kurzfassung. Wohlgemerkt, ich wusste 1979 nichts von all dem, was mit Roy und Mario geschehen war, jeder hatte über viele Jahre sein eigenes Päckchen zu tragen irgendwo in Deutschland. Keiner wusste genaueres von den anderen.

Ich hatte derzeit, schon 1978, meine Lehre zum Binnenschiffer begonnen. Meine Ideallösung, schon sehr früh den Mächten des Vaterlandes zu entfliehen, umgesetzt. Einen Beruf in diesem damaligen Heim in Scheidegg im Allgäu, das nach

Witthoh, zu erlernen, hätte mich weiterhin Mündel des Vaterlandes bleiben lassen, mindestens bis ich 18 Jahre alt bin. Der Weg auf das Schiff, weit weg von dieser Einrichtung, schenkte mir also meine Freiheit. Der Kapitän dieses Schiffes, auf dem ich damals gefahren bin, beantragte, da ich noch nicht volljährig war, das Sorgerecht beim Jugendamt, was auch bewilligt wurde. Der eigentliche Grund dazu war folgender: Das Heim „Sonnenhalde" in Scheidegg hat weiterhin jeden Monat Geld von mir gefordert, da ich dort auch noch meinen Wohnsitz hatte und ein Bett für schlechte Zeiten mehr oder weniger für mich bereitstand. Mit dieser Sorgerechtssache wurde ich davon befreit und es wuchs für mich in der Familie des Kapitäns mit seiner Frau und ihrem vierjährigen Sohn eine sehr angenehme Familiengeschichte, die ich Zeit meines Lebens so nicht kannte. Viel Herz, viel Liebe, viel Zuneigung, geradezu unheimlich für jemanden, der das so nie erlebt hat. Kurz gefasst also weiter, die Frau meines Kapitäns, meines Pflegevaters, fand einen Liebhaber. Der Kapitän ermordete seine Frau und ließ sich direkt nach der Tat von einem Zug überfahren, hinterließ in der Wohnung seine geschundene und zusammengeschlagene, dann erdrosselte Frau und seinen noch lebenden, zu dieser Zeit schlafenden Sohn. Der vierjährige Sohn, der mir schon ein kleiner Bruder war, wurde mir, der am Tattag die Tote auffand, von der Polizei entrissen und ich habe ihn nie mehr wiedergesehen. Kein Mensch weiß, was das Vaterland mit ihm angerichtet hat. Nach meiner Verhaftung unter Mordverdacht, stundenlangen Verhören, letztendlich den Beweis meiner Unschuld, zu guter Letzt der Identifizierung meines Pflegevaters wurde ich von der Kripo wieder aufs Schiff gefahren, „Fare well my Friend". Von einer Stunde zur anderen war ich wieder da, wo es mein Schicksal wohl immer für mich bestimmt hatte. Es gab nichts mehr, nur einen Seesack mit Klamotten und mein Schiff, auf dem ich weiterhin eine gewisse Zeit lang gefahren bin.

Na ja, sehr viel später erfuhr ich also, das alles geschah ziemlich zeitgleich, als Mario und Roy im Knast in Untersuchungshaft einsaßen und sich mit ihrem Drogenentzug rumschlugen. Nichts von all dem wurde ihnen von ihrem Bruder bekannt, für eine sehr, sehr lange Zeit. Im Übrigen auch meiner

Mutter nicht. Zurück zum Brief, den ich gar nicht so detailliert kommentieren möchte. Aber er ist schon sehr aussagekräftig und einzigartig zu der weiteren Entwicklungsgeschichte meiner Brüder, vor allem Mario.

Hallo liebe Mammy!

Ich danke Dir, das du Dir endlich ein Herz gefaßt hast, und uns geschrieben hast. Ich danke Dir auch für die Briefmarken und die Bilder. Ich verstehe dich sehr gut und habe mir auch sehr, sehr viele Gedanken gemacht. Es ist nicht einfach zuzusehen wie sich die beiden Söhne, vom Heroin zerfressen lassen, und die Ratschläge der Ältern, bzw. der Eltern in den Wind schlagen. Aber, und jetzt mußt du mich mal verstehen, wenn man einmal vom Heroin abhängig war kommt man da nicht mehr runter, auch wenn man körperlich entzogen ist. Und deswegen (ich habe am 22.10. Termin) mache ich jetzt eine Therapie, einen Therapieplatz habe ich schon, jetzt kommt es nur noch auf den Richter an ob er mir noch mal Bewährung gibt. Übrigens Wolfgang hat 1½ Jahre bekommen. Er kann aber evtl. nach der halben Strafe auf Bewährung zu Therapie gehen. So kommen wir nun auf * was anderes. Chanelle ist also von der Rutsch gefallen, und Andy hat Wucherungen im Hals, und du bist jetzt zu 90% Behindert. Ist ja ziemlich was los in

Na ja, man könnte diese Zeilen jetzt, so erwachsen wie man geworden ist, analysieren.

„Danke dafür, dass Du Dich entscheiden konntest, uns zu schreiben, danke für Briefmarken und die Bilder, danke, dass wir der Sucht verfallen sind, weil Du nie für uns da warst, und versteh doch mal, dass Deine Söhne jetzt vom Heroin zerfressen werden und nun mal süchtig sind."

Es wäre sehr interessant, wie Mario heute über diese Zeilen denken würde. Er war ja auch ein Mensch, der immer sagte: „Das ist meine Mutter, meine Schwester oder das ist mein Bruder", fühlte sich immer davon angetan und verpflichtet, war in dieser Rolle sehr versöhnlicher, als ich es jemals gewesen bin. Sicher auch, weil er, ein paar Jahre älter als ich, sehr viel mehr von den damaligen Geschehnissen 1961–1965 mitbekommen hat.

unserer Familie. Natürlich sind alle von uns Tapfer, ist ja keine Frage, nur vom Zahnarzt, und vor Spritzen im Po kommt mir das Gruseln. Olle Dickkessel war also auch schon in Berlin, dann fehlt ja nur noch die Dagmar, und der Detlef. Dagmar kommt garantiert auch noch mal hier her. Auf 184 cm von werner habe ich es noch nicht gebracht, aber meine Fröhigkeit mißt inzwischen 181 Lenze, und 75 kilo. Habe 15 kilo zugenommen. Ich glaube auch das es werner schaffen wird, Kaptän zu werden, der hat halt nur dicke Haut. Was war anderes, hat Dagmar, o. der Axel schon mal wieder geschrieben, oder was machen die. Nun, uns geht es den Umständen entsprechend gut, um nicht zu sagen das wir uns hier unmächtig wohl fühlen, ist nur üble Surt hier kannste mir glauben. So damit scheiße ich meinen Brief (aus) und hoffe das du mir

die Dammer zum Termin drückst, wenn
ich rauskommen sollte, schreibe ich dir das natürlich gleich, o rufe an. So, nun grüße alle schön
von uns, und gibt den Andy und der Manu
ein Küßchen von uns, und melde dich mal
wieder (Manuela der Petra übrigens auch sagen)
Adios oder so
dein Sohn Mario

P.S. Schuldige die Schrift und die Fehler, aber
war noch nie ein Theoretiker.
Selbstverständlich werde ich Roy und den
Brief lesen lassen, und ihn d. Hälfte der Brief/marken geben.

Transkription Brief Mario an seine Mutter:

Berlin, den 19.10.1979
Hallo, liebe Mammy!
*Ich danke Dir, dass Du Dir endlich ein Herz gefasst hast und mir
geschrieben hast. Ich danke Dir auch für die Briefmarken und
die Bilder. Ich verstehe Dich schon sehr gut und habe mir auch
sehr, sehr viele Gedanken gemacht. Es ist nicht einfach zuzusehen, wie sich die beiden Söhne vom Heroin zerfressen lassen,
und die Ratschläge der Älteren bzw. der Eltern in den Wind schlagen. Aber, und jetzt musst Du mich auch verstehen, wenn man
einmal vom Heroin abhängig war, kommt man da nicht mehr
runter, auch wenn man körperlich entzogen ist. Und deswegen
(ich habe am 22.10. Termin) mache ich jetzt eine Therapie, einen Therapieplatz habe ich schon, jetzt kommt es nur noch auf
den Richter an, ob er mir noch mal Bewährung gibt. Übrigens
Wolfgang hat 1½ Jahre bekommen. Er kann aber eventuell nach
der halben Strafe auf Therapie gehen.*
*So kommen wir nun auf was anderes. Manuela ist also von
der Rutsche gefallen und Andy hat Wucherungen am Hals und Du
bist jetzt zu 90% behindert. Ist ja vielleicht was los in unserer
Familie. Natürlich sind alle von uns tapfer, nur vom Zahnarzt
oder von Spritzen in Po kommt mir das Gruseln. Olle Dickkusch*

war also auch schon in Berlin, dann fehlen ja nur noch die Dagmar und der Detlef. Dagmar kommt garantiert auch nochmal hier her. Auf 184 cm von Werner habe ich es noch nicht gebracht, aber meine Wenigkeit misst inzwischen 181 cm und 78 kg. Habe 15 kg zugenommen. Ich glaube auch, dass es Werner schaffen wird, Kapitän zu werden, der hat halt eine dicke Haut.

Mal was anderes, hat Dagmar oder der Axel wieder mal geschrieben, oder was machen die? Nun, uns geht es den Umständen entsprechend gut, um nicht zu sagen, dass wir uns hier mächtig gut fühlen, ist ne üble Sache hier, kannste mir glauben. So, damit schließe ich meinen Brief und hoffe, dass Du mir die Daumen zum Termin drückst, wenn ich rauskommen sollte, schreibe ich das Dir natürlich gleich oder rufe an. So, nun grüße aber schön von uns und gib dem Andy und der Manuela einen Kuß von uns und melde Dich mal wieder (kannste der Petra übrigens auch sagen).

Adios Mutti, Dein Sohn Mario

P.S. Schuldige die Schrift und die Fehler, aber war noch nie ein Theoretiker. Selbstverständlich werde ich Roy auch den Brief lesen lassen und ihm die Hälfte der Briefmarken geben.

Manuela und Andy sind die Kinder von unserer Schwester Petra, ein Kontakt von Mario und Roy zu ihr bestand ja eine Zeit lang. Und er nennt mich „Dickkusch", sehr belustigend für mich, das wenigstens mal wieder erlesen zu können. Lächerliche 60 Kilo scheint er mit 181 cm gewogen zu haben, bevor er 15 Kilogramm zunahm. In diesem Zusammenhang, sein Körpergewicht kleidete schon immer auch einen Teil seiner kleinen Eitelkeit. Er entschuldigt sich für seine Schrift und seine Rechtschreibung. Er, der das von uns allen am besten konnte. Nun muss man direkt vermuten, dass unsere Mutter das noch viel besser konnte, seine Schreibfehler ihr auffallen könnten, also besser mal darauf hinweisen. Oder waren Marios Zeilen schon damals „dieser kleine Wink mit einem Gartenzaun", dass Mario ihre Rechtschreibung als sehr viel schlechter erkannte? Leider weiß ich das nicht, ich habe in meinem ganzen Leben nie einen Brief meiner Mutter erhalten.

Das erste Mal wurden die beiden erst 1980 wieder Thema, als ich rein zufällig meine oder unsere Mutter kennengelernt hatte. Es gab vorher keinerlei Vorstellung von dieser Frau. Ich war eigentlich bemüht, nach über 13 Jahren Petra und ihre Familie aufzusuchen, habe erfahren, dass sie auch in Berlin lebt. Sie hat meine Mutter an diesem Tag des Treffens einfach dazu geholt. Ich hatte also nicht beabsichtigt, sie aufzusuchen. Ich wurde erst als Erwachsener Sohn einer Mutter, ohne es zu wollen. Die beiden, Petra und ihr Mann, erzählten dann von Wolfgang, der mittlerweile den Spitznamen Roy trug und von Mario. Beide sind nach wie vor heroinabhängig und auf die schiefe Bahn geraten. Roy hätte wohl eine gewisse Zeit bei ihnen gelebt, aber es kam immer zu Reibereien, weil er angeblich geklaut hat. Später erfuhr ich, dass Petras Mann und Roy auch sexuell irgendwie aus dem Ruder gelaufen sind. Keine Ahnung, ob das alles stimmt, ich konnte keinen danach fragen, der es wirklich weiß. Dass Roy sich zum Beschaffen seiner Drogen auch prostituiert hat, wurde mir später auch von Mario bestätigt. Auch, dass Roy als Jugendlicher in diesem Heim in Berlin Opfer eines Missbrauchs wurde.

Seine Anschafferei als Kind vom Bahnhof Zoo ist daher in zweierlei Hinsicht glaubhaft. Leicht und schnell verdientes Geld und wenn man als Heiminsasse mal die eine oder andere auch freiwillige homoerotische, sogar rektale Erfahrung gemacht hat, ist es nicht besonders schwierig, den Arsch auch mal für zwanzig Mark hinzuhalten, auch mehrmals am Tag, wenn es noch für keinen „Schuss" reicht. Ein Job für schnell verdientes Geld, für mich und andere dieser Zeit als normal zu betrachten. Roy war ja damals noch ein schmucker sportlicher und drahtiger Junge, eher knabenhaft und interessant für so manch einen, der diese Technik bevorzugt. Auch meine Mutter und ihr Lebensgefährte Jürgen, die ich in späterer Zeit nochmal gesondert besuchte, waren enttäuscht, vor allem von Roy, der sie dauernd bestohlen hat, von Mario, weil er davon wusste. So ein Fixerleben ist nun mal unvorstellbar teuer, da sind mehrere 100 DM für nur einen Tag kein Geld mehr. Es ist nicht wichtig, dass man dafür eine Wochen lang essen könnte, denn Essen war es nicht, was sie wahnsinnig machte. 1 Gramm ca. 150 DM, 5 Schuss 750 DM, absoluter Wahnsinn, und das jeden verdammten Tag.

Schwieriges Kapitel ...

Nun möchte ich ja von Mario und seinem Umfeld erzählen, auch um seine unfassbare positive Wandlung einige Jahre später verständlicher werden zu lassen, dem Leser näher zu bringen. Daher folgen in diesen Zeilen auch unverblümt Ereignisse, auf die er nie stolz gewesen ist, im Gegenteil, er hasste die Zeit, in der er ein anderer war. Ich bemerkte stets sofort, wie unangenehm es für ihn wurde, wenn ich mal zu bohren anfing, mehr von damals erfahren zu wollen. Von sich aus auch aus Scham und Reue hat er nie davon erzählt. Er würde alles rückgängig machen, wenn er nur könnte. Dieses Empfinden war mir immer sehr nahe. Ich kann nur aus dem Wenigen, das ich von ihm erfahren habe, sagen wir mal, ein paar Dinge als ein kleines Statement wiedergeben. Und ja, es war alles mehr als verwerflich, schockierend, fast nicht vorstellbar, wie man so leben konnte. Aber es war auch eine Situation, die man sich hüten sollte zu verurteilen, wenn man sie selber nicht erlebt hat. Es ist unglaublich schwierig, das zu verschriftlichen, denn ich will ihm, meinem immer mich liebenden Bruder, ja nichts Böses. Wir hatten jeder ca. 50 Jahre gemeinsamer und doch getrennt gelebter Lebenszeit und doch nur lumpige spärliche, wenn man alles addiert und ich will tolerant sein, maximal 3 oder 4 Jahre zusammenhängend bewusst gemeinsam erlebt. Eine gemischte Zeit, nur wenig davon im Kindesalter intensiv erlebt.

Die wenige Zeit danach, nach einem Kampf, den jeder für sich voneinander getrennt durchstehen musste, ist ohne zu zögern beurteilt sehr schön gewesen. Diese kurze Zeit ist mit keinem Wort des Streites, keinem Wort eines Vorwurfs, doch unfassbarer Ehrlichkeit und starkem Vertrauen verlaufen. Wenn es gut geht, haben wir vielleicht fünf Geburtstage und Weihnachten zusammen gefeiert und die alle in einem Alter und einem Lebensumstand, wie er schlechter nicht hätte sein können. Von Anfang an von unserem Vaterland so eingerichtet. Daher, meine lieben Leserinnen und Leser, nach all den schlimmen und schlechten Ereignissen, die nun in Worte verschriftlicht sind, müsst Ihr das alles versuchen zu ertragen, um vielleicht ausreichend oder nur ein bisschen „Fair"ständnis wachsen zu lassen. Vielen Dank, schon wieder.

Nachdem also mein Leben mit Mario im Juni 1972 vorerst endete, ich war damals im 11. und Mario im 14. Lebensjahr, wir auf unbestimmte Zeit getrennt wurden, begann 1973 sein und Wolfgangs Leben in einem Heim in Berlin, das mir leider nicht bekannt ist. Schon ein Jahr später, so erzählte mir einst Mario, hatten sie schon den ersten Joint geraucht. Damals wurde fast nur Haschisch geraucht. Ich kopiere das mal hier so rein, wie ich das am besten erklärt in Wikipedia erlesen habe. Ich denke, das ist so am einfachsten verständlich dargelegt. Man kann ja nicht pauschaliert behaupten, jeder Mensch hätte dieselben Kenntnisse von diesen Dingen.

Haschisch (von arabisch xxxx *DMG* ḥašīš *, Gras') bezeichnet das Harz*, das aus Pflanzenteilen der weiblichen Cannabispflanze gewonnen wird. Es stellt einen oft zu Platten oder Blöcken gepressten Extrakt dar. Verbreitete synonyme Bezeichnungen dafür sind auch *Hasch oder Shit. Einzelne Stücke der gepressten Haschischplatten werden oft „Piece" genannt (seltener Kanten oder Ecken).*

Haschisch ist ein braunes Weichharz, das in Wasser unlöslich ist und auf Platinblech rückstandslos verbrennt. Das Harz löst sich in Ethanol, Ether, Chloroform, Benzol, Benzin, Aceton und Essigester unter Bildung einer goldgelben Farbe.

Bei der Produktion von hochwertigem Haschisch finden hauptsächlich die Blütenstände der weiblichen Cannabispflanze Verwendung. Grund dafür ist, dass sie gegenüber den restlichen Pflanzenteilen wesentlich mehr Harzdrüsen mit **Tetrahydrocannabinol (THC)** *enthalten, dem hauptsächlich rauschbewirkenden Bestandteil der Pflanze.*

Hanf (Cannabis) ist eine Pflanzengattung innerhalb der Familie der Hanfgewächse. Hanf zählt zu den ältesten Nutzpflanzen der Erde.

Die einzelnen Bestandteile der Pflanze (Fasern, Samen, Blätter, Blüten) werden ungenauerweise ebenfalls als Hanf bezeichnet. Aus diesen Pflanzenteilen können, je nach verwendeter Art der Gattung, verschiedene Produkte hergestellt werden. [Siehe: de.wikipedia.org/wiki/Haschisch Reviewed 09.04.2021]

Somit ist im Verlauf von Marios Geschichte das Klischee, Haschischrauchen sei eine Einstiegsdroge, nur ein bisschen bestätigt, was ja nicht wirklich so ist. Es gibt heutzutage weitaus mehr Haschischraucher, oder was man sonst noch so raucht, als Heroinabhängige. Haschisch und andere berauschende, aus Pflanzen bestehende Rauchwaren tragen allübergreifende Begriffe wie Cannabis, Marihuana oder Gras, Shit usw. Sehr kreativ sind sie immer wieder in zig anderen fantasievolleren Namen benannt, Namen, gerne mit schönen Farben verniedlicht, wie „Grüner Türke", „Roter Libanese", „schwarzer Afghane", „White Widow" und immer wieder andere.

Sie sind mitunter die alltäglichen Drogen, die man gerade in Berlin an jeder Ecke kaufen und vor allem riechen kann. Hier gibt es Örtlichkeiten, da ist mehr Haschischduft in der Luft als Parfüm- oder Rasierwasserdüfte, da irgendwelche Menschen es auch sehr unbefangen konsumieren. Diese Rauchwaren wurden in allen Kreisen der Menschheit salonfähig, behaupte ich mal. In anderen Ländern wird es allein der Etikette wegen zum Nachtisch gereicht. Gesetze wurden hierzulande etwas erleichtert, man erfand das Wort „Eigenbedarf", angewandt von Bundesland zu Bundesland unterschiedlich. In Thüringen 10, in Berlin sogar 15 Gramm darf man am Mann oder Frau tragen. Dann heißt es wieder, man darf es konsumieren aber nicht besitzen, aber was soll's, Uneinigkeit hat dieses Land stark gemacht (der Autor lacht). Auch hinsichtlich der Drogen hat dieses Land längst verloren. Alles ist möglich, alles kann erworben werden.

Aber wie schön, dass sich die Zeiten geändert haben, man hilft sich wieder mehr. Hier etwas Unterhaltsames vom Juli 2021:

Freitag, 2. Juli 2021

Berliner Polizei greift Mann mit 0,4 Gramm Marihuana auf und gibt ihm aus Mitleid 4 Gramm dazu

Berlin (dpo) – Bei einer Drogenkontrolle im Berliner Bezirk Friedrichshain-Kreuzberg hat die Polizei heute einen Mann mit 0,4 Gramm Marihuana erwischt. Da die von dem 19-Jährigen mitgeführte Menge weit unter der in Berlin angewendeten Toleranzgrenze von 15 Gramm Eigenbedarf liegt, statteten die Be-

amten den jungen Mann mit vier zusätzlichen Gramm der Droge aus. Gegen 14:15 Uhr war der Mann einer Polizeistreife in der Nähe der U-Bahn-Station Kottbusser Tor aufgefallen, nachdem er beim Anblick der beiden Beamten seine Zigarette schnell fallen ließ und sich auch sonst auffällig verhielt. Eine anschließende Kontrolle seines Rucksacks förderte 0,4 Gramm Cannabis zutage.

„Uns war sofort klar, dass wir den jungen Mann so nicht wieder laufen lassen können", erklärt einer der beiden Beamten. „Das war unser kleinster Fund seit Langem. Das hätte ja gerade mal noch für zwei Tüten gereicht – wenn man sie wirklich schwach baut."

Aus Mitleid gaben die Beamten dem jungen Mann vier Gramm Marihuana dazu und beließen es bei einer Ermahnung, er möge sich künftig selbst rechtzeitig um Nachschub kümmern. Anschließend durfte der junge Mann weiterziehen. Wäre er in Bayern mit derselben Menge aufgegriffen worden, hätte ihm die Todesstrafe gedroht. <Sarkasmus aus>
[Siehe: der-postillon.com/2018/06/berliner-polizei-cannabis.html Reviewed 21.07.2021]

Irgendwie hab ich jetzt das Verlangen, hier etwas anzusprechen, was die Zukunft der „weichen Drogen" betrifft. Ich stelle mir auch die Frage, hätte die Legalität dieser Drogen schon 1970 das Leben meiner Brüder vereinfacht, hätten sie von der Beschaffungskriminalität Abstand nehmen können, wenn es am Kiosk zu erwerben gewesen wäre? Eher nicht, so stell ich mir vor, wo doch Menschen im Supermarkt auch nur Essbares klauen, weil sie kein Geld haben, um es zu kaufen. Das Verlangen nach bestimmten Genussmitteln kann schon recht unterschiedlich sein. Weiteres erklärt mein folgendes Statement dazu.

In Sachen „beeinflussbarer Rauchwaren" – als Rauchwaren werden an sich „Pelze" bezeichnet, nur so nebenbei:

Rauchwaren, österreichisch auch Rauwaren, sind zugerichtete gegerbte, noch nicht zu Pelz verarbeitete Tierfelle. Der Begriff wird insbesondere im Pelzhandel selbst benutzt; die Singularform „Rauchware" ist wenig gebräuchlich.
[de.wikipedia.org/wiki/Rauchwaren Reviewed 21.07.2021]

Viele berühmte Worte wurden kreiert ähnlich wie „Ich bin ein Berliner" von J. F. Kennedy 1963 am Rathaus Schöneberg. Oder „Mister Gorbachev, tear down this wall!" – „Herr Gorbatschow, reißen Sie diese Mauer ein!" von US-Präsident Ronald Reagan im Juni 1987 am Brandenburger Tor. Und damit es wieder lustig und doch ernsthaft wird die Worte „Wir schaffen das" von unserer Angela Merkel. Alles Zitate, die in unserer Geschichte ihren Platz gefunden haben, so auch die Worte, die schon im November 2002, „Gebt das Hanf frei! – Und zwar sofort", breit gefächert über den Äther gingen.

Hans-Christian Ströbele, ein deutscher Rechtsanwalt und Politiker der Partei Bündnis 90/Die Grünen, tätigte den Ausruf „Gebt das Hanf frei! – Und zwar sofort!" während der Hanfparade 2002 in Berlin. Er richtete ihn an mehrere Polizisten, die einen Wagen der Grünen Jugend anhielten und dort mehrere Nutzhanfpflanzen beschlagnahmten, die als Dekoration dienten. Diese Pflanzen enthielten nur wenig THC und „stammten aus einem staatlich geförderten legalen Anbau aus der Uckermark". Die Pflanzen waren zuvor als Dekoration genehmigt worden.
[de.wikipedia.org/wiki/Gebt_das_Hanf_frei! Reviewed 21.07.2021]

Die Hanfparade ist eine Demonstration zur Legalisierung von Cannabis und Cannabisprodukten. Sie findet seit 1997 jedes Jahr im August in Berlin statt. Das erklärte Anliegen ist die Abschaffung des Betäubungsmittelgesetzes sowie die Freigabe von Hanf als Rohstoff (Nutzhanf), Cannabis als Arzneimittel und als Genussmittel (Cannabis als Rauschmittel).
[de.wikipedia.org/wiki/Hanfparade Reviewed 21.07.2021]

Man muss, so sag ich mal, nicht bekifft sein, um wirre Worte von sich zu geben, obwohl man sich manchmal doch fragt, was der eine oder andere Politiker geraucht haben muss bei dem, was der oder die eine manchmal von sich gibt. Gleichzeitig muss man sich auch fragen, was hat das Volk geraucht, bevor sie diesen fragwürdigen Politikern ihr Vertrauen geschenkt haben? Aber eine grundsätzlich gute, aber nicht einfach umzusetzende Idee, worüber so manch eine politische Hirnmasse in Wallung geraten ist, letztendlich keine politische Macht so recht umsetzen wollte und selbstredend für den Konsumenten nicht zufriedenstellend umsetzen kann. In Sachen Drogenpolitik tut sich also etwas in diesem Land, auch wenn wirre Worte, von wem auch immer gesprochen, keinem Drogenmissbrauch geschuldet sind.

Man hat nach dem Verstreichen von mindestens einem Jahrhundert erkannt, an allen Ecken und Enden dieser Stadt wird gekifft, dass sich die Balken biegen, und es wird keiner Polizeigewalt der Welt mehr gelingen, Ordnung in dieses Chaos zu bringen.

Was ist eigentlich so schwer daran zu begreifen, dass sich Unrecht, oder damit es verständlicher wird, Unkraut, immer dort am besten nähren und verbreiten kann, wo man es nicht rechtzeitig bekämpft oder entfernt? Immer und immer wieder geschieht es in den unterschiedlichsten Lebenslagen und alltäglichen Dingen der Gesellschaft. Gauner erfinden in Sekundenschnelle die kuriosesten Aktivitäten, Aktionen, Vorgehensweisen, um die Menschheit zu bescheißen, und der Staatsapparat schaut zu, wacht erst dann auf, wenn schon alles zu spät ist, wenn sie der Gaunerei nicht mehr Herr werden. Und das passiert immer und immer wieder. Es ist zum Kotzen. Dass diese Bücher, Marios Biografie Teil I und II, auf dieses Verbrechen in der Betreuung aufmerksam machen sollen, muss ich ja nicht nochmal erwähnen.

Aber, das aktuellste Beispiel, oh Schreck Corona, „Wir brauchen Teststationen". Und ich wusste mit der ersten Information in den Medien, dass diese Teststationen von Hinz und Kunz eröffnet werden können. „Großartig, da wird dieser dumme Staatsapparat mal wieder so richtig über den Leisten gezogen." Ich, der Hauptschüler, und viele andere Menschen der unteren Schicht haben es bemerkt, die schlauen Gymnasiasten, Abiturienten, studierten Politiker in ihren Ministerämtern hatten nicht eine Sekunde Bedenken. Nicht einmal, dass dies eventuell passieren kann, dass Menschen aus diesem einfachen Konstrukt einen verbrecherischen Akt konstruieren könnten.

Weisheit wächst also nicht mit der Schulbildung. Weisheit wächst mit Lebenserfahrungen. Diese gedeiht am besten unter den miesesten und beschwerlichsten Umständen und setzt auch letztendlich die Bereitschaft voraus, sich Dinge vorzustellen, die über eine perfekte schulische Ausbildung hinausgehen. Da tun sich gottbehütete und immer bauchgepinselte Menschen nun mal schwer, sich in diese Lage zu versetzen. Dennoch bleibt es dabei, nichts auf dieser Welt ist einfacher zu begehen als das Verbrechen. Ein Gesetzerlass ist der Hammer, der geschmiedet wird, um all das in den Griff zu kriegen, auch das geplante Cannabiskontrollgesetz, ich schmeiß mich weg ...

In Verbindung mit Präventionen, ein so gern verwendetes Wort der Politik, Präventionen schön breit gefächert zu allem, was man irgendwann mal erkennt und sich nicht eingestehen will, dass dieser, welcher auch immer, Problem-Zug längst abgefahren ist. Und gerade Berlin, unsere Vorzeige-Bundeshauptstadt, steckte schon in den 1920er Jahren so verdammt tief drin in diesem Drogensumpf, dass man schon gar nicht mehr daran erinnern möchte. Gehört es doch zu den Dingen, die unser Angesicht in der Welt nicht gerade leuchten lassen.

Drogenkriminalität wurde so mächtig und alltäglich, dass Polizeigewalt, was sich auf deren gewaltigen und gleichzeitig fragwürdigen Leistungen bezieht, und Justitia die Segel streichen mussten, um diese Kriminalität, na ja, zu unterbinden. Und nun ist man als Weisheit letzter Schluss daran interessiert, das zu legalisieren, was man vorher Jahrzehnte lang unter Strafe verboten hatte. Was für ein Bockmist, es heißt ja, man darf es rauchen, aber nicht besitzen – genauer auch hier zu erlesen:

Der Konsum von Betäubungsmitteln ist in Deutschland nicht verboten. Er gilt rechtlich als straffreie Selbstschädigung (vgl. objektive Zurechnung). Es ist von Kommentatoren des Betäubungsmittelgesetzes wie von Richtern anerkannt, dass man Drogen konsumieren kann, ohne sie im gesetzlichen Sinne erworben zu haben.
[de.wikipedia.org/wiki/Rechtslage_von_Cannabis Reviewed 21.07.2021]

Von A–Z ein Trugschluss also für die, die glauben, sie tun es aus Barmherzigkeit für die ganzen Konsumenten, die sonst auf der Straße illegal kaufen. Wacht daher auf, Ihr Konsumenten, und freut Euch nicht zu früh. Das beste Geschäft ist nun mal mit Dingen zu machen, die verboten sind. Eine der Grundideen in dieser Herangehensweise, man dreht den ganzen Dealern den Hahn zu, macht ihnen den Kunden abspenstig, wo man doch in absehbarer Zeit legal, in dafür geschaffenen Verkaufsstellen, diese rauchbaren Drogen erwerben kann. Aber man sollte sich ernsthafter etwas einfallen lassen, denn die Tage bis zur tatsächlichen Freigabe weicher Drogen sind grundsätzlich gezählt. Wie genau dieser legale Vertrieb eventuell aussehen soll, bleibt interessant zu beobachten, Konkretes dazu gibt es allerdings noch nicht.

Ein Wirrwarr von vorstellbaren Prozeduren, die man wahrscheinlich bei nicht nur einer in dieser Angelegenheit durchgeführten Sitzung zusammengesponnen hat. Man muss sich damit befassen, welcher Landwirt von Kartoffeln oder Großgärtner von Petunien bereit ist, auf Hanf umzusatteln. Dies genehmigen, dies überwachen, damit da wiederum kein Schindluder getrieben wird, aber auch mit lukrativen Verdienstmöglichkeiten locken, damit sich überhaupt jemand auf diese Produktion einlässt. Man muss entsprechende Gesetze, die den Nutzhanfanbau, der seit 1996 genehmigt ist, entsprechend ergänzen, genehmigen, dass nun neben Häkelwaren und anderen Bioprodukten auch biologische und rauchbare, berauschende Artikel angebaut und gefertigt werden dürfen. Man spricht von einer kontrollierten Abgabe zum Beispiel in Apotheken oder anderen speziell dafür eingerichteten und zertifizierten Stellen. Sehr spannend, ob denn der Konsument dazu bereit ist, sich ganz speziell auf den Weg dorthin zu diesen zertifizierten Stellen zu begeben, wo er offiziell genehmigt erworben werden kann, dieser heilbringende Rauch.

Sicher passiert die Herausgabe der Droge nicht ohne die Vorlage eines Ausweisdokumentes, das womöglich noch registriert wird. Man muss also geständig sein, sein geheimes Kifferleben preisgeben, muss doch die Statistik beobachtet bleiben. Es wird ohne Wenn und Aber Mindestmengen geben. „Ich hätte gern ein Pfund davon", das wird nicht passieren. Die Abgabe an den Verbraucher muss daher registriert sein. Womöglich namentlich in einer Datenbank, an der alle zertifizierten Vertriebstellen angeschlossen sind, sonst könnte doch der eine oder andere gewiefte Gauner, auf diesem offiziell genehmigten Weg an Drogen zu gelangen, auch für andere tätig werden, den weiteren Vertrieb für den Anwender, der gerne anonym bleiben möchte, deren Zahl unter Garantie immens hoch ist, vereinfachen. Auch der Apotheker und andere ausgewiesene und vertrauensvolle Verkaufsstellen müssen im Auge behalten und der Warenein- und -ausgang nachvollziehbar dokumentiert werden.

Selbstredend werden diese kontrolliert angebauten Produkte nicht das versprechen, was der Konsument wünscht. „Es muss nicht danach riechen, es muss ballern." Wie Nikotin- und Alkoholgehalt wird auch der THC-Gehalt, das Tetrahydrocannabinol, diese psychoaktive Substanz, die das Konsumieren begründet, unter Garantie so vorgegeben sein, dass es einem geübten Kiffer einfach nur langweilen wird und er sich nicht dafür begeistern lässt. Während der illegale Markt in der riesigen Konkurrenz alles dafür tut wird, damit ihre Ware ordentlich „ballert", es mit anderen Betäubungsmitteln streckt, die man rauchen kann, womöglich ein paar Krümel rauchbares Heroin hinzufügen, wird dieses amtlich gestattete Zeug keinen wahrhaften Kiffer hinter dem Ofen hervorlocken. Denn so effektiv kann und darf die amtliche Rauschware besser nicht werden.

Man stelle sich vor, Kiffen ist erlaubt, alle kiffen mit, alle sind zugedröhnt, ihrer Leistung und Amtes nicht mehr mächtig, auch wenn viele Würdenträger ohne Kiffen ihres Amtes nicht mächtig sind, sollte das so nicht laufen. Also müssen Überwachungsbehörden geschaffen werden, müssen neue Dienstbezeichnungen kreiert werden, die das alles im Blick haben, Namen wie staatlich geprüfter Hanf- oder Kiffbeauftragter.

Und zu guter Letzt braucht kein Naivling glauben, dass diese amtlich zu erwerbende Droge steuerfrei bleiben wird. Also wird es definitiv weder einfacher noch billiger, an diese freigegebenen, zufriedenstellenden, rauchbaren Substanzen zu gelangen. So recht durchdacht ist dieses Vorhaben also nicht, wo es doch weiterhin an jeder Straßenecke anonym und in Sekundenschnelle im Vorbeilaufen zu einem guten Preis gekauft werden kann. Banden und Clans, Syndikate und der kleine Dealer an der Ecke werden einen Teufel tun, um auf dieses Geschäft zu verzichten, lehnen sich gemütlich zurück in ihren Ledersessel ihrer fetten Limousinen und werden sich nicht von dem, was man erstmal nur plant, beeindrucken lassen. Letztendlich, der Weisheit letzter Schluss, ist gerade in diesem Milieu die

Qualität des Produktes, die Macht des machbaren Rausches, die den Konsumenten befriedigen muss, primär und dann erst regelt der Preis die Nachfrage und es ändert sich nichts.

Salopp gesagt, Zigaretten vom Schwarzmarkt sind auch sehr viel billiger und nicht einmal schlechter. An einer Schachtel Zigaretten mit 20 Stück Inhalt erhebt das Vaterland 4,89 Euro Steuern. Die Kiffersteuer wird also gnadenlos erhoben und sich in dieser Höhe ansiedeln.

Fazit: Die Realität ist bei der führenden Macht noch nicht angekommen, zu blind für Tatsachen, zu uneinsichtig und viel zu naiv, das Geschehen im vollen Maße wahrnehmen zu können. Definitiv dauert es noch, bis berauschende, und ich bleib mal beim gebräuchlichen Begriff „Rauchwaren", bei den bekannten Lebensmittelketten an der Kasse aus dem Zigarettenautomaten gezogen werden können. Denn es ist auch vorstellbar, dass man in dieser Branche einen guten Profit wittert. Immerhin gelang es diesen Lebensmittelketten, die seit Generationen geführten Metzger- und Bäckereien aus dem Anblick des deutschen Straßenbildes zu entfernen. Eine erschreckende Tatsache, die der ältere Bürger ertragen muss, das Neugeborene niemals anders kennen lernen wird.

Die Monopolisten wurden gefördert, der Einzelhandel vernichtet. Die Macht des Vaterlandes hätte es verhindern können. Was muss ein so gigantischer Magnat wie A.L.E.R.K. usw., nur Anfangsbuchstaben diverser Monopolisten, die seit Jahrzehnten Konserven und Verpackungsgüter vertrieben haben, auch noch angepriesene frische Back- und Fleischwaren anbieten mit der erschreckenden Tatsache, dass dieser Billigpreiskampf die Metzger- und Bäckerinnung zerstört und den Konsumenten das Verlangen auf gesunde und artgerechte Waren versaut hat. Abgesehen von der dadurch entstandenen Verpackungsindustrie, die jetzt keiner mehr haben möchte. Die Politik hat mal wieder versagt und der eine oder andere Entscheider womöglich davon profitiert, als er dem Vertrieb dieser speziellen Waren dem Magnaten A.L.E.R.K. bei einem Tässchen Kaffee und vielleicht sogar einem kleinen Bonus zugestimmt hat.

Wir haben seit dem 7. Dezember 2021 eine komplett neu gestaltete Politik. Ach ich schreib das jetzt einfach mal, wo dieses Wort doch historisch wertvoll ist. Wir haben ein neues „Regime" an der Macht. Sie nennt sich bunt, sie nennt sich Ampelkoalition und wird nun dieses Land und die Welt retten. Und in diesen Ebenen gibt es ein Konstrukt, das den Vertrieb illegaler Drogen, dieses Geschehen ein für alle Mal beenden soll. Kann es sein, dass da gerade jemand zu lachen anfängt? O. k., ich schließe mich an ...

Die Ampelkoalition, die sich nach der Bundestagswahl 2021 gebildet hat, hat in ihrem am 24. November 2021 veröffentlichten Koalitionsvertrag festgelegt, dass die kontrollierte Abgabe von Cannabis an Erwachsene zu Genusszwecken in lizenzierten Geschäften legalisiert wird.
[de.wikipedia.org/wiki/Rechtslage_von_Cannabis Reviewed 24.07.2021]

Hier also mal nur ein bisschen was von dem, was man so geplant hat für die Zukunft. Dass, was sie alles WOLLEN, ist zu erlesen auf deren Webseite. Nun tut man also gut daran, etwas verändern zu wollen.

Wir schaffen klare Regeln in der Drogenpolitik statt zu kriminalisieren.

Wir stehen für eine humane Drogen- und Suchtpolitik, die Drogen weder verharmlost noch ideologisch verteufelt, und stellen Gesundheits- und Jugendschutz in den Mittelpunkt. Kinder und Jugendliche wollen wir wirksam vor Drogen schützen. Die Selbstverantwortung mündiger Erwachsener wollen wir stärken, ebenso wirksame Prävention. Konsument*innen sollen nicht länger kriminalisiert werden, stattdessen benötigen Abhängige Hilfe. Wir wollen Drogen nach ihren Risiken regulieren.

Das haben wir vor: So schaffen wir klare Regeln in der Drogenpolitik

- Wir wollen den Schwarzmarkt für Cannabis austrocknen und die organisierte Kriminalität zurückdrängen. Dazu werden wir ein Cannabiskontrollgesetz einführen. Es ermöglicht die legale und kontrollierte Abgabe von Cannabis in lizenzierten Fachgeschäften. Gleichzeitig wollen wir ein reguliertes und überwachtes System für Anbau, Handel und Abgabe von Cannabis schaffen. So soll endlich echter Verbraucher*innen- und Jugendschutz sowie die Suchtprävention zum Tragen kommen.

- Wir wollen keine neuen Verbote und Konsument*innen von Drogen nicht länger kriminalisieren. Damit werden auch Polizei und Staatsanwaltschaften entlastet. Es werden finanzielle Mittel frei, die für Prävention, Schadensminderung und bessere Therapieangebote eingesetzt werden können.
- Wir ermöglichen so genanntes Drugchecking. Dabei sollen Konsument*innen, zum Beispiel in Clubs, psychoaktive Substanzen auf gefährliche Inhaltsstoffe oder Beimengungen kontrollieren lassen können. Damit werden die bestehenden gesundheitlichen Risiken dieser Substanzen zu einem Teil eingeschränkt, Vergiftungen oder Überdosierungen reduziert.
- Wir wollen Kommunen Modellprojekte ermöglichen und sie unterstützen, zielgruppenspezifische und niedrigschwellige Angebote in der Drogen- und Suchthilfe auszubauen. Dazu zählen etwa aufsuchende Sozialarbeit, Substanzanalysen, Substitutionsprogramme auch in Haftanstalten und Angebote für Wohnsitzlose sowie die bessere Vermittlung in ambulante und stationäre Therapie.

[gruene.de/themen/drogenpolitik Reviewed 24.07.2021]

Mag sein, dass ich schon wieder nur ein bisschen vom Thema abgewichen bin. Dennoch wäre das alles ein Thema, dass ich sehr gerne mit Mario diskutiert hätte, obwohl er gar nicht so sehr der war, der über Dinge diskutierte, die letztendlich nichts verändern. Auch wenn er schon seit Ewigkeiten nicht mehr rauchte, hätte mich seine Meinung dazu interessiert. Letztendlich hätten wir uns gütlich geeinigt. „Welche Staatsmacht interessiert die Meinung des Volkes?"

Fazit und daran hat sich nicht viel geändert: Haschisch, auch Cannabis und all dieses Zeug zählen zu den harmlosesten Drogen überhaupt und selbstverständlich sind Alkohol und Nikotin überall erhältlich, langfristig die weitaus gefährlicheren Drogen. Alkohol ist die tatsächlich gefährlichste Droge der Welt. Durch Alkohol sterben laut WHO jährlich 3 Millionen Menschen und das nicht nur weil die Leber schlapp macht. Da sind auch noch die unter Alkoholeinfluss geschehenen Unfälle jeglicher Art, ob am OP-Tisch, im Gerichtsgebäude, im Supermarkt, in den Familien, bei den Kindern usw., sowie Aggressionen, die zu Schlägen, Verletzungen und Morden führen. Allein die ärztlich immer gestellte Frage „Rauchen Sie, trinken Sie" bestätigt, dass man gut davon weiß. Fragen wie „Laufen Sie, fahren Sie" finden aus diesem Grund weniger Anwendung. All das erlaubte Übel hält man immer schön am Laufen und man heuchelt die Absicht vor, die Reduzierung des Konsums dieser Drogen durch irrsinnige Preissteigerungen und mittlerweile fast schon lustigen, doch ignorierten Ekelbildern auf den Zigarettenschachteln beeinflussen zu können. In Wirklichkeit machen die starke Lobby und der fette Rubel, der dabei auch in die Staatskasse fließt, ein endgültiges Verbot geradezu unmöglich.

Es stimmt, es wurde einst, gerade in dieser Zeit in den 50er, 60er, 70er und 80er Jahren, wo man sogar noch im Stadtbus und der U-Bahn, einfach überall rauchen durfte, mehr geraucht. Die damaligen Genießer, „Rauch mal lieber ‚ne HB", „Der Duft der großen weiten Welt", „Der Geschmack von Freiheit und Abenteuer" sind die heutigen Patienten, die durch das Rauchen und Saufen, den dadurch hervorgerufenen Erkrankungen und ihre Folgen die Zahlen der einst vielen bösen Konsumenten abarbeiten. Das Übel sollte sich also bald auf biologischem Weg erledigt haben. Na, mal kieken, wie das alles weitergeht. Ich werde allerdings nicht davon berichten, denn so alt kann ich gar nicht mehr werden, um die endgültige Lösung des Problems zu erleben.

Ich bleibe aber im Damals. Der Konsument war genügsamer in dieser Zeit, die Auswahl an Rausch- oder Betäubungsmittel war viel kleiner als heute, 2022. Es gab selbstverständlich schon Kokain (Koks) oder Speed, beides sogenannte „Upper". Sie wirken aufputschend, antriebs- und leistungssteigernd. Koks wirkt sehr schnell in nur ein-zwei Minuten, Speed wirkt mit etwas Verzögerung, hält aber länger an. Das ist die Droge der Schickimicki-Gesellschaft, die auch in den Chefetagen zu finden ist, in der „Haute Couture", die Droge, die sich im Business angesiedelt hat. Wichtige Menschen, bis in die Politik und Führungsspitzen anzutreffen, Mediziner, Juristen und viele mehr, die ihre Leistungen oder Exzesse intensiver ausleben wollen, nehmen gern mal ein bisschen, um ihrem stressigen Alltag zu entfliehen. Menschen, bei denen Geld keine Rolle spielt und gern dieses manchmal etwas grobkörnige Puder fein säuberlich mit ihrer Schwarzen Kreditkarte zu Staub zerhacken, um es schnupffähig zu machen, bevor sie es mit einem 200-Euro-Schein, schön zusammengerollt als Röhrchen, die Nase hochziehen. Eine saubere Sache, die kein Spritzbesteck benötigt und keine sichtbaren Zeichen hinterlässt, außer die Pupillen, die sich bei jeder Droge in die eine oder andere Richtung verändern.

Die beiden haben sich also auch mal der Not wegen oder des Experimentes wegen, weil auf die Schnelle grad nichts anderes zu kriegen war, „eine Linie gelegt", „eine Nase voll" genommen oder mal einen „Trip" in Tablettenform eingeschmissen, LSD (Lysergsäurediethylamid) zu sich genommen. Man musste, um dem Turkey zu entgehen, flexibel sein, war dann eben mit diesen Mitteln „auf Sendung". Andere, die gerne experimentieren, um „drauf" zu sein, haben sich auch mal einen Engelstrompetentee gekocht und sich mit etwas Glück nur ein paar Tage die Seele aus dem Leib gekotzt, verstarben manchmal sogar an diesem Experiment. Dieses ganze Drogenzeug und dessen Herstellung hatte bei diesen Konsumenten ein bisschen mehr Druiden-Charakter.

Allübergreifend habe ich den Eindruck, dass der „Downer", das „Runterkommen", das „Downwerden", die Möglichkeit, scheinbar dem Alltag und den Problemen zu entfliehen, locker und leicht den Tag zu genießen, mehr gefragt ist als der „Upper". Immer auf Höchstleistung „gepimpt", Unvorstellbares eher müssen als vollbringen zu wollen, natürlich auch durch entsprechenden Druck von diversen Stellen, Vorgesetzten, Familie, dem gelebten Umfeld gefördert.

Die heutige Zeit ist im Drogenmilieu viel gefährlicher, was sich nicht nur auf die Droge bezieht. Dealer untereinander sind andere geworden, internationales Personal hat in diesem großen Geschäft Fuß gefasst. Im Umlauf sind Drogen mit irren Bezeichnungen wie Creck und Krok (Krokodil), Chrystal Meth, weiterhin Kokain und Speed, Amphetamine, synthetische und chemische Substanzen mit den verrücktesten Bezeichnungen und farbenfrohen, auch belustigenden Formen als Pillen, sogar Kristalle oder Staub in verschiedensten Anwendungen, zu jeder Tages- und Nachtzeit auf den richtigen Straßen und Örtlichkeiten erhältlich. Drogen, wie dieses Teufelszeug Creck, es stammt aus keiner Pflanze, ist daher eine rein chemische Substanz, das auch geraucht wird, extrem süchtig macht, extrem zerstörerisch ist. Vieles ist unter gegebenem Umstand weitaus gefährlicher als Heroin. Angebot und Nachfrage festigt auch hier das Geschäft. Und wenn man den Dealer, den „Ticker" nicht auf der Straße kontaktieren möchte, dann bestellt man ganz locker von zu Hause aus oder mit dem Smartphone beim Onlineshopping im Internet, bezahlt mit PayPal und lässt sich die begehrte Ware von einem Kurier ins Haus liefern. Natürlich längst im Trend der Zeit auch nachhaltig und biologisch in Form von „Zauber"-Pilzen und Kräutern, die immer mal wieder jemand ausprobiert, für gut befindet und in den Umlauf bringt. Sicher vegan mit einem erklärenden Beipackzettel. Letztendlich erfindet irgendwo auf diesem Erdball ein gewiefter Chemiker jeden Tag was Neues, „was ordentlich ballert".

Vielleicht sollte sich mal jemand fragen, warum dieser Dreck für so viele Menschen so allgegenwärtig und wichtig geworden ist, um ihr Leben zu ertragen. Aber darauf will und muss ich nicht weiter eingehen, denn mit vielen dieser Dinge hatten meine Brüder nie etwas zu tun. Außer eventuell Roy, der war ja extrem experimentierfreudig.

Dennoch, Mario und Roy haben also in der Obhut unseres Vaterlandes mit 13 und 14 angefangen, Haschisch zu rauchen, angefangen zu kiffen, gelernt, einen Joint zu drehen, „zu bauen". Wären sie als Leibeigene in Hirschau bei den Grobbas verblieben, wäre das womöglich nicht so schnell passiert, obwohl gerade Haschisch noch in den 70ern eine unglaubliche Verbreitung im ganzen Land hatte, war Hirschau doch etwas weit weg von all dem Großen und Bedrohlichen. Wenn jemand Haschisch hatte, dann hat er es aus der großen Stadt mitgebracht. Wäre ich damals nicht in die anderen folgenden vier Einrichtungen in West-Deutschland, sondern auch nach Berlin gekommen, wäre es durchaus im Rahmen des Möglichen gewesen, dass ich ebenfalls in diesen Sumpf geraten wäre, auch wenn mein einst schwacher, angeborener, dann aber sehr starker Charakter das abzulehnen, damals schon sehr ausgeprägt war.

Dafür kam ich in zwei verschiedenen Einrichtungen von Amts wegen das erste Mal schon als 10-Jähriger über einen längeren Zeitraum unwissentlich in den Genuss von Beruhigungsmitteln in Tropfenform in den Tee und später als 13-Jähriger in die Cornflakes gemischt, damit der renitente Knabe gegenüber der Erziehungsgewalt endlich mal die Schnauze hält. Von einem Drogenrausch kann ich allerdings nicht berichten. Diese Tropfen dienten der reinen Beruhigung, extremer Müdigkeit, bei Wiedererwachen gefechtsmäßige Kopfschmerzen. Da die Darreichung vom Angestellten des Vaterlandes eingeleitet wurde, wurden auch ihre Zeiten dazu gesteuert. Suchtempfinden stellte sich nicht ein, es fehlen nur ein paar Tage meines Lebens, mehr nicht.

Das mit dem Charakter wollte ich mal noch aus meiner Sichtweise darstellen, wo doch jeder Mensch seine eigene Meinung dazu haben darf und auch der Drogenkonsum erheblich vom Charakter geprägt werden kann.

Fakt ist, ein Charakter ändert sich wissentlich im Umfeld, in das man gerade als Kind gegeben wird. Charakter wird im Kindesalter geprägt und gefestigt. Eltern, in unserem Fall das Vaterland, hatten diese Aufgabe zu bewältigen, den Kindern einen guten aufrechten Charakter zuteilwerden zu lassen. Nur hatten weder Eltern, noch unser Vaterland Interesse daran, diese wichtigen Aufgaben für diese sieben Kinder zu meistern. Wenn man einem Kleinkind jeden Tag erzählt, „schwul ist blöd", dann wird das Kind, unwissend wie es ist, immer mehr die Meinung vertreten, dass schwul blöd ist. Und schon hat das Kind hinsichtlich seiner fehlenden Toleranz einen schlechten Charakterzug. Welch eine Hölle erwartet das Kind, wenn es irgendwann an sich erkennt, dass es mehr am gleichen Geschlecht interessiert ist. Nur mal, um die annähernde Katastrophe an solchen falschen, elterlichen Vermittlungen darzulegen.

Der angeborene Charakter ist ein kleiner, schwacher Keim, der sehr viel Liebe und Pflege benötigt. Er stärkt sich nur langsam von Tag zu Tag, Jahr zu Jahr, von Ereignis zu Ereignis mehr und mehr. Die vereinfachte Annahme von Eigenschaften,

die das Leben mit sich bringt, inklusive Eigenschaften, welche
die Eltern als falsch und richtig vermitteln müssen. Die Erziehenden sind also dafür verantwortlich, ihre eigenen Charaktere
an das Kind zu vermitteln, sofern sie daran interessiert sind
und selbst über einen guten Charakter verfügen. Aus diesem
schwachen Keim einen starken Baum zu machen, das wäre ihre
Aufgabe gewesen. Unendlich viele Dinge, die vor allem in den
damaligen Heimerziehungen einfach zu kurz gekommen sind
oder gar kein Thema waren, weil es keinen interessierte. Es
mangelt aus diesem Grunde vielen ehemaligen Kindern, die in
der Obhut des Vaterlandes standen, an Selbstbewusstsein, starkem Willen, Durchhaltevermögen, Strebsamkeit, Wissbegier,
Kraft, Mut und unfassbar vielen anderen Dingen, die Labilität
und Selbstunterschätzung verhindert hätten. Vorbildfunktio-
nen, Ideale und anzustrebende Ziele waren zu viele Jahre nicht
vorhanden.

Der Weg zur Erleichterung wird einfacher, einfacher durch
die Droge und Alkohol. Bestes extremstes Beispiel mein Bruder
Roy, den es am schlechtesten erwischt hat in all den Jahren.
Auch wenn er im extremsten Maße an seiner Labilität litt, unwissentlich natürlich, all das gerade Beschriebene sein ganzes
Leben erschwerte, war er doch ein Kämpfer, ebenfalls unwissentlich natürlich. Wenn man bereit ist, sich vorzustellen, was
es für einen Junkie wie Roy heißt, 15 Jahre seines Lebens der
Droge hinterherlaufen zu müssen, Drogen, die er brauchte, um
sein Leben, auch seine Vergangenheit erträglich zu machen,
dann mangelt es den meisten Menschen doch an Vorstellungskraft, da dieses Leben für die meisten Menschen nicht vorstellbar ist. Ein Suizid auf Raten, von ihm selber sicher unbewusst
im extremsten Maße ignoriert. Nur wegen den Unterbrechungen im Knast waren es bei Roy fast 15, bei Mario sicher 10
Jahre. Um es mal sinnbildlich vorstellbar zu machen: Jeden
Tag mindestens, bin auch mal tolerant, 3 Injektionen. 15 Jahre x 365 Tage x 3 Injektionen à 1 Gramm, um es vereinfacht
zu nennen. Das sind in diesen Jahren unvorstellbare 16.425
Injektionen, 16.425 Gramm oder 16,425 Kilogramm Heroin mal
so ganz locker über dem Daumen gepeilt. 16.425 Gramm, pro
Gramm, wieder tolerant berechnet, 100 DM, das wären dann

1.642.500 DM, die der kleine Roy in seinem Leben, in den 15 Jahren Fixer sein verballert hat. War er doch der extremste Fixer, sehr viel länger süchtig als Mario und Klaus.

Schon wieder nur leicht vom Thema abgewichen oder nein, doch nicht, das sind die Jahre meiner Brüder, unvorstellbare Jahre. Und all das hat selbstredend mit deren Charakter zu tun. Ihr Charakter, der in gewisser Hinsicht damals noch sehr durcheinander war. Damit aber nicht genug, es besteht ja immer Hoffnung, jeder Mensch ist einzigartig. Vieles von diesem einst kleinen Keim an Charakter, der durch diese Vernachlässigungen schon im frühesten Kindesalter nur beschwerlich und schwach herangewachsen ist, entwickelt sich weiter und weiter. Charaktere formen und stärken sich ein Leben lang, der Mensch verändert sich, wird einsichtig und anständig und von vielen Menschen aus dem eigenen Umfeld unerwartet, letztendlich sogar noch erfolgreich. Charakterbildung ist ein unaufhörlicher, vielleicht im Heranaltern ein langsamer werdender Prozess, der gerade bei Roy nie eintrat und Mario dann doch zu diesem anständigen, zielstrebigen, erfolgreichen, sehr geliebten und respektierten Menschen werden ließ.

Ich habe somit, kurz gefasst, zu meinem sehr ausgeprägten Unglück in all den Jahren auch noch unfassbares Glück erfahren, dass ich nur als Glück bezeichnen kann, da ich mir selber so vieles nicht erklären kann. Na ja, mein Krieger-Gen (MAOA-Gen), ich war einst sehr erfreut, als ich von seiner Existenz erfuhr, betrachte ich als sehr ausgeprägt, war auch immer so in meiner Heimakte zu erlesen, von Erziehern salopp als bockig, renitent und schwierig bezeichnet, was ich allerdings nicht so sehe. Ich war dank MAO-A einfach nur sehr wehrhaft, kämpferisch und widerspenstig, aber auch immer sehr objektiv, optimistisch, sogar versöhnlich. Wer allerdings aus immer gutem Grund bei mir verschissen hatte, hatte das auch, je nach Schwere des Grundes, für immer und alle Zeiten. Und genau das alles hat mich letztendlich werden lassen, was ich bin. Konnte falsch und richtig immer sehr früh unterscheiden, auch was den Drogenkonsum anbelangt.

Daher war und bin ich hoffentlich weiter, gerade bei Ungerechten, Macht- und Führungsmenschen, immer nur so lange beliebt, bis ich sie durchschaut und angefangen habe, mich gegen ihre Vorgehensweisen aufzubäumen. Und selbstverständlich ist dies auch der Grund, warum ich unbedingt auch dieses Buch schreiben wollte. Da ist ja so Einiges, was angeprangert und genannt werden muss in Bezug auf die Leben meiner Brüder Mario und natürlich auch Roy, von dem ich leider viel zu wenig weiß, um auch über ihn eine eigenständige Biografie zu verfassen. Letztendlich endete Vieles und meistens darin, dass man sich von diesen machtbesessenen Menschen getrennt hat und ich sage voller Stolz: „Sie waren mir einfach nicht gewachsen." Sie allein sind die Verlierer in so manch einem miesen Spiel, das sie versucht haben zu dominieren. Und auch wenn sie nichts an sich ändern werden, glaube ich schon, meine Spuren wenigstens als nicht unbedingt humoristische Erinnerung hinterlassen zu haben. Und wer immer mir dieses Gen bei meiner Zeugung injiziert hat – Danke vielmals.

Für Mario und Roy, die in den folgenden Jahren in diese Kreise des Beschaffens der Droge Haschisch als auch an andere Konsumenten geraten sind, ereignete sich nur wenig später der Kontakt zu den ersten Junkies, den Heroinkonsumenten, die halt auch ihre Sucht befriedigen mussten. Anfänglich stand Mario immer mit Unverständnis und Ablehnung gegenüber der Droge Heroin, so sagte er einst. Er wusste von der Gefahr, sehr schnell davon abhängig werden zu können, blieb daher seinen anderen „leichten Drogen" erstmal treu. Dennoch immer im Nacken die zwingend notwendige nicht vorhandene Kohle, das Geld, das dazu benötigt wird, um Haschisch zu erwerben, auch wenn es bei Weitem nicht so teuer war wie Heroin. Im Alter ab dem 14. oder 15. Lebensjahr als Konsument keine einfache Angelegenheit.

Mit der Zeit wurde er ein eher kleiner Dieb, Dealer oder Zwischenhändler, verhökerte selber „weiche" Drogen, später auch Heroin, zu einem kleinen Eigenanteil, kaufte und verkaufte. Nur, so gewinnbringend war das alles nicht. Man musste fleißig an den und die Interessenten herantreten, einen Kundenstamm aufbauen, durch die Straßen ziehen, Menschen gut beurteilen können, bevor man sie anspricht und seine Ware feilbietet. Der Handel war damals anders verboten und strafbarer als heute, selbst der Konsum war strafbar. Die jetzige Drogenszene lacht laut und schallend über unsere heutige Justiz, die ihre Macht auf den Straßen längst verloren, garantiert auch verkauft hat.

Umsonst war auch damals nichts. Taschengeld vom Heim? Fehlanzeige! Das brauchten die Erzieher zur Aufstockung ihrer schlechten Gehälter. Also folgten so nach und nach immer mehr kleine kriminelle Handlungen. „Wat willst machen, musste halt klauen gehen", so hat er es bezeichnet. Irgendwas besorgen, was man weiterverhökern kann, was eben ein paar Mark bringt. Noch reichten dazu Diebereien in Kaufhäusern, einem nicht verschlossenen Auto und so wenige davon gab und gibt es noch immer nicht. Irgendwann wurden dann auch Autos geknackt, zu verlockend, wenn man von außen einen wertigen Gegenstand, Handtasche, Fotoapparate oder einen tollen Radio-Kassettenrecorder darin erkennen konnte. Man konnte zwar auch mal mitrauchen bei anderen, aber irgendwann muss der größte Schmarotzer auch mal einen Joint rund gehen lassen und dann muss eben Kohle her.

All das geschah nach der Schule oder wenn mal geschwänzt wurde. Im Heim, na die hatten gar keinen Bock auf die renitenten Jugendlichen, waren diesem Alter längst nicht mehr gewachsen. Ihr mangelndes Interesse gegenüber dem Mündel in jüngeren Jahren bastelte von selber eine Retourkutsche, die sie jetzt nicht mehr in den Griff bekamen. Aus nervenaufreibender Nervosität und Angst, erwischt zu werden, wurde routiniertes Kalkül und alles funktionierte gut und erfolgreich. Die Jahre brachten die Erfahrungen, Kontakte zu Dealern und anderen Konsumenten weiteten sich aus, auch Kontakte zu Hehlern, die die geklauten Waren einigermaßen gut abkauften, festigten sich. Hin und wieder riss der eine oder andere Kontakt zu seinem Hehler ab, weil der Betreffende von den Bullen einkassiert wurde und „eingefahren ist". Dann musste man mühevoll vor allem andere Abnehmer suchen, die diese „heißen Waren" kaufen wollten, meist zu ziemlich miesen Preisen. Auch der kleine Dealer an der einen oder anderen Ecke war hin und wieder auf einmal verschwunden, in Moabit, erstmal in Untersuchungshaft usw. Und wieder musste man nach einem vertrauensvollen Dealer suchen. In der Regel waren die Verbrecher unter den

Verbrechern bekannt. Wer nur Schrott, schlechte Ware verkaufte, hatte schnell keine Kunden mehr. Mund-zu-Mund-Werbung war durchaus auch in dieser Sparte allgegenwärtig. Aber man war mit der Zeit entsprechend gut „vernetzt", wie man heute sagen würde, hatte Telefonnummern zu Kontakten, die man für 20 Pfennig aus der Telefonzelle anrufen konnte oder feste Treffpunkte, wo sich all die verschiedenen Geschäftspartner aufhielten.

Der Einstieg in die andere Ebene, Heroin ...

So folgte auch in ihrem Fall eines Tages „der erste Augenblick des Ausprobierens", noch immer in der Obhut des Vaterlandes. Damit war ihr Schicksal für ein weiteres noch beschwerlicheres Leben eigentlich besiegelt. Zwei Jungs gerade so aus der Pubertät hinauswachsend, vollgestopft mit Ereignissen, die ihr zufriedenes Leben massiv einschränkten, in manch einer Hinsicht weiter und weiter unerträglich machten.

Und dann kam dieses erlösende Puder, das erstmal nur den Augenblick erträglicher machte. „Er wollte es eigentlich nicht", eine altbewährte Ansage, „er wurde dazu überredet, es auszuprobieren", es wäre viel besser als so ein kleiner Joint. Schnell nahm man das erlösende Gefühl wahr, nachdem sich diese Substanz im Körper verbreitete. Alle Probleme, alle noch so schändlichen und verwerflichen Ereignisse zweier Jungen verschwanden in Sekundenschnelle im kurzen und tiefen Trance, einer unfassbaren Ruhe und Zufriedenheit. Kinder, 15 und 16 Jahre alt, betraten eine Ära, die ihr weiteres Leben zerstören sollte.

Mario wurde neben den anderen kriminellen Handlungen Vermittler, eine gängige sehr gut eingefädelte Tätigkeit gegenüber der Polizei, der das gesamte Geschäft zu überwachen erschwert wurde. Seine Aufgabe war es, ohne selber Drogen zu verticken, auf der Straße, den üblichen Örtlichkeiten, wo man vielleicht Drogen kaufen konnte, Kontakte zu knüpfen, irgendwelche Konsumenten anzusprechen. Mit diesen Leuten fuhr er dann mit Bus oder U-Bahn zu nur ihm bekannten Treff-punkten. Dort empfing sie dann erst der Dealer, der die Ware verkaufte. Mario bekam einen Anteil von 0,5 Gramm für diese Vermittlung. Ein mühsamer Job, wenn man selber 3–4 Gramm am Tag benötigt. Eine neue Zeit, die mir in meiner eigenen Welt verborgen blieb.

Mein Kontakt zu den beiden, Mario und Roy, zu allen Ge-schwistern war 1972 beendet, das Vaterland nahm uns schon sehr früh die Möglichkeit, in Kontakt zu bleiben. Diese Er-wachsenen, diese Erzieher und Pädagogen, die sich im Studi-um mit dem Umgang von Kindern über Jahre hinweg geschult hatten, hielten es nie für nötig, uns Adressen zu geben oder den Verbleib der Geschwister zu erfragen oder zu nennen. Die Sorgfaltspflichtigen wurden nicht angehalten, dem Mündel zu sagen: „Nun setz Dich mal hin, mein Kind, und schreib Dei-ner Schwester oder Deinem Bruder einen Brief, einen Geburts-tags- oder Weihnachtsgruß." Sie waren auch nicht daran inte-ressiert, untereinander regelmäßig einen Anruf einzurichten, einen gegenseitigen Besuch möglich zu machen. Wir waren, so von Amts wegen entschieden, keine Geschwister, keine Fami-lie mehr. Der blöde, geheuchelte und verlogene Spruch aus der Akte von 1965, „wir planen, die Kinder gemeinsam unterzu-bringen", war vom Vaterland längst widerrufen. Die Entfrem-dung nahm unaufhaltsam ihren Lauf, man lernte sich nicht kennen, wie man sich im normalen Familienkries „kennen-lernt". Viel zu wenig wissen wir daher voneinander aus dieser Zeit. Zu all dem ließ sich Mario nur selten und wenn, nur sehr ungern zu diesen Jahren befragen.

Die Jahre ab 1972, das Jahr unserer Trennung in Hirschau, bis 1987, die Jahre seines eigenen Lebens, wurden so abwechs-lungsreich, bedrohlich, gefährlich, voller Spannung, aber auch als baldiger Inhaftierter anders interessant und ist auf alle Fäl-le erhaltungswürdig. Es sind aber auch gerade jene Jahre, die er ihrer Schlechtigkeit wegen sicher lieber für immer vergessen hätte.

Man kannte sich anfänglich nicht mehr, ich so weit weg von Berlin, als wir im Oktober 1987 das erste Mal wieder zu-sammentrafen. Wir waren nur Brüder und Schwestern, weil es in bestimmten Dokumenten so geschrieben steht. Der Augenblick, sich wieder gefunden zu haben, nachdem nur wir das wollten, reichte nicht aus. Die Entfremdung war zu weit fortgeschritten. So fanden sich diese Geschwister nur in größeren Abständen und getrennt voneinander immer mal wieder und hatten daran zu ackern, wieder Geschwister zu werden. Nach so vielen Jahren verliert mancher leider das Interesse. Schwermut, Mühseligkeit schleichen sich ein und das längst für jeden gelebte, gefestigte und routinierte Umfeld, in welcher Form auch immer, tragen ihren Teil dazu bei, sich nicht genug darum zu bemühen. Es sollte eine surreale Vorstellung sein, irgendwann zu sagen: „Ich habe meine Geschwister oder auch andere Familienangehörige erst nach so vielen Jahren kennengelernt."

Daher entsteht hier eine sehr lückenhafte Erzählung, die ich nun versuche, zusammenzusetzen und zu verschriftlichen. Und in dieser Arbeit, den Recherchen, den wenigen Erinnerungen an kleine gemeinsame Erlebnisse bemerke ich jeden Tag aufs Neue, ich war meinem Bruder nie so nahe, wie in dieser, ich nenne sie mal Aufarbeitungszeit, die es zwangsweise geworden ist, auch wenn der Grund, warum ich das tue, eigentlich ein anderer ist.

Eine Ausbildung nach der Schule hatten weder Mario noch Roy gemacht, das weiß ich noch zu berichten, kenne keine andere Darstellung. Die letzten Jahre in diesem Heim in Berlin waren ihre Jahre, Jahre gespickt mit durch den Heimaufenthalt immer weiter wachsendem Desinteresse an einer lebbaren Zukunft, waren geprägt von Unterordnung, Gehorsam und den Forderungen der Erziehungsgewaltigen. Ihr Leben spielte sich in der Stadt, der Szene ab und so verging die Zeit. Sie wurden Junkies, Junkies, die jeden Tag ein paar, zwei, drei, vier oder mal mehr Gramm Heroin benötigten, was schon damals viele Hundert DM täglich erforderlich machte. Dass dieses Verlangen den Körper nicht weniger fordert, sondern mehr und mehr, war absehbar. Mario lebte in seiner, Roy in seiner Welt. In dieser Zeit aber noch immer sehr verbunden und auch wenn sie parallel zu all dem ein unterschiedliches Umfeld hatten, haben sie sich gerade in diesen Jahren nie aus den Augen verloren. Bekannt als Brüder zogen sie nicht immer gemeinsam ihre Runden. Sie waren schon viel zu lange, tatsächlich ein paar Jahre, in diesem Milieu unterwegs. Es war eine eigene kleine Welt, in der sie lebten. Sie lief so an ihnen vorbei, so extrem, dass Mario diese Zeit als vergessen oder als unendlich langen Filmriss erklärte. Eigentlich nachvollziehbar, wenn man schon als Alkoholkranker den ganzen Tag betrunken ist, bekommt man auch nichts mehr im Kopf gespeichert oder kann sich kaum an das, was war, erinnern.

Ein Leben im Drogenrausch und wenn nicht, war man einzig und allein damit beschäftigt, wo bekomme ich den nächsten Schuss her. Von Tag zu Tag, quatsch, von Stunde zu Stunde, gab es nichts anderes, da war an nichts anderes zu denken als nur an das eine. Die immer wieder, gerade in diesen Jahren aufgefundenen Heroinleichen wurden nie zur Abschreckung. Es waren nur Namen, meist sogar nur Spitznamen, nur wenige kannten ihre richtigen, die eine oder andere Person, die man vom Sehen von der Straße, andere, die man etwas näher kannte. Schrecken und Entsetzen über den erneut aufgefundenen Toten, der sich wissentlich oder aus Versehen eine Überdosis gesetzt hat in einer Klappe, „öffentlichen Toilette", einer ruhigen U-Bahn-Station, einem Hinterhof oder Hauseingang wurde ein wenig Alltag. „Haste gehört, Joe is raus."

In größerer Runde zu fixen wie beim Hasch-Konsum, passierte eigentlich nicht und wenn dann nur, wenn ein jeder sein eigenes „Age", sein Heroin, am Mann oder Frau trug und ein jeder sich selber versorgen konnte. Da teilte man dann höchstens die Spritze, ungern den Inhalt. Willkommen HIV, Hepatitis und andere Krankheiten. Dieser Umstand, die Wahrnehmung dieser Gefahren waren und sind in den meisten Kreisen sekundär. Meist verzog man sich in ein stilles Örtchen, da man dabei nicht gesehen oder gestört werden wollte, manch einer auch, weil er sich nicht als Fixer outen wollte. Sich einzugestehen, dass man ein Junkie ist, das dauert eine gewisse Zeit wie bei allen anderen Dingen, die eine Abhängigkeit hervorrufen. Man wollte nicht mit anderen teilen oder konnte gar bestohlen werden, wenn man sein „Age" am „Aufkochen" ist. Den Turkey im Nacken, gerade so mit zittriger Kraft die Spritze aufgezogen und da kommt so eine Sau, reißt dir diese Spritze aus der Hand und rennt weg. Man selber zu schwach, um nur zehn Schritte laufen zu können. Der normal denkende Mensch hat keine Vorstellung darüber, wie katastrophal schlimm so ein Augenblick gewesen ist.

Der „goldene Schuss" steht nicht immer, sogar eher selten mit einem Suizid in Zusammenhang. Es war dann meistens nur ein Unfall, eine falsche Dosierung, zu gute Qualität, die der Körper nicht verkraftet hat. „Zu viel des Guten", das man so nicht wollte. Der Konsument hatte andere Ziele in diesem Augenblick, wollte nur seine Zufriedenheit finden, die geistige, verworrene Aktivität dämpfen, negative Empfindungen, Sorgen und Ängste unterdrücken. Bei so einer auch ungeplanten hohen Dosierung allerdings kann die Atemsteuerung im Hirnstamm zum Erliegen kommen – der „goldene Schuss" führt dann zum Tod durch Ersticken. Es passiert und er bemerkt es nicht, hört im Rausch einfach auf zu atmen.

Nur wenige Worte wurden über diese Opfer gewechselt, schnell vergessen oder verdrängt, was im unmittelbaren Umfeld geschehen ist. Letztendlich war es nur einer weniger, der hier die so rare Ware verballert. Sie alle untereinander sind keine Freunde im Sinne eines Freundes. Ein jeder ist verdammt einsam mit seinen umfangreichen Problemen. Richtige Freunde gibt es in solchen Kreisen eher nicht, jeder ist sich selbst der nächste, man vertraut niemandem, man hängt nur miteinander ab, weil es den Tag unterhaltsamer oder erträglicher macht. Wenn man diesen nicht wieder und wieder unterbrechen müsste, um irgendwie Kohle für das alltägliche Brot ranzuschaffen. Meist war man in diesen Kreisen beliebt, wenn man „Age", am besten für alle, in der Tasche etwas zum „Ballern", zum „Drücken", zum „Fixen" hatte. Ständig wurde man angeschlaucht: „Haste was?" Was immer mit: „Ich hab selber nix", beantwortet wurde, auch wenn man noch eines dieser kleinen „Briefchen", diese kleinen Umverpackungen der Ware irgendwo am Körper, im Strumpf, im Schuh, der Tasche oder Unterhose versteckt hatte. Sollte es doch bei einer Durchsuchung, einer Polizeirazzia nicht so schnell, am besten gar nicht gefunden werden.

Daher bewundere ich nicht nur den Zusammenhalt der beiden Brüder Mario und Roy so sehr, sondern auch diese Freundschaft meines Bruders zu Klaus, der schon bald in sein Leben treten wird. Eine Freundschaft, die gerade in dieser Zeit eigentlich unmöglich gewesen ist. Man hatte in diesen Kreisen mehr „flüchtige Bekannte" als Freunde, viele Gesichter, die man in diesen Kreisen nur wahrnahm, von ihrem Umfeld, den anderen Menschen, denen man begegnet, allein durch ihr Auftreten und Aussehen stigmatisiert. Obwohl Stigmata für Mario, Roy usw., unser einer also, schon seit tiefster Kindheit ein ewiger Begleiter gewesen sind. Heimkinder sind aus dem gleichen Grund, etwas anderes zu sein, schon aus der Tatsache, dass sie Heimkinder sind, stigmatisiert. Allein das immer begleitende Wort „Heim", klatscht einem schon einen fetten Stempel auf die Stirn. Ich spürte diesen nassen Stempel das erste Mal wissentlich an dem Tag, als ich in die Schule kam. Verranzte Klamotten und Schuhe, alter aufgetragener Schulranzen, kleine Schultüte, die bis fast an den Rand mit Zeitungspapier vollgestopft war, immer Schmalzbrote, kein Milchgeld. Allein die Blicke der anderen waren es, die diesen Stempel in Schwung brachten. Und das setzt sich dann fort nach der Schule beim Verfassen eines Lebenslaufes, dem folgenden Vorstellungsgespräch, wenn es hieß, „man bekäme eine besondere Chance", weiter in der Ausbildung, nach der Ausbildung, mit jeder Bewerbung, die man schreibt, seine Herkunft erwähnen muss.

Bis ins hohe Alter setzt es sich fort, sobald man mal am Rande einer Unterhaltung gefragt wird: „Wer waren eigentlich Deine Eltern und woher kommst Du?" Fragezeichen erscheinen für andere unsichtbar in vielen Gesichtern, Fragezeichen, die lieber keine Antwort finden sollen, wo man doch in einem erahnten Heimaufenthalt immer nur einen bösen Menschen, ein schon damals böses schwererziehbares Kind mutmaßen kann. Am besten, man schweigt, erzählt nichts von seinen Wurzeln, die man selbst nicht richtig kennt, nichts davon, woher man wirklich kommt. Heute weiß ich, dass dies, diese Stigmatisierung, eine gravierende Rolle im Leben eines Menschen spielen kann, oftmals gezwungen zu sein, besser zu lügen, eine gravierende aber schlechte Rolle im Leben besser verschweigt.

Das arme Kind ist groß geworden, alt und erfahren, reif und weise. Nicht jeder ist in der Lage, damit umzugehen, und ich bleibe davon überzeugt, dass diese Tatsache ein Leben stark beeinträchtigen und negativ beeinflussen kann. „Freunde", einige davon wollen das gar nicht hören, weder die Hintergründe, noch die Tatsache, dass man es erlebt hat, und je älter sie werden, desto ignoranter werden sie. Es fehlt trotz der gewachsenen Weisheit an Akzeptanz und Vorstellungkraft, dass der gegenüber ebenfalls 60-Jährige eine etwas andere Kindheit hatte. Je älter man wird, umso mehr verliert es auch an Bedeutung, genauso an Bedeutung, wie wenn 60-Jährige über das traurige Ableben ihrer 85-jährigen Eltern erzählen. Dann macht sich bei so manchen Elternlosen ein bisschen Genugtuung breit, in all den Jahren davon und vom Ende dieses Lebens verschont worden zu sein. Auch nicht nur schlecht das alles, sage ich gerne in diesem Zusammenhang.

Das war mal wieder nur eine kleine Randnotiz. Die kurzen Augenblicke, als sie nüchtern waren, bei weitem nicht clean, sie hatten einfach nichts, um ihre Körper im zufriedenstellenden Level, den Drogenrausch zu halten. Der Augenblick, als der Turkey schon hinter ihnen stand, der Entzug sich näherte, das wären die Zeiten gewesen, die die meisten Erinnerungen hätten erhalten können. Aber das galt es ja zu verhindern. Der Geist und die Sucht sorgten für Vergessen und Ablenkung, wenn es nur nicht dieses verteufelte Verlangen gewesen wäre, den nächsten Schuss zu besorgen. Man musste oder sollte noch im Drogenrausch den Plan zum nächsten Schuss im Auge behalten, der Turkey hinderte am klaren Denken und Handeln, es sollte nicht so weit kommen, dass er einen packt, einen sogar handlungsunfähig macht, da man in diesem Zustand keinen klaren Gedanken fassen kann, außer dass man irgendwoher den erlösenden, nächsten Schuss herbekommt. Alternativen sind schwierig, Ersatzdrogen, wie sie auch immer heißen mögen, sind alles nur Mist. Es ist so, Heroin- ist zum Beispiel mit Alkoholkonsum nicht gleichzusetzten, außer dass es sich in beiden Fällen als krankhafte Sucht bezeichnen lässt.

Ein Alkoholkranker ist irgendwann „voll", nicht unbegründet so genannt. Er torkelt, verliert die Muttersprache, fällt um, pisst sich womöglich ein, liegt irgendwo rum, ist apathisch unzurechnungsfähig. Der geübte Heroinkonsument fliegt nicht durch die Gegend, sieht keine bunten Blumen und nimmt schöne Melodien wahr oder schwebt auf Wolke sieben. Im Augenblick des Zuführens der Injektion, am besten intravenös, findet eine sehr kurze Benommenheit statt, eine willkommene komplette Entspannung, die nur wenige Sekunden oder Minuten anhält. Ein Augenblick der unglaublichen Erleichterung, der Gedanke, endlich, jetzt geht es mir wieder gut. Stunden danach ist man vielleicht High, im Sinne, dass man eine Droge in sich hat, ist aber durchaus aufnahmefähig, man kann normal wirken, für andere unerkannt und unbemerkt. Der Moment zwischen der nachlassenden Wirkung und der neuen Injektion ist eigentlich der kurze Augenblick, der einen als anders, schwach, zittrig unsicher und letztendlich als Süchtigen outet.

Es gibt heroin-, auch andere drogenabhängige Menschen in allen Facetten des Lebens, die ein ganz normales Leben führen. Menschen, für die Geld keine Rolle spielt, Menschen, die Heroin an sich tragen wie andere Menschen Lutschbonbons, Menschen, die sich in einem wichtigen Meeting in einer großen Firma mal eben in ihr Büro einschließen, um ihr Verlangen, ihre doch bestehende Sucht mit einer kleinen Dosis auffrischen. Natürlich nicht in die Armwehnen, es gibt auch andere nicht so schnell zu entdeckende Möglichkeiten am Körper, an denen man sich diesen Schuss setzen kann. Das kurzärmlige BOSS-Hemd oder LACOSTE-T-Shirt kann weiterhin getragen werden. Nichts daran ändert es, dass dies alles eine extrem gesundheitsschädliche, belastende und abzuweisende Lebensführung darstellt. Mit dem richtigen Kleingeld kann man aber durchaus ein unerkanntes Suchtleben führen. Und da ist der Vergleich zum Alkoholiker selbstredend berechtigt. Alkohol, die billigste und fatalste Droge unserer Zeit.

Zu diesen vermögenden, finanziell sorgenfrei lebenden Menschen gehörten Mario und sein damaliger Freundeskreis sicherlich nicht. Er ging nun einbrechen, „einen Bruch machen". Längst waren diese kleinen Diebereien nicht mehr ausreichend, um den täglichen Bedarf an Heroin abzudecken und bei einem Bruch zum Beispiel in eine Wohnung konnte man schon mal so richtig absahnen. Roy, anfänglich noch so jung, schön und knackig, wie er war, hatte nie so richtig Lust auf diese ständige nervenaufreibende unsichere Tätigkeit. Er blieb bei Diebstählen oder der Prostitution.

Aber, wie es immer so schön heißt, „irgendwann erwischen sie alle". Eines Tages waren die vielen Diebereien und Kleinstverbrechen nachgewiesen oder man wurde von den Bullen bei einer Straftat mit Kanone im Nacken erwischt, die 8 (Handschellen) klickte und die Reise endete in Gefängnis Moabit. Eine Untersuchungshaft, die viele Monate dauern kann, beginnt. Das Vaterland, das vorher hätte verhindern können, musste nun wenigstens bestrafen, wenn es schon nicht positiv zum Heranreifen des Mündels, des vermeintlichen Verbrechers beitragen konnte oder verhindern wollte.

In U-Haft ... Untersuchungshaft

Ein jeder, der bei einer Straftat in flagranti, je nach Schwere, der vor Ort erkannten Schuld, erwischt wird, landet nach der Polizeistation, in der die wichtigsten Formalitäten erledigt werden, in Untersuchungshaft. In Berlin befindet sich im Stadtteil Moabit, heute im Bezirk Mitte, eine Justizvollzugsanstalt. Das allübergreifende Untersuchungsgefängnis dieser Stadt nennt sich auch einfach nur Moabit, wie sich dieser ehemalige Stadtteil bis zur Wende nannte. Die heutigen Neuberliner nennen das alles nur noch Mitte.

„Moabit", ein Gefängnis für alle noch Jugendlichen von 18 bis 21 Jahren oder für Männer, die straffällig geworden sind und deren Straftaten untersucht und ermittelt werden müssen. Die Jungen und die Alten, die dort ebenfalls zur Untersuchung einsaßen, sind in eigenen Häusern voneinander getrennt. Die Häftlinge wandeln, vielen sicher nicht bewusst, auf den Spuren recht namhafter Inhaftierter in diesen damals schon fast hundertjährigen Gemäuern. 971 Plätze bietet diese Einrichtung, die 1881 errichtet wurde. So waren Andreas Bader, Karl Liebknecht, Heinrich Lübke, Ernst Thälmann, Fritz Teufel, sogar Ernst Busch, Arno Funke (Dagobert), nach der Wende Erich Honecker, Egon Krenz, Erich Mielke und viele andere hier in Untersuchungshaft.

Diese Zeit in diesem Aufnahme-, Untersuchungs- und Ermittlungsverfahren verbringt ein jeder für sich im geschlossenen Vollzug. Die Haftträume der Insassen sind abgesperrt und nur zu bestimmten Zeiten, dem sogenannten Aufschluss, geöffnet. Das ist in der Regel eine Stunde am Tag, die Zeiten der Bewegung, des Hofgangs. Häftlinge treffen sich im Hof, drehen ihre Runden, führen Konversationen, tauschen Romane oder auch ein paar Seiten aus einem Pornoheft, was nicht so richtig erlaubt aber toleriert war. Danach wieder Einschluss bis zum nächsten Hofgang. Dreiundzwanzig Stunden ist man damit beschäftigt zu lesen, Liegestützen zu machen, auf der Stelle zu rennen, Sit-ups zu machen, ab und zu mal einen runter holen und natürlich ist das mit ein Grund, warum so viele Knackies einen gut geformten Body haben, also durch das Sport machen. Was zum Teufel sollten sie auch anderes tun.

Besuche sind in dieser Zeit nur zwei Mal im Monat erlaubt, nachdem vom Häftling ein Besucherantrag gestellt wurde. Darin werden Name und Personalien und der Bezug zum Besucher genannt und vom Wachpersonal an den Staatsanwalt weitergereicht, der diesen Besuch dann genehmigt oder auch nicht. Menschen, die irgendwie in einer Straftat mit dem Inhaftierten im Zusammenhang standen, erhielten natürlich kein Besuchsrecht. Der Besucher und der zu Besuchende erhält eine Besuchserlaubnis, Datum und Zeit darauf genannt. Eine halbe Stunde immer unter Bewachung. Nicht alle Worte sind erlaubt, vor allem Worte zum Grund der Inhaftierung werden vom Wachmann verhindert, im Extremfall der Besuch abgebrochen. Post unterliegt einer Kontrolle, man könnte sonst dem Mittäter, der sich noch auf freiem Fuß befindet, eine kleine Mitteilung zukommen lassen, wie gut oder schlecht die Untersuchungen für den Einsitzenden, aber auch den noch freien Bürger laufen. Erst nach der Verurteilung, dem Ende der Untersuchung der Angelegenheit, nach dem Prozess, dem bindenden Richterspruch geht es dann in den eigentlichen Vollzug, in eine andere Justizvollzugsanstalt. Alles fand in dieser Haftanstalt statt. Ein Vorteil für die Justiz in dieser Einrichtung Moabit ist die direkte bauliche Verbindung mit dem Kriminalgericht Moabit. Es ist möglich, die Untersuchungshäftlinge innerhalb des Gebäudekomplexes in einen Gerichtssaal zu führen.

In dieser Zeit, den jungen Jahren von Mario, hieß es für ihn nach der Urteilsverkündung ab nach Plötzensee, später als über 21-Jähriger ab nach Tegel. Die Wege von Roy und auch Klaus waren die gleichen in diesen Jahren, von der U-Haft in Moabit nach Plötzensee, auch „Plötze" genannt. Das erste Mal noch ohne, dass sie von Klaus seiner Inhaftierung wussten, man kannte sich ja noch nicht so richtig.

Plötzensee, eine Justizvollzugs- und Jugendhaftanstalt, die erst 1987 ganz offiziell, getrennt durch einen Neubau, auch zu einer reinen Jugendhaftanstalt wurde. Bis zum Ende des einundzwanzigsten Lebensjahres saß man dort ein, ältere, wie schon erwähnt, fanden sich in Berlin in der Haftanstalt Tegel wieder. War ein Gefangener schon hier besonders schwierig, sind alle Vollzugs- und Läuterungsmaßnahmen gescheitert, war er in seiner Renitenz weiterhin zu auffällig und schwierig, konnte er, wenn es Justitia entscheidet, auch in den Erwachsenenvollzug verlegt werden.

Ein geordnetes Gefangenenleben, ein offener Vollzug, wenn man bereit ist, die nicht verschlossenen Gefängniszellen als offen zu betrachten. Ein routinierter Tagesablauf mit täglicher Arbeit in den gefängniseigenen Betrieben wie zum Beispiel einer Schlosserei, Tischlerei oder man konnte auch eine schulische Weiterbildung wahrnehmen. Acht Stunden am Tag wurde man sinnvoll beschäftigt, danach Freizeit bis zum Einschluss von 21 bis 06 Uhr. Meist bewohnte man Einzelzellen, nur die Brüder Reich hatten, als sie mal gemeinsam einsaßen, eine Doppelzelle. Man durfte sich „frei" in diesen Mauern bewegen, andere Inhaftierte besuchen, die Zeit zusammen verbringen. Mario hat wohl am Kicker und als Tischtennisspieler so manch einen Gegner weggeputzt. Man konnte, wie hier auf diesem Foto in der Plötze zu sehen, Poster an die Wand hängen, seine Zelle wohnlicher gestalten.

Jugendhaftanstalt „Plötze", Berlin 1978.
Links: Klaus; rechts: Mario, noch mit vollem Haar, drahtig, aber schwächlich und unvollständig tätowiert; die anderen sind unbekannt.

Plötzensee, „Plötze" ...

Das älteste Gefängnis dieser Stadt, auch sehr umwoben von schockierenden Geschichten aus der Zeit des Nationalsozialismus. Ich habe das mal so wie in Wikipedia gefunden übernommen.

Im Strafgefängnis Plötzensee wurden nicht nur Freiheitsstrafen vollzogen, sondern es diente (zusammen mit der Strafanstalt Brandenburg-Görden) auch als „zentrale Hinrichtungsstätte für den Vollstreckungsbezirk IV". Besonders die vom Berliner Kammergericht und dem 1934 errichteten Volksgerichtshof zum Tode Verurteilten wurden hier hingerichtet; verantwortlicher Scharfrichter war von 1942 bis 1945 Wilhelm Röttger. Die Gedenkstätte

*Plötzensee am Hüttigpfad erinnert an die rund 3000 Menschen,
die hier Opfer des Nationalsozialismus wurden.*
[Siehe: de.wikipedia.org/wiki/Justizvollzugsanstalt_Pl%C3%B6tzensee Reviewed 02.08.2021]

Aber gut, meine mir bekannten Gefangenen hatten Glück gehabt ... Oder auch nicht, denn grundsätzlich, ob nun Moabit oder Plötzensee, eine Haftstrafe, das Einsperren, schon die kurze Verwahrung noch auf der Polizeidienststelle waren und sind Augenblicke, die den Süchtigen, der „nur und unbedingt" diese Tat begangen hat, um an Geld für die Drogen zu kommen, eine Katastrophe schlechthin. Schon bei der Verhaftung tritt der schockierende Augenblick eines ungewollten Entzugs von der Droge ein, mit dem man ab sofort rechnen musste.

Das ist so, als wenn man etwas essen muss, wovon man genau weiß, man wird sich danach so richtig beschissen fühlen. Oder ich als Ex-Seemann, wenn man mit dem Schiff aus einem Hafen ausläuft, die See immer rauer wird und man nur darauf wartet, dass sich die so ekelerregende Seekrankheit bemerkbar macht und man sich stundenlang, ich habe es tagelang erlebt, wortwörtlich zum Kotzen fühlt. Gnadenlos wird alles ausgekotzt, was sich im Inneren des Körpers befindet, bis hin zur bitteren gelbgrünen Galle. Sobald das schlechte Gegessene das Innere verlassen hat oder der sichere Hafen wieder erreicht ist, endet fast schlagartig das Martyrium. So wie auch ein kleiner Schuss in die Vene des Betroffenen alles schlagartig zum Wohlbefinden des Konsumenten verändert.

Die Polizei oder die Justizbeamten sind ja nicht so dabei beim Verkauf von Heroin oder anderen Ersatzdrogen. Das heißt daher, es beginnt ab diesem Augenblick der „kalte Entzug". Gnadenlos, unvermeidbar, unumkehrbar. Letztendlich fällt die Zellentür zu, der Turkey hat sich vom Schließer, der die Zellentür hinter dem Süchtigen verschließt, unbemerkt mit einschließen lassen und wird erbarmungslos seine Aufgabe verrichten. Wie schon erwähnt, so ein Entzug wirkt sich unterschiedlich aus, als „sooo extrem hart" hat es keiner der mir bekannten Fixergeschwister und Freunde beschreiben können. Der unvermeidliche körperliche Entzug war nach einer Woche erledigt, auch wenn er widerlich war. Der Kopf, das Verlangen, die nicht mehr existierende Ruhe und Zufriedenheit, dieses „komme was da will, ich hab alles im Griff", sich so unantastbar zu fühlen, dieser innere Frieden, der war es, der sich neutralisieren musste. Doch war es unmöglich in kurzer oder längerer Zeit diese Kraft wieder zu erlangen. Der eiserne Wille ist immer abhängig von der Bereitschaft des Konsumenten, versteht sich. Der Konsument, der sich dann doch wieder für die Droge entscheidet, weil nur mit einem Schuss alles wieder erträglicher wird, tut dies auch bei der kleinsten Unzufriedenheit und die ist allgegenwärtig. Viele hatten außerhalb der Gefängnismauern gar keine anderen Bezugspersonen außer ihren Fixerkreis, ihren Kiez, ihr Revier, in dem sie, wenn sie wieder auftauchen, mit „Na, wieder draußen", „Kann ja jeden mal passieren" und „Alter, siehst Du scheiße aus" begrüßt wurden. Es ist nicht nur der allgemeinen Labilität eines Menschen geschuldet, so wie bei Roy, der gar keine andere Wahl hatte, als in seine vertrauten Kreise zurückzukehren. Seine Pseudofreunde, sein Umfeld waren die Fixerin José, der Blasse, der Lange, die Fritte oder welchen Spitznamen diese auch immer trugen. Und die Dealer, die warteten schon, kennen ihre Kunden sehr genau, wissen, sie kommen alle wieder. Doch in der Haft war daran nicht zu denken, da musste man das Alltägliche einfach ertragen. Stunden, Tage, Wochen, Monate und Jahre.

Klaus, eine Freundschaft, die ihresgleichen sucht ...

Klaus Petrewitz, heute 65, spielt in Marios Leben eine extrem gravierende Rolle und ich habe, um mehr aus dieser Zeit zu erfahren, denn mir fehlen die Jahre 1972 bis 1987, ein besonderes Treffen mit ihm vereinbart. Auch wenn die beiden sich erst 1977 kennenlernten, hoffte ich ein bisschen darauf, dass Mario dem Klaus in ihren gemeinsamen Jahren von den Jahren 1972 bis 1977 erzählt hat, Klaus vielleicht ein bisschen davon berichten kann. Doch leider war es nicht so, man hatte gemeinsam anderes zu tun, als sich Geschichten aus der Kindheit zu erzählen. Die Jahre 1972 bis 1977 werden somit lückenhaft bleiben.

Obwohl wir, Klaus und ich, schon viele Jahre einen normalen, ich denke, enger geprägten freundschaftlichen Kontakt pflegen, war dieses Treffen ein anderes. Kein lecker Essen gehen, gute Musik hören, einen guten Wein trinken, erzählen, diskutieren über dies und jenes. Denn auch mit Klaus wurde dieses Thema, diese anfänglichen Fixer-Jahre, nie explizit besprochen, alles so lange her, vergessen, aus den Gedanken gelöscht. Sein Leben ist seit bald 40 Jahren ein normales, in fleißiger Arbeit normal routiniert. Wir tranken nur ein, zwei Kaffee und ich nannte ein paar Stichworte, die ich mir notiert hatte, Stichworte, die zu ein paar Geschichten von Mario führen sollten. Ich zeichnete all das frei von der Leber erzählte mit der Videokamera auf, wollte das Gespräch, die Erzählungen nicht mit Notizen machen unterbrechen, unaufmerksam oder abgelenkt werden.

Klaus wurde am 08. Januar 1957 in Berlin geboren, hat noch einen älteren Bruder und ist bei seinen Eltern aufgewachsen. Einst eine kleine normale Familie, die Elternteile im hohen Alter verstorben. Er war nie verheiratet, hat seit dem 29. April 1995 einen Sohn, den Malte, und weiterhin einen guten Kontakt zu Maltes Mutter. Malte machte nach dem Abitur eine Schreinerausbildung und ist gerade in einer Weiterbildung zum expliziten Möbeltischler sogar Möbeldesigner. Und wie soll es anders sein, diese spezielle Weiterbildung macht er bei einem renommierten, in meinen Augen, begnadeten Künstler in dieser Branche, dem Christian Lilge. Er ist ebenfalls ein langjähriger fester Freund von Mario und Klaus, womit die Verbindung zu uns allen eigentlich vorprogrammiert war. So schließt sich der Kreis. Christian ist vor ein paar Jahren mit Frau und Kind, mittlerweile zwei Kindern, nach Minden an die Weser gezogen, hat sich auch dort als Schreiner und Künstler etabliert, ist aber immer wieder mal in Berlin, um seine Kunden hier zu betreuen, der Kontakt zu ihm bleibt also weiterhin erhalten.

Mario und Christian, hier am 20. September 2008,
der Abend vor Marios 50. Geburtstag.

Mario und Malte waren mehr als Onkel und Neffe, sie nannten sich schon viele Jahre gegenseitig nur „M", was ihre herzliche Beziehung auch noch ordentlich cool machte.

Die beiden „M's" bei einem Besuch in Regensburg
im Juli 2004 auf dem Motorzugschiff FREUDENAU,
ein Schiff des Regensburger Schifffahrtsmuseums,
auf dem ich als Vereinsmitglied, ehrenamtlich als
Kapitän tätig war.

Mario war schon seit vielen Jahren als Bruder von Klaus ein Familienangehöriger der Familie Petrewitz, wozu auch seine Eltern gehörten, war längst als dritter Sohn akzeptiert. Mario sprach tatsächlich von Papa und Mama, sprach ihn selber als Vadder an, wenn er mir meist am Telefon davon erzählte, wem er heute einen Besuch abstatten möchte, oder wo er Weihnachten verbringen wird. Für mich sehr lange Zeit eine entfremdete Äußerung, die vor allem, nach einem Leben ohne Papa und Mama, im höheren Alter nicht vorstellbar noch weniger zu erwarten war.

Urlaub im Berchtesgadener Land 1994, eine längst normale Zeit. Mario mit „Vadder" Petrewitz.

Für ein paar Tage „Bergvagabunden".

141

So klangen diese Worte eine ganz Zeit lang ziemlich komisch, diese „Fremd"worte aus seinem Munde zu hören. Dennoch, die Eltern von Klaus kannten seine Vergangenheit, die dunkle Vergangenheit ihres Sohnes und die Vergangenheit von Mario und trotzdem entwickelte sich so eine feste Bindung. Unvorstellbar eigentlich. Beide Elternteile verstarben 2013 und 2016, während Mario im Wachkoma lag. Er hat deren Ableben nicht miterlebt, konnte sie nicht auf ihren letzten Wegen begleiten, was sicher ohne Wenn und Aber, sehr wichtig gewesen wäre.

Auch Klaus führt seit vielen Jahren ein Kleinunternehmen, ist in der gleichen Branche wie Mario tätig. Spezialisiert auf Umzüge, Entrümpelungen, Wohnungsauflösungen auch der nicht so feinen Art und ergänzt sein Angebot auch noch mit ausgeklügelten und herausfordernden Renovierungsarbeiten, mittlerweile firm in allen anstehenden Arbeiten. Von Bad, Boden, Wände bis Decke gibt es kein Hindernis. In dieser Kunst, ich bezeichne es sehr gerne so, da ich ihn schon live mit Maurerkelle und Glättkelle erlebt habe, ist Klaus unschlagbar. Eine Tätigkeit, die Mario nicht so gerne gemacht hat, wofür seine überall hinpackenden Hände nicht so gern aktiv wurden. Aber beide haben gegenseitig profitiert von dem, was der andere nicht so gerne machte, konnten sich ergänzen und sich gegenseitig Arbeiten zukommen lassen. Arbeiten, die der andere einfach besser meistern konnte. Auch wenn jeder seine Aufträge suchen musste, war ein „Hand in Hand" immer gegenwärtig.

Es gab wohl einen Grund oder eine Situation, wie Klaus in die Fänge des Drogenkonsums geraten ist. Und es bestätigt sich, dass nicht unbedingt eine schlechte Kindheit der Grund zu so einem gravierenden Schritt gewesen ist. Klaus spricht von einem immer sehr guten Verhältnis zu seinen Eltern. Diese Geschichte, auch wenn sie sehr interessant wäre, muss ich aber außen vor lassen, denn mein Appell an ihn beschränkte sich an diesem Tag der besonderen Zusammenkunft darauf, mehr von Mario zu erfahren.

Ich lernte Klaus im Oktober 1987 kennen und hatte damals noch lange keine Vorstellung davon, wie eng er mit Mario stand. Roy natürlich immer, mal mehr, mal weniger im Schatten seines Bruders Mario, was sich allein auf deren Größenunterschied bezieht. Ich hatte erst ein wenig Bedenken, da Klaus schon seit so vielen Jahren ein ganz normales Leben führt und diese, seine Zeit im Drogenwahn schon 1982 endete. Zweifelte daran, recht viel von Klaus in Erfahrung zu bringen, doch saßen wir mehrere Stunden und es wurde bald schon zu viel, was ich erzählt bekam. Es gab unfassbar viel zu erzählen. Letztendlich musste ich das ganze Interview entsprechend aussortieren. Wenn man mit ihm redet, einen Dialog zu allen erdenklichen Themen führt, ist nichts von all dem aus dieser Vergangenheit nur im Ansatz von ihm vorstellbar. Sie waren sich auch in dieser Hinsicht extrem ähnlich, Mario und Klaus. Weltoffen, informativ, sehr unterhaltsam an allem interessiert, tolerant, musikalisch, flexibel, humoristisch, versöhnlich, verzeihend.

Dabei ist Klaus ja nicht mal sichtbar tätowiert. Nur ein kleiner, auch noch roter „Kiss"-Mund befindet sich fast unsichtbar an der rechten Seite des strammen Unterbauches, kein Zeichen einer einstigen Knasterfahrung, nichts, was diese Vorverurteilung tolerieren würde. Kein Mensch wäre nur in der Lage zu erahnen, dass er einst in diesem Sumpf gelebt hat. Vor so manch einem „unvoreingenommenen" Richter und Staatsanwalt ein Pluspunkt. „Good Junkie – Bad Junkie". Mario dagegen, ein wandelndes Bilderbuch. Ein bunter Adler links und rechts, ein Schmetterling, die Faust des immerwährenden Kampfes, ein grüner Drachen und, für mich noch immer belustigend, am rechten Schienbein, warum auch immer, die Backsteine von Wüstenroth. Mario stand auch zu seinen Tätowierungen, wie er zu seiner Vergangenheit stand, verzichtete nicht auf Shirt, kurze Hosen und kurzärmlige Hemden. Nehmt mich, wie ich bin oder lasst es einfach sein, war seine Devise. Wenn ihr nicht bereit seid, nur ein Wort mit mir zu wechseln, bevor ihr das Damoklesschwert über mir schwingt, dann seid ihr auch nicht meiner würdig.

Das ist ja auch meine Intension, bin ja aus „beruflichen Gründen" tätowiert, erklärte ich sehr oft. Das war mal so ein Tick bei sehr vielen Matrosen dieser Welt, in jedem Hafen, den ich besucht hatte, eine Tätowierung als Andenken mitzunehmen. Obwohl mein erstes Tattoo mit 14 im Heim gestochen wurde, mit zusammengebundenen Nadeln und schwarzer Tusche, schön blutend reingehackt in die Haut. Der Künstler damals, mein Bruder Alex. Abgenickt von den Erziehern. Wenn mir einer zu sehr auf den Keks ging, dann hab ich auch mal „8 Jahre wegen Totschlags" angeführt, brachte sehr oft plötzliche Ruhe in manch eine überflüssige Diskussion. Oder ich sage: „weiß ich gar nicht mehr, wo ich die herhabe, da war ich gerade mal sechs Jahre alt und stinkbesoffen." Kommt auch immer gut. Da wären wir schon wieder bei diesem Stigmata-Thema, man denkt oftmals ein wenig um, wenn man von meiner 42-jährigen Schiffserfahrung erfährt.

Mario, wie er war, und Mario, wie er sein konnte, als gediegener zu respektierender Geschäftsmann. Im Juli 2007 bei einem gemeinsamen Mallorcaurlaub und im Januar 2001 bei einem Geburtstag.

Das nur mal so am Rande aber gar nicht so unwichtig in einer Autobiografie. Doch insgeheim zweifelte ich letztendlich nicht mehr daran, dass Klaus mir bei dieser Biografie helfen möchte, ist es doch die einzige Möglichkeit, von seinem besten Freund, seinem Bruder und ihren gemeinsamen Erlebnissen so ausführlich dokumentiert und nachhaltig zu berichten.

Wie sie begann, diese Freundschaft ...

Man kannte sich mittlerweile vom Gesicht her, so verstand ich es. Die beiden haben sich 1977 immer mal wieder in der Szene gesehen, Sympathie, wie es eben in diesen Kreisen so ist, eher noch etwas misstrauisch und distanziert. Treffpunkt, Ku'damm-Eck, das sich tatsächlich am Kurfürstendamm, Ecke Joachimsthaler Straße befand. Ein mehrstöckiges, eigentlich kleines Kaufzentrum, ein Multifunktionsgebäude mit mehreren Passagen, auch einem Porno-Kino in der oberen Etage, woran ich mich schamlos, und an das Panoptikum, damals interessiert erinnere. In Tiefparterre eine Tiefgarage und eine U-Bahn.Station. 1996 wurden die Türen des „Alten Eck's" verschlossen, der Komplex 1998 abgerissen und neu im anderen Design, mit anderer Verwendung wieder aufgebaut. Schade eigentlich, das alte Ku'damm-Eck war bei Weitem menschenfreundlicher.

Oder sie trafen sich damals in der Bleibtreustraße, Ecke Kurfürstendamm oder direkt in der Kurfürstenstraße, die von der Potsdamer Straße kommt und an der Ecke Nürnberger Straße in die Budapester Straße übergeht, die Straße, die hinter der Gedächtniskirche, entlang des Breitscheidplatzes verläuft. Diese Szene an dieser Ecke Kurfürsten- und Potsdamer Straße ist seit eigentlich schon Jahrhunderten bekannt für Prostitution. Da haben schon ganz andere die schnelle Nummer gesucht und gefunden. 1869 wurde sie in Kurfürstenstraße unbenannt und hat fast schon Bestandsschutz, gehört länger zu Berlin als die Gedächtniskirche, die erst 1891 gebaut wurde. Man legte schon sehr großen Wert auf das eigene äußere Erscheinungsbild, sah ihnen nicht an, dass sie „Konsumenten" sind. Ich kann mir beide sehr gut vorstellen, wie sie locker wippend dahinschreitend durch die Kurfürstenstraße liefen, besonders cool an all den Bienen vorbei flanierten, die sich dort prostituierten, viele von ihnen selber in irgendeiner Form drogenabhängig. „Hallo Schatz, alles o. k.?" hier, „Hey Baby, wie geht's?" dort, werden sich wohl die Grüße, die man sich zurief, gelautet haben. Man kannte sich also, auf alle Fälle vom Sehen.

Anliegende U-Bahn-Stationen boten neben den Geschäften, die man machte, Schutz vor Regen, Schnee und Kälte.

Die angesagten Discotheken wurden je nach körperlicher und finanzieller Verfassung besucht, ein Tingel durch das damalige Europacenter, hin in die Genthiner Straße ins berühmte Sound. Auch mal ins Big Eden, Big Apple, wo sie auch hin und wieder für ein paar Mark einen Job an der Tür machen konnten. Man verkehrte im Flashpoint, Sun und anderen Buden, wo man das eine oder andere „klar" machen konnte, inklusive der Vielweiberei in jungen Jahren. Das war ihr Kiez, hier fand sich der erste Augenkontakt mit Mario (19), der damals als kleiner Dealer und Vermittler unterwegs war. Man lief sich immer mal wieder über den Weg, der eine beim Kauf von Drogen und Mario beim An- und Verkauf und beim Vermitteln.

Verrückterweise hatten beide irgendwann Mal so viel Dreck am Stecken, dass man beide zur gleichen Zeit, aber getrennt voneinander zur U-Haft in Moabit einsperrte. In zwei nebeneinander liegenden Zellenblocks konnten sie sich schräg über den Hof durch die Gitter ihrer Zellen zuwinken. Mario randalierte eines Tags, machte ein Feuerchen und schlug das Zellenmobiliar kurz und klein. Keine Stunde später hörte Klaus den rumbrüllenden Mario dann erneut aus den Kellerräumen, dem Bunker, in dem renitente Gefangene zur Beruhigung untergebracht waren.

Erst nach ihren Verurteilungen, das erste Mal 1977, trafen sie sich unwissentlich Aug' in Aug' in der Plötze wieder und dort wuchs, weiter und weiter ihre Freundschaft. In der Plötze oder auch in dem im Stadtteil Tegel gelegenen Gefängnis Tegel, der eigentlichen Haftanstalt nach der Urteilsverkündung, lebte man im „offenen Vollzug". Alles ziemlich schwierig, geschlossener, offener Vollzug, es gibt einige Unterschiede. Daher beschreibe ich es, um es für die Außenstehenden verständlicher werden zu lassen. Die Zellen sind im offenen Vollzug nicht wie beim geschlossenen Vollzug in Moabit verschlossen, sondern tagsüber geöffnet. Der Gefangene darf sich frei in seiner Station, als auch im Gefängnis mit der entsprechenden Meldung, bewegen. In diesem Zellenblock in der Plötze sind mehrere Stationen. Am verschließbaren Eingang hatten die Schließer ihr Zimmer. Ein langer Korridor, des Nachts spärlich mit Neonlampen an der Decke beleuchtet, links und rechts ca. 15 Zellen, eine neben der anderen, ganz am Ende eine Stationsküche, gegenüber ein Gemeinschaftsraum, auch mit Fernseher. Sicher nicht einfach für 30 Häftlinge, das richtige Programm auszuwählen, aber es gab auch nur wenige Programme damals.

Die Zellen waren ca. 12 qm groß. Ein Holzspint 2 Meter x 50 cm, ein Tisch, ein Stuhl, ein Waschbecken, eine Kloschüssel, ein Bett, das man an die Wand klappen konnte. Jede Zelle hatte ein vergittertes Fenster. An der schweren Tür waren Schlösser, Riegel und ein Guckloch, eine kleine Durchreiche, eine Klingel an der Wand, die man betätigen konnte, wofür auch immer. Einschluss war hier um 21:30, Licht aus um 22:00 Uhr. Die Schließer waren grundsätzlich recht erträglich, hatten auch kein Interesse an Auseinandersetzungen und natürlich gab es immer einen, „mit dem war nicht so gut Kirschen essen". Ein paar der Wärter waren auch nur Männer, hatten Verständnis für die jungen, im Lebenssaft stehenden Gefangenen. Mit Augenblicken der überdurchschnittlichen „Geilheit" war immer zu rechnen. So konnte man auch nach dem Einschluss versuchen, den Wärter zu klingeln: „Wat is denn schon wieder?" Streckenweise war man nach so langer Zeit auch auf Du und Du, aber respektvoll. „Kannste mir mal die Zelle zum (z. B.) Fritze aufsperren, ich brauch unbedingt ,ne „Schwinge", da man wusste, Fritze hatte eines, ein Pornoheft. „Schwinge", welch ein passendes Wort für Pornoheftchen. So richtig erlaubt waren diese Heftchen nicht, aber rein psychologisch hat man den Umgang damit toleriert, wo es doch die Gemüter der unter Umständen seit Wochen, Monaten und Jahren Inhaftierten wenigstens eine gewisse Zeit beruhigen konnte.

Man konnte seine Zelle fast nach Belieben gestalten, es sich schön machen. Tauschte verschiedene Waren, Kaffee, Tabak und anderes, dazu konnten auch Poster und Tesafilm gehören. Hatte man gute Kontakte, hatte man gute Möglichkeiten, die einen oder anderen Vorteile zu erzielen. So gab es unter anderem außer dem Licht einer 60-Watt-Glühbirne an der Decke keinen Strom in der Zelle. Mit einem guten Kontakt zu den Kameraden, die in der Elektrowerkstatt arbeiteten, konnte man paar Meter Kabel und Steckdosen ertauschen und geschickt an der Fassung, der Lichtquelle anschließen. „Not macht erfinderisch." Pech war es, wenn diese technische Errungenschaft bei einer Kontrolle entdeckt wurde, dann war alles wieder weg, was man so mühevoll zusammengetragen hatte. Klaus erzählte von einem guten Kontakt zu einem Maler und Fliesenleger. Er hat sich von diesem für ein paar Dinge, die man so braucht, einen kleinen Fliesenspiegel über dem Waschbecken anbringen lassen. „Nobel geht die Welt zu Grunde." Er berichtete darüber, dass der Vollzug in Berlin sehr erträglich war. Eine kurze Zeit, die er in Bayern einsaß, hat ihn das sehr gut erkennen lassen.

Im Allgemeinen sind die Regeln für den Inhaftierten im offenen Vollzug gelockert. Es gibt zum Beispiel, sagen wir mal, Kleinkriminelle, die dürfen tagsüber raus, ihrer normalen Arbeit nachgehen, müssen aber am Abend zu einem festgelegten Zeitpunkt in die Haftanstalt einrücken. Wer sich nicht daran hält, darf dann gerne drinnen bleiben, auch das nennt sich offener Vollzug. Je nach Urteil ist auch nach einer gewissen Zeit, einer guten Führung und einer erneuten Haftprüfung, von Fall zu Fall unterschiedlich, ein „Freigang", ein „Hafturlaub" erlaubt, bei dem die genauen Zeiten des Wiedereintreffens in der Haftanstalt eingehalten werden müssen. Hafturlaub war je nach Verhalten des Gefangenen auch mehrere Tage hintereinander möglich. Der Gefangene im offenen Vollzug hat sich selbstredend strikt an die vorgegebenen Regeln zu halten. Wird er auffällig, sind alle Vorzüge genauso schnell wieder erloschen, wie sie genehmigt wurden.

Ein Gefangener, ein Ex-Junkie, der wegen BTM (Betäubungsmittel) in Verbindung mit diversen anderen kriminellen Vergehen einsaß, hatte diese Ausnahmen allerdings nicht. Auch wenn sie erstmal körperlich clean waren, den Turkey hinter sich hatten, standen sie gerade in dieser Zeit extrem dem Rückfall nahe. Und wer Mal nach draußen durfte, um „die Oma zu besuchen", der steht sehr unter Verdacht, wieder seine alten Kontakte aufzusuchen. Die Rückkehr in die Haftanstalt erschien den Behörden in diesen Fällen nicht sicher. Daher war der Aus- oder Freigang für BTMler nicht gestattet. Sie hatten einen „BTM-Stempel" hieß es.

Im offenen Vollzug darf der Gefangene an den dort angebotenen Freizeit-, Sport- und Behandlungsmaßnahmen teilnehmen, wird beschäftigt in der Waschküche, der Küche, der Essenausgabe oder den im Gefängnis untergebrachten Betrieben, Schreinereien, Schlossereien und anderen Einrichtungen. Der Gefangene muss sogar eine Arbeit aufnehmen, darf sogar sein besonderes Interesse, was er tun möchte, vortragen, das gehört zum Resozialisierungsprogramm. Es ist der Beginn, den Gefangenen wieder in das Arbeitsleben einzugliedern, allerdings auch eine von den Gefangenen akzeptierte und willkommene Abwechslung. So gingen die Tage wenigstens schneller vorbei. Auch schulische Weiterbildungen waren möglich.

Die Zeit bis hin zum verkündeten Urteil hieß es aber, in U-Haft Moabit abzusitzen. Die Zeiten der Untersuchungshaft in Moabit wurden der Gesamtfreiheitsstrafe angerechnet. Wenn das Urteil zwei Jahre lautete und schon acht Monate in Untersuchungshaft verbracht waren, mussten nur noch sechzehn Monate abgesessen werden. Alles entschied sich in der Untersuchungshaft. Mit dem richtigen Richter, der dies entscheidet und schon bei der Urteilsverkündung aussprechen kann, besteht manchmal bei guter Führung die Chance einer vorzeitigen Entlassung. Der Richter kann aber auch aussprechen, dass diese Chance nicht besteht, dann heißt es, jeden einzelnen, verurteilten und verdammten Tag abzusitzen. Mit dieser vorzeitigen Entlassung wegen guter Führung wurden es dann ein paar Monate weniger, die man einsaß. Allerdings wird die Restfreiheitsstrafe dann zur Bewährung ausgesetzt. Wer meint, in der Zeit Mist bauen zu müssen und erwischt wird, ist sofort wieder eingefahren und bekommt noch was obendrauf gepackt.

Unter anderen Auflagen, zum Beispiel eines freiwilligen Antritts einer Therapie, besteht auch eine Chance auf Bewährung, einer vorzeitigen Entlassung. Der Gefangene muss den Willen, das zu tun, bekannt geben. Es besteht dann das Urteil „vorzeitige Entlassung auf Bewährung zum Antritt einer Therapie". Es folgen Termine mit Therapeuten, die dann einen geeigneten Therapieplatz suchten. Eine dieser psychiatrischen Einrichtungen war die „ganztägig-ambulante" Therapie-Einrichtung für Menschen mit einer Abhängigkeitserkrankung „Tannenhof". Sollte, da die Plätze in dieser Einrichtung begrenzt waren, kein Antritt möglich sein, wurde man in einer psychiatrischen Übergangseinrichtung irgendwo in Berlin untergebracht und dort so lange bei Laune gehalten, bis der gewünschte Therapielatz frei wurde. Der gewiefte Gefangene nimmt diese Chance der vorzeitigen Entlassung wahr. Er beantragt diese Therapie, der Antritt erfolgt wie gefordert, die Fortsetzung der Therapie endet wie erwartet, nämlich weit vor deren Beendigung.

Und da war es wieder, dieses dumme Gottvertrauen unserer Justiz. Nur weil es irgendwo geschrieben steht, passiert es nicht, das Verbrechen. Oder was auch immer sie beschlossen und verkündet haben, was in irgendeiner Form zu einer Bindung und Einhaltung verpflichtet. „Wir haben beschlossen, das Gesetz wird respektvoll eingehalten", selbstverständlich wird sich auch in diesem Fall der Gefangene daran halten. (Der Autor lacht schon wieder.) Ein großer Haufen wird auf diese naive, nein dumme Vorstellung geschissen, das ganze Land lacht darüber. So, das darf ich als Opfer dieser Justiz durchaus mit diesen Worten verkünden. Sei's drum. Die Therapien wurden nicht durchgehalten, Klaus war mal, so erzählt, eineinhalb Stunden dort, Mario sogar drei Tage. Roy und viele andere werden sich garantiert ähnlich verhalten haben. Aber sie waren wieder auf freien Fuß, der zu Therapierende blieb es auch, denn der Abbruch der Therapie hatte keine Konsequenzen.

Die Leistungen in den diversen internen Arbeitsplätzen der Gefangenen im offenen Vollzug, Plötze oder Tegel, mussten natürlich nach StVollzG (Strafvollzuggesetz) Berlin vergütet werden. Die Gelder, nur ein paar Mark am Tag, Klaus meinte 3,70 DM oder auch 4,10, er erinnerte sich nicht genau, wurden auf einem Haftkonto gutgeschrieben. Einmal im Monat konnte man einen Einkaufsschein im Wert von zum Beispiel 70 DM ausfüllen, das, was man benötigt, bestellen: Tabak, Drehpapier (Blättchen), Schokolade, Gummibärchen, Kaffee, Milch, Zucker oder Spaghetti und Eier, um in der Stationsküche mal etwas zu kochen, was nicht aus der Großküche kam. Seife und Körperhygienekram war zwar von der Haftanstalt zu bekommen, war aber eher nicht so das wohltuende und duftende, was man sich vorstellte, also wurde auch das auf diesem Einkaufschein in Auftrag gegeben zu besorgen. Dieser Einkaufsschein wurde an einen Vertragspartner der Anstalt, einen Lebensmittelhändler vor den Toren des Knastes, weitergeleitet und der machte dann für jeden Gefangenen ein auch etwas teures „Care"-Paket fertig. Denn die Preise dieser ausgewählten Artikel waren durch die Bank in einer „unverschämten Höhe" angesiedelt. Dieses Care-Paket wurde dem Gefangenen dann ausgehändigt. Schlecht für jeden war eigentlich der erste Monat nach Haftantritt, denn es gab noch keine 70 DM. Man hat noch nicht gearbeitet, nichts verdient, also kein Geld auf dem Haftkonto. Somit konnte man auch keinen Einkaufsschein schreiben. Man schnurrte sich so durch, pumpte sich bei diesem oder jenem mal was, um die Zeit, bis die ersten „Märker" verdient waren, zu überbrücken.

Angehörige oder einem gut gesonnene Menschen durften auf das Konto des Häftlings Geld einzahlen, damit der etwas liquide seinen Aufenthalt verschönern kann. War natürlich leider bei Mario und Roy nicht der Fall. Geld in bar im Knast war streng verboten. Zahlungsmittel waren Zigaretten, Kaffee, Süßwaren, was des anderen Herz begehrt. Der altbewährte Tauschhandel war hier noch aktiv, was ein anderer benötigte, konnte der nächste gegen etwas anderes liefern. Wer ausreichend erfahren war, plante das schon beim Erstellen seines Einkaufscheines ein, was er wirklich selber benötigt und wieviel von diesem Etat als Tauschware verwendet werden sollte. Ein Glas löslicher Nescafé, auch „Bombe" genannt, war viel besser und wertiger im Tauschhandel als eine Bombe von „Maxwell". Auch Tabak, den man auch als Päckchen „Koffer" nannte, war eine wertige Tauschware. Aber, „Schwarzer Krauser" hatte einen besseren Tauschwert als „Batavia", auch das erfuhr ich so nach und nach von Klaus. Und wieder fand sich mit dieser Erzählung eine unwissende Gemeinsamkeit, so fern der Örtlichkeiten und unbekannten Aufenthaltsorte untereinander. Denn auch ich drehte damals 1977 „Schwarzer Krauser", 50 Gramm, 1,35 DM, und mochte „Batavia", diesen Mädchentabak, überhaupt nicht leiden.

Am Morgen konnte man sich eine Thermoskanne mit heißem Wasser füllen lassen, das man sich dann für Kaffee oder Tee einteilen musste. Der Knastkaffee selber war unter aller Sau. Alle verzichteten gern darauf. Man tauschte mit diesen Waren

alles, was man benötigte, ein Pornoheftchen, eine „Schwinge",
das auf geheimnisvollem Weg in die Anstalt gefunden hat, oder
nur ein paar Seiten davon für nur einen Schokoriegel, Tabak
gegen Gummibärchen, Duschgel gegen Prinzenrolle. Es gab eigentlich alles für den richtigen Artikel, sogar Drogen, leichte
Drogen wie Haschisch. Allerdings wurde, um dieses auch inha-
lieren zu können, eine spezielle Vorgehensweise angewandt.
Nur ein kleiner Krümel wurde vorsichtig auf die heiße Glut
einer Zigarette gelegt. Mit dem großen offenen Ende eines
halben Kugelschreibers, direkt über die Glut gehalten, wurde
dieser kleine, sich in Rauch auflösende Krümel dann saugend
weginhaliert während ein anderer an der Zigarette zog, damit
die auch ordentlich glühte. Eine mühsame Arbeit, um mal ein
bisschen zu Kiffen.

Klamotten hatte man erstmal nur das, was man am Leib
trug, auch das musste irgendein Besucher von draußen bringen. Für Roy, der immer oder meist nur das, was er am Leibe
trug, hatte, eine blöde Angelegenheit. Das kleine Versteck, was
man auch „Bunker" nannte, irgendwo in einem leerstehenden
Haus, einem Hinterhof, wo er seltener Drogen, aber andere
Dinge in einer Tasche aufbewahrte, konnte er nicht mehr aufsuchen. All das war vergammelt, bis er wieder raus kam. Für
alle, die nichts hatten, auch für so manch einen Penner, Clo-
chard oder Stadtstreicher von der Straße, deren penetranter
Gestank ihnen manchmal voraus eilte, gab es bei Haftantritt
eine reinigende Dusche und eine kleine Auswahl an Standard-
Knastklamotten aus der Knastkleiderkammer. Der Häftling,
der diese Klamotten trug, fiel selbstredend besonders auf. Ein
jeder wollte das irgendwie verhindern, was aber nur möglich
war, wenn jemand von draußen etwas gebracht hat. Man lernte
die interne „Knast"-Sprache kennen, wie eben „Bombe" oder
„Impe" für die eklige Margarine, verwendete die prägende Bezeichnung „Lampenbauer" für einen Typ, der andere gerne
anscheißt, sprach von einer „Schwinge", dem Pornoheftchen
so herrlich aussagekräftig. Anscheißer, Verräter, Petzer oder
„Lampenbauer" gab es immer und die hatten einen immer bestehenden schlechten Ruf, bekamen auch mal Haue hin und
wieder.

Gelder, die auf diesem Haftkonto als Gutschrift eingingen und nicht ausgegeben wurden, wurden bei der Entlassung als Entlassungsgeld ausbezahlt. Dieser Betrag war aber nicht höher als der damalige doppelte Sozialsatz, der zu dieser Zeit bei um die 360 DM im Monat lag. Wenn man es kurz errechnet, rund 250 Arbeitstage à 4 DM waren ca. 1.000 DM im Jahr. Minus zwölf Einkaufsscheine à 70 DM für zwölf Monate sind 840 DM. Selbst nach 3 Jahren Haft hatte man noch nicht den doppelten Sozialsatz angespart. Soviel Entlassungsgeld blieb also am Ende einer zweijährigen Haftstrafe nicht übrig. Mit ganz leeren Taschen, außer seiner persönlichen Habe, hat man aber den Knast nicht verlassen. Wer wollte, konnte dann zur Haftentlassungsstelle im Sozialamt gehen und eine kleine Überbrückung bis zum Erhalt des ersten Arbeitslosengeldes oder Sozialhilfe beantragen. Auch um Schlafplätze wurde sich dort gekümmert, wenn man nicht so flexibel wie Roy auf der Straße oder sonst noch wo schlafen wollte. Mario wurde eine Zeit lang in einer Pension in der Marburger Straße untergebracht. Ein Zimmer mit drei Etagenbetten, für jeden ein Schrankteil. Pro „Gast" wurden dem Betreiber für jede Übernachtung 20 DM bezahlt.

Man war selbstredend ganz extrem vom guten Kontakt nach draußen abhängig. Man konnte einen Brief schreiben und bei den Lieben vor den Toren ein paar Dinge bestellen. Dinge, die sich in einem Automaten in einem Vorzimmer vor dem Besucherzimmer befanden: Tabak, Blättchen, Süßigkeiten, Toilettenartikel usw. Der Gefangene musste dafür einen „Automatenzug" beantragen. Der Besucher wurde darüber per Brief informiert: „Bring 30 Mark in klein mit." Dann durfte man nach der Anmeldung, wo alles auf Richtigkeit geprüft und alles abgegeben werden musste, außer das, was man am Leib trug, in diesem Vorzimmer zum Besucherzimmer bei einem Automaten für einen festgelegten Betrag, aber nicht mehr als 30 DM, die gewünschten Artikel des Inhaftierten „ziehen", mit ins Sprech- oder Besucherzimmer nehmen und dem Gefangenen aushändigen. Doch durften nur unbescholtene Bürger den Gefangenen besuchen, Kumpels aus der Drogenszenen also Fehlanzeige und manche Freunde, die man aus diesem gewohnten Umfeld hatte, saßen dummerweise selber gerade ein. Unsere

Eltern taten es definitiv nicht, Geschwister, zu denen sie keinen Kontakt hatten, natürlich auch nicht. Ich muss ehrlich gestehen, ich weiß nicht, wie ich mich verhalten hätte, wäre ich zu dieser Zeit in Berlin gewesen. Hätte ich sie besucht, ihnen etwas Schönes und Notwendiges gebracht?

Ich, der Befürworter der „gerechten" Strafe, die ich aber heute in Frage stelle. Fakt ist also, heute würde ich es tun, wo ich doch zu gut und oft genug erlebt habe, dass Gerechtigkeit schon so lange keine Gerechtigkeit mehr findet. Doch war es eine Zeit, die an mir vorbei schlich, eine Zeit, in der ich selber genug Mist um die Ohren hatte. Zu Weihnachten und Geburtstagen hatte man das Recht auf ein kleines Päckchen von draußen. Darin nur festgelegte, erlaubte Artikel. Das Päckchen in einer bestimmten Größe mit einem bestimmten Gewicht, was alles natürlich kontrolliert wurde. Da hatten Mario und Roy erneut ein bisschen die Arschkarte. Mario bat unsere Mutter einmal, ihm eines zu senden. Sie hat es nicht getan, erneut eine niederschmetternde Erfahrung. Meine Überlegung, wer ihnen da wohl etwas Gutes tun konnte, wollte oder gar hatte, hält sich somit in Grenzen.

In diesem Strafvollzuggesetz fand ich einige Worte, die Gelder und Zahlungen beinhalten, und es würde abermals den Rahmen dieser Zeilen sprengen, wenn ich genauer darauf einginge, daher erneut nur kurz gefasste Erkenntnisse. Man findet im umfangreichen StVollzG unter § 61 das Wort „Vergütung", unter § 62 „Vergütungsfortzahlung", § 63 „Zusätzliche Anerkennung und Ausgleichsentschädigung", § 64 „Eigengeld", § 65 „Taschengeld", § 66 „Konten und Bargeld", § 67 „Hausgeld", § 68 „Zweckgebundene Einzahlungen, Eingliederungsgeld" und letztendlich unter § 69 „Haftkostenbeitrag". Wer mag, kann sich da ja genauer informieren. Fakt ist, all das scheint es alles zu geben. Jeder Paragraf enthält längere Texte nicht im normalen, sondern im Paragrafendeutsch verfasst, was wiederum eine neue Recherche von Nöten machen würde, um das alles normal bürgerlich vermitteln zu können. Darum lass ich das besser.

Es festigte sich eine Freundschaft zwischen Mario und Klaus, die nach den Entlassungen der beiden, jeder hatte meist einen anderen Entlassungstermin, fortgesetzt wurde. Jeder wusste sehr gut, wo genau sich der andere finden lässt, man suchte sich nicht lange. Die unterschiedlichen Längen der Haftstrafen und Entlassungstermine gerade bei Mario und Roy hatte leider zur Folge, dass sich ihre Wege entzweiten. Wenn Roy vorher entlassen wurde, stand er erstmal ohne die schützende Hand des großen Bruders da, musste sich allein durchkämpfen, bis Mario entlassen wurde. Roys Wege waren nicht gerade von großer Sorgfalt und Interesse auf ein besseres Leben geprägt, er brauchte seinen Bruder an allen Ecken und Enden. Seine Labilität, auch sein salopper Umgang und seine Bescheidenheit in allen Angelegenheiten hielten ihn zwar am Leben, doch waren viele dieser Wege fast schon menschenunwürdig. Fixerkumpels aus der tieferen Ebene, die, die ganz unten sind, das war letztendlich der Kreis, in dem er sich immer wieder einfand. Ein Schlafplatz irgendwo, in der U-Bahn, einem Treppenhaus, leben von der Hand in den Mund, „Haste mal ‚ne Mark" kann ich mir sehr gut vorstellen, immer dem Turkey nahe, oftmals zu Hause am Strich am Bahnhof Zoo, wo die schnelle Mark gemacht wurde.

Mario und Klaus, na ja, ich bezeichne sie ganz gerne als „Edeljunkies", sie hatten trotzdem immer Klasse, achteten auf ihr Äußeres und Körperpflege, gingen einem Handwerk nach, auch wenn es sich Einbrechen nannte. Ein gemeinsames Leben festigte sich nach den Haftentlassungen, auch mit Roy, in der Drogenszene wieder. Der Rückfall forderte erneut Geld, sehr viel Geld. Mario und Klaus arbeiteten schon bald Hand in Hand, hatten sich als Zweimannbetrieb spezialisiert auf Einbrüche. Roy war dafür nicht der Typ, zu nervös, zu schwierig, einfach zu ungeeignet. In unserem Gespräch fiel von meiner langen Frageliste das von mir vorgemerkte Stichwort „Beschaffungskriminalität". Ein heikles Thema, wer erzählt schon gerne von seinen Schandtaten. Einige Geschichten aus dieser schlimmen Zeit von damals konnte ich aus Klaus herauskitzeln. Ich merkte sehr schnell, wie unangenehm ihm auch dieses Thema war.

Respekt in ganzer Linie, das er mir davon berichten wollte, wo es doch so wichtig ist, um diese Lücke, die Zeit, die mir von Mario nicht bekannt ist, zu schließen. Ich versuchte, mir in dieser Erzählung vorzustellen, ob ich zu all dem, was sie da damals trieben, in der Lage gewesen wäre. Meine kindlichen Diebstähle waren zu der Zeit längst Vergangenheit, hatte eine gut bezahlte Arbeit und nichts davon mehr nötig. Aber, wenn ich daran denke, mit was für einer Nervosität ich kämpfen musste, um damals nur einen einzigen Schokoriegel zu klauen, dann fehlt es mir fast schon an Vorstellungskraft, mich in diese Art des Verbrechens hineinzudenken. Aber die klare Erkenntnis, die zweite, dritte und viele weitere kleine Diebereien fielen dann von Mal zu Mal leichter, eine gewisse Coolness, eine Abgebrühtheit stellte sich ein.

Mario und Klaus waren in dieser Zeit in einem konsumierenden Level, der Unfassbares forderte. 1.500 DM haben sie zusammen jeden Tag verballert, 1.500 DM, in der damaligen Zeit ein Monatsgehalt eines gut verdienenden Menschen. Nach wie vor befördert mich allein dieser Gedanke in Erstaunen und Entsetzen zu gleich. Aber woher so viel Geld nehmen „wenn nicht stehlen", um diese verfluchte Sucht zu befriedigen. Knast, Resozialisierungsmaßnahmen und Therapien sind fehlgeschlagen. Der Weg von dem hinter sich schließenden Gefängnistor hin in die alten Kreise war zu bekannt und zu einfach zu finden, das wiederzufinden, was man am besten kannte, nur das eine, das man wirklich kannte, die auf alle Fälle optisch vertrauten Menschen in der Drogenszene, die einem auch nicht weiterhelfen konnten. Letztendlich gibt es keinen anderen Weg als die Beschaffungskriminalität.

„Woher so viel Geld nehmen, wenn nicht stehlen" …

Manchmal war da schon ein recht lukratives Projekt dabei, meinte Klaus noch immer erstaunt über die Tatsache, welche Erfolge sie bei ihren „ungewöhnlichen Streifzügen" wortwörtlich feiern konnten. „Man hat richtig gut abgegriffen." Bargeld, Schmuck, Gold, Uhren, Kameras. Kleine handliche wertvolle Dinge, die bevorzugt mitgenommen wurden, waren sehr willkommen. Auch die damals noch gültigen Euroschecks. Ein gewagtes, aber meist erfolgreiches Spiel. Diese Schecks Stück für Stück mit 300 DM auszustellen, vorher sehr akribisch die Unterschrift des eigentlichen Besitzers geübt und dann auf der Postbank zu Barem, zum zwingend notwendigen Bargeld zu machen, denn nur „Bares ist Wahres". Man tingelte hurtig mit Bus und U-Bahn durch die Stadt, von Filiale zu Filiale und löst einen Scheck nach dem anderen ein. Es galt unverzüglich zu handeln, nur keine Zeit zu verlieren. Computer gab es zwar noch nicht und trotzdem, bis die ganzen Filialen alle darüber informiert waren, dass diese gestohlene Reihe Euroschecks gesperrt ist, mussten die längst zu Geld gemacht sein. Da waren schnell mal 3.000 DM drin.

Sie konnten manchmal einige Tage davon „ballern", hatten in diesem kurzen Überfluss an Geld, das man beim Hehler für die geraubten Güter erhalten hat, auch gleich mal mehrere Gramm gekauft. „Manchmal war man selbst überfordert von diesem plötzlichen unvorhersehbaren Reichtum", wurde mir erklärt, „hat sich auch mal selbst was Feines gegönnt, eine schöne Lederjacke, in diesem kurzen aber schönen Wahn sogar eine teure OMEGA-Uhr", alles Dinge, die nur wenige Tage später wieder für neue Drogen verkauft werden mussten.

Gezielt ging man zum Einbrechen, entsprechend vorbereitet und abgesprochen, mit ein paar faltbaren Taschen für die Beute, gerne kleine, handliche und wertvolle Dinge. Wahllos betrat man Mietshäuser in besserer Lage, deren Eingänge oftmals nicht verschlossen waren. Viele Häuser hatten noch gar keinen elektrischen Türöffner, die Mieter mussten, wenn Besuch kommt, hinunter laufen und den Gast ins Haus lassen. Daher waren viele Haustüren nur angelehnt, waren offen in der Zeit. Schon von unten konnte man am Abend oder der Nacht die unbeleuchteten Wohnungen sehen, sich die Etagen merken, in denen kein Mensch anwesend zu sein schien. Obwohl die nächtlichen Einbrüche nicht die Regel waren. Am Tag ist der Erwachsene in der Arbeit, die Kinder sind in der Schule, die Wohnungen meistens leer. Man fällt auch am Tag im Haus nicht so auf, braucht kein Licht, keine Taschenlampen, die von der Straße durch die Fenster als Einbrecherwerkzeug identifiziert werden können. Entsprechend unauffällig steigt man schweigend, als vermeintlicher Besucher eines Anwohners die Treppe hinauf, ist dennoch schon jetzt sehr angespannt, schweift mit seinen Blicken überall hin, senkt unauffällig sein Haupt, wenn jemand entgegenkommt, des sicheren Trittes wegen beim Treppen steigen, sagt freundlich „guten Tag". Schaut an der auserkorenen Wohnung vorsichtig durch Spion und Briefschlitz, ob da nicht doch irgendwo Licht brennt, lauscht der Ruhe und versichert sich, dass niemand in der Wohnung ist. Prüft auch die Nachbarwohnungen, die heute verschont bleiben sollen. Obwohl, wenn es gut läuft und auch da keiner ist, kann man, je nach Mutes willen, eine ganze Etage in einem Abwasch abarbeiten. Man klingelt vorher höflich. Falls jemand da sein sollte, dann wird jetzt jemand in der Wohnung aufmerksam, kommt zur Tür, öffnet diese in der Regel, macht sich auf alle Fälle bemerkbar. „Ohhhh, Entschuldigung, falsche Etage, zu Ihnen wollte ich gar nicht", kann man dann sagen, wenn man nicht schon vorher besser die Flucht ergriffen hat, man sollte doch lieber auch ohne Bruch unerkannt bleiben. Und das in dieser Stadt mal jemand einfach so an der Tür klingelt, ein Prospektverteiler, Bettelmönch oder Briefträger ist nichts Absonderliches.

Wenn dann erstmal vermutet wurde, dass keiner da ist, dann geht alles sehr schnell. Beide ziehen sich die extra weichen Lederhandschuhe an, einer steht im Treppenhaus Schmiere, es kann ja doch ein bisschen Krach machen, neugierige Nachbarn könnten schauen, was im Treppenhaus vor sich geht. Andere Menschen könnten das Haus betreten und es gilt, pfeifend Unschuld zu heucheln. Werkzeug wird ausgegraben, kleine handliche Dinge, welche den Einbruch erleichtern. Die damaligen Schließzylinder waren wortwörtlich im Handumdrehen geknackt. Der Blender, der Klinke und Schloss umschließt, wurde mit einem Schraubenzieher abgeschraubt, der kleine Splint, der die Klinke hält, herausgezogen. Klinke oder Türknopf, wenn er nicht am Blender befestigt war, kurzerhand entfernt. Maximal vier Schrauben waren herauszudrehen. Der nun herausstehende Zylinder wurde so greifbarer. Mit einer größeren Rohrzange oder besser noch, einer kürzeren und handlicheren Krippzange, die man starr und stabil um den aus der Tür herausragenden Schließzylinder festsetzen und fixieren konnte, wurde der Zylinder umfasst und mit einer ruckartigen, kleinen Verdrehung, einem leisem „Knack" brach der Schließzylinder auseinander und konnte nach außen herausgezogen werden. Die andere Hälfte fiel in die Wohnung, wenn nicht von alleine, schob man ihn mit dem Schraubenzieher hindurch. Der dann offene Schließmechanismus ließ sich dann ganz einfach mit einem gängigen Bartschlüssel oder einem Dietrich öffnen. Eine Sache von nur, wenn überhaupt, wenigen Minuten.

In dieser Routine und der Tatsache, schnell zu arbeiten, war keine Zeit, um Menschen, die Bewohner der Wohnungen zu observieren, wann kommen sie nach Hause und wann gehen sie wieder usw. Alles musste kurz entschlossen schnell gehen. Dann rein in die Wohnung, noch immer mit einer entsprechenden leisen Vorsicht. Die Tür hinter sich wieder verschließen. Jeder nahm sich ein Zimmer nach dem anderen vor. Das Suchen, Sondieren und Einpacken in die mitgebrachten Transportmittel beginnt, schnell und lautlos mit geübtem Blick, wanderte all das Gute und Wertvolle in die Taschen der Einbrecher. Gegenseitiges Vertrauen in diesen Kreisen ist nicht die Regel, im Gegenteil. Doch genau dieses immerwährende Vertrauen unter den beiden macht ihre Geschichte so einzigartig. Es wurde immer „brüderlich geteilt" und „brüderlich gelitten", wenn man mal beide erwischt hat. Bei all den vielen Brüchen, die man in all der Zeit getätigt hat, treten auch immer mal wieder unvorhergesehene Überraschungen auf. Die galt es selbstredend gemeinsam durchzustehen. So lang es kompliziert und schwierig war, hieß es „mitgefangen, mitgehangen", sobald der Fluchtweg frei war, hieß es dann, „Rette sich wer kann". In getrennte Wege flüchten, da besteht immer die Chance, dass wenigstens einer nicht erwischt wird.

Einmal waren sie schon beim Durchsuchen und da befand sich doch tatsächlich jemand in einem Zimmer, der am Schlafen war. Und der schlief so fest, dass er nichts gehört hat. Wer bis dahin nichts gehört hat, der wird auch weiterhin nichts hören, so wurde die Tür des Schlafenden verschlossen und schön leise weiter gestöbert. Ein anderes Mal, als sie schon in einer Wohnung waren, stand auf einmal ein großer Hund im Wohnzimmer, der auch noch zu bellen begann. Klaus, der geübte

Hundefreund, rief mal kräftig, „Aus" und „Sitz" und der gute Freund des Menschen wurde zum schwanzwedelnden Freund der anderen Menschen, nämlich der, die nicht in diese Wohnung gehörten. Jeder einzelne dieser Tage, dieser Stunden bargen etwas Besonderes in sich.

Die körperliche und psychische Verfassung spielten eine gravierende Rolle. An manchen Tagen ließ man es besser, andere fühlten sich geradezu genial dazu an. Manchmal war es erschreckend einfach, manchmal bespickt mit Hindernissen und Einflüssen. Bei einem Bruch in einer zweiten Etage wurden sie recht fündig, hatten gut „eingesackt", als sich auf einmal die Wohnungstür öffnete. Beide sind auf den Balkon geschlichen, sahen hinunter. Nur ein Sprung kann die Flucht, wenn die Knochen heil bleiben, möglich machen. Erst das Diebesgut runter schmeißen, dann hinunter mit dem Arsch voran in die Hecke, dann auf, auf und „Fersengeld", nichts wie weg. Klaus wurde von einem uniformierten Motoradfahrer mit gezückter Kanone aufgefordert, stehen zu bleiben, wurde sofort festgenommen. Mario, als begeisterter Fußballer ein unglaublich schneller Läufer, gelang es zu fliehen. Und nun geschah das, was immer wieder den besten Einbrechern passieren kann. Mario hatte sein Portemonnaie beim Sprung über das Balkongeländer aus der Gesäßtasche verloren. Nur kurze Zeit später: „Welcome back" in Moabit.

Alles Geschichten, die Mario mir nie, aber anderen bei der passenden Gelegenheit erzählte, womöglich aus Scham gegenüber seinem eigentlich erfolgreichen Bruder. So erzählte er Christian, dem Möbeldesigner, jetzt in Minden, Mario hat mal in einer Bäckerei eingebrochen. Er wusste von einem Safe, der sich in des Bäckers Büro befand. Der Einbruch in die Bäckerei war ein Klacks, das Öffnen der Tür ins Büro eigentlich auch. Nur ließ sich die Tür trotz aller geknackten Schlösser nicht aufziehen. Immer wieder zog Mario daran und immer wieder ließ sie sich nur einen Spalt öffnen, als ob da irgendwas noch ein Hindernis wäre, das er von außen nicht erreichen konnte. Als das Licht an ging und die Polizei mit „Hände hoch" die Bäckerei stürmte, war die Antwort der nicht zu öffnenden Tür schnell gefunden. Der Bäckermeister, der in der oberen Etage wohnte, hatte den Einbrecher gehört. Er ging nach unten in sein Büro und hielt von innen die Tür zu, damit der gern genannte „Ede", der Lump, nicht reinkommt, während seine Frau die Polizei rief. Mit diesem Erlebnis war mal wieder ein Aufenthalt in Moabit von Nöten.

Wie irrsinnig nur diese wenigen auch lustigen Geschichten erzählt sind, waren die Augenblicke des Erlebens sehr spannend und nervenaufreibend, aber doch normal. Da kann der Einbrecher noch so intelligent sein, immer kann etwas Unvorhergesehenes geschehen, an sich unerwartet, aber mit dem man immer auch rechnen muss. Eine gigantische Portion Glück muss dem Einbrecher gewiss sein. Meine Frage, was sie getan hätten, wenn sie mal so richtig von Anwohnern erwischt worden wären, beantwortete Klaus nachdenklich: „Um ehrlich zu sein, ich weiß es nicht. Soweit haben wir nie gedacht, waren doch nicht ganz klar in der Birne, haben einfach nur funktioniert und hatten unfassbares Glück bei diesen vielen Einbrüchen", die er gar nicht mehr beziffern konnte. Das dies nie passiert ist, aber ja, sie hätten alles daran gesetzt, um zu entkommen. Auf alle Fälle waren sie in diesem Zustand absolut unzurechnungsfähig, hätten womöglich ein noch schlimmeres Verbrechen begangen und es gar nicht bemerkt. Dieser sich weiter und weiter nähernde Entzug machte sie grundsätzlich zu allem bereit, um der Verhaftung zu entfliehen. Das größte Glück für beide, dass dies, dieser vielleicht tätliche Angriff gegen den Entdecker, niemals geschehen ist.

Angelegenheiten und das Ding mit Recht und Gesetz …

Ich betrachte das alles als unsagbar interessant und würde gerne mehr, am besten alle Details davon erfahren. Keine Lumpengeschichte ist so lückenlos und detailgetreu, wie es in den damaligen Ermittlungsakten niedergeschrieben wurde. Somit beschäftigte ich mich damit, vielleicht an diese, keine Ahnung wie viele Akten von Mario zu gelangen. Habe aber damit gerechnet, dass auch diese Akten nicht für den Normalsterblichen bestimmt sind. Am Ende kommt noch so ein Lump und versucht, alte Fälle wieder aufzurollen, Fälle, die womöglich eine damalige Verurteilung als unbegründet oder falsch beweisen könnten. Sowas muss man natürlich schon von Amts wegen verhindern, ist ja nichts Neues. Mein Anwalt meinte, Ermittlungsakten im Fall einer laufenden Ermittlung, kann er, wenn er ein Mandat dazu hat, durchaus beantragen. Akten, die so lange zurück noch auf Papier geschrieben waren, werden wahrscheinlich schon, „sicher ist sicher" zum Wohle für das Vaterland, vernichtet sein. Dennoch informierte ich mich, wie das so gehandhabt wird mit solchen Strafakten. Wo sich doch ein Richter immer an die damaligen Straftaten des Angeklagten, und seien sie noch so lange her, erinnert und das Zeit eines Lebens des ehemaligen Angeklagten. Genauer gesagt, der Richter kann sie immer in Erinnerung rufen, indem er darin Einsicht nimmt. Zu gern werden vergangene Geschichten in so manch einem Plädoyer wieder aufgetischt, also muss es doch irgendwas davon geben. Mal wieder war Recherchearbeit angesagt und ich fand eine hochinteressante Seite, die etwas Aufschluss zu dieser sehr umfangreichen Angelegenheit gibt. Hier nur ein kleiner Auszug davon.

Was ist eine Strafakte?
Die Strafakte, die richtiger Ermittlungsakte heißt, wird von der Polizei oder Staatsanwaltschaft angelegt und darin werden alle Papiere abgeheftet, die während der Ermittlungen in einer Strafsache (also nach einer Straftat) so zusammenkommen. In aller Regel beginnt die Akte mit der Strafanzeige, dem Strafantrag, gefolgt von den sichergestellten Beweismitteln, den einzelnen Zeugenaussagen, Sachverständigengutachten, Vermerken der Polizei usw.

Sofern die Polizei der Ansicht ist, alles in diesem Fall erforderliche ermittelt zu haben, sendet sie die Strafakte an die Staatsanwaltschaft, die entweder weitere Ermittlungen anstellt oder den Vermerk einträgt: Die Ermittlungen sind abgeschlossen, § 169a StPO. Die Staatsanwaltschaft fertigt dann Kopien der für sie wichtigsten Aktenbestandteile und heftet diese in eine Handakte. Von der inzwischen gefertigten Anklageschrift wird jeweils ein Exemplar in die Handakte der Staatsanwaltschaft geheftet und ein Exemplar mit der Strafakte an das zuständige Amtsgericht oder Landgericht geschickt. Dort bekommt sie dann der Strafrichter und heftet wiederum seine Verfügungen in die Akte. So „wächst" die Ermittlungsakte immer weiter und wird dann vielleicht von einem Spannband, dem sog. Gürteltier zusammengehalten. Wenn auch das nicht mehr hält, wird die Akte in einzelne Bände aufgeteilt.

Was ist ein Bundeszentralregisterauszug?
Das Bundeszentralregister (kurz: BZR) ist ein beim Bundesamt für Justiz in Bonn, seit 1975 ausschließlich als Datenbank in elektronischer Form geführtes Register. Darin werden nahezu alle rechtskräftigen Entscheidungen (Vorstrafen) eingetragen, soweit diese (bei Erwachsenen) mehr als 90 Tagessätze Geldstrafe oder 3 Monate Freiheitsstrafe betragen. Im Register werden aber auch Suchvermerke (z.B. Haftbefehle) eingetragen. Wer aus dem Register Auskunft erhält ist im dritten Abschnitt des Bundeszentralregistergesetzes, §§ 30 ff. BZRG ausgeführt.

Der Begriff Strafakte wird oft synonym für den Bundeszentralregisterauszug (BZR) verwendet, um auszudrücken, was jemand für eine „Kriminalhistorie" hat, also wie häufig er bislang mit welchen Delikten straffällig geworden ist – was sozusagen alles in seiner Strafakte steht.

Wird eine Strafakte irgendwann mal „gelöscht"?
Ja, Strafakten werden auch vernichtet – nach Ablauf der gesetzlichen Aufbewahrungspflicht. Das kann dem Straftäter aber egal sein, weil die Strafakte ja im Keller der Staatsanwaltschaft liegt und dort (wahrscheinlich) niemanden weiter interessiert. Was wohl eher gemeint ist, ist ob die Einträge im Bundeszentralregister gelöscht werden. Das werden sie natürlich, frühestens mit Ablauf von 5 Jahren, wenn die Strafe in dieser Zeit vollständig vollstreckt ist (§§ 45 ff. BZRG).

Ist das Bundeszentralregister das einzige Register?
Nein, daneben gibt es noch das staatsanwaltschaftliche Verfahrensregister. In dieses Register werden bestimmte Angaben zu

allen strafrechtlichen Ermittlungsverfahren eingetragen, u.a. die
Personendaten des Beschuldigten, die zuständige Ermittlungs-
behörde und auch eine nähere Bezeichnung der vorgeworfenen
Straftat. Wenn die Ermittlungen im Ermittlungsverfahren ein-
gestellt wurden, verbleiben Informationen dazu im Verfahrens-
register. [Siehe: strafakte.de/strafprozessrecht/was-ist-eine-strafakte-und-
was-steht-da-drin/ Reviewed 12.08.2021]

Aha, so läuft das also. Letztendlich bleibt alles in einer kürzeren Fassung, beschränkt auf Tat und Urteil erhalten, wurde
sogar digitalisiert und kann sehr gerne in Erinnerung gerufen
werden, wenn es mal soweit sein sollte. Das erklärt gegebenen-
falls diesen Satz, nur um es zu verdeutlichen: „Der Straftäter
hat 1904, 1918, 1922 und 1931 ein paar Einbrüche hinter sich
und hat 4 Jahre gesessen." Von wegen „Strafe abgesessen",
ein nun neuer Bürger schreitet durchs Land. Was der straffällig Gewordene verbrochen hat, das, was zu seiner Verurteilung
führte, ist akribisch genug gespeichert. Zwanzig, dreißig Jahre
später wenn es passieren sollte, finden „verjährte Geschichten" in folgenden Urteilen selbstredend und unbefangen Berücksichtigung, die ohne Wenn und Aber zu einer Urteilsver-
schärfung führen.

Zu diesem ganzen Werk möchte ich die Wahrnehmung eines
stinknormalen, steuerzahlenden Bürgers darstellen, einer, der
sich durchaus berechtigt vielleicht viel zu viele Gedanken auch
über andere grundlegende Dinge macht. Zig Millionen „Angelegenheiten" gibt es in diesem Land, die zu bemängeln, neu
zu bewerten, zu beurteilen und neu zu behandeln wären. Dazu
hat aber weder jemand die Zeit, noch hat jemand daran Interesse. Erkenntnis: Es wird sich daher in vielen Angelegenheiten nichts ändern in diesem Land. Jeder Schritt, der die Prü-
fung bestimmter fragwürdiger „Angelegenheiten" zum Ziel hat
bzw. dies durchsetzen will, wird mit zahlreichen Stolpersteinen
behindert und erweist sich dadurch als eine schier unlösbare
Mammutaufgabe, welcher gerade der kleine Mann, o. k. auch
Frau und Gender, grundsätzlich nicht gewachsen ist.

Auch dafür wurde in diesem Land gesorgt, Scheitern wurde
umfangreich geplant und eingerichtet, so lässt es sich mutmaßen. „Wir machen all das einfach mal ganz besonders schwer

und teuer, dann verliert der aufmüpfige Bürger auch recht schnell das Interesse, sich aufzubäumen", hat da wohl mal jemand vorgeschlagen. Somit lassen sich die meisten „Angelegenheiten" nicht am Küchentisch klären. Im weiteren Verlauf dieser Geschichte, auch in Teil II, wird es sich beweisen, dass ich recht behalten werde. Man verweist, wenn jemand was zu meckern hat, auf einen schier unmöglichen begehbaren Weg, um Lösungen zu Problemen zu finden, und man verweist dann letztendlich innerhalb der Gesetzgebung, die sich selbst als große Hürde und Problem erweist, gerne auf andere Rechtsgrundlagen wie Zivilrecht und Zivilprozessrecht. Der Lösung schlechter Schluss zum Wohle der staatlichen Gerichtsbarkeit. Ein manchmal, so stell ich mir vor, von Amts wegen berechnend eingerichteter Abschreckmechanismus für den renitenten oder rechtsempfindsamen Bürger. Wo doch sehr erfolgreich der überwiegende Teil der Menschheit genau dann die Segel streicht, wenn er an dieses andere Recht verwiesen wird. Denn dazu muss ein Anwalt her, einer, der sich in solchen Angelegenheiten auskennt und in diesem ganzen Paragrafen-Wirrwarr umfangreich geschult ist. Und dazu benötigt man einen lückenlosen Schutz, eine allumgreifende Rechtschutzversicherung, die es eigentlich gar nicht gibt. Manch ein Anwalt antwortet nicht gerne auf die Frage: „Was kostete das denn alles?" Er windet sich wie ein Aal, um in seiner Rechnungsstellung flexibel zu bleiben, beginnt sich aber zu bewegen, wenn ein „Blankoscheck", ein anreizender Vorschuss mit ordentlicher Kohle das Interesse an diesen „Angelegenheiten" versüßt. Aber selbst diese Vorstellung ist etwas naiv. Unfassbar viel Kohle muss unter Umständen genannt werden, bevor man einen interessierten Anwalt finden kann.

Fakt: Man wiegt mehr und mehr Recht und Gesetz mit Gold auf, hat es längst zu einem fragwürdigen Geschäft gemacht. Juristen picken sich mittlerweile nur noch Fälle raus, die sie als lukrativ betrachten. Fälle, die sie unterhalten und interessant finden. Fälle, an die sich noch kein anderer Jurist gewagt hat, um sich mit diesem besonderen Fall seinen Namen in der Szene zu festigen, diesen womöglich durch Presse, Funk und Fernsehen berühmt macht. Die Randgruppe, eigentlich bedeutend größer als die Oberen, wie bekannt nur Zehntausend, bringen bei weitem nicht das, was das Herz und den Wohlstand eines Juristen befriedigt. Somit steht fest, all das, jeder Widerstand, jede Kritik, jeder Weg an das Rechtssystem kann so unfassbar viel Geld kosten, dass man einfach die Finger davon lassen muss, um sich nicht selbst zu ruinieren.

Ist denn die Vorstellung so abwegig, dass das genau so gewollt ist? Der Mittelständler mit 1.400 € netto im Monat ist der Gelackmeierte, der ist es, den es im Zaum zu halten gilt, er ist der bedrohliche überwiegende Teil der in Deutschland ansässigen Bevölkerung. Für den wirklich Mittellosen gibt es da noch die Prozesskostenhilfe, so nennt sich die höfflich suggerierte Hilfe von Amts wegen. Sie soll „gleiches Recht für Alle" möglich machen. Eingerichtet und zu beantragen für den armen minderbemittelten Menschen, der den Weg zu einem vom Staat gestellten, meist unerfahrenen und desinteressierten Anwalt möglich machen soll. Dem allen gegenüber steht der liquide Kapitalist, womöglich mit Rang und Namen, der gut situierte Mensch, dem alle finanziellen Mittel zu einer rechtlichen Auseinandersetzung zur Verfügung stehen. Bestes Beispiel: Martin Winterkorn, Vorstandsvorsitzender der VW AG, mehrfacher, sogar hundertfacher Millionär, der auf seiner Lederkautsch liegt und sich nur darum sorgt, dass er am Ende von 100 Millionen womöglich ein paar Millionen abgeben muss, und das mit 75 Jahren. Seine Juristen, garantiert nicht nur einer, „koste es, was es wolle", werden das Beste für ihn „rausholen", damit sein Lebensabend gesegnet bleibt. Abgesehen von der Tatsache, welche Möglichkeiten solch ein Reichtum sonst noch möglich macht. Glaub ich an Korruption in diesen rechtlichen Hochebenen? Aber hundertprozentig glaube ich daran!!!

Gleiches Recht für alle? Sicherlich nicht. Ich erkenne ganz klar und nüchtern unterschiedliche Menschen-Klassen, unterschiedliche Rechtsempfindungen, unterschiedliche Rechtsanwendungen. Es muss demnach nicht angezweifelt werden, dass ein junger oder jeder andere minderbemittelte Mensch des zu erkämpfenden Rechtes wegen den Weg in die Justiz unter Vorbehalt sucht, geschweige denn suchen kann oder sich zu suchen wagt, da sein Recht ein anderes zu sein scheint. Er resigniert meist mit der Erkenntnis der Chancenlosigkeit, sein Recht auf Gerechtigkeit zu bekommen.

Womöglich stellt sich der eine oder andere die Frage: „Was soll das denn jetzt wieder?" Aber, in vielen, unfassbar vielen Angelegenheiten meiner Familie sind gravierende Dinge nicht einmal im Ansatz rechtskonform verlaufen. Lies daher mal ruhig, mein lieber Leser, liebe Leserin, immerhin hab ich all das für Dich zusammengetragen und es ist ja nicht viel, aber sehr interessant und Du wirst einen Zusammenhang in dieser Geschichte finden. Wenn nicht, der nächste Absatz ist nicht weit.

Das Eid ...

Ich weigere mich, diesen Begriff, so wichtig wie er nicht nur klingen sollte, richtig zu benennen, nämlich „D...-Eid". Würde doch „D...-Eid" einen klaren Weg weisen. „Das Eid" aber lässt umfangreiche Zweifel und Fragen, eine gewisse Flexibilität, wie furchtbar, sogar eine nach eigenem Ermessen angewandte Toleranz wachsen, so wie schon das von mir kritisierte „Mündel" zum Beispiel.

So viele Schwüre, was auch gewichtiger klingen würde als Eid, gibt es. So viele, auf die sich noch immer so viele Dinge berufen und schützen sollten. So viele, die unser Leben betrafen, so viele, die unser Leben negativ veränderten, beschwerlich erträglich machten, so viele Vorfälle und Worte des Eids, die keinerlei Anwendung fanden. Daher erinnere ich nur an die Vernachlässigung der Schwüre, die vielen, die zum Wohl des Kindes geleistet wurden. Gehören sie selbst noch heute zum alltäglichen Leben und sind immer gegenwertig. Eine eigene Buchreihe in mehreren Bänden könnte man darüber verfassen. Titel: „Der Eid und seine Verwerflichkeit."

Was für eine Farce. Da wird den geleisteten Geschehnissen, dem Endergebnis einer Ausbildung oder eines Studiums einfach ein Eid, ein Schwur verliehen, man lässt den Betreffenden auf diesen eigens kreierten Eid schwören, dass er sich Zeit seines Lebens im Amt an diesen Eid halten wird, und doch vergessen viele diesen Schwur einfach. Woran liegt das eigentlich? Natürlich wissen wir alle, dass es in den letzten Jahrtausenden absolut unmöglich war und ist, sich immer an irgendwelche Schwüre zu halten, was nichts daran ändert, dass sie es tun sollten. Wie auch immer.

Fangen wir mal mit Sokrates, „Der Eid des Sokrates", an und da ich mich mal wieder genauer informierte, fand ich in diesem Zusammenhang Folgendes, sehr interessant und aussagekräftig.

Der Sokratische Eid (auch Eid des Sokrates) ist ein Eid für Lehrer, den der Pädagoge Hartmut von Hentig als pädagogisches Pendant zum antiken Eid des Hippokrates, den Ärzte früher bei ihrer Approbation leisten mussten, entworfen hat.
Sein Text lautet:
„Als Lehrer/in und Erzieher/in verpflichte ich mich,
- die Eigenheiten eines jeden Kindes zu achten und gegen jedermann zu verteidigen;
- für seine körperliche und seelische Unversehrtheit einzustehen;
- auf seine Regung zu achten, ihm zuzuhören, es ernst zu nehmen;
- zu allem, was ich seiner Person antue, seine Zustimmung zu suchen, wie ich es bei einem Erwachsenen täte;
- das Gesetz seiner Entwicklung, soweit es erkennbar ist, zum Guten auszulegen und dem Kind zu ermöglichen, dieses Gesetz anzunehmen;
- seine Anlagen herauszufordern und zu fördern;
- seine Schwächen zu schützen, ihm bei der Überwindung von Angst und Schuld, Bosheit und Lüge, Zweifel und Misstrauen, Wehleidigkeit und Selbstsucht beizustehen, wo es das braucht;
- seinen Willen nicht zu brechen – auch nicht, wo er unsinnig erscheint; ihm vielmehr dabei zu helfen, seinen Willen in die Herrschaft seiner Vernunft zu nehmen;
- es also den mündigen Verstandsgebrauch zu lehren und die Kunst der Verständigung und des Verstehens;
- es bereit zu machen, Verantwortung in der Gemeinschaft zu übernehmen und für diese;

- es auf die Welt einzulassen, wie sie ist, ohne es der Welt zu unterwerfen, wie sie ist;
- es erfahren zu lassen, was und wie das gemeinte gute Leben ist;
- ihm eine Vision von der besseren Welt zu geben und Zuversicht, dass sie erreichbar ist;
- es Wahrhaftigkeit zu lehren, nicht die Wahrheit, denn ‚die ist bei Gott allein‘.

Damit verpflichte ich mich,

- so gut ich kann, selbst vorzuleben, wie man mit den Schwierigkeiten, den Anfechtungen und Chancen unserer Welt und mit den eigenen immer begrenzten Gaben, mit der eigenen immer gegebenen Schuld zurechtzukommen;
- nach meinen Kräften dafür zu sorgen, dass die kommende Generation eine Welt vorfindet, in der es sich zu leben lohnt und in der die ererbten Lasten und Schwierigkeiten nicht deren Ideen, Hoffnungen und Kräfte erdrücken;
- meine Überzeugungen und Taten öffentlich zu begründen, mich der Kritik – insbesondere der Betroffenen und Sachkundigen – auszusetzen, meine Urteile gewissenhaft zu prüfen;
- mich dann jedoch allen Personen und Verhältnissen zu widersetzen – dem Druck der öffentlichen Meinung, dem Verbandsinteresse, dem Beamtenstatus, der Dienstvorschrift, wenn sie meine hier bekundeten Vorsätze behindern.“

[Siehe: de.wikipedia.org/wiki/Sokratischer_Eid Reviewed 12.08.2021]

So ein langer Text, oh mein Gott, da kann man schon mal was vergessen in den vielen Berufsjahren. Folgend dazu fand ich auch dies bei meiner Recherchearbeit. Verdammt, wieder findet etwas einen Zusammenhang mit unserer Geschichte.

Während und nach seiner beruflichen Tätigkeit war von Hentig mit Vorträgen und Buchpublikationen am öffentlichen Diskurs im Spannungsfeld von Gesellschaft, Politik und Pädagogik vielfältig beteiligt und fand starke Beachtung; unter anderem formulierte er den Sokratischen Eid. Im Zusammenhang mit den 2010 bekannt gewordenen Fällen sexuellen Missbrauchs an der Odenwaldschule war und ist er als langjähriger enger Freund und

Lebensgefährte Gerold Beckers, des als Haupttäter beschuldigten ehemaligen Leiters dieser Schule, öffentlicher Kritik ausgesetzt.
[Siehe: de.wikipedia.org/wiki/Hartmut_von_Hentig Reviewed 12.08.2021]

Huch ....

Dem grundsätzlich Allübergreifenden folgen dann, „die Hüter des Gesetzes", die gleich schwergewichtig so einiges außer Acht ließen, was da einst so passierte und heute noch immer passiert. Viel zu viele einfache Fälle jeglicher Art befinden sich auf den Schreibtischen und in den Festplatten der Justiz. Dinge, die ohne große Anstrengungen abgearbeitet werden könnten, weil die Rechtslage schon in der Schilderung der Angelegenheiten klar und deutlich zu erkennen ist. Aber schnell zu erledigen heißt zügiger Abschluss und dem steht eine profitable Abschlussrechnung im Wege und wie gern strebt man dann eine „gütliche Einigung" oder einen „Vergleich" an. Warum also ran an so komplizierte Dinge, die nur unfassbar viel Arbeit machen, womöglich Jahrzehnte dauern und am Ende „nichts" bringen, weil es irgendwo in diesem Gesetzeswirrwarr einen Paragrafen oder nur einen Absatz gibt, der Bedeutendes zur Angelegenheit widerlegen könnte. Für solche Angelegenheiten wäre ein Jurist notwendig, der mit ausreichend Idealen, Herz und Verstand hinter seiner Berufswahl steht, einer, der dieses Kriegergen (MAOA-Gen) in sich trägt, einer, bei dem der Profit nicht im Vordergrund steht, einer, der sich sträubt zu sagen: „Wegen mangels öffentlichem Interesse eingestellt."

Nicht zu vergessen die Macht und Gier des Erfolges, der aber erst nach der Vertretung eines fünffachen Massenmörders oder eines Kinderschänders, der Schlagzeilen machte, Früchte trägt. Es ist somit klar erkennbar: Das Recht, welches unbefangen Recht finden soll, gibt es schon lange nicht mehr. Robin Hood ist tot, es lebe Robin Flopp.

Und um all dem eine menschenwürdige anständige Anschauung zu verleihen, dafür gibt es diese ganze Reihe von Schwüren und Amtseiden, die dem Aussprechenden nach spätestens ein paar Jahren ihrer Amtshandlungen die Schamesröte ins Gesicht treiben sollte.

So haben deutsche Rechtsanwälte für ihre Zulassung gem. § 12a Abs. 1 BRAO folgenden Eid zu leisten:

„Ich schwöre bei Gott dem Allmächtigen und Allwissenden, die verfassungsmäßige Ordnung zu wahren und die Pflichten eines Rechtsanwalts gewissenhaft zu erfüllen, so wahr mir Gott helfe."

Persönlich schaudert es mich, wenn ich nur diese Worte schreiben muss: „Bei Gott dem Allmächtigen und Allwissenden, so wahr mir Gott helfe."

Wie schön, denn da gibt's dann noch die Version für Ungläubige, für die, die nicht an Götter glauben, die haben's dann besonders einfach, sollte man glauben. Gemäß der Absätze 2 und 3, von § 12 der Bundesrechtsanwaltsordnung kann der Eid auch ohne religiöse Beteuerung oder mit einer Entsprechung einer anderen Religionsgemeinschaft geleistet werden, zum Beispiel: „So wahr mir Budda helfe."

Der Richter, der hat selbstredend auch noch einen Eid zu leisten, bevor er Recht, ich kann es nicht ignorieren, oder Unrecht spricht. Dafür findet das Deutsche Richtergesetz Anwendung.

Deutsches Richtergesetz (DRiG) § 38 Richtereid
(1) Der Richter hat folgenden Eid in öffentlicher Sitzung eines
   Gerichts zu leisten:
„Ich schwöre, das Richteramt getreu dem Grundgesetz für die
   Bundesrepublik Deutschland und getreu dem Gesetz auszu-
   üben, nach bestem Wissen und Gewissen ohne Ansehen der
   Person zu urteilen und nur der Wahrheit und Gerechtigkeit zu
   dienen, so wahr mir Gott helfe."
(2) Der Eid kann ohne die Worte „so wahr mir Gott helfe" ge-
   leistet werden.
(3) Der Eid kann für Richter im Landesdienst eine Verpflichtung
   auf die Landesverfassung enthalten und statt vor einem Ge-
   richt in anderer Weise öffentlich geleistet werden.
   [Siehe: gesetze-im-internet.de/drig/__38.html Reviewed 14.08.2021]

Auch nicht unwichtig, vor allem für das, was da noch am Ende des zweiten Bandes zu dieser Mario-Geschichte, dem Band eins, Gewicht finden wird.

Und da drängt sich mir wieder ein recht geschichtsträchtiges doch steinaltes, irgendwie in die Zeit passendes Zitat auf und verdammt, wie kam man damals nur darauf? Es stammt aus dem Historiendrama „König Heinrich VI." von William Shakespeare, dessen Freund ich sicher nicht zu werden gedenke. Haha … Aber da heißt es schon vor guten 430 Jahren: *„First thing we do, let's kill all the lawyers."* – „Als erstes töten wir alle Anwälte." Andere nutzen gern die Wortfolge: „Das erste, was wir tun müssen, ist, alle Rechtsgelehrten umzubringen." Oder gar: „Das erste, was wir tun, wir bringen alle Rechtsverdreher um."

Herrlich oder wie sehr man sich doch in all den Jahren um eine besser passende Wortfolge und Aussage bei der Übersetzung bemüht hat. Am Ende waren alle darauf erpicht, das gleiche auszusagen. Der Weg für diese historischen Worte begann in England und traten dann gemeinsam mit Shakespeares Drama ihren Weg um die Welt an. Andere Länder, andere Umstände, und nicht einmal im Ansatz könnte man diese Worte in der eigenen Landessprache anders ausdrücken. Aber die Engländer setzen dem Ganzen noch ein Krönchen auf, in einer gewissen, eigentlichen sarkastischen Steigerungsform der Selbstironie versteht sich, man ergänzt diese Phrasen im Geplänkel ganz gerne mit: „But we might have start with the judges." – „Aber wir könnten mit den Richtern anfangen."

Fazit: Lump bleibt Lump und das, was das Vaterland in seinen Amtshandlungen verbrochen hat, was eventuell durch Akten, in unserem Fall den Erziehungsakten der Kinder, in Erinnerung gerufen werden könnte, das hat man mal vorsorglich besser vernichtet. Die Justiz weiß sich selbstredend sehr gut vor der Justiz zu schützen. Auch das machen die Geschehnisse im zweiten Band der Mario-Geschichte verständlicher.

Dann war da noch …

Der sogenannte Eid des Hippokrates (oder Hippokratischer Eid, auch Schwur des Hippokrates), benannt nach dem griechischen Arzt Hippokrates von Kos (um 460 bis 370 v. Chr.), ist ein ursprünglich in griechischer Sprache verfasstes Arztgelöbnis und gilt als erste grundlegende Formulierung einer ärztlichen Ethik.

Deutsche Übersetzung:

„Ich schwöre, Apollon den Arzt und Asklepios und Hygieia und Panakeia und alle Götter und Göttinnen zu Zeugen anru-

fend, dass ich nach bestem Vermögen und Urteil diesen Eid und diese Verpflichtung erfüllen werde:

Den, der mich diese Kunst lehrte, meinen Eltern gleich zu achten, mit ihm den Lebensunterhalt zu teilen und ihn, wenn er Not leidet, mitzuversorgen; seine Nachkommen meinen Brüdern gleichzustellen und, wenn sie es wünschen, sie diese Kunst zu lehren ohne Entgelt und ohne Vertrag; Ratschlag und Vorlesung und alle übrige Belehrung meinen und meines Lehrers Söhnen mitzuteilen, wie auch den Schülern, die nach ärztlichem Brauch durch den Vertrag gebunden und durch den Eid verpflichtet sind, sonst aber niemandem.

Meine Verordnungen werde ich treffen zu Nutz und Frommen der Kranken, nach bestem Vermögen und Urteil; ich werde sie bewahren vor Schaden und willkürlichem Unrecht.

Ich werde niemandem, auch nicht auf seine Bitte hin, ein tödliches Gift verabreichen oder auch nur dazu raten. Auch werde ich nie einer Frau ein Abtreibungsmittel geben. Heilig und rein werde ich mein Leben und meine Kunst bewahren.

Auch werde ich den Blasenstein nicht operieren, sondern es denen überlassen, deren Gewerbe dies ist.

Welche Häuser ich betreten werde, ich will zu Nutz und Frommen der Kranken eintreten, mich enthalten jedes willkürlichen Unrechtes und jeder anderen Schädigung, auch aller Werke der Wollust an den Leibern von Frauen und Männern, Freien und Sklaven.

Was ich bei der Behandlung sehe oder höre oder auch außerhalb der Behandlung im Leben der Menschen, werde ich, soweit man es nicht ausplaudern darf, verschweigen und solches als ein Geheimnis betrachten.

Wenn ich nun diesen Eid erfülle und nicht verletze, möge mir im Leben und in der Kunst Erfolg zuteil werden und Ruhm bei allen Menschen bis in ewige Zeiten; wenn ich ihn übertrete und meineidig werde, das Gegenteil." [Siehe: de.wikipedia.org/wiki/ Eid_des_Hippokrates Reviewed 14.08.2021]

Dennoch muss dieser Eid heute in seiner ursprünglichen Form nicht mehr geleistet werden, hat auch alle Rechtswirksamkeit verloren. Man hat eine Kurzfassung geschaffen, die Approbation beinhaltet eine Verpflichtung gegenüber der Berufsordnung der Ärztekammer.

Der Weltärztebund (WMA) hat den hippokratischen Eid für Ärzte modernisiert. Die Delegierten einigten sich auf ihrer Generalversammlung in Chicago auf eine überarbeitete Fassung des Genfer Gelöbnisses, das aus dem Jahr 1948 stammt. In der aktualisierten Fassung verpflichtet das Gelöbnis die Ärzte, medizinisches Wissen zum Wohl der Patienten und zur Förderung der Gesundheitsversorgung mit ihren Kollegen zu teilen. Vor dem Hintergrund der steigenden Arbeitsbelastung appelliert es aber auch an die Ärzte, sich um ihre eigene Gesundheit zu kümmern. Nur dann könnten sie eine gesundheitliche Versorgung auf höchstem Niveau leisten.

Da heißt es dann …

Offizielle deutsche Übersetzung der Deklaration von Genf, autorisiert durch den Weltärztebund, verabschiedet von der 2. Generalversammlung des Weltärztebundes, Genf, Schweiz, September 1948 und revidiert von der 22. Generalversammlung des Weltärztebundes, Sydney, Australien, August 1968 und revidiert von der 35. Generalversammlung des Weltärztebundes, Venedig, Italien, Oktober 1983 und revidiert von der 46. Generalversammlung des Weltärztebundes, Stockholm, Schweden, September 1994 und sprachlich überarbeitet auf der 170. Vorstandssitzung, Divonne-les-Bains, Frankreich, Mai 2005 und auf der 173. Vorstandssitzung, Divonne-les-Bains, Frankreich, Mai 2006 und revidiert von der 68. Generalversammlung des Weltärztebundes, Chicago, Vereinigte Staaten von Amerika, Oktober 2017.

WELTÄRZTEBUND
DEKLARATION VON GENF
Das ärztliche Gelöbnis
Als Mitglied der ärztlichen Profession gelobe ich feierlich, mein Leben in den Dienst der Menschlichkeit zu stellen. Die Gesundheit und das Wohlergehen meiner Patientin oder meines Patienten werden mein oberstes Anliegen sein. Ich werde die Autonomie und die Würde meiner Patientin oder meines Patienten respektieren. Ich werde den höchsten Respekt vor menschlichem

Leben wahren. Ich werde nicht zulassen, dass Erwägungen von Alter, Krankheit oder Behinderung, Glaube, ethnischer Herkunft, Geschlecht, Staatsangehörigkeit, politischer Zugehörigkeit, Rasse, sexueller Orientierung, sozialer Stellung oder jeglicher anderer Faktoren zwischen meine Pflichten und meine Patientin oder meinen Patienten treten. Ich werde die mir anvertrauten Geheimnisse auch über den Tod der Patientin oder des Patienten hinaus wahren. Ich werde meinen Beruf nach bestem Wissen und Gewissen, mit Würde und im Einklang mit guter medizinischer Praxis ausüben. Ich werde die Ehre und die edlen Traditionen des ärztlichen Berufes fördern. Ich werde meinen Lehrerinnen und Lehrern, meinen Kolleginnen und Kollegen und meinen Schülerinnen und Schülern die ihnen gebührende Achtung und Dankbarkeit erweisen. Ich werde mein medizinisches Wissen zum Wohle der Patientin oder des Patienten und zur Verbesserung der Gesundheitsversorgung teilen. Ich werde auf meine eigene Gesundheit, mein Wohlergehen und meine Fähigkeiten achten, um eine Behandlung auf höchstem Niveau leisten zu können. Ich werde, selbst unter Bedrohung, mein medizinisches Wissen nicht zur Verletzung von Menschenrechten und bürgerlichen Freiheiten anwenden. Ich gelobe dies feierlich, aus freien Stücken und bei meiner Ehre.
[Siehe: bundesaerztekammer.de/fileadmin/user_upload/downloads/pdf-Ordner/International/bundersaaerztekammer_deklaration_von_genf_04.pdf
Reviewed 14.08.2021]

Gott ist schon mal endgültig gestrichen, egal wer immer das veranlasst hat, es scheint notwendig gewesen zu sein. „Aus freien Stücken und bei meiner Ehre." Wie schön flexibel verwendbar. Es ist und bleibt in der heutigen Zeit keine Frage der Ethik und der Ehre, die man flexibel genug beantworten und formen kann. Der Mensch hat inzwischen viele Worte gelernt, um sich auszudrücken, in den 1.500 Jahren seit Hippokrates. Doch bleibt es bedenklich, dass sich so manch ein Gott in Weiß an den guten alten griechischen Hippokrates von Kos (um 460 bis 370 v. Chr.) erinnert. An Tausenden Wänden von medizinischen Einrichtungen, fein in teuren Bilderrahmen verpackt, ziert er so manch ein Behandlungszimmer. Mahnend macht man darauf aufmerksam, aufmerksam auf die Worte des großen Hippokrates von Kos.

Nun habe ich mich wieder in etwas, in eine Tatsache vertieft, die man nicht verschweigen sollte, was man ruhig mal so niederschreiben und für die Nachwelt erhalten darf. Womöglich in zweihundert Jahren, wenn alles den Bach runter geht, sogar schon runter gegangen ist, kann man dann sagen, sofern man sich an mich erinnert: „Genau das hat so ein kleiner unbedeutender Schreiberling schon 2022 prophezeit und dokumentiert."

Natürlich bin ich kein Alles- oder Besserwisser, aber wenn mich etwas interessiert, bin ich gerne bereit, Genaueres darüber in Erfahrung zu bringen. Darum lacht und dankt mir für meine Bemühungen, die nun auch Euch zuteilwerden.

0. k., nur ein klein wenig aus dem Zusammenhang gerissen und dennoch hochinteressant.

Was sonst noch geschah ...

Die folgenden Untersuchungshaften waren dann oftmals so lang, bei Mario mal sieben, bei Klaus sogar 14 Monate, weil die Justiz sehr akribisch alle in dieser Stadt begangenen Straftaten der letzten Zeit untersuchte. Es mussten Schuldige gefunden werden, bei den Verhören wurden diese Einbrüche den beiden vorgetragen: „Das wart ihr doch?" „Das könnt nur ihr gewesen sein!" „Das ist doch Eure Handschrift!" Und so manch ein Einbruch, mit dem sie wirklich nichts zu tun hatten, wanderte in ihre Strafakten. Natürlich war man im Allgemeinen nicht gewillt, irgendwelche Straftaten zuzugeben, bekam aber dafür welche aufs Konto, mit denen man nichts zu tun hatte. Sie, die Kripo, lockte ständig mit Straferleichterung, einer eventuellen Bewährungsstrafe bei einem umfangreichen Geständnis.

Während der U-Haft folgte ein gemeinsamer Prozess, da sie ja als Kumpanen, also Duo, unterwegs waren, die gleichen Straftaten zur gleichen Zeit an gleichen Orten begangen haben. Ein Jahr Knast oder besser drei Jahre Bewährung, das wäre doch sehr willkommen, man könnte wenigstens unter erheblicher Vorsicht in der bewährenden Freiheit seinen Drogenkonsum befriedigen. Aber beide mussten wieder ein paar Jahre einfahren, es gab keine Bewährung mehr. Mario sagte mir einst: „Da möchte ich gar nicht dran denken, ich habe nie wieder so viel gelogen wie damals in diesen Prozessen." Man muss ja nichts angeben oder zugeben, was einen selbst belastet, heißt es. „War ich nicht, das auch nicht, hab ich nichts mit zu tun", waren gut gewählte Worte. Mehrere Haftstrafen waren dann später immer wieder die Folge, doch auch folgende Bewährungsauflagen konnten die Sucht nicht stoppen, „es musste weiterhin getan werden, was getan werden musste".

Für Klaus hatten die Eltern noch vor seiner Entlassung eine kleine Wohnung in Tempelhof gemietet. Er gewährte erst Roy, den er zwangsläufig in der Szene wieder traf, Unterschlupf. Roy aber, wie immer eigenbrötlerisch, hatte sich im Dachboden des Mietshauses gemütlich gemacht, lebte dort sogar mit einer Freundin, auch Fixerin, in Saus und Braus. Und wieder waren sie unterwegs und wieder wurden sie geschnappt und wieder fuhren sie ein.

Sein Vater, der die Wohnung dann für Klaus kündigte, da sie wieder ein Einzimmerappartement im Knast bewohnten, begründete die Abwesenheit des Sohnes mit: „Der Junge ist eine längere Zeit auf Montage."

Klaus wurde 1982 aus seiner letzten Haftstrafe entlassen, Mario musste noch bis 1983 einsitzen und Roy zu dieser Zeit? Ich weiß es nicht, wüsste auch keinen, der es weiß. Auch Mario erhielt bei Klaus, als er ein Jahr später in Freiheit kam, eine Zeit lang Domizil, wurde aber immer wieder angehalten, seinen Arsch an die Wand zu bringen, sich um ein eigenes zu bemühen. Während Klaus in seinem gigantischen Wandel eine Ausbildung zum Erzieher machte, jobbte Mario mal hier mal dort, bekam dann eine kleine Einzimmerwohnung in der Crellestraße in Schöneberg. Die Mieten waren damals noch erschwinglich, die Anforderungen für einen Mietvertrag gegenüber heute geradezu lächerlich.

Eines Tages stand für das Mietshaus, in dem er lebte, eine Sanierung an. Die Mieter erhielten damals noch eine „Umsetzwohnung" zum gleichen Mietzins. Das heißt, sie bekamen für die Zeit der Sanierung eine andere Wohnung zugewiesen, mussten umziehen und durften, wenn sie wollten, nach der Sanierung wieder zurückziehen. Mario hatte das große Glück die kleine Einzimmerwohnung mit „Klo" auf dem Flur, gegen eine dreieinhalb Zimmer Wohnung mit eigenem Bad, aber ebenfalls mit „Ofenheizung" (Holz und Kohlefeuerung) in der Ebersstraße, ebenfalls in Schöneberg, zu erhalten, die gar nicht so weit weg war von der Crellestraße. Er war selbstredend vollkommen desinteressiert daran, irgendwann wieder in die weit aus schlechtere Crellestraße zurückzuziehen. Fantastischerweise lag auch noch die Wohnung Ebersstraße nur ein paar Häuser von Klaus entfernt. Innerhalb von drei Jahren schloss Klaus seine Erzieherausbildung ab. Mario wurde wieder rückfällig. „Ich und mein Vater haben beide jewehnt, als wir das erfuhren", erzählte Klaus.

Roy wohnte nun schon bei Mario, noch immer am Drücken, brachte eine Freundin mit, die auch drückte. So kam es, dass Mario irgendwann den alten Angewohnheiten nicht mehr widerstehen konnte. Zu all dem Unglück verfiel er auch noch einer massiven Spielsucht, wurde Zocker, hatte nun zwei mächtige Probleme, wofür Geld benötigt wurde.

Axel (22) und Roy (24), ca. 1982.

In späteren Jahren berichtete Mario von der schon lange bestehenden Erkenntnis: „Wenn ich all das Geld, das ich in all den Jahren verfixt oder verzockt habe, heute hätte, wäre ich unter Garantie mehrfacher Millionär."

Auch Alexander trudelte in dieser Zeit in Berlin ein, wollte sein Leben nicht weiter beschreiten, ohne nicht wenigstens einmal auch in Berlin gelebt zu haben. Auch er zog in die Wohnung in der Ebersstraße.

Zu diesen Jahren, die augenscheinlich in dem Schriftwerk fehlen, kann ich leider auch nichts berichten, später erst folgten neue Kontaktaufnahmen.

Erstes Zusammentreffen fast aller Geschwister 1987

Im Oktober 1987, ich stand in meiner Tätigkeit als Schiffsbesatzungsmitglied kurz vor meiner Kapitänspatentprüfung, nahm ich Urlaub. Ich lebte in Karlstadt am Main, war gerade in eine Zwei-Zimmer-Mietwohnung gezogen, weg von einer langjährigen Beziehung. Das Verlangen einer baldigen Verehelichung drohte, was ich nie und nimmer wollte. Der Kontakt zu Mario, Roy und Alexander war durch Petra seit einem Jahr etwas gefestigt. Man telefonierte hin und wieder, wenn es vor allem mir möglich war, denn Handys, um von einem Schiff aus zu telefonieren, lagen noch in weiter Ferne. Ich konnte nur ein sehr teures Funktelefonat führen oder mit Landverbindung irgendwo eine Telefonzelle aufsuchen und versuchen, sie zu erreichen.

Dabei fällt mir auf, mit meinem Bruder Roy habe ich in unser beider Leben nicht ein einziges Mal telefoniert. Persönliche Kontakte gab es seit 1972 nicht mehr zu Roy und Mario, die lebten in einer anderen Welt, in einer Welt, die sich für mich fast unbekannt nicht nur Berlin, sondern auch Drogensumpf nannte. Ich war natürlich geblendet vom Film „Wir Kinder vom Bahnhof Zoo", den ich mir angesehen hatte, und meine Brüder sehr real damit in Verbindung brachte. Auch die in dieser Zeit, diesen Jahren sehr präsenten Nachrichten der ganzen Drogentoten waren allgegenwärtig, zählte insgeheim meine Brüder zu den baldigen Opfern. Dass vor allem Roy eines dieser Kinder vom Bahnhof Zoo war, das war mir bis dahin nicht bestätigt. Eigentlich hatte ich im Oktober 1987 an sich nicht wirklich Mut, sie zu besuchen, da ich mich zu unwohl dabei fühlte, war zu sehr in Gedanken zu wissen, dass da noch immer die Drogensucht alltäglich und allgegenwärtig ist. Dennoch war ich bereit, diesen Schritt zu wagen, denn sich selber Chancen für Verbesserungen zu geben, war noch nie mein Problem.

In Tegel am Flughafen angekommen, ich kann es fast nicht beschreiben, war selbstredend schon beim Reiseantritt vom Flughafen Frankfurt sehr nervös, und wusste nicht im Ansatz, was mich erwartet. Und da standen, nach der Gepäckausgabe hinter dieser Glasschiebetür meine drei Brüder, Mario (29) Wolfgang oder Roy (28) und Alex oder Alexander (26). Der weitaus kleinere und schmächtige Roy war ganz aufgerieben am hin und her tippeln, mit langem Hals suchte er nach mir, obwohl ich ihn schon lange, trotz seiner massiven Veränderung, erkannt hatte.

„Da is er, heeeee Dickkusch", schrie Mario durch die ganze Empfangshalle, hob den Arm und winkte.

Somit war das auch klar, all die Menschen hier wussten nun, wer der „Dickkusch" ist, obwohl ich zu diesem Zeitpunkt noch 24, längst kein Dickkusch mehr gewesen bin, es waren die Jahre meiner „Dickkuschpause". Zu verrückt dieser Augenblick, man hat sich einfach erkannt, alle um viele Jahre verändert und gealtert, seit 1972 nicht gesehen, außer Alexander, mit dem ich 12 Jahre vorher noch kurz, nicht einmal ein Jahr, im Heim in Baden-Württemberg und danach in Scheidegg im Allgäu gewesen bin.

Alex, erfuhr ich bei diesem Berlinbesuch, war übrigens 1977 der Einzige, der als Zeuge geladen wurde, als es diesem Heimleiter vom Diabetiker Kinderheim in Witthoh an den Kragen ging. Er hatte die Möglichkeit, „so richtig auszupacken", was er selbstredend auch tat, schwere Vorwürfe wegen vor allem massiven Kindesmisshandlungen auf brutalste Art und Weise, ich beschrieb etwas vorher seine Liebe zur Foltermethode, Zigaretten sogar in Gesichtern von Kindern auszudrücken, wurden dieser Person nachgewiesen neben all den anderen Dingen, die er sich leistete, von denen ich nichts wusste. Seine Ignoranz gegenüber anderen Erziehern, die Kinder und Jugendliche, auch mich, zusammenschlugen, war ebenfalls Bestandteil dieser Anklage. Ob die Verabreichung von flüssigen Betäubungsmitteln in Lebensmitteln an Kindern, auch an mich, Bestandteil der Anklage wurde, weiß ich gar nicht. Das war auch vor der Zeit, bevor Alex nach Witthoh kam. Ich war ja schon ein Jahr vor ihm dort. Gravierend war auch, dass dieser Heimleiter Personen als Erzieher beschäftigte, die gar keine waren, er aber die qualifizierten Fachkräfte entsprechend gegenüber den Rechnungsstellen abrechnete, diese aber nicht wirklich nach dem von ihm angegebenen Tarif bezahlte. Da war damals wohl noch so einiges einfacher an Betrügereien.

So war Alex, damals 15-jährig, in einer sehr vorteilhaften Position, in der Position, sein ganzes Umfeld schon allein durch sein Auftreten beeinflussen zu können, eine gottbegnadete Eigenschaft, die ich mir damals nie so richtig erklären konnte. Er kam dort an und alle schienen sich vor ihm zu verbeugen, zu verrückt alles. Sein Wort hatte Gewicht, sein Wort hatte Wirkung. Angefangen beim Zögling, über die Erzieher bis hin zum Heimleiter. Dementsprechend hatte er in diverse Dinge Einblick, die man ihm wohl nicht zutraute, dass er sie verstehen könnte. Großer Fehler!

Natürlich bestand seinerseits daran auch Interesse und das erwachsene Umfeld verhielt sich entsprechend, was aber weit abseits meines Umfeldes und meiner Interessen lag. „Auf dem Rücken unserer Pferde", na ja, Islandponys, wortwörtlich. Während ich durch die Prärien der Heimumgebung ritt und mit anderen Jungs andere spannende Dinge machte, hatte er alles unter Kontrolle, er mehr als sie. Er nutzte auch diese Vorzüge, hatte als einziger ein Einzelzimmer. Er verkehrte ständig mit den Zivildienstleistenden, durfte rauchen und ins Bett gehen, wann er Lust hatte, lebte ein vollkommen anderes Leben als all die anderen Zöglinge.

Für uns alle leider viel zu spät, die Kinder hatte ihre Abreibungen und Vernachlässigungen längst bekommen. Zehrten schon sehr intensiv an dessen Erinnerungen und Folgen. Die gepeinigten Kinder wurden nicht einmal, allein der Genugtuung wegen, darüber informiert, wie das alles ausgegangen ist. Ich denke mal 6 Monate Bewährung und eine gute Altersrente. Lieb Vaterland, vielen Dank auch dafür.

Als ich 1972 von Hirschau, von dieser Großpflegestelle, nach Amberg abtransportiert wurde, war das der letzte Blickkontakt zu Mario, Roy, Alex und Dagmar, der Morgen, bevor sie in die Schule gingen, ich dort nicht hindurfte, weil zu meiner Person eine stetige Fluchtgefahr bestand und ich, nachdem sie zur Mittagszeit zurückkamen, einfach verschwunden war. Ich sinnierte kurz an diesem Tag, ich noch keine 10 Jahre alt, sie 8, 11, 13 und 14. Und sie gingen diesen langen Weg zur Schule ohne mich, der, den sie immer riefen, weil er so dahin schlenderte, „nun komm mal Dickkusch". Aber der Dickkusch war längst verplant, wo anders untergebracht zu werden. Keiner hatte nur den Ansatz einer Vorstellung davon, was an diesem Tag passieren würde. Allein diese Vorgehensweise, Kinder, Geschwister auf diese Art so unmenschlich voneinander zu trennen, sie auseinanderzureißen, zeigt, wie inkompetent dieses Land gegenüber dieser Verantwortung damals gewesen ist, heute womöglich noch sein wird.

Auch in dieser Vorgehensweise ist die Vertrauensfrage längst beantwortet und es finden sich keine Worte, die all das ungeschehen, vergessen oder verzeihbar machen könnten. Aber dennoch, hier daher nur die Standardverharmlosung „lange her" zuzulassen, kann ich mir nicht vorstellen. Wir alle waren gewachsen und erwachsen, viiiiel größer und breiter als damals, richtige Männer sind wir geworden, alle längst viel größer als dieser Herr Grobba damals. Mario und ich richtige „Kisten". Außer Roy, zwar schlank und drahtig, aber eben der kleinste von uns allen. Und Alexander, der war, da unsportlich, eher normal. Er war aber auch der Schlauste von uns allen, sehr belesen und wissend, immer bereit zu irgendwelchen Diskussionen, hat immer sein eigenes Ding durchgezogen. Alle hatten längst Bartwuchs, längst viele Lebenserfahrungen gemacht, schöne und schreckliche Dinge erlebt in Sachen Sex, nicht mehr der Neugierde, sondern der entsprechend auftretenden Geilheit verfallen, erlebten Geldnot und andere normale Dinge.

Ich hatte als Marinesoldat bereits vor Jahren dem Vaterland gedient, als einziger meiner ganzen Geschwister. Axel hatte eine Band in Weiden, die sich „Axel Schwarz Band" nannte. Einer ihrer Titel: „Die Serengeti darf nicht sterben", Melodie längst vergessen. Wir waren keine Kinder mehr, die wir eigentlich nie sein durften. Und da kommt so ein Augenblick, die Erkenntnis, ganz andere Menschen vor sich zu haben, wie man sie in Erinnerung hatte. 15 Jahre ist eine sehr lange Zeit, vor allem im Heranwachsen, die Zeit der totalen Veränderungen.

Recht locker war die Begrüßung mit Shakehands, also noch vorsichtig distanziert und vier Augenpaare fingen an zu rotieren, die intensive Inaugenscheinnahme aller hielt eine sehr lange Zeit an, wie sehen wir alle aus, wie haben wir uns verändert, sie scannten mich und ich scannte sie sehr genau. Ich versuchte zu begreifen, dass Mario und Roy „Fixer" waren, wo sie in diesem Augenblick so vollkommen normal wirkten, mir fehlte eine Art geübter Blick, das zu erkennen. O. k., Roy, ja da könnte man es schon vermuten, dass er was mit Drogen zu tun hat, würde es aber nicht laut aussprechen. Für Mario hätte ich an diesem Tag, wenn ich es nicht wüsste, meine Hand ins Feuer gelegt.

Nur Alex hatte einen Führerschein und war der Chauffeur und mit seinem alten gelben Ford Taunus fuhren die vier Brüder von Tegel nach Schöneberg in die Ebersstraße. Ich war unberechtigt erstaunt darüber, dass die drei Männer diese Wohnung dort so gut im Griff hatten. Wenn wir alle doch nur eines aus unserer Erziehung als Profit bezeichnen können, dann ist es die Reinlichkeit, der Umgang mit Putzutensilien.

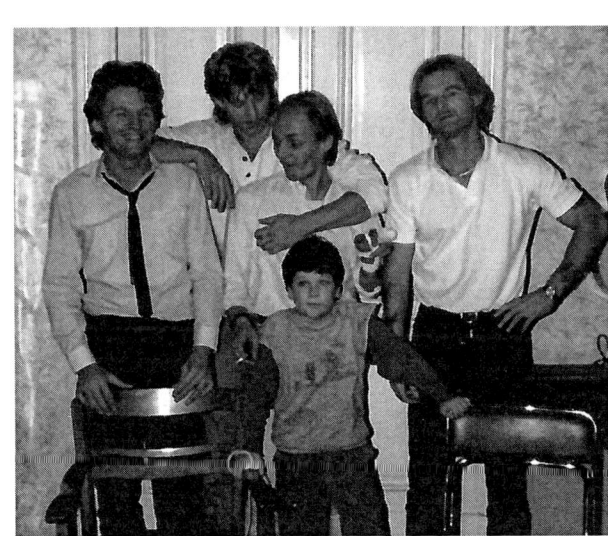

Die Berliner: links: Alexander; Mitte: Neffe Andi, der Sohn von Petra, dahinter Roy und Klaus; rechts: Mario.

Mario war gerade getrennt von einer langjährigen Freundin, Name sekundär. Alex hatte eine in Weiden in der Oberpfalz. Meine Beziehung war eigentlich auch schon erledigt und Roy, na ja, da war wohl das Problem, dass seine Vernachlässigung an sich selber nicht wirklich etwas möglich machte. Roy war in unserer Kindheit der Hübscheste von uns allen, hatte keine Segelohren wie Mario und Alex, war auch nicht pummelig wie ich und Dagmar, war sportlich schlank, hatte ein sehr schönes makelloses Gesicht. Ein ideales Opfer für den pädophilen staatlich bediensteten Erzieher, der sich an ihm verging. Was genau da irgendwann zwischen 1972 und 1975 in diesem Heim in Berlin vorgefallen ist, hat mir Mario nie erzählen wollen. Vielleicht hätte ich mehr darauf bestehen sollen, um es zu erfahren. Aber er brach sein Schweigegelübde gegenüber seinem Bruder nicht, mir überhaupt von dieser Tat zu berichten, da ich erst nach Roys Tod davon erfuhr.

Bei all der Verwerflichkeit, dem optisch nicht erkennbaren Problem, das ihn sicherlich seelisch noch immer beschäftigte, war das alles „lange vorbei". Oder doch nicht? War er auch aus diesem Grunde zu einem so extrem labilen Erwachsenen mutiert, zu einem ganz klar erkennbaren Extrem-Junkie geworden? Hat er diese Erinnerung damals schon in so jungen Jahren einfach mit der Spritze „weggedrückt"? Niemand wird das jemals in Erfahrung bringen, der Peiniger womöglich weiterhin im Amt im Jahr 1987. Nun sind wir sieben Geschwister und drei davon können von sexuellen Übergriffen an sich berichten, Roy, Dagmar und ich. Petra mit ihrer extremen sehr frühen Alkohol- und Medikamentenerkrankung würde ich so mit meiner Vorstellung auch zu den Kandidaten der betatschten oder missbrauchten Opfer zählen wollen, weiß es aber nicht wirklich. Ich hörte nur mal ansatzweise davon, dass sie nach Kallmünz einen Pflegevater hatte, der sich wohl auf alle Fälle versucht hat, an ihr zu vergehen. Von Sieben waren es also auf alle Fälle Drei. Ach, das sind ja allein in dieser Familie nicht einmal 50 Prozent, die vom Vaterland verraten an solche Päderasten und Pädophilen weitergereicht wurden. Keine Rede wert also, vielleicht sogar nur ein Kollateralschaden in Anbetracht der desinteressierten unvollständigen Klärung und Aufarbeitung solcher Geschehnisse.

Ob das hierher gehört in diese Biografie von Mario? Selbstverständlich gehört es das, denn natürlich betreffen diese Ereignisse auch Mario, wo es sich doch um seine Geschwister handelt, die diese Dinge erlebt haben. Meine Erlebnisse dazu halten sich zwar in ertragbaren Grenzen, der extreme Missbrauch, außer einem unnormalen Erlebnis mit einer älteren Klosterschwester, fand nicht statt. Mit zehn Jahren hat sie schnell das Interesse an mir verloren, wo doch noch so viele ältere Jungs da waren. Ein Versuch von drei älteren Mitzöglingen misslang, Dickkusch war zu wehrhaft. Und dennoch schreibe ich es hier in aller Härte nieder. Es darf einfach nicht sein, dass sich Kinder zwischen 9 und 13 Jahren, meine Zeit der Wahrnehmung damals, solche Geschichten anvertrauen. In einem tiefen Schockzustand, knallhart ohne Tränen, ohne Pein, doch voller Angst und Scham entdeckt und noch schlechter behandelt zu werden.

Mein Kindermund wurde nicht dazu gezwungen, einem Erwachsenen einen zu blasen, kein Erwachsener hat mir einen Finger oder anderes in den Po gesteckt und kein Erzieher oder gar Heimleiter, Pater oder Priester seinen dreckigen Schwanz, der Erleichterung wegen mit ein bisschen geweihtem Öl aus dem Sakristeischrank, rektal eingeführt und danach seinen dreckigen, auch blutigen Schwanz im Taufbecken gewaschen. Das widerfuhr Kindern, die mir davon erzählten, mich auf Knien anflehten, niemandem davon zu erzählen, ich meinen ehrhaften, doch naiven Kinderschwur dazu leisten musste, sie nicht zu verraten. Wir hatten also mit 9 und 13 Jahren andere Themen am Rande des Sandkastens als Matchboxautos und Sandburgen bauen. Dennoch, auch wenn ich es nicht ertragen musste, dürften allein Wahrnehmungen, Erzählungen und Feststellungen, dass diese Taten stattfanden, für kein Kind der Welt weder für dessen Augen, Ohren und Seelen bestimmt sein. Ich fühle und erlebe gedanklich sehr intensiv mit Menschen, die als Kinder so etwas erlebt haben, wo ich doch einst so nah dran war an diesen Geschehnissen. Die kleinen Augen dieser Kinder, die keiner Träne fähig waren, mit meinen Kinderaugen nicht nur einmal gesehen habe. Ich sehe selbst heute Kinder nicht unbekümmert, wie sie sein sollten. Im nächsten Augenblick sehe ich das, was damals geschehen ist, in aller Härte, in aller Unvorstellbarkeit. Ich habe also tatsächlich ein Problem mit Kindern, nur weil mich diese Geschehnisse nicht loslassen. Somit verstehe ich Roy sehr gut, auch sein Versagen im Leben, das man gar nicht mehr in der Lage ist zu erklären, warum genau es so beschissen für ihn gelaufen ist. Wem kann man die Schuldfrage stellen und wer will sie hören? Es bleibt dabei, unser Vaterland hat einen erheblichen Teil zu seinem, zu unser aller Schicksal beigetragen, das ist Fakt ohne Wenn und Aber.

Roy war daher schon 1987 vom Leben, das erst 28 Jahre gedauert hatte, gezeichnet, die eingefallenen Augen, neben seiner heranschreitenden Glatze, dem eingefallenen unrein wirkenden Gesicht, dürr, nur noch wenige Zähne. Aber, körperliche Reinlichkeit, so konnte ich auf alle Fälle an diesem Tag erkennen, schien auch Roy wichtig gewesen zu sein.

Petra (33) und Roy (28), Oktober 1987.

Frauen oder Mädchen waren in unserem augenblicklichen Leben, damals bei diesem Zusammentreffen, überhaupt kein Thema, wie eben vor 15 Jahren, als wir getrennt wurden, ich noch gar nicht daran dachte, mit meinen damaligen 10 Lenzen. Mario und Roy waren schon was Besonderes. Mario war ein richtiger großer Bruder, diese gemeinsame Blutlinie mit gleichem Vater und Mutter hatte schon so einiges bewirkt. Obwohl es nie, nicht im Ansatz, Beachtung fand, dass wir verschiedene Väter hatten. Wir waren alle Brüder und Schwestern, nur eben immer mal wieder mit amtlich erzeugten Pausen, mit Unterbrechungen, von Amts wegen. Es darf vermutet werden, dass uns dieser besondere Weg ins Leben ganz besonders zusammengeschweißt hat, auch wenn die baldige Trennung und alles danach eigentlich dagegen hätte sprechen müssen. Unsere Reise in diesem Zug der unvorhersehbaren Zukunft begann gemeinsam, schon damals traumatisiert, Zugführer mit schockierender Fratze das Vaterland. Sie aber klebten anders eine lange Zeit zusammen, Mario fühlte sich für Roy sehr verantwortlich. Da war ja nur noch der eine, für den er sich verantwortlich fühlen konnte. Somit waren sie sich doch die meiste Zeit ihres Lebens sehr viel näher als ich und alle anderen, die immer wo anders aufzufinden, nein, aufzufinden waren sie ja gar nicht, wusste ja keiner, wo genau der andere ist.

Jeder hatte in dieser Wohnung sein eigenes Zimmer, jeder so eingerichtet, wie er es wollte. Bei Mario eher anspruchsvoll, im Anblick ordentlich und wohnlich. Er war schon immer ein sehr ordnungsliebender Mensch, legte seine Wäsche akribisch schön zusammen, platzierte sie in seinem Schrank. „Allet uff Kante" waren seine gern verwendeten Worte. Sicher ist das auf die harte Erziehung zurückzuführen, wo er schon als 12-Jähriger die Wäsche seiner Geschwister sauber zusammenlegen und in Schränke verstauen musste. Immer auf Kante, peinlich genau beobachtet von der Erziehungsgewalt. Alles hatte immer seinen richtigen Platz, alles war sehr sauber und aufgeräumt, egal in welche weiter folgende Wohnung man auch gekommen ist. In seinen später folgenden Autos und Transporter war es nicht anders.

„Pass auf Deine Krümel auf", wenn man darin mal etwas aß.

Klaus erwischte er mal beim Popeln, entsetzt darüber, dass dies in seinem Auto geschah: „Hör uff, wat machste denn jetzt mit Deinen ‚Nasensteinen', bei mir uffn Teppich oder was?"

Seine Autos waren immer unheimlich ordentlich, auch in den Transportern im Laderaum, alles sortiert, jede Packdecke „Spitz auf Spitz" sorgfältig zusammengelegt, jedes Werkzeug hatte seinen sicheren Platz. Werkzeuge gut und teuer, jeder Pinsel, jede Maurerkelle ganz penibel gereinigt, vorbereitet und griffbereit für den nächsten Auftrag. Man kann sagen, er dachte immer sehr wirtschaftlich. Was bringt es zum Beispiel, sich eine eigene Kappsäge zu kaufen, wenn sie nur zwei Mal im Jahr benötigt wird, oder wieviel unfassbare Zeit man im Leben vor einer roten Ampel verbringen muss. Was macht Sinn und was bringt Unsinn, war sein ständiger Wegbegleiter.

Als später Nichtraucher, der erste dauerhafte Nichtraucher von uns allen schon Mitte der 90er Jahre, war er je nach Verlangen, noch immer gerne, wenigstens dem Duft einer Zigarette verfallen. Manchmal tolerant, wenn man in seinem Transporter rauchte. All diese Eigenschaften wirkten mehr amüsant als penetrant, war er doch sehr diplomatisch in allen Angelegenheiten, pflegte gerne Augenkontakt mit jedem, mit dem er zu tun hatte.

„Wer Dir nicht in die Augen schauen kann, mit dem stimmt wat nicht", seine Worte.

Er machte dabei aber immer wieder bemerkenswerte Entdeckungen, ohne seinen Gesprächspartner daraufhin aufmerksam zu machen, uns aber davon unverblümt erzählte, wenn zum Beispiel jemand eine sehr auffallende Nase im Gesicht hatte.

„Boohhh, haste den seinen Synagogenschlüssel gesehen?", was absolut nichts mit der Stigmatisierung eines Menschen zu tun hatte.

Dinge, von uns übersehen, fielen ihm einfach auf. Eine tolle Uhr, die er dann auch ansprach, ein fetter Ring, dicke Oberarme, eine markante Narbe. Er war einfach nur unfassbar aufnahmefähig und hatte eine sehr ausgeprägte Beobachtungsgabe, auch nur zwischen ein oder zwei gewechselten Worten.

Sein Berliner Dialekt wurde situationsbedingt angewandt, gern bei vertrauten Menschen. Sein sehr gepflegtes Hochdeutsch, mit einem Hauch seiner Muttersprache, war eher die Regel. Bei Roy war das schon etwas anders damals, der berlinerte janz ordentlich, konnte ich in dem kurzen Augenblick, den wir in unserem Leben zusammen verbrachten, feststellen. Recht viel mehr Kennenlernen war in diesen wenigen Tagen nicht möglich, da er auch immer unterwegs war.

An diesem einen Tag fand ich in seinem Zimmer nur ein großes Bett, einen Schrank, Sessel und Tisch, einen schlichten Kachelofen für den Winter. Aber es herrschte ein unfassbares Chaos. Bei Alex war es häuslich nett, zweckmäßig, denn er hatte ein sehr kleines Zimmer direkt hinter der Küche, dieses eine, das man in dem Mietvertrag als „½" bezeichnete. Das große Zimmer war ein Wohnzimmer, wie man es sich von 1987 vorstellen kann, schlicht, sauber, mit Pflanzen am Fenster und relativ vielen Tapetenfetzen an den Wänden, verursacht von

Roy, Klaus und Mario an den Gitarren. Ich erinnere mich sehr gut an die erste gemeinsame Darbietung meiner Brüder, auch die letzte, die ich an diesem Tag gehört habe.
„Samba pa ti" von Santana. An der Sologitarre, Klaus. Hätten wir noch zwei weitere Gitarren für Alex und mich gehabt, wären auch fünf Gitarren an diesem Tag erklungen.

einem Kater, der sich Mucky nannte. Drei Gitarren standen herum, große Bongotrommeln und alles schien immer mal wieder in Gebrauch zu sein, was ich im Verlauf dieser Tage zur Zufriedenstellung meiner Ohren zu hören bekam.

Wir hatten alle ein sehr musikalisches Talent, also die männlichen hatte dies, die Schwestern konnten zwar etwas singen, doch instrumental war da außer Löffelklopfen nichts zu machen. Jeder von uns Jungs spielte Gitarre und Mundharmonika, die lang gebräuchliche musikalische Grundausstattung, geprägt von Bob Dylan. Und ein jeder liebte die Musik, auch ich, der getrennt von allen, nichts von ihren Begabungen wusste. Wir erkannten an diesem Tag, dass wir wenn, dieses Kackwort „wenn", aber es geht in diesem Werk einfach nicht ohne Wenn und Aber, also wenn wir alle unter normalen Umständen unser Leben erlebt hätten, noch so ein Scheißwort, „hätten", dann hätten wir mit ein bisschen Übung eine recht gute Combo werden können.

Alex, der damals schon ein hervorragender Koch war, hatte „Schlitschgen" gemacht, diese etwas andere Art und Form von Kartoffelknödeln mit ausgelassenen knusprigen Speckwürfeln, die schlesische Art, die wir in unserer aller Erinnerungen bei den Grobbas das eine Mal zu Weihnachten kredenzt bekamen. Da Alex am längsten bei den Grobbas war, hatte er dieses Rezept irgendwann erlernt. All diesen Erinnerungen geschuldet ein total passendes Gericht.

Alex war überschaubar eitel, auf der Bühne eine Rampensau, kein Scheu vor Publikum. Auch ein am Rande stehender Beobachter, der Zuhörer, der nicht Überall-„Einmischer", der „Hallo"-Sager, der Gesprächssucher, letztendlich der, der die Diskussion anführte. Auch ein Revoluzzer damals, aber keiner, der so schnell Taten walten ließ in Form von „Ich hau Dir mal eben auf die Fresse", der „PEACE"-Typ eher, ein Diplomat also. Allerdings nur bis zu einem gewissen Grad, er konnte schon mal richtig hinlangen, wenn genug genug war. Aber das konnten wir ja alle, geben und nehmen, hielt sich die Waage. „Auf die Fresse, in die Fresse", absolut normal damals. Die Macht des Stärkeren, Faustrecht immer und überall, wer all das immer und immer wieder erlebt, der lernt aus seinen Beulen und blauen Flecken. Und doch gehörte er eher zu den „Blumenkindern", war ein „Niemals-Soldat"- Werder. Der Vanilleteetrinker und gepflegte Joint-Raucher. Für meinen Geschmack ein zu viel Ausdiskutierer und nichts Erreicher, sag ich jetzt mal so, obwohl Menschen ihm immer zuhörten. Sein Wort hatte meist Gewicht und Wirkung.

Er war einfach anders, womöglich ein Grund, warum er immer so distanziert uns

Alex machte Schlitschgen.

allen, den Haudegen, gegenüber gewesen war. Hatte als erster von uns allen den Führerschein, sogar den Lkw-Führerschein, sogar ein Auto. Und er konnte kochen. Was er aus Interesse daran und ich bedingt durch meine sehr frühe Eigenständigkeit lernen musste, erst später daran Interesse fand. Mario, der Schnelle-Nummer-Koch haute ein paar Eier in die Pfanne, das Eigelb nicht so schlabberig. Alles, was schlabberig aussah, war nicht sein Ding, löste Ekel aus. Unfassbar empfindlich war er in diesen Angelegenheiten. Wenn eine fremde Hand seine Nahrung berührte, war es vorbei mit Hunger. Er aß in jungen Jahren nichts, was man vom Baum pflücken konnte, gar auf dem Boden lag. „Da hat doch sicher eine Schnecke oder Ameise draufgekackt und draufgepinkelt." Nur wenige Dinge, die er mochte, hatte er für seine Ernährung in Verwendung. Obst wurde erst sehr viel später eine lang vernachlässigte Vorliebe. Er machte sich im herangewachsenen Alter oft ein Brotzeitpäckchen für den Tag fertig, schön sauber in eine Tupperdose verpackt. Zwei Butterbrote und einen gut gewaschenen Apfel in vier Viertel geschnitten, entkernt und mundgerecht. „An apple a day keeps the docter away", eine späte Überlieferung von Klaus seinem Vater, erfuhr ich in dieser Aufarbeitung.

Alex verfiel an diesem Tag in die Zubereitung dieses Erinnerungsmahls aus Hirschau, das wir bis dato alle so extrem in Erinnerung hatten. Rohe geriebene und gekochte Kartoffeln, die zu mehreren Kilos verarbeitet werden mussten. Wir schälten und quatschten über alles Mögliche. Mit mehr Eigelb als Eiweiß und viel Kartoffelmehl zu einem festen Teig geknetet sind Schlitschgen nicht rund wie der schlichte Knödel. Eine fünfzig Zentimeter dicke und lange Wurst wurde gerollt und daraus rautenförmige Objekte geschnitten. Das war schon etwas sehr Aufwendiges, aber auch feines. Nur ein einziges Mal, soweit ich mich erinnere, saßen wir an diesem einen Tag nach so vielen Jahren alle zusammen an einem Tisch. Während wir alle nach dem knusprigen Speck gierten, ließ Mario in seinem freien Verzicht uns diese Speckwürfel, denn Speck, Fett und Zwiebeln, das war auch an diesem Tag noch immer nicht sein Ding. Vom zarten Kalbsbraten, nur ein kleines Stück, ganz mager bitte. Selbst in den besten Gaststätten, Bratkartoffeln mit Leberkäse, ganz schlicht, war immer Marios Genuss. Auch zu göttlich sein geradezu leises vorsichtiges Herantasten an den Service: „Könnten Sie dem Koch bitte sagen, ooohne Zwiebeln und ohne Speck, die Kartoffeln und den Leberkäse aber nicht zu braun, vielen Dank." Dazu immer sehr selten Alkohol, danach einen Kaffee.

An einem dieser meiner Tage in Berlin 1987 kam meine Schwester Dagmar (24) dazu, die auch schon einige Jahre in Berlin lebte. Sie „schaffte ein bisschen an" damals, hatte auch das Problem mit der Zockerei, der Automatenspielsucht, und auch dafür benötigte sie unfassbar viel Geld, das rangeschafft werden musste. Da sind auch mal schnell ein paar Hunderter an einem Tag im Automaten verschwunden, je nach finanzieller Verfassung des Zockers. Spielbudenbetreiber geben auch gerne mal ein paar Mark, damit sie die Spieler immer abhängig bei Laune halten. Es blieb eine Sucht, die nun nur noch meine Schwester bis heute begleitet. Zwar wird heute bedachter und besonnener im Umgang damit gelebt, aber auch diese Sucht weist den dunklen Weg in eine nie endende Abhängigkeit, Rückfallquote extrem hoch. Rückfallquoten, die in nur ein, zwei Stunden einen ganzen Monatsetat, inklusive Miete und Lebensmittel in diesen Automaten verschwinden lassen. Eine vom, ach da ist es wieder, vom Vaterland geförderte Sucht, ganz nüchtern betrachtet. Gefördert aus dem Grund, weil man sie nicht einfach verbietet, wo man doch so klugscheißerisch darüber informiert: „Spielen kann süchtig machen, genauere Informationen erhalten sie unter 2569885369." Dieses verfluchte Spiel bringt allerdings Steuergelder, auf die man nicht verzichten möchte. Anders als beim Drogenkonsum.

Und an diesem Abend tauchte noch unsere älteste Schwester Petra, die verheiratet war und zwei Kinder hatte, nur mit ihrem Sohn Andi (5) auf. Nun fehlte nur noch unser ältester Bruder Detlev (35), von dem nur ich in den letzten Jahren hin und wieder etwas hörte, der aber weiterhin in Regensburg lebte. Dafür lernte ich an diesem Abend Klaus kennen, Klaus Petrewitz (31), der meinem Bruder Zeit seines Lebens mehr Bruder war, als ich jemals werden konnte, wovon ich aber bis zu diesem Tag noch nichts wusste. Am Abend, der vollgepackt war mit der verzweifelten Suche nach Erinnerungen aus unserer kurzen gemeinsamen Zeit, immer wieder einer, der mal wieder eine Gitarre zur Hand nahm, diversen Erzählungen der vielen sich nicht bekannten Geschwister machten den Abend sehr abwechslungsreich und es wurde nicht ersichtlich gefixt oder gemeinsam gekifft an diesem Tag. Gelegentlich Limo, Cola, Bier, Wein und Sekt für die Frauen und später auch ein paar Schnäpse wurde gereicht. Alle hielten Schauergeschichten von dem, was uns allen so Mieses, Ungerechtes oder Schockierendes widerfahren ist, fern. All das, wovon jeder einzelne sein eigenes Liedchen mit sehr vielen Strophen hätte pfeifen können, fand keinen Platz in dieser schönen und einzigartigen Zusammenkunft. Petra kramte ein Schwarz-Weiß-Foto aus ihrer Handtasche. Es zeigte uns alle ca. 1967, alle noch zusammen im Kinderheim Maria Laßleben, bevor vom Vaterland die erste Trennung umgesetzt wurde. Keiner von uns, außer Petra, kannte oder hatte sogar dieses Foto. Ein Familienfoto, dem man die aufkommende schreckliche zu erwartende Zukunft dieser sieben Kinder nicht ansah. Obwohl ihnen noch der Abtransport, die Deportierung vom 28. Januar 1965 von Berlin nach Kallmünz in den Gliedern strecken müsste, macht es rein fotografisch nicht den Eindruck.

Aufnahme von 1967 in Kallmünz, vor der Übergabe an die Großpflegestellte Grobba.Links: Dagmar, dahinter Alexander und Detlev; Mitte: Wolfgang und Petra; rechts: Werner und Mario.

Kurzer Hand stellten wir uns alle so auf, wie damals 1967, nur zwanzig Jahre später, an diesem besagten Tag, an dem wir alle, außer Detlev, zusammen waren und danach nie wieder zusammen fanden. Klaus, von dem mir die Verbindung zu Mario und Roy nur sehr langsam näher gebracht wurde, nahm als Ersatzbruder den Platz von Detlev ein und es passte, so wie es war, eigentlich. Ich wage zu bezweifeln, dass Detlev, wenn er von dieser Zusammenkunft erfahren hätte, den Weg nach Berlin auf sich genommen hätte. War er doch der, der am intensivsten diese Zustände damals in Berlin erlebt hatte, war aber auch der, der seine Zukunft mit einem neuen Leben in Regensburg begonnen hatte, von dem keiner der hier Anwesenden, außer ich durch meine Zeit im Heim in Regensburg, wusste. Die Trennung von allen Geschwistern 1967, er damals schon 15-jährig, wird für ihn vielleicht am prägendsten gewesen sein. Hatte mit alldem, was war, sachlich oder gar verdrängend abgeschlossen.

Aufnahme von 1987 in Berlin, 20 Jahre später.
Links: Dagmar, dahinter Alexander und Klaus; Mitte:
Wolfgang (Roy) und Petra; rechts: Werner und Mario.

Es endete ein erlebnisreicher Abend und die paar Tage, die ich noch in Berlin war, begegnete man sich auch wieder. Aber dennoch festigte sich all das nicht wirklich. War es am Ende nur dieser kurze Augenblick in unser aller Leben, der uns wieder zusammenführte. Schon auf dem Weg zurück nach West-Deutschland waren meine Eindrücke gestört von ihrer Drogensucht, der Erkenntnis, dass Dagmar sich prostituiert und zockt, Petra über allen Maßen trinkt. Ich nahm letztendlich auch noch ein anderes Entsetzen mit, von dem ich bis dato nichts wusste.

Weil ich schon damals, 1984 und 1986, zweimalig an den Bandscheiben operiert war und die unbequeme Couch nicht vertrug, war es für Roy ganz selbstverständlich: „Pennste bei mir, vielleicht is dit besser", sage er, sollte in seinem großen Bett bei meinem Bruder schlafen. Auch das geschah an diesem Tag das erste und wenige Tage danach das letzte Mal in unserem Leben, dass ich bei meinem großen aber kleineren Bruder Roy geschlafen habe. Konnte mich nur an Axel und Mario in Hirschau in Kleinkindertagen erinnern, bei ihnen geschlafen zu haben, zu ihnen gejagt von Wehrwolfgeschichten. So nah war dieses „Brüder sein" in diesem Augenblick gar nicht. Ich, keine 4 Jahre, ein Alter, in dem man schon Mal bei seinem großen Bruder, 7, schläft. Jetzt war ich 25 und er 28 Jahre alt.

Erst wieder in Karlstadt bei einem Telefonat erfuhr ich von Mario, dass Roy zu diesem Zeitpunkt schon HIV-positiv war. Wahrscheinlich durch eine verunreinigte Spritze infiziert, denn sexuell als Stricher war er zu diesem Zeitpunkt schon nicht mehr so anziehend, wissen tu ich es aber nicht. Was für eine schockierende Nachricht, ach du Scheiße, HIV-positiv war damals noch nicht gebräuchlich. Mario klärte mich erst über den Unterschied zu AIDS auf, was mich nicht wirklich beruhigte.

„Er hat nichts", sagte Mario, „er ist nur mit diesem Virus infiziert und noch lange nicht AIDS-krank."

Ich, ob Bruder hin oder her, ich habe ein paar Nächte im Bett eines AIDS-Kranken verbracht. Ich, der in diesem kleinen Dorf, dieser Kleinstadt Karlstadt, am Main lebte, ein Dorf, in dem es augenscheinlich keinen einzigen Schwulen gibt. Denn AIDS war ja damals noch die Schwulenpest, eine Großstadtseuche, die ein Dorf wie Karlstadt niemals erreichen würde, glaubte man noch. Doch war ich bereit, mich zu informieren, was ohne Internet, etwas noch Unvorstellbares, total schwierig war. Ich fuhr in das 30 Kilometer entfernte Würzburg, suchte und schlich mich in eine gerade gegründete Anlaufstelle, einer späteren AIDS-Hilfe-Station, die mich dann auch beruhigte, wie ungefährlich diese reine Infizierung eigentlich ist.

„Man muss halt als Infizierter ein bisschen besser auf sich selber aufpassen, weil das Immunsystem geschwächt sein kann und der Infizierte dafür Sorge tragen muss, dass man andere

nicht ansteckt, was nur durch den Austausch von Körperflüs-
sigkeiten, eher Blut und Sperma, nicht einmal durch Spucke,
passieren kann. Aber auf keinen Fall durch Berührung oder im
gleichen Bett schlafen."

Vor allem die Bayern drehten am Rad und das ging wie be-
kloppt durch die Medien.

*Im Jahr 1987 hat beispielsweise die bayerische Staatsregie-
rung im Kampf gegen die Verbreitung des HI-Virus eine Geset-
zesinitiative zur Verschärfung des damaligen Bundes-Seuchen-
gesetzes erwogen. Vorgesehen waren Zwangstests für Bewerber
für den öffentlichen Dienst und Strafgefangene sowie die Aus-
weisung HIV-positiver Ausländer und die Quarantäne infizierter
Personen „in speziellen Heimen".* [de.wikipedia.org/wiki/AIDS Reviewed 28.08.2021]

Komisch irgendwie, dass dies nie Thema wurde. Wir haben nie
darüber gesprochen. Nie wurde in Gesprächen thematisiert, wo
Roy sich tatsächlich infiziert hatte, noch wie er mit seiner Situation umgehen konnte.

Dennoch starben so nach und nach in den Jahren viele an
AIDS, die Wissenschaft noch überfordert in den Behandlungen.
Ich erkannte damals sehr schockiert, dass mich allein die Tatsache, dass er diesen Virus in sich trägt, mehr beschäftigte als
die Tatsache, dass er mein Bruder war, den es da getroffen hat.
Bemerkte abermals, wie fremd wir uns doch waren. Mario und
alle anderen, die Roy viel näher waren, gingen hervorragend
damit um. Diese Erkrankung gab es nicht und übrigens, Mario
hat nie sein Spritzbesteck, das er edel und sauber in einem
Etui aufbewahrte, mit anderen Menschen geteilt.

Der Körper willig, der Geist schwach ...

Unser aller Leben ging weiter, das meine und das von Klaus als
fleißige Arbeitnehmer, das ihre mit nächtlichen Einbrüchen,
Diebereien und anderen Arten, Geld für Drogen zu besorgen.
1989 rief mich Mario (30) an, ich war gerade ein paar Tage zu
Hause, und meinte ganz spontan, er wird Roy (29) ins Auto

zu Alex (27) packen und nach Karlstadt kommen. Die beiden werden bei mir einen Entzug machen. Roys HIV-Infizierung war nicht einmal mit einem Husten gleichzusetzen, nicht einmal erwähnt. Na ja, irgendwie cool war es schon. Meine Brüder kommen mal zu mir, kommen das erste Mal in unser aller Leben in mein Leben.

Aber fuck, Entzug!? Von Heroin? In meiner Wohnung? Ach du Scheiße ... Ich hatte, nein, dieses Dorf hatte wohl keine Ahnung, was das heißt. Die meisten Menschen kannten Heroin nur aus Christiane F. und viele kannten die Filmszene, als dieser Detlef, der Freund von Christiane F., mit ihr zusammen einen Entzug machen, tagelang am Kotzen sind, Schmerz schreiend, schockierend, ekelerregend, nervenaufreibend. Aber o. k., ich wollte es so, sollen sie kommen, vielleicht werden sie in diesem Kaff die Erlösung dieser gottverfluchten Sucht finden.

Ich erwartete sie schon sehr nervös an diesem Tag, als auf dem Parkplatz vor dem mehrstöckigen Haus, in dem ich nach der Trennung von meiner Freundin lebte, ein Panzer, so hörte es sich an, dieser gelbe Ford Taunus von Alex ohne Auspuff, dessen Rest sich irgendwo auf der Autobahn befand, angeröhrt kam. Oh Mann, was für ein Schock für diese armen Kleinstadtmenschen, die dort lebten oder gerade aus dem kleinen angrenzenden Supermarkt kamen, in dem ich noch paar Stunden vorher einen Eimer mehr, für die zu erwartende Kotze gekauft hatte. Da kamen ein paar irre Typen mit Berliner Kennzeichen mit Pauken und Trompeten und störten die so schöne unbefleckte Familienidylle. Ich fand das sehr amüsant. Alex blieb nur auf einen Kaffee, fuhr dann auch gleich weiter nach Weiden zu dieser Braut, die er da noch immer hatte.

Es war später Nachmittag, Mario wirkte angekratzt, nicht so locker unterhaltsam und witzig oder auch oft hochkonzentriert, wie er Zeit seines Lebens immer wirkte. War nicht so aufmerksam, so dezent neugierig wie ein Luchs, der sein Umfeld schon immer sehr gut beobachtete. Roy war sichtlich nervös, hatten sie sich doch ihren letzten Schuss, vor der Abfahrt in Berlin gesetzt. Während Mario teilnahmslos mit mir in den Fernseher starrte, er hatte sich irgendwelche Tabletten eingepfiffen, die er sich als kleine Übergangsdroge mitbrachte, war

Roy dabei, meine Hausbar zu plündern, trank meine guten Spirituosen, die ich immer zollfrei vom Schiff mitgebracht hatte. Mario erklärte, dass Roy da relativ anspruchslos ist. Für ihn war alles gut genug, was auch nur im Ansatz „antörnte", eine Flasche Rum, scheiß egal ob Fusel oder Edel, Hauptsache Drehzahl. Mit Mario verzog ich mich irgendwann ins Schlafzimmer zurück, Roy sollte im Wohnzimmer schlafen, war aber noch am Trinken. Es schien noch immer keinem schlecht zu gehen, auf alle Fälle von mir nicht erkennbar. Sie hatten ein paar Schweißausbrüche, waren etwas lust- und teilnahmslos, aber sonst o. k. Insgesamt war es eine unruhige Nacht, aus dem Wohnzimmer klimperten die Flaschen und Mario neben mir schien tatsächlich zu schlafen und keiner wollte anfangen zu kotzen.

Am Morgen danach, noch immer roch es nur nach kaltem Rauch, aber nicht nach Rückwärtsgegessenem, war Roy weg. Keiner hat was bemerkt. Auf dem Tisch ein Zettel: „Fahre nach Berlin". Ein paar Flaschen aus meiner Hausbar hatte er mitgenommen. Mario kümmerte das nicht, hat es eigentlich erwartet, dass Roy die Segel streicht.

„Der trampt nach Berlin, alles gut, kein Problem."

So vergingen ein paar seiner Tage in Unterhosen und T-Shirt, nur der Weg zur Dusche und mal an den Kühlschrank war der seine. Fernseher, mal kurz weg nicken, wieder Fernseher. Die Tage vergingen ohne Großes zu bewerkstelligen. Lust zu irgendwas gab es nicht, nur einfach die Zeit ohne diese von ihm konsumierte Hauptdrogen vergehen lassen. Seine Pillen, die auf dem Tisch wie Drops lagen, etwas zu trinken, am liebsten Cola, wenig zu essen, wenn, dann nur Süßes, am liebsten Schokolade. Ich erledigte meine Dinge wie immer, war oft außer Haus, oft bei meinen beinahe Schwiegereltern und konnte ihm eh nicht helfen, außer für Nachschub zu sorgen, was er so brauchte. Gespräche waren sekundär, womöglich wegen diesen Pillen, schien er immer ein bisschen benebelt.

Am fünften Tag konnte ich ihn überreden, etwas mit mir zu unternehmen. Wollte ihm unbedingt zeigen, was sein Bruder die letzten 10 Jahre gemacht hat und was er noch immer tut. Mein Schiff, damals der MAINTANK 13, auf dem ich damals schon als Kapitän tätig war, war auf dem Weg nach Volkach, den Main hinauf und sollte 1.000 Tonnen Heizöl dorthin liefern. Der an Bord befindliche Käpt'n, meine Vertretung, hatte sich gemeldet, dass sie durch Karlstadt fahren werden, ich könnte ja mal auf einen Kaffee vorbeikommen, ein Stück mitfahren. Ein Freund fuhr uns an die Schleuse Harrbach, keine 20 Minuten von Karlstadt entfernt, wo wir an Bord gingen. Nur drei Stunden dauerte alles in allem, bis wir schon wieder in meiner Wohnung waren, denn an der nächsten Schleuse, in Himmelstadt, waren wir schon wieder von Bord. Es schien ihn anzustrengen, war bei dieser Aktion nicht ganz bei der Sache. Viele Jahre später konnte er sich gar nicht mehr daran erinnern, jemals bei mir an Bord gewesen zu sein. Schade, nun war er der erste und einzige, der bis dato meinem Beruf so nah war, und doch hat er es vergessen.

Am Folgetag war ein Brief für Mario im Briefkasten, „oh, wie kommt's", dachte ich, aber ich übergab ihm diesen dann auch. Aber warum schreibt man sich, wo es doch Telefon gibt? Er legte diesen Brief geschlossen eher gelangweilt, so wie er war, auf den Tisch, ging erst ins Schlafzimmer zu seiner Reisetasche, dann in die Küche und holte einen Löffel aus der Schublade, was mich jetzt sehr stutzig machte.

„Jetzt erschrick mal nicht, Bruder, alles, was jetzt passiert, ist normal. Dreh also nicht gleich durch, wenn ich irgendwie mal kurz ganz leise werde", sagte er, wobei er sein mitgebrachtes Etui öffnete, darin sein Spritzwerkzeug.

„Was wird das denn jetzt?", fragte ich.

Man hat seine Kontakte, er hat jemanden angerufen, der ihm etwas Heroin in diesem Brief geschickt hat. Danach war auch schon die Abholung durch Alex geplant, der ihn, wenn er von Weiden zurückkommt, wieder mit nach Berlin nimmt.

„Na bravo, dass war es dann also", waren meine kläglichen Worte dazu.

Ich war zu benommen vom Augenblick, nicht im Ansatz fähig, ihm das auszureden. Einer, der so viele Jahre diesem Zeug verfallen ist, dem werden meine, die Worte des unbekannten Bruders und die Worte anderer nicht interessieren, das hatte ich längst kapiert. Und ich war weiterhin entschlossen, dass sein Leben oder das Leben meiner anderen Geschwister, mein

Leben nicht beeinflussen werden. Nüchterne, schlichte, doch objektive Betrachtungsweisen hatte ich sehr gut gelernt in den wenigen Jahren meiner Lebenszeit. Vor allem jetzt macht nichts Sinn, wo dieses Zeug zum Greifen nahe ist. Mir blieben zwei Möglichkeiten – zu gehen oder zu bleiben. Hätte ich ihm das Zeug versucht wegzunehmen, wäre gerade in diesem Augenblick unser Leben, womöglich das erste Mal, in eine körperliche Auseinandersetzung geraten. Nur sie, sie die Fixer ganz allein, entscheiden, wann sie so weit sind, damit aufzuhören. Jede Sucht kann nur vom Süchtigen selber entsagt werden. Selbst ein juristisch angeordneter dann „kalter Entzug" durch oft erlebte Haftstrafen ohne diese oder andere drogenähnliche Pillen, die diesen Entzug erleichtern können, verspricht keinen hundertprozentigen Erfolg. Es könnte vielleicht, aber wirklich nur vielleicht, zum Erfolg führen. Die meisten werden oder können nach dieser Art, nein nach jeder Art eines Entzugs wieder rückfällig werden, auch erst viele Jahre später, sagt nicht nur die Statistik eindeutig. 100-prozentig psychisch clean wird keiner mehr werden. „Der Kopf ist es, der Umdenken muss, der körperliche Entzug ist eigentlich nur augenscheinlich der schwerste", wurde mir berichtet.

„Bleib locker, Werner, jeder Versuch zählt. Ich bereue es ja nicht, hier gewesen zu sein, ich bin halt noch nicht so weit."

Mit diesen Worten machte er mit allem, was er dazu benötigte, seinen Schuss klar. Alles Notwendige dazu befand sich fein säuberlich in seinem braunen Etui. Es schien, er hätte ein Maniküre-Set dafür zweckentfremdet. Eine Spritze mit Nadel, eine weitere etwas größere Spritze mit Zitronensäure, sogar ein paar Tupfer, die man vom Arzt kennt, waren darin. Sehr vorsichtig schüttete er das feine gräuliche Puder aus diesem kleinen, dünnen Brief, der sich im großen Brief befand, auf den Löffel, spritzte etwas Zitronensäure hinein und begann, den Löffel über ein brennendes Feuerzeug zu halten. Den Zeitpunkt, wann dieses sich verflüssigte Puder den richtigen Garpunkt erreicht hatte, konnte sein gut geschultes Auge sehr genau, legte den Löffel mit Inhalt zur Seite, damit auch nichts herauslaufen konnte, legte einen kleinen Fetzen von einem Tupfer hinein, setzte die Nadelspitze darauf und zog dieses noch warme Gold langsam in die Spritze. Das muss er machen, damit der ganze Dreck, der da manchmal so drin ist, in solch einem Briefchen, nicht in die Spritze und in seinen Körper gelangt, erklärte er. Den lang gestreckten linken Arm band er sich mit einem Gürtel ab, wickelte das Ende davon um den Oberarm und steckte es geschickt ineinander, damit es mit einem Zug wieder gelöst werden konnte. Ein bisschen klopfte er sich in die Armbeuge, damit die Venen ordentlich hervortreten, in die er dann medizinisch korrekt seinen etwas bräunlichen Schuss platzierte.

Ich könnte machen, was ich wollte, war mir klar. Diesen Schuss wird er wegen mir nicht ins Klo spritzen, wo doch die Erlösung so nah ist. War daher nicht gewillt, wegzusehen, wollte wissen, was er da jetzt genau macht, verstehen, warum und wie dieses Zeug wirkt. Verstehen, dass dieser Schuss nur einer von Tausenden sein wird und in den letzten 10 Jahren gewesen ist. Starr und leer war mein Blick auf ihn, der seine auf die Einstichstelle gerichtet. Und sofort nach der Injektion öffnete er mit einem routinierten Griff den Gürtel, sackte schlagartig aber langsam wie in Zeitlupe, noch mit der Spritze im Arm, zur Seite weg und war, na ja, da, wo er sein wollte. Man hätte zählen können, 21, 22 war der Weg kurz in die totale Entspannung, so schien es, war bei 23 ferner liefen, keine Ahnung wo genau. Dieser Augenblick dauerte gar nicht so lange und er kam wieder zu sich und war auf einmal ganz anders. Zufrieden, ruhig, gelassen zog er sich die Spritze aus dem Arm, ging in die Küche, reinigte seine Spritze mit fließendem Wasser, trocknete alles mit Küchenpapier ab, packte alle Utensilien wieder sauber und akribisch ein und der Fall war erledigt.

Er war also, wider aller meinen Erwartungen, nicht am Schweben oder erkennbar „irgendwie drauf", wie man so sagt. Ich könnte das so nicht unterschreiben, würde sagen, er war auf einmal normal, normaler als vor dem Schuss. Kein Mensch oder normal geschultes Auge käme jetzt darauf zu behaupten, dieser Mann hat sich gerade Heroin injiziert. Ich denke, ein zwei Züge von einem Joint, die ich ja auch schon mehrmals versucht hatte, zeigten da ganz andere Auswirkungen. Dieses Heroin diente der Schaffung einer innerlichen Zufriedenheit, so würde ich es beschreiben. Eine Zufriedenheit, die einige Stunden anhalten kann, aber von Mal zu Mal schneller abschwächt und unbedingt nachgespritzt werden muss. Der vom Unwissenden grausam suggerierte, aber meines Erachtens nach gar nicht so schwere Turkey naht sonst, was aber auch am Typ Mensch liegt, wie er damit umgeht. Die einen kommen gut damit klar, fühlen sich nur etwas Scheiße. Andere haben auch noch das Ding im Kopf, dass dieser Turkey die Hölle auf Erden werden könnte, sind gar nicht gewillt, es überhaupt so weit kommen zu lassen. Also muss immer schön nachgelegt werden. Ich glaube, dass ältere Junkies, die, die ausreichend Erfahrungen gemacht haben, gelernt haben, damit umzugehen.

So kommt es, dass nur ein Schuss, nur am Anbeginn eines Junkielebens ausreicht, dann werden es auch sehr schnell sogar 4, 5 oder 8 Injektionen und da ist das große Problem dann allgegenwärtig. 8 Schuss pro Tag, zur damaligen Zeit, über 1.000 DM.

Mario erklärte: „Er kann diesen Augenblick gar nicht richtig beschreiben, es ist einfach ohne nicht auszuhalten."

Und er erzählte davon, dass auch in dieser Szene sehr viele Betrügereien laufen, Dealer strecken die Ware mit Traubenzucker oder Backpulver, um mehr Umsatz zu machen. Aus einem Briefchen machen die auch mal schnell drei.

„Der Müll ballert dann auch nicht", so sagte er, „man muss noch öfter nachspritzen und dasselbe Geld für den Dreck bezahlen."

Man hat doppelt so viel Kohle nötig für ein erträgliches Endergebnis. Darum geht man in der Regel zum Dealer seines Vertrauens, der einen nicht bescheißt. Dieser eine Schuss kann dann natürlich auch nach hinten losgehen, wenn man immer nur gepanschtes Zeug spritzte und gerät dann an einen Dealer, der saubere und hochkonzentrierte Ware verkauft. Man kommt so auch mal schnell zu einer Überdosis, ohne es gewollt zu haben. Somit gibt es viele Drogentote, die starben, weil sie sich einfach unbewusst eine Überdosis gesetzt haben. Der Körper verfällt genauso schnell in diesen gesuchten, erlösenden, kurzen plötzlichen Trancezustand, nur tiefer und intensiver, findet kein Erwachen mehr. Das Herz hört auf zu schlagen, tot.

Wem es passiert, wird halt einfach nicht mehr wach, Ende der Geschichte.

Ich wusste von all dem gar nichts und war nach dieser Lehrstunde gedanklich damit beschäftigt, was hätte ich wohl getan, wenn jetzt dieser Fall einer Überdosis aufgetreten wäre. Woran aber hätte ich es erkannt, daran, dass er am Ende am Verwesen ist? Klaus erzählte, dass Mario in ihrer gemeinsamen Zeit ein paar Mal eine Art epileptischen Anfall erlitten hatte, er zu zucken anfing, sabberte, was aber schließlich wieder aufhörte. Mein ungeschultes Auge hätte da womöglich 112 gewählt. Der Fall Drogenentzug meines Bruders in Karlstadt am Main war somit abgeschlossen. Was blieb ist ein Kotzeimer mehr, den ich gar nicht benötigt habe, und ein verkohlter Löffel, den ich in Erinnerung an diesen Tag noch immer in meiner Besteckschublade habe. Mario war noch immer der Meinung: „hätte ja durchaus klappen können, jeder Versuch zählt." Morgen wird ihn Alex abholen und er hat, bis er in Berlin ist, wieder nichts zum Ballern. Der erste Weg wird daher zum Dealer seines Vertrauens sein, dann werden sie in die Ebersstraße fahren, wo womöglich Roy wieder im alten Trott sein Leben fristet und auch Mario sein Fixerleben fortsetzen wird.

Der Weg zur endgültigen Lossagung ...

Seit diesen Tagen wurde es mehrere Jahre sehr still um uns alle. Ich (26) wusste natürlich, dass die beiden ihr weiteres Leben weiterhin genauso beschreiten werden. Und ich wusste, dass somit mein Abstand zu ihnen wieder wachsen wird. „Mario (30) ist eingefahren", hieß es dann erneut, man konnte ihm ein paar kriminelle Aktivitäten nachweisen und sitzt daher erstmal wieder in U-Haft in Moabit ein, wartet auf seinen Prozess, wird wohl als Erwachsener in der Haftanstalt Tegel landen. Eine Freundin von Mario hat der Freundin von Roy Geld für die Miete gebracht und die beiden haben die Miete dann „verballert". Aus diesem Grund hat Mario dann seine Wohnung in der Ebersstraße verloren. Und dadurch hat auch Roy (29) keinen Halt mehr gehabt. Der musste sich dann, so muss ich vermuten, „heute hier, morgen dort" irgendwo in der Drogenszene durchschlagen, eher mit kleinen Diebereien und Einbrüchen, um sein Geld damit für seine Drogen beschaffen, jedoch weniger anschaffen, weil er nun schon so unattraktiv war.

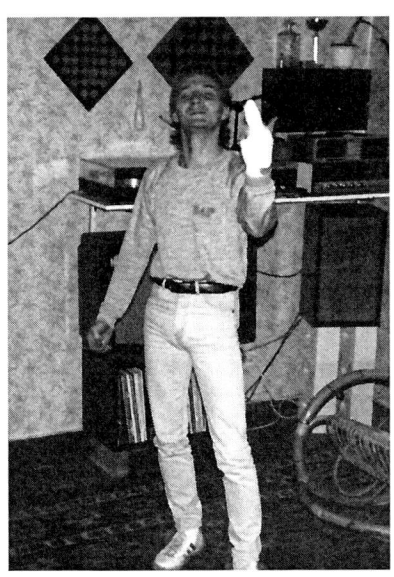 

Ich kann es nicht beurteilen, ob mein Bruder Roy (29), hier noch in der Ebersstraße, wirklich so eine coole Socke war, wie er sich hier zu zeigen versucht.

Das einzige Kinderfoto, das noch von Wolfgang Reich, Roy (9), existiert. Das erste Weihnachten 1968 in Hirschau bei den Grobbas, eine Aufnahme extra gefertigt für das Jugendamt von Berlin. Es soll des Kindes Glückseligkeit vermitteln.

Aber sie kannten sich in dieser Szene recht gut im eingeschworenen Kreis, der Kreis, mit dem man sich eher das Hemd als eine Spritze teilt. Für mich standen massive Veränderungen an. Ich zog 1990 von Karlstadt nach vielen Jahren wieder zurück nach Regensburg und wurde Hafenmeister beim Freistaat Bayern. Der Kontakt zu unserem Bruder Detlev festigte sich nicht.

Sein Weg war nach wie vor in Stein gemeißelt, ohne seine Geschwister.

Regensburg wurde für mich mal wieder eine neue Herausforderung, die mir auch den Gedanken an meine Geschwister nahm. Beim häufigen Vorbeifahren am ehemaligen Katholischen Waisenhaus in der Ostengasse 27, wo ich mich aufhielt, während meine Geschwister noch in Hirschau und dann in Berlin waren, eine Zeit, die mich vier Jahre meines Lebens kostete, wurden sehr schnell wieder Erinnerungen an damals wach. Seit 1976 ist dieses alte Gemäuer kein Kinderheim mehr, aber es ist noch immer als Katholische Akademie in der Hand der katholischen Kirche. Eine mehrere Jahrhunderte lange Heimgeschichte mit vielen Tausenden geschundenen Kindern wurde einfach stillschweigend beendet, als wenn nie etwas darin geschehen wäre. Nichts daran erinnert mehr an die rückwirkende Geschichte, die weitaus einige Generationen länger war, als die neu begonnene Geschichte dieser Akademie.

Klaus war zwar längst anerkannter Erzieher, aber dem Handwerk doch sehr viel näher, wollte nach so viel Schule wieder mal was anderes machen. Arbeitete seit 1988 am Abend „an der Tür" der Diskothek BRONX, Wiener Straße 34, in Kreuzberg und hatte auch Mario dort untergebracht. Ein paar Seiten weiter werde ich dazu etwas ausführlicher.

Diskothek „Bronx".
[Quelle: rockinberlin.de/index.php?title=Bronx Reviewed 28.08.2021]

Die „Bronx" gehörte nicht zu den „In-" oder „High-Society"-Läden wie das „Big Eden" am Ku'damm oder der angesagten Diskothek „Sound" in Charlottenburg, nur 10 Minuten Gehweg vom „Big Eden" entfernt. Aber die „Bronx" gehörte zur Reihe der angesagten Diskotheken in Kreuzberg und Kreuzberg war damals schon mit seinen 156 Tausend Anwohnern größer als Regensburg. Die Wende erlebten die beiden in der „Bronx".

Von einem Tag zum anderen war Berlin ein anderes geworden, Unvorstellbares war geschehen. Ein Ausnahmezustand der besonderen Art. Die Stadt war über Tage hinweg überlaufen, Menschen über Menschen. Viele kamen, um ihr Begrüßungsgeld gewinnbringend unter die Leute zu bringen, andere, um eine neue Kultur und ein neues Leben zu genießen. Das machte sich auch in der „Bronx" bemerkbar. Die Bude war über Tage hinweg voll bis oben hin. Man war tolerant an diesen Tagen, hat sich der Euphorie des Volkes hingegeben, erzählte Klaus. Die neuen Bürger der BRD hatten sich fast alle etwas zu trinken mitgebracht, der Umsatz war erstmal nicht so viel gestiegen trotz der vielen neuen Gäste. Bei allem Verständnis waren sie gezwungen, diese Selbstversorgung einzustellen, und als sie am Eingang Menschen mit Bier-, Schnaps- und Cola-Flaschen den Zutritt verwehrten, normalisierte sich das Geschäft wieder.

Am Tag hatten sie einen Job als Straßenbauer, den ganzen Tag mit Pickel und Schaufel Gräben ausheben, Pflastersteine schleppen und verlegen. Im braungebrannten, schwitzenden und glänzenden nackten, sehr gut geformten Oberkörper dem schwachen Geschlecht nachpfeifen, ein Klischee, dem man sich angepasst hat. Wenn der Kapo, der Vorarbeiter, morgens die Leute zu den Arbeiten aufteilte, riefen sie immer: „Wir wollen einen Sonnenplatz." Beide waren Sonnenanbeter, schwitzen und genießen, braun werden, über Stunden.

Die „Muckibude" war ein weiterer sehr begehrter Aufenthaltsort. Die Körper stählen und formen und mit Rennrädern hielten sie sich konditionell in Form. Sport war nicht nur ein Hobby in den vergangenen Jahren der Gefangenschaft geworden. Sport war im Knast eher eine gesunde Lösung, seine Langeweile zu vertreiben. Entweder im Kraftraum oder in den Zellen durch Liegestütze für die harte große Brust, Sit-ups für einen stahlharten Bauch, Seilspringen für die Beine. Woran Roy nie so recht interessiert war, waren Mario und Klaus ständig „am Pumpen".

Die Zeit verstrich durchweg erfolgreich. Mario hatte eine neue Freundin, ich nenne sie mal Julia, die damals im Studium stand. Und mit Julia, wie passend, einer Psychologiestudentin, begann erneut eine sehr positive Wandlung. In der Ratiborstraße Ecke Wiener Straße, nur 3 Minuten Fußweg zur „Bronx" hatte er seine neue Wohnung. Julia war, ich denke, 10 Jahre jünger als Mario und dennoch passten sie als Paar sehr gut zusammen. Und sie hatte einen großen Einfluss auf Mario. Na ja, eigentlich muss man so im gedanklichen Sortieren feststellen, alle Frauen in seinem Leben hatten großen Einfluss auf Mario. Aber Julia den positivsten, das muss man einfach so sagen.

Ich hatte mich etabliert in meinem Amt als Hafenmeister in Regensburg und in Berlin ging es bei meinem großen Bruder weiterhin steil bergauf. Durch Julias Hilfe fanden sie einen Weg, seine alten Schulden aus längst vergangenen Tagen zu tilgen, auch durch ein mühsames aber erfolgreiches Beschreiten diverser rechtlicher Schritte, um einen Restschuldenerlass zu erwirken. Mit seinem Ersparten aus seinen Jobs als Straßenbauer und Türsteher wurde der 3er-Führerschein gemacht und sein erstes eigenes Auto wurde ein weißer Mercedes Benz W123 Limousine, ein „Mörser", wie er den Mercedes immer bezeichnete.

Wieder etwas unheimlich diese gleichen Vorlieben, die man aber eher unwissentlich teilte. Uns verband die gleiche Liebe zum Mercedes, da ich doch zu jener Zeit auch ständig einen hatte.

An dieser Stelle sei daran erinnert, dass es mir vor allem darum geht, die Dinge so darzustellen, wie ich sie persönlich wahrgenommen habe. Vielleicht ist es auf diese Weise möglich, kritische Stimmen von Menschen zu vermeiden, die diese Zeit selbst mit ihm erlebten, daher wollte ich es doch kurz erwähnen.

So hab ich während meiner Arbeit an dem Buch erfahren, dass Mario damals schon Autos besessen hatte und dabei hatte er noch nicht einmal einen Führerschein, fuhr schwarz oder ließ sich von befreundeten Führerscheininhabern, so auch Alex, chauffieren. Er geriet aber wieder mit Justitia in Clinch, als er dabei erwischt wurde und sogar bei einer Verfolgungsjagd mit der Polizei scheiterte. All das, bevor er 1988 nochmal kurz eingefahren ist als Junkie mit dem kläglichen Versuch, den Häschern zu entkommen. In Aufarbeitung der von ihm begangenen Straftaten wurde Mario damals erneut weggesperrt.

Ca. 1993, posieren vor meinem W108 „Mörser" 250SL, den ich im Winter nur hin und wieder mit damals noch „roten Nummernschildern", heute Kurzzeitkennzeichen fuhr.

Mit neuem Elan als Arbeitnehmer und unverschuldet, unbelastet von den Altlasten aus seiner Vergangenheit, machte Mario einen Lkw-Führerschein, wurde tatsächlich anerkannter Berufskraftfahrer, nahm dazu an einer Weiterbildungsmaßnahme des Arbeitsamtes teil. Fuhr eine Zeit bei dem einen oder anderen Spediteur und letztendlich einen Betonmischer „für kleines Geld", wie er sich gerne ausdrückte, wenn irgendwo „nicht so viel zu holen gewesen oder gegeben worden ist", die

Leute ausgenutzt und einfach schlecht bezahlt wurden. Er liebte im Allgemeinen für Menschen, die nicht so gerne geben, den Ausdruck „Der ist vom Stamme der Nehmer", und von denen, die gerne gaben, „Der ist vom Stamme der Geber".

So nahmen ihn schon damals die schlechten Gehälter in der Lkw-Fahrer-Branche den Spaß an seiner Leistung und Mario wagte mit Julias Hilfe den Schritt in die Selbstständigkeit. Kleintransporte, Entrümpelungen, Wohnungsauflösungen sollten sein Geschäftsbereich werden und ein kleiner älterer laubfroschgrüner Pritschenwagen von Mercedes, ein 307, was 3 Tonnen und 70 PS bedeutet, mit Automatikgetriebe, wurde sein erstes Fahrzeug für dieses Geschäft.

Meine Zeiten in Berlin waren allerdings bis dato noch begrenzt. Mario ging es gut, es lief alles sehr zufriedenstellend. Roy war meist bei Mario präsent, wenn auf der Straße gar nichts mehr ging, hielt sich größtenteils raus aus dessen neuem Leben. Eine Welt, die er so nicht kannte und so nicht wollte. Mit seinem kleinen aber guten Transporter arbeitete er mittlerweile routinemäßig seine unterschiedlichen Aufträge ab. Fand die Liebe zum Schrott und ließ nichts am Straßenrand liegen, was wie aus Eisen und Blech aussah und weggeworfen worden war. Er konnte genau sagen, das ist „Buntmetall", das gibt gut Kohle, oder das ist „Mischschrott", gibt nicht viel, aber „Kleinvieh macht auch Mist". Mit einem kleinen Magneten an seinem Schlüsselbund tastete er Metalle ab, die nicht auf den ersten Blick identifiziert werden konnten, und die Freude war groß, wenn es sich bei dem Fund um V2A oder V24, eben um Nirosta-Edelmetall handelte. Das weitaus leichtere Aluminium war auch willkommen, doch muss man recht viel davon sammeln, um endlich mal ein paar Kilo zusammenzuhaben, wurde aber gut bezahlt. Er nannte solche im Allgemeinen lukrativen Funde und guten Geschäfte „Trüffel". Lag da mal ein größerer Haufen mit blinkenden oder rostigen Metallen, rief er schon aus der Ferne, von mir vollkommen unerkannt, „Gooooold", blinkte, bremste, suchte nach einem Hausmeister oder jemandem, der wusste, wem dieser Haufen gehörte.

„Wat is denn mit dem Müll da, soll ick den mitnehmen, dann is er weg."

Meistens waren diejenigen, die das alles sowieso zur Entsorgung auf die Straße gestellt haben, froh darüber, wenn sie sich nicht weiter darum bemühen mussten. Also, die immer griffbereiten Handschuhe angezogen und mal schnell noch ein paar Kilo oder mehrere Zentner aufgeladen, bevor es nach Hause ging. Der ständig wechselnde Tagespreis für Schrott war immer wohl bekannt, auch die Schrotthändler, die ein paar Mark besser bezahlten. Kleine Transporte, Waschmaschinen, Kühlschränke und Umzüge ließen sich mit dem Pritschenwagen nur bedingt verrichten. Entrümpelungen besonders gut. Ich denke, wenn ich sage, er liebte diese Tätigkeit, dann übertreibe ich sicherlich nicht.

Endlich kam er in den Genuss, richtiges eigenes Geld zu verdienen. Kreierte mit Freude eine Firmenbezeichnung, einen Briefkopf für Rechnungen und Schriftwechsel: „Firma Mario Reich, Umzüge und Entrümpelungen, Transporte aller Art." Geld vor allem mit Dingen verdienen, die andere auf die Straße schmeißen, verrichtete seine Arbeit nun allein für sich, nicht mehr für andere. Es schlich sich eine Glückssträhne ein, was sich als eine große Zufriedenheit in seinem Wesen bemerkbar machte.

Das Glück schien ihm auf den Fersen zu sein. Der weiße Mercedes W123 wurde ihm bei einer nächtlichen Heimfahrt von einem anderen Verkehrsteilnehmer gerammt und schwer beschädigt. Der Fahrer des Unfallwagens war nicht willens, sich mit der Polizei auseinanderzusetzten, hatte ein bisschen getrunken und wenn einer Verständnis für den Verzicht auf Ordnungskräfte hatte, welch ein Glück für den Schadensverursacher, dann doch sicher Mario. Der Mann, dem Anschein nach aus dem Rotlicht-Milieu, bat um sofortige Regelung, reichte Mario aus der Tasche gezückt 5.000 DM Cash. Ein sehr gutes Geschäft des lieben Friedens willen. Eindeutig war der Schaden an dem Fahrzeug zu hoch, ein wirtschaftlicher Totalschaden blieb es somit. Eine Reparatur hätte sich nicht gelohnt und somit wurde sein mir erstes bekanntes, eigenes Auto abgestoßen.

Aber ein „Mörser" musste es wieder werden, das gleiche Model, aber in einem sehr dunklen Rot. Auch eine Expandierung in Form eines größeren und neueren Transporters wurde möglich. Ein kleiner, dunkelbrauner 7,5-Tonner-Lkw, natürlich ein „Mörser". Die Geschäftsstruktur wurde ausgefeilt, Schrott wurde weniger dafür wurden mehr Umzüge, Entrümpelungen und Kleintransporte gemacht. Auch außerhalb von Berlin, weit ins Landesinnere, dem westlichen Deutschland. fortlaufend wurden neue Kontakte geknüpft, auch soziale Angelegenheiten wurden erledigt.

Im Jahr 1992 besuchten mich Klaus und Mario, Klaus mit seinem Hund Chico. Sie kamen in einem guten gebrauchten „Mörser", diesmal war es dieser dunkle, weinrote, wieder ein 230E, W123. Klaus meinte, er war blutrot, ich meinte, er war kackbraun. Beide sind nun schon lange befreit von den Drogen und der Spielsucht, beide als Unternehmer tätig. Ein neues Leben hat seit 1990 süße Früchte getragen. Ich denke, in der Zeit erkannt zu haben, dass Mario der Verzicht auf das Zocken fast schwerer fiel, unter Kontrolle zu halten, als sein einstiges Drogenproblem. In welcher Gaststätte oder Kneipe auch immer ein Spielautomat hing, war sein Blick sehr intensiv immer wieder darauf gerichtet. Konnte manchmal nicht anders.

„Einen Heiermann (Fünf Mark) mach ich", hieß es dann, als er zielgerichtet mit einem Fünf-DM-Stück in der geschlossenen Hand schüttelnd auf den Automaten zuging.

Aber es blieb auch tatsächlich bei diesem einen Fünfer. Es glich einer Zeremonie, wenn er den „Heiermann" im Automat versenkte, als wenn er zu sich selber sagen würde: „So, du Hund, jetzt biste fällig, her mit der Kohle." Sobald sich die Räder im Automaten zu drehen begannen, war er schlagartig ein anderer Mensch. Sehr ernst war sein Blick, hochkonzentriert, noch mehr als sonst immer, verfolgte er die runden rotierenden Scheiben wie im Trance, drückte diese Knöpfe mit dem Verlangen, sie im richtigen, gewinnbringenden Modus zu stoppen und wippte mit den betörenden und quiekenden Tönen, die der Kasten bei einem Gewinn piepend von sich gab, im Takt mit. Wenn bei einem Gewinn die Kiste zu piepen anfing und der Spieler die Chance haben sollte, den Gewinn durch Betätigung einer der Tasten höher und höher zu drücken, war er wie von Sinnen, und ja, diese Sucht steckte weiter und weiter in ihm. Er wurde auch mal wütend, wenn der Kasten mal wieder mitteilte: „Leider verloren." Aber er schien erleichtert, wenn er wieder an den Tisch kam, spürbar stolz, dass er auch diese verdammte Sucht im Griff hatte.

Nichts desto trotz war er ein Zocker, ein Spieler, einer, der, wenn es um etwas ging, nicht nur optisch anders wurde. Seine Gesichtszüge erstarrten förmlich, alle Konzentration war nun auf den zu erringenden Sieg gerichtet. Sogar auf dem Rummelplatz, die Wurfbude, der er nicht aus dem Weg gehen konnte, die Spicker, fünf Wurf für zwei Mark, auf Luftballons werfen und andere Dinge, Dinge, die mehr sein Glück als sein Verlangen zu siegen herausforderten.

Ca. 1993, in meiner Werksbediensteten-Wohnung vom Freistaat Bayern, Mario mit Chico, daneben Klaus.

Mario war natürlich wie wir alle Tierfreund, hatte sehr oft Katzen, allerdings gegenüber fremden Hunden ordentlich Respekt. Er duldete nur deren Nähe, wenn er sie sehr gut kannte. Ein kleines Geschenk aus unserer Zeit aus Hirschau, auch dort gab es eine Schaferhündin des Herrn Grobba, der regelmäßig zum Hundeübungsplatz ging, um den Hund, die Alfa, abzurichten. Sein Sohn Uwe, seinerzeit ca. 17, machte sich immer wieder einen Spaß daraus, den Hund vor allem auf Mario, damals 14, und Roy, 13, zu hetzen, waren die beiden Opfer doch recht viel schneller als wir jüngeren Geschwister. Da schlägt so ein Kinderherz schon mal etwas flotter, wenn ein ausgewachsener Schäferhund bellend und knurrend mit fletschenden Zähnen auf einen zu gerannt kommt. „Hetzen" natürlich im Sinne von auch mal beißen oder auf alle Fälle zwicken zu lassen. Auch wenn Alfa auf die Kommandos „Aus", „Sitz", „Pfiu" usw. recht gut hörte, war die Angst der Kinder recht lange sichtbar.

Wir haben nach all den vielen Jahren der getrennten Wege zueinander gefunden, die einstigen von Amts wegen unterstützten Abstände, für uns Kinder unüberwindbar, existierten nicht mehr.

Ganz andere Zeiten, kurz aber gemeinsam ...

Mario begann durch Julia wieder zu lesen. Allerdings nicht mehr, wie damals im Knast, der Langeweile wegen. Er las, weil er Interesse an der Literatur fand, wagte sich sogar, ich denke, von Julia angeregt, an „Schuld und Sühne", einen Kriminalroman von 1865 von Fjodor Dostojewski, als Lektüre heran, wovon ich erst 2009 erfuhr, als ich ihn dezent auf meine Autobiografie aufmerksam machte, die ich unbedingt schreiben müsse. Eine literarische Aufarbeitung eines Lebens, unserer Kindheit und dem danach, die ich schon Jahre zuvor nach und nach geschrieben und in einer Schublade abgelegt hatte, um vielleicht mal später ein Buch daraus zu machen, was auch 2018 erfolgt ist. Dazu angeregt wurde ich übrigens ca. 1992 ebenfalls von Julia, als mich beide einst in Regensburg besucht hatten, ich immer mal wieder von meinem Leben, getrennt von Mario und den anderen Geschwistern, erzählen konnte. Julia, die zu dieser Zeit schon der Meinung war, ich sollte es tun, ein Buch über mein sehr abwechslungsreiches außergewöhnliches Leben zu schreiben, hat auf diese Weise also auch mein Leben sehr positiv beeinflusst.

„Was?", sagte Mario damals.

Ich weiß es noch wie heute, wir saßen in diesem Transporter. Er wie immer hochkonzentriert am Fahren, kannte Straßen und Abkürzungen zu seinen Zielorten, die ich noch nie gesehen hatte und ohne ihn niemals gesehen hätte. Ich war mal wieder als Gast in Berlin, war mal wieder dabei, ihm zu helfen.

„Haste noch Platz, nimmste mich mit?", so haben wir uns meist verabredet, hatten so oftmals die beste Möglichkeit, Zeit miteinander zu verbringen.

„Du hast es echt gemacht, Deine Biografie geschrieben? Her damit, will ich lesen", sagte er, wie aus der Pistole geschossen.

In mir fremd die Vorstellung, dass er überhaupt noch liest bei dem anstrengenden Job, den er hatte.

Und mit dem kleinen, zwiespältigen Hauch an Zweifel sagte ich wohl: „Seit wann hast Du denn noch Zeit zum Lesen?"

„Na, die nehme ich mir einfach", und da erzählte er stolz und unverblümt, „Hör mal, ich hab' ‚Schuld und Sühne' gelesen, das sind erstmal Kisten, 1.200 Seiten."

Ein Werk, das er nicht im Ansatz bereute, es gelesen zu haben, sehr gut ausgewählt von Julia. Ich muss hier mal in absoluter Kurzfassung nur die Handlung dieses Buches platzieren. Bitte einfach weiterblättern, wer es nicht lesen möchte. Doch wäre es vielleicht nicht unwichtig, es zu lesen, spiegelt es doch Denkweisen und Geschehnisse, die man sich als ehemaliger Krimineller und Häftling sehr identisch vorstellen kann.

Schauplatz des Romans ist Sankt Petersburg um 1860. Protagonist ist der bitterarme, aber überdurchschnittlich begabte ehemalige Jura-Student Rodion Romanowitsch Raskolnikow. Die Mischung aus Armut und Überlegenheitsdünkel spaltet ihn zunehmend von der Gesellschaft ab. Unter dem Eindruck eines von ihm zufällig belauschten Wirtshausgesprächs entwickelt er die Idee eines „erlaubten Mordes", die seine Theorie „von den ‚außergewöhnlichen' Menschen, die im Sinne des allgemein-menschlichen Fortschritts natürliche Vorrechte genießen", zu untermauern scheint. Er selbst sieht sich als solchermaßen Privilegierten, der auch in der Situation eines „erlaubten Verbrechens" Ruhe und Übersicht zu wahren weiß.

Diesem Selbstanspruch stehen die bedrückenden, beengten äußeren Umstände entgegen. Raskolnikows Kleidung ist zerlumpt, und er haust in einem Zimmer von sargähnlicher Enge. Die prekäre finanzielle Situation zwingt ihn, sich an jene alte wucherische Pfandleiherin Aljona Iwanowna zu wenden, der sein Mordplan längst gilt. Diese ist für ihn nur eine geizige und herzlose Alte, die allein dafür lebt, ein immer größeres Vermögen zusammenzuraffen, um es für ihr Seelenheil zu verwenden – das Vermögen soll nach ihrem Tod der Kirche zufallen. Für Raskolnikow ist sie der Inbegriff einer „Laus", einer wertlosen Person, über deren Leben die wirklich großen Menschen hinweggehen dürfen.

Dieser Weltanschauung verhaftet, verfestigt sich in Raskolnikow die Vorstellung des Mordes an der Pfandleiherin immer mehr, bis er schließlich, veranlasst durch einen Brief seiner Mutter über das ungerechte Los seiner Schwester, zu dem zwanghaften Entschluss kommt, tätig zu werden. Später kaschiert er seine inneren Widerstände, die ihn während der gesamten Ausführung begleiten, durch ideologische Motive. So berichtet er Sofja Semjonowna Marmeladowa, genannt Sonja, einem jungen Mädchen, das sich auf Grund von Geldnöten ihrer Familie prostituiert: „Ich wollte damals erfahren, so schnell wie möglich erfahren, ob ich eine Laus bin, wie alle, oder ein Mensch." „Ein Mensch" bedeutet hier für ihn: ein großer Mensch, ein Napoleon, den er als Beispiel einer solchen „erlaubten" Rücksichtslosigkeit anführt.

Er besucht die Alte unter einem Vorwand und erschlägt sie mit einem Beil. Ihrer zufällig erscheinenden Schwester Lisaweta, einer geistig zurückgebliebenen, Unschuld symbolisierenden Person, spaltet er mit dem Beil den Schädel. Nur mit großem Glück kann er unentdeckt entkommen. Seine nervliche Anspannung erlaubt ihm auch nicht, sich des Geldes der Alten zu bemächtigen. Er ist seinen eigenen Ansprüchen, wie er feststellen muss, nicht gewachsen. So fällt er nach vollzogener Tat in einen mehrtägigen fiebrigen Dämmerzustand, er ist nicht der Mensch ohne Gewissen, der er zu sein glaubte. Außerdem hat ihn die Mordtat verändert: Wenngleich Raskolnikow mit seinem Verbrechen unentdeckt geblieben ist, empfindet er als Doppelmörder die gesellschaftliche Abspaltung innerlich nun umso schmerzhafter.

Nach dem Mord findet er keine Ruhe mehr, selbst seine eigene Mutter verwirft er. So dauert es nicht lange, bis er vom Ermittlungsrichter Porfirij als Schuldiger erkannt wird, obwohl dieser Raskolnikows Täterschaft nicht zu beweisen vermag. Beiden, dem Täter wie dem Ermittler, ist dies bewusst, auch wenn es nicht offen ausgesprochen wird. Stattdessen steigert sich das intellektuelle Gefecht zwischen den Widersachern zu einem subtilen psychologischen Spiel, welches Raskolnikow, wiewohl er nach dem äußerlichen Stand der Untersuchungen beruhigt sein könnte, immer mehr in die Enge treibt. Die gläubige Sofja Semjonowna, die er kennen und später auch lieben lernt, rät ihm schließlich, sich zu stellen, um für seine Sünden zu „bezahlen". Raskolnikow, der selbst schon etliche Male den Gang zur Polizei erwogen und wieder verworfen hat, stellt sich tatsächlich.

Im Epilog wird die achtjährige Haft Raskolnikows in einem sibirischen Arbeitslager als geradezu physiologische, langwierige, auf der intensiven Erfahrung der Zeit beruhende Befreiung von der Vergangenheit in Petersburg entworfen. Am Ende des Romans entdeckt er seine Liebe zur (mitgereisten) Sofja, was in der Erzählung mit Auferstehungsmetaphern einhergeht. Auf die vieldiskutierte Frage, ob Raskolnikow am Ende zum christlichen Glauben findet, gibt der Roman jedoch keine eindeutige Antwort. Im letzten Absatz wird eine mögliche Fortsetzung der Geschichte angedeutet, die Dostojewski allerdings nie verfasst hat.
[Siehe: de.wikipedia.org/wiki/Schuld_und_S%C3%BChne Reviewed 03.09.2021]

War doch interessant, oder?

Somit sendete ich damals diese fünf zu einem Ringbuch gebundenen Teile in DIN-A-4, den absoluten Rohentwurf meiner Lebensgeschichte, meinem Bruder nach Berlin. Fernab vom Gedanken, einen Bestseller verfasst, sondern „nur" mein Erlebtes aufgearbeitet zu haben. Das hat zwar nicht so recht geklappt, aber es war vollbracht. Seine Kritik, nein, sein Lob, so viel von mir und unserer Geschichte zu erfahren, denn auch über ihn ist in einem eher kleinen Teil dieses Buches zu lesen, trugen dann ebenfalls dazu bei, die Idee zu einem Buch, zu meinem ersten Buch umzusetzen. Leider zu viele Jahre nach dem Beginn seiner Erkrankung.

Marios Jahre vergingen weiter und weiter im Erfolg, meine in routinierter Arbeit. Besuche fanden nur im Urlaub statt, man zehrte mehr an Telefonaten. Unsere Schwester Dagmar (29) hat im August 1992 ihren, na ja, eigentlichen Stiefvater, den sie bis dahin auch „Paps" nannte, den 1940 geborenen Jürgen Schmidt, den Lebensgefährten unserer Mutter nach unserem Vater Wolfgang Schwarz, geheiratet. Ihre, von einer abgebrochenen Liebe stammende Tochter, hatte sie schon vorher zur Adoption freigegeben. Sie lebten weiterhin alle zusammen in der Zwei-Zimmer-Altbau-Wohnung in der Hornstraße. Die Mutter erhielt dann ihren Schlafplatz auf dem Sofa im Wohnzimmer, wo vorher Dagmar schlief. Das frisch vermählte Ehepaar zog ins vorherige gemeinsame Schlafzimmer der Mutter und des „Vaters". Man schien mit der außergewöhnlichen Situation klarzukommen. Jürgen, immer im Umfeld unserer Mutter auch schon 1965, als wir vom Jugendamt deportiert wurden, kannte unsere Kleinkindergeschichten sehr genau, kannte Dagmar schon, als sie noch in die Windeln kackte. Wie irre all das!! Er war nie, nicht mit nur einem einzigen Wort gewillt, aus den damaligen Zeiten zu erzählen. „Geht mich nichts an, fragt Eure Mutter", die auch nichts erzählen wollte. Aus Dagmar Schwarz wurde Dagmar Schmidt.

Bei Dacharbeiten hatte Klaus 1993 einen schweren Arbeitsunfall, sein rechtes Handgelenk wurde dabei zertrümmert. Durch mehrere Operationen wurden die zertrümmerten Knochen wieder vereint, mehrere externe Fixateure quälten mit Schmerzen Körper und Verstand. Ein langer Kampf für eine Genesung begann. Doch die immerwährende Angst, weiterhin gehandicapt zu sein, blieb. Insgesamt drei Jahre blieb er arbeitsunfähig. Ausgerechnet die rechte Hand, könnte man glauben, ein Gitarrist, der Klaus seit Jahrzehnen schon damals war, darf sich dabei noch mit Glück bezeichnen, denn die Greifhand für Akkorde und Solos auf der Gitarre fordern eine gesunde linke Hand. Allerdings nur beide gesunde Hände gestalten ein funktionierendes Gitarrenspielen. Auch wenn dieser Unfall durch ein Missgeschick eines Kollegen von Klaus geschehen ist, kann ich mich nicht daran erinnern, dass Mario in den zwanzig Jahren seiner Selbstständigkeit mal etwas annähernd Ähnliches passiert ist. Extrem vorsichtig war er, nicht nur in seinem immer umschweifenden Blick, vorrausschauend in Gedanken am Straßenrand. „Warte, da kommt noch einer", zog er einen am Ärmel zurück, obwohl man es vielleicht noch vor dem, der da kommt, auf die andere Straßenseite geschafft hätte. Er dachte allübergreifend sehr viel für andere mit. In seiner Arbeit, dem Umgang mit Gegenständen, die er transportierte, war er extrem korrekt. Alles musste gut verkeilt und verzurrt im Lastwagen verstaut werden und die Beladung wurde immer von ihm selber vorgenommen. Die Bezeichnung übervorsichtig ist vielleicht nicht ganz gerechtfertigt, aber eine gesunde Mischung aus Vorsicht und Weitsicht hat ihn womöglich vor vielen unangenehmen Überraschungen bewahrt.

1993, übrigens kein Spiel mit dem Smartphone, die Rückseite einer CD wurde gelesen.

Roy, Wolfgang Reich, stirbt am 16. August 1994 ...

Es war Mittwoch, der 17. August 1994, für mich, noch 32, ein längst normal gewordener Arbeitstag in meinem Hafenmeisterbüro in Regensburg. Beim Herauskramen von Geld aus meiner Geldbörse, um beim Kiosk etwas zum Kaffee zu holen, kam mir meine kleine Telefonliste zu Händen. Ganz oben die Nummer von Mario.

Wie meistens hatte ich natürlich mit meinem Anruf in Berlin mit allen komischen, interessanten, neuen, aber auch fragwürdigen, sogar Hiobsbotschaften gerechnet, man hatte sich schon länger nicht gehört. Aber das wusste man eben nie genau. Es kann schon nach einer sehr langen Zeit passieren, dass ein Rückfall eintritt. Mit diesem Gedanken konnte ich nie abschließen, auch wenn es nicht im Ansatz so aussah bei dieser plötzlichen Erfolgsgeschichte, die so große Früchte trug. Leben tat er noch immer in der Ratiborstraße 19 in Kreuzberg, 5. Etage ohne Aufzug, in einer geräumigen sehr wohnlichen Ein-Zimmer-Wohnung mit selbst eingebautem Bad und Toilette, die sich davor auch für ihn im Treppenhaus befand. Eine einzige recht unhygienische Keramik für viele Anwohner, die sich keine eigene Nasszelle gebaut hatten. Wie es damals so war, hatte diese Wohnung auch einen kleinen, schlichten Kachelofen und wurde mit Kohle und Holz befeuert. Man hatte also zu schleppen in den Wintermonaten mit Briketts in 10-Kilo-Bündeln, die dann nur ein paar Tage reichten, neben Anmachholz in kleinen Bündeln. Roy hatte schon vor Marios letztem Knastaufenthalt seinen Weg allein bestreiten müssen, der Weg zu ihm war etwas verloren.

Da werde ich jetzt erstmal schnell anrufen, dachte ich spontan, und tat dies dann auch. Es klingelte nur ein paar Mal, als Mario, noch 35, an der anderen Seite, in Berlin ranging.

„Das ist ja verrückt, dass Du jetzt anrufst", teilte er mit, „ich wollte Dich heute auch anrufen."

Und so erzählte er mir, er war gestern zu Besuch bei Roy, noch 34, im Krankenhaus. Roy hatte eine kleine Rücken-OP, die gut verlaufen ist. Ein paar kleine Abszesse an der Wirbelsäule, die entfernt werden mussten. Mario schob ihn im Rollstuhl in einen Raucherraum und sie rauchten eine zusammen. Plötzlich bekam Roy Atemnot, hyperventilierte und meinte „Ich bekomme keine Luft mehr." Mario rief hinaus in den Korridor um Hilfe, erzählte sehr genau, wie er seinen Bruder Roy im Arm hielt, der um Luft rang, „seine weit aufgerissenen rehbraunen Augen sahen ihn hilferufend an", so beschrieb er es, konnte aber nichts für ihn tun, außer auf Hilfe zu warten. Die Ärzte hoben ihn auf eine Liege und verschwanden mit Roy in einem Aufzug. Keine Stunde später wurde Mario gesagt: „Mein herzliches Beileid, Ihr Bruder ist leider verstorben, er hatte eine Lungenembolie. Wir konnten nichts mehr für ihn tun, es soll aber noch eine Obduktion folgen, die Genaueres klären wird."

„Unser Bruder ist tot, Werner", meinte Mario, „gestern verstorben und daher so verrückt, dass Du genau jetzt anrufst."

Dennoch wusste ich nicht, wie ich mit dieser Botschaft umgehen sollte.

Während Mario, der längst bürgerliche und unantastbare Geschäftsmann, den so schnell nichts aus der Ruhe bringt, erzählte: „er hat noch nie in seinem Leben so viel geweint."

Geweint sagte er, nicht geheult, war ich selbst nach dieser eher für ihn schrecklichen Nachricht nicht im Ansatz in der Lage, ihm gleich zu tun. Wie fremd war er mir doch geworden, mein Bruder Roy. Ich weiß gar nicht mehr genau, wie dieses Gespräch endete. Ich denke, dass er mich auf dem Laufenden halten möchte, wie die Obduktion verlaufen ist und wegen seiner Bestattung usw. Nur an so viel erinnere ich mich noch nach dieser längst verflossenen Zeit: Diese Operation fand statt, trotz Roys HIV-Infektion. Die Vorstellung, „das können wir auch lassen, der lebt sowieso nicht mehr lange", fand keine Anwendung. Sein Immunsystem war sehr stabil und diese Embolie, die kann einfach jeden treffen. Ich kann es heute noch nicht umsetzen, so ein verdammtes Scheiß Leben, von Anfang an geprägt von Verzicht auf Familie, Zuneigung, Geborgenheit, Sicherheit. Ein ewiger Kampf ums Überleben, Jahrzehnte an der Nadel, infiziert sich mit HIV und er stirbt an einer lumpigen Lungenembolie. Alles schon in der frühesten Kindheit eingefädelt, gelesen und genehmigt von unser aller Vaterland, dem die gesamte Kindheit, auch von Roy, scheißegal war.

„Wenn diese Kinder in der Obhut ihrer Mutter bleiben, ist mit einem sozialen Verfall zu rechnen, die Zukunft der Kinder ist ungewiss."

What ever, solche Menschen haben gefälligst wenigstens an einer Überdosis zu sterben oder auch an AIDS, aber nicht an so einer mistigen Lungenembolie. Kann man denn noch mehr Pech haben, haben wir denn alle dieses Übermaß an Pech-Genen in uns, sofern es sowas gibt?

Leider hielt sich meine Trauer weiterhin in Grenzen, nicht aber diese verfluchten Umstände, die mich unaufhörlich beschäftigten. Er war doch mein Bruder, verdammt! Da starb ein junger Mann mit nicht einmal 35 Jahren, der eigentlich mein Bruder war, entfremdet durch ein maßgebliches Zutun dieses Landes, vielen Dank auch noch dafür. Wir hatten nichts, keine zehn Jahre unserer gemeinsamen Kindheit, keine 1.000 Worte gewechselt, nie miteinander telefoniert, nie zusammen gesungen oder anderweitig Dinge erlebt, die Geschwister erleben sollten. Er war für mich ein fremder Mensch. Die Obduktion hat letztendlich ergeben, dass Roy neben den Abszessen an der Wirbelsäule noch einen, so nannten es die Ärzte, einen Kindskopfgroßen Abszess im Nierenbecken hatte, der allerdings nicht erkannt wurde. Dieser Abszess wäre wohl aufgebrochen und hat letztendlich eine Vergiftung und dann diese Lungenembolie ausgelöst.

Mit diesem Wissen fuhr ich sechs Wochen später nach Berlin, um ihn im sehr kleinen Kreise zu beerdigen. Anwesend waren nur Mario mit seiner neuen Freundin, die Julia, Klaus, Dagmar, ein Mann von der AIDS-Hilfe und unsere Mutter war tatsächlich auch anwesend. Nicht einer seiner Junkie-Freunde, wie es wohl meistens bei Menschen aus diesen Kreisen so üblich war. Wahrscheinlich wusste es auch keiner von ihnen, war ja nicht so unüblich, dass man den einen oder anderen längere Zeit nicht sieht. Entweder vermutete man ihn im Knast oder dachte nur im Ansatz an eine Therapie, die eher angezweifelt wurde, seltener vermutete man, dass der Vermisste oder lange nicht gesehene, den Weg nach Hause gefunden hat. Er war einfach verschwunden!

Da war er einfach weg, dieser eine Mensch, der bedeutungslos für 34 Jahre auf diesem Planeten wandelte, verbrannt und in einem unbekannten Urnengrab verscharrt. Er starb also nicht am Suizid auf Raten. Außer dem, was hier nun verschriftlicht ist, blieb nichts von ihm übrig. Ein unbekanntes Urnengrab, als Sozialfall finanziert vom Gesundheitsamt Berlin, so endete sein Dasein auf dieser Welt, genauso bedeutungslos und ungeachtet, wie er seine Kindheit erleben musste, sein weiteres Leben gelebt hat, verschwand er auch wieder, und ich war keiner einzigen Träne mächtig.

Wir gingen noch in eine Gaststätte, ein sehr dezenter Leichenschmaus mit nur Kaffee und Kuchen. Unsere Mutter hielt es für notwendig zu erwähnen, dass sie auch so ihr Leid mit ihrem Sohn Roy, auch in finanzieller Hinsicht zu ertragen hatte. Das machte uns alle sehr sprachlos oder nein, es entsetzte vor allem Julia und Klaus sehr extrem.

Mich ließ es eigentlich kalt und Mario meinte: „Ach Du Arme, soll ich Dir was leihen? Ich gebe Dir ein paar Mark."

Für mich war mal wieder bestätigt, wie dumm diese Frau eigentlich war. Die Tatsache, dass Menschen im Älterwerden einen Zuwachs an Weisheit und Reife erfahren, hat sie wohl verpasst. Diese Frau war einfach nur dumm und nicht naiv. Die Bezeichnung Naivität sollte meines Erachtens in einem Alter von 63 Jahren keine Berechtigung mehr finden. So schieden sich danach die Wege und alle fuhren in ihren Alltag, ich in die Ratiborstraße, blieb noch ein paar Tage und hatte erst so nach und nach mit dieser Erkenntnis zu kämpfen, dass ich einen Bruder verloren habe, einen Bruder, um den ich nicht „weinen" konnte, spürte aber auf einmal, wie wichtig mir Mario geworden war, in diesen wenigen Jahren des Wiederfindens. Seinen Verlust war ich nicht im Ansatz gewillt, mir vorzustellen.

Wie große Geschwister schenken lernten ...

Am letzten Abend holte mich Mario ab, kam nach oben in die Wohnung, unterm Arm ein Bündel Brennholz. „Nie leer gehen", hat er mir gelehrt. Wenn man sowieso irgendwo hin läuft, warum nicht gleich etwas dort hin tragen, wo es früher oder später doch benötigt wird. Eine sehr hilfreiche Einstellung vor allem bei seinen schon oft durchgeführten Umzügen und ein weiser Ratschlag, den ich seitdem immer anwende und weitergebe. Und natürlich weiß ich, er wollte mal ein bisschen spionieren, wie es mit seiner penibel geführten Reinlichkeit so aussieht in seiner Wohnung, was er aber niemals sagen würde. Er zeigte lieber ruhig und dezent seine Unzufriedenheit, öffnete das Fenster, wenn es roch, legte Sachen zur Seite, die ihn störten. Winkte immer ein bisschen mit dem Zaunpfahl, wenn ihm was nicht passte.

Zusammen gingen wir in die „Bronx", Julia und Klaus waren auch schon da, machten so ein bisschen auf „mein letzter Abend in Berlin". Mario legte mal ein paar Platten auf. Ich hatte den Eindruck, beide, Mario und Klaus, genossen noch immer ein sehr willkommenes Ansehen in der „Bronx", obwohl keiner mehr oder nur im Notfall mal dort arbeitete. Der Krach erlaubte nicht viel Unterhaltung, die fand dann eher vor der Tür statt, aber ich wollte auch nicht so lange bleiben, ging nach ein paar Stunden mit einer sehr herzlichen, einer anderen Verabschiedung wieder, die ich so noch nicht kannte.

Im Bett bemerkte ich unter meinem Kopfkissen einen festen Gegenstand und verwirrt griff ich nach dem störenden Objekt. In der Hand hielt ich auf einmal ein Eau de Toilette, das sich SIROCCO nannte. Innerlich kam etwas Skepsis und Freude auf, soll das womöglich für mich dort positioniert worden sein? In der Tat erwachte in mir die Logik, Mario hatte es als kleines Abschiedsgeschenk dort deponiert, als er vorhin kurz in der Wohnung war, hier und dort was räumte und es von mit unbemerkt, doch geplant, unter meinem Kopfkissen versteckte. Ich setzte mich auf, sprühte mir den guten Duft ans Handgelenk und wieder erkannte ich Gemeinsamkeiten, denn es war ein dezenter herber Duft, der den „Riechkolben" anderer unabdingbar auffordert, mal genauer hinzuriechen. Kein penetrantes aufdringliches Zuckerwasser und ich freute mich in meiner immer bescheidenen Freude.

Ist ja auch so ein Ding, das mit der Freude, die ja ebenfalls im Kindesalter geprägt wird, eigentlich selbstredend. Eine Aufgabe guter Eltern ist es, dem Kind Geben und Nehmen nahezubringen, am besten von Herzen zu geben und auch an kleinen Geschenken Freude zu finden. Dem Kind in Vaterlands Hand wird also selbst der Genuss der Freude wegerzogen. So Vieles ist es, was einem Heimkind, uns Kindern, genommen aber auch andressiert wurde, andere Dinge, die ein Kinderleben gestalten sollten.

Glaube, Zufriedenheit, der Mut zu weinen geraten in den Hintergrund. Wer weint, ist schwach, kriegt noch schneller aufs Maul. Dafür wächst der Mut, nicht einen Ton von sich zu geben, wenn es dann tatsächlich aufs Maul gibt und ordentlich weh tut. Widerstand und Wehrhaftigkeit schrumpft, außer bei mir, warum auch immer. Schlechte Augen, schlechte Zähne, weil es keinen interessiert hat. Essstörungen, weil es nur Dreck gab, im weiteren Leben Fresssucht, weil Nachholbedarf besteht. Sexuelle Störungen, weil auch das alles nicht normal lief in diesen Einrichtungen. Angst vor Liebe und Bindungen, aber einen lockeren Umgang, einen gefestigten Verdrängungsmechanismus jeglicher Art. Hat man doch mehr Verluste als Liebe erfahren in so vielen jungen Jahren hintereinander, bleibt eine immerwährende Verlustangst der besonderen Art, die Angst vor Verlusten an Menschen, die man lieben gelernt hat. Man schaut mal besser, dass das mit dem „L"-Wort nicht so schnell eintritt. Der dann Jugendliche wird in der Regel als Volljähriger mit all diesen Verhaltensstörungen ins Leben entlassen, auf nimmer wiedersehen. Das mit der Freude ist schon so ein besonderes Ding, bei mir sehr viel ausgeprägter als bei Mario. Er war schon in der Lage, sich zu freuen, wie ein Schneekönig unter Umständen. Vielleicht liegt es daran, dass ich sieben Heime und er ein paar weniger durchlaufen musste und immer wenigstens Roy an seiner Seite hatte. Dass man mich „Eisklotz" nannte, da ich mich meist vorsorglich auch unwissend lieber emotionslos zeigte, wundert und verletzt mich aber nicht.

Worauf sollten wir uns auch freuen? Dass es alle zwei Monate mal eine andere Marmelade gab, beim Betonmischer der Keilriemen abgerissen ist, die Schuhe, die mein Vorvorvorgänger trug, nicht ganz so abgeranzt waren, die schwergewichtige Klosterschwester mir mal nicht in die Fresse schlagen konnte, weil sie eine Sehnenscheidenentzündung am Handgelenk hatte, es mal nur 10 statt 20 Schläge mit dem Rohrstock gab, weil der vorher abbrach, sie mal 5 Betten weiter in der Reihe links unter der Bettdecke eines anderen Jungen nach Erregung suchte, der Erzieher, der einem immer mit der linken Faust in die Visage boxte, heute frei hat, der Spielkamerad mal nicht in der Sakristei vergewaltigt wurde, weil man von Mama und Papa nichts zu Weihnachten oder Geburtstag bekam, wo doch alle anderen wenigstens ein Päckchen bekommen hatten, es mal keine Dresche auf dem Weg zur Schule gab, weil die „normalen Kinder" einen anderen Unterrichtsbeginn hatten, weil dem Jungen, der beim Rauchen erwischt wurde, nur eine Zigarette im Gesicht ausgedrückt wurde, weil es mal wieder keine Möglichkeit der Verabschiedung bei den nur kurz gelebten Freundschaften gab, als man überraschend mal wieder in ein anderes Heim deportiert wurde? Und so weiter und so fort.

Nein, Freude zu zeigen ist nicht so mein Ding, war ja einst auch nicht ungefährlich. „Freu Dich bloß nicht zu früh", oder, „zu früh gefreut", war allgegenwärtig.

Aber in diesem Augenblick, im September 1994, freute ich mich auf meine Art und stellte noch im gleichen Augenblick fest, dass dieses Eau de Toilette mein erstes Geschenk war, das ich in meinem ganzen Leben von meinem großen Bruder Mario bekommen habe, nach fast 34 Jahren. Dass wir gegenseitig dieses Schenken beibehalten werden, wusste ich zu diesem Zeitpunkt allerdings noch nicht. Haben wir doch auch in diesem Verlangen eine ähnliche Vorstellung: „Geben ist seliger denn Nehmen." Ich hasse ja diese geheuchelten biblischen Wortspiele, die hinten und vorne nicht zum Verhalten der Kirche passen. „Schläge geben, Kinderhintern nehmen" bringe ich damit in Verbindung, „HASS".

Aber in unserem Fall, in unserem Schenkverhalten, passt das irgendwie. Andere glücklich zu machen, ist uns beiden also ein großes Anliegen, Freude von anderen Menschen wahrnehmen. „Kleine Geschenke erhalten die Freundschaft", auch wenn dieser Spruch, gern von Mario getätigt, irgendwie an Schmiererei und Vorteilnahme denken lässt, ist das in unserem Fall garantiert nicht so. Ich müsste fast glauben, dass diese Eigenschaft nach dieser Vergangenheit grundsätzlich ebenfalls nicht normal sein kann. Aber egal, schön, es ist einfach schön, so wie es ist. Übrigens verhält sich das mit dem Schenken bei all meinen anderen Geschwistern auch nicht anders. Keines hat dem anderen jemals was geschenkt, wo wir doch alle so fremd und entfernt erzogen wurden, kein Wunder.

Dagmar, die allerdings ist das totale Gegenteil, warum auch immer, unfassbar geldgeil, geizig, egoistisch. Sie erinnerte sich gern an Mario, wenn's mal in der Kasse knapp wurde oder wenn sie anderweitig etwas brauchte. Als einer ihrer Hunde, ein Yorkshire, einen Tumor im Kopf hatte, rief sie Mario und mich an. Sie bräuchte 3.000 Euro für eine Operation, die nur in Basel gemacht werden kann. Mario schickte 2.000, ich schickte 1.000 Euro. Der Hund wurde in Basel operiert, verstarb dann aber doch kurz danach. Die Mädels in unserer Geschwisterreihe waren allesamt sehr komisch.

Zu Detlev gibt es noch eine prägende Geschichte, die Freude des Schenkens von ihm erfuhr ich damals noch als Insasse im Waisenhaus Regensburg, als er mich einmal Weihnachten 1971 da rausholte und mir eine TIMEX Armbanduhr schenkte, ich mit leeren Händen da stand, nicht im Ansatz an ein Geschenk gedacht hatte. Gab es doch so lange niemanden, den man gern beschenken wollte. Er ging leider Zeit seines Lebens von meiner Seite leer aus. Die Deportation weg von Regensburg in die nächste Einrichtung verhinderte weiteres. Er erfuhr auch nie, wo sein kleiner Bruder Werner danach verblieben ist. Aber er hat mich geprägt, dieser einmalige Augenblick. In diesem Zusammenhang darf es nicht unerwähnt bleiben, dass Mario seinen heiß geliebten älteren Bruder Detlev nur von 1958–1967 erlebt und seit diesem Jahr nie wieder gesehen hat. Detlev, der sein Leben lang im erzkatholischen Regensburg verbracht hatte, erfuhr von Petra von der Drogengeschichte von Mario und Roy, der Grund, warum er nichts mit ihnen zu tun haben wollte. Es bleibt aber dabei, die staatlich veranlasste konsequente Trennung hat von Anfang an auch hier ihre Spuren hinterlassen, zu lange auch so gelebt, um sich an das wenige Gute und Schöne durch Geschwisterhände zu erinnern, wo doch Detlev gerade in unserer Kleinkindphase so eine gravierende Rolle in unserem Leben spielte, von der ich absolut nichts wusste. Und da ich der einzige von sieben Geschwistern bin, der sehr früh wieder nach einer vierjährigen Trennung von ihm hörte, denke ich, vier Jahre getrennt gehalten zu sein ist schon auch 'ne ordentliche Hausnummer, wo doch gerade in diesem Alter so viel passiert, zumal wir in den Jahren gemeinsam in Kallmünz bei Laßleben fast keinen Zugang zueinander hatten. Detlev war in der Tat ein vollkommen fremder Mann, schon mehr als volljährig, mit Schnurrbart und Elviskoteletten, als ich ihn ca. 1971 das erste Mal wieder sah. Wir hatten aber nicht sehr lange Kontakt, die Entfremdung der Jahre vorher zeigte ihre Wirkung. Aber ich kann sagen, diese Zeit in Berlin war für Detlev die schwerste und aufopferungsvollste, aber auch prägendste überhaupt. Woher ich das weiß? Ich musste es mir oft genug, viel zu oft anhören, dass er sagte: „Wenn ich nicht gewesen wäre, Ihr wärt alle verhungert." Seine ganze Kindheit verstrich in der Rolle, für uns Sorgen zu müssen, als Ältester immer in Verantwortung seiner kleinen Geschwister gegenüber. Somit fühlte ich ständig eine gewisse Vorwurfshaltung, wir hätten sein Leben, seine Kindheit und Jugend so unangenehm gemacht. Verständlich, logischerweise, dienlich war es gegenüber unseren Brüdern sicherlich nicht.

Während also Detlevs Uhr in den vielen Jahren verloren ging, ich war damals gerade 10 geworden, habe ich dieses schon lange leere Geschenk von Mario bei jedem Umzug, von Wohnung zu Wohnung, von Stadt zu Stadt immer sorgfältig ein- und ausgepackt und noch immer, 27 Jahre später, im Bad bei meinen anderen Duftwassern stehen. Und wenn mich einer fragt, einer, der sich gern mal daran bedienen möchte, Gäste oder so: „Warum steht denn das da noch, das ist doch leer?", dann sage ich nur, „weil es für mich wichtig ist, dass es dort steht, darum steht es dort."

Nun erhob ich mich doch noch einmal aus dem Bett, setzte mich an den Tisch und hatte das plötzliche Verlangen, ihm einen Brief zu schreiben, den ich dann morgen, wenn ich abreise, einfach hier liegen lasse. Erschrak aber bei der Erkenntnis, warum wir sowas nicht einfach miteinander besprechen können, oder hab ich da was falsch verstanden, wie Geschwister miteinander umgehen? Auge in Auge reden, den gegenseitigen Kummer beklagen mit Herz und Verstand, ist das nicht so ein Geschwisterding? Womöglich bewerte ich all das über durch den Jahrzehnte langen Verzicht.

„Mein lieber Bruder ...", so begann ich und bedankte mich für seine sehr gelungene Überraschung. Inhaltlich wollte ich ihm einfach sagen, was ich in diesen wenigen doch sehr prägenden Tagen empfunden habe, wie sehr es mich belastet, dass Roys Tod so gefühllos an mir vorüber strich und es mich so sehr beschäftigt hat, warum ich nicht in der Lage war, mit ihm um seinen kleinen Bruder zu weinen, wo ich doch genau wusste, wie viel sich die beiden bei all ihrer gemeinsamen Vergangenheit, ihrem schwierigen und geradezu unausstehlichen Leben bedeuteten. Kein Blatt Papier hätte zwischen die beiden Brüder gepasst, auch wenn sie durch Marios neuen Lebensweg getrennte Wege gehen mussten. In der Not, was nichts mehr mit Drogen zu tun hat, hätte Mario alles fallen lassen, um für Roy da zu sein. Woher sonst nur kam das üble Glück, auch bei seinem unvorhersehbaren Tod bei ihm sein zu dürfen? Er war bei diesem unvorstellbaren schnellen Ende, das Roy ereilte, bei ihm, auch wenn keiner eine Sekunde daran glaubte, dass er heute, an diesem einem Tag, an dem sie nur eine rauchen gehen wollten, sterben wird. Ich wollte mich auf einmal unbedingt erklären, warum das alles so ist, warum ich so anders gewesen bin, warum ich so den Eindruck machte, dass ich nichts empfand, was nicht einmal gelogen war. Ich schrieb, dass wir jetzt in so einem hohen Alter die Möglichkeit haben, die staatlich eingeleitete Entzweiung und die dadurch folgenden Jahre ihrer Suchtprobleme zu unterbrechen. Unsere getrennten Wege diktiert uns keiner mehr, wir sind endlich freie Bürger dieses Landes, freie Menschen, das alle immer währenden Probleme aus unserer Vergangenheit einschränkte. „All das kann uns jetzt nichts mehr antun." Wie dumm von mir, das damals zu glauben, dass es sich nicht bewahrheitet, damit hätte ich niemals gerechnet.

„Das uns all das nichts mehr kann", erliest sich im zweiten Band von Marios Biografie, den es im April 2022 geben wird. Das Vaterland ist mit uns noch lange nicht fertig. Ich schrieb, dass sein riesiger Erfolg, sich vom Drogenkonsum schon so viele Jahre loszusagen, seine positive Veränderung, diese absolut unvorstellbare positive und erfolgreiche Wandlung, mich unfassbar stolz macht und ich niemals daran geglaubt habe, dass sich eines Tages alles zum Guten wenden würde. „Es liegt nun an uns, das so beizubehalten, lass uns endlich Brüder sein. Jetzt, so groß und klug, wie wir geworden sind." So endeten meine Zeilen, die ich gerade mit den letzten Worten sehr gut in Erinnerung habe.

Aus seiner Vitrine schenkte ich mir einen von diesem Irish Whiskey „Tullamore Dew" ein. Ein Whiskey, den Mario selten, aber wenn, dann bevorzugt, trank. Ich erlas nochmal meine geschriebenen Zeilen. Und ja, es hat mich an diesem späten Abend in der Ratiborstraße 19 sehr beschäftigt, war nun in der Lage, auch mal zu heulen. Auch allein das Verfassen dieser Zeilen heute an diesem Tag zwang mich mehrmalig zu Unterbrechungen. Ich erfuhr nie, was er von meinen Zeilen hielt, weiß natürlich, dass er diesen Brief gelesen hat, den konnte er gar nicht übersehen noch ihm entfliehen. Vielleicht hat er nicht damit gerechnet, aber sicher hat sich ab diesem Tag fühlbar eine enorme Wandlung bezüglich unseres Umgangs vollzogen. Ebenfalls sicher, zu hundert Prozent sicher sogar, wird er diesen Brief aufbewahrt haben. Warum dieser so persönliche und emotionale Brief dann doch, noch vor seinem Tod als Wachkoma-Patient im Dienste unseres Vaterlandes, nie wieder zu mir zurück fand, erliest sich ebenfalls in der niederträchtigen weiteren Geschichte im hinteren Teil des Buches.

Die Mutter stirbt ...

Die weiteren Jahre von 1994 bis 1996 verliefen mit einer weiter wachsenden Verbundenheit zu Berlin, aber noch lange nicht so verbunden, dass ich bereit gewesen wäre, nach Berlin zu ziehen. Ich lernte am 04. Februar 1996, dem Geburtstag unserer Mutter, nach 35 Jahren meinen Vater kennen, aufgefunden als armer alter Mann, schon 75-jährig, in einem Seniorenstift in Zehlendorf. Ich war willens bemüht, ihn zu finden durch unsere Schwester Dagmar. Sie lebte zu dieser Zeit noch immer im Haushalt unserer Mutter mit ihren Ehemann Jürgen Schmidt. Schon bekannt damals die Lungenkrebserkrankung unserer Mutter, wobei der Kontakt zu dieser von meiner Seite nicht absonderlich gepflegt wurde, war auch nur ein paarmal im Jahr in Berlin in dieser Zeit.

Am 12. Oktober 1996 erlag die Mutter ihrer Erkrankung, für mich fast bedeutungslos, hatten ihre Berliner Kinder, Petra, Mario und Dagmar, doch mehr oder weniger in Kontakt mit ihr gestanden. Ich erhielt ein paar Tage vor ihrem Ableben einen Anruf von ihr, „sie wolle nochmal die Stimmen ihrer Kinder hören", letztendlich meine Absolution, ein Verzeihen aller ihrer Sünden, erhalten hatte. Mario hatte sie nur einen Tag vor dem Entschlafen in der Wohnung in der Hornstraße besucht. Auch verrückt diese Geschichte, es passierte abermals zufällig, dass ich davon erfuhr. Eher sarkastisch erzählte er später, „er wäre ein Todesengel" und hat darum auch aufgehört zu rauchen. Mit zwei Personen habe er noch eine Zigarette geraucht, kurz später waren beide tot. Auch die Mutter, die er besuchte, bat noch einmal darum, eine Zigarette mit ihrem Sohn Mario zu rauchen, bevor er von seinem Besuch nach Hause fuhr. Die Untersuchungsergebnisse ein Jahr vorher hatten schon prognostiziert, dass man ihr nicht mehr helfen kann, ihr Tod war vorhersehbar, das Rauchen aufzugeben, damit man doch stirbt, kam daher nicht in Frage. Mario rauchte also noch eine mit seiner Mutter und verließ die Wohnung In dieser Nacht ist sie dann verstorben, letzter Akt, eine Zigarette mit ihrem Sohn. Ich war nicht auf der Beerdigung unserer Mutter, aber tatsächlich waren wohl ihre anderen Berliner Kinder anwesend.

So hatte ein jeder seinen Weg zu beschreiten, grundsätzlich in Berlin fortlaufend positiv. Klaus war nun soweit genesen, dass er eine weitere Umschulung machen konnte, die er 1998 als Kaufmann der Immobilien- und Wohnungswirtschaft, als Immobilienfuzzi, abgeschlossen hat. Aber aktiv darin gearbeitet hat er nicht, sein Ding war weiterhin das Praktische, das Arbeiten mit Körperkraft, mit Händen im Schweiße seines Angesichts. Mario hatte schon wieder seinen Pkw gewechselt, den blutroten fuhr nun Klaus, Mario machte seinen nächsten „Mörser" fit. Ein Coupé sollte es werden, ein W123 230CE in blau. Sein kleiner brauner Lkw mit Koffer wurde durch einen noch größeren ersetzt. Wieder ein „Mörser", ein 8,5 Tonner mit Kofferaufbau in Weiß. Bei einem großen Umzug musste er meist zweimal fahren, daher brauchte er einen noch größeren Lkw. Kleinere Umzüge und Transporte machte er mit Anhängern. Die Geschäfte liefen gut, ein oder zweimal im Jahr konnte ich als Arbeitnehmer nach Berlin fahren. Kurze Zeiten, die wir sehr intensiv nutzten. Mindestens einmal im Jahr war er dann bei mir in Regensburg, allein und auch nur kurz, wenn er einen Transport in Richtung Regensburg machte und eine Nacht in Regensburg blieb. Kurze, sehr intensive Augenblicke zweier Brüder. Ansonsten kam er auch immer mal wieder mit Klaus oder Freundin, später auch mit Malte, dem Sohn „M" von Klaus, der mittlerweile auch schon geboren war. Davon später aber mehr. Weiter und weiter intensive kurze prägende Zeiten wurden erlebt, mit viel Spaß und weiteren Erkenntnissen aus seinem Leben, ohne seine Geschwister, außer Roy, erlebt zu haben.

Mittlerweile war Mario von der Ratiborstraße in eine Zwei-Zimmer-Wohnung, fünfte Etage, an den Spandauer Damm, Charlottenburg, gezogen. Auch darin diese schwarze Glasvitrine, die auch schon in der Ratiborstraße stand. Genauso, mit seinem fotografischen Gedächtnis fast auf den Millimeter genau so eingerichtet, wie in der letzten Wohnung, wenige Dinge, die ihm lieb und teuer waren, persönliche Dinge, ein Modelauto, eine kleine Piccolo-Mundharmonika, sein geliebter Whiskey, dazu ein paar Gläser, ein paar wenige Fotos von Roy und uns, die ihm so viel bedeuteten. Eine schöne Wohnung, die Julias Eltern gehörte. Nach wie vor mein Exil, wenn ich nach Berlin kam und Mario bei Julia übernachtete.

In unseren gemeinsamen Zeiten in Berlin bemerkte ich auch, wie wichtig ihm seine Kundenpflege gewesen ist. Geradezu ein Phänomen in dieser großen Stadt, wo man doch an allen Ecken und Enden, egal für was auch immer, Ersatz für was auch immer, findet. Wenn wir unterwegs waren und einer seiner Kunden auch gern mit kleinem Umweg auf dem Weg lag, dann wurde sich die Zeit genommen, um dort mal eben hinzufahren, um guten Tag zu sagen. Oftmals wurde noch irgendwo gehalten, ein Stück Kuchen, Pralinen oder Blumen für den zu Besuchenden besorgt. Egal, wohin wir kamen, überall wurden wir herzlichst mit offenen Armen empfangen und eine Tasse Kaffee war immer drin. Wenn dieses Verlangen, seine Kunden in dieser Form zu betreuen, ein reines berechnendes Geschäftsgebaren gewesen sein sollte, was ich nicht glaube, dann war es eigentlich ideal, muss man der Situation einfach zugestehen. Unterschreiben kann und möchte ich das allerdings niemals. So berechnend war er nicht und wenn doch, war es eines mit überdurchschnittlich viel Herz und er unterstrich damit nur seine absolute Zuverlässigkeit. Also ich habe von meinem Anwalt, Arzt oder wem auch immer, mit dem ich in geschäftlicher Verbundenheit stand, Personen, die ich schon viele Jahre kenne, noch keine einzige Tasse Kaffee angeboten bekommen.

Wie oft klingelte es am Telefon, auch während der Abarbeitung eines Auftrags, auf der Fahrt von A nach B. Mario mit diesem Knopf im Ohr, nur ein paar Worte, innig und ehrlich, wurden oftmals gesprochen. „Na klar, mach ich schnell, kann ich zwischen reinschieben, bin sowieso in der Nähe." Ein kurzer Blick auf die Uhr: „Das schaffen wir." Und dann fuhren wir ab von der eigentlichen geplanten Route, holten mit diesem für die Stadt doch großen Lkw irgendwo in einer mir unbekannten Straße nur ein einziges Sofa oder mal einen Kühlschrank und brachten diese Dinge zu Adressen, wo Menschen lebten, die der Fürsorge unterstanden. Er tat es einfach so, weil es notwendig war, dass man sowas tut. Bei Entrümpelungen war sein Notizblock im Kopf immer weit aufgeschlagen, da wird ein

Tisch, dort eine Waschmaschine gebraucht. Also nicht in den Müll, in die Entsorgung, sondern eben schnell bei dem Bedürftigen ausliefern. Er war definitiv ein sehr guter und fairer, aber auch menschlicher und zugleich ein sehr gewiefter Geschäftsmann geworden in dieser kurzen Zeit seiner Selbstständigkeit, wusste immer, wen er vor sich hatte, respektierte jeden einzelnen im gleichen Maße. Immer am planen und delegieren, auch mit seinen Mitarbeitern, die er sich so langsam leisten musste. Jobs auf Minijob-Basis, einsatzbereit, wenn es ein Auftrag erforderlich machte. Ich blieb davon nicht verschont, auch wenn ich eigentlich immer ein wenig darauf gewartet habe, dass er mich fragt, „haste morgen Zeit und Lust", wollte doch seinen Leuten die Arbeit nicht wegnehmen.

Einmal hat er mich wirklich kalt erwischt. Ich muss lachen, wenn ich daran denke. Seit einiger Zeit hatte er einen jährlichen Auftrag, eine große Wiese einmal im Jahr am Ende des Herbstes, es war Oktober, vom Laub zu befreien.

„Brother, ich hätte einen Spezialauftrag für Dich", so fing das Gespräch an.

Er hat die Bücher voll mit Aufträgen und bringt diesen Wiesenauftrag irgendwie nicht unter und seine Leute brauchte er jede einzelne Stunde für einen anderen Auftrag. Die Geschäftslagen waren erstaunlich unterschiedlich, nicht immer war was zu tun, abgegebene Kostenvoranschläge wurden abgelehnt, einfach eine Flaute in der Branche, warum auch immer. Auch gab es zu viel Konkurrenz, viele, die ohne Rechnung sehr gute Aufträge abgriffen. Und da musste man natürlich, wenn sich mal ein Auftrag oder mehrere anbahnen, nehmen, was gegeben wird. Oftmals nicht immer das lukrative Geschäft. Manch ein gut gemachter Preis entpuppte sich als schlecht kalkuliert, der Gewinn eher spärlich oder gar nicht, aber die Kunden waren zufrieden.

Unbedacht nahm ich seine Herausforderung an, diese Wiese für ihn vom Laub zu befreien. Wir fuhren im Lkw dorthin, er wollte mich nur absetzten und zum nächsten Auftrag fahren, wohin er seine Aushilfskräfte bestellt hatte.

„Hier, das ist das Gelände", sprach er bescheiden.

Ich dachte, mich trifft der Schlag. Eine riesige Wiese umrandet mit schier unzählbaren großen Bäumen aller möglichen Arten. Wobei ich hier erwähnen möchte, dass er alle Bäume, Alleen, Baumansammlungen, wie lustig, ganz pauschal als Datteln, Dattelhain usw. bezeichnete. Die Wiese fast nicht mehr sichtbar, so viel Laub in netten herbstlichen Farben lag weit verteilt auf dem Gelände.

„Mit drei Mann bin ich da mindestens einen Tag beschäftigt, wenn Du wenigstens mal anfangen könntest, dann kommen wir morgen nochmal und machen zusammen den Rest."

„Na dann, dann fang ich halt mal an", lautete mein Zugeständnis.

Zwei Laubrechen und ein Schubkarren allein waren ab sofort meine Begleiter für diesen Tag und so machte ich mich an die Arbeit und es flutschte geradezu. Meter um Meter wurde rundum unter den Bäumen das Laub herausgepopelt, immer darauf geachtet, dass da nicht ein halbschlafender Igel aus dem Laub herausrollt. Ich zog das ganze bunte Laub schön sauber zur Mitte der Wiese hin. Meine Devise, „nicht kleckern sondern klotzen", und mein mich manchmal störender Perfektionismus ließen wieder eine schöne Rabatte unter den Bäumen und eine nicht mehr ganz so frisch grüne Wiese erscheinen. Eine kleine Frühstückspause mit kurzer Sitzpause im richtig platzierten Schubkarren und weiter ging es. Weit nach Mittag war von „Keule", dem Bruder, noch immer nichts zu sehen, meine längst schweißtreibende Arbeit aber fast schon fertig. Ich fragte mich, was die hier immer zu dritt gemacht haben, wenn die so viel Zeit dafür gebraucht haben. In der Mitte, der nun wieder sichtbaren Wiese machte ich eine lange Schlange mit dem Laub von links und rechts, von den Bäumen weg dorthin gezogen, streckenweise fast einen Meter fünfzig hoch. So könnte er mit seinem Fahrzeug langsam rückwärts, Meter für Meter heranfahren und alles nach und nach aufladen. Dann war ich gegen 15 Uhr fertig, alles erledigt und von Mario nichts zu sehen. Es war an der Zeit, ihn anzurufen. Immerhin wollte er gegen Mittag da sein. Es lief alles nicht wie erwartet, aber er ist auf dem Weg, in fünf Minuten holt er mich ab. Ich nahm wieder in meinem Schubkarren Platz.

Er kam aber nicht mit seinem Lkw, sondern mit seinem Mörser und einem großen Planen-Anhänger dahinter, die beiden Kollegen waren auch dabei. Man hatte gerade noch eine Entsorgung gemacht. Als er aus dem Wagen stieg, ich erstmal im Schubkarren sitzen blieb, schlug er die Hände über dem Kopf zusammen. Er kam auf mich zu und rief: „Wo sind denn die anderen alle? Das gibt's doch gar nicht, dass Du das alleine gemacht hast!"

Es dauerte, bis er mir glaubte, dass es keine anderen gab, und er fragte sich, was denn seine Mitarbeiter hier immer den ganzen Tag gemacht haben, wenn er sie zum Beispiel im letzten Jahr hier abgesetzt hatte. Die haben immer eineinhalb Tage gebraucht. „Ach herrje!", dachte ich, da hab ich ja so unwissend, wie ich darüber war, die Messlatte für nächstes Jahr ganz schön hoch angesetzt.

„Schade", bemerkte ich, „wenn Du jetzt mit dem großen Lkw hier wärst, könnten wir schnell noch einladen. Zu viert sollten wir das schaffen, bevor es dunkel wird."

Mario drehte sich zu seinem Anhänger: „Ist ja nicht schwer der Müll, das passt da rein!", war er siegessicher.

Er fürchtete und ekelte sich vor Kriechtieren, Spinnen, Käfer und Asseln, die in seinem schönen Lkw ein neues Zuhause finden könnten.

Ich sagte: „Niemals!"

Er: „Doch, passt."

Ich: „Cappuccino darauf, dass es nicht rein passt."

Er: „Steht."

Solche kleinen Spielchen liebte er, kleine Wetten, nur kleine Siege, die große Freude bei ihm auslösten. Die beiden Kollegen waren angepisst, nichts war mit Feierabend. Mario fuhr rückwärts gekonnt mit dem wirklich sehr großen doppelachsigen Anhänger an den Kopf, den Beginn der „Laubotter" heran. Und dann war Schaufeln angesagt, mit Forken und Rechen wurde Meter um Meter von der Laubschlange, die kürzer und kürzer wurde, in den Anhänger befördert. Einer befand sich auf dem Hänger und stapelte das, was von hinten kommt, sprang immer wieder darauf, um es zusammenzupressen. Ich sah das Ende der Schlange und wusste dann doch, dass ich einen Cappuccino verloren habe. Voll bis oben hin war der Anhänger, keine Filzlaus hätte mehr darin Platz gefunden.

„Und die Schubkarre?", musste ich fragen, denn die stand da noch am Wiesenrand und hatte nicht im Ansatz eine Chance, einen Platz in den bis obenhin gefüllten Hänger zu finden.

Sicheren Schrittes ging er auf den Karren zu, schob ihn an den äußeren Rand des Geländes.

„Den hole ich morgen, wenn ich hier wieder vorbeikomme."

Während ich in meinen Wagen stieg, um an den Spandauer Damm zu fahren, fuhr Mario mit den beiden Mitarbeitern noch zur Kompostieranlage. Die haben ordentlich abgekotzt – noch immer kein Feierabend. Aber Mario wollte den Anhänger gleich wieder leer haben, sinnvoll durchdacht. Am nächsten Tag zur Entsorgung hätten die beiden sonst wieder antanzen müssen, die Fahrt zur Entsorgung und wieder zurück zum Standplatz des Anhängers wäre alles neue Zeit, die beansprucht und bezahlt werden musste. Gut geplant, gut gespart, da hatte er wohl immer einen gewissen klaren Durchblick.

Nur noch 10 Jahre bis zur Katastrophe ...

Schon 1995 habe ich mich von der Hafenverwaltung getrennt. Ich und Behördenmist, das konnte eigentlich gar nicht gut gehen. Immer wieder gegen meinen eigenen Berufsstand vorgehen zu müssen, war mir von Anfang an zuwider. Somit kündigte ich fast schon kurzentschlossen und wurde Mitarbeiter bei der damaligen „Burmah Oil", darauf geh ich aber nicht weiter ein. Nur kurz also: Die „Burmah Oil" hatte ein kleines Bunkerschiff von knapp 40 Metern, ein Tankschiff, in Regensburg stationiert und suchte einen Käpt'n, wie passend. Ich ging also wieder an Bord, fuhr und leitete ab diesem Tag im Juni 1995 im Regensburger Raum einen „Bunkerbetrieb", ein Versorgungsschiff für Schiffsbetriebsstoffe. Ich hatte auch auf dieser Bunkerstation, eine schwimmende Anlage auf der Donau, mein neues Domizil, eine kleine Wohnung, errichtet und bezogen, war also auch ab diesem Tag „Boatpeople".

Arbeitsplatz und Wohnort von 1995 bis 2010.

Bei all dem neuen und erfolgreichen, das geschah, hat kein Mensch nur im Ansatz daran gedacht, dass uns nur noch 10 Jahre bleiben, lief doch gerade alles so hervorragend. Und wieder ereilte mich eine gravierende Geschichte. Unerwartet erhielt ich einen Anruf, es war ca. der 10. Januar 2000.

Alex, seit vielen Jahren nichts von ihm gehört, hatte das Bedürfnis anzurufen. Nach, hallo wie geht's, was machst Du, wo bist Du, was hast Du gemacht, was wirst Du machen usw., berichtete ich, dass ich am 15. Januar nach Berlin fahren werde. Jürgen, Dagmars Mann, wird 65 und hat zu einer Feier eingeladen.

Spontan und unerwartet meinte Alex: „Ach, da könnte ich doch einfach mal mitfahren, auch wenn ich keine Einladung habe."

Gesagt, getan. Zwei Tage vor Berlin besuchte mich nach einer unfassbaren Zeit unser Bruder Alexander in Regensburg. Ein kleines „Überraschungsgepäck" für alle uns Bekannten hatte also ich im Auto, als wir nach Berlin fuhren. Wieder war erkannt, dass wir Geschwister sind, schnieke, im guten Zwirn, feierten wir Jürgens Geburtstag.

16. Januar 2000, beim Geburtstag von Jürgen.
Von rechts: Dagmar (37), Alex (39), Mario (42)
und ich (38).

Ich nahm Alex wieder mit zurück, setzte ihn aber in Nürnberg ab, wo er damals wohnte. Hat mich etwas beschäftigt, die damalige Feststellung. Da wohnt er in Nürnberg, nur 100 Kilometer von Regensburg entfernt, wovon ich nichts wusste, und meldet sich nicht. Meine Telefonnummer fand er im Telefonbuch, hatte von irgendjemand erfahren, dass ich wieder in Regensburg bin. Er gab mir noch seine Telefonnummer, na ja, die funktionierte leider nicht. Das Ende bis zum heutigen Tage. Nichts weiß er, was bisher in all den Jahren geschehen ist. Nichts von Marios Erkrankung, nichts von seinem Tod. Komisch, vielleicht gibt es eine Erklärung, vielleicht auch eine nachvollziehbare, ich weiß es nicht. Im Band zwei dieser Geschichte, erst im Jahr 2021, 21 Jahre später, wird die Suche nach ihm und der Erfolg der Suche sehr genau geschildert. Es gibt diverse Gründe warum diese Suche von mir angestrebt wurde.

Unsere Schwester Petra stirbt am 15. Januar 2004 ...

Mit einem Anruf bei Mario stieß ich abermals zufällig auf diese Hiobsbotschaft von Petras Tod und ich weiß gar nicht mehr, wie er davon erfuhr. Ich gönnte mir die Zeit, mich auch an sie erinnern zu wollen, was ich leider nur im extremsten Maße lückenhaft konnte. So war ich auch irgendwie teilnahmslos in Sachen Trauer. Die so verdammt kurze Zeit von 1961–1967 in Berlin und Kallmünz, ich noch keine 6 Jahre, sie schon gute 13 Jahre alt, als wir getrennt wurden, ich mich gar nicht mehr erinnere, außer schemenhaft an den Tag der Trennung, als wir fünf dort abgeholt wurden und Detlev und Petra zurückblieben. Das Vaterland hat die Trennung, muss man sagen, so gewollt. Denn wenn nicht, dann hätten sie es nicht getan. Die Kontakte zu Petra in all den Jahren danach wurden auch von Amts wegen vernachlässigt und das machte den Kontakt zu ihr auch nicht möglich. So wurde dieser von allen über viele Jahrzehnte nicht mehr gepflegt. Ich muss aber gestehen, dass ich schon immer ein bisschen der Meinung war, die Älteren hätten die Jüngeren suchen und kontaktieren müssen und nicht andersrum. Aber wer weiß, womit sich die Älteren in der Hand des Vaterlandes rumschlagen mussten, womöglich ließ ein verheerendes Umfeld gar keine Kontakte zu. Die Frage, warum das nicht geschehen ist, bleibt somit unbeantwortet. Allerdings bin ich auch der Meinung, dass die Erziehungsberechtigten diese älteren Kinder hätten dazu ein bisschen mehr auffordern und motivieren müssen.

Ich hatte Petra tatsächlich Ende der 80er Jahre zuletzt gesehen. Mir war damals nach einem Überraschungsbesuch in der Wohnung am Hindenburgdamm in Steglitz. Michael B., der Ehemann, öffnete mir.

Andy, unser Neffe, war noch zu Hause und begrüßte mich im Vorbeigehen mit den Worten: „Mutter ist schon wieder besoffen."

Die Tochter war nicht zu Hause. Ich glaube, sie war schon auf eigenen Beinen stehend ausgezogen. Sie kam sturzbetrunken mit einem Glas in der Hand ins Wohnzimmer und ich war nicht wirklich überrascht von ihrem Zustand.

Meine letzten von ihr gehörten Worte waren ein nuschelndes: „Bleibst Du lange in Berlin?"

Daraufhin drehte sie sich um und zog sich wieder in eines der Zimmer zurück, wo sie wohl getrennt voneinander lebten. Den Rest beantwortete erklärend dazu Michael, den keiner unserer Geschwister recht mochte.

Er sagte: „So geht das 365 Tage im Jahr."

Anscheinend interessierte er sich nicht mehr die Bohne für das Schicksal seiner Frau. Sie befand sich in einem Stadium ihrer Alkohol- und Medikamentensucht, was eine Wahrnehmung und einen engeren Kontakt zu ihr nicht gerade erträglich machte. Darüber hinaus wirkte ihr Äußeres sehr ungepflegt und schon von der Sucht gezeichnet. Man mied sich daher weiterhin, wir alle mieden den Kontakt zu ihr, so anscheinend auch Ehemann und Sohn. Genauere Umstände, was vor und während dieser Ehe alles geschehen ist, sind mir daher gar nicht bekannt, lebte zu dieser Zeit noch in Karlstadt und hab mich schon immer von meinen „Problemgeschwistern" distanziert, auch von ihr.

Es kann einfach nicht sein, dass Menschen, die ihr Leben auf ihre eigene Weise entsprechend problematisch leben, erwarten, dass ihre Familie ihnen dann noch zur Seite steht und sie so das Leben der Angehörigen unter Umständen extrem erschweren. Das habe ich nie und werde es nie akzeptieren. Es war immer unser aller Schicksal, allein das Beste daraus zu machen, was man uns letztendlich bei all der Pein und Vernachlässigung gelassen hat, nämlich unser klägliches Leben in eine ungewisse Zukunft irgendwie auf erträgliche gar zufriedene Bahnen zu lenken. Doch wenn ich mein klägliches Leben behindern und einschränken, kaputt und unerträglich machen möchte, dann habe ich das gefälligst allein zu tun.

Das Vaterland hatte wieder einen Erfolg zu verzeichnen, hat doch ihre wissenschaftlich fundierte Prophezeiung von damals erneut einen etwas anderen Lauf genommen.

„Wenn diese Kinder in der Obhut ihrer Mutter bleiben, ist mit einem sozialen Verfall zu rechnen, die Zukunft der Kinder ist ungewiss."

Somit war eigentlich alles gesagt und ja, es war grundsätzlich schlimm, am 10.06.1954 geboren, am 15.01.2004 verstorben, keine 50 Jahre alt. Gezeichnet von ihrer Vergangenheit gelang ihr auf alle Fälle der Suizid auf Raten. Wir, Mario, Daggi, Jürgen und ich, außer Detlev und Alex, waren nebst ihrer Familie auf der Beerdigung. Ich nahm keine Freunde, keine Bekannten wahr. Eine für mich nicht wirklich so sehr emotionale Veranstaltung, war mir doch auch sie sehr unbekannt. Obwohl Mario sehr bedacht und traurig wirkte, auch Andy dann nicht mehr Stärke beweisen konnte, war es doch seine Mutter, die man in der Urne vor ihm her trug. „Time to say goodbye" wünschte sich ihr Mann zum Abschied vom CD-Player.

Von Alex, dem unruhigen Geist, der weiterhin unterwegs war, wusste keiner, wo er ist. Und zu Detlev bestand zu dieser Zeit kein Kontakt mehr.

Time goes on ...

Die Jahre vergingen zur Zufriedenheit aller, kann ich so behaupten. Mario und Klaus labten sich im Erfolg ihrer Arbeit, ich tat ihnen als ewiger Angestellter weiterhin in Regensburg gleich. Routiniert telefonierte man mal mehr Mal weniger, doch im Schnitt so zweimal im Monat würde ich sagen. Gekrönt war diese Zeit von gegenseitigen Besuchen und Urlauben. Ich fuhr immer mal wieder nach Berlin, Mario, Klaus und Malte, auch Freundinnen von Mario, Freundinnen nach Julia, besuchten mich in Regensburg.

Juli 2004, mit dem Cabrio durch das bayrische Land cruisen.

Juli 2005, Sommerurlaub in Mallorca.

Interessante und unterhaltsame Zeiten, die immer ein paar Tage andauerten. Weit weg von der harten Arbeit genossen wir eine Zeit des Erlebens und der Gemeinsamkeit.

Ein schöner, allererster gemeinsamer Urlaub, der erste Familienurlaub überhaupt, wenn auch nur mit einem anstatt mit sechs weiteren Familienmitgliedern, fand erst 2005 statt. In all den Jahren zuvor gab es sowas aus diversen und bekannten Gründen nicht. Wir haben länger leben müssen, nämlich 43 Jahre, als wir noch leben werden, damit das möglich wurde. Mann oh Mann! Mario, zu diesem Zeitpunkt von uns allen ungeahnt, hatte nur noch 5 Jahre bewusst zu leben. Wolfgang Wille, ein sehr guter Freund aus Regensburg, leider schon verstorben, der allerdings gebürtiger Berliner war und in den 60ern nach Regensburg kam, hatte schon vor ein paar Jahren eine Zwei-Zimmer-Ferienwohnung in einer aufgelassenen Hotelanlage gekauft. Der Ort nennt sich Illetes, keine 10 Kilometer entfernt von Palma de Mallorca.

Regensburg ist klein und irgendwann zuvor, in den Neunzigern, lernte ich Wolfgang Wille kennen, ein großartiger, aber auch kleiner Mann, ein Kämpfer, ein Trümmerkind aus Berlin. Seine Mutter starb nach dem Krieg an der Schwindsucht, der Vater blieb im Krieg, die Oma hat ihn aufgezogen, hatte also auch sein Päckchen zu tragen. Wolfgang lobte sich oft damit, dass er zig Mal im Leben Pleite gegangen ist und trotzdem immer wieder einen Neuanfang gewagt hat. Sein Credo: „Berliner sind wie Salzsäure, die fressen sich überall durch." Er hat Gastronomie von der Pieke an im Kempinski am Kurfürstendamm in Berlin gelernt, war Oberkellner und Gastronom. Er hatte ein Weinlokal, eine Stofftierfabrikation, eine Hühnerfarm, eine kleine Pension auf Sylt und andere Dinge am Start in all den Jahren. Letztendlich brachte er in den 60er Jahren die Currywurst nach Regensburg und wurde 2007 durch eine Veröffentlichung einer ortsansässigen Zeitung als „der Vater der Currywurst in Regensburg" bezeichnet. Wolfgang eröffnete eine kleine Kette von Imbissbuden in der Oberpfalz und ich erinnere mich tatsächlich noch an seine Kinowerbung. Sein Werbeslogan lautete: „Nach dem Kino ist doch klar, geht's ins Willes Paprika", denn so hießen seine Imbissbuden in der Oberpfalz, „Willes Paprika". Das Kino am Ostentor hatte in der Zeit hin und wieder das soziale Verlangen, für die Kinder aus den Kinderheimen Ostengasse und Heiliggeistgasse zu der einen oder anderen Sondervorstellung, zu einem Stummfilm einzuladen und wir tingelten dann in Zweierreihen Hand in Hand dort hin. Gott sei Dank war das Kino keine tausend Meter von den Heimen entfernt gelegen, denn ich fand das immer extrem peinlich. So lernte ich ganz nebenbei schon damals steinalte Stummfilme von Charly Chaplin, Buster Keaton und Harold Lloyd in einem Alter kennen, während andere Kinder „Godzilla – Attack all Monsters" oder „Herkules", was weiß ich welchen Teil davon, in Ton und Farbe kennenlernten. Und schon in diesen Jahren, ca. 1970, lief die Werbung von Wolfgangs Imbissbuden auch in diesem Kino.

Wolfgang, trotz kleiner Präsenz, nur extrem eitel, wenn es darum ging, dass sein Toupet gut sitzt, war ein sehr beeindruckender Mann mit hart erarbeitetem Wohlstand, dem Herz am rechten Fleck, einer, der Fleiß und Willenskraft bei anderen immer respektierte, weil es ihn stets beeindruckte, wenn andere strebsam und fleißig waren. So wurden wir nicht nur Freunde, Wolfgang und ich, ich wurde später auch gleich noch Trauzeuge, als er im hohen Alter noch heiratete. Er heiratete seinen Ziehsohn Christian, der gleichzeitig als sein Lebensgefährte anzusehen war. Eine plötzlich auftretende Krebserkrankung zwang ihn zu handeln. Sein Leben sollte laut Prognosen ein baldiges Ende finden. Unfassbar, wie er all das so nah dem Tode gemeistert hat. Stark wie ein Riese war er, bis die Krankheit ihm all das nicht mehr erlaubte. Das Vaterland lehnte eine beantragte Adoption für Christian ab, „es bestünde der Verdacht einer Verschleppung der Erbschaftssteuer". Das muss man sich mal auf der Zunge zergehen lassen. Somit haben die beiden dann einfach geheiratet, er, Wolfgang, der totale Heiratsgegner. Letztendlich ging es auch darum, dass Wolfgangs Lebenswerk, da er keine Angehörigen hatte, nicht an den, auch ihm sehr missfallenden Staat fällt. Wolfgang starb im Februar 2009.

Mario lernte Wolfgang und ein paar meiner Freunde in Regensburg so nach und nach ein wenig kennen. Doch die beiden, Mario und Wolfgang, harmonierten ab dem ersten Tag wie so richtige Berliner, wie kann es auch anders sein, hervorragend. Ein Besuch von Mario in Regensburg oder wir, Wolfgang, Christian und ich, zusammen in Berlin, ohne mindestens einen schönen Tag oder Abend miteinander zu verbringen, war absolut unmöglich.

05.2006, V. l. n. r.: Spreefahrt. Mario, Christian, Wolfgang und ich.

Ich hatte das Privileg, dass mir Wolfgang hin und wieder Domizil in seiner Ferienwohnung in Mallorca zuteilwerden ließ, war in den Jahren davor schon ein paar Mal dort gewesen. So war es uns auch von Wolfgang erlaubt, im Urlaub seine Wohnung in Mallorca gemeinsam zu nutzen.

Ein bisschen kompliziert stellte sich die Planung heraus. Während ich von Nürnberg angeflogen kam, kam Mario von Berlin und Klaus und Malte von Stuttgart angeflogen. Sie hatten noch jemanden dort besucht und setzten ihren Urlaub mit dem Flug nach Mallorca fort. In Palma mieteten wir für die, ich glaube, es war eine Woche, einen Mietwagen und bis das von mir alles erledigt war, waren auch alle notwendigen Flieger gelandet. In Illetes, wo sich Wolfgangs Wohnung befand, schliefen Mario und ich im recht geräumigen Wohnzimmer auf den beiden Kautschen, die links und rechts an den Wänden standen. Malte und Klaus nutzten das Schlafzimmer. Es gab ein Bad mit WC und Wanne, eine Küche, eine Essecke mit vier Stühlen, einen sehr großen Balkon, ebenfalls mit Tisch und vier Stühlen, und zu all dem auch noch zwei Liegestühle. Vorübergehend war es gar kein Problem, in diesen ca. 50 Quadratmetern auch mal zu viert als Männer-WG zu hausen. Da es sich bei dem Gebäude um eine ehemalige Hotelanlage handelte, gab es auf dem Gelände auch noch einen Swimmingpool und zwei Tennisplätze hinter dem Haus, in dem sich mindestens 30 Wohneinheiten befanden. Nur die Anwohner der Anlage durften all das nutzen. Hier lebten Mallorquiner und eben solche aus aller Herren Länder, die sich hier mit dem Kauf einer Immobilie etwas Besonderes geleistet haben. Mario und Klaus suchten erstmal nach einer „Muckibude", einem Fitness-Center, wollten unbedingt Sport machen und somit war ich schon zur Supernanny für Malte auserkoren. Ich verbrachte mit ihm die Zeit, solange die beiden ihre Körper drangsalierten, eine Zeit, in der wir, ich und Malte, Mallorca erkundeten. Langweilig wurde uns nicht und wir trafen die beiden dann immer wieder im Verlauf des Tages.

Der Krebs ...

Eine kleine Anekdote, an die man sich immer wieder gern erinnert. Während Mario und Klaus am „pumpen", beim Sport waren, streiften wir mal wieder durchs mallorquinische Land, Malte und ich. Und ich dachte, es wäre doch mal interessant, was es in einem dieser riesigen „Carrefour" Supermärkte für interessante Dinge gibt. Gigantisch geradezu war dieser Supermarkt. Nie im Leben hätte ich gedacht, dass es auf Mallorca so etwas gibt und Malte (10) und ich (45) streiften durch die großen Straßen zwischen diesen hohen Einkaufsregalen hindurch, entdeckten Sachen, die wir in Deutschland auch haben und andere Dinge, die uns neugierig machten. Eine ellenlange Käsetheke musste meine Nase ertragen, ebenso Fleisch und Wurst, die mir schon optisch nicht recht zusagten. Hunderte von schwarzen Schweinen amputierte Gliedmaßen, über Monate abgehangen, hingen in Reih und Glied, eines neben dem anderen, von der Decke, teurer Pata Negra Schinken, angeboten, je nach Schweinezucht und Alter, für den kleinen und für den großen Geldbeutel. Letztendlich kamen wir zu mehreren großen von Menschen aus aller Herren Ländern durchströmten Fischtheken. Laut war es streckenweise und wir verstanden kein Wort von dem, was die sich da alle gegenseitig zuriefen. Es schien mehrere Anbieter zu geben, die hier ihre Waren feilboten. Nun bin ich, genau wie Mario, obwohl wir ja getrennt voneinander erzogen wurden, einer, der weder Käse, außer auf der Pizza oder dem Hawaiitoast, noch Fisch, außer als Fischstäbchen mag.

Marios Interpretation dazu war logisch meiner entsprechend: „Ich kann es nicht verstehen, dass Menschen irgendetwas, nachdem sie es riechend so stinkend wie es ist unter ihrer Nase hindurchgeschoben haben, trotzdem noch in den Mund schieben und auch noch kauen, essen und runterschlucken."

Und verdammt hatte er damit recht, denn genau so sehe ich das auch. Nun gut, man muss dazu sagen, außer Harzer Käse kannte ich in meinem Heranwachsen nichts anderes, was irgendwie als Essen stank. Und den Harzer, den gab es verrückterweise in jeder einzelnen Einrichtung, in der ich gewesen bin, als ob es auf deren Erziehungsplänen gestanden wäre, nichts anderes an Käse, nur Harzer gab es, der unerwartet immer mal wieder gereicht wurde. Beliebt war er nirgends. Kumpels, die ihn aßen, wurden als pervers bezeichnet. Man hat sich förmlich vor ihnen geekelt. Man sah diesen Harzer seines Gestankes wegen eher als chemische Kampfwaffe gegen andere, die einen immer schikanierten, ärgerten oder sonst noch was alles antaten. Heimlich legte man ein Stück davon auf des Feindes Heizkörper. Ein ekelhafter Duft, der sich recht lange hält, füllte den Raum, solange der Harzer nicht vom Heizkörper entfernt wurde. Stinkend, von der Wärme verflüssigt, schlich er am Heizkörper entlang, fand unerreichbare Wege hinter dem

Heizkörper und war nur sehr schwer zu neutralisieren. Ein anhaltendes Dufterlebnis also.

Und Fisch, das gleiche Problem. Keine Ahnung, wann ich das erste Mal Fisch gegessen habe, um das zu beurteilen. In Regensburg im Heim gab es hin und wieder Bratheringe. Die gab es ja sogar in der 15-Kilo-Konservendose und da war ich froh, dass sich immer wieder ein Tischnachbar fand, der den dann gegessen hat. Sonst hätte es geheißen: „Du bleibst so lange sitzen, bis Du Deinen Fisch gegessen hast", die harmlose Form. Die gefährliche war: „Alle bleiben so lange sitzen, bis Du Deinen Fisch gegessen hast." Dann gab es, nachdem man den Fisch im widerlichen Vorgang in sich reingewürgt hatte, auch noch Gruppenkeile von denen, die wegen mir noch viel länger am Tisch sitzenbleiben mussten. In der späteren Eigenständigkeit wuchs der Kompromiss, wenigstens Fischstäbchen zu essen. Man lehrte uns allen keine Esskultur, Gaumenfreude für das eine oder andere zu finden. „Probiere doch mal, das ist lecker", gab es für uns nicht. Wir wurden in unserer ganzen Kindheit nie gefragt: „Was möchtest Du denn heute essen, mein Kind?" Wir haben nie etwas gegessen, weil uns danach war. Wir hatten genau vorgegebene Essenszeiten und es wurde gegessen, was auf den Tisch kommt. Kein Kaba, kein Keks, kein Nutella, keine Gummibärchen, keine Schokolade, kein Langnese Eis für zwischendurch und Alternativen gab es nicht.

Mario und ich waren uns also auch in dieser Angelegenheit sehr gleich, erlebten beide ähnliches in unterschiedlichen Einrichtungen, der „Vater" Staat wollte uns Kindern all das nicht gönnen. Zu all dem, alles Stinkende muss man nicht auch noch essen, wer lehrt dem Kind denn sowas? Außerdem, warum muss der Mensch immer alles fressen, was er vor den Schnabel kriegt?

Wie auch immer, zurück in den Supermarkt. Ich hatte sogar schon zu der Zeit, seit ca. 1995, meine Fischerprüfung abgelegt, einen Angelschein erworben. Aber den hatte ich eher gemacht, um ihn einfach mal gemacht zu haben. Ein leidenschaftlicher Angler wurde ich jedoch nie, Mitleid für die wenigen am Haken hängenden Fische entwickelte sich im Verlauf der Zeit. Da lebt dieser Fisch oder Krebs und anderes Meergetier unverdrossen in einem eigentlich unerreichbaren Terrain und da kommt die Bestie Mensch, der so unsagbar weit entfernte Feind, reißt ihn aus seinem Lebenselixier, um ihn zu fressen. Dabei ist all dies überhaupt nicht überlebenswichtig. All das braucht kein Mensch, um zu überleben, alles nur Schickimickimist, weil es schick, weil es nobel und etwas Besonderes ist. Unfassbar, reicht es denn nicht, dass dieser hochintelligente Mensch mit seinem alltäglichen Verzehr von Fleisch, darunter Schweine, Rinder, Kühe, Hühner, Puten usw., schon damit das ganze biologische Gleichgewicht aus den Fugen gerissen hat? Ist es wirklich in Ordnung, dass jedes Tier in unmöglichen Vorgehensweisen gezüchtet werden muss, damit der Mensch auf so Vieles nicht verzichten muss? Was für ein Untier, dieser Mensch!! Ich auch, stimmt, aber ich beschränke mich auf das, was der übersättigte Weltmarkt so hergibt, nicht auf das, was unter besonderen widerlichen und verachtenden Vorgehensweisen nur für meinen Gaumen gefangen und getötet werden muss.

Dennoch roch es auch in dieser Fischstraße ganz gewaltig nach Kälte und natürlich Fisch, nichts für meinen „normal" erzogenen, auf Verzicht getrimmten und vernachlässigten Riechkolben. Aber dennoch war es interessant, was da so alles für unterschiedliches Getier zum Verzehr für den Menschen feilgeboten wurde. Ganz dicht klebten Malte und ich an diesen Glasscheiben der Kühltheken und betrachteten diese ganzen Opfer, die schon in den nächsten Stunden wieder als menschlicher Abfall in der Kanalisation landen werden, nach dem abklingenden Furz, nachdem er, der Mensch sagen konnte: „Oh, wie war das doch lecker." Mario hätte sich, wenn er nicht beim Pumpen gewesen wäre, unserem Entsetzen angeschlossen, ohne Wenn, ohne Aber. Schleimig, stinkig, ekelig, nicht essbar, niemals. Abgesehen von Gräten, die sich in der Luftröhre querstellen und Menschen töten. Der letzte Akt des wehrhaften Fischkadavers.

Nur im Ansatz konnte ich mit meinem Süßwasserangelschein, meinem Wissen aus den Binnengewässern erraten, was da so auf Eis gelegt, den sabbernden Kunden zum Verkauf angeboten wurde. Es stimmte mich nachdenklich, all die vielen schönen Fische, Lachs und Forelle, Papageienfisch, Wolfsbarsch, Adlerfisch, Tilapia, Dorade, Blaubarsch, Rochen, Meerbrassen, Goldmakrelen, kleine Haie, die verschiedensten Thunfische, sogar der mächtig große, bis zu 650 Kilogramm schwere, Stück für Stück kleiner werdende Blauflossen-Thunfisch wurde hier per 100-Gramm-Portionen angeboten. Hering und Sardinen wurden pfundweise in Plastiktüten verpackt. Nicht uninteressant ist, dass ca. 100 Millionen Tonnen Fisch jedes Jahr aus den Gewässern dieser Erde gefangen werden. Ca. 25 Millionen Tonnen davon werden zu Fischfutter verarbeitet, Futter für Hühner, Schweine, sogar für die Nerzzucht und natürlich schön gepresst in maulgroßen Kugeln für Fische aus den mehr und mehr werdenden Zuchtstationen, die auf des Fischfressers Teller landen. Große und kleine, nur fünf Zentimeter große Babytintenfische, so clever und intelligent wie sie sind, selbst sie können dieser Jagd nicht entfliehen, auch sie werden nicht verschont, der Mensch will sie fressen!!!

Am anderen Ende der Kühlabteilung wurden Muscheln präsentiert, die gemeine Miesmuschel „für ‚n Appel und ‚n Ei" und der Wegweiser des Jakobsweges, die Pilger- oder Jakobsmuschel. Warum das so ist? Hier eine Darlegung aus Wikipedia.

Ein junger Adeliger ritt einst dem Schiff entgegen, mit dem der Leichnam des Apostels Jakobus nach Spanien gebracht wurde. Unglücklicherweise versank er dabei im Meer, jedoch rettete Jakobus auf wundersame Weise sein Leben und half dem Ritter, das Ufer zu erreichen. Dadurch war sein Körper über und über mit Muscheln bedeckt, und aus diesem Grund wird die Muschel seitdem als Schutzzeichen getragen.

Seit dem frühen Mittelalter dienen daher die rechten, stärker gewölbten Klappen der Muscheln den Jakobspilgern, die das Grab des heiligen Jakobus in Santiago de Compostella besuchen, als Erkennungszeichen.

[Siehe: de.wikipedia.org/wiki/Pilgermuschel Reviewed 23.09.2021]

Na dann mal los, ihr Pilger!
Andere nannten sich Meermandeln, vielleicht damit sie nicht so sehr an eine Muschel erinnern. Bunt und fein sortiert zwischen all den Eiswürfeln lagen da noch Meerscheidenmuscheln,

Grünschalenmuscheln und die sexy Venusmuschel. Last, but not least, sogar schön geknackt für den direkt schlürfenden Verzehr vorbereitet, die ungekochte schlabbrige Auster, mit einem Spritzer Zitrone. Direkt daneben, gern ein Löffelchen Kaviar in diversen Preislagen für danach. Die ganze Insel schluckt dieses arme Getier unverdrossen hinunter in ihren verwöhnten Wanst und unsere Gefilde haben sich in diesen Wohlstand schon eine sehr lange Zeit eingereiht in diese Gier nach etwas Besonderem.

Nun kamen wir nach all diesem Erstaunen, „Ahhh" und „Ohhh", inklusive Mitleidsempfinden, „Oje, die armen Tiere", letztendlich schweigend zu einer Kühltheke in der sich diverses Krebsgetier befand. Malte war sehr aufmerksam und seine Blicke schweiften von der einen zur anderen Naturkatastrophe, die hier angezettelt wurde, sein Blick mehr mitleidig als verwundert. Er musste keine Worte verwenden, ich hatte längst erkannt, dass er sich gar nicht allzu sehr wohlfühlte.

Es heißt, 70 Prozent der menschlichen Konversation findet nonverbal statt. Das galt auch für unsere beidseitige Kommunikation. Durch Gestik, Mimik, Schulterzucken, Augenrollen, Kopfschütteln drückt der Mensch Angst, Entsetzen und manchmal auch Respekt aus. Der Mensch blubbert vor sich hin und tut und sagt somit etwas, was keinem irgendwie weiterhilft. Das intelligenteste Lebewesen dieses Planeten tut das, was die gemeine minderbemittelte Kreatur auch tut, nur schweigt es dabei. Dabei kann es nicht einmal was dafür, dass es schweigen muss oder vom so hochintelligenten Menschen nicht verstanden wird.

Wenn der Mensch den Geschmack an Krill, Plankton und anderen Kleinorganismen finden würde, würde er sogar den Walen noch alles wegfressen. Ach, was rede ich, der frisst ja selbst den Wal, wenn er irgendwo auf der Speisekarte stehen würde, warum lange an Krill und Plankton rumpulen. Nach den Fischen, Weichtieren, Schalentieren und Kopffüßlern folgten also die Krebstiere oder Gliederfüßler auf unserer Reise durch das Tal der ungesättigten Allesfresser. Garnelen, Langusten, auch „Kaisergranate" oder „Scampi" genannt, der feine Fangschreckenkrebs, der auch „Pisskrebs" genannt wird, weil das arme Tier vor Angst, wenn es ins kochende Wasser geworfen wird, zu urinieren anfängt. Man hat letztendlich die Lösung gefunden, man spießt sie vor dem Kochen auf, versetzt sie vorher in Todesangst, damit sie sich vorher entleeren und nicht immer ins Kochwasser pissen. Hummer, der Europäische Hummer in diesen Gefilden ist natürlich ein Wildfang, einer, dem man das Alter nicht ansieht, der aber durchaus auch 100 Jahre alt sein könnte. So tief in den Meeren der Erde, so viele Jahre für den Menschen unerreichbar war dieses Alter einst keine Besonderheit. Große Hummer in diesem Alter sind bis zu 60 Zentimeter lang inklusive Scheren und erreichen locker vier Kilo Gewicht. Er ist mittlerweile außergewöhnlich, doch auch dort bevorzugt, wo man zeigen muss, was man sich leisten kann. Denn je größer das Ding ist, desto teurer ist es und desto größer ist logischer Weise auch der besonders leckere, fleischige Inhalt des Tieres. Man wählt aber auch gern die Pro-Kopf-Portion mit 30 Zentimeter, die wiegen dann um die 1.000 Gramm. Rund 5.000 Tonnen Hummer werden im Schnitt jedes Jahr aus den europäischen Meeren gezogen. Also so ca. 5.000.000 Stück, die jedes Jahr bei lebendigem Leibe in kochendes Wasser geworfen werden, weil dem Mensch nach ihm dürstet. Der Amerikanische Hummer wird gegenüber dazu ca. 100 Millionen Mal kredenzt. Guten Appetit! Das Töten des Hummers wird in Deutschland durch die Tierschutz-Schlachtverordnung (§ 13 Absatz 8 Tier-SchlV) geregelt. Demnach dürfen Krusten- und Schalentiere, außer Austern,

... nur in stark kochendem Wasser getötet werden; das Wasser muss sie vollständig bedecken und nach ihrer Zugabe weiterhin stark kochen.

Das wird wohl einer entschieden haben, der sich gerne mal zum Hummeressen einladen lässt. Die Schweiz ist das einzige Land, das dieses bestialische Vorgehen verbietet. Dort müssen die zum Tode Verurteilten erst betäubt werden. Die größten Bestien sind aber die Franzosen und, na ja, von denen weiß man es ja, die Asiaten. Da werden, neben der 100°-C-Tötungstechnik die Hummer auch noch bei lebendigem Leib in sämtliche Einzelteile zerlegt. Da zappeln meist noch die einzelnen der zehn Füße, da der Hummer zu den Zehnfußkrebsen gehört. Allerdings zappeln die nicht am ganzen Tier, sondern wild durcheinander, fachgerecht verteilt auf dem Schlachtbrett liegend. Es muss so lange wie nur möglich ein Lebenszeichen erkennbar sein, bevor er gekocht, gegrillt und gefressen wird. Die Scheren zusammengefesselt, angeblich, um dem Kannibalismus untereinander entgegenzuwirken, vegetieren sie in einem großen Aquarium und warten auf den todbringenden Kescher, nachdem ein gieriger Kunde ihn ausgewählt hat. Dann kommt er in eine Styroporbox mit einem Schlag Wasser darin, damit er den Weg bis zum Kochtopf auch überleben kann.

So, nun war ich aber wieder informativ, das macht aber nichts, handelt es sich doch um ein Thema, das Mario, der sowieso sehr vielseitig interessiert war, mit Entsetzen sicher auch interessiert hätte.

Maltes Augenmerk fiel aber auf einen Haufen einer über den anderen gestapelten Berg-, Krabben- oder Taschenkrebse, also nicht die heimische Nordseekrabbe oder Garnele. Ein Taschenkrebs gehört zur der Gattung der Kurzschwanzkrebse und nicht zu den ekligen dünnbeinigen, spinnenähnlichen und gigantischen Tiefsee- oder Riesenkrabben, die natürlich auch überall gefressen werden, an Land mehr als im Wasser gefressen werden, muss es heißen. Auch die Taschenkrebse waren geschickt zusammengeknotet, damit ihre Zangen keine Gefahr für die Verkäufer und Kunden darstellen. Dass Krabben, die man sehr oft auch an Land wandern sieht, im Gegensatz zum Hummer nicht unbedingt von Wasser umgeben sein müssen, um zu überleben, sondern nur eine gewisse Feuchtigkeit dafür ausreicht, macht eine Aquarium Haltung unnötig. Da lagen all die gefesselten Krabben im nassen fein gehackten Eisbett. Blass waren sie alle, wie der Mensch halt auch blass wird, wenn man ihn gefesselt auf ein Eisbett legt. Somit fehlte es den Opfern an einer gesunden „Hautfarbe", waren nicht so rotbraun oder gar dunkelbraun farbenkräftig, wie man sie hier immer mal wieder zwischen den Steinen im Mittelmeer wandern sieht. Maltes Entsetzen machte sich breit, als er bemerkte, dass in diesem Stapel Getier immer mal wieder das eine oder andere mit dem einen oder anderen Gliedmaße zu zappeln begann.

„Die leben ja noch", rief er entsetzt.

„Ach Du Schreck, jetzt hat er es gesehen", dachte ich und rang damit, ihm sachlich, ganz nach Supernanny-Manier zu erklären, dass das so sein muss, da auch diese Krebse lebend ins kochende Wasser gegeben oder auf einen Grill gelegt werden müssen, und das nur, weil gerade bei toten Krebsen erstaunlich schnell das Fleisch verdirbt. Um dem vorzubeugen, schmeißt man sie einfach lebend ins kochende Wasser. Dem Kindeswohl zuliebe aber verschwieg ich diese Tötungsart, die ihn letztendlich vielleicht auch noch für sein Leben geprägt hätte. Dass auch Krebse während dieses Vorgangs dieses Verbrennen bis zu zwei Minuten bei lebendigem Leib spüren, hat man mal erforscht, wollte ich ihm besser auch nicht sagen. Menschen würden beim Baden im 100° C kochenden Wasser wahrscheinlich auch nicht länger leiden, bevor Schock und Tod eintritt. Sollte mal einer von diesen Krebs- und Krabbenfressern ausprobieren. Hab ich eigentlich Freunde und Bekannte, die diesem Kreis der Meuchelmörder von Tieren angehören? Ja, verdammt …

Nun gut, der Schock war groß, die Kinderaugen entsetzt mit dem bisschen, was ich nicht für mich behalten wollte.

„Wernneeer?", kam es zögerlich, vom schlechten Gewissen geschundenen Kinde, „könnten wir nicht wenigstens einen kaufen und wieder ins Meer bringen?", meinte Malte dann.

Ich versuchte es zu überhören und zack, da war es noch präsenter, mein schlechtes Gewissen. Ging trotzdem einfach mal weiter.

Malte mir nach und fragte mich noch einmal: „… wir könnten so wenigstens einen retten."

Somit war ich schon überredet, warum also nicht und wir wollten sowieso ans Meer. Einer aus diesen vielen dem Tode geweihten wurde gekauft und der kostete so um die 20 cm groß im Durchmesser damals so um die 20 Euro. In einer kleinen Plastiktüte, darin etwas Eis und dieser zu rettende Krebs, verließen wir den Supermarkt. Wir fuhren nach Illetes, wo wir die beiden frisch Aufgepumpten, Mario und Klaus, trafen. Malte war ganz aufgeregt, erzählte von seinem geretteten Krebs und dass wir nun schnell ans Meer fahren müssen, um ihn wieder freizulassen. Na dann, vier Männer ein Wort und ab zum Strand. Wir wählten ein steiniges Ufer am Mittelmeer aus, dort, wo auch andere Krabben in den Steinen zu Hause sind und befreiten mit sicherem Griff dieses arme Geschöpf von seinen Fesseln. Der ein wenig befürchtete Angriff mit Zwick-Attacken blieb also aus, schlapp hing alles an ihm herunter. Alle sahen ihn nochmal ganz genau an, so nah, Auge in Auge, aber so richtig bewegen konnte er sich noch nicht, noch steckte die Kälte aus der Tiefkühltruhe in seinen Gliedern. Klaus übernahm diese Aktion, während Mario die kreischenden Möwen mit Weißbrot fütterte, das wir eigentlich fürs Frühstück gekauft hatten. Ein bisschen Mittagssonne wird ihn schon auftauen, so warteten wir noch einen Augenblick, bevor Malte ihn ins Wasser ließ.

Dann war es soweit. Langsam ließen wir den Krebs am steinigen Ufer in Palma de Mallorca das salzige Wasser spüren, während andere Krebse, die eindeutig gesünder aussahen, links und rechts von uns in allen Größen dem Anschein nach teilnahmen an dieser Aktion. Und so lag er da, unser geretteter Krebs, auf einem Stein, auf den ihn Malte legte, der immer mal wieder mit einer kleinen Welle überschwemmt wurde und dennoch war er noch immer nicht willens, sich aktiver zu bewegen, was Malte etwas traurig stimmte. Der blöde Krebs wollte einfach nicht ins Wasser hüpfen. Eine etwas größere Welle riss ihn dann hinein ins weite Meer und er versank in der Tiefe, wurde von Meter zu Meter unsichtbarer. Wir sahen ihm nach und fühlten uns gut mit dieser Aktion Tierrettung, obwohl ich innerlich befürchtete, dass dieser Krebs spätestens auf dem Meeresgrunde wegen seiner Schwäche womöglich zum Opfer seiner Namensvetter werden würde, was wir nicht wussten. Aber wir hatten ein außergewöhnliches Erlebnis. Wenigstes wurde er nicht Hauptgericht für irgendeinen krebsfressenden Menschen, sondern Nahrung für das, was der Mensch morgen wieder aus dem Meer holen wird. Auch blöd irgendwie.

Eine sehr schöne und zufriedene Zeit verlief wie im Fluge und die beiden Sonnenanbeter, Mario und Klaus, die sie noch immer waren, zog es jeden Tag ein bisschen an den Strand, was ja nicht so das meine war. Dennoch fand sich dabei immer eine Unterhaltung, die man sonst nicht geführt hätte.

Die Riesenmuschel ...

In Cala Rajada, von Palma oder Illetes quer über die Insel hinweg, fanden wir einen Strand, der nicht ganz so überlaufen war. Mario hat ihn empfohlen, da er in den vielen Jahren davor schon ein paarmal mit seiner Freundin Gabi hier war. Auch verrückt, denn wir stellten fest, dass wir in diesen Jahren womöglich mal gemeinsam auf dieser Insel an unterschiedlichen Orten waren, der eine im Süden, der andere im Norden, nur um die 100 Kilometer voneinander entfernt. Und keiner dachte nur eine Sekunde daran, dass dies möglich wäre, weil wir nichts voneinander wussten, jeder, wie die meiste Zeit unseres Lebens, sein eigenes lebte. Wir suchten uns einen Platz, der für mich noch immer genug Schatten, für sie genug Sonne bot.

Ich bin oder war zwar immer ein guter Schwimmer, als ehemaliger Rettungsschwimmer bei der Wasserwacht mit ausreichend Schwimmbaderfahrung, mit Pflaster kleben und Rettungsaktionen diverser Art, kam alldem aber schon lange nicht mehr so nach. Bis zur Hüfte rein ins Meer, ein bisschen planschen, reichte mir grundsätzlich, während die anderen drei schon mal etwas weiter rausschwammen. Klaus gammelte im seichten Wasser in der Sonne auf einer Luftmatratze, Malte war links, rechts, vor und hinter ihm mit Taucherbrille auf der Nase immer wieder am Tauchen, brachte alle zwanzig Minuten seine Funde ans Land und zeigte Mario und mir stolz all die kleinen und bis zu zwei Euro großen Muscheln, die er in seinen vielen Tauchgängen finden konnte.

An einem nahegelegenen Souvenirshop war ich im Begriff, ein paar Getränke für uns zu holen, und entdeckte in all diesem Krimskrams einige sehr schöne und sehr große Riesenmuschelhäuser. Auch kurios, der Handel mit diesen Riesenmuscheln ist nach dem Washingtoner Artenschutzgesetz schon seit den achtziger Jahren verboten. Da kann man mal sehen, was solche Abkommen wert sind. Auch blöd, jetzt so eine zu kaufen, dachte ich. Der Kunde bestimmt nun mal die Nachfrage. Wenn keiner mehr eine Riesenmuschel kauft, können die Gierlappen auch nichts mehr verkaufen. Jaaa und da war es dann, dieses „na ja, die sind ja sowieso schon tot" usw. Das sind lustiger- oder traurigerweise auch noch Muscheln, die es in diesen Gewässern eigentlich gar nicht gibt. Irgendjemand von den hawaiianischen Inseln, dem Pazifik, dem Roten Meer oder sonst woher auch immer, ließ sie hier einschiffen und wird sie nun den unwissenden Menschen als eine Riesenmuschel, gefunden vor der Insel Mallorca, verkaufen. Ich kam plötzlich auf eine unterhaltsame Idee und war genauso plötzlich einer von diesen, die sich auf diesen Touristenneck einließen und kaufte eine dieser Riesenmuscheln, 35 Euro waren es, die ich dafür gerne bezahlte.

Mit dieser Muschel, etwas versteckt, ging ich zurück an unsere Ruhestätte.

Mario, der auf seinem Handtuch die Sonnenstrahlen auffing, fragte sofort: „Was versteckste denn da, zeig mal her."

Somit verriet ich meine belustigende Idee. Er könnte doch mal unauffällig an Malte und Klaus vorbeischwimmen und diese Riesenmuschel in Maltes Tauchgebiet fallen lassen. Wird bestimmt eine Riesenfreude, wenn Malte so eine große Muschel ertauchen kann. Gesagt getan und keine 20 Minuten später rannte Malte aufgeregt und unglaublich erfreut mit dieser Riesenmuschel an Land und zeigte uns voller Jubel, was er doch gerade für ein Prachtstück geborgen hat. Mit „Bohhhh" und „Ahhh" und „das gibt es doch gar nicht, so ein Glück", teilten wir seine Freude. Ich weiß gar nicht, ob Mario oder Klaus, der natürlich im Nachhinein davon erfahren hat, Malte diese Geschichte jemals erzählt hat, denn an diesem Tag, diesem Urlaub, so haben wir uns entschlossen, ihm nichts von der Herkunft dieser Riesenmuschel, die da auf einmal so nah bei ihm im Mittelmeer zu finden war, zu erzählen. Also Malte, wenn Du das heute liest, 2022, 17 Jahre später, und nichts davon wusstest, die Männer im Männerurlaub 2005 haben diese Freude damals ganz berechnend für dich vorbereitet. Scherze, für die Mario immer zu haben gewesen war, in diesem Fall, Scherze, die anderen „ein Lächeln ins Gesicht zaubern", eine gern verwendete Aussage von Mario.

Unsere Wege waren wieder andere, als es hieß, der Urlaub ist zu Ende. Mario, Klaus und Malte flogen wieder nach Berlin, ich flog wieder nach Nürnberg. Von da fuhr ich mit meinem Pkw weiter nach Regensburg. Der Alltag hatte uns wieder. Wir vier in Mallorca passierte leider nicht wieder, auch wenn wir uns im eigenen Land immer wieder sahen und Dinge erlebten, war unser gemeinsames Mallorca-Abenteuer etwas ganz Besonderes.

Unternehmungen auf der Insel.

Gabi und Mario ...

Nachdem wir uns wieder sehr nahe waren, erlebten wir, dieses Mal nur Mario und ich, Mallorca nochmal etwas anders. Mario war mal wieder mit seiner neuen Freundin Gabi, wobei das ja nicht stimmt „neue Freundin", auch schwierig, wenn man es nicht weiß. Denn deren beider Geschichte ist, nach der Mario und Klaus Geschichte, leider auch länger als die meine mit mei-

Mario in den frühen 80ern.

nem Bruder. Sie kannten sich ebenfalls schon in einer Zeit, in der wir absolut nichts voneinander wussten, also schon viele Jahre vor 1987, als wir uns erstmals wieder fanden.

Dazu vielleicht Folgendes, damit auch das annähernd erklärt ist. Klaus brachte Mario 1983 mit in die Diskothek „Bronx". Bei Gabi N., der Inhaberin, warb er dafür, für Mario einen Job möglich zu machen.

„Das ist Mario, mein bester Freund", stellte er ihn vor. „Könntest Du ihn nicht einen Job geben, er kommt gerade aus der Kiste und braucht dringend Arbeit."

Gabi war entsetzt, sagte ihm unter vier Augen: „Was bringst Du mir denn hier für Typen rein?", was dann doch nicht „nein" bedeutete.

Er sollte seine Chance bekommen und Mario bekam erstmal einen Job als Gläser-Einsammler. So nach und nach arbeitete er als Barkeeper an der Theke, wurde Türsteher und letztendlich sogar DJ und er soll richtig gut gewesen sein, so bestätigten es Gabi und Klaus. Und siehe da, es entwickelte sich zwischen dem von ihr zuerst abgelehnten Typen und Gabi eine sehr enge Freundschaft. Mario, mit 25, einer, der so jung, wie er war, nichts anbrennen ließ, was die weiblichen Gäste betraf, hatte sich etabliert zur Freude der Geschäftsleitung und seinem neuen Umfeld. Das aber tat der Freundschaft zwischen den beiden keinen Abbruch, auch wenn sehr viele aus ihrem Umfeld in die beiden etwas anderes reininterpretierten, waren sie einfach nur sehr gute Freunde geworden und das über mehrere Jahre. Na ja, Gabi bezeichnete es heute so, 1.000 Mal berührt und irgendwann ist es doch passiert. Und so wurden Mario und Gabi ein Paar, ebenfalls für einige Jahre.

Ich lernte Gabi erst Anfang 2000 kennen, dazwischen hatten sie sich getrennt und Mario war mit Julia zusammen und ich weiß gar nicht, wie lange das angehalten hat. Dann doch wieder mit Gabi und dann wieder nicht mehr. Irgendwie so war das. Was für ein Durcheinander. Gabi und Mario wohnten auch als Happy-Familie zusammen in Lübars, das zum Bezirk Reinickendorf gehört. Mario behielt aber weiterhin seine Wohnung am Spandauer Damm. „Wenn mal was sein sollte", immer schön unabhängig bleiben. Aber Anfang 2000 waren sie auf alle Fälle ein Paar, also wieder ein Paar, nach Julia. Jedenfalls waren die beiden zu Besuch mit Curo, Gabis Hund, bei mir in Regensburg. Die waren richtige Kumpels, Mario und Curo. Er war auch eine ganze Zeit sein Wegbegleiter, saß immer auf dem Beifahrersitz in seinem Transporter. Curo war unglaublich folgsam. Dennoch musste hin und wieder auch ein lautes und strenges Wort Anwendung finden.

Ich würde mal sagen, Gabi war oder ist schon einzigartig, sehr dominant und direkt. Und ich war gar nicht so sehr überrascht, als Mario mal bei einem anderen Strandbesuch, als Gabi vom Strand zu unserem Platz gelaufen kam, sagte: „Oh, mein Sumo kommt." Ganz bestimmt ihrer Erscheinung wegen, die er doch sehr gern mochte. Ihr sicheres und dominierendes Auftreten zwischen all den Menschen hindurch fiel sicher nicht nur mir auf und doch klang es eher lieblich nett, wie er es sagte, für uns eher unterhaltsam. Selbstredend, dass auch dieser Kosename von uns keine Anwendung fand. Mir gegenüber wirkte sie immer sehr ehrlich, lachte auch mal über sich selber und hatte dabei ein sehr auffälliges auch ansteckendes Lachen, mochte komische und nicht so komische Späße. Aber irgendwie war sie auch immer auf Betriebstemperatur, in vielen Dingen sehr berechnend und in Gedanken in irgendeinem Geschäft, das sie plante oder neu gründete. Sie telefonierte viel, war also sehr umtriebig oder hibbelig, wie man so sagt. Keine Angst vor was Neuem, keine Angst vor Misserfolgen, sehr mutig in vielen Angelegenheiten. Aber sie konnte auch anders, da gab's dann nichts mehr zu lachen, was ich am eigenen Leib nie erfahren musste. Sie war beliebt, unbeliebt und bei manch einem auch gefürchtet. Aber sie kannten sich sehr lange und waren auch zwei Mal lange zusammen, irgendwas muss sie also gehabt haben, die Gabi. Im Großen und Ganzen denke ich, Mario hat in verschiedener Hinsicht sehr von ihr profitiert, und ich glaube, ihre Allgegenwärtigkeit war für seinen sich ständig weiter entwickelnden Geschäftssinn eine sehr große Hilfe.

Mallorca war ihm, wie schon erwähnt, nicht unbekannt, war schon öfter dort als ich. Und dieses Mal machte er mit Gabi und ihren Enkelkindern Urlaub in Mallorca. Auch Gabi hatte eine Ferienwohnung, allerdings in Cala Rajada. Ich hatte mich damals kurzer Hand entschlossen, zur gleichen Zeit in Wolfgangs Wohnung Urlaub zu machen. So trafen wir uns ein paar Mal auf der Insel und siehe da, ich bemerkte, Mario eignete sich nicht nur hervorragend als Onkel von „M" (Malte) besonders gut, sondern auch als Opa Mario für die beiden Enkelmädchen Celine und Fini, die ihn tatsächlich „Opa Mario" riefen. Die kurze Zeit hab ich sie oft beobachtet, Opa Mario und die

Mädels. Quatsch zur richtigen Zeit machen, Kinder bespaßen konnte er im Allgemeinen sehr gut. So war alles im Programm, was man sich als Kind nur wüschen konnte. Schwimmen üben, Sandburgen bauen, verwilderte Katzen füttern und andere Dinge. Aber auch wichtige verantwortungsvolle Aufgaben gingen ihm leicht von der Hand und das sehr geduldig, wenn auch manchmal mit hochrotem Kopf, der gemachte Blödsinn „so, Schluss jetzt" mal reichte.

In diesen Tagen waren meine Erinnerungen sehr ausgeprägt, meine Erinnerungen an die Zeit in Hirschau bei den Grobbas, als Mario uns, die Kleinen, seine jüngeren Geschwister, mit seinen 12, 13 und 14 Jahre als kleiner Piepel noch kleinere Piepels in Hirschau sehr verantwortungsvoll versorgt hat, nur eben 30 Jahre zurück. Sehr gut hätte er einen umgänglichen Vater abgegeben, könnte ich mir vorstellen. Warum nur zwei von sieben Geschwistern, die ältesten, Petra und Detlev, Mutter und Vater wurden, lässt sich sicher auch auf die schwere Vergangenheit der jüngeren Geschwister zurückführen. Detlev und Petra haben zwar die mir unbekannte Zeit in Berlin bei unserer Mutter miterlebt, waren aber schon 12, Petra, und 13, Detlef, als deren Heimgeschichte in Kallmünz im Maria-Laßleben-Heim anfing, und sie waren, soweit ich weiß, nur in einem Heim untergebracht. Womöglich wurde den jüngeren, Mario, Roy, Alex, mir und Dagmar, der Wunsch, Kinder haben zu wollen, in den eigenen Kinderjahren damit versaut, als man uns zeigte und lehrte, wie man nach Ansicht und Verhalten der Verantwortlichen nicht mit Kindern umzugehen hat, uns doch mehr als nötig gelehrt wurde, wie man ein Kinderleben versauen kann, uns damit lehrte, das man seinen eigenen Kindern so etwas nicht antun kann und es ihnen ersparen möchte. Eine nicht von der Hand zu weisende These. Mario hat das sehr gut gemacht. Bei ihm kam auch noch dieses Abrutschen in die falschen Bahnen erschwerend dazu, Vater zu werden. Dennoch, quer über die ganze Insel von Illetes nach Cala Rajada, von Küste zu Küste, war schon ein ganz schöner Schlauch zu fahren und dieser Urlaub war bei all diesen Treffen, bei mir in Illetes oder bei ihnen in Cala Rajada, bei Weitem nicht das, was wir in diesem reinen Männerurlaub erlebten. Aber schön war er und ehrlich gesagt, nur die beiden Kleinen wären für mich persönlich für eine längere Zeit zu anstrengend gewesen, waren sie doch kleine Prinzessinnen, die Opa und Oma, eigentlich König und Königin, sehr forderten.

Opa Mario, Celine und Fini in Cala Rajada.

Wie gerne bezeichnete er außergewöhnliche als auch komische, quirlige und skurrile Menschen ganz pauschal als Fraggles, eher lieblich nett als böse gemeint. Sind doch die Fraggles offiziell in Wikipedia so beschrieben:

Die Protagonisten einer gleichnamigen Kindersendung, die vom 10. Januar 1983 bis zum 30. März 1987 in fünf Staffeln auf dem kanadischen Sender CBC ausgestrahlt und Ende 1983 auch im ZDF ausgestrahlt wurden. Fraggles sind etwa 60 cm große, verschiedenfarbige humanoide Lebewesen, die in der deutschen Version in einer Höhle unter dem Wohnhaus des Doc (eines menschlichen Erfinders, gespielt von Hans Helmut Dickow) leben.

Den Tag verbringen die Fraggles mit Lachen, Singen und Tanzen, frei nach ihrem sorglosen Motto:
  Dance your cares away,
  worry's for another day,
  let the music play,
  down at Fraggle Rock.
Die deutsche Übersetzung machte daraus:
  Sing' und schwing das Bein,
  lass die Sorgen Sorgen sein,
  in das Lied stimm' ein,
  froh nach Fraggle-Art.
  Erfinder der Fraggles ist der US-Amerikaner Jim Henson, der durch seine Figuren zur Sesamstraße und zur Muppet Show bekannt wurde.
  [Siehe: de.wikipedia.org/wiki/Die_Fraggles Reviewed 25.09.2021]

Das war sicher nicht Marios Lebensmotto aber ein erheiternder Augenblick, wenn er sich in manch einer, auch schwierigen Situation den einen Kontrahenten, Ordnungshüter, Würden- und Amtsträger oder anderen Mitbewerber nur noch als 60 Zentimeter großen Fraggle vorstellte.

Die gemeinsamen, weiterhin hin und wieder stattfindenden Urlaube in Regensburg, lebten sich stets in Harmonie und ausgelassener Ruhe und Erholung für alle.

Zur Not, treffen auf dem Boot ...

Im Jahr 2007 machte ich Wolfgang und natürlich damit auch Christian aus Regensburg zum 70sten Geburtstag von Wolfgang ein Geschenk. Wolfgangs erste Krebserkrankung schien besiegt, dass dies leider nicht so war, erfuhren wir wenige Monate später. Eine Charterfahrt auf einer kleinen 13-Meter-Motorjacht über die Berliner Wasserstraßen von Köpenick nach Waren an der Müritz, eine Woche nur auf dem Wasser, nannte sich diese Geburtstagsüberraschung. Ein tolles Boot hatte ich gechartert, drei kleine Schlafkajüten, zwei Bäder mit Toiletten, eine Pantry (Wohnbereich) und eine gut ausgestattete Küche, außer-

Zu Besuch in Regensburg, ich, mein Hund BJ (Bitschei), Mario.

dem eine sehr große Freifläche auf dem Achterdeck über der Achterkajüte. In Köpenick hatten wir das Boot übernommen und sind gegen Mittag in Berlin angekommen. Ich rief Mario an, er wusste, dass wir drei mit dieser Jacht, die sich „Freya" nannte, die „Göttin der Liebe und Ehe", wie verrückt durch Berlin fahren werden. An einem Anleger gegenüber der Stelle, wo heute das neue Berliner Schloss steht, warteten wir auf Mario, seine neue Freundin, Bitch, (sie wird noch ausreichend erwähnt werden), ihren Sohn und einen Freund des Sohnes. Wir wollten wenigstens einen Tag gemeinsam auf dem Wasser verbringen, bevor wir ohne sie weiter nach Waren fahren, und durchquerten bei schönstem Wetter die Berliner Innenstadt. Die Jungs lümmelten auf dem Vorderdeck, wir mittlerweile 5 reisende Erwachsene saßen auf dem Achterdeck bei Kaffee und Kuchen, während ich so nebenbei eine nach der anderen der vielen Brücken durch die Innenstadt passierte. An der Schleuse Charlottenburg vorbei, Steuerbord in Richtung Spandau, weiter Richtung Havel verlief unser Weg.

Nun hatte Christian, unser gemeinsamer Künstler- und Möbeldesignerfreund, am Westhafen ein Wohnschiff erworben, worin er auch schon lebte.

Und Mario: „Den überraschen wir jetzt, der wird Augen machen, wenn ich nicht von der Straße, sondern von einem Boot auftauche."

Gesagt getan. Wir hatten Zeit, also Kursänderung, ab in Richtung Westhafen. Leider war Christian nicht da und so trafen wir nur auf dem danebenliegenden Wohnschiff den Nachbarn von Christian, auf dem ein Benny lebte, den Mario recht herzlich und lachend begrüßte, mir aber soweit nicht bekannt war. Mal wieder ein Überraschungspaket geschnürt von Mario, wie auch immer, gelungen war es am Ende doch.

Überraschungsbesuch, Benny und Mario, 2007

Der Krug ...

Und natürlich gibt es auch eine unterhaltsame Anekdote zwischen Mario und Christian zu erzählen. Ich kann nicht mehr genau sagen, wann genau das gewesen war, irgendwann in den späten 2000ern. Grundsätzlich, wann immer wir unterwegs waren, etwas erledigten, transportierten, war immer irgendwo bei irgendwelchen Menschen ein Besuch eingeplant. Selbstredend auch bei Christian in seiner Schreinerei, ein stets lustiger und unterhaltsamer Besuch, für mich auch noch hochinteressant, da mich das Schreiner- und Tischlerhandwerk als vergleichbar kläglicher Hobbyschreiner schon immer sehr faszinierte. Es gab in seinen nach frischen Holz duftenden heiligen Hallen immer

was zu sehen, etwas, was restauriert wurde, etwas, was hergestellt wurde, etwas, was künstlerisch gestaltet wurde.

Wenn wir nicht in seine Schreinerei fuhren, dann begaben wir uns an den Westhafen an die Stelle, wo Christian mit
seinem Wohnschiff fest verzurrt seinen Liegeplatz hatte. Ein
Projekt, das er sich über eine gewisse Zeit, mit viel Schweiß,
ordentlichen Investitionen, guten Ideen und handwerklichen
Glanzleistungen zu seinem Wohnsitz umgebaut hatte. Und
wieder war es für mich interessant, wo es sich doch um ein
„schwimmendes Gerät", wie sowas laut offiziellen Begriffsbe-
stimmungen in der Binnenschifffahrt genannt wird, handelte,
etwas aus meinem Berufszweig also. Na ja, und Mario war ja
grundsätzlich sehr vielseitig interessiert, hat diese Zeit, diese
einzelnen Schritte und Abschnitte des Umbaus sehr gut nach-
vollzogen und mitverfolgt.

An diesem Tag holte er mich mal wieder in der Innenstadt
ab, dort, wo ich meine Ferienwohnung hatte. Schon im Heranfahren hatte ich den Eindruck, da muss es doch etwas gegeben
haben, was ihn heute ganz besonders erheitert hat.

Und ich hatte die Beifahrertüre noch nicht zu, da platzte es
schon aus ihm heraus: „Stell Dir vor, was passiert ist."

Er war vor ein paar Tagen bei Christian in der Werkstatt
und neben seinem Schreibtisch stand am Boden so ein Tonkrug einer alten Waschgarnitur, die man früher so hatte, als es
noch kein Wasser aus dem Hahn gab. Und dieser Tonkrug war
bis obenhin voll mit Kleingeld. Christian, der immer, wenn er
Kleingeld und Klimpergeld in der Tasche hatte, das dort hinein
warf, kam noch nicht dazu, es auf die Bank zu tragen, um den
Krug zu leeren und das Geld zählen zu lassen. So kamen die
beiden dazu, von Mario angezettelt, zu erraten, wie viel Geld
das wohl sein könnte, was sich in diesem Tonkrug so in allen Formen in loser Schüttung befindet. Ein jeder riet, nannte
nach längerer Betrachtung und Berechnung einen Betrag.

Mario meinte dann: „Ich kauf Dir das Ding ab, so wie es ist,
gebe ich Dir 100 Euro", soweit ich mich erinnere.

Nach hartnäckigem Feilschen und einem Hin und Her, dem
gern genutzten Standardspruch, „Da musste aber noch ‚ne
Schippe drauflegen", in diesem Fall von Christian, einigten

sie sich, sag ich jetzt mal so, bei 200 Euro. Mario brachte das schwere gut befüllte Stück auf die Bank, ließ es zählen und erhielt etwas über 400 Euro. Das war es also, was ihm an diesem Morgen ein Lächeln ins Gesicht zauberte. Ich nehme mal an, dass Christian mit seinem fantastischen Humor, den er in sich trägt, zu ihm sagte, als er davon erfuhr: „Du Hund", gefolgt von einem schallenden Gelächter und eventuell begleitet von einem kleinen insgeheimen Ärgernis über den Verlust, den er gemacht hat. Sie hatten beide einen annähernd gleichen Humor, der sie über alles andere hinaus sehr innig verband.

Nach einem kurzen Plauderstündchen im Westhafen setzten wir unsere Fahrt fort, legten nochmal hinter Spandau an einer am Wasser gelegenen Gaststätte mit Bootsliegeplätzen an, aßen dort noch gemeinsam zu Abend und trennten uns dann wieder. Zum Abschied reichte mir Mario wie aus heiterem Himmel ein blaues, flaches und längliches Etui, was mich erstmal stutzig machte.

Er aber sagte: „Hier Bruder, sowas fehlt Dir noch um Deinen Stiernacken."

Überrascht, erstaunt und etwas sprachlos öffnete ich dieses Etui, darin eine sehr lange goldene Panzerkette. Mir fiel erstmal nichts ein, Bitch reckte ihren Kopf über Marios Schulter, der mir gegenüber stand. Anscheinend wusste sie nichts davon, und sie reagierte so, wie sie immer reagierte, wenn er etwas tat, was ihr gegen den Strich ging. Sie bekam eine rote Birne und wendete sich ab, tat so, als würde sie es nicht interessieren, und dachte insgeheim, so empfand ich es: „Verdammt, da gehen mir mindestens zwei Wochenenden in meiner Beautyfarm flöten."

Mario unterbrach diese von ihr versendeten Strahlen der Ablehnung: „Klaus und ich tragen als Brüder auch so eine Kette und da gehörst Du doch auch dazu."

Ich war perplex und sehr erfreut zugleich, ein unerwartetes Geschenk aus dem Nichts. Auch das konnte er mal wieder besser als kein anderer, andere aus dem Nichts freudig zu überraschen. Nach einer herzlichen Verabschiedung mussten die vier mit den öffentlichen Verkehrsmitteln zurück nach Berlin-Mitte, da dort ihr Auto geparkt war, während wir mit der „Freya" unsere Reise nach Waren an der Müritz fortsetzten, welches wir erst 6 Tage später erreichten. Grundsätzlich schafft man das auch ganz locker in der halben Zeit, doch gibt es auf dem Weg dahin viel zu viele interessante Wasserwege, die links und rechts dieser gigantischen Mecklenburger Seenplatte andere schöne Dinge vorzuweisen haben.

Bitch ...

Marios Geschäft lief gut und es war so einiges möglich. Längst war der große Lkw wieder abgestoßen worden und ein ziemlich neuer, weißer Mercedes Sprinter mit langem Radstand erworben, dazu ein sehr großer weißer Doppelachsiger Kofferanhänger mit Aluminiumaufbau und für den Müll, für Entsorgungen noch immer der große Doppelachsige Planen-Anhänger. Für die Mitarbeiter wurde ein kleiner sehr guter VW Caddy angeschafft, damit die unabhängig an die Baustellen anfahren konnten.

Bei Klaus lief es auch nicht nur schlecht, er, der Pragmatiker, einer, bei dem manchmal das Chaos regierte. Bescheiden wie er war, sein Transporter musste einfach nur funktionieren. Dass dieser schick und aufgeräumt war, erschien ihm nicht so sehr wichtig. Wenn die beiden geteilt hätten, Mario ein bisschen von seiner manchmal übertriebenen Penetranz an Reinlichkeit, „Allet uff Kante", an Klaus und im Gegenzug Klaus ein

Die Hecktür von Klaus seinem Transporter, „Not macht erfinderisch." Provisorisch repariert nach einem Einbruch und dennoch wurde kurze Zeit später auch dieses Schloss geknackt und sein gutes Fahrrad daraus entwendet.

bisschen von seinem Chaos, „Das muss hier irgendwo liegen", an Mario abgegeben hätte, dann hätten beide den perfekten Mittelweg für sich gefunden. Aber gut, es lief alles bei beiden irgendwie.

Da war also erneut eine neue Lebensgefährtin, deren richtigen Namen ich hier nicht nennen möchte. Zum einen, um mich zu schützen, womöglich würde sie mich verklagen, „Das stimmt alles gar nicht", wenn sie sich hier lesen könnte, zum anderen, weil sie es nicht verdient hat, namentlich genannt und in diesem Werk verewigt zu werden. Aber ich nenne sie mal weiterhin „Bitch". Wer die Zusammenhänge kennt, weiß genau wie sie wer gemeint ist. Wer es nicht weiß, wird mir nach meiner kurzüberlegten Namensgebung nach so manch einer weiteren gelesenen Zeile recht geben. Zum anderen, wenn sie irgendwann mal dieses Buch zu Händen bekommt, wird sie sich mit Sicherheit wiedererkennen, was sie daraus macht, interessiert mich nicht.
Sie war alleinerziehende Mutter, dennoch etwas zu eitel für ihre nicht so ausgeprägte Schönheit und zu alldem zu manchem Anlass auch noch arrogant. Langhaarig blond, korpulent, eher streng im Blick, dann wieder mädchenhaft. Das Lachen von Herzen, so wie Mario es mochte und konnte, lag ihr nicht wirklich. Sie war die eher strenge Lehrerin als die liebe Nachbarin. Arzthelferin war sie und Mario hatte sie in einem Onlineportal kennengelernt. Sie hatte beim Kennenlernen einen noch 16-jährigen Sohn als Einzelkind und ein eher kleines Gehalt, da sie nicht tagtäglich arbeitete. Bitch und Sohn lebten in einer Drei-Zimmer-Wohnung am Teltower Damm im Stadtteil Steglitz und nutzten die öffentlichen Verkehrsmittel, da ihr Etat kein Auto erlaubte. Ihr Einkommen, Unterstützung, Alimente von des Kindes Vater, plus Kindergeld, reichte gerade mal so. Auf alle Fälle war sie durch und durch ganz anders, als die anderen vor ihr waren. Mario war für sie eine gute Partie und mit seiner Einstellung, „Geben ist seliger denn Nehmen", wandelte sich das arme Hausmütterchen sehr schnell zu einer doch sehr gediegenen Geschäftsmannsgattin, wenn auch ohne Trauschein. All diese erst wachsenden Erkenntnisse nahm ich

vorher nie so richtig wahr, spürte schon ihr immer aufgesetztes Verhalten anderen gegenüber, ihre Art, auf einmal etwas Besseres zu sein, weil Mario es ihr ermöglichte. Doch mir war es wichtig, dass er glücklich und zufrieden war. Ich war viel zu weit weg, um das tagtäglich erleben zu müssen, außerdem fand ich immer einen Zugang zu all seinen Beziehungen, stand über all ihrer weiter und weiter wachsenden Arroganz und diesem plötzlich auftauchenden Etepetete-Gehabe, das ich bei seinen Vorgänger Freundinnen nie so extrem erkennen konnte.

Und wieder behielt er seine „Buchte" (Wohnung) am Spandauer Damm und machte daraus sein Büro. Sicherheitshalber selbstredend mit dem Gedanken, so wie er es mir auch schilderte: „Wenn mit der mal was ist, wenn das mal nicht mehr geht, bin ich nicht der, der von ihr abhängig ist." Zugleich wieder ein Vorteil für mich, denn ich brauchte mir weiterhin keine Gedanken über eine Übernachtungsmöglichkeit zu machen, wenn ich nach Berlin kam. Die Wohnung Spandauer Damm, zwei Zimmer, Küche, Bad, war als sein Büro noch immer so eingerichtet, wie er sie damals nach der Wohnung Ratiborstraße bezogen hatte. Wieder stand neben dem Schreibtisch diese schwarze, zwei Meter hohe, einen Meter breite Glasvitrine, darin alle seine kleinen, wenigen, sehr persönlichen Dinge und Schätze. Verwunderlich, dass er diese Vitrine immer und immer wieder mit umgezogen hatte. Es war nichts Besonderes, einfach nur „Presspappe", wie er selber solche Billigmöbel bezeichnete, zweckerfüllend, mehr nicht. Presspappe mit schwarzem Furnier und zwei Glastüren, dennoch ein Möbelstück, das er irgendwie mochte, ein gewisses Ensemble zu all dem anderen darstellte, etwas, was er womöglich zu Hunderten aus diversen Wohnungen dieser Stadt entsorgt hatte, alles für das Holzkontor, wo sowas im Schredder landet. Sein Einrichtungsstil war recht abwechslungsreich, informativ und unterhaltsam. Eine große, sicher weit über hundert Jahre alte Penduluhr aus Nussbaum mit Porzellanzifferblatt im tadellosen, sogar neuwertigen Zustand. Die hatte sicher zwei Kriege und das womöglich in dieser Stadt überstanden, nur unweit ein schöner rechteckiger Regulator mit geschliffenen Glasscheiben in Eiche, aus den zwanziger Jahren und konträr dazu hing an der Wand über dem

Schreibtisch das eine Gemälde, das nicht jedem so sehr gefiel, vielleicht so 70 x 40 Zentimeter groß.

Sehr aggressiv wirkte es, aber es hing auch schon in den anderen Wohnungen zuvor immer irgendwo. Ein Bild, das er vor vielen Jahren mal in einer Therapie gemalt hatte. Es zeigte einen mit weit aufgerissenem Mund schreienden Menschen, der in der geballten Faust ein Messer hielt, dunkel, mit sehr viel roter Farbe, wütend, zum Kampf bereit. Er selber nannte es „Der Schrei". Ich habe ihn nie gefragt, ob er sich schon damals in den 80ern von diesem weltberühmten Bild, das ebenfalls diesen Titel „Der Schrei" trägt, inspirieren ließ. Ich meine das weltbekannte Gemälde des norwegischen Künstlers Edvard Munch, das schon irgendwann Anfang des 20. Jahrhunderts entstanden ist, ja sogar mit vier verschiedenen Materialien von diesem Künstler nur wenig unterschiedlich gemalt wurde. Sein Erschaffer wollte mit diesem Gemälde „Der Schrei" eine ihm widerfahrene Angstattacke verarbeiten. Mir gefiel Marios Erstlings- und einziges Werk auch nicht wirklich, es war sehr mystisch abstrakt und aggressiv, aber es war von Mario gemalt. Er sollte sich damals in dieser Therapie selber darstellen. Ein Bild von meinem Bruder, dem unbekannten Künstler von damals – so gesehen fand ich es wiederum großartig. Dass zu diesem Zeitpunkt der Plan bestand, dass der Sohn von Bitch in diese Wohnung ziehen soll und sein ehemaliges Kinderzimmer am Teltower Damm Marios Büro werden sollte, davon wusste ich aber noch nichts. Der Plan war, die Göre aus dem Kreis der älter werdenden Menschen in die Selbstständigkeit zu entlassen, dazu gleich mehr.

Chez Nous, „wo bleibt denn das Luder" ...

Wir wussten von Wolfgangs gesundheitlichen Problemen und auch er wusste durchaus, dass die Lage sehr erst ist. Die Diagnose Schwarzer Hautkrebs bzw. Maligne Melanom sorgte für Beunruhigung. In der Tat hatte ihn der schlimmste aller Hautkrebse befallen. Zu dieser Zeit war aber für Wolfgang, dem man im Jahr davor, 2007, einen Zeh amputiert hatte, an dem dieser Krebs entdeckt wurde, die Prognose noch positiv, er guter Dinge, alles überstanden zu haben. Bei einem gemeinsamen Besuch in Berlin waren wir daher immer sehr bemüht, uns die Zeit sehr schön und unterhaltsam zu gestalten. Und Wolfgang, eher wohlhabend, legte gerade zu dieser Zeit großen Wert darauf, Besonderes zu unternehmen. So aßen wir da, wo auch der Starfriseur Udo Walz zu Abend aß, genossen Luxus und die feine Küche. Einer seiner großen Wünsche war noch einmal das Cabaret „Chez Nous", zu Deutsch „Bei uns", zu besuchen. Wolfgang erzählte, als er noch in den 60er Jahren in Berlin lebte, von einem sehr prägenden Lebensabschnitt, den er immer mal wieder in diesem Etablissement erleben durfte, einer heute unvorstellbaren Zeit, von der er oft aber auch unterhaltend erzählen konnte.

Der Paragraf 175 StGB war zu dieser Zeit und noch weitere 30 Jahre, bis 1994, rechtskräftig und Homosexualität war noch strafbar. Ein Paragraf, der seit Januar 1872 in diesen Kreisen für Angst und Schrecken sorgte. Ich, nein, auch Mario, als waschechte Berliner, fanden seine Erzählungen immer sehr interessant, erzählt von einem Zeitzeugen, der davon sprach, dass er als „Junger Piepel" oft um sein Leben rannte, um von den Schlägertrupps der Polizei, die sich das bei Gelegenheit zum Spaß machten, keine Prügel mit dem Gummiknüppel einzukassieren. Oder wenn in einer Lokalität, einem geheimen Treffpunkt Gleichgesinnter, die Türen aufflogen und alle Gäste mit der „grünen Minna", einem Sammeltransporter der Polizei, auf die Wache gebracht und angezeigt wurden. Oder wenn sie sich heimlich in den damals noch vorhandenen Kriegsruinen trafen, weil es woanders nicht erlaubt oder möglich war. Das war damals alles eine extreme Schikane, wo doch nur die eigentliche sexuelle Handlung, die 175er, wie sie auch genannt wurde, verboten war. Am 17. Mai, dem 17.5., sprach man noch vom Feiertag der Homos, keiner war es, aber überall waren welche.

Und da war eben dieses „Chez Nous", ein Cabaret in Berlin-Charlottenburg, Marburger Straße und er war sich gar nicht sicher, ob es dieses Etablissement überhaupt noch gibt. So ist es das älteste Cabaret oder Travestietheater Deutschlands, existiert bereits seit 1958 und Wolfgang warf mit irgendwelchen Namen von Künstlern durch die Gegend, die mir nicht bekannt waren, außer der von Amanda Lear, die er live 1962 im „Chez Nous" gesehen hatte, lange bevor sie eine Schlagerkariere im Fernsehen machte und die meisten Männer noch heute knobeln, Mann oder Frau? Am Ende einigte man sich darauf, definitiv eine Frau mit einer sehr interessanten männlichen Sangesstimme. Mit Internet hatte Wolfgang nichts am Hut, aber ich habe mich rechtzeitig informiert und schon vor der Abfahrt von Regensburg 4 Plätze für einen Abend im „Chez Nous" reserviert. Und so konnte ich Wolfgang wieder sehr erfreut überraschen. Bitch hatte ich an diesem Abend nicht eingeplant, da ich der Gastgeber war, war das kein Problem. Wir, Wolfgang, Christian und ich begaben uns an diesem Abend auf den Weg ins „Chez Nous". Mario war im Begriff, selber hinzukommen, aber wir warteten vor dem Eingang. Eine, für mich so erkannt, sehr alte Frau oder Mann, ein Travestie, sah uns vor der Tür stehen und kam nach draußen.

„Was ist denn los, Kinder, traut Ihr Euch nicht rein?"

Ich sagte: „Doch, sicher, wir haben doch reserviert, warten nur noch auf meinen Bruder."

Christian meinte: „Da kommt er doch", und wir blickten alle in die ferne Richtung, aus der er kam.

„Wie heißt er denn, der Bruder?", fragte die Dame. Und als sie hörte, dass das der Mario ist, der sicher noch hundert Meter zu laufen hatte, schrie sie wie eine Irre mit rauchig tiefer Stimme, das es nur so hallte in dieser Marburger Straße: „Nun beeil Dich mal, Du Luder, wir wollen anfangen."

Somit war der lustige Abend auch schon eingeläutet und Mario war den ganzen Abend nur „das Luder". Wir betraten den

Laden. Ich persönlich glaubte daran, eine Reise durch die Zeit angetreten zu haben und Wolfgang kam aus dem Staunen nicht mehr raus, sprach mit einer anderen betakelten Dame, die die Garderobe machte, und war fest davon überzeugt, „die hat vor 40 Jahren auch schon dort gesessen." Es machte den Anschein, als seien die jungen Mädels von damals diesem Theater über ihr ganzes Leben hinweg treu geblieben. Im Theater gab es ca. 60 Stühle, vielleicht auch mehr, 30 links, 30 rechts, in der Mitte der Gang, der zum Ausgang oder zur Bühne führte. Die Stühle im Chippendale-Stil, die vor langer Zeit mal weiß lackiert waren, die Sitzpolster aus einstig rotem Samt, abgesessen und löchrig. Christian suchte, da er als erster den Saal betrat, in Theatermitte eine Sitzreihe links aus, in der wir sitzen wollten, begab sich also als erster in diese Sitzreihe hinein, gefolgt von Wolfgang, mir und ganz außen am Mittelgang hatte Mario seinen Platz gefunden.

Dem fiel auf: „Hier sitz ick ja wie uffn Präsentierteller, na Bravo", schien er zu ahnen, dass diejenigen, die immer ganz außen sitzen, gerne mal ins Geschehen einbezogen werden.

So hoffte jeder von uns dreien auf den sicheren Plätzen insgeheim auf eine besondere Showeinlage von Mario. Recht viel mehr Gäste wurden es leider nicht, lassen wir es mal 15 oder 20 gewesen sein. Dennoch wurde bis zum Beginn der Show hartnäckig auf weitere Gäste gewartet, die am Ende doch nicht kamen. Wir alle, besonders aber Wolfgang, waren von einem konzertierten Rundumblick wie gefesselt. Es ging auch nicht anders, man musste einfach alles angucken.

„Ist gar nichts los, schade", fiel Wolfgang auf, „der Laden war früher jeden Abend proppenvoll und stell Dir vor, die haben alle auch noch geraucht wie die Bekloppten. Und was das für ein Krach war, bevor die Show anfing, die gackerten doch alle wie die Hühner", was uns sehr erheiterte in der Vorstellung.

Auch ich begab mich auf eine intensive optische Stippvisite. Es gibt gewisse Örtlichkeiten, die fordern das förmlich von mir. An den Wänden hingen in regelmäßigen Abständen diese elektrifizierten Zwillings-Kerzenleuchter, bei denen jede zweite Kerze nicht mehr brannte, der eine oder andere dabei auch mal auffallend schief und ich würde sagen, das ganze Theater war mit schwarzer Tapete ausgestattet, die im Ansatz undefinierbare, etwas hellere Ornamente erahnen ließ. Von der Decke hingen uralte Kristallkronleuchter, nachdem sich heute so manch einer die Finger ablecken würde. Diese Kristalltropfen in den unterschiedlichsten Größen hatten schon lange ausgeblitzt und doch waren es garantiert keine aus Plexiglas. Die relativ kleine Bühne war mit einem roten Vorhang verhangen, der eher einem schweren Teppich glich. In der Mitte der Bühne zeigte ein Punktstrahler kreisrund auf diesen Teppich, garantiert ganz nach alter Schule mit Glühbirne und nicht mit LED-Technik. Ein strahlender Kreis, aus dem wohl gleich der erste Stargast, eine aufgetakelte Moderatorin, herausspringen wird. Ich hatte innerlich den Wunsch, das alles jetzt in schwarz/weiß sehen zu wollen. Die tristen Farben störten meine Vorstellung, in einer sehr alten Zeit zu sein. All das, behauptete Wolfgang, ist alles so, wie er es vor 40 Jahren zuletzt gesehen hatte. Sogar die Spinnenweben und der Staub wären noch die gleichen, unterhielt er uns schon, bevor die Show überhaupt angefangen hat.

Marios ungewollter Auftritt folgte, wie von uns allen erhofft, im Verlauf der Show. Mit der Interpretation eines hier passenden Schlagers von Margot Werner aus der Mitte der 70er, „So ein Mann, so ein Mann, zieht mich unwahrscheinlich an", wurde er von einer tuffigen, selbstredend älteren Dame, die von der Bühne sicheren Fußes herunterkam, umgarnt. Eine Dame, die im lauten Playback des Liedes, im näheren Umfeld doch gut hörbar, den Text in aller Manneskraft recht laut mitsang. Genau Mario war der Mann, der sie unwahrscheinlich anmachte, nur ihn hatte sie ausgewählt. Mit ihrer weißen Boa wickelte sie ihn von hinten ein und knutschte noch am Ende des Liedes schmatzend seine hochrot gewordene Glatze, das der Lippenstift drauf kleben blieb.

Bei der Verabschiedung erfuhren wir, dass die Tage des „Chez Nous" gezählt sind. Man plant, es zu schließen.

Die Dame an der Garderobe meinte ganz männlich, denn die Show war zu Ende: „Weste, ick hab och ken Bock mehr, jeden

Abend diese Anmalerei und dit seit fast 50 Jahren. Dafür bin ick zu alt, ick geh och in Rente, es reicht."

Und Wolfgang erfuhr tatsächlich, dass sie auch schon vor 40 Jahren hier tätig war. Man erinnerte sich nicht an Namen oder damaliges Aussehen, aber an eine sehr lange Geschichte.

Mario wird 50 ...

Am 20. September 2008 feierte Mario in seinen 50. Geburtstag hinein. Mario war mittlerweile von seiner Wohnung am Spandauer Damm zu „ihr" in den Teltower Damm gezogen, der Sohn bereits ausgesondert in den Spandauer Damm. Sein ehemaliges Kinderzimmer war jetzt das neue Büro und wieder befanden sich darin seine kleinen privaten Schätze in dieser aus Presspappe bestehenden Glasvitrine, genauso bestückt, wie es darin in den letzten Jahrzehnten üblich gewesen war. Dinge aus der vorherigen Wohnung fanden sich alle wieder, nur seinem Kunstwerk schien es nicht erlaubt gewesen zu sein, aufgehängt zu werden. Ich sah es seit dem nie wieder, bin mir aber sicher, dass es womöglich hinter dem Sofa oder irgendwo zur Aufbewahrung versteckt wurde. Niemals hätte er es entsorgt, schon allein, weil er wusste, dass es mir mit seiner Geschichte gefallen hat.

Bei ihr im Hausstand wollte ich nicht übernachten, so lieb hatte ich sie nun auch wieder nicht. Daher hieß es nun erstmal wieder, eine Ferienwohnung zu beziehen, da mein sonstiges Domizil nun vom Sohn bezogen war, was aber kein Problem für mich darstellte. Eigentlich wollte Mario gar nicht feiern, dann aber doch wieder, aber am liebsten in einer entsprechend geeigneten Lokalität irgendwo, wohnortnah in Berlin. Bitch erkannte abermals, dass sich Mario diesen besonderen Tag wahrscheinlich ein paar Euro kosten lassen würde.

Sie beharrte darauf, seinen Geburtstag in ihrer Wohnung zu feiern: „Wäre doch viel billiger", man müsste die Tage in der Beautyfarm nicht einschränken.

Somit räumten sie das Wohnzimmer fast komplett leer, außer Schrank und Sofa, und stellten Stehbartische auf. Diverse Salate wurden gemacht und damit es nicht allzu geizig aussah, ließ sie dann doch ein kleines Büffet mit diversen Leckereien von einem Anbieter anliefern. Sie machte aber den Nachtisch selber, einen Esslöffel „Rote Grütze" von Aldi aus dem 500-Gramm-Pack, genauso wie „Mousse au Chocolat" für darüber, da darüber dann ein kleiner Schuss Vanillesauce aus dem Tetrapack. O. k., o. k., mein Gaumen ist nicht absonderlich verwöhnt und es war dennoch lecker, aber eben günstig.

Sehr viele mir unbekannte Gäste trafen ein, viele Freunde und Bekannte, die ich nicht kannte, Gäste aus den unterschiedlichsten Lebensabschnitten vor unserer Zeit. Gäste, die alle ihre Zeit mit Mario hatten. All die vielen neuen Namen konnte ich mir alle gar nicht merken. Unsere kleine Schwester Dagmar war noch da. Die war aber nie so interessiert an ihrer Familie, meine Mobilität hat sie dann doch überredet mitzukommen. Der Abend war durch und durch sehr gelungen, was an den sehr unterhaltsamen Gästen lag, die sich so manch einen Spaß für ihn hatten einfallen lassen. So gab es für ihn von Malte, gerad um die 13, eine kleine Rolle Wickeldraht, animiert durch Marios gern verwendeten Spruch, bei Einkäufen und Preisverhandlungen: „Was willst dafür haben oder was gibst Du mir dafür, ‚ne Rolle Draht oder was?" Von anderen gab es eine blaue Unterhose mit einem Superman-Emblem vorn am Eingriff und einer war der Meinung, er würde Mario gern mal mit voller Haarpracht sehn und schenkte ihm kurzerhand ein blondes Toupet. Rundum wurde also sehr viel gelacht.

Bis früh in den Morgen wurde gefeiert und viele Gäste gingen mir genauso unbekannt, wie sie kamen. In all dem Trubel war nicht viel Zeit, alle in einen Small Talk zu verwickeln. Aber ich denke heute mit dieser Erinnerung, was wäre das für eine geballte Ladung an Geschichten, die all diese Gäste, die er eingeladen hatte, mit ihm verbinden und grundsätzlich erzählen könnten. Fünfzig Gäste ergeben mindestens 100 sehr abwechslungsreiche Geschichten, Geschichten, die mir zum allergrößten Teil nicht bekannt sind. Heute beweist es sich,

Ein Geschenk für Mario, „eine volle Haarpracht", probege-
tragen von Klaus.

dass diese Geschichten in absehbarer Zeit keiner mehr erzählen
wird und eines Tages auch keiner mehr erzählen kann. Umso
mehr betrachte ich mein Wirken, diese Biografie geschrieben
zu haben, als ausreichend begründet. So bleiben wenigstens
meine Erfahrungen und Geschichten von meinem Bruder der
Nachwelt erhalten, weigere mich in Gedanken, Meinungen von
Menschen zu tolerieren, die laut sagen: „Wen interessiert denn
die Geschichte von einem Mario Reich." Wo es doch um sehr
viel mehr geht, als um seine Geschichte, es geht um das Ge-
samtpaket seiner Geschichte, die in manch einer Hinsicht ih-
resgleichen sucht.

Fakt bleibt allerdings, um in dieser unfassbar umfangreichen und großen Welt der Literatur einen ehrenwerten Platz
zu erringen, grenzt schon seit einer sehr langen Zeit daran,
einen 6er im Lotto zu gewinnen. Die Chancen für einen solchen
Gewinn liegen statistisch bewiesen bei rund 1:14 Millionen.
Ehrenwerter Platz bezieht sich allerdings in meiner Intention
vor allem darauf, dass andere Menschen an einem Text dieser

Art Interesse finden können und dieses Buch für bereichernd, interessant und lesenswert erachten.

Auf die wenigen Euro, die man als Autor vom Reinerlös des Buches zu erwarten hat und die meistens unter 20 Prozent liegen, sollte man von vornherein nicht spekulieren. Es macht schon einen ordentlichen Schwung an verkauften Büchern erforderlich, damit die Schaffung des Werkes überhaupt bezahlt ist. Wo die skurrilen, aber auch fragwürdigsten Stars aus Film, Musik und Fernsehen in kürzester Zeit einen Podiumsplatz erreichen, nur mit ihrem Namen, ihrem Promistatus, über Nacht einen Bestseller landen, bleibt das für den kleinen Schreiberling ein schier unerreichbares Ziel. Die Geschichten von „normalen Menschen" finden auch aus diesem Grund weiterhin wenig Interesse beim Durchschnittsleser. Selbst die Medien bewerben und präsentieren lieber die Autobiografie eines drittklassigen Schlagersängers, der wahrscheinlich nicht ein Wort zu seiner eigenen Biografie selber geschrieben hat. Ein teuer bezahlter Ghostwriter wird beauftragt, der die vorher auf einem Tonband gesprochene, kurz erwähnte Geschichte des Stars zu einer abenteuerlichen, unfassbaren und doch erträglichen, auch gewinnoptimierten Erzählung macht. Diese Klientel muss sich auch um keinen Verlag bemühen, weil sich alle um den Star reißen, Verlage den großen Profit schnuppern. Biografien von Stars und Sternchen verkaufen sich immer und wenn alle Stricke reißen, dann kauft man sich einfach selber einen Verlag oder lässt den Rest der Bücher, die zu einem Bestseller führen, von irgendwelchen Strohmännern kaufen, lässt sich sehr kreativ, den Geldbeutel angepasst, etwas einfallen, um die erforderlichen 100-Tausend verkauften Exemplare, die zu diesen Bestsellerstatus benötigt werden, zu erreichen. Und so hat Hans Dampf ruck zuck einen Bestseller geschrieben, die massiven Anstrengungen des kleinen Autors hingegen finden weder eine Chance noch Würdigung.

Leicht ist es nicht, diese unangenehme Tatsache zu ignorieren, und es gehört eine ordentliche Portion Selbstbewusstsein und Realitätsempfinden dazu, über all das hinwegzusehen. Für mich bleibt es nach wie vor eine wichtige Aufgabe, mich mit Erinnerungen auseinanderzusetzen, und mich verlässt dabei auch nicht die vielleicht schon naive Vorstellung, dass man so etwas verändern oder auf etwas aufmerksam machen kann. Doch das ist mein Weg, den ich beschreite, der zum Ziel führt, die Macht der Feder, wie man früher sagte, in den gesellschaftlichen Diskurs einzubringen. Das mal nur so nebenbei. Ich denke, dieser Umstand darf schon etwas Erwähnung finden.

Die Wohnung war mit allen helfenden Händen, die noch blieben, schnell wieder aufgeräumt und der Alltag fand sich wieder.

In Marios Umfeld wurde es so nach und nach etwas nobler. Wir trafen uns nunmehr immer öfter in besonderen Lokalen, er fand Geschmack ein einem guten Steak und es zog ihn immer öfter ins „Block House", eine Steak-House-Kette, die in den unterschiedlichsten Stadtteilen angesiedelt war. „Aber bloß nicht blutig, Medium well oder Halbrosa" durfte es sein, aber es durfte nicht mehr bluten, sonst war es vorbei mit der Völlerei. Sie (Bitch) war sehr gerne dafür zu haben, hatte auch immer Ideen, wohin er sie ausführen könnte. Allerdings eine lumpige Bratwurstsemmel vom Holzkohlegrill am Marktplatz zu Regensburg, an der Mario und ich uns labten, musste sie als ekelhaft wahrgenommen ausspucken. Da wir beide uns grundsätzlich nicht so als knauserig oder geizig zeigten, wurde nach dem Essen immer des Spaßes wegen die Frage gestellt: „Wer ist denn dran heute?" Auch andere kannten dieses Wortspiel, was so viel hieß, wer heute die Rechnung übernimmt. Kaum ausgesprochen, folgte auch schon sein: „Lass mal, ich mach schon", und schon war das Portemonnaie gezückt. Geradezu nervend an manchen Tagen. Man musste seinen Wunsch, auch mal eine Rechnung begleichen zu wollen, rechtzeitig und dominierend, am besten vor dem Betreten des Restaurants, „Nur das Du es weißt, heute bin ich dran", das gar schon bei der telefonischen Verabredung ankündigen oder sich an den Tresen schleichen, um seinem Akt der Bezahlung vorzugreifen.

Gefangen am CSD ...

Im Juni 2009 war ich erneut ein paar Tage in Berlin, wohnte wieder in einer Ferienwohnung. Mit Mario hatte ich mich erst am späten Nachmittag verabredet, wollten nur gemütlich essen gehen. Er rief mich aber an, als die Uhr gerade mal 09:00 zeigte.

„Schon wach? Komm, ich hab ‚nen Spezial-Auftrag, muss schnell gehen, hole Dich gleich ab."

„Aha, o. k., alles gut, bin dabei", sagte ich nur etwas überrascht.

Keine 20 Minuten später kam er auch schon angefahren.

„Jetzt bin ich aber gespannt", waren meine zweiten Worte nach, „guten Morgen", als ich eingestiegen war.

Da hat ihn jemand ganz aufgeregt angerufen: „Voll lustig", erzählte er, „hat sich angehört wie eine Tunte, so mit ‚huch und ach herje', voll süß", wirkte Mario sehr amüsiert.

Und die wollte er jetzt mal nicht hängen lassen und hat spontan zugesagt zu helfen. Sie, keine Ahnung welcher Verein, haben einen Stand am CSD, dem Christopher Street Day, und ihnen ist ein Kühlschrank ausgefallen und wir holen jetzt einen anderen bei einem Leihservices und bringen den dahin, damit das Mädel unter all den warmen Brüdern auch schön die Getränke kühlen kann, hat er längst belustigt entschieden. Wir sind mit dem Transporter, ich weiß nicht wohin, gefahren, um den Kühlschrank abzuholen. Der Kühlschrankverleiher war Mario schon aus vergangener Zeit bekannt, hat da ab und zu mal Elektrogeräte hingebracht, die er für zu gut und schade fand, um sie zu entsorgen, außerdem musste er für vor allem Kühlgeräte als gewerblicher Entsorger bei der Müllentsorgung meist 5,00 € bezahlen, wenn er solche Geräte brachte. Zwar nicht immer, kommt drauf an, welche Leute oder Kumpels an dem Containern standen. Manche sagten, „stell hin, Mario" und gut ist. Andere ließen ihn für die Entsorgung bezahlen. Man kannte sich also und auch hier bei dem Gebrauchtelektrogerätehändler ganz nach dem Motto, eine Hand wäscht die andere, was sich auch gleich wieder auszahlte, denn es kam ein kleiner Auftrag zu Stande, der den Samstag zwar nicht rettete, aber einen neuen zufriedenen Kunden bringen wird.

Der Kühlschrankdealer hat auch gleich den Transport organisiert, hat der verzweifelten Dame am Telefon Marios Nummer gegeben, sagte gleich: „Der Mario macht das bestimmt, der bringt Dir den Kühlschrank", hat ihn, weil man sich kennt, empfohlen.

Wohlweißlich hatte er das gute Stück schon auf 3° C runtergekühlt, meinte: „Wenn Ihr keine Stadtrundfahrt macht, ist der sofort bereit zum Kühlen, beeilt Euch ein bisschen."

So haben wir das Ding eingeladen und festgezurrt und erfuhren die genaue Lieferadresse. Das Ding muss direkt am Großen Stern am Straßenrand, dem Fuße der Siegessäule, seinen Ersatz bieten.

Mario meinte: „Na, ich weiß nicht, wer weiß, ob die uns da noch rein lassen, die sperren doch alles ab zur CSD-Parade", fuhren aber voller guter Dinge trotzdem dort hin.

Und so kam es, dass wir an der Absperrung, wo uns die Polizei aufhielt, nochmal Glück hatten.

Nachdem Mario, wie er es auch sehr gut konnte, belustigt erklärte: „Man könnte es doch nicht verantworten, dass all den netten Menschen hier bei dieser Hitze keine kalten Getränke gereicht werden können."

Die Polizei hatte Erbarmen und ließ uns passieren, meinte aber: „Sie haben 30 Minuten, dann ist hier alles dicht, dann kommt kein Auto mehr rein und keines mehr raus."

Mario sprach ganz siegessicher unter der Siegessäule: „In 15 Minuten sind wir wieder da, alles klar, Herr Kommissar, Dankeschön."

Und wir konnten bei der Siegessäule rechts um diesen riesigen Kreisverkehr herum nur im Schritttempo erstmal nach dem richtigen Stand suchen. Unglaublich viele Menschen waren schon unterwegs und keiner wollte uns gerne vorbeilassen. Zu all dem fand sich erstmal keiner, der einen Kühlschrank brauchte, und die Zeit rann. Endlich kam aus der Ferne eine recht aufgetakelte Dame, neee, keine Dame, eine, na ja, ziemlich auffallend verkleidete und geschminkte Person, sehr weiblich aussehende Figur auf uns zugestürmt. Kurzes gelbes Röckchen und Beine bis oben hin, kam sie siegessicher mit großem Stechschritt in ihren sehr hohen Stöckelschuhen, was ihre sehr auffallende hohe, graublaue Perücke vor und zurück, immer hin und her wippen ließ, auf uns zugelaufen.

„Hier sind so viele bunte Vögel, keine Ahnung, ob die das ist", meinte Mario.

„Ooooohhhhh, mein Gott", schrie sie hysterisch, als sie uns sah.

Wir waren auch der einzige Transporter, der noch auf der Straße war, der nicht zu dieser Parade gehörte, auf die all die vielen Menschen, bunt, kunterbunt und unbunt warteten.

„Ahhhhhh ... meine Retter kommen! Kinder, schnell, macht Platz, der Kühlschrank kommt. Ohhhhh, Ihr starken Männer", rief, nein grölte sie sichtlich erleichtert, in der Aufregung vergessen zu haben, dass sie heute eine weibliche Stimme nutzen wollte. „Bin ich froh, dass Ihr da seid", was durch unsere herabgelassenen Fenster sehr gut zu hören war, und wir fanden das alles sehr unterhaltsam.

„Folgt mir, Ihr Männer", sprach sie dominant durch Marios Fenster, während die Lady mit sexy Schritt und tanzendem Hintern vor unserem Auto herlief und die ganzen Menschen auf der Straße, „Macht Platz, Kinder, macht Platz, der Kühlschrank kommt", links und rechts zur Seite trieb, tasteten wir uns im Schritttempo näher an diesen Stand heran, stellten uns kurz davor auf einen freien Platz, damit wir nicht mitten im Weg standen.

Kaum ausgestiegen, kam auch schon der Befehl: „Nun nehmt das Ding mal raus, Ihr Bären", den Kühlschrank auszuladen, am Stand zu positionieren und ihre Freundinnen hielt sie an, den noch leeren Kühlschrank sofort zu bestücken.

Da war Mario tatsächlich der Hahn im Korb, unglaublich. Wie die Fliegen das Licht umschwärmten sie ihn, versuchten mal hier und mal da die eine oder andere Berührung zu erhaschen. Er konnte das aber auch richtig gut, so mit den Augen etwas, was ihm interessierte und gefiel, Millimeter um Millimeter abzutasten und all die schrillen Schönheiten schienen es anscheinend erregend gespürt zu haben. Natürlich war es zwischen uns kein Geheimnis, dass er all das Verrückte hier, all das, was er da sah, durchaus ganz neutral sehr sexy fand, ganz zu schweigen von seiner großen Toleranz in der Angelegenheit „wo die Liebe hinfällt".

Die gelbe Chefin stellte sich neben ihn, fragte Mario: „Was bekommst Du denn jetzt, mein starker Retter?", hatte einen Arm um seine Schulter gelegt, war durch die hohen Absätze über einen Kopf größer und rieb ihm über die muskelpralle Brust, während sie ihre falsche fest an ihn drückte.

„Na komm, das kam jetzt so plötzlich, gib mir ‚nen kleinen Obolus und dann ist gut, Freundschaftsdienst, aber empfehle mich weiter, o. k.?", meinte locker Mario.

Sie streckte nur ihren langen Arm in die Luft und rief zu ihren Freundinnen: „Kinder, die Mutter benötigt 50 € für meinen starken Freund hier", schaute ihn gleich wieder aber fragend an, „ist das o. k. für Dich, Schatz, 50 Euro?"

„Na klar und vergiss nicht, mich weiterzuempfehlen, ick bin Mario, der Mann für alle Fälle, meine Nummer haste ja."

Ich dachte, na das wird jetzt gleich lustig werden mit diesem Anhang.

„Mein Goooooott, für alle Fälle", kreischte sie eindeutig zweideutig, streckte wieder den Arm in die Luft und ich bemerkte, das war ihr persönliches Zeichen, dass jetzt alle auf sie hören sollten. „Kindeeeeer", schrie sie, „das ist Mario, der Mann für alle Fälle, die Nummer gibt es bei mir, bitte anstellen", und so kamen wir von einem Lachflash in den nächsten und wollten nun endlich wieder los, bevor wir nicht mehr durften.

Leider zu spät.

Die lange Standbetreiberin wies uns darauf hin: „Das kannst Du jetzt vergessen, Schatzi, da kommst Du jetzt nicht mehr raus. Frühestens wenn die Parade durch ist und die fängt doch gerade erst an."

„Na ja, och ejal jetze", meinte Mario, „dann bleiben wir eben hier so lange."

So waren wir mitten drin, für viele Stunden gefangen in all dem Wahnsinn, hatten aber einen guten Platz, haben lecker was gegessen und ausreichend was Gekühltes zu trinken

Mario und ???, CSD, Berlin, Juni 2009.

bekommen. Darüber hinaus bot sich uns jede Menge Unterhaltung der buntesten und lustigsten Art.

Wir erlebten und leisteten uns schöne prägende Unternehmungen, leider zu wenig des Guten und Bitch gedieh in diesem unerwarteten Wohlstand mehr und mehr. Mario ließ aber auch nichts aus, um für sie diesen schönen Lebensweg erhalten zu können. Trotz dieser unnützen Investition in die mir geschenkte goldene Kette, blieben ihr einige Wochenenden auf einer Beautyfarm und sie bekam ganz nach Wunsch und eigener Gestaltung eine neue Einbauküche nach Maß gefertigt, auch das Bad wurde generalüberholt, mit begehbarer Regendusche. Eigentlich ein schönes Leben für eine Frau, für die es vor der Bekanntschaft mit Mario nicht so richtig gut lief im Leben und die es so zu nichts, außer zu einem normalen Lebensumstand gebracht hat, mit dem andere durchaus zufrieden wären. Sie war unfassbar geizig, gönnte niemanden etwas, selbst mir als seinen Bruder nicht.

Als er eines Tages einen ganzen Karton original verpackte, nagelneue schwarze Socken, die er irgendwo bei einer Räumung für zu schade zum Wegschmeißen mitbrachte, hinten aus seinem Transporter hob und lustig meinte, „Bruder, brauche Socke", ich sogar schon darin nach meiner Größe suchte, meinte Bitch: „Nun lass doch mal, der kann sich doch seine Socken selber kaufen."

Sehr gut konnte ich an seinem starren verständnislosen Blick, der mich wie ein Blitz erfasste, erkennen und der bedeuten sollte, „was war das denn jetzt", dass Mario mit diesem Spruch nicht zufrieden war. Aber sein Verlangen nach Frieden und keinerlei Auseinandersetzung ließ ihn letztendlich schweigen und ihr blieben ein paar Socken mehr, die sie dann nicht einmal in Ebay verkaufen wollte.

„Die bringen nichts, nur Kleckerkram, viel zu viel Arbeit für wenig Lohn."

Wir gingen zusammen in seinen Keller und Mario schob diesen Karton voll mit nagelneuen schwarzen Socken zwischen all die anderen, die da in einen der vielen Regale standen, meinte noch: „Lass mal, ich find' schon jemanden. Wenn nicht, dann bring ich sie in die Kleiderkammer. Wegschmeißen werde ich sie auf alle Fälle nicht."

Wir holten noch ein paar mehr Kartons aus dem Transporter, die alle dort hinunter sollten. Bitch blickte nur immer kontrollierend hinein, ob es da nicht noch was Schöneres als schwarze Socken zu entdecken gäbe und folgte uns dann schleichend mit freien Händen. Ich staunte nicht schlecht, was er da in den letzten Jahren so angesammelt hatte. Ein Regal neben dem anderen hatte er aufgestellt und in jedem befanden sich kleine und große, schöne und interessante Dinge und viele noch verpackte Kartons warteten darauf, ausgepackt zu werden. Ich kam mir vor wie bei einem gut sortierten Antiquitätenhändler.

Augenblicke aus Marios Alltag ...

„Alles Sachen, die ich eigentlich entsorgen sollte", sprach er geradezu entrüstet. „Schau Dir das mal an, ich kann doch nicht immer alles in die Müllverbrennung fahren, das sind doch noch sehr gute und wertige Dinge. Alles aus Entrümpelungen, die Wohnung muss bis zu diesem oder jenem Zeitpunkt, egal wie, leer werden", lautete sehr oft sein Auftrag.

Oder Kellerräumungen von Leuten, die dazu keinen Bock hatten, lieber mal 200 Euro dafür bezahlten, Hauptsache der

Keller ist leer. Einmal hatte er eine Wohnung, in der jemand kurz vorher erst aufgefunden wurde, der bereits länger verstorben war.

„Sowas würde ich normalerweise niemals machen", sagte er, was ich mir gut vorstellen konnte bei seiner empfindlichen Nase in Sachen Dufterlebnisse.

Aber der Auftraggeber hätte dann erzählt, dass der tote Mensch schon lange da raus ist, es wäre auch schon eine Firma da gewesen, die den Gestank neutralisiert und alles weggewischt habe. Nun wären da noch zwei Zimmer, die von diesem Verwesungsprozess nicht betroffen waren, aber auch noch ein paar Sachen drin ständen, die da raus mussten. Letztendlich war es dann doch recht eklig, denn die Fliegen, die da alle aus der Leiche geboren wurden, lagen da noch alle tot rum, viele Tausende, unfassbar viele Fliegenkadaver, die er mit einem Besen zusammenkehrte und dann in einem Müllbeutel entsorgte.

In einer anderen, einer Messie-Wohnung, in der schon länger keiner mehr lebte und der Strom abgestellt war, kein Strom, kein kühlender Kühlschrank, sollte er eine Räumung vornehmen. Selbstredend herrschte in dieser Wohnung ein unfassbares Chaos. Mario bemerkte, eigentlich ein guter Kühlschrank, da findet sich doch bestimmt noch jemand, der den gebrauchen könnte und schaute gleich in seine Notizen. Zeitgleich öffnete er schwungvoll diesen Kühlschrank, wollte schauen, ob da noch was drin ist. Und, „ohaaaa", da heiß es erstmal, Kühlschranktür so schnell wie möglich wieder zu, alle Fenster auf, dann ziemlich hurtig die Flucht ergreifen, raus aus der Wohnung und an diesem Tag konnte darin nicht mehr gearbeitet werden. Ein ganz besonders widerliches Odeur machte sich schlagartig breit, was einen Leichenduft, der ihm in all den Jahren nicht unerkannt blieb, durchaus übertraf.

Darum lerne: „Geschlossene Kühlschränke und Gefriertruhen immer erst nur einen gaaaanz kleinen Spalt öffnen. Da ist durch den Gammel so ein Druck drauf, der sich schlagartig verbreitet und nicht mehr zu bremsen ist, wenn er mal freigelegt wird."

Am nächsten Tag nach einer vorsichtigen Geruchsprobe wurde der Kühlschrank mit Gurten zugeknotet und so wie er war zur BSR gebracht, wurde Sondermüll, der bezahlt werden musste.

Toiletten waren noch so ein Abenteuer, dem er sich aussetzen musste, Toiletten, die tagelang nicht abgezogen wurden, auch aus dem Grund, weil das Wasser abgestellt war. Alles nichts für das klinisch rein geschulte Auge und eine empfindliche Nase. Aber wir sind ja alle recht gut vorbereitet für solche Situationen, kennen die Tiefen fremder Toiletten schon seit frühester Kindheit, zehn Boxen nebeneinander, wo aus jeder eine andere Duftnote hervorstieg.

Hin und wieder war ich auch mal kurz dabei, Kisten und Krempel zu schleppen. Das ist auch nicht jedermanns Sache. Je nach Lust und Laune half ich gerne, mal ein, mal zwei Tage, war ja immer eine informative und unterhaltsame Zeit, die wir dabei verbringen konnten. Da war die eine Wohnung, an die ich mich besonders gut erinnere. Eine Wohnung in der Karl-Marx-Allee, in einer dieser Plattenbauten aus den 60ern, dessen Außenmauern wegen der auffälligen Fassadenfließen im Volksmund belustigend als „Stalins Badezimmer" bezeichnet wurden. Mario hatte hin und wieder Wohnungsräumungen von verstorbenen Menschen, die keine Angehörigen mehr hatten und sich irgendwelche Sozialeinrichtungen darum kümmerten, das zu erledigen.

Er hatte so seine Kreise, die ihn immer mal kontaktierten: „Herr Reich, wir hätten eventuell einen Auftrag für Sie."

Dann bekam Mario im Beisein der Instanz einmalig Zutritt in die zu räumende Wohnung, um sich ein Bild vom Arbeitsaufwand zu machen und musste ein Angebot, einen Kostenvoranschlag schreiben. Und wenn der unter einigen anderen entsprechend interessant war, bekam er den Zuschlag. Er genoss großes Vertrauen bei diesen Sozialdiensten, alle wussten, wie zuverlässig er war und wie sauber er arbeitete. Dennoch gab es keine Gnade, das niedrigste Angebot machte am Ende das Geschäft. Für diese Wohnung war das der Fall und zu seiner Freude wurde der Auftrag noch erweitert und er musste sein Angebot, nun inklusive einer Renovierung, nachbessern und es blieb trotzdem bei diesem Zuschlag. Summen und Umsätze sind und waren mir allerdings nie bekannt. Ich weiß nur, die Konkurrenz ist groß in Berlin, das Gewerbe also schwer zu meistern. Mit Räumung und kleiner Renovierung, nur Wände, Fenster und Türen streichen, war dann Arbeit für zwei Wochen garantiert.

Das war mal ein Einblick in seine Tätigkeit, die ich so nicht kannte. Er selber sprach auch davon, dass er nie gelernt hat, dies mit einer entsprechenden Gelassenheit oder Kaltschnäuzigkeit zu tun, fühlte sich immer etwas unwohl, in so eine Privatsphäre einzudringen, auch wenn es so genehmigt und verlangt war. Er erinnerte sich selber an seine Zeit, als er als Einbrecher vor gut 30 Jahren tagtäglich diesen Weg beschritten hat. Aber das ist gar kein Vergleich, gab er zu verstehen. Er tat es damals immer in einer Art Delirium, mit einem gewissen Zwang, es tun zu müssen, lebte damals ein Leben als Drogensüchtiger fern jeder Realität.

Heute ist er ganz anders. Oft ist er sehr besonnen, wenn er diese private Habe eines Menschen anfassen, sie einfach entsorgen und der Vernichtung zuführen muss. Wo es doch auch hin und wieder Wohnungen alter Menschen waren, die er räumen musste, hatte vor der ganzen Situation und vor alten Menschen einen unglaublichen Respekt. Er war der Türaufhalter-, der Über-die-Straße-Helfer-Typ. Und dennoch musste er private, geschichtsträchtige Dinge, die irgendwelchen Menschen einst sehr wichtig waren, entsprechend entsorgen. Am schlimmsten waren Fotoalben, steinalte Fotoalben, in denen Menschen zu sehen sind, deren Erinnerungen hier und jetzt ein Ende finden.

„Das ist es, was bleibt am Ende", bemerkte er, wenn er all das jetzt in den Müll werfen muss, was einst über mehrere Generationen extrem wichtig war.

Es war ihm einen Hauch unangenehm, dass er derjenige ist, der endgültig alle Spuren beseitigt, die diese Menschen auf Erden hinterlassen haben, dass dieser Mensch in einem sozialen anonymen Urnengrab bestattet wird, weil er niemanden mehr hatte, der sich darum bemühen wollte. Ende der Geschichte.

Das machte ihn schon sehr nachdenklich – mich übrigens auch. Aber o. k., soweit waren wir damals noch nicht, um uns das genauer vorstellen zu wollen.

Genau dieses Persönliche war jetzt in dieser Wohnung der Fall. Für mich, der ich so unerfahren, wie ich bin, dabei war, handelte es sich daher um ein besonders nachhaltig wirkendes Erlebnis. Ein altes Mütterchen, über 90 Jahre alt, kam ins Pflegeheim und verstarb kurz danach. Sie hatte niemanden mehr, war die letzte ihrer Familie. Aber, so war er sachlich und objektiv der Meinung, und es ist auch nachvollziehbar, dass diese Wohnung dem Vermieter wieder verfügbar gemacht werden muss. So ist es nun mal, unser aller Leben. Kurz und manchmal auch etwas mehr beschissen, für sehr viele auch erst dann, wenn es im Alter dem Ende entgegen geht. Eine wahre Erkenntnis, die man sich manchmal in Erinnerung rufen sollte.

Mir wurde bei der Räumung die kleine Küche zugeteilt, die anderen hatten Schlaf-und Wohnzimmer zu räumen. Ich war total irritiert. In der Speiskammer neben der Küche hatte die alte Dame eine sehr penible Ordnung und ich konnte es erst gar nicht glauben. Sie hatte in den vielen Regalböden jede Menge Zucker stehen und verrückterweise ganz vorne die mit aktuellem Verfallsdatum und dahinter eine Packung nach der anderen, die älteste war aus den 60er Jahren nannte sich „Weiß Zucker". Die Umverpackung womöglich einst weiß aber sehr vergilbt mit blauer Schrift, ein DDR-Produkt. Und davor standen die Produkte nach der Wende ab 1989. Sie hat den neuen Einkauf immer nur davor gestellt und so hielt sie es auch mit Mehl, Reis, Nudeln, Konserven und anderen Dingen, das meiste schon seit Jahrzehnten abgelaufen. So penibel fein sortiert, als ob sie es so gewollt hätte, wo es doch andersrum, das Alte nach vorne, damit es verbraucht wird, und das Neue nach hinten, sinnvoller gewesen wäre. Keines dieser Dinge wiederholte sich im Haltbarkeitsdatum, jeder Artikel stand dort nur einmal. Ich zeigte es Mario.

„Schau Dir das mal an", meinte, „das wäre doch viel zu schade zum Wegschmeißen. Allein der Wandel der Umverpackungen war faszinierend, das hat doch alles historischen Hintergrund, das würde sich doch so manch ein Museum mit Kusshand nehmen."

Tja, und da kam dann der Realist durch.

„Wie ich mir das vorstelle", war seine Frage, er kann doch nicht wegen jedem Teil, das einen Interessenten finden könnte, eine Suche danach starten, wie soll er denn jemals fertig werden.

Und er gestand, wie oft er, und das schon seit Jahren, immer und immer wieder vor diesem Problem stand. Das ist doch toll. Das ist doch noch gut. Das könnte jemandem gefallen. Das ist zu schade zum Wegschmeißen. Man muss in diesem Job einfach auch rational denken, handeln und vor allem bleiben.

„Am besten, Du schaust nichts von all dem an, denn dafür sind wir nicht hier", war sein guter Rat. „Packe es einfach ein ohne zu gucken und dann runter damit ins Auto. Du wirst sonst irre, was diese Wegwerfgesellschaft alles in den Müll wirft und wir wegwerfen müssen."

Und er gestand, manchmal kann er es auch nicht, zögert öfter, als es ihm lieb ist, legt das besondere Erhaltenswerte von einer auf die andere Seite, um es vielleicht doch noch zu retten. Und am Ende ist es doch nur Müll. Bei manchen Dingen bringt er es dann nicht übers Herz. Das nimmt er dann mit und es wird in seinem Keller eingelagert. Im Kühlschrank, der hier Gott sei Dank noch immer eingeschaltet war, lag dann zwischen Käse und Butter eine Haarbürste und in der Flaschenablage ein Kopfshampoo. Somit war mehr als bestätigt, das Mütterchen, das hier noch vor ein paar Tagen lebte, war wohl schon sehr verwirrt.

Alles Sperrige aus den Schränken kam erstmal in so rechteckige, schwarze Plastikwannen, die Mario nach diesen weltberühmten, in allen Farben und praktischen Anwendungen geeigneten Plastikschüsseln benannte, die ich hier mal lieber nicht namentlich erwähnen werde – „Anschiss lauert doch bekanntlich überall." Die haben wir ineinander gestapelt aus dem Transporter leer von unten nach oben gebracht. Alle Schränke mussten leer werden und wer schon einmal einen Umzug gemacht hat, der weiß sehr gut, was da alles zusammenkommt. Wenn die Plastikwannen voll waren, ging es drei Treppen runter zum Transporter, worin dann von Mario, dem Staplerkönig, „allet uff Kante" sicher verstaut und gestapelt wurde. Kleider und Anziehsachen der alten Dame, sehr alte Klamotten, kamen in Müllsäcke, auch das wurde im Transporter gestapelt. Zu allerletzt kamen die Möbel nach unten. Wenn noch was Brauchbares, ein Tisch, ein Schrank, etwas, was wo anders fehlte, dabei war, wurde es als letztes eingeladen und erst dort hingebracht. Diese Kontakte hatte Mario in seinem Terminplaner stehen, z. B. „Tisch für Müller, Stresemannstraße 4; Sofa für Keller, Obertrautstraße 12" (Angabe fiktiv), irgendwelche Sozialfälle, die er kannte oder Sozialdienste, die ihn fragten: „Wenn Du mal einen noch guten Tisch oder ein Sofa findest, vielleicht kannst Du es ja da hinbringen, bevor Du es schreddern lässt." Schon am nächsten Tag waren alle Spuren der alten Dame beseitig, dachten wir.

„Der Keller wäre noch", meinte Mario, „an den hab ich jetzt gar nicht mehr gedacht, weiß gar nicht, was da noch unten ist, hab ich noch gar nicht nachgeschaut."

Die Kellernummer war aber bekannt und mit einem Bolzenschneider musste er das Original-DDR-Vorhängeschloss knacken, weil es keinen Schlüssel mehr gab. Und da wurde es nochmal abenteuerlich. Es schien schon sehr lange niemand mehr hier unten gewesen zu sein. Ein riesen Regal an der Wand mit verstaubten und in zahllosen Gläsern eingeweckten Sachen, schön beschriftet: Zucchini vom September 1968, Kartoffeln vom August 1972, Steinpilze von 1969. Hauptsächlich Gemüse und ein paar Gläser Leber- und Blutwurst, deren jetzt noch lebende Angehörige heute wohl die 192. Generation sein dürften. Das Abfülldatum dieser speziellen Gläser war leider nicht mehr lesbar. Nicht ein Glas Marmelade war dabei, worauf ich mich jetzt gefreut hätte.

„Ach du Scheiße", meinte Mario entsetzt, „was mach ich denn jetzt damit?"

Wir überlegten, ob wir nicht einfach mal eines öffnen sollten, vielleicht schmeckt das ja noch alles. Irgendwie verließ uns aber der Mut, wer weiß, was wir damit wieder für Düfte freisetzen, also besser geschlossen halten. Die leeren Gläser zu entsorgen ist kein Problem, aber da waren sicher 75 oder gar 100, die alle noch voll waren. Also Plastikwannen in den Keller tragen und diese Gläser im gefüllten Zustand einpacken, alles zum Auto schleppen und dann mal hören, was die bei der Müllverwertung sagen. Was uns jetzt noch bewegte, waren zwei kleine braune Koffer, alte Koffer, wahrscheinlich auch aus den 60ern. Sie waren nicht verschlossen und wir schauten natürlich hinein, was da drin ist. Und wir stellten fest, da hat wohl das Mütterchen zusammen mit ihrem einstigen Väterchen eine Art Fluchtkoffer vorbereitet, einen, den man schnell zur Hand hat, wenn es soweit ist, wann auch immer. Denn alles, was man so braucht für ein paar Tage, war darin enthalten. Der eine mit Frauensachen, der andere mit Männersachen gefüllt, fein zusammengelegt Hemden und Blusen, Hosen und Röcke, zwei Garnituren, für die heutige Zeit lustige Unterwäsche und tadellose, jeweils ein paar Damen und Herrenschuhe. Sonst nichts, nur Klamotten waren in diesen Koffern, die eigentlich, so wie sie waren, an irgendein Theater für die Requisite gespendet werden sollten. Aber das hatten wir ja schon.

Dann, nach mehreren Fuhren in diverse Entsorgungsstationen, war die letzte Kiste verstaut. Seit Jahrzehnten hat sie hier gelebt, ihre Geschichte ist nun endgültig abgeschlossen und in zwei Wochen wird schon wieder der nächste in diese Wohnung ziehen und ebenfalls wenigstens einen Teil seines Lebens darin verbringen.

Bei der Müllentsorgung mussten wir dann doch die ganzen Gläser öffnen und bei der Kompostierung entleeren, die Gläser kamen in die Altglasentsorgung. Und tatsächlich, gestunken oder irgendwie schlecht gerochen haben all diese Köstlichkeiten nicht, probieren wollte aber dann doch keiner. Sicher gibt es hunderte solche Geschichten, wobei sich viele sicher ähneln, aber bei näherem Hinschauen doch nicht gleich sind.

Aber Marios Blick für Gutes und Schönes erlaubte es oftmals nicht, dem Wunsch der irrsinnigen Entsorgung Folge zu leisten. Und genau darum wuchs dieses Sammelsurium in seinem Keller unaufhörlich an in all den letzten Jahren. Viele alte Gemälde in Packdecken verpackt waren zwischen zwei Regalen abgestellt. Gemälde von Künstlern, die er nicht kannte.

„Mit Bildern tu ich mir immer besonders schwer, das zu zerstören. Stell Dir mal vor, was sich dieser Mensch dabei dachte und welch eine Arbeit sich da manchmal einer mit gemacht hat", bemerkte er und, „das wäre doch eine Aufgabe für Dich, kannst ja mal im Internet recherchieren, vielleicht ist ein un-

bekanntes Werk von Picasso dabei", machte er einen belustig-
ten, aber gar nicht so abwegigen Scherz, „ist doch alles schon
passiert, dass sowas erst nach vielen Jahren nach dem Ableben
des Künstlers gefunden wurde. Und wenn Du hier fertig bist,
oben im Büro habe ich auch noch einen Schwung hinter dem
Sofa stehen."

„Alter, was willst Du denn mit dem ganzen Zeug", fragte
ich erstaunt.

Einerseits konnte ich ihn zwar sehr gut verstehen, aber an-
dererseits war ich nun doch auf seine Antwort neugierig. Er
spielte mit dem Gedanken, einen Laden zu eröffnen, erzählte
er, dachte schon an einen Laden in der Zillestraße in Charlottenburg. Da war aber Klaus nicht so ganz damit einverstanden,
wenn Mario in seinem Kiez an den Start geht, also war die Idee
erstmal zurückgestellt.

„Aber, grundsätzlich, wenn ich mal nicht mehr so hart ma-
lochen kann, hätte ich hier viel mehr als die Erstausstattung
für einen schönen Laden. All diese Dinge könnten anderen gefallen und ein kleines Zubrot zu meiner kläglichen Rente möglich machen."

Sie schwang sich sofort dazwischen: „Ja genau und er
glaubt tatsächlich, dass ich mich bis dahin den ganzen Tag in
diesen Laden setze."

Wo Bitch doch so ein übertriebenes Maß an Ekel an gebrauchten Dingen zeigte. Sie fasste diese Dinge dann auch
nur mit den Fingerspitzen an und wusch sich gleich danach
die Hände. Sie bevorzugte eher das Betreiben eines eigenen
Ebay-Accounts, wo sie nur Dinge veräußerte, die sehr viel Geld
brachten. Bevorzugt edles Porzellan von Fürstenberg, KPM,
Meißen, Rosenthal und anderes, am besten unbenutzt, sauber und unbeschädigt. Dinge, die Mario mit seinem geschulten
Blick selbstredend immer erkannte und nicht entsorgen wollte. Zu all ihrem Glück hatte Mario ihr diesen Gewinn immer in
die Haushaltskasse einfließen lassen. Es interessierte ihn zwar,
was das gute Stück, das er vor dem Müll retten konnte, brachte, aber nicht, dass er damit am Ende einen Verlust machte,
wenn er es verschenkte.

Mario machte natürlich allein dieser Spannung wegen hin und wieder Ebay. Sein schon lang bestehender Username, noch aus der Zeit mit Gabi, den er gebrauchte, hieß „Curomario", recht kreativ in Verbindung mit Gabis Hund Curo. Das Einstellen der Artikel nervte ihn ohne Ende, wo schon das Fotografieren so viel Arbeit machte. Aber wenn sie mal liefen, diese Auktionen, war immer Spannung angesagt, immer wieder mal spekulieren, wie hoch die Preise Tag für Tag gestiegen waren.

Und wenn ein Artikel „am Auslaufen" war, sich das Ende der Auktion näherte, dann klebte er manchmal wie ferngesteuert am Monitor, die schmale Lesebrille auf der Nasenspitze und alle paar Minuten wurde „Aktualisieren" angeklickt, letztendlich ein Freudenschrei ausgestoßen: „Alter, Mann, 14,95 hat das Ding gebracht, stell Dir vor, Müll, den ich hätte wegschmeißen sollen."

Für diese Nebentätigkeit fehlte ihm allerdings leider die Zeit, anstrengende Tage waren oft viel zu lang. Manchmal, wenn ich zu Besuch war, hat er mir einen Karton voll diverser Artikel hingestellt.

„Vielleicht hast Du ja mal Lust, das auf meinem Account einzustellen", und selbstredend vertraute er mir auch seine Zugangsdaten an.

Dann hab ich halt mal 30 Artikel fotografiert, einen Text entworfen, manchmal auch recherchiert, was das denn genau ist, den Artikel eingestellt, sogar schon zum Versand vorbereitet, damit er es nur noch adressieren und zur Post bringen musste.

„Bitch, was ist denn mit Bitch", fragte ich eines Tages, „die arbeitet nur drei Mal in der Woche einen halben Tag, warum macht sie das denn nicht?"

Ein paar Euro kämen dann doch auch noch zusammen, obwohl es nicht zum Überleben wichtig wäre, aber es wird doch immer mehr da unten im Keller. Er hätte sie schon gefragt, aber sie möchte das nicht.

„Na ja, dann braucht sie auch meine Zugangsdaten nicht", denn spekulieren, was ein „Curomario" so in Ebay anbietet und verkaufen kann, damit war sie immer auf dem aktuellen Stand.

Dahingehend lag also auch etwas im Argen, wie man so zu sagen pflegt. Sie hatte auch diesen Blick, diesen Blick, der alles an ihr verriet, was man eigentlich über sie wissen musste, um sie einzuschätzen. Man musste sich nur mal einen Augenblick Zeit nehmen, um das festzustellen. Sie hatte komische Marotten, Marotten, die bei anderen alltäglich und o. k. waren, waren bei ihr anders. Dazu gehörte zum Beispiel, dass sie immer die Rechnungen, die Mario im Restaurant bezahlt hatte, kontrollierte, wenn wir essen waren. So verlangte sie auch häufig ein frisches Gäbelchen, auch wenn es nur ihr schmutzig erschien, und ließ auch gerne den halbvollen Teller stehen, wenn es nicht so recht mundete. Sie hatte immer was zu Tuscheln, worauf sich Mario aber nur sehr ungern einließ.

„Wer flüstert lügt", ein Erziehungsspruch der alten Grobba und uns seit 40 Jahren wohlbekannt.

Er wurde immer sehr laut und wandte sich ab und beantwortete so ihre ins Ohr flüsternde Tuschelei. Warum er das tat, hat sie nie deuten können, vielleicht nicht deuten wollen, denn er konnte es absolut nicht leiden, wenn da jemand am versammelten Tisch tuschelte, gerade im Kreise der nur noch kleinen Familie oder in Anwesenheit von engen Freunden. Sie war neidisch, wenn jemand etwas Schönes hatte, Mario Geschenke machte. Oft tat sie so, als ob sie Vieles besser konnte als andere, und oft wusste sie angeblich zu viel von Dingen, von denen sie in der Realität aber keine Ahnung hatte.

Sie hat sich massiv verändert, wurde mit der Zeit etwas, was sie vorher nie hätte werden können. Was er nun wirklich an ihr gefressen hatte, konnte keiner wirklich verstehen. Mir verriet er einst, dass es ihm so gefällt, dass er an die Zukunft denkt, endlich zum Alter hin einen Ruheplatz aufbauen möchte, und wenn er mit ihr allein ist, ist sie gar nicht so. So soll es dann sein. Es war für mich nicht wirklich ein Problem, eher etwas unangenehm, wenn sie dabei war, alles wirkte auf einmal so aufgesetzt, der Umgang mit ihr im Vergleich zu all den vielen anderen seiner Freundinnen viel zu kompliziert.

Was er an ihr fand?

Ein schönes Geschenk machte Mario ihr, als er ihr zu Weihnachten einen gebrauchten BMW, einen aus der 5er Reihe, einen Typ E39 kaufte. Klaus damalige Freundin Andrea machte noch eine große Schleife um das Fahrzeug, damit es auch als Weihnachtsgeschenk deutlicher zu erkennen war. Der Sohn glaubte erst, der gern gewollte Vater hatte für ihn dieses Geschenk geplant, war es doch ein recht sportliches Auto. Letztendlich war er sichtbar enttäuscht darüber, als er langsam merkte, dass dieses Auto für seine Mutter bestimmt war. Bitch fuhr es auch eine Zeitlang, anscheinend mit Unbehagen, wollte ihn eigentlich nicht, kam damit nicht klar, konnte ihn nicht fahren.

So landete dieser BMW nach ihren Vorstellungen beim mittlerweile verwöhnten „Sohn", der ihn mehr und mehr fuhr als sie, ihn selber und letztendlich sein Eigen nannte. Sie hätte einst sehr gut planen müssen, um ihrem Kinde überhaupt ein Fahrrad schenken zu können. Etwas später wurde ein neuwertiger Gebrauchtwagen, ein schwarzer Mercedes C-Klasse gekauft, ein Wagen für die Zeit nach Feierabend. Mario konnte Madame doch nicht immer im Transporter zum Essen ausführen oder damit mit ihr zur Beautyfarm fahren.

Ein ungewohnter Anblick eigentlich, viele kannten Mario gar nicht ohne seinen Transporter. Der schicke Mercedes war von den Abmessungen her etwas größer als der BMW, aber es war kein Protelenauto wie der BMW. Der war eher passender für den Knaben, der mittlerweile ins Fitnesscenter ging, um groß und stark zu werden. Nur dieser Mercedes war ihrer würdig, fast neu, einer mit Etikette, was man halt so fahren sollte als Lebensgefährtin eines erfolgreichen Geschäftsmannes.

„Wie machst Du denn das alles", fragte ich einst, „kostete doch alles. Wie erklärst Du das dem Fiskus?"

„Ich bin niemandem was schuldig", war seine Antwort, „alles Gelder aus meinem hart erarbeiteten Privatvermögen und die Rechnung zu diesem Wagen und allem, was dazu gehört, läuft sicherheitshalber alles über Bitch. Es ist zwar mein Wagen, aber offiziell wiederum nicht." Da er in der weiteren Zeit meistens trotzdem mit seinem Sprinter unterwegs war, war die

Ausfahrt mit seinem „Mörser" C-Klasse nur noch ein Wochenendprivileg.

In diesen Tagen war ich mit Mario mal wieder unterwegs. Er fuhr mit mir, nicht zum ersten Mal, zu seiner Bank.

Am Schalter sprach er erst mit einem Sachbearbeiter und meinte dann zu mir: „Ich habe auf dieser Bank ein Schließfach, da liegt meine Rente drin, da ich viel zu wenig geklebt habe in der Vergangenheit, darum musste ich so über die Jahre immer mal was hier bunkern, wenn was übrig blieb, und ich möchte heute mit Dir eine Vollmacht zu diesem Schließfach machen, damit Du da ohne große Umschweife ran kommst, wenn Mal was mit mir ist."

Ich wunderte mich ein bisschen darüber, warum ich und nicht Bitch diese Vollmacht haben soll, hinterfragte es aber nicht. Ich dachte aber, soooo groß kann das Vertrauen zu seiner Herzallerliebsten dann wohl doch nicht sein. Ein paar Formalitäten wurden erledigt und ich bekam den Schlüssel zu seinem Schließfach überreicht, wurde Schließfachbevollmächtigter und damit war dieser Akt auch schon beendet. Kurioserweise traf sich diese vorausschauende Maßnahme recht gut, denn auch ich verfügte über ein Schließfach in Regensburg. Auch ich hatte das Verlangen, immer ein bisschen von meinem Gehalt in bar in mein Schließfach zu deponieren. Nur „Bares ist Wahres" war auch meine Devise. Und ich hatte tatsächlich das gleiche Problem, dass es niemanden in Regensburg, niemanden auf der Welt gibt, der dazu eine Vollmacht hat. Somit wiederholten wir diese Zeremonie ein paar Wochen später, als er mal wieder in Regensburg war, und Mario wurde Schließfachbevollmächtigter zu meinem Schließfach.

Ein letztes Wochenende in Regensburg ...

Im August 2009 feierte ich in Regensburg meine jährliche Sommernachtsparty, eine einmalige im Jahr gut geplante Veranstaltung, zu der ich alle Freunde einlud, um einmal im Jahr alle zusammen auf einen Haufen um mich zu haben. Und dieses Mal kamen auch Mario, Bitch, der Sohn und dessen Freundin aus Berlin angereist. Mit dem Umbau des Wohnschiffs, auf dem ich lebte, hatte ich längst genug Schlafplätze für alle. Mario packte kräftig mit an, „nicht ackern, sondern klotzen". An der Zufahrt, dem Parkplatz vor dieser schwimmenden Anlage, auf der ich wohnte, wurden zwei große Zelte, darin Bierbänke und Kühlschränke aufgestellt und mit Getränken bestückt, alles Dinge, außer Getränke, die ich von unserem Getränkelieferant zur Verfügung gestellt bekam. Denn neben Schiffsbetriebsstoffe versorgten wir mit unserem „Bunkerschiff" die Schiffe, die durch Regensburg kamen, auch mit Getränken anderer Art, außer mit Trinkwasser. Strom und Licht für die Nacht wurden verlegt. Ein großer Grill für eine ordentliche Fleisch- und Wurst-Versorgung fand direkt daneben seinen Platz. Kuchen, Brot und Brötchen, aber auch viele Salate brachten die Gäste mit.

Der Sohn und dessen Freundin wollten am Abend den Thekendienst übernehmen, sollten Longdrinks mixen und alles andere, was die Gäste sonst noch gerne tranken. Für Bitch unvorstellbar, dass das für meine Gäste alles nichts kosten sollte.

„Ich würde da schon etwas verlangen, wenigstens das, was es gekostet hat, hänge doch ein paar Zettel aus, worauf die Preise stehen", schlug sie vor und ich fragte mich, was hat sie an der Einladung nicht verstanden?

Dennoch machte ich am Computer schnell ein paar Aushänge fertig, auf dem die Getränke aufgelistet waren, die es am heutigen Tage geben soll, allerdings ohne Preise. Helles, Pils, Weizen, Cola, Limo gelb/weiß usw. Einfach nur, damit nicht immer jemand fragt: „Was gibt es denn und was habt Ihr denn?" Für Schnaps und Hochprozentiges machte ich einen weiteren Zettel. Den sollte der Sohn aber erst um 21 Uhr aushängen, nicht dass die Gäste zu früh anfangen zu „schnabseln", wie man in Bayern so sagt. Bevorzugt gab es Dinge, von denen ich wusste, was meine Gäste so mochten, man kannte ja seine Pappenheimer. Wodka, Doornkaat, Cognac, Whiskey und Sambuca für Mario. Es gab sonst keinen Schnaps, den er trank, ein paar Jahre vorher mal einen guten Whisky, den er immer seltener trank, muss ich sagen. Selbst für Sambuca musste der Augenblick passen und Sambuca hatte bei ihm wohl eine gewisse Tradition, hegte irgendeine Erinnerung, die ich auch nie hinterfragte, wie blöd. Und es musste der Echte sein, der von Molinari, kein billiger, gepanschter Müll. Hochmoorgeist hatte ich auch noch besorgt, ein Schnaps von einer kleinen privaten Brennerei in der Nähe von Ansbach. Darauf ließ sich Mario, vor allem nach einem ausschweifenden Essen, alternativ gerne mal ein, denn immerhin hat er, eigentlich ungewollt, zu einer Namensänderung des Getränks in einer Kneipe dieser Stadt beigetragen. Wir hatten einst einen netten Abend darin verbracht.

Der Wirt stellte des Dankes wegen, wegen der guten Zeche, noch eine Runde klaren Schnaps auf den Tisch, den auch Mario, nach daran riechen mit Fingerkuppen und Probiertest erst mit: „Wat isn ditte", als Geschenk dann doch nicht verschmähte.

Ich wusste selbstredend, dass der Hochmoorgeist auch einen verwöhnten Anspruch der Gäste befriedigt. Es war kein gepanschtes Zeug, aber doch ein Insidertipp hier in Regensburg.

Mario erkannte es: „Ohhh, der is aber och jut", an diesem Abend.

Und keine Stunde später fragte er mich in dieser lauten unterhaltsamen Atmosphäre: „Wat war den ditte, war och lecker."

Ich rief ihm bei all der lauten Musik ins Ohr: „Hochmoorgeist."

Worauf er aufsprang an den Tresen ging und dort schon vergessen hatte, wie diese Gaumenfreude hieß und kurzerhand: „Hans", der Wirt, „mach mal nochmal 6 Homogeist." So hatte der gute Hochmoorgeist seit diesem Tag einen belustigenden Beinamen in Regensburg.

Der Zettelkram war letztendlich unnötig, meine Gäste kannten den abendlichen Ablauf, der sich seit ein paar Jahren manifestiert hatte, sehr gut. Sie wussten, dass sie ein unterhaltsamer Abend erwartet.

„Aber da stehen ja keine Preise drauf", kritisierte sie mich.

Meine Antwort: „Ach, was!"

Sie schaffte es tatsächlich, einen gewissen Tumult in all diese Anstrengungen zu bringen. Ich machte das seit ein paar Jahren regelmäßig, der Abend war immer gut besucht und für viele meiner Gäste, die sich sonst auch untereinander nicht so oft sahen oder begegneten, sehr unterhaltsam, eine jährliche Zusammenführung der mir sehr angenehmen und mir zugetanen Menschen.

Mein Job als Geschäftsführer und Kapitän dieser Niederlassung, dieser „Bunkerstation", war immer noch bei BP, war fast schon 15 Jahre bei dieser schwimmenden Tankstelle mit zwei weiteren Mitarbeitern beschäftigt. Ein zeitaufreibender Job und es blieb mir einfach zu wenig Freiheit, um mich um diese mir wichtige Angelegenheit, einzelne Besuche, einzelne Treffen mit Freunden zu kümmern. Außerdem standen Veränderungen an. BP war gerade im Begriff, diese ganze Anlage, meinen Arbeitsplatz, zu veräußern. Die Verhandlungen mit dem neuen Eigentümer, gerade in der Angelegenheit einer weiteren Bezahlung bei Übernahme, sahen nicht gerade rosig aus. Ich rechnete damit, mich von all diesem hier unten an der schönen blauen Donau trennen zu müssen. Also war in diesem Jahr 2009 wahrscheinlich erstmal die letzte Sommerparty anberaumt.

Einen Tag vor der Party, nervte mich der Sohn damit, nur einmal mit meinem damals neu lackierten roten Chrysler Cabrio eine Runde drehen zu dürfen, noch nicht ganz ein Jahr im Besitz eines Führerscheins. Nun gut, eine kleine Runde erlaubte ich ihm. Er war nur 10 Minuten unterwegs. Und prompt wurde er, sagte er später, unbemerkt dabei geblitzt, zu verlockend war es, diesem Wagen die 225 PS zu entlocken. Das Ergebnis dazu erhielt ich ein paar Wochen später. Ein Blitzerfoto, das bei der Mutter ordentlich für Aufregung sorgte, da ich es gleich mit dem Handy fotografierte und nach Berlin weiterschickte. Untertitel zum Foto: „Der Sohn soll sich mal warm anziehen." Als Halter des Fahrzeugs stand erstmal ich in Verdacht, der Fahrer gewesen zu sein. Wen interessiert schon das Foto, wenn es keiner kritisiert. Ich hätte dies klären müssen, im Anhörungsbogen schreiben müssen: „Ich war das nicht", und den tatsächlichen Verkehrsrowdy nennen müssen.

Bitch meldete sich sofort: „Könnest Du nicht ... Das gibt womöglich neben einer Geldstrafe noch Punkte in Flensburg. Der Sohn mit Führerschein auf Probe müsste garantiert mindestens eine Nachschulung machen und wenn mein Punktekonto noch Platz hätte ...", usw. usf.

Und da ließ ich mich dazu überreden, da ich in der Tat noch keinen einzigen Punkt in Flensburg hatte, war dazu bereit, das auf meine Kappe zu nehmen. Letztendlich waren es ein paar Wochen später, ich denke, mehr als 40 Euro und auf alle Fälle 2 Punkte, wozu man mich verdonnerte, und meinem Konto in Flensburg gutschrieb. Aber der Sohn konnte seinen Führerschein behalten, musste keine Nachschulung machen und diese 40 oder etwas mehr Euro an mich zurückzahlen.

Gute 40 Personen trudelten am besagten Abend so nach und nach ein, einige, die Mario bei Besuchen in Regensburg schon durch die eine und andere Begegnung kennengelernt hatte. Bernie, ein befreundeter Karaoke-DJ, zu aller Glück der

beste, der mir nach wie vor bis zum heutigen Tage bekannt geworden ist, machte den Abend noch unterhaltsamer und Mario gab sich selbst als Rocker sehr unterhaltsam.

Mario und Tobias, ein langjähriger Freund aus Regensburg.

„Suzie Q" von CCR (Creedence Clearwater Revival) wählte er aus der Mottenkiste aus und Bernie konnte natürlich auch das entsprechende Karaoke-Stück dazu liefern. Wenig anspruchsvoller Text der melodisch eher langweilig wirkt, aber viele tolle Instrumentale Einlagen.

Der Tag, der alles veränderte ...

Wie so vieles in dieser Biografie kann ich auch von diesen Eindrücken nur das berichten, was ich allein so erlebt und wahrgenommen habe. All das weicht selbstredend von all den anderen Wahrnehmungen anderer Menschen ab. Ist ja auch nicht schlimm, ist ja meine Arbeit, die ich mir gemacht habe. Es wäre natürlich hochinteressant, wenn man auch die Wahrnehmungen aller anderen Menschen auch noch erlesen könnte, dazu müssten sich nur ein paar mehr die Arbeit machen, ihre Erlebnisse mit Mario zu fixieren.

Im April 2010 war ich noch einmal in Berlin und wir unternahmen das eine oder andere. Mario berichtete von einem Arzttermin, den er wahrgenommen hatte, hatte dort ein Belastungs-EKG gemacht. Zu seinem Entsetzen, wie er es mir erzählte, „auf einmal wurde mir schwarz vor Augen", bekam auf diesem Ergometer eine Art Schwächeanfall, extrem hohen Puls und extrem hohen Blutdruck und das alles war so hoch, dass es ihm schwarz vor Augen wurde, ihm vom Ergometer geholfen werden musste, damit er sich auf eine Liege legen konnte. Hoher Blutdruck war bei ihm eine Lebenserscheinung, eine Erkrankung, die er schon seit Jahrzehnten mit sich trug und auch entsprechend Tabletten dazu nehmen sollte. Ob er das getan hat? Wenn er es nicht vergessen hat, ja. Erwischt habe ich ihn, sehr diszipliniert, ein paar Mal dabei, dass er seine Pillen genommen hat.

Sein Arzt musste diese medizinische Maßnahme abbrechen, so berichtete er, und im Verlauf der Ruhe stabilisierte sich alles wieder. Sein Arzt meinte, „da müssen wir mal genauer hinsehen", und schrieb ihm eine Überweisung zu einem Kardiologen. Nun hat diese Stadt zwar Tausende von Ärzten, aber auch gute 3,5 Millionen Einwohner. Die medizinische Versorgung in Berlin ist durch und durch eigentlich für'n Arsch. Daher gab es diesen Termin bei einem Kardiologen erst in ein paar Wochen.

Es schien erstmal alles wieder gut zu sein. Mario wirkte wenig besorgt, die ganzen Tage wurde genauso geackert wie immer. Ich persönlich bin der Meinung, dieser Arzt hätte die Schwere des Schwächeanfalls besser einschätzen oder ernster nehmen müssen. Eine sofortige Einweisung in ein Krankenhaus, Abteilung Kardiologie, hätte sein Problem, sein vermeintliches Herzproblem sofort an den Tag gebracht, man hätte sofort reagieren können und alles, was danach kam, wäre ihm und allen anderen, allen Menschen in seinem Umfeld erspart geblieben.

Auch wenn ich jetzt dem weiteren Verlauf der Geschichte vorgreife, schon jetzt von dem, was noch folgen wird, berichte, ist dies an dieser Stelle gar nicht so unwichtig. Denn grundsätzlich ist so ein Eingriff, der bei Mario letztendlich doch zu einem späteren Zeitpunkt getätigt wurde, das Setzen eines Stents, seit einer geraumen Zeit nichts weiter als ein Routineeingriff. Der rettende Stent, ein Implantat, eine Gefäßstütze aus feinstem gitterförmigen Geflecht in der Form eines sehr kleinen Röhrchens aus Mediziner-, einem gewissen Edelstahl, das über einen ebenso sehr kleinen Ballon gestülpt und über den Herzkatheder meist durch die Leistenarterie implantiert wird. Je nach Schwere der Erkrankung kann dieser Stent sogar mit nur einer lokalen Betäubung an die betroffene verengte Stelle platziert werden. Das verengte Blutgefäß kann sofort stabil geweitet und der erforderliche Blutfluss normalisiert werden. Das, was nur wenige Wochen später geschehen ist, hätte die folgenden Katastrophen frühzeitig verhindern können. Ein kurzer Eingriff, der es erlaubt, einen Patienten sogar schon am nächsten Tag wieder nach Hause zu entlassen. Diesen Eingriff hätte man unverzüglich leisten müssen. All das ist nicht geschehen und wir waren gedanklich alle nur wenig damit beschäftigt, was ihm da bei dieser Untersuchung auf dem Ergometer passiert ist, trösteten uns damit, immerhin weiß man in ein paar Wochen genaueres.

Doch es kam alles ganz anders. Ich fuhr wieder nach Regensburg, in Berlin ging alles seiner Gänge. Kein Mensch machte sich auch nur eine Sekunde eine Vorstellung davon, was schon in den nächsten Tagen passieren sollte. Keiner hat es befürchtet, keiner hat es vermutet.

Ich erhielt, während ich am 30. Mai 2010, einen Tag nach dem folgenden Geschehen, gerade mit dem Tankschiff auf der Donau unterwegs war, um Kunden zu beliefern, einen Anruf. Es waren die letzten Tage in diesem Unternehmen nach 16 Jahren. Ich hatte furchtbar viel um die Ohren damals. Mittlerweile stand es fest, die Firma, mein Arbeitgeber, hat die Anlage, Schiff, Anlegesteg, auf dem ich arbeitete, mit Mann und Maus nun doch verkauft und der erste Akt des neuen Eigentümers war es, die Gehälter der Mitarbeiter um 30% zu kürzen. Und das war ich nicht im Begriff mitzumachen. Ich hatte zwei Alternativen, die eine war es, wieder zurück zur Großschifffahrt, wofür ich, Gott sei Dank, ausreichend qualifiziert war, im Gegensatz zu meinen Kollegen, die bleiben mussten, oder ich mache eine Kneipe auf, die mir in dieser Zeit ein befreundeter Wirt zur Ablöse und Übernahme angeboten hat. Erschwerend kam noch hinzu, dass ich meine Wohnung auf diesem Wohnschiff in Regensburg als letzter noch lebender Bootspeople in Regensburg ohne Arbeitsvertrag nicht mehr bewohnen durfte, musste also umziehen.

Ich entschied mich, mutig wie ich bin, für beides, fuhr wieder in Schicht als Kapitän in der Großschifffahrt, drei Wochen an Bord, drei Wochen zu Hause, wurde Kapitän auf einem alten Zossen, der sich TMS RÜTI nannte – für mich nach so langer Zeit Abstinenz von der Großschifffahrt gerade das Richtige zum Wiedereinstieg. Und parallel dazu renovierte und baute ich in sehr anspruchsvoller Weise diese Kneipe in der Innenstadt um, die zukünftig eine Cocktailbar werden sollte. Die Pläne waren zu dieser Zeit schon zu weit fortgeschritten, die Ablöse des letzten Wirtes schon bezahlt, Verträge unterschrieben, Baumaßnahmen schon mehr oder weniger am Laufen. Eine dann doch recht erfreuliche Abfindung von der BP hat mir ordentlich dabei geholfen plus mein Erspartes aus den Tiefen meines Schließfaches butterte ich, heute sage ich, zu viel des Guten, in dieses Geschäft. Wie auch immer, ich hatte unfassbar Vieles um die Ohren.

Eine unbekannte Nummer rief an, sowas hatte ich jeden Tag zu Hauf, also nichts Besonderes. Am Telefon – Bitch.

„Ja, ich bin's", ließ sie mich raten, fand es aber sehr komisch, dass sie mich anrief, wir hatten vorher noch nie telefoniert.

Mario wäre wohl gestern bei der Arbeit bei einem Umzug beim Beladen seines Transporters umgefallen, erzählte sie sachlich. Seine Mitarbeiter haben es vom Fenster der Wohnung, die sie räumten, gesehen und sind zu ihm geeilt, erkannten das Problem: Herzinfarkt. Sie begannen mit der Reanimation, verständigten den Rettungswagen bzw. die Feuerwehr. Die kam dann auch und er liegt jetzt in der Charité im Krankenhaus und ist erstmal übern Berg, wurde aber erstmal absichtlich in ein künstliches Koma versetzt.

TMS RÜTI, Baujahr 1963 in Duisburg-Ruhrort, 95 Meter lang, 9,00 Meter breit, Tiefgang 2,60 Meter, 1.565 Tonnen, Deutz (RBV 8 M 545) 8-Zylinder-Reihenmotor mit 800 PS. Von 2010–2013, stand das Schiff unter meinem Kommando. Es wurde im Februar 2019 in Bratislava verschrottet.

Mein kleines Experiment von 10/2010 bis Ende 2013, eine Cocktail-bar in Regensburg.

Das war es nicht, was ich von ihr hören wollte, nichts von all dem und ich plante sofort meine Reise nach Berlin, was sich Gott sei Dank schnell umsetzen ließ. Es findet sich in unserem Job nicht immer so schnell jemand, der das Schiff dann weiter fahren kann und darf, um das Geschäft aufrecht zu erhalten, wenn ich ungeplant, aus welchem Grund auch immer, ausfalle. Der Rubel muss doch weiterhin rollen. Egal, was gekommen wäre, ich wäre so schnell wie möglich nach Berlin gefahren und zum Wohle der Firma fand sich dann doch jemand, der mich vertreten konnte.

Schon am nächsten Tag fuhr ich nach Berlin, dachte an, „na ja, Herzinfarkt, vielleicht ein bisschen früh und das hätte man doch nach seinem Schwächeanfall auf dem Ergometer nur wenige Wochen vorher verhindern können." Ich war sehr optimistisch, dass das alles nochmal gut gehen wird und quartierte mich in Berlin spontan in einer Pension ein. Mit Bitch und Sohn, die schon auch sehr besorgt wirkten, fuhren wir zusammen ins Krankenhaus, trafen dort auch unsere Schwester Dagmar und Klaus an und wir waren alle irgendwie nicht in der Lage, das Geschehene für wahr zu nehmen. Wir glaubten nun geschlossen optimistisch daran, dass dieses doch massive

Geschehen für Mario nur eine Art „Schuss vor den Bug" gewesen ist, immerhin lebt er noch und wir sahen es als ein kleines Zeichen für ihn, dass er nicht mehr so viel ackern, sich selber mehr schonen sollte.

Ein Arzt berichtete stolz: „Wir haben sein Herz erstmal generalüberholt, vier Stents gesetzt, damit kann er jetzt problemlos 80 Jahre alt werden."

Es besteht also die Möglichkeit, dass sowohl Mario als auch Klaus einmal die ältesten Umzugsunternehmer dieser Stadt werden, die noch immer in diesem hohen Alter irgendwelche Entrümpelungen und Umzüge, Waschmaschinen und Schrankwände von Etage 7 ins Erdgeschoss tragen. Denn genau so sahen sich die beiden immer, da sie doch wussten, dass sie erst so spät ins aktive Arbeitsleben eingestiegen sind und ihr Rentenkonto nicht so lückenlos bedient haben. Die Götter in Weiß haben also das getan, was man schon vor ein paar Wochen in einem Routineeingriff hätte tun können, denn all dies geschah, noch bevor er seinen Kardiologentermin wahrnehmen konnte. Wir glaubten, es wird schon alles o. k. sein nach dieser minimalinvasiven Herzbehandlung, die ihm mittlerweile wiederfahren ist. Er war jetzt erst mal außer Gefecht gesetzt, aber es ist alles gut, wenn sie ihn aus dem Koma holen. Selber wird er recht bald sagen: „Verdammt, da hab ich aber nochmal Glück gehabt, bin ich Genosse Tod doch noch einmal von der Schippe gesprungen."

Er lag da auch gar nicht so krank aussehend, eher ein schlafender Mario, gesunde Hautfarbe und die Gerätschaften um ihn herum, an denen er angestöpselt war und die ihn beatmeten, schienen für sich zufriedene Geräusche zu machen. So wurden wir darüber informiert, dass unsere Hoffnung etwas verfrüht ist, dieses Wunschdenken erstmal nicht bekräftigt werden kann, dass er soweit schon über den Berg wäre, man müsste aber zuerst seine Gehirnfunktion genauer untersuchen, sobald er wieder wach ist. Wir mussten also warten, bis er aus diesem künstlichen Koma erwacht, was in den nächsten Tagen der Fall sein soll. Der Arzt erklärte seine Bedenken sachlich und entsprechend nachdrücklich.

Die Reanimation, die man bei Mario leistete, war anfänglich laienhaft und man müsste auf Nummer sicher gehen, darum wäre diese Untersuchung des Gehirns unumgänglich. Dies sei eine gebräuchliche und routinemäßig angewandte Vorgehensweise bei Menschen, die Schlaganfälle, Infarkte oder andere Embolien hatten, bei denen der Blutfluss oder die Sauerstoffversorgung gestört wurde. Allerdings ein Vorgang, die eventuell negative Erkenntnisse mit sich bringen könnte. Er sprach von eventuellen Folgen dieser „Laienreanimation", eine Wiederbelebung, die durch nicht medizinisch ausgebildete Helfer erfolgt ist. Ich fand sie schon ein bisschen arrogant diese Darstellung, da hat man mal ganz pauschal einen Mythos gefestigt, jeden eigenen Fehler, der verständlicherweise passieren kann, dem Laien in die Schuhe geschoben, behauptet aber von sich, „wir machen immer alles richtig, wir sind keine Laien". Andere Möglichkeiten, Fehler, die danach beim Sanitäter, im Krankenhaus, im OP-Saal geschehen sind, die kein Normalsterblicher jemals erfahren wird, hat also auch der Laie zu verschulden. So gesehen gelangten die Mitarbeiter von Mario, die erste Hilfe geleistet hatten, unter einen Generalverdacht. Dabei war deren Reaktion völlig richtig gewesen und wichtig und garantiert haben sie mehr als ihr Bestes gegeben. Es ist des Bürgers Pflicht, so lange zu handeln, bis die Rettungskräfte eintreffen.

Doktor Frankensteine ...

Dass die Rettungskräfte dann, na ja, mit allen erdenklichen und zur Verfügung stehenden Mitteln, Mario wieder Leben einhauchen wollten, ist zwar selbstredend, dennoch gibt es Grenzen, die die Rettungskräfte definitiv ohne Wenn und Aber überschritten haben. Die Besatzung eines Rettungswagens ist übrigens im Rettungsdienstgesetz geregelt. Darin heißt es, dass Rettungswagen mit nur zwei Personen, einem Rettungsassistenten und einem Rettungssanitäter, also keinem Arzt besetzt sein müssen. In so einer Stadt wie Berlin, voller Chaos und Orientierungslosigkeit, kann man sich sehr gut vorstellen, dass auch das nicht absonderlich kontrolliert wird, herrscht doch ein recht harter und verwirrender Konkurrenzkampf unter den Rettungskräften in den verschiedensten Farben und bunten Einsatzwagen.

Trotzdem gibt es so ein paar Grundregeln in Sachen Reanimation, die mir als ehemaliger Rettungsschwimmer sehr gut und sehr lange bekannt sind. Schon nach drei Minuten ohne Sauerstoff, wurde schon mir gelehrt, kann es zu bleibenden Schäden im Gehirn kommen. Laut Statistik benötigt ein Rettungswagen bis zum Einsatzort acht Minuten und nach einem insgesamt zehnminütigen Herzstillstand ohne irgendwelche Maßnahmen ist der Mensch eigentlich nicht mehr zu retten. Wobei sich die Frage stellt, was genau bedeutet retten?

Man muss nicht darüber reden, das, was dann noch gerettet wird, ist dazu verdammt, als Lebloser seine letzten Jahre auf dieser Welt zu verbringen. Allerdings aber hatten schon die Kollegen, anwesende Helfer, Maßnahmen bei Mario ergriffen. Dennoch bleibt es nur zu vermuten, dass vielleicht während dieser zehn Minuten, bis der Rettungswagen eintraf, das Herz und die Sauerstoffversorgung durch die „Laien"-Reanimation nicht ausreichend und richtig erfolgt ist. Dafür kann es viele, auch andere Gründe geben.

Der Ersthelfer, also Marios Mitarbeiter, kann absolut nichts dafür. Er hat ohne Zweifel alles gegeben, was in seiner Macht stand, ist es doch für einen ungeübten sehr schwer, in solch einem Fall einen klaren Kopf zu bewahren und alles richtig zu machen. Er befindet sich eigentlich auch in einer gewissen Art Schockzustand in solch einem Augenblick. Funktioniert in dieser Situation eher, als er wissentlich handelt. Pauschaliert kann und darf man nicht sagen, die Herzdruckmassage könnte zu schwach gewesen sein oder die Sauerstoffversorgung durch Beatmung und Herzdruckmassage wurde nicht richtig durchgeführt. Die Erkrankung des Herzens, die Enge der Blutgefäße, die durch die Herzdruckmassage die Blutzirkulation nur ein wenig aufrecht erhalten soll, ist immer nur reine Spekulation, da doch keiner in der Lage ist, in diesen Körper hineinzusehen, was da drin eigentlich los ist, wie dicht und wo genau diese verschlossenen Gefäße wirklich sind und ob da überhaupt noch was durch geht, durch diese verstopften Blutgefäße.

Eine Herzkranzarterie, die ja nur bis 3,5 Millimeter im Durchmesser dick ist, kann so extrem dicht verschlossen sein, dass jedes Pumpen von außen, jede Druckmassage nicht ausreicht, um durch diese Verstopfung nur einen Tropfen Blut zu pumpen, selbst mit der Vergabe von Blutverdünnern nicht, was in der Regel bei Herzproblemen immer Anwendung findet. Man spricht zwar davon, dass die vielen kleinen Blutgefäße am und im Herzmuskel nur bis zu einem halben Millimeter und natürlich kleiner im Durchmesser ersatzweise noch immer genug sauerstoffreiches Blut gleichmäßig im Herzmuskel verteilen können, wagt es aber nicht zu bestätigen, dass dies für eine Sauerstoffversorgung des Gehirns zu 100% ausreicht.

Es könnte also sein, dass ..., eigentlich müsste es, wir vermuten schon ..., „pumpen, einfach mal pumpen, was das Zeug hält", Hauptsache, der kälter werdende Kadaver springt erstmal wieder an, den Rest sehen wir später im Krankenhaus. Alle Bemühungen sind manchmal schon von Anfang an zum Scheitern verurteilt. Jede Minute ist daher reine Spekulation, weil man es, an welchem Ort und Stelle auch immer das passiert, einfach nicht weiß, was genau da drinnen in diesem Körper nicht in Ordnung ist. Die Herzdruckmassage muss daher nicht entscheidend sein, diese Ersthelferaktion kann entscheidend sein und man sollte natürlich, ich denke, ich wiederhole mich, schon allein aus ethischen Gründen, nur bis zu einem gewissen Maß alles daran setzen, diesen Menschen zu retten. Man muss, nein, vor allem Rettungskräfte und Ärzte müssen in der Lage sein zu sagen, bis hier her und nicht weiter, dieser Mensch ist und bleibt tot. Er muss wissen, dass mit jeder weiteren Minute Reanimation eine schnellere Schädigung des Gehirns eintritt. Nach nur vier Minuten Reanimation sind schon 30% unwiderrufliche Zellschäden zu erwarten. Alles, was danach kommt, wird mit jeder weiteren Minute rasend schnell schlechter. Alles, was ab jetzt wieder Leben in den am Boden liegenden Körper einhauchen will, wird vergebliche Mühe sein, es bleibt ein geschädigtes oder gar totes Gehirn. Des Menschen Leben wird unwürdig.

Es gilt hier nüchtern zu entscheiden: Diesem Menschen blieb das Herz stehen, dieser Mensch fiel um, dieser Mensch ist tot, so wie es die Natur für uns eingerichtet hat. Die Zahl der pro Jahr zu erwartenden Wachkomapatienten schwankt stark, zu unterschiedlich für eine genaue Statistik, aber es gibt zwischen 3.000 und 6.000 Wachkomapatienten jährlich in diesem Land. Derzeit soll es mit denen, die schon ein paar Jahre dahinsiechen, um die 25.000 geben.

Doch für Mario kamen sie dann, noch war es nicht soweit, die Rettungskräfte, die Wiederbeleber, die Frankensteine, „nein, da geht noch was, denn retten wir", rückten an und mit Strom und diversen Flüssigkeiten wird diese langsam erkaltete Leiche wieder zum Leben erweckt. Der liebe Gott oder die Natur lässt Tote tot sein. Irgendwie ist es ja auch wichtig, dass Menschen, selbst Familienangehörige sterben. Man stelle sich vor, das würde nicht mehr geschehen. Dann gäbe es sicher bald eine unaufhörliche Überbevölkerung auf der Erde und wahrscheinlich auch keine Innovationen mehr, da die meisten Vertreter einer Generation gerne an ihren Erfahrungen und einmal erworbenem Wissen unverändert festhalten wollen.

Ich bin so dermaßen realistisch, dass ich, bei all dem großen Verlust, dem Tod meines Bruders, noch immer so entscheiden würde. Ich bin schon immer am Überlegen, ob ich mir auf die Brust die Worte tätowieren lassen: „Nimm Deine verdammten Griffel von mir, Du Monstermaker, ich möchte nicht reanimiert werden."

Und wieder ist es das Arschloch Mensch, der in die natürlichen Ereignisse des Lebens eingreift. So wie ich im Nachhinein erfahren habe, wie es so oder so passierte, haben die Sanitäter dann eben das Menschliche, das Natürliche vergessen und ihre „Du stirbst mir heute nicht" Fratze aufgesetzt. Als ob es dazu einen internen, in den Medizinerkreisen, einen geheimen Wettbewerb gäbe und einmal im Monat, der ganze Prozess mit einem hohen Preisgeld dotiert wird, von dem der Normalsterbliche nichts weiß. „Wer die meisten Menschen soweit zum Leben erweckt hat, dass sie noch in der Lage sind, in eine Windel zu Kacken, hat gewonnen." Wichtigstes Detail zum Hauptgewinn, die Pumpe muss wieder pumpen, der Rest vom Körper kann auch tot sein. Oder man betrachtet die Totgeweihten als eine „noch lebende" Notfall- und Rettungspuppe, als eine Erste-Hilfe-Reanimierungspuppe, einen Dummy, an der man seit womöglich Jahren erfolglos ein Leben zu retten versuchte und genau an diesem Tag endlich Erfolg haben könnte. Oder bekommen sie sogar Prämien von den Pflegeheimbetreibern, eine Art Kopfgeld, für jeden neuen Patient, der ein weiteres Bett in ihrer sonst vollkommen überflüssigen Pflegeeinrichtung belegt.

Mit aller Gewalt, mit allem sich zugesprochenen Recht, die Meinung des Patienten interessiert keinen, wurde Sauerstoff per Nasensonde zugeführt und die Herzdruckmassage, „geh mal weg, wir können das noch besser", durchgesetzt. Es wurde ein venöser Zugang gelegt, um Medikamente, Antikoagulantien oder Atropin, Betablocker und Blutverdünner in ihn hineinzupumpen, und mit dem Defibrillator, „zurücktreten", alles daran gesetzt, Marios Blutzirkulation wieder ein bisschen in Wallung zu bringen. Am Abend kann man voller Stolz der Oma erzählten, ich habe heute ein Menschenleben gerettet.

Nein liebe Oma, das hat er natürlich nicht. Er hat eigentlich sehr viele Menschenleben zerstört, das eine sein Opfer, das nun zum Siechtum verurteilt all das, was um ihn herum geschieht, nicht mehr wahrnimmt, und, viel schlimmer noch, die vielen anderen Menschen, Kinder, Mütter, Väter und andere Angehörige, Freunde und Bekannte, die er, für sich entschieden, unter Umständen zu Sklaven einer Situation gemacht hat, die ein weiteres Leben unfassbar schwer macht, sie alle dazu verurteilt, sich über Jahrzehnte oder noch länger einer Situation hingeben zu müssen, die alles in einem einst zufriedenen Leben massiv verändert, vieles, nein alles unerträglich gemacht hat.

Am Ende, nach 5, 10, 15 oder gar 20 Jahren, nach einem kräftezehrenden Leben macht der erlösende Tod des Betroffenen ein Aufatmen möglich, ein klein bisschen besseres Leben kann wieder möglich gemacht werden, durch eine große und schwere Last die Erlösung fand und nun endlich versterben durfte, und das, weil sich, keine Ahnung, ich bleibe bei der Natur, die es so wollte, die Natur gegen diesen widerwertigen

Menschen, den Entscheider zwischen Leben und Tot, letztendlich doch durchsetzen konnte.

Und die in der Notaufnahme, nachdem die Sanitäter mit Tatütata den schlappen, geradeso lebenden Menschen abgeliefert haben, die setzen dann diese Aktion fort, gehen mal tiefer hinein mit Herzkatheter, schauen mal genau, wo das Problem liegt und setzen die „Wiederauferstehung" spezifischer und kompetenter fort. O. k., es gibt ja auch ein Quantum Notwendigkeit, dass es solche Opfer gibt, immerhin sind die Pflegeeinrichtungen extrem abhängig von extremen Pflegefällen, da wird ja doch ordentlich Geld verdient in diesem Geschäft mit den Untoten.

Die Frage, ob der Mensch, der da liegt, all das möchte, all diese extremen Maßnahmen über alle optimistischen Mutmaßungen hinaus, ist sachlich betrachtet einfach beantwortet. Nein, er will es nicht. Es gibt nach solch einem extremen Akt der Reanimation kein, „es wird alles gut, wir konnten dieses Leben lebenswert retten", wo doch das Risiko mehr als bekannt und bewiesen ist, dieser Mensch kann nur noch ein Pflegefall werden. All das ist weder Bestandteil des Ethikkatalogs, noch eine demokratische Entscheidung. Es ist eine Entscheidung über den eigenen Willen des Menschen hinweg. Es wird von den übermächtigen Sanitätern und Medizinern so diktiert, die sich vehement weigern, den eigentlich schon Toten würdevoll sterben zu lassen.

Ich bin also, klar erkannt, ein absoluter Gegner dieser uneingeschränkten Wiederbelebungsversuche und wäre ich an dem Tag von Marios Unfall dabei gewesen, hätte ich diese „Retter" mit den Fäusten davongedroschen: „Ihr macht aus meinem Bruder keinen Zombie." Ich bin aber auch genauso rational wie empathisch, bin ehrlich, auch sachlich und objektiv, auch voller Sarkasmus, satirisch und oftmals zynisch und all das bin ich so sehr, dass ich mein Empfinden genauso darstellen muss. Für jeden Lebensretter, der dieses Buch liest, habe ich hoffentlich so viel Wut entfacht, das er sich, sollte ich in Marios Situation geraten, wieder in sein Auto setzt und einfach nur davonfährt. Vielen Dank!

Dünner Strohhalm, abgebrochen ...

Aber soweit waren wir ja noch nicht, wir und die Mediziner wussten noch nichts über seinen weiteren Zustand, nichts von dem, was uns, nichts von dem, was ihn erwartet, alles konnte noch immer gut werden. Mario sollte erstmal einer umfangreichen Gehirnuntersuchung unterzogen werden. Man wusste grundsätzlich nicht, wie lange sein Gehirn mit Sauerstoff unterversorgt war. Er erwachte aber dazu nicht, was bei den Medizinern etwas Skepsis wachsen ließ, und so plante man diese Untersuchung in den nächsten Tagen in seinem augenblicklichen komatösen Zustand durchzuführen. In nur wenigen Tagen sollte diese Untersuchung das Böse oder das Gute ans Licht bringen, und daran, an diesen Tagen des Wartens, hatten wir alle ordentlich zu knappern.

So trafen wir uns noch einmal bei Bitch in der Wohnung. Schweigen füllte den Raum, Entsetzen und Angst vor dem, was da in den nächsten Tagen auf uns zukommen sollte. Eine Krankenschwester hatte Marios Rolex und seine goldene Panzerkette gebracht. Es wäre wohl besser, wenn wir diese wertigen Dinge mitnehmen. Ohne lange zu überlegen, ohne sich Gedanken darüber zu machen, ob das falsch oder richtig sein könnte, nahm Bitch diese Dinge an sich.

Während wir im Wohnzimmer mit unserer Fassungslosigkeit zu kämpfen hatten, der eine mehr, der andere weniger mit den Tränen rang, kam auf einmal der Sohn mit Marios Panzerkette um den Hals, ganz lässig: „Hey Bro i'm so cool", ins Wohnzimmer gelaufen.

Unsere Blicke trafen sich wortlos, fanden es unfassbar, was sich dieser 20-jährige Rotzlöffel da erlaubte. Da war sein vermeintlicher Stiefvater, der er gar nicht sein wollte, dem Tode, dem Siechtum so nah und er hatte sich schon sein Erbe ausgesucht, so schien es. Heulte aber auch recht überzeugend.

Dennoch wurde ihm sehr verständlich gesagt: „Zieh sofort die Kette aus!"

Ob er wahrnahm, warum man ihn dazu aufforderte, musste dennoch bezweifelt werden. Wir trennten uns an diesem Tag und jeder hatte jetzt für sich Zeit, das Furchtbare, was geschehen ist, zu realisieren. Das war auch bitter nötig, endlich mal in aller Ruhe losheulen.

Der Tag, an dem sich die Hölle auftat ...

Wir warteten in seinem Zimmer, er sah noch immer ziemlich schlafend lebendig aus, als ob er nach einem baldigen Erwachen den Tag einfach beginnen lassen möchte. Und es knisterte förmlich um uns herum. Alle hofften und glaubten bei dem anstehenden Arztgespräch auf eine positive Nachricht und keiner wagte eine andere „Was-ist-wenn"-These auszusprechen. Dann kam die ernüchternde Erklärung des Arztes, Marios Gehirn wurde bei der Reanimation tatsächlich mit Sauerstoff unterversorgt. Das hat dazu beigetragen, dass seine Hirnrinde, das ganze Außenrum, wenn man es sich als Schale einer Frucht vorstellen möchte, abgestorben ist, so gab er uns zu verstehen. Lange Rede kurzer Sinn, diese Erkenntnis ließ diese schreckliche Vorstellung, an die keiner zu denken wagte, sehr schnell real und ernst werden. So leid es ihm tut, er kann uns keine bessere Nachricht überbringen. Wir sollten uns mit dem Gedanken befassen, dass Mario, wenn er aus diesem noch bestehenden künstlichen Koma erwacht, ein Wachkomapatient bleiben wird. Die Medizin nennt es auch „Apallisches Durchgangssyndrom" oder „Coma Vigile". Wie schwer und in welcher Form, dass lässt sich in diesem komatösen Zustand noch nicht sagen. Die Frage, ob er selbstständig atmen kann, ist ebenfalls noch nicht beantwortet. Dieser Mechanismus kann sich aber erholen und die Chancen stehen eigentlich ganz gut. Noch wurde er durch die Technik über Mund und Nase mit einem Beatmungsgerät künstlich beatmet.

Recht zögerlich beantwortete dieser Arzt die Frage, was das nun genau für Mario bedeuten könnte. Kann sich all das erholen, gibt es Heilung- oder Besserungschancen, kann er wieder, wie wir ihn kennen, wach werden und was wird er sein, wenn er wach werden sollte? Waren nur ein paar Fragen, die

Beantwortung suchten, der Strohhalm recht dünn, an den wir uns klammerten. Aber, so lautete sein Urteil, es wird in seinem Zustand und den in Erfahrung gebrachten Erkenntnissen wahrscheinlich kein Erwachen mehr geben, nicht im Sinne von „wach sein", so wie wir es kennen.

Er wird sehr wahrscheinlich die Augen öffnen und keiner kann so richtig bestätigen, was genau er sieht und wie er das Gesehene wahrnimmt. Es kann sein, dass er hört und keiner weiß, wie er das Gehörte wahrnimmt. Er wird ziemlich wahrscheinlich nicht sprechen. Er wird nach medizinischen Erkenntnissen nicht bewegungsfähig, sondern eher spastisch gelähmt wirken, er kann weder laufen noch seine Arme richtig koordinieren, verkrampfte Körperhaltungen einnehmen. Er wird „wahrscheinlich" keine Schmerzen haben, sagen die einen, die anderen nicht. Gerade in Sachen Schmerz ist vieles eine reine Vermutung, so ganz nach dem Motto, wo so viel kaputt ist können keine Schmerzen mehr sein. Es wäre aber doch möglich, grundsätzlich. Man kann es an seiner Körperhaltung erkennen, wenn sie recht verkrampft ist oder am Blutdruck. Man kann ihn auch einfach mal fragen, ob er Schmerzen hat, oder man kann ihm pauschal einfach mal ein paar Drogen einflößen, damit er eben keine Schmerzen hat. Die meisten Dinge, die er tun wird, werden unkontrollierte und unbeabsichtigte Reflexe sein. Auch das klang alles sehr spekulativ. Ich hatte den Eindruck, so ganz wollte er uns die Hoffnung nicht nehmen.

Ich persönlich wollte all diese Hiobsbotschaften erstmal nicht wahrhaben, all das war surreal, absolut nicht vorstellbar und ich stellte mir sehr intensiv die Frage, warum hat man das alles überhaupt riskiert. Es war doch absehbar, dass nach seiner schon so komplizierten Reanimation solche Folgeerkrankungen eintreten werden. Warum hat man nicht einfach aufgehört, an ihm rumzuexperimentieren, seinen Tod einfach akzeptiert und hat gesagt, wenn wir ihn jetzt weiter mit aller Gewalt ins Leben zurückholen, dann wird er definitiv kein Mensch mehr sein.

Was ist nur los mit solch gut studierten Menschen, wissen alles, kennen die Folgen, die nach solch einem Akt eintreten können, und trotzdem müssen sie den lieben Gott spielen. Leben zu retten lautet ihr Auftrag, für den sie sich einst entschieden haben. Tote zum Leben zu erwecken ist ethisch total verwerflich und vollkommen inakzeptabel. Es ist und bleibt ein Teufelswerk! Man hätte sie früher bei lebendigem Leibe auf dem Scheiterhaufen verbrannt. Ich hätte ihn heute gerne angezündet mit all diesen Monstermachern, war extrem wütend in dieser Situation.

Und wieder gingen wir getrennte Wege, wieder mit einer Hiobsbotschaft mehr, die man nicht in der Lage war zu realisieren, nicht gewillt war, sie zu akzeptieren. In meiner Pension setzte ich mich vor meinen Laptop und wühlte wie ein Irrer im Internet, wollte mehr Antworten, die des Mediziners reichten mir einfach nicht. Was genau bedeutet all das, wie lange muss er all das ertragen? Wie soll ich, sollen all seine Freunde und die wenigen Angehörigen zum Teufel damit leben, damit umgehen? Letztendlich festigte sich die Aussage des Arztes, meine weitere Recherche zu seinem Zustand brachte die unvermeidliche Wahrheit ans Licht.

Was ist die Hirnrinde, wollte ich genauer aus diversen medizinischen Internetseiten erklärt wissen. Was genau ist ihre Aufgabe, was bedeutet es, wenn diese abgestorben ist?

Sie wird auch Kortex oder Cortex (italienisch für „Rinde"), Hirnmantel oder Pallium (italienisch für „Mantel") genannt. Es ist eine Ansammlung von Nervenzellen, die sich als dünne „Rindenschicht" am äußeren Rand des Groß- und Kleinhirns befindet. Sie ist für Lern-, Sprech- und Denkfähigkeit sowie das Bewusstsein erforderlich und mit dem Gedächtnis verankert. Darin laufen zudem noch alle Informationen aus den Sinnesorganen zusammen, werden verarbeitet und ebenfalls im Gedächtnis gespeichert. [Siehe auch: de.wikipedia.org/wiki/Hirnrinde bzw. netdoktor.de/ anatomie/gehirn/ Reviewed 08.10.2021]

Und genau das alles war wegen mangelnder Durchblutung und Sauerstoffversorgung abgestorben. Das Gehirn, das fleischige Ding, das alles im Menschen am Arbeiten und Funktionieren halt, der PC, der absolute Megarechner, der in jedem Menschen gleich schlummert und bei allen Menschen gleich unbemerkt seine Arbeit verrichtet, hatte ein Problem. Es funktioniert bei dem einen mehr, bei dem anderen weniger gut. Manch einer käme mit bedeutend weniger Terabytes aus, andere haben unglaublich viele davon und dennoch ticken sie nicht richtig. Die einen brauchen es für den Steuerknüppel eines Flugzeugs, weitere zum Führen eines scharfen Skalpells und wieder die nächsten für das Händeln mit einer Maurerkelle, um eine Hauswand glatt wie einen Kinderpopo zu verputzen, womit wiederum der Pilot oder der Chirurg eigentlich nichts zu tun haben möchten, wo sich doch nur die Art der Kunst unterscheidet.

Auf diese Weise gerät das Werk des kleinen Menschen weiter und weiter in den Hintergrund, weil doch so manch einer glaubt, dass all das „selbstverständlich" Erscheinende ganz einfach zu bewerkstelligen wäre. Dennoch gibt es keinen Menschen auf der Erde, der absolut alles kann. Und grundsätzlich ist es so, dass alle Anwender die anderen Arbeiten verrichten könnten, wenn sie es nur lernen wollten. Und dazu brauchen wir alle dieses komplett funktionierende Ding im Kopf, das, was auch alles andere, was der Mensch sonst noch so braucht, am Laufen hält.

Fuck, jetzt war ich aber sehr Mensch, habe mich mit meinem minderen Wissen über unser Gehirn extrem kurz gefasst und mich in diesem Sinne weder zu männlich noch zu weiblich geäußert. Denn so einen massiven Unterschied zwischen Frauen und Männern, der unser aller Handeln und Leben auch verschieden prägen könnte, den gibt es, so denke ich, nicht. Das Gehirn, ich stelle es mir gerne wie einen im Kopf befindlichen Globus vor, der in lauter kleine eigenständige Länder unterteilt ist, die alle anders funktionieren, dabei aber doch beständig zusammenwirken, bei dem einen oder anderen aber doch unterschiedlich ausgeprägt sein können. Und daraus folgt, dass wir alle auch ganz verschiedene Ansichten haben können. Aber so sind wir nun einmal.

Kleine zusammenhängende, im wässrigen Umfeld schwimmende Inseln, die halt nicht Helgoland oder Hawaii, sondern Zwischenhirn, Kleinhirn, Vorderhirn, Mittelhirn, Endhirn, Markhirn, Stammhirn und anders heißen und es darf gern vereinfacht der Vergleich zu Wischhafen, Wilhelmshaven, Ludwigshafen, Friedrichshafen und weiteren wachsen.

Soweit ich verstehen konnte, waren bei Mario Thalamus und Stammhirn, das, was die Vitalfunktionen kontrolliert und die überlebenswichtigen Funktionen steuert, von dieser Sauerstoffunterversorgung nicht betroffen, all das hatte unter der mangelnden Durchblutung, dem fehlenden Sauerstoff, grundsätzlich nicht gelitten. Dafür hätte er nur noch wenige Minuten länger reanimiert werden müssen, damit auch das alles abstirbt, er am Ende ein Hirntoter ist, an Maschinen gekettet am „Leben" gehalten wird.

Womöglich ein hochintelligenter und empathischer Mediziner sagte: „Dieses Leben ist ohne Gehirnfunktion unwürdig, überlegen Sie besser, die Geräte abschalten zu lassen, und vergessen Sie nicht, wir bräuchten dringendst noch ein paar Organe, die wir jemandem in Rechnung stellen könnten."

Dieser Entscheidung, und dazu bräuchte man nicht lang überlegen, hätte ein jeder zugestimmt. Wo aber ist der Unterschied? Hirn tot oder Hirn halbtot? Das halbtote Hirn macht sein Leben doch nicht lebenswerter, im Gegenteil, es zerstört unter Umständen das ganze Leben vieler noch lebender Menschen, erzwingt dieses Opfer für ein verachtungswürdiges Leben, das kein Mensch, ganz pauschaliert ausgesprochen, so haben möchte. Würde man auch schon in diesem Wachkoma-Zustand einem Ableben zustimmen, wenn es Opfer und Angehörige so wünschen, und das würden sehr viele sein, würden auch noch gut funktionierende Organe übrig bleiben, die man verhökern könnte. Und jetzt glaubt mal keiner daran, dass gespendete Organe nicht berechnet werden.

Sicher werden sie nicht als Position auf einer Rechnung aufgeführt sein, Niere 17,95 €, Leber 22,75 € usw. Ich tippe mal eher darauf, dafür wird die Organentnahme und die Transplantation im Allgemeinen besonders teuer, „all inklusive" also. Und wenn dem Patienten mal 5 oder 10 Jahre lang, dem Angehörigen unbekannt, womöglich experimentelle Substanzen verabreicht werden, der Wachkomapatient so in Schwung gehalten wird, dann sind diese Organe danach dermaßen chemieverseucht und eher nicht mehr zu gebrauchen. Warum unbekannte Substanzen? Weil ich davon überzeugt bin, dass die Medizin oder deren ausführende Kräfte schon ein bisschen mit neu entwickelten Medikamenten herumexperimentieren, sogar Hurra, bei Wachkomapatienten, die ja auch nichts mehr sagen können und denkbarerweise auch mal 15 Jahre für solche Zwecke zu verwenden sind. Wir leben 2022. Es ist nach heutigem Stand der Medizin absolut möglich, Langzeitstudien an solchen hilflosen Opfern unbemerkt und unbeschadet durchzuführen. Niemand würde etwas davon bemerken.

Und wenn es doch schiefgehen sollte, der Hirn-Halbtote dahinscheidet, dann erleichtert dies am Ende das Opfer und jeden Angehörigen. „Es ist gut, dass er endlich sterben durfte, er hat lang genug gelitten, der Arme." Kann das alles eine Patientenverfügung verhindern, darf man sich fragen? Meine Meinung? Wer sich so respektlos gegenüber einem Leben verhält, ob nun Hirn tot oder Hirn halbtot, dem ist auch die Ignoranz in Bezug auf eine bestehende Patientenverfügung zuzutrauen. Ich merke gerade, ich begebe mich mit vielen Mutmaßungen, Vorstellungen und Worten in eine noch unsichtbare Gefahr, stehe womöglich auf einem für den Normalsterblichen unbekannten Index der Bürger, die gegenüber der Medizin das Maul zu weit aufreißen. Womöglich auch besondere Behandlungen erfahren werde, sobald meine Versicherten-Karte durch einen Scanner eines Krankenhauses gezogen wurde. Es interessiert mich allerdings nicht. Der literarischen Kunst sei es gedankt, dass ich mich so frei dazu entfalten kann.

Bei Mario funktionierte alles andere also, alles, was den Organismus am Leben erhält, Schlafzyklen, Körpertemperatur, Atmung, Blutdruck, Herzfrequenz, Kreislauf, Verdauung und vor allem Reflexe funktionierten nur wenig eingeschränkt wie vorher.

Vieles gab es zu erlesen während meiner Recherche, doch fand ich nichts, was wirklich Hoffnung wachsen ließ. Wusste schon vorher, dass es unterschiedliche Komapatienten gibt. Es gibt Komapatienten, die haben sekundär, warum auch immer, ein voll funktionierendes Gehirn und eigentlich ist es nur das, was sich im Koma befindet, wenn man das mal ohne fundierte Wissenschaft und kurzgefasst erwähnen möchte. Es ist einer tiefen Bewusstlosigkeit oder einem tiefen Schlaf gleichzusetzen, aus dem man nicht geweckt werden kann. Ich las, dass in Bayern eine Frau nach 27 Jahren aus einem Koma erwachte und sofort ihren Sohn wiedererkannte. Ich las von irgendwelchen Wundern, die in der Welt geschahen, aber ich las nichts von einem Wachkomapatienten, der in voller Gesundheit wieder aufgewacht ist. Nur einer von 10 erwacht im Sinne von wach sein, aber er wird weiterhin ein absoluter, meist schwerer Pflegefall bleiben. Aber ich las auch, dass viele Wachkomapatienten innerhalb der ersten sechs Monate versterben dürfen und dass man im Schnitt, das weitere Übel, mit einer weiteren „Lebens-", nein, „Siechtumserwartung" zwischen 2 und 5 Jahren rechnen kann, es sogar Wachkomapatienten gibt, die Jahrzehnte in diesem Zustand dahinvegetierten. Sie haben die Augen offen, können unter Umständen kauen, lachen, husten, niesen, schlucken, sogar pupsen und vieles mehr und doch können sie es wieder nicht, weil all das nur Reflexe, Körperreaktionen sind, Dinge, die der Körper tut, auch ohne dass der Mensch daran seinen Willen geben oder teilhaben muss, Dinge, die ein dreimonatiger Embryo im Bauch seiner Mutter tut.

Die Wissenschaft meint wohl, dass ein Wachkoma kein On-Off-Zustand ist, sondern auch Besserungen eintreten können, die dann phasenweise als „die sieben Phasen des Wachkomas" auftreten „können". Ein Prozess, der sich über Jahrzehnte hinziehen kann und nicht garantiert ist, daher reine Spekulation. Leider ist es meist so, dass der Patient in der zweiten Phase stecken bleibt und nichts weiter passiert. Nach der ersten, der Koma-Phase, der tiefen Bewusstlosigkeit, folgt die Wachkomasituation, die zweite Phase, „körperliche Wachheit, kein Bewusstsein". Ein Professor Dr. Dr. h.c. Franz Gerstenbrand hat sich wohl mal genauer damit befasst. Man möge sich selber bemühen, wenn man von ihm lesen möchte. Das alles hat mich erstmal umgehauen. Und da ich Realist bin, wird es das sein, womit ich mich abfinden musste. Ich weigerte mich, Hoffnungen in diese vollkommen aussichtslose Situation zu setzen. Zu viele Fakten, zu viele Informationen, die nicht für ein gesundes Leben für Mario sprachen.

Mit diesem Realitätsbewusstsein litt ich sehr unter den ganzen Hoffnungsträgern. Freunde und Bekannte, die mir immer wieder begegneten, schienen mir Mut machen zu wollen, konnte es aber nicht mehr hören, was jeder zweite von sich gab.

„Das wird alles wieder, es passiert immer mal wieder, dass Komapatienten nach vielen Jahren aufwachen, man muss nur mit ihm sprechen, seine Erinnerungen wecken, sein Unterbewusstsein hört das alles."

Keiner war irgendwie gewillt, sich genauer zu informieren, keiner wollte der Realität ins Auge schauen, und ich wollte nicht der sein, der auf den Tisch haut und sagt: „Vergesst es einfach, Mario wird nie wieder das sein, was er mal war. Mario ist tot."

Also lebte ich meine eigene Vorstellung von all dem und schwieg größten Teils darüber. Nur Klaus, ich glaube, Klaus hat meine Skepsis schon sehr früh erkannt, war aber auch noch nicht soweit, der Tatsache ins Auge zu sehen.

Keine Patientenverfügung? Betreuung und andere Vollmachten ...

Nun standen gravierende Entscheidungen an. Mario hatte weder ein Testament noch eine Patientenverfügung verfasst, die irgendetwas in der Lage war zu regeln, rechtskonform zu regeln. Wer rechnet denn mit sowas. Er war ja gerade mal 50 Jahre alt. Nichts hatten wir, damit wir irgendwie nur im Ansatz mit ein paar Worten beweisen konnten, was er genau jetzt gewollt hätte und was wir zu seinem Wohl verwenden konnten. Nichts war verschriftlicht, nur unsere Worte, die wir, zum Beispiel Mario und ich oder Mario und Klaus, untereinander tauschten. Unser Wissen, was er gewollt hätte, gab es und wir alle wussten sehr gut, das ist es nicht, was er wollte. Doch die Worte seiner nur wenigen Angehörigen, die Worte seiner engsten Freunde haben absolut kein Gewicht gegenüber diesen in diesem Land diktierten Gesetzen.

Eine Ärztin fragte nach einer zukünftig verantwortlichen Betreuungsperson. Mario wäre ab sofort unmündig, es muss sich jemand finden, der das ab sofort für ihn übernimmt. Wir

könnten das familienintern klären, ansonsten wird das kurz-
fristig von Amts wegen entschieden. Es ginge jetzt erstmal um
einen kleinen operativen Eingriff, der von dieser Betreuungsperson entschieden werden muss, das Einbringen eines dau-
erhaften Tubus, einer Intubation, einer Trachealkanüle. All
das dient letztendlich alles dem gleichen Zweck. Mit einem
ca. 1 cm langen Schnitt am Hals in die Luftröhre wird diese
Trachealkanüle eingeführt. Damit soll in Kombination mit dem
Beatmungsgerät die eigenständige Atmung animiert werden,
wieder zu arbeiten. Mit diesem Problem „Betreuungsperson"
haben wir abermals nicht gerechnet. Es erzeugte erneut unangenehmen Druck bei allen Betroffenen. Fakt war, ich lebte im
450 Kilometer entfernten Regensburg, habe einen komplizierten Job und viele Pläne, die gerade erst angelaufen waren, und
das forderte meine ganze Aufmerksamkeit. Ich fühlte mich ungeeignet, so weit entfernt richtig agieren zu können. Dagmar
hat es im Allgemeinen nicht so mit Verantwortung übernehmen, fühlte sich überfordert. Klaus, als langjähriger und bester Freund von Mario, ist allerdings nicht im Ansatz verwandt-
schaftlich verbunden, von Amts wegen war er ein Fremder und
es könnte schwierig werden. Sein Amt als Betreuer würde womöglich nicht anerkannt werden. Und da bot sich Bitch, Marios
letzte Lebensgefährtin an, dies zu übernehmen.

Sie wurde immer sehr schnell feuerrot im Gesicht, wenn es
unbequem oder unangenehm wurde, schlich sich so irgendwie
ins Gespräch ein und meinte dann eher fragend: „Ich könnte
doch ...?"

Nun hatten wir doch alle den Eindruck, dass sie die schreckliche Gesamtsituation sehr beschäftigte, wirkte glaubhaft in
ihrer Anteilnahme und Trauer über die gegebenen Umstände. Ich konnte nicht daran zweifeln, dass sie es in aller Liebe zu Mario ernst meinen würde. Es fehlte uns gerade jetzt,
verdammt nochmal, irgendjemand, der uns dahingehend ausreichend informierte, uns aufklärte, welche Möglichkeiten wir
haben und was genau überhaupt rechtlich möglich und richtig
ist. Vielleicht hätte es eine Möglichkeit gegeben, doch Klaus
für dieses Amt zu bestimmen, was mir, Mario und vielen anderen lieber gewesen wäre. So unwissend, wie wir waren, ha-

ben wir uns nicht einmal Bedenkzeit dafür auserbeten. Sie, die Liebe meines Bruders, sollte seine Betreuerin werden. Sie sollte ab sofort die Betreuung von Mario übernehmen. Gravierende Geschehnisse, so verblieben wir, werden wir zusammen entscheiden. Sie wird uns aussagekräftig zu allen anliegenden Eingriffen und Veränderungen informieren, doch sollte sie dafür das Sprachrohr, der alleinige Ansprechpartner in Vertretung aller involvierten Personen bleiben, so wie es das Gesetz diktiert hat.

So fiel noch an diesem Tag die Entscheidung für diese Beatmungshilfe, selbstredend, das wir alles für Mario tun wollten, um ihm die Situation zu erleichtern, auch wenn er nichts davon mitbekommt, was der größte Teil aller Betroffenen jetzt noch immer nicht wahrhaben wollte. Vor allem war es wichtig, dass er wieder selbstständig atmet, auch dass sein Gesicht endlich frei wird von diesem ganzen medizinischen Kram, was es gerade verdeckte.

Nun war soweit alles geregelt und gesagt, sein Zustand nicht mehr kritisch, aber schon jetzt menschenunwürdig, und ich entschloss mich, in den nächsten Tagen wieder nach Regensburg zu fahren, helfen konnte ich hier nicht mehr.

Was war es, was uns nach all den Tagen ermutigte? Nichts eigentlich, mich ermutigte absolut gar nichts. Der Gedanke, dass er das alles so schnell wie möglich nicht mehr ertragen muss, war mein einziger Gedanke, hoffte inständig, dass er zu dieser relativ hohen Prozentzahl an Menschen gehören wird, die in den ersten sechs Monaten sterben dürfen. Ich wusste, er wartet auf diesen erlösenden Augenblick, auch wenn er nicht weiß, was ihn in der Zukunft erwartet. „Oh mein Gott", ich versuchte es mir einzumeißeln, womöglich zwei bis fünf Jahre, unter Umständen noch einige Jahre mehr können es werden, eine Zeit, die uns kein Mediziner nennen konnte, war doch sein Herz nun so stark, das dieses noch einige Jahre halten soll, sogar 80 Jahre könnte er damit werden.

Auch Meinungen von vereinzelten Freunden taten sich breit, sprachen mir wortlos aus meinen Gedanken, welchen Weg gäbe es, wie man ihn erlösen könnte? Er würde es so wollen, er würde alles wollen, damit dieses Siechtum, diese Hilflosigkeit, dieses Ausgeliefert sein, diese Machtlosigkeit, diese Qualen, die er nicht in der Lage ist mitzuteilen, aufhört. Ich denke, er würde sogar, so wie er war, um auf uns alle Rücksicht zu nehmen, würde sagen: „Wie lange soll ich meinen so hilflosen Zustand meiner Familie und meinen noch Freunden zumuten?" Welcher gesunde Menschenverstand wäre bereit, sich so sehen, begutachten, anschauen, begrabschen, mitleidig streicheln, gut zureden zu lassen, so hilflos und anteilslos, wie er ist. Dieser Mann, mein Bruder, der jeder Situation des Lebens entgegenschreiten würde, um das Beste daraus zu machen, würde in diesem Zustand ohne einen Hauch an Zweifel kapitulieren.

Eine Überdosis Insulin wäre eine Lösung, las ich im Internet, fand das bei humanersuizid.de oder wie das hieß, irgendwelche Drogen, sogar sein verfluchtes Heroin in Überdosis könnte ihn erlösen. Und ja, ich war verstärkt in diese Gedanken vertieft, schmiedete sogar Pläne, wie sich das umsetzen ließe. Insulin oder eine tödliche Droge, in dieser Stadt kein Hauch von einem Problem, das zu beschaffen. Man könnte es durch den Zugang injizieren, den er noch immer in der Hand hatte. Dachte daran, mir eine Waffe zu kaufen, würde seinen Kopf mit einem Kissen bedecken und den erlösenden Schuss abgeben, selber die Polizei anrufen: „Macht mit mir, was Ihr wollt", jetzt ist er wirklich tot, jetzt ist er erlöst, er ist der Sieger, ihr die Verlierer. Das waren sehr intensive Gedanken, die mich Tag für Tag im extremsten Maße marterten.

Am Ende ging ich mit mir selber einen Kompromiss ein: Ich werde warten und hoffen, dass er sterben darf, und das so schnell wie möglich. Und ich schwor mir insgeheim, wenn mich, egal wann auch immer, die Hiobsbotschaft ereilt, mich eine tödliche Erkrankung befällt, bevor er verstorben ist, dann werde ich ihn so nicht zurücklassen. So machtlos zu sein, jemanden in diesem extremen Maße ausgeliefert zu sein, das hatte er genau wie ich in der Zeit unserer Kindheit lang genug zu ertragen. Jetzt war er, nach 50 Jahren wieder Mündel seines Vaterlandes, das ihm nicht einen Tag seiner 16-jährigen Kindheit etwas Gutes tat, und keiner weiß, wie lange das noch so sein soll. Er wurde in die Macht des Vaterlandes geboren, er wird in der Macht seines Vaterlandes versterben, irgendwann.

So Vieles konnte ich nicht ertragen, konnte ihm nicht in die Augen sehen, weil ich nicht wusste, was sein teilnahmsloser Blick sieht. Konnte keine Worte zu ihm sprechen, weil ich nicht wusste, was er davon in der Lage war zu hören und verstehen kann. Konnte ihn nicht berühren, weil ich nicht wusste, was er davon fühlen würde. Mein Blut gefror in meinen Adern mit der Vorstellung, was ist, wenn er doch alles hören, fühlen und verstehen kann und nur nicht in der Lage ist, sich auszudrücken? Fühlte mich beschissen, wenn wir ihn zusammen oder mit anderen besuchten, konnte es nicht aushalten, wenn andere ihn streichelten, ihn ansprachen, von Dingen erzählten, die geschehen sind. Absolut furchtbar! Man stelle sich nur mal im Ansatz vor, man wäre in der Lage, etwas zu fühlen, nicht in der Lage zu sprechen und nicht in der Lage, sich zu bewegen. Und da kommt einfach einer daher, der dich streichelt, einer, der andauernd an dir rum krault über Arme, Beine, Gesicht, Bauch und was weiß ich wo noch. Und du musst es ertragen, weil du nicht sagen kannst, FASS MICH NICHT AN!!! Immer dieses, das könnte alles sein, muss es aber nicht. Ich glaubte auch nicht eine Sekunde daran, dass Wachkomapatienten durchaus Worte wahrnehmen, aber eben nur nicht reagieren können. Was zur Hölle muss ein Mensch hören und sehen, wenn er nicht darauf reagieren kann? Mit diesem einen manifestierten Blick, den er seitdem trug, verließ ich die Pflegeeinrichtung und er begleitete mich viele Tage danach, immer und immer wieder. Für mich stand fest, mein Bruder starb am 29. Mai 2010 und alles, was da noch mit allen Mitteln am Leben erhalten wird, weil es irgendein Unmensch so entschieden hat, das ist nicht mein Bruder.

Ich stelle mal wieder fest: „Alles, was geschieht auf dieser Welt, ist begründet. Aber nicht alles, was auf dieser Welt geschieht, ist erklärbar."

Der Akt des Schließgewaltigen ...

Ich fuhr Bitch noch nach Zehlendorf, ließ mich noch auf einen Kaffee überreden.

Während dem Kaffeetrinken meinte sie zögerlich, wieder mit roter Birne: „Vielleicht solltest Du doch mal besser Marios Schließfach räumen."

In der nächsten Zeit wird man wohl von ihr fordern, dass sie als Betreuerin seine Vermögensverhältnisse feststellen und dokumentieren muss, um dies dem Betreuungsgericht vorzulegen. Noch ist sie von Amts wegen nicht anerkannt, unsere Entscheidung noch nicht dorthin vorgedrungen, aber das wird in den nächsten Tagen passieren, sie bekommt einen Betreuerausweis und alles, was sonst so zu dieser Aufgabe gehört. Sie erzählte, dass sie auch bei ihrer Mutter Betreuerin war und die Vorgehensweisen dieser Behörden sehr gut kennen würde.

Außerdem, gesetzten Falls, er wird doch wieder irgendwie anders wach, darf womöglich nach Hause, irgendwann einmal, dann müsste bestimmt so einiges behindertengerecht umgebaut werden und dann wäre dafür wenigstens Geld da. Viele, außer ich, steckten noch mitten drin in der Hoffnung, dass alles wieder den Umständen entsprechend gut wird. Ich glaubte schon jetzt nicht mehr daran, wollte aber die Hoffnungen der anderen nicht kritisieren.

Am nächsten Tag vor der Abreise wollte ich sein Schließfach räumen, hielt das für eine gar nicht so schlechte Idee. In der Bank bekam ich mit meiner Identifizierung problemlos Zugang zu seinem Schließfach, wurde in den Keller begleitet und mit dem Sachbearbeiter und meinem Schlüssel wurde die Schublade aus seinem Schließfach geholt und man ließ mich in diesem kleinen Raum damit alleine. Das war auch ein blödes Gefühl, da dieser Vorgang, der Zugang zu seinem Schließfach, doch etwas Endgültiges hatte. Der Grund dafür wäre eigentlich, wann immer er eintritt, ein sehr unangenehmer und es war noch nicht einmal ein Jahr vergangen, seit wir diese Vollmacht aktiviert hatten. Und selbstredend war es keine göttliche Eingabe von Mario: „Lass uns das mal besser machen, ich lebe nicht mehr lange." Schwachsinn, es war reine Vorsicht und auch Vernunft zu Lebzeiten, wenigstens ein bisschen von seinem Willen zu klären. Zum Verfassen einer Patientenverfügung und andere Dinge, die im Notfall alles weitere Regeln, was viel wichtiger gewesen wäre, dazu hat es leider nicht gereicht. Nun ist er nicht nur ein medizinisches, sondern auch noch ein Opfer des Vaterlandes, welches ihm weiterhin nichts Gutes möchte.

Ich erschrak erstmal, als ich das Schließfach öffnete. Da hat mein lieber Bruder wohlbedacht alles Geld, das er ins Privatvermögen einfließen lassen konnte, wortwörtlich zu Gold gemacht. Hat mehrere kleine Barren gekauft und sehr viele verschiedene Goldmünzen, jede Menge Münzen. Auch in dieser Angelegenheit war er sehr akribisch. Gold ist ja auch Edelmetall, womit er sich hervorragend auskannte und dieser Schatz kann nur wertvoller werden, bis er in Rente gehen möchte. Und Münzen zu all dem, bei denen erhöht sich auch noch der Sammlerwert und nicht nur der Goldpreis. Wer daher zu faul ist, sich umfangreich zu informieren, um den besten Preis für seine Münzen zu erzielen, der soll sich bei mir eine Backpfeife abholen. Für Münzen soll und darf man dieses „Altgoldgeschwätz", das man in dieser Branche des Edelmetallhandels gerne verwendet, auf gar keinen Fall akzeptieren. Man muss in Sammlerkreisen auf sich aufmerksam machen. Die Preise können sich im extremen Maße unterscheiden, der Sammlerwert sogar den Goldpreis bei Weitem übersteigen. Ganz bewusst und berechnend hat sich daher Mario für den Kauf von Münzen entschieden, darüber musste ich nicht eine Sekunde nachdenken. Ich packte den ganzen Krempel in meine Umhängetasche und glaubte fast daran, das wären mindestens eineinhalb Kilo Gold, das ich zu schleppen hatte.

Bei Bitch, der mir und Mario eher weniger vertrauten Person, woran ich aber nicht denken konnte, angekommen, berichtete ich von diesem außergewöhnlichen Ereignis in der Bank, habe unser beider Skepsis einfach vergessen bei all diesem Geschehen.

„Was soll ich denn jetzt damit?", fragte ich, fühlte mich so unbescholten, wie ich bin, unwohl bei dem Gedanken. „Ich kann das doch nicht ins Auto packen und 450 Kilometer quer durchs Land fahren. Wenn ich in eine Routinekontrolle der Polizei komme, wie soll ich das denn erklären, woher dieses ganze Gold stammt?"

Ich stellte fest, da sehe ich doch eher aus wie Ede, der Einbrecherkönig, der gerade irgendwo einen Safe geknackt hat. Wir bemühten uns in diversen Ordnern Belege zu finden, irgendwas, was die Herkunft des Goldes erklären könnte, wurden aber nicht fündig. Womöglich liegt das irgendwo, wenn es überhaupt etwas gibt und nicht bei diesen vielen Umzügen in den letzten Jahren verloren gegangen ist. Aber ich erinnerte mich an seinen gewieften Geschäftssinn, konnte mir vorstellen, er hat dieses wertvolle Konvolut über die ganzen Jahre so nach und nach privat irgendwo zusammengekauft und es gibt überhaupt keine Belege. Das wäre schon eher seine Art, privat zu kaufen. Privat gekauft ist Gold oftmals um einiges günstiger als beim Münzhändler oder einer Bank, die alle immer ihren Anteil abhaben wollen. Günstig kaufen bringt am Ende den Gewinn, das wird wohl seine Vorgehensweise gewesen sein, war ich mir sehr sicher.

Wie auch immer, Bitch meinte, sie hätte auch ein Schließfach, aber ein sehr kleines. Sie könnte einen Teil von dem Gold auch dort deponieren. Also machte ich mich an die Arbeit, diese ganzen Münzen und Barren Stück für Stück ganz genau zu studieren, war stundenlang am Computer beschäftigt, diese Münzen auf vielen Internetseiten zu finden, um den augenblicklichen Wert festzustellen. Fertigte zwei Listen, was genau ich mit nach Regensburg nehmen werde und was genau ich bei ihr in Berlin lassen werde. So gab ich ihr diesen einen Teil des Goldes mit ihrer Liste, aber auch meine Liste, mit dem Teil des Goldes, was ich mitnehme werde, damit wir gegenseitig genau wissen, was sich bei dem anderen befindet. Letztendlich waren es zwei Päckchen mit einem ca. ermittelten Wert von jeweils um die 40.000 Euro. Ich fuhr mit ihr zusammen auf ihre Bank, damit sie es auch sicher dort deponieren kann und startete, nachdem ich sie zu Hause abgesetzt hatte, durch nach Regensburg.

So manch ein Leser wird sich jetzt fragen, warum ich das überhaupt gemacht habe, und ja, ich weiß es heute besser denn je, es war einer meiner größten Fehler, die ich zeitlebens gemacht habe. Ich bin und war ihr gar nichts schuldig, ihr gegenüber zu nichts verpflichtet, ich hätte ihr sagen sollen, das Schließfach war leer oder sogar, das geht dich nichts an, Ende der Geschichte. Tja, soviel zu meiner nicht vorhandenen Veranlagung, im richtigen Moment einfach mal eiskalt und berechnend zu sein. In diesem ganzen Tumult vergaß ich total, Mario hatte ihr nicht vertraut, hat nicht ihr den Schlüssel zu seinem Schließfach anvertraut und ich Idiot gebe ihr genau das Vertrauen und einen Teil seiner Rente, die er ihr nicht anvertrauen wollte. Schon auf der Autobahn stellte ich mir genau diese Frage, ob ich das jetzt richtig gemacht habe, und zweifelte auf einmal sehr an mir. Dennoch war es nun geschehen, es wird ein Teil meines Lebens bleiben, nichts daran ist mehr zu ändern.

In Regensburg deponierte ich die andere Hälfte von Marios Schatz in meinem Schließfach, bemerkte dabei, dass ich jetzt wieder keinen Schließfachbevollmächtigten habe und auch, wo denn nur der Schlüssel zu meinem Schließfach geblieben ist, den Mario davon hatte. Ich wusste aber, der Schlüssel allein reicht nicht aus, um Zugang zu einem Schließfach zu bekommen. Das wird mit der Vorlage der Personalien schon sehr akribisch von den Banken dokumentiert. Also auch, wenn Bitch meinen Schlüssel findet, sie käme nicht an mein Schließfach. Mit Marios Schlüssel zu seinem Schließfach hätte sie allerdings in Verbindung ihrer Betreuertätigkeit andere Möglichkeiten, mit rechtlicher Begründung und Unterstützung dazu Zugang zu erhalten. So gesehen gut, dass ich es vorher geräumt habe, auch wenn es meinen Fehler nicht wettmachte.

Ich musste nun wieder meiner Arbeit und auch diesem Kneipenprojekt nachgehen. Zu viel war schon geschehen, zu viel schon investiert und auch wenn ich gewollt hätte, es wäre schwachsinnig, dieses Projekt jetzt aufzugeben. Dennoch, wenn all das, diese Katastrophe, nur einen Monat eher passiert wäre, ich hätte erstmal die Finger davon gelassen. Mit Bitch telefonierte ich anfänglich bestimmt alle zwei Tage. Wir verblieben dann aber so, sollte es gravierende, gute oder schlechte Neuigkeiten geben, würde sie mich unverzüglich anrufen. Manchmal riss es mich aber geradezu, wollte unbedingt irgendwas hören und rief bei Bitch an, die war aber immer schwerer zu erreichen, machte mehr und mehr den Eindruck, dass sie nicht mit mir reden wollte.

Alles, was sich nun um Mario drehte, fiel mir auf, hatte sie in der Hand und das war augenscheinlich auch so von ihr gewollt und rein rechtlich war sie unantastbar. Sie war nicht daran interessiert, sich bei diesen Angelegenheiten in die Karten blicken zu lassen. Aber auch das war mit einem kleinen Gefühl der Unzufriedenheit soweit in Ordnung, wenn nur Mario nicht das Nachsehen dadurch hat. Ich habe mich von dieser Betreuung aus gutem Grunde distanziert, eigentlich distanzieren müssen, so fern des Geschehens. Nun muss ich auch das akzeptieren, was von ihr entschieden wird. Immerhin bestand die Absprache, dass wir gravierende Entscheidungen zusammen treffen werden, und die Vorstellung, dass sie sich nicht daran halten würde, lag zu Beginn dieser Zeit in weiter Ferne.

Mario war bereits wach nach einigen Wochen. Aber nicht so wach, wie wir ihn kannten. Nicht so wach, dass er gleich aufsteht, ins Bad geht, seine dritten Zähne aus dem am Waschtisch stehenden Glas holt, noch einmal mit der Zahnbürste drüber geht, bevor er sie einsetzt. Er war nicht so wach, dass er schweigend und gemütlich in die Küche geht, um sich erstmal einen Kaffee zu machen. Er war einfach anders wach, nämlich genau so wach, wie man es uns beschrieben hatte. Abwesend wach war er wie in einem Trancezustand, ließ sich auch im Genitalbereich waschen, ohne sein Einverständnis dafür geben zu können, ließ sich auf die linke und auf die rechte Seite drehen, damit man ihm seinen Hintern wäscht und eine neue Windel darunter platziert. Er wählte nicht den Schlafanzug und keine Socken aus, die er trug, wählte kein Essen und keine Getränke aus, wurde durch die Magensonde ernährt. Wählte kein Fernsehprogramm, wählte keinen Sender im Radio. Alles wurde von anderen für ihn ausgewählt, nichts von all dem hat er registriert, mit nichts von alldem wäre er einverstanden gewesen. Für mich war das alles, bei all diesem Übel, dieser Unmenschlichkeit, einen Menschen eigentlich gegen seinen Willen so zu „behandeln", leider auch genauso toleriert, nein, so hingenommen in all meiner Machtlosigkeit, etwas daran zu verändern. Und es war für mich einfach unerträglich, all das wahrnehmen zu müssen. Denn ich hörte ihn förmlich, wenn ich sein Zimmer betrat: „Bruder, was willst Du denn schon wieder hier? Siehst Du mich und gefällt Dir das? Ist es das, was Du sehen wolltest? Warum tust Du nichts?"

Er hatte nun endlich einen Pflegeplatz in einem Pflege-wohnheim Schönow, wurde an den Teltower Damm in Berlin-Zehlendorf verlegt, gar nicht weit entfernt von Bitch unter-gebracht. Man versicherte uns in Schönow, dass er auch hier bleiben darf, egal was da kommen mag. Weitere medizinische Eingriffe wurden erforderlich, eine Magensonde und ein Blasen-katheder waren verlegt, alles Wichtige, was ihm am Leben, am Dahinsiechen hält, soweit erledigt. Unsere Hoffnung, er dürfte in den nächsten Monaten versterben, verhallten im Nichts.

Nun atmete er schon wieder selbstständig, nur nachts ver-sorgte man ihn durch diesen Tubus im Hals mit Sauerstoff. Klaus brachte persönlich Dinge aus Marios Wohnung. Eine zweitürige Kommode mit zwei Schubladen aus Rotbuche, die keinem so richtig außer ihm gefiel und seine geliebte aus der Bauhaus-Ära stammende, aus Chrom und Glas bestehende Schreibtischlampe. Er besorgte einen kleinen Fernseher und ei-nen Radiorekorder mit CD-Player, in den er immer Musik aus ih-rer gemeinsamen Zeit einlegte, wenn er ihn besuchte. Er stellte einen Flakon seines Lieblingsrasierwassers „Fahrenheit" Eau de Toilette von Dior griffbereit hin, um ihn hin und wieder ein kleines Wölkchen einer weiteren Erinnerung an den Hals zu sprühen. Die Schränke füllten sich mit Wäsche und Windeln zum Wechseln und ein jeder Besucher brachte so nach und nach eingerahmte Fotos, die auf der komischen Kommode ih-ren Platz fanden und ihre starren Gesichter lachend auf ihn richteten, womit ich mich auch nicht identifizieren konnte. Aber böse Absichten hatte dabei mit Sicherheit keiner, von da-her. Im Hintergedanken war jeder zuversichtlich, um bei ihm bei der Betrachtung all dieser Dinge, der Wahrnehmung dieser Geschehnisse und Düfte vielleicht etwas Erinnerung in ihm zu wecken. Alles Mögliche wurde getan, um es für ihn ein biss-chen wohnlicher zu gestalten, sogar die Wände wurden von Klaus farblich schöner gestaltet. So Vieles geschah in meiner Abwesenheit und letztendlich konnte ich mich glücklich schätzen, dass es so Viele, vor allem Klaus und diverse Freunde, gab, die stets an ihn dachten und sich um ihn bemühten. Somit gebührt all diesen Menschen mein größter Respekt und Dank für all diese Zeit, die ich nicht bei ihm verbringen konnte und, um es noch einmal zu sagen, nicht bei ihm verbringen konnte auch im Sinne, weil ich seine Situation nicht ertragen konnte, auch daher die Ferne und den Abstand tatsächlich suchte.

Er war zu dieser Zeit, zumindest rein optisch, noch immer der Mario, den wir kannten, zwar ein lebloser Mann mit einem recht gut geformten Body, der da einfach nur lag, leider aber teilnahmslos Löcher in die Luft starrte.

Warum Bitch berechtigt Bitch heißt ...

Bitch wurde immer komischer, nach wie vor mied sie den Kontakt zu mir. Erst als Deutschland gegen Uruguay um den dritten Platz in der WM spielte, am 10 Juli 2010, konnte ich wieder nach Berlin fahren. Ich sah Bitch nur einmal bei Mario an diesem Wochenende, einen weiterhin unveränderten Mario. Er lag genauso da, wie ich ihn Ende Mai zuletzt gesehen hatte. Dann überraschte ich sie einfach mal, fuhr zu ihr, aber sie ließ mich nicht in die Wohnung, kam gleich mit dem Autoschlüssel nach draußen und zog die Tür hinter sich zu. Dabei wollte ich mich bei einem Kaffee über den Stand der Dinge informieren, schaute dann in die noch zugelassenen Autos und entdeckte, dass im großen Anhänger noch immer ein paar Möbel standen. Er war noch immer unberührt. Wenn ich um die Hintergründe dieser Umstände nicht wüsste, könnte man glauben, alle Fahrzeuge stehen zur Abfahrt für den nächsten Auftrag bereit.

Dann sollte ich den Transporter umparken, den sie sich nicht zu fahren traute, an einen Parkplatz näher an ihrer Wohnung, dort, wo auch der Caddy, der Anhänger und Marios schwarzer C-Klasse Mercedes stand. Nichts war bisher geschehen, außer dass die Fahrzeuge recht versaut waren durch die vorbeifahrenden Autos. Im Mercedes Transporter war noch einiges an Werkzeug, sehr gutes Werkzeug, denn auch Mario legte sehr großen

Wert auf gutes Werkzeug, abgesehen von dem Werkzeug, das er im Keller und in einer noch immer gemieteten Garage in der Ratiborstraße hatte. Ich schlug vor, ruf doch mal Klaus an, damit er das abholt, dann bleibt es wenigstens in guten Händen.

Ich sagte: „Mach doch mal was. Dass Mario all das nicht mehr verwenden wird, steht doch längst fest!"

Aber das wollte Sie nicht hören, zeigte sich auf einmal desinteressiert: „Ich hab leider keine Zeit, bin auf dem Sprung, habe gleich einen Termin, ruf doch das nächste Mal vorher an, wenn Du vorbei kommen möchtest."

Ließ mich einfach stehen, ging zum Mercedes und war weg, bevor ich, „Moment mal", sagen konnte. Jeder weitere Kontaktversuch scheiterte, sie ging einfach nicht ans Telefon, war nicht zu Hause, als ich vorfuhr, ging mir mit aller Macht aus dem Weg. Dagmar ihr Auto ging in der Zeit kaputt.

Ich meinte: „Ruf Bitch an, sie soll Dir so lange, bis Dein Wagen wieder läuft, Mario seinen VW Caddy geben, so wie Mario Dir dieses Auto auch gegeben hätte, sicher nicht schlecht, wenn der mal ein bisschen bewegt wird."

Das war wieder unmittelbar, bevor ich zurück nach Regensburg musste. Letztendlich hat sie das Auto von ihr bekommen, leihweise.

Und als sie es abholte, sagte Bitch zu Dagmar: „Bring ihn aber vollgetankt wieder", so als Leihgebühr.

Die Monate verliefen ohne Veränderungen. Am 21. September 2010 traf man sich vermehrt im Pflegeheim, sein erster Geburtstag in diesem Zustand stand an. Ich weiß nicht, wer alles dort war, aber ich war heilfroh, dass ich nicht dabei sein konnte. Will mich dazu nicht weiter äußern, nur um weitere Geburtstage vorzugreifen, ich habe nicht einen dieser Tage mit ihm gefeiert. Ich konnte auch nicht mehr so oft nach Berlin, hatte meinen Job auf dem Schiff bei einer Reederei auf dem Rhein und dessen Nebenflüssen und nebenbei die Cocktailbar, die ich Anfang Oktober 2010 eröffnete, leider ohne Mario, aber Dagmar war zur Eröffnung in Regensburg.

Bayern wurde durch ein neues Nichtrauchergesetz „gesegnet" und ich geriet nun mit der Vorbereitung der Eröffnung meiner Kneipe mitten hinein in diese neue Verordnung, die ein generelles Rauchverbot in der Innengastronomie beinhaltete. Dies bereitete meinem Vorhaben, gerade in der Schankwirtschaft Fuß zu fassen, zu Beginn tatsächlich massive Probleme. Ein schwerer Start und der ersten Winter ging mal gerade so um, ohne weiter Geld in die Bar stecken zu müssen.

Mario feierte, was für ein scheiß Wort in diesem Zusammenhang, sein erstes Weihnachten in dieser Einrichtung. Die Pfleger waren sehr bemüht, machten ein kleines Weihnachtsfest für all die Untoten, die dann im Rollstuhl festgeknotet vor einen Weihnachtsbaum geschoben wurden und vom Band „Stille Nacht, Heilige Nacht" gespielt wurde. Weihnachtliche Düfte, die sie nicht riechen, Lieder, die sie nicht hören konnten, Orangen und Plätzchen, die sie nicht essen konnten. Für mich abermals eine absolut unvorstellbare Situation, der ich nie im Leben hätte beiwohnen können. Klaus, der mich auch immer auf dem Laufenden hielt, da Bitch sich irgendwie ausgeklinkt hatte, war der, der ihn auch dabei nicht allein ließ. Und ja, ich weiß, dass es auch für ihn eine Qual war. Aber ich mache mir keinen Vorwurf, ich weiß sehr gut, dass Mario mich verstanden hätte, wenn er nur hätte verstehen können. Hätte er was sagen können, hätte er wahrscheinlich gesagt: „Was soll denn diese Scheiße hier, bindet mich sofort los, wer hat Euch erlaubt, mich so selbstverständlich nach Euren Willen gefügig zu machen?" Und genau das war es, was noch immer in meinem Gehirn eingebrannt, immer gegenwärtig war, jeden Besuch bei ihm unfassbar schwer machte.

Ich kann mich nicht mehr genau erinnern, wie viele gemeinsame Weihnachtsfeiern wir eigentlich im Verlaufe unseres Lebens hatten, Mario und ich, von 1962, denn Weihnachten 1961 wurde ich geboren, bis zu dem Weihnachtsfest 1971. Das Jahr danach wurden wir von unserem Vaterland getrennt. Wir hatten also ein paar Weihnachten in Berlin bis Ende 1964, zu einer Zeit, in der ich noch nicht denken konnte. Dann ab 1965 ein paar Weihnachtsfeste im Kinderheim Laßleben, Kallmünz, allerdings in getrennten Gruppen, ich bei den Kleinen, Mario bei den Großen. Auch daran erinnere ich mich nicht so richtig. Last but not least, ich glaube, wir hatten in 1968 ein Weihnachtsfest für das Jungendamt geplant und inszeniert und

2 weitere erbärmliche Weihnachtsfeste in Hirschau, in dieser Sklavenunterkunft bei der Großpflegestelle, bei diesen Verbrechern, die sich Grobba nannten.

Man soll es nicht glauben, mehr war nicht drin in Sachen Familienfeiern. Ich kam nach Regensburg und vorbei war es, das Vaterland hatte andere Wege für uns entschieden. Wir wurden getrennt erzogen, Kontakte in dieser Zeit zueinander, Kontakte zu unseren Geschwistern, unserer Familie, hätte man erhalten können, all das wurde von Amts wegen verhindert. Also lassen wir es 5 Weihnachtfeste gewesen sein, die wir wissentlich aber mit schwacher Erinnerung „zusammen" feiern, manchmal auch ertragen mussten. Ich weiß es nicht wirklich, es liegt so weit zurück, dass ich mich fast nicht daran erinnere. Ich würde mal behaupten, nein, ich weiß aus ausreichenden Erfahrungen, dass sich bei allem, was man eine lange Zeit nicht gelebt oder erlebt hat, ein gewohnter, immer bedeutungsloser Verzicht einschleicht. Daher verliert all das, was man einst lernte, für wichtig und notwendig zu halten, nach und nach an Bedeutung und Notwendigkeit.

Es birgt somit keine bösen Absichten, man könnte es als alltägliches Geschehen bezeichnen, immer und überall. Bedeutungen bilden sich nun mal durch Erlebnisse, von denen wir gemeinsam viel zu wenige hatten. Mario feierte schon viele

Weihnachten vor seiner Erkrankung bei Klaus und seiner Familie, es werden sehr viel mehr gewesen sein als die, die wir miteinander verbracht hatten.

Es bedeutete ihm daher sehr viel mehr, mit Familie Petrewitz zu feiern. Somit war dieses erste und es werden weitere Weihnachtsfeste ohne Mario selbstredend extrem schwere Weihnachtszeiten für die Familie Petrewitz sein. Geburtstage in all den Jahren und alles, was da mit dran hängt, verhalten sich übrigens genauso. Womöglich wäre später im reiferen Alter mehr machbar gewesen, aber Weihnachten hat man mir, ich denke mal uns, schon so früh madig gemacht, dass es bei uns allen schon eine sehr lange Zeit an Wichtigkeit verloren hat. Abgesehen von diesem ganzen geheuchelten Kirchenmist, den ich im Ansatz eher zu hassen gelernt habe. Das Fest der Liebe stört irgendwie jedes Jahr aufs Neue und das über ein paar Wochen hinweg. Meist bis die Schokoladen-Weihnachtsmänner durch Schokoladen-Osterhasen ersetzt werden und diese Zeiten kommen immer früher und enden immer später.

Diese plötzliche, von vielen Menschen sehnlich erwartete Besinnlichkeit, die über so unfassbar viele Menschen hinwegschwappt und so viele Gesichter auf einmal ganz anders zeigt, wie sie eigentlich in Wirklichkeit sind. Kein anderer Augenblick im ganzen Jahr lässt mehr Heuchler erwachen als dieses Weihnachten und das Verrückte ist, man kann sich all dem nicht vollends entziehen, weil es doch überall allgegenwärtig ist. Ein Phänomen eigentlich, der Mensch ist und bleibt manipulierbar und daran wird sich nichts ändern.

Mario konnte sich in all den Jahren durch Klaus noch rechtzeitig in diese andere, sagen wir mal, schöne Zeit hineinleben und das tat er auch, feierte zu gerne Weihnachten bei Vadder und Mudder Petrewitz.

Die Monate verstrichen ohne Veränderungen, doch gab es 2011 eine Situation, die Mario hätte erlösen können. Er wäre dann tatsächlich in diesem statistischen Zeitrahmen gewesen, innerhalb der nächsten 2–5 Jahre versterben zu dürfen. Allerdings war der Gesetzgeber damit nicht einverstanden, ein Atmungsproblem zeigte sich überraschend, sein Leben stand in Gefahr zu enden.

Die Belegschaft wählte die Nummer der Feuerwehr und die riefen der Dringlichkeit wegen einen Hubschrauber und ließen den eigentlich Totgeweihten in das Klinikum Berlin-Buch fliegen, um alles daran zu setzen, sein Leben erneut zu retten. Unfassbar – es gelang ihnen auch noch und Mario kam nach der „Genesung" wieder zurück nach Schönow. Seine Zeit war noch immer nicht gekommen. Ob man sich an die Betreuerin

Bitch erinnerte, sie danach gefragt hat, ob sie diese weitere Überlebensmaßnahme genehmigt hat, entzieht sich meiner Kenntnis, ist auch nicht relevant. Es bleibt ein Verbrechen, diesen schon so verkümmerten Menschen, dessen Zukunft und Lebenserwartung in diesem Zustand bekannt war, mit allen, auch finanziellen Mitteln erneut mit aller Gewalt am Leben halten zu wollen. Vielleicht wollte auch das Pflegeheim nicht auf diese lukrative Einnahmequelle verzichten, auch das darf man in Betracht ziehen.

Wieder wurde es Weihnachten im Jahr 2011 genau wie es schon 2010 war und den kommenden Jahren zu erwarten ist. Abermals ein Sommerfest und natürlich hätte ich auch das nicht ertragen können, hatte, ja in der Tat ist es so, rettende Dinge, Aufgaben und Verpflichtungen, die mich davon abhielten, weit weg von Berlin. Wenn ich in Berlin war, war ich ein paar Mal allein bei ihm, aber meistens mit Klaus, der mich meistens dazu animierte oder eher überredete. Auch mit Dagmar war ich noch ein paarmal dort. Auch sie hat dann irgendwann komplett die Segel gestrichen, wollte sich das alles nicht mehr antun. Sie akzeptierte den Verlust, den nicht real geschehenen Tod des Bruders, hat damit abgeschlossen. Auch dafür gibt es von mir keine Kritik. Ihr Leben muss genauso weitergehen, ihr Leben darf nicht in die Fänge von erlassenen Gesetzen geraten, die all das so entschieden haben. Ganz sachlich und objektiv betrachtet, das Vaterland allein hat all das verursacht, das Vaterland allein trägt die Verantwortung. Und für diesen zutreffenden Satz nehme ich gerne verachtende Blicke und verbale Vorhaltungen in Kauf, denn nichts wird all das ändern.

Und Gott ...?

Der lieben Abwechslung wegen muss ich dieses Kapitel in dieses Werk einfügen, ist es doch sicherlich sinnvoll, auch das zu erwähnen. Und wenn man bedenkt, dass man Hunderttausende Worte in allen Sprachen dieser Erde dazu nutzen könnte, bin ich doch mit dieser kläglichen Kurzfassung meiner Anschauung mehr als human.

Und Gott, was sagt eigentlich Gott zu all dem?

Eine durchaus berechtigte Frage, wo er es doch ist, der alle Geschicke der Menschheit leitet. So sehen es zumindest die, die einer Religion zugetan sind. Gott, diese Erscheinung, die den Menschen seit Jahrtausenden dogmatisiert, der so Vieles, was er anscheinend erfunden und geschaffen hat, für gut heißt, selbst so Vieles tat, was absolut bestialisch, verwerflich, einfach unmöglich und untragbar ist. Sei es nur die mythologische Erzählung von der Sintflut, die alles Leben auf der Erde auslöschte und dass ein Noah mit seiner Familie unser aller Vorfahr wurde. Wider aller Beweise und Geschichtsschreibungen sucht man noch heute nach berechtigten Begründungen, predigt und erzählt jedes Jahr aufs Neue diese alten Geschichten von der Kanzel herab, um die ehrfürchtigen Schafe im Zaum zu halten.

Meine eigenen Erfahrungen von all dem wurden schon im tiefsten Kindesalter mehr als gedeckt. Sie stoßen weit über meinen Tod hinaus auf absolute Ablehnung. Die Kirche ist es, die Vertuschungen von Kriegsverbrechen noch heute duldet, Vertuschungen von Straftaten verharmlost, indem man geistlichen Vergewaltigern und Kinderschändern sogar noch heute die Absolution erteilt, Aufklärungsarbeiten aber auch Strafverfolgungen erschwert und verhindert und das auch noch sehr berechnend. Denn die klagenden Opfer sind meist sehr alt, man spekuliert damit, dass ein großer Teil von ihnen sterben wird, noch bevor die Aufklärungsarbeit überhaupt richtig begonnen hat. Eine Institution, die es sich selber nicht vorstellen möchte, dass ein erwachsener Priester, ein Mann aus ihrem Kreise, einen 9-jährigen Jungen rektal penetriert und sich danach seinen dreckigen Schwanz am Weihwasserbecken wäscht, sich die kommenden Schäfchen zur Abendandacht mit diesem geweihten Wasser ihr Haupt bekreuzigen. Ähnliche Dinge geschehen noch heute. Sie ist es, die die Pein und das Leid der unzählbaren Opfer einfach hinnimmt, ebenfalls verschweigt und schwerlich gewillt ist, es anzuerkennen, dass so etwas millionenfach in der Entwicklungsgeschichte der Kirche geschehen ist.

Ihre gläubigen Folterknechte waren es einst, die Fingernägel aus den Fingern abtrünniger Menschen, andere auf der Streckbank zu Tode gerissen haben, Daumen zerquetscht, Augen ausgestochen, Brüste und Genitalien abgeschnitten und 100 Peitschenhiebe verabreichten, weil jemand eine schwarze Katze hinter den Ohren kraulte und irgendwelche Kräuter gesammelt hat. Menschen, die im Namen der Kirche andere Menschen gefoltert und bei lebendigem Leibe auf dem Scheiterhaufen verbrannten. Gläubige, die mit ihren Kreuzzügen im Geisteswahn um die Welt reisten und weltweit zig Millionen Menschen bestialisch töten ließen und der ganzen Welt ihren Glauben aufzwingen wollten. Ist er doch immer so phantasievoll, der Mensch, fehlt es ihm doch an einer ausreichenden Vorstellungsgabe, all diese Verbrechen wenigstens in Gedanken erleiden zu wollen. „Geh doch einmal, mit all Deinem Wissen und Deiner Weisheit in Dich, oh Mensch", schließe die Augen und ertrage all das Leid, das diese Institution seit 2000 Jahren ungestraft und ungesühnt verbrochen hat. Nichts von all dem lässt sich durch die Jahre der vergangenen Zeit entschuldigen. Eine Institution, die sinnbildlich noch immer einen Gekreuzigten als Märtyrer und alleiniges Opfer einer geschehenen Grausamkeit als Mahnmal verwendet, um zu zeigen, wie grausam diese Welt, andere Menschen doch sein können.

Das Christentum ist somit eine Religion, die einen toten Stellvertreter Gottes auf Erden verehrt, einen, der das Wesen der Welt letztendlich im Leiden sieht. Vielleicht wurde dieses Vorbild auch deshalb so ausgewählt, um all das Leid, welches die Kirche als Institution angerichtet hat, letztendlich zu rechtfertigen. So hieß es noch im Mittelalter, wenn die Scheiterhaufen brannten: „Der Körper erduldet die Leiden, aber die Seele wurde befreit." Welch ein Zynismus! Die Buddhisten verehren wenigstens einen gesund und munter aussehenden, gemütlich wirkenden Gottesvertreter auf Erden. Die Existenz von zweittausend Jahren Kirchengeschichte lehren nicht nur Wissen und Weisheit, sie lehren auch Schrecken, Angst, List und Tücke. Und es gibt Hunderte, gar Tausende Beispiele und nur eines davon prägte über viele Hunderte Jahre die Menschheit und das ist der Ablasshandel. Einiges darüber muss ich an dieser Stelle einfach loswerden.

Während die Großgläubigen, Päpste, Bischöfe, Kardinäle alles, was die Kirche veranlasste, als richtig begründet erklärten, bleibt für den kleinen, vor allem armen Menschen, die Hauptzielgruppe dieses Geschäftes, der Ablasshandel. Ungebildet, ehrfürchtig wie sie waren, ängstlich und gehorsam hatte man mit ihnen ein leichtes Spiel. Ablass oder Indulgenz, stammt aus dem römischen und heißt vereinfacht „Gnade". Schon immer war die Kirche empfänglich für Almosen und finanzielle Unterstützungen jeglicher Art. Doch war da noch weitaus mehr zu holen beim kleinen Bürger. So wurde der Ablassbrief erfunden. Man erkannte, was man dem unwissenden und ungelehrten Durchschnittsbürger noch alles für zwingend notwendig verkaufen konnte, um sein selig Heil zu finden.

Schon seit dem 12. Jahrhundert schlich sich dieser Ablasshandel mehr und mehr ein, fand mehr und mehr Anwendung. Vereinfacht wurden diese famosen Ablassbriefe der Kirche in früher Zeit, ab 1400, durch Holzschnitte und Kupferstiche gefertigt. Wenn man es heute in Händen halten würde, könnte man diesen Ablassbrief als eine geschnörkelte Aktie, ein Wertpapier betrachten, den man nach der Bezahlung dann ausgehändigt bekam. Ein paar heilige Sprüche darauf, letztendlich Vergebung der Sünden und Amen. Der eine oder andere listige Geistliche hat auch mal schnell selber so einen Ablassbrief geschrieben, mit Feder und Tinte auf einen Fetzen Pergament. Irgendwas darauf gekritzelt, waren doch die meisten Menschen des Lesens eh nicht mächtig, haben aber gern dafür bezahlt, wenn nur ihre Sünden vergeben werden. Das Ding konnte man sich dann an die Wand nageln oder zusammengerollt unter der Strohmatratze aufbewahren, sofern man eine hatte. Der Preis dafür war sehr flexibel, da machte jeder Kirchenkreis der diversen Städte, was er wollte, doch richtete man sich nach dem Wohlstand des Käufers. Der kleine Mann zahlte einen viertel oder einen halben Gulden, der reiche Unternehmer auch mal 25 Goldgulden. Man zahlte meist gebräuchlich in Kreuzern, Hellern, Batzen, Groschen, Schillingen und Dukaten. Währungen waren zu dieser Zeit ja auch noch sehr unterschiedlich und flexibel. 72 Kreuzer entsprachen ca. einem Goldgulden, ein Pferd kostete ca. 30 Goldgulden, die Miete eines Maurers ca. 2 Gulden im Jahr. Billig war es also nicht wirklich, die Kirche meinte aber strategisch, der Ablassbrief muss für jeden Christen erschwinglich sein.

1450 kam die Erfindung des Buchdrucks durch den Mainzer Johannes Gutenberg. Der Glaube Gutenbergs war zu dieser Zeit so vertieft, dass Gutenberg es als seine erste und große Herausforderung betrachtete, etwas Prägendes drucken zu müssen. Es veranlasste ihn 1452 dazu, die erste Bibel der Welt, die Gutenberg-Bibel zu drucken. Diese erste gedruckte Bibel der Menschheitsgeschichte hat allerdings nur 42 Zeilen pro Seite aber insgesamt in zwei Bänden jeweils um die 630 Seiten, der eine mehr der andere weniger. Selbstredend, dass sich Gutenberg damit einen großen Namen machte und diese Vervielfältigungsmöglichkeit von Druckwaren gigantische Kreise zog, auch die Kirche sehr daran interessiert war. Ablassbriefe mussten her, zig Millionen Ablassbriefe, die der schuldige, sündenvolle Mensch erwerben konnte. Die Druckvorlagen wurden von Bischöfen, Kardinälen, sogar dem damaligen Papst entworfen. Sinn und Zweck? Der Sünder konnte sich für Bares, denn Bares ist Wahres, von seiner Schuld freikaufen, die Reichen besser als die Armen.

Menschen kauften lieber Ablassbriefe, bevor sie sich Brot und Getreide kauften. Litten Hunger und Not, Hauptsache ihre Schuld ward ihnen vergeben. Man konnte auch seine bereits verstorbenen Verwandten, die zu Lebzeiten böse und niederträchtig waren und nach ihrem Tod in der Hölle, dem Fegefeuer landeten, mit Ablassbriefen freikaufen. Großartig, oder? „Wenn das Geld im Kasten klingt, die Seele aus dem Feuer springt", lautete tatsächlich der Werbeslogan dazu. Hatte der Mensch doch vor nichts mehr Angst als vor der römisch-katholischen

Kirche, deren Wirken und vor allem dem Fegefeuer. Das muss man sich mal vorstellen. Kriege, sogar die Peterskirche oder Petersdom wurden unter anderem mit dem Ablasshandel finanziert, was Martin Luther ganz besonders aufstieß und er sich veranlasst sah, seine 95 Thesen zu verfassen. Vielen Dank also an Martin Luther, sonst würde so manch ein Katholik heute noch Ablassbriefe kaufen – im Internet zum Runterladen, vorher per PayPal bezahlen.

Was ist eine These? Eigentlich nur eine Behauptung, eine Mutmaßung oder eine Vorstellung, die man in den Raum stellt. Nur mit einer These ist erstmal noch gar nichts erreicht. Erst wenn diese, wenn möglich von vielen wissenschaftlichen oder anderen fundierten Stellen untermauert, also gefestigt wird, kann sie letztendlich Anerkennung aber auch Anwendung finden. Luther hatte also kein leichtes Spiel mit seinen „Behauptungen" gegenüber der katholischen Kirche.

So behauptete Martin Luther in den Thesen 36 und 37: „Ein jeder Christ, der wahre Reue und Leid hat über seine Sünden, hat völlige Vergebung von Strafe und Schuld, die ihm auch ohne Ablassbrief gehört." „Ein jeder wahrhaftige Christ ist teilhaftig aller Güter Christi und der Kirche, auch Gottes Geschenk, auch ohne Ablassbrief."

Luthers Thesen kursierten in Hand- und Abschriften, wurden 1517 in einigen Städten gedruckt und schafften es, übrigens auch ohne Internet, den Weg in unsere Nachbarländer zu finden und sogar 1518 bis nach England zu gelangen. Das Schicksal der katholischen Kirche nahm unaufhörlich seinen Lauf.

Und trotzdem pilgern Heerscharen von Menschen noch heute dorthin an diesen Petersdom, den die Ärmsten unter den Armen mit dem Kauf von Ablassbriefen mitfinanziert haben, Tag für Tag, Jahr für Jahr. Reumütig hauen sie noch heute ein Gebet nach dem anderen raus, damit sie nicht im Fegefeuer landen. Fakt ist, der Ablassbrief war der erste Wertpapier-Handel in Europa. Erfinder – die katholische Kirche. Unvorstellbar, Missbräuche wurden bekannt und es ist kein Geheimnis, dass so manch ein Geistlicher durch diesen Ablasshandel an der Kirche vorbei reich und fett wurde. Erst 1570, nach einem gigantischen Geschäft im Verlauf mehrerer Hundert Jahre, wurde durch Papst Pius V. der Ablasshandel mehr oder weniger verboten. Wer es trotzdem tat, dem drohte die Exkommunikation, der Ausschluss aus der katholischen Kirche. Die Katholiken waren angefixt von Martin Luther, der schon seit 1548 tot und begraben war. Zu diesem Zeitpunkt war die Spaltung zwischen der katholischen Kirche und protestantischen längst eingeläutet. Was auch damals und heute den Beginn zahlreicher Glaubenskriege beinhaltete, in dem damaligen einst so einigen rein katholischen Europa. Man spricht ja von all dem nicht mehr, alles Geschichten aus der Vergangenheit. Doch die Kirche macht weiterhin absolut nichts umsonst. Sie macht also weiterhin nichts aus reiner Barmherzigkeit. Dem Bäcker, der sein Brot verkauft, sagt man auch nicht nach, dass er barmherzig ist.

Ach so … Da war ja noch das Ding mit dem anderen fragwürdigen Erwerb, der ebenfalls viel Geld und Gold in die Kassen der Kirche schwappte. Man konnte sich schon immer als gläubiger Mensch für den entsprechenden Obolus eine Messe lesen lassen. Für die fußkranke Oma Luise, die hungernde Nichte, den humpelnden Schwiegersohn, den verstorbenen Hans oder Franz. Damit es ihm auch wirklich gut geht, da wo er jetzt ist. Auch das musste ebenfalls schon immer bezahlt werden. Und nur mal so zur Info, wenn ich schon gerade dabei bin – die Kirche hatte schon vor vielen Hundert Jahren die geschäftsbringende Idee, Kirchen mit nicht nur einem Altar bauen zu lassen. Eine Kirche mit vielen Altären ist auch damit begründet, viele Altäre, viele Möglichkeiten, Messen für irgendwelche ängstlichen Schafe lesen zu lassen, die diese auch bezahlen mussten.

Wir hätten uns also in diesen Wahnsinn einreihen können, in irgendeiner Gemeinde eine oder Hunderte Messen für Mario kaufen können, sicher hätte es ihn heilen können, zu blöd, dass man nicht daran gedacht hat. Und nein, daran hat sich nichts geändert, eine Messe gegen Gebühren lesen zu lassen, dass muss noch immer bezahlt werden, wie alles andere, was die Kirche leistet, alles muss bezahlt werden.

Was also will Gott zu der Situation meines Bruders, unseres Freundes sagen nach all diesen nur mikroskopisch kleinen, doch sehr geschichtsträchtigen Erkenntnissen in Bezug auf all die vielen Widersprüchlichkeiten? Fakt, es gibt keinen Gott, der etwas dazu sagen könnte, es gibt nur die Kirche, die etwas dazu sagen könnte, wenn es mich nur interessieren würde. Die Bibel, der Wegweiser aller Gläubigen, hält womöglich hunderte Zitate dafür bereit, die das Leben meines Bruders in diesem Zustand befürworten. Kann ich das also als absoluter Gegner der Kirche beurteilen? Nein, beurteilen kann ich es nicht, aber ich kann es verurteilen. „Sein Wille geschehe, wie im Himmel so auf Erden", heißt es. Eine Zeile aus dem Vaterunser. Warum wird mir eigentlich schon wieder so schlecht … Übrigens, allein dieses Kapitel hätte mich in der Vergangenheit auf den Scheiterhaufen gebracht.

Time goes by …

Klaus war mittleierweile längst per Du mit dem Pflegepersonal, man trank oft noch einen Kaffee zusammen, auch wenn Mario gerade schlief. Und jetzt kommt wieder so ein irrer Satz, den ich mir auch heute nicht nehmen lasse, „und sowieso nichts von diesem Besuch mitbekommen hat". Mir war so das Persönliche zu den Schwestern sehr unangenehm. Zum einen kannte ich keinen dieser Leute und es störte mich diese Selbstverständlichkeit, wie man mit dieser, Marios Situation, umging. Verstehe allerdings, wie das zu Stande kommt, aber es störte mich trotzdem.

Der Mensch, wie so ein Pferd, das man mit einer Reitbeteiligung in einem Stall im Spreewald untergestellt hat. Er war längst nur noch ein Routinefall, der Mann, Herr Reich im Flur, drittes Zimmer links, dessen Behandlung, Windelwechseln, Zimmer lüften, von links nach rechts oder auf den Rücken drehen, vollen Pinkelbeutel tauschen und frischen Essensbeutel nach seinem unbekannten Geschmack anschließen, Fernseher einschalten und schauen lassen, wenn er doch könnte, was der Schwester gefällt, und damit sich überhaupt etwas in seinem Zimmer bewegt und etwas von sich gibt. Bin ich zynisch? Nein, auch damals schon Realist. Und das passierte schon mehr als 400 Tage. Das dies nur in etwa ein Zehntel von der Zeit sein wird, die er noch abzuliegen hat, daran wagte damals noch keiner zu denken.

Ich war geradezu schockiert, als eine Pflegerin einst im Zimmer der Pfleger erzählte, Mario hätte mal eine Erektion gehabt, als sie ihn wusch, während Klaus die anscheinend immer bestehende Manneskraft von Mario verbal bestätigte. Ich hätte kotzen können. Bei Klaus gibt es meiner Empfindung nach zu viele Dinge, die man „nicht so eng sehen" sollte, aber egal. Was haben diese Schwestern für ein Ethikgefühl, wenn sie sich an einer unkontrollierten einfach nur aus körperlichen Reaktionen hervorgerufenen Erektion meines Bruders hoffentlich nur belustigen. Meine Vorstellung, nein, mein Wissen und meine Erfahrung an dem, was Menschen in der Lage sind, böses oder verwerfliches zu tun, könnte ich an dieser Stelle ausführlicher beschreiben, tu es aber nicht, womit ich auch schon genug Vorstellungskraft beim Leser entfacht habe. Wie auch immer, er ist hilfsbedürftig und einem Betreuer unterstellt, er ist ein Schutzbefohlener, ein Mündel seines Vaterlandes und seine, von ihm nicht einmal bemerkte Erektion, geht keinen Menschen etwas an. PUNKT!

Die folgenden Tage 2011 gingen unverändert über in 2012, wieder mit Weihnachtsfeier usw. Der Sommer zerrte im Betrieb meiner Kneipe in Regensburg schon wieder an meinen Reserven und so ging es tagaus, tagein, die Bude wollte einfach nicht laufen. Aber ich hatte ja noch meine Arbeit, die grundsätzlich nicht schlecht bezahlt war, hatte somit auch für die Bar immer noch ein paar Euro extra. Dennoch ist es blöd, wenn der Chef nie da ist, „die Mäuse tanzten schon Samba", glaubte ich.

Es war still geworden um Bitch, sehr still sogar, sie schien Mario immer dann zu besuchen, wenn keiner von uns da war, konnte ja mal kurz rüber laufen und schauen wer da ist. Meine Besuche in Berlin waren geprägt von nur sehr kurzen Besuchen bei Mario, überzeugte mich eigentlich nur davon, dass ich mit meinem Gedanken, es wird sich nichts positiv verändern, recht hatte. Ich muss sagen, wieder und wieder hat mich Klaus motiviert, überhaupt hinzugehen.

„Wie sieht's aus, wann geh'n wir zu Mario?", eine erwartete Frage, wenn wir telefonierten.

Womöglich hat er mich auch nur gefragt, um nicht schon wieder allein hingehen zu müssen, was natürlich nachvollziehbar wäre. Oder er hat mich gefragt, weil er merkte, wie unwohl mir an diesen Besuchstagen gewesen ist, und fragte mich aus diesem Grund, damit ich nicht allein hingehen musste. Sei es, wie es ist. „Gemusst" hat eigentlich keiner was, obwohl es in solchen massiven Fällen für jeden Angehörigen oder Freund, für jeden, der ihn liebte, nur ein „müssen" gewesen sein kann. Alles, was der Mensch mit Unbehagen tut, tut er nun mal müssen. Aber mit Klaus fühlte ich mich noch irgendwie mitgerissen, wenn er sicheren Schrittes in die Etage dieser Wohneinrichtung ging, in der Mario unter einigen anderen Komapatienten sein Einzelzimmer hatte.

Dennoch war mir aus dem entfernten Regensburg nicht mehr so ganz wohl diese ganze Angelegenheit. Entfernung schützt zwar, aber sie schützt nicht vor diesem ungewollten Verantwortungsgefühl, das man durch diese Katastrophe auferlegt bekam, dieses familiäre, emotionale Verantwortungsgefühl meine ich. Zu komisch wurde Bitch und ich ärgerte mich darüber, dass sie sich nicht an unsere Absprache hielt, wir wollen wichtige Dinge gemeinsam entscheiden und dass sie uns auf dem Laufendem hält. Aber wir wussten von nichts, kannten keine ärztlichen Gesprächsergebnisse, Erkenntnisse, medizinische Veränderungen oder welche, die getätigt werden müssen, keinen Stand der Dinge in Sachen seines Vermögens, das sie zusammentragen und dokumentieren sollte. Alles entschied sie selber, ohne mit uns zu sprechen. Wir hatten keinen Überblick, wie sich all das verhält.

Letztendlich überrannte mich die Logik, mein immer bestehender Glaube, dass Menschen auch sehr schnell sehr schlecht werden können, zwang mich einfach dazu und ich lag immer richtig mit meinen Mutmaßungen, irgendwann in irgendeiner Situation ist jeder Mensch in der Lage, Schlechtes zu tun. Und dazu gibt es sehr viele Beispiele, die man in meiner Autobiografie *Schlechtwetterzonen* I–IV, sogar in der Geschichte der Menschheit nachlesen kann, was es eigentlich gar nicht braucht. Der Alltag ist voll von Enttäuschungen gegenüber erschreckenden und ernüchternden Situationen. Man muss deren Wahrnehmung nur mal etwas mehr zulassen.

Bitch stand in keinem verwandtschaftlichen Verhältnis zu Mario. Sie hatte keinerlei Recht an seinem noch bestehenden oder übrig bleibenden Vermögen, das es mit Sicherheit nicht geben wird, kostet doch allein dieses Pflegeheim 6.000 Euro im Monat, wovon 3.600 Euro von Marios Vermögen und der Rest von der Pflegeversicherung bezahlt werden musste, was sie mal irgendwann freiwillig erzählte, um damit anzugeben, wie sehr sie sich um eine ihm gerechte Unterbringung in ihrer Nähe bemüht hat, wozu wir alle auch unsere Zustimmung mit „sehr gut gemacht" gegeben haben. Selbstredend war es absehbar, „und da beißt die Maus keinen Faden ab", dass diese Gelder nicht lange reichen würden, sich schon dem Ende neigen würden, sollte er tatsächlich nur ein paar Jahre in diesem Zustand bleiben müssen.

Dann würde Mario wahrscheinlich zu einem Sozialfall, einem Mittellosen, einem armen Mann mutieren. Aber wir hatten ja die Zusage, dass Mario, auch wenn sein Geld alle ist, hier in Schönow bleiben darf. Dennoch war jetzt alles komisch und nicht zufriedenstellend geworden und somit darf man ganz nüchtern betrachtet glauben: „sie sah", wie man so sagt, „ihre Felle davonschwimmen", wusste, dass nichts von alldem ihr Leben weiterhin versüßen könnte. Sie fand langsam den bitteren Geschmack an der Situation, in die sie zwangsläufig über kurz oder lang wieder hineingeraten wird, die ärmere Zeit vor Mario.

Jetzt, jetzt, so lange sie sein Vermögen verwaltet, nur jetzt, wo kein anderer Mensch sein tatsächliches Vermögen kennt, nein, keiner Einblick nehmen darf und keiner kontrollieren kann, jetzt musste sie zugreifen. Dem Gericht kann sie erzählen und angeben, was immer sie möchte, kein Mensch kann es prüfen, kein Mensch kontrollieren, steht doch kein Richter oder Anwalt neben ihr, wenn sie die Bestandsaufnahme und Dokumentation durchführt. Ich hatte kein Vertrauen mehr, wollte wissen, was sie so alles treibt hinter unseren Rücken. Ich stand aber dem großen Problem gegenüber, dass ich zu weit entfernt war, erfuhr längst geschehene Dinge meist am Telefon oder erst, wenn ich in Berlin war. Jedoch war sein Kontostand, die für ihn zur Verfügung stehenden finanziellen Mittel nie Thema. Was wäre dabei gewesen, wenn sie den Verwandten und Freunden im kleinen Kreis gesagt hätte, da sind jetzt noch 155.000 Euro, die für seine Pflege verwendet werden können. Vielleicht noch dazu, wie es weiter geht, wenn diese Mittel aufgebraucht sind, welche Möglichkeiten es gibt, dass Mario dadurch nicht das Nachsehen hat. Aber sie schwieg und agierte vollkommen alleine, da sie niemandem außer dem Gericht Rechenschaft schuldig war, die diese wahrscheinlich monatlichen Abrechnungen auch nur überfliegen, abhaken und abheften. Sind doch so viele dieser Betreuer so ehrwürdig ehrlich und wissen genau, dass sie sich nicht am anvertrauten Vermögen des Betroffenen bereichern dürfen.

Wobei ich hier sagen muss, das ist kein GENERALVERDACHT gegen die Betreuer-, ich nenne sie jetzt einfach mal, -Innung. Wie es in jeder Branche so ist, gibt es auch in dieser ein paar, die durch und durch ehrlich sind. Könnte einen Reim dazu zitieren, der sogar über dieses ganze Buch hinweg einen Platz findet. „Was Du nicht willst, was man Dir tut, das füg auch keinem andren zu." Dennoch glaube ich, dass es nicht viele sind, die zu hundert Prozent ehrlich sind. Zu einfach ist der Zugriff ins wortwörtlich gefundene Glück bei der Zusammenstellung eines Vermögens eines vollkommen alleinstehenden Menschen, was nicht einmal im Ansatz kontrollierbar ist. Ich weiß, dass es passiert, wir alle wissen, dass es passiert, und wir alle nehmen dieses Wissen unberührt hin, weil es uns persönlich, wie in so vielen anderen Dingen, nicht betrifft. Aber so ist es in allen Lebenslagen, irgendeiner ist immer ein Lump und Verbrecher und ich möchte hier niemanden belehren, nur daran erinnern, damit es ja keiner vergisst.

So wurden auch im Pflegeheim absurde und verachtungswerte Dinge bekannt, die nicht tragbar waren. Bitch sprach Besuchsverbote aus für vor allem ehemalige Freundinnen, die Mario besuchten. Ich war insgeheim froh über jeden Besucher, den er kriegen konnte, fand es sehr charakterstark und bestätigend, dass ihn Menschen aus seiner Vergangenheit besuchten. Das was war, wenn denn was war, hinten an stellten, sich an seine guten Eigenschaften und ihre gemeinsamen Zeiten erinnerten. Und ich gestehe erneut, ich war froh über diese mich schützende große Entfernung zu seinem Krankenbett, wo ich mich so oft zwingen musste, ihn zu besuchen. Denn für mich hat sich dahingehend nichts geändert, mein Bruder war tot, das, was ich besuchte, war nicht mein Bruder, er muss es nur sein, weil es über aller Menschen Würde hinweg von seinem Vaterland so diktiert wurde.

Einmal hat sie alle Bilder, die auf dieser Buchen-Kommode standen, mit dem Bild zur Wand gedreht, nur das ihre nicht. Sie war nicht mehr bereit, auftretende Missstände in der Pflege bei der Heimverwaltung anzuzeigen, wofür sich dann Klaus und Andrea stark machten und dann bei ihr in Misskredit standen, da auch wieder Besuchsverbote ausgesprochen wurden, was sie sich aber bei Klaus nicht wagte. Das war mir alles suspekt, hörte diese Berichte nur immer wieder aus Berlin, auf meinem Schiff, das irgendwo unterwegs war, oder in meinem sicheren und weit entfernten Regensburg.

Dringend notwendige Veränderungen ...

Daher setzte ich mich telefonisch mit dem Betreuungsgericht Berlin in Verbindung, wollte wissen, ob denn ihre Vorgehensweise normal ist.

Es gilt im Betreuungsauftrag, und da hätte ich kotzen können, als mir die Dame am Telefon, dem Anschein nach mit selbst gewählten Worten, Aufklärung schenken wollte: „die Würde des Betreuten aufrechtzuerhalten und sein Vermögen zu schützen und zu verwalten, und das liegt im Ermessen des Betreuers mit dem Vertrauen, was ihm das Land schenkt, ehrwürdig und respektvoll umzugehen."

In etwa so klangen sinngemäß ihre Worte. Und da ich sie nun mal am Hörer hatte, hakte ich gleich nach und fragte, ob denn die Bestandsaufnahme von Marios Vermögen ordnungsgemäß gemacht wurde und ob diese dem Gericht vorliegt.

„Das wäre eine verallgemeinerte Frage wie die vorherige, zu detailliert, um darüber Auskunft geben zu dürfen."

Dann fragte ich: „Welche Rechte habe ich denn überhaupt als Bruder in dieser Angelegenheit, die sich mein Bruder nennt?"

Tja, und da kam die große Ernüchterung. Die Tatsache, dass ich der Bruder bin, interessierte die Dame am anderen Ende der Leitung nicht, denn ich bin nur der Bruder des Herrn Reich und nicht der Betreuer. Auch wäre sie der falsche Ansprechpartner und ich müsste mich mit dem Betreuer in Verbindung setzten. Der entscheidet dann wiederrum, ob er mir etwas erzählen oder Unterlagen und Zahlen zeigen möchte. Nichts von all dem muss er tun, absolut gar nichts muss er.

„Aber ich muss doch ein Recht auf eine Akteneinsicht haben", hakte ich nach, „Einsicht auf diese Bestandsaufnahme, darauf, dass sie auch alles ordnungsgemäß angegeben, jede Auslage in dieser Abrechnung notiert hat."

Nein, auch das Recht habe ich nicht als Bruder, denn ich habe alle Rechte verwirkt, als ich der Übertragung der Betreuung an sie zugestimmt habe, nun ist sie offiziell zum Betreuer bestellt und ich bin raus.

„Es gibt keine Möglichkeit, das zu kontrollieren?", fragte ich nochmals.

„Doch, die gibt es, sobald Ihr Bruder verstorben ist und Sie sein Erbe angetreten haben. Dann haben Sie das Recht auf eine Akteneinsicht, die Sie halt dann beantragen müssen!"

Der Betreuer ist nach dem Ableben des Betreuten raus aus der Geschichte, gibt seinen Betreuerausweis ab und sucht sich das nächste Opfer, verstand ich so nach und nach. Diese engstirnige, vom Vaterland erlassenen Gesetze verseuchte Person noch irgendwas zu fragen oder ihr zu sagen, machte keinen Sinn. Sie wird alle meine Fragen mit Paragrafen und vollkommen empathielos abschmettern. Wo ich so gerne noch mehr fragen wollte, einfach Beispiele nannte.

„Was weiß denn das Gericht über das tatsächliche Vermögen meines Bruders, wenn nur der Betreuer diese Angaben macht und keiner, nicht einmal die Angehörigen, all diese Angaben auf Richtig- und Vollständigkeit prüfen können? Ich verstehe also, der Betreuer kann grundsätzlich ganz nach Belieben schreiben und darlegen, was er möchte?", zögerte kurz und fragte weiter, „auch Einiges einfach weglassen, muss die Verwandten nicht einmal bei der Feststellung seines Vermögens einbeziehen?"

„Das kann er, muss er aber nicht. Das liegt im Ermessen des Betreuers", bekam ich wieder eine auf die Backe.

Er muss sich also nicht „in die Karten schauen lassen", in dieses gewinnbringende Blatt, das nur er allein in Händen hält, verstand ich zweifelsfrei.

„Das heißt also, wenn mein Bruder oder eigentlich egal, wer auch immer, nennen wir ihn der zu Betreuende, 5.000 Euro in bar in einer Schreibtischschublade liegen hatte, die womöglich nicht dokumentiert sind, Mario liebte ja Bares, denn ‚Bares ist Wahres', und wenn keiner der Angehörigen davon weiß und das dem Betreuer sagt, ‚das muss in die Vermögensfeststellung', dann kann der Betreuer es auch einfach weglassen?"

„Aber das darf er doch gar nicht", sprach sie empört, dumm und naiv, ernsthaft daran zu glauben. „Er muss natürlich alles angeben, was er findet und wir gehen selbstverständlich davon aus, dass das auch getan wird."

„Und was macht es für einen Sinn, wenn ich die Akte meines Bruders kontrolliere, wenn er verstorben ist?"

Der Betreuer, in diesem Fall Bitch, hat doch dann schon alle Freiheiten nutzen können. Meine Möglichkeit, Nachweise und Beweise vorzubringen, versinkt doch mit jedem vergehenden Jahr immer mehr im Nichts. Der Betreuer kann vollkommen ohne Kontrolle alles zu seinen Gunsten nutzen. Womöglich weiß Bitch sogar von diesen Freiheiten und hat sich in gewogener Sicherheit entsprechend berechnend und arglistig verhalten. Ein niederschmetterndes Gespräch. Wir alle, vor allem Mario, waren ihr auf Gedeih und Verderb ausgeliefert. Alle Menschen in solchen Situationen sind diesem Betreuungswesen ausgeliefert.

Ich traute es ihr nach all diesen Erkenntnissen auf alle Fälle genauso zu und ich musste daran etwas ändern, bevor alles zu spät ist, sie sich weiter bereichert und über Marios Vermögen verfügt, das niemand kontrollieren kann und darf. Wenn er

schon seine bitter ersparte Rente, die für einen schönen Lebensabend gedacht war, auf diese Weise ableben muss, was er
auf keinen Fall so wollte, was aber sein Vaterland so eingerichtet hat, dann soll es auch so sein. Er soll sein Einzelzimmer
behalten und die bestmögliche Pflege erhalten, die mit diesem
eher kleinen Vermögen zu bezahlen ist. Schockierende Fakten,
das Gericht wird diese vom Betreuer angegebenen Daten und
Zahlen nicht auf Richtigkeit prüfen können, wenn sie nicht
vorher durch Kontostände und Kontoauszüge einer Bank fixiert
sind, Fahrzeuge oder Wohnungseigentum registriert ist. Alles,
was nicht irgendwo fixiert, registriert oder verschriftlich ist,
ist, um es so zu nennen, wie es ist, ein eigentlich nicht vor-
handenes Vermögen, und sollte vom Betreuer dem zu verwal-
tenden Vermögen zugeführt werden. Sie wird weiterhin, „die
blinde Justitia", an das glauben, was der Betreuer angibt, das,
was der Betreuer so im Nachhinein gefunden und zusammengetragen und zur Vorlage verschriftlicht hat. Dinge, die er nicht
angeben möchte, kleine oder große Fundstücke beim Sondieren in seinem privaten Umfeld, die kann er unbeschadet auch
einfach nicht angeben zu seinem Wohl und zum Leidwohl des
Betroffenen. Und so etwas lässt also dieses vom Vaterland er-
lassene Gesetz zu, dass diese behinderten, alleinstehenden und
oftmals entmündigten Menschen, die im Zwang einer Betreuung stehen, eigentlich schützen soll??? Wenn das mal nicht
großartig ist, weiß ich auch nicht mehr.

Muss ich es ansprechen, dass dieses System dringend einer
Überarbeitung unterzogen werden muss und eine massive Veränderung zwingend notwendig ist?

So ganz nebenbei, schneidet sich das so anständige, fair
und richtig verhaltende, hoch gepriesene Vaterland auch noch
ins eigene Fleisch, wo doch dieses ganze Restvermögen, das am
Ende eines Opferlebens übrig bleibt, in deren Staatskasse wan-
dert, sofern es, wie es oftmals so ist, keine Erben gibt. Wenn
doch, wird dem Erben suggeriert, welch eine finanzielle Katastrophe ihn uberrollen könnte, wenn er das Erbe antreten sollte. So werden doch erst Zahlen genannt, wenn man das Erbe
angetreten hat. Das Land und dessen Vertreter windet sich wie

ein Aal, um keine Auskunft geben zu müssen. Nur so viel muss man doch mal durchsickern lassen.

„Es könnten durch die vom Vaterland angeordnete Pflege unfassbare Kosten entstanden sein, die man sich beim Erben wiederholen möchte."

Man kann also entscheiden, ob man dieses Risiko eingeht, der Forderung dieses Landes nachzukommen, die eine oder andere Rechnung, die durch des Staates Willen entstanden ist, zu begleichen, sich damit selber in eine finanzielle Not, den Ruin bringen oder einer Verarmung hingeben möchte. Mit dieser berechnenden Strategie ist schon so einiges möglich, um den Bürgern sogar in dieser Angelegenheit noch in die Tasche zu greifen. Vor lauter Angst lehnt der überwiegende Teil der Verwandten das Erbe ab, wenn das Land einmal seine Finger durch Pflege oder gesetzlich geregelte Lebenserhaltungsmaßnahmen im Spiel hatte.

Das Land hingegen wird das Erbe natürlich antreten, zumal es auf den Cent genau weiß, was das Opfer hinterlassen hat, denn nur das Land hat bis zum Tag des Ablebens darauf Einblick gehabt. Was rede ich, es ist doch insgeheim so geregelt, dass alles, was nicht geerbt wird, dem Land zufällt, dass man es dann dem Gemeinwohl der Menschheit zukommen lässt, so heißt es. All das aus einer Situation heraus, die weder das Opfer noch dessen Angehörige so gewollt hätten. Selbstverständlich schließe ich diejenigen aus, die glauben, das alles wäre schon recht so, Menschen, die ihre Angehörigen sogar über die Verwesung hinaus pflegen würden, denn die gibt es natürlich auch.

Der überwiegende Teil der Opfer und Betroffenen ist aber nicht so. Sie sind dieser Gesetzeslage und dieser Macht, dieser diktierten Macht, vollkommen hilflos ausgeliefert. Das Land hat den Menschen mit seinen irrsinnigen Gesetzen zu einem Opfer gemacht, zu einem Opfer, das bis zur letzten Minute seines Lebens dieser unmenschlichen, verachtenswerten Situation ausgesetzt ist. Es hat ihn folglich nicht geschützt, es hat ihn verurteilt. Sollte es nicht seine Aufgabe sein, alles andere, was damit im Zusammenhang steht, zu bewerkstelligen, auch auf eigene, auf Staatskosten, durchzuführen? Warum behält es sich das Recht vor, seine von diesem Land selbst geschaffenen Situationen auf irgendwelchen fragwürdigen Umwegen den Opfern und Betroffenen zu berechnen? Ich weiß, warum ich gerade jetzt schon wieder so wütend werde, wo ich doch so unendlich viele Erfahrungen dahingehend gemacht habe, absolut unschuldig, 14 Jahre meines Lebens, meine ganze Kindheit unter den Fittichen dieses Landes gestanden zu haben. Und da gibt es noch Millionen von Opfern, denen es genauso ergangen ist. Allein in meiner Familie sind es sechs weitere. 14 Jahre hat mein Vaterland Unsummen von Geldern an Menschen bezahlt, die meine und die Kindheit meiner Geschwister versaut haben. Ich weiß sehr gut, warum ich nichts Gutes an ihm lassen kann, an ihm, meinem Vaterland.

Erkenntnis: Die Betreuerfunktion basiert ohne Wenn und Aber, einzig und allein auf Gottvertrauen und irgendwelchen fadenscheinigen Schwüren, die nichts weiter als hohle Phrasen darstellen, die auch schon andere Verbrecher in allen anderen Berufssparten, Branchen und Lebenslagen gerne ausgesprochen haben, um sich ihren Wohlstand zu sichern. Wann lernt das naive Volk und wann lernt die so hochintelligente Justiz endlich, dass sich das Verbrechen dort am einfachsten manifestiert, wo es am einfachsten umzusetzen ist.

Maßnahmen, zwingend notwendig ...

Gegen Bitch ließ ich über einen Rechtsanwalt ab Juli 2010 ein Misstrauensvotum fertigen, begründete umfangreich meine Bedenken, ließ in diesem Verfahren als Nachfolger Klaus, da er vor Ort besser agieren kann, oder zwangsläufig mich vorschlagen. Und der ganze Eiertanz ging dann über ein paar Monate – Kostete am Ende mehrere Tausend Euro.

Aber es war dann im November 2010 endlich geschafft, irgendein Richter hat dann ein Urteil gefällt und Bitch war raus aus der Betreuung von Mario. Eine Einsicht in die bis dato geführten Unterlagen erhielt ich dennoch nicht. Meine angeführten

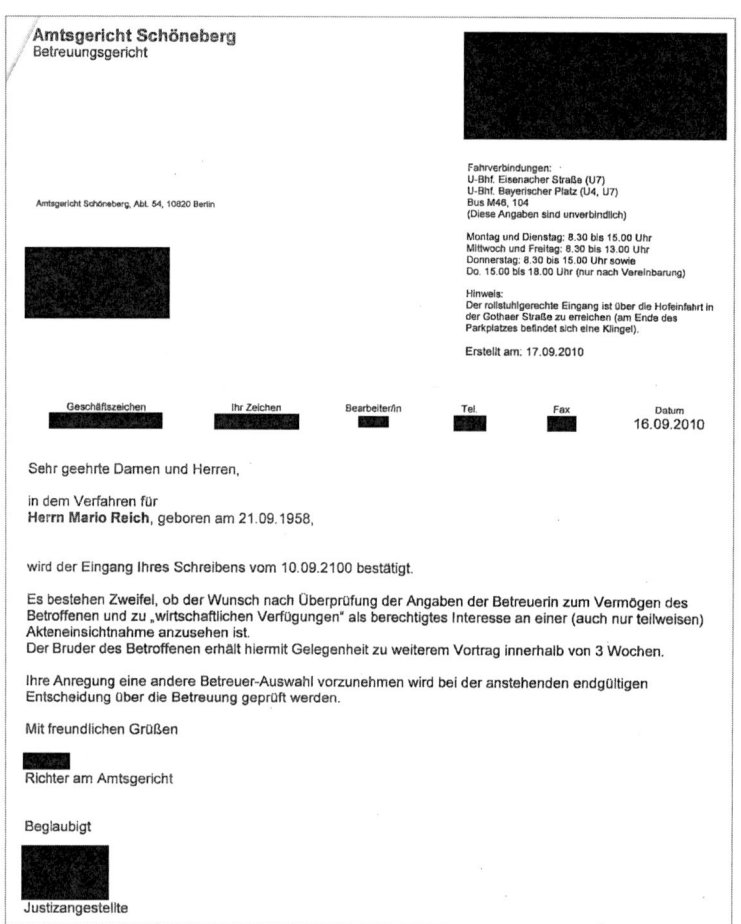

Amtsgericht Schöneberg
Betreuungsgericht

Amtsgericht Schöneberg, Abt. 54, 10820 Berlin

Fahrverbindungen:
U-Bhf. Eisenacher Straße (U7)
U-Bhf. Bayerischer Platz (U4, U7)
Bus M46, 104
(Diese Angaben sind unverbindlich)

Montag und Dienstag: 8.30 bis 15.00 Uhr
Mittwoch und Freitag: 8.30 bis 13.00 Uhr
Donnerstag: 8.30 bis 15.00 Uhr sowie
Do. 15.00 bis 18.00 Uhr (nur nach Vereinbarung)

Hinweis:
Der rollstuhlgerechte Eingang ist über die Hofeinfahrt in
der Gothaer Straße zu erreichen (am Ende des
Parkplatzes befindet sich eine Klingel).

Erstellt am: 17.09.2010

Geschäftszeichen	Ihr Zeichen	Bearbeiter/in	Tel.	Fax	Datum
					16.09.2010

Sehr geehrte Damen und Herren,

in dem Verfahren für
Herrn Mario Reich, geboren am 21.09.1958,

wird der Eingang Ihres Schreibens vom 10.09.2100 bestätigt.

Es bestehen Zweifel, ob der Wunsch nach Überprüfung der Angaben der Betreuerin zum Vermögen des
Betroffenen und zu „wirtschaftlichen Verfügungen" als berechtigtes Interesse an einer (auch nur teilweisen)
Akteneinsichtnahme anzusehen ist.
Der Bruder des Betroffenen erhält hiermit Gelegenheit zu weiterem Vortrag innerhalb von 3 Wochen.

Ihre Anregung eine andere Betreuer-Auswahl vorzunehmen wird bei der anstehenden endgültigen
Entscheidung über die Betreuung geprüft werden.

Mit freundlichen Grüßen

Richter am Amtsgericht

Beglaubigt

Justizangestellte

Zweifel haben nicht ausgereicht, um mich damit befassen zu
dürfen.

Doch war erstmal ein kleiner Sieg errungen und die Akteneinsicht wird sich leider noch bis über Marios Tot hinweg hin-
ausziehen und dass ich dies durch die vergehende Zeit, sekundär, wie lange das dauern sollte, nicht vergessen werde, konnte
ich, egal, was kommen wird, schon damals garantieren. Also,
na ja, einen kleinen Zweifel gab es noch, sie war nicht ganz
raus aus der Betreuung, sie behielt das „Ehrenamt" Aufenthaltsbestimmung und Gesundheitswohl inne. Ehrenamt, was
für ein furchtbares Wort im Zusammenhang all dieser Verbre-

chen, die in diesem Amt geschehen. Man nahm ihr alles, was sie belustigen konnte, und ließ ihr das, was sehr viel Liebe, Arbeit und Verantwortung gegenüber dem zu betreuenden Menschen mit sich brachte. Warum auch immer, glaubte doch die naive Richtbarkeit, bei dieser großen Liebe wird das gesundheitliche Wohl des Opfers der liebenden Angehörigen wichtiger sein als das finanzielle.

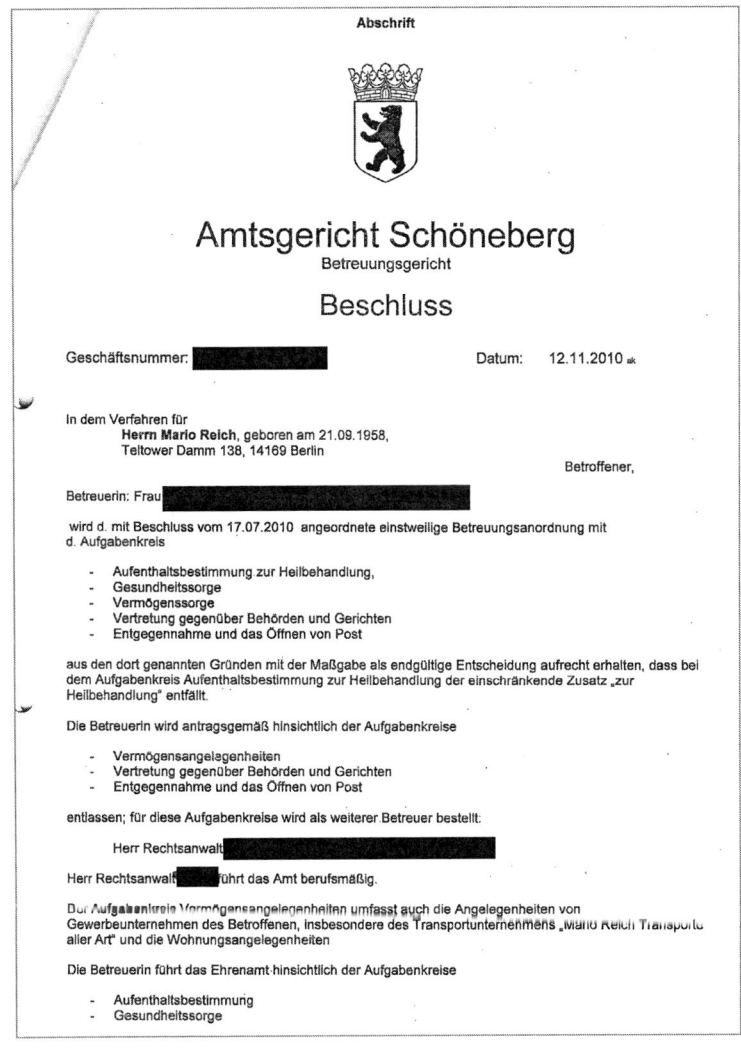

Abschrift

Amtsgericht Schöneberg
Betreuungsgericht

Beschluss

Geschäftsnummer: ▮▮▮▮▮▮▮▮▮▮   Datum: 12.11.2010 sk

In dem Verfahren für
Herrn Mario Reich, geboren am 21.09.1958,
Teltower Damm 138, 14169 Berlin

Betroffener,

Betreuerin: Frau ▮▮▮▮▮▮▮▮▮▮▮▮▮▮▮

wird d. mit Beschluss vom 17.07.2010 angeordnete einstweilige Betreuungsanordnung mit d. Aufgabenkreis

- Aufenthaltsbestimmung zur Heilbehandlung,
- Gesundheitssorge
- Vermögenssorge
- Vertretung gegenüber Behörden und Gerichten
- Entgegennahme und das Öffnen von Post

aus den dort genannten Gründen mit der Maßgabe als endgültige Entscheidung aufrecht erhalten, dass bei dem Aufgabenkreis Aufenthaltsbestimmung zur Heilbehandlung der einschränkende Zusatz „zur Heilbehandlung" entfällt.

Die Betreuerin wird antragsgemäß hinsichtlich der Aufgabenkreise

- Vermögensangelegenheiten
- Vertretung gegenüber Behörden und Gerichten
- Entgegennahme und das Öffnen von Post

entlassen; für diese Aufgabenkreise wird als weiterer Betreuer bestellt:

Herr Rechtsanwalt ▮▮▮▮▮▮

Herr Rechtsanwalt ▮▮▮ führt das Amt berufsmäßig.

Der Aufgabenkreis Vermögensangelegenheiten umfasst auch die Angelegenheiten von Gewerbeunternehmen des Betroffenen, insbesondere des Transportunternehmens „Mario Reich Transporte aller Art" und die Wohnungsangelegenheiten

Die Betreuerin führt das Ehrenamt hinsichtlich der Aufgabenkreise

- Aufenthaltsbestimmung
- Gesundheitssorge

361

Bitch legte auch dieses Ehrenamt ab. Sie berichtete irgendwann, um ihren Ruf zu wahren, sie hätte die Betreuung freiwillig abgegeben. Aber es war absehbar, dass dies geschieht, wo doch jetzt nichts mehr zu holen war. Wie auch immer, nun war dieses Problem Bitch erstmal vom Tisch, dachte ich, die Spätfolgen waren von mir im Ansatz noch nicht vorstellbar.

Dennoch stellte sich schon vor diesem Beschluss die Frage, wie genau das alles weitergehen soll. Was wird das Betreuungsgericht entscheiden? Wer soll nun Marios Betreuung übernehmen und ich hoffte, dass meine Vorschläge Berücksichtigung finden würden. Ich hatte Klaus vorgeschlagen, denn keiner kannte Mario so gut wie Klaus, sehr viel mehr als ich.

Brüder ...

Aber auch ich hätte mich dieser Aufgabe angenommen. Denn dann, dann hätten wir auch die Möglichkeit, all ihre vorherigen Machenschaften auf Richtigkeit zu prüfen, eventuelle Maßnahmen zu ergreifen, um Aufklärung zu schaffen. Aber falsch gedacht, keiner von uns beiden wurde für würdig empfunden, vor allem die Vermögensverwaltung oder Vermögenssorge für Mario zu übernehmen.

Auf einmal hatte Justitia schon die wage Vermutung, eine Vermutung, die in Bezug auf Bitch nie im Raum stand, wir, Klaus und ich, die liebenden Menschen unseres Bruders, könnten sich eventuell an dem Vermögen von Mario bereichern wollen, und so wählten sie, wie in diesem Beschluss zu erlesen, einen amtlich bestellten als seinen „Hauptbetreuer", einen Rechtsanwalt aus, der sich sehr umfassend mit dem Betreuungs- und Pflegerecht auskennt, einer, der nicht daran interessiert ist, sich an dem Betreuten zu bereichern. Oder gibt es noch andere Gründe für diese Entscheidung vom Vaterland?

Womöglich fürchteten sie sich vor einem Interessenskonflikt, wenn wir im Nachhinein Bitchs Leistungen der letzten Monate bis ins Detail überprüfen, dass es sich herausstellt, dass diese verbrecherische Vorgehensweise eines Betreuers wegen salopper, leicht umgehbarer, mangelhafter, doch sehr flexibler Gesetze möglich gemacht wird. Das musste, so muss es verstanden werden, unbedingt verhindert werden. Am Ende wird es noch, wie lustig, Thema bei Stern TV, Hart aber Fair oder Anne Will, wo sich recht schlaue Köpfe darüber unterhalten und nichts dabei rauskommt, all das nur warmgeblubbert wird und am nächsten Tag schon wieder vergessen ist.

Dennoch hatte sie einen unwiederbringlichen Schaden angerichtet, der uns an diesem Tag des Beschlusses noch lange nicht bekannt war. Es musste daher ein Nachfolger für Bitch sein, der für alle, wirklich alle, absolut ALLE Vorgehensweisen sehr umfangreich, voller Ehre und Respekt gegenüber seiner Verantwortung geschult ist. Warum wird man eigentlich Betreuer, muss man sich mal ganz nüchtern fragen? Auch noch Betreuer eines komplett fremden Menschen. Liegt es am großen Herz, welches diese Menschen haben sollten? An ihrer Empathie und dem extremen Maß an Gerechtigkeitsempfinden? Sind sie die übergute Menschen, die alles daran setzen, dass dem Betreuten kein Unrecht geschieht? So darf vermutet werden, dass diese Aufgabe für diesen Mensch ein spezielles Steckenpferd ist, einer, der alle Gesetze aus dem Effeff kennt ... selbstredend dann auch die Gesetze, die es nicht gibt oder die man auch nach Möglichkeit umgehen kann.

Ernüchterung: Diesbezüglich änderte sich daher erstmal gar nichts, im Gegenteil, es besteht durch die bessere juristische Bildung eine leichte Möglichkeit, noch genauer zu arbeiten. Nach wie vor wird ein fremder Mensch das Schicksal unseres Bruders leiten, der uns weiterhin in absolut keiner Form einbeziehen muss. Aber, immerhin war Bitch raus und diese Betreuungsaufgaben wurden getrennt. Dieser Rechtsanwalt erhielt die Vermögensverwaltung oder Vermögenssorge, Klaus erhielt, nachdem Bitch die gewinnbringende Vermögensverwaltung abgeben musste, immerhin als „Ehrenamtlicher" die Betreuung für die Gesundheitssorge und die Aufenthaltsbestimmung für Mario. Wirrwarr von Amts wegen kreuzte mal wieder unsere Wege. Bitch wurde im November 2010 in dieses Ehrenamt gehoben bzw. nur noch in dieses degradiert, Klaus erhielt dieses Ehrenamt bereits im Oktober 2010.

Amtsgericht Schöneberg

Geschäftsnummer: **54 XVII R 184/10**

Bestellung

Herr Klaus Petrewitz
geboren am 08.01.1957

ist als ehrenamtlicher Betreuer
für

Herrn Mario Reich
geboren am 21.09.1958

zum Betreuer bestellt.

BS1 Betreuerausweis

Der Aufgabenkreis umfasst:

    Gesundheitssorge
    Aufenthaltsbestimmung

Folgende Willenserklärungen des Betroffenen bedürfen
der Einwilligung des Betreuers:

-/-

Herr Klaus Petrewitz ist in seinem Aufgabenkreis
gemeinsam mit dem Hauptbetreuer Rechtsanwalt
▬▬▬▬▬ vertretungsberechtigt; der Hauptbetreuer
ist hinsichtlich aller Aufgabenkreise einzeln
vertretungsberechtigt.

Diese Bestellung dient als Ausweis. Sie ist deshalb
sorgfältig aufzubewahren und in allen Fällen, in denen
es eines Ausweises bedarf, namentlich im Verkehr mit
Behörden, vorzulegen. **Nach Beendigung des Amtes**
ist die Bestellung dem Betreuungsgericht
zurückzugeben.

Berlin, den 2 6. OKT. 2012

Rechtspfleger/in

365

Amtsgericht Schöneberg
Betreuungsgericht

Beschluss

Geschäftsnummer: ████████████   Datum: 24.10.2012 ch

In dem Verfahren für
Herrn Mario Reich, geboren am 21.09.1958,
Teltower Damm 195, 14167 Berlin

Betroffener,

Betreuer:
Herr Rechtsanwalt ████████████████████████

hat das Amtsgericht Schöneberg - Betreuungsgericht - am 24.10.2012 durch den Richter am Amtsgericht
████ beschlossen:

Herr Klaus Petrewitz, ████████████████

wird hins. der Aufgabenbereiche
- Gesundheitssorge
- Aufenthaltsbestimmung

zum weiteren Betreuer bestellt.

Herr Klaus Petrewitz ist in seinem Aufgabenkreis gemeinsam mit dem Hauptbetreuer vertretungsberechtigt;
der Hauptbetreuer ist hinsichtlich aller Aufgabenbereiche einzeln vertretungsberechtigt.

Das Gericht wird spätestens bis zum 12.11.2017 über die Aufhebung oder Verlängerung der Betreuung
entscheiden.

Gründe

Entsprechend dem Wunsch der Angehörigen des Betroffenen ist hins. der Aufgabenbereiche
Gesundheitssorge und Aufenthaltsbestimmung die frühere Vertrauensperson des Betroffenen Herr Klaus
Petrewitz als weiterer Betreuer zu bestellen, wobei zunächst zur sofort wirksamen Kontrolle seiner
Vertretungstätigkeit eine gemeinsame Vertretungsberechtigung gilt. Es ist beabsichtigt, bei über einen
längeren Zeitraum hinweg problemlosem Verlauf der Vertretungstätigkeit in diesen Aufgabenbereiche eine
Aufteilung der Betreuungsaufgaben vorzunehmen.

Von einer erneuten persönlichen Anhörung wurde abgesehen, da der Betroffene nach dem persönlichen
Eindruck des Gerichts dauerhaft krankheitsbedingt nicht in der Lage ist, einen vernunftgetragenen Willen
kundzutun, §§ 295 Abs. 1 Satz 1, 34 Abs. 2 FamFG.

In diesem Falle, keine Frage der Ehre, das war eine Frage der Verbundenheit, die die beiden seit Jahrzehnten inne tragen. Das war letztendlich nicht nur schlecht, denn so blieb uns die Möglichkeit, massive Eingriffe, die sein Leben weiterhin unerträglich machen und verlängern könnten, abzulehnen. Und dafür konnte Klaus auch gleich als erste Amtshandlung in seiner Betreuungstätigkeit eine Patientenverfügung in Vertretung für Mario nachreichen. Darin konnten einige Dinge gefestigt werden, Dinge, die man gefälligst zu unterlassen hat, um sein Leben unnötig zu verlängern. Vorbei war es mit dem Versuchskaninchen Mario Reich, wir könnten doch mal dies und jenes ausprobieren, was nicht bedeutet, dass man sich in all den vielen Jahren an die jeweilige Abmachung gehalten hätte, ist doch kein Normalsterblicher in der Lage, noch berechtigt, in die medizinischen Dokumentationen dieser Kliniken und ihre Studien Einblick zu nehmen.

Wirksamkeit zeigte dieses Dokument schon bald, nachdem Klaus dieses Amt übertragen bekommen hatte, allerdings auf Umwegen. Mario hatte nach langer Zeit mal wieder ein Problem, das eine Verlegung in ein Krankenhaus erforderlich machte, und man verlegte ihn in ein Krankenhaus in Zehlendorf. Erst dann hat man Klaus angerufen, der sich sofort auf den Weg dorthin gemacht hat.

„Sie waren alle sehr nett und verständnisvoll", meinte Klaus, als er im Krankenhaus seine Unzufriedenheit gegenüber dieser Vorgehensweise bekundete.

Nach meiner Sichtweise kann man auch mit einem Lächeln einem anderen das Messer in die Brust jagen, und ich bleib der Meinung, das darf so nicht passieren. Wenn alle Entscheidungen über Leben und Tod an ein solches Dokument geknüpft sind, welches damit das Schicksal eines Menschen dominiert, man auch von den verschiedenen Behörden immer an dessen Notwendigkeit und Bedeutung erinnert wird, dann hat man gefälligst rechtzeitig zu prüfen, ob solch ein Dokument existiert, wo doch nach Eintreten eines lebensbedrohlichen Zustandes bei einem Menschen immer als erstes gefragt wird, ob denn solch eine Patientenverfügung existiert.

Außerdem sollten alle Menschen, ob Ärzte oder Pflegekräfte, die an diese Opfer Hand anlegen, ausreichend darüber informiert sein, wie man sich zu verhalten hat, sollte einmal ein unerwartetes Problem eintreten. Klaus musste de facto an diese Patientenverfügung, in der festgelegt war, dass so eine „Rettungs-Aktion" laut der bestehenden Patientenverfügung nicht mehr gewünscht ist, erinnern. Die Rückverlegung ins Pflegeheim wurde wieder eingeleitet. Allerdings hatte man schon Maßnahmen ergriffen, um Mario erneut stark und unantastbar zu machen. Kurzum, man hätte sich, wenn Klaus nicht umgehend reagiert hätte, komplett über diese Patientenverfügung, den Wunsch der Angehörigen und des Opfers, hinweggesetzt. Was bedeutet das nun wieder? Es bestätigt eigentlich nur, wie furchtbar hilflos das Opfer ist, wie machtlos die Familie. Es müsste sich praktisch immer jemand an des Opfers Bett setzen, am besten mit dieser Patientenverfügung in der Hand und 24 Stunden am Tag aufpassen, dass die nicht einfach machen, was sie wollen.

Dennoch, für mich war es irgendwie nicht so richtig klar, wie das Gericht dies letztendlich entscheidet. Wie zur Hölle entscheidet man sich für einen juristisch einwandfrei Handelnden, entsprechend ausgebildeten Juristen, der solch eine verantwortungsvolle Aufgabe, die Betreuung eines Menschen übernehmen soll? Und da der Verwandte des Betroffenen keinerlei Aufklärung erhält, gilt es, ihn doch immer zu meiden, hab ich mir mal etwas zusammengereimt, wollte es mir selbst erklären. Es mag ironisch klingen, aber von der Hand zu weisen sind solche Vorgehensweisen nicht wirklich. Mein kreierter Slapstick klingt durchaus realistisch vorstellbar. Schande über meine Fantasie, meine Vorstellungskraft, meine Objektivität und mein übersensibles Gerechtigkeitsempfinden, aber so ist das nun mal, mein Buch, meine Gesetze.

Zu viele Dinge, die unfassbare Vorstellungen wachsen lassen ...

Gibt es da womöglich eine Art sich automatisch drehende Lostrommel, auf deren Losen die ganzen Bewerber geschrieben stehen, die sich bei den Gerichten für eine Betreuungstätigkeit beworben haben? Warum bewirbt man sich überhaupt für so eine Tätigkeit, ist es doch eine sehr unangenehme Tätigkeit, mit den Geschicken eines Menschen und auch noch mit dessen Familie umzugehen. Halt Stopp, ich vergesse es immer wieder, hab es noch immer nicht verinnerlicht, dass sich Menschen so verhalten, weil sie mit dessen Familien gar nicht umgehen müssen, man hat ja die absolute Alleinherrschaft errungen. Kann man mit solchen Opfern denn wirklich so viel Geld verdienen, dass man jede Menschlichkeit und Empathie verliert? Aber natürlich kann man das und noch vieles mehr, das hat die Menschheitsgeschichte mehr als einmal bewiesen. Wird doch schon lange kein Mensch mehr aus Idealismus, „ich kämpfe für die Gerechtigkeit", Jurist, geht es doch schon seit Generationen um die fette Rechnung, die man am Ende eines Prozesses schreiben kann. Aber ist dieses Betreuungsgeschäft so gewinnbringend, dass man sich das freiwillig antut, das kann ja fast nicht anders sein? Wo bliebe sonst wenigstens die Logik? Das ist doch sonst eher ein sehr unangenehmer Job. Da könnte man doch besser mit Leichen handeln, die stressen sicher nicht so sehr, wie die ans Bett gefesselten und involvierten rumheulenden Menschen.

Fakt ist, von nur einem Opfer allein lebt man sicherlich nicht, na ja, wenn man da nicht irgendwie, keine Ahnung, etwas im Nachtschränkchen von „Oma Ilse, keiner will se" gefunden hat, was man vergessen hat, in den Vermögensverhältnissen anzugeben. Sowas soll es ja, mir sehr gut vorstellbar, geben. Es ist somit nicht nur der eine Fall, der lukrativ ist, sondern es sind 50 oder 100 Fälle, die man jeden Monat mit Pauschalbeträgen abrechnen kann, Pauschalbeträge, die für jede einzelne Betreuung bezahlt werden. Verständlicherweise erfährt man nicht so schnell etwas darüber. Ich könnte auch den zukünftigen Betreuer von Mario danach fragen, was er für seine so verantwortungsvolle Leistung bezahlt bekommt und wovon das abhängig ist. Wird die Betreuung reicher Opfer besser bezahlt, als die Betreuung armer Opfer zum Beispiel? Ist seine Vergütung womöglich vom ermittelten Vermögen abhängig?

Ich muss weiterhin spekulieren und recherchieren, um nur im Ansatz eine Erklärung zu finden. Ein klein wenig muss ich dazu in die Rolle vom „Dummchen am Herd oder Flachzange Friedrich" schlüpfen, denn dort wird es schließlich vermutet, das naive Volk, das sich für nichts interessiert, nichts kapiert, alles hinnimmt und zu nichts Widerspruch leistet. Da ist ja noch das Ding mit der Bevorzugung oder der Vorteilnahme und die Frage: „Kann sich der Betreuer anhand einer vorherigen Akteneinsicht seine Opfer, oder sind es doch Kunden, aussuchen?" Sondieren, wo genau die fetten Fische, die gewinnbringenden Milchkühe mit ihren prallen Eutern zu finden sind?

Ei ei ei, äußerst verwerflich diese Vorstellung, aber grundsätzlich auch nicht abwegig, Hallo, wir leben in Deutschland!!! Oder entscheidet doch das Los, wollte ich vertiefen. Damit keine Vorteilnahmen entstehen, würde ich diese Vorgehensweise sehr begrüßen, obwohl, wahrscheinlich würde vor lauter Missmut und Enttäuschung am Ende der Betreute darunter leiden. Hätte aber was, dieser Vorgang, der Richter zieht mit verbundenen Augen eines dieser Lose aus der plötzlich stoppenden Lostrommel und der Gewinner wird dann kontaktiert: „Herzlichen Glückwunsch, Sie haben den Zuschlag erhalten." So hätten schon mal die armen und kapitalen Opfer gleiche Chancen, einen qualifizierten und vor allem EHRLICHEN und VERTRAUENSWÜRDIGEN Betreuer zu bekommen, hmmmm, sollte man meinen. Na ja, warum nicht mal so ein wenig rumspinnen in dieser so ernsten Welt. Dennoch beantwortet es meine Frage nicht. Hmmmmm …

Die Suche nach einem neuen Betreuer für Mario ...

Der Richter selber wird eher nicht mit der Suche eines neuen Betreuers für unseren Bruder beauftragt gewesen sein, dafür hat der gar keine Zeit, ist viel zu sehr mit anderen Rechtsprechungen beschäftigt. Möchte es aber auch nicht ganz ausschließen, immerhin ist der Richterposten auch eine Machtposition, die eingenommen wird, und wer Macht hat, hat Möglichkeiten. Vielleicht kennt man sich schon länger aus der Gerichtskantine: „Du, Gustav, Du machst doch Betreuung. Ich hätte hier ein lukratives Opfer, Interesse? Ich leg es mal zurück, denk mal drüber nach, hab noch einen schönen Tag, Gruß an die Helga und bis Montag auf dem Golfplatz."

Aber nehmen wir mal an mit einem Hauch Vorstellung, sowas wären Ammenmärchen, dann wird er seiner Schreibkraft gesagt haben: „Soooo, Frau Müller, sie wissen ja, wie das läuft, ein Abdruck ans Betreuungsgericht, die sollen einen neuen Betreuer für diesen Reich finden, der Rest zu den Akten, Nächster Fall."

Dieser Brief oder Abdruck wird dann in irgendeinem Büro in einer Behörde in Berlin gelandet sein, ich sag jetzt mal, zweite Etage, Zimmer 214, auf dem Schild links neben der Tür steht, Betreuungsangelegenheiten 98/27AoG, dessen Bedeutung kein Mensch wissen muss, und darunter, ich nenne sie mal, Frl. Marlies Frechter. Ziehe ihr eine luftige weiße tuffige Bluse an, die schon dazu einlädt, auf ihren aufgepimpten Busen zu schauen, verpasse ihr eine adrette Kurzfrisur und eine schmale hellblaue Brille, die zu ihren leicht grau melierten Haaren passt. Die Fingernägel, na ja, zur Brille passend in einem leichten Blauton und gerade so lang, dass man sie beim Schreiben mit der Tastatur, klack, klack, klack, klackern hört. Frau Frechter sitzt mit kniehohem, dunkelblauem Rock mit verschränkten Beinen auf ihrem bequemen Bürostuhl hinter ihrem Schreibtisch, ihre schwarzen Schuhe mit erhöhten Absätzen hat sie ausgezogen. Sie liegen etwas verstreut unter ihrem Schreibtisch, die dunkle Seidenstrumpfhose hat am linken Fuß eine kleine Laufmasche. Links von ihr ein Monitor, vor ihr eine Tastatur, rechts ein Telefon gleich neben der Stechpalme, die so groß ist, dass sie sich vor jedem, der zur Tür hereinkommt, ohne große Bemühungen verstecken kann, aber auch den Hals lang strecken muss, um zu sehen, wer da gerade zur Tür hereinkommt. Ihre Post hat sie schon unten in der Posteingangsstelle geholt, als sie vorhin mit ihrem Fahrrad hier ankam und war schon damit beschäftigt, die ganzen Briefe zu überfliegen. Und dabei stieß sie auch auf den Auftrag, da muss für einen Herrn Mario Reich ein neuer Betreuer gefunden werden.

Ich könnte mir vorstellen, Frau Frechter hat dann anhand der Fallnummer (fiktiv) 14/210958MRAk24 an ihrem Computer den Fall Mario Reich aufgerufen und sprach leise: „Ach Gott, das ist ja auch noch kein Alter für so ein Schicksal", hat dann gleichzeitig unter ihrer dunkelgrünen Schreibablage auf dem Schreibtisch eine Liste hervorgezogen, darauf eine ganze Reihe diverser Juristen, die solche Betreuungstätigkeiten durchführen. „Na, dann schauen wir mal", wird sie dabei piepsend geflüstert haben, „wen nehmen wir denn da, hmmmm ...", schreitet dabei mit der Kugelschreiberspitze Name für Name auf dieser Liste ab. „Ach, schau an, der Torsten", sprach sie dann jauchzend, da sie allein in ihrem Büro sitzt, „von dem hab ich ja lang nichts gehört, den ruf ich jetzt mal an."

Tuut, tuut, tuut, klingelte es in einer pompösen Villa in Berlin-Dahlem: „Rechtsanwaltskanzlei Majar, guten Tag", meldet sich eine männliche Stimme.

Denn Marlies hat selbstredend die Durchwahlnummer zu Herrn Majar, muss sich nicht lange im Vorzimmer aufhalten und ich möchte ihn jetzt einfach mal so nennen, eventuelle Ähnlichkeiten mit anderen Menschen dieser Erde sind rein zufällig. Vielleicht ist es so ein Kojak-Typ mit Vollglatze und Brille, ich lass ihn mal um die 60 Jahre alt sein, natürlich im teuren dunklen Anzug sitzt er zurückgelehnt in seinem wuchtigen wippenden Lederstuhl in seinem großen Büro hinter einem wuchtigen Schreibtisch aus Edelholz. Es gibt ihn natürlich, diesen Anwalt, der aber anders heißt und zu meinem eigenen Schutz nicht genannt werden kann.

„Torsten? Bist Du es?", seufzt Frau Frechter, „die Marlies hier vom Betreuungsgericht, die Frechter Marlies, wie geht's

Dir denn, Torsten, jetzt haben wir schon paar Tage nichts voneinander gehört."

„Marliiiies, die Frau meiner Träume, großartig geht es mir, wie geht es Dir denn", erhält sie strategisch richtig die von ihr gewünschte Antwort, was ein verschmitztes lautes Kichern bei Marlies auslöste.

„Ha ha ha ... ach, Torsten, Du nun wieder, hihiiiii, jaaa, mir geht es auch gut, schön. Aber hör mal, Torsten", fuhr sie gleich fort und wurde amtlich, „ich hab hier einen Auftrag, da gab es wohl irgendwelche Schwierigkeiten oder Streitereien mit der Betreuerin, die aus der Familie gewählt wurde, weißt ja, wie das läuft."

„Natürlich kenn ich solche Fälle, Marlies, die gibt es doch immer wieder und da brauchst Du jetzt einen Ersatz, denke ich?", sprach Majar.

„Genau, Torsten, ich hab gedacht, ich fang mal bei Dir an und frag, ob Du noch Kapazitäten frei hast, wo wir uns schon so lange kennen?", säuselte Marlies.

„Na ja, womöglich krieg ich den noch unter, wer und was ist das denn genau, Marlies, erzähl doch mal!", sprach Torsten sehr berechnend, erstmal nicht so sehr interessiert zu sein ohne genaueres Wissen.

„Ach, Duuu nun wieder, Torsten, Torsten, Torsten, versuchst es immer wieder. Du weißt doch genau, dass ich Dir keine Details nennen darf", gackerte sie, „aber nur so viel, mein Lieber, ein Mann, ein Herr Mario Reich, das klingt doch toll, oder, Torsten? Ha ha ha, 53 Jahre alt, liegt seit drei Jahren im Wachkoma und da wurden wohl wegen der Vermögenssorge durch die letzte Betreuerin diverse Mängel und Fahrlässigkeit vermutet, letztendlich ein Misstrauensvotum angezeigt, jetzt hat man die abgesetzt und nun brauchen wir einen kompetenten Neuen, der das übernehmen könnte, und da hab ich halt an Dich gedacht, Torsten, magst Du Dir das vielleicht mal überlegen, Torsten?", ließ sie nicht locker.

Torsten zögerte, das war ihm zu wenig Input· „Hmmmm, Marlies, ich weiß nicht, wie umfangreich das ist, würde mich interessieren, bin sehr ausgelastet zurzeit."

„Na ja", ließ Marlies noch verlauten, „also gut, dann ist aber Schluss mit Informationen, weißt ja, dass ich das nicht darf, gell, Torsten, hihiiii, also, da ist schon etwas Vermögen, das ordentlich verwaltet werden muss, und es ist eigentlich schon Vieles durch die Vorgängerin erledigt worden, der Kunde ist schon seit über zwei Jahren in einem Pflegeheim, die Vorarbeit soweit erledigt, eine leichte Sache, sag ich mal so, Torsten", und begann, das Gespräch zu schließen.

Torsten meinte aber nach einigem Überlegen dann doch: „Schick mir doch mal die Kontaktdaten, Marlies, ich möchte mir den Mann mal anschauen und inwiefern das soweit noch meine Arbeit in Anspruch nehmen soll. Würde Dir dann Bescheid geben."

„Sehr gut, Torsten, das freut mich, hihii", schien Marlies zufrieden, „so machen wir das wieder, gell, ich wusste doch, dass ich Dich interessieren könnte, schau Dir das mal in Ruhe an und dann gibst Du einfach Bescheid und dann leite ich alles in die Wege, gell, Torsten, und melde Dich mal für eine Tasse Kaffee, würde mich wirklich sehr freuen."

So trennten sich Marlies und Torsten und Marlies ließ Torsten sofort alles zukommen, was er jetzt schon wissen darf. Vor allem die Adresse von Marios Aufenthaltsort.

So, und damit das auch gleich erklärt ist, nein, all das hat keinen sexistischen Hintergrund, ist nicht Geschlechter bezogen und kein Klischee. Es ist eine lustige Parodie zu einer furchtbar realen und naheliegenden Vorstellung, die durchaus annähernd so real sein könnte. Und die Darstellung dieses durchaus tatsächlich Möglichen stand für mich bei der obigen Darstellung im Vordergrund. Da ich die Vertreter beiderlei Geschlechts entsprechend gleich kritikwürdig in ihrem Handeln unmöglich beschreibe, denke ich, dass man diesen Abschnitt auch als aus objektiver Distanz und neutral beschrieben bezeichnen kann.

Am Nachmittag setzte sich Torsten in seinen bescheidenen, mattgrau lackierten Maserati Levante und machte sich mit 490 PS auf den Weg nach Schönow, blubberte mit mächtig Motorenkraft auf den Parkplatz vor dem Pflegeheim, parkte dort, wo er am meisten auffiel. Zog noch einmal seine Seidenkrawatte fest, ging mit seiner Büffelleder-Aktentasche in das Gebäude und stellte sich beim Pflegepersonal vor.

„Guten Tag, meine Damen, Majar, mein Name, Torsten Majar. Ich soll die Betreuung von Herr Mario Reich übernehmen, wo liegt der denn genau?"

Die sagten womöglich: „Hier geradeaus, drittes Zimmer links", und flüsterten, als er nicht mehr zu sehen war, „was ist denn das für'n Schnösel?"

Herr Majar begab sich in Marios Zimmer, stellte womöglich schon bei der Anfahrt fest: „Aha, ein recht teures Pflegeheim, interessant", und jetzt, als er Marios Zimmer betrat, „aha, sogar ein Einzelzimmer, das ist auch nicht billig."

Sah dann Mario, der seit Jahren teilnahmslos auf seinem Bett lag. Im Fernseher lief, was die Pfleger beim Betreten der Zimmer am liebsten sehen wollen, der Beutel vom Blasenkatheder hing halb voll an der Bettseite, der gelbliche Brei der Astronautennahrung sickerte langsam durch die Magensonde in sein Inneres. Das eine Bein neben der Bettdecke liegend zeigte seine Tätowierungen, kurzärmliges T-Shirt mit seinen noch beachtlich dicken und Knast-tätowierten Oberarmen. Denn 2012 war er rein optisch noch recht gut beieinander, wirkte noch fit, wenn er nur könnte.

„Ach Du Scheiiiiiße", wird Torsten dann zu sich gesagt haben, „ein Ex-Knacki, na super", und dachte sich womöglich, „meine liebe Marlies, was hab ich nur verbrochen!"

Aber gewieft, wie Juristen nun mal sind, haben sie doch nichts anderes studiert, als gewieft zu sein, erkannte Torsten auch, wenn Ex-Knacki in so einem teuren Pflegeheim liegt, das Einzelzimmer zum eigenen Wohl gestaltet, dann wird Ex-Knacki, ein guter Geschäftsmann-Ex-Knacki gewesen sein. Also arm, einer, der nur Arbeit macht und nichts bringt, ist der garantiert nicht. Er reflektierte gedanklich seine Geschäftssituation. Die Rabowski ist ja nach sechs Jahren Wachkoma letzte Woche abgekackt, aber mit dem hier kann ich die Lücke wieder schließen und viel Arbeit hab ich tatsächlich nicht mit dem. Da mach ich jeden Monat meine Abrechnung und fertig. Der gammelt zwar auch schon drei Jahre hier rum und wenn's blöd läuft, kackt der mir auch ab in drei Jahren. Aber gut, als Lückenfüller nehme ich den einfach mal. Kurzum, Torsten rief Marlies an und willigte in die Betreuung von Mario ein.

So erlaube ich mir, mir den Ablauf mal vorzustellen, denn nur so ahnungslos, wie man Menschen hält und behandelt, nur so ahnungslos werden von Menschen Meinungen gezüchtet. Mache der Leser daraus, was er möchte.

Recht und Unrecht ...

Es fällt mir immer sehr schwer, mir vorzustellen, was genau Menschen so werden lässt, und ich frage mich immer wieder, was zur Hölle ist diesen Menschen nur widerfahren, das sie so kalt, so leer von Empathie, so sachlich objektiv und abgeklärt werden. Ist es das, was man in diesem Fall am Ende als Jurist am besten studiert haben muss und ist das offiziell Bestandteil eines Jurastudiums? Muss es sein, dass Betreuer den Bezug zu ihren Betreuten so extrem versachlichen? Oder funktioniert das alles nur, weil man es so versachlicht, keine Emotionen, keine Sympathie, nichts Menschliches mehr zulässt? Fest steht, all das sind Charaktereigenschaften. Mitgefühl, Verständnis, Akzeptanz, all das ist es, was Menschsein letztendlich ausmacht. Und das mit dem Charakter, meine Vorstellung davon, wie dieser wächst und gedeiht von einer kleinen Pflanze in der frühesten Kindheit zu einem starken Baum als Erwachsener, dass erwähnte ich schon anfänglich dieses Buches. So muss all diesen Menschen, die diese Charaktereigenschaften nicht haben, etwas furchtbar Schlimmes zugestoßen sein in ihrer frühesten Kindheit, irgendetwas, was dieses kleine Pflänzchen daran gehindert hat, groß und stark zu werden.

Dieser von Amts wegen auserkorene Majar, das ist so einer, dem dieses Leid zugestoßen sein muss, womöglich, nein, es muss ein noch größeres Leid gewesen sein, eines, das noch viel größer ist als das, was unserer ganzen Familie widerfahren ist. Denn faktisch ist keiner von uns gepeinigten, betrogenen, geschlagenen und missbrauchten Kindern nur im Ansatz so charakterlos, wie er es zu sein scheint. Ich kann mich nicht erinnern, dass er nur einmal gefragt hat: „Erzählen Sie doch mal was von Ihrem Bruder, was war das für ein Mensch?" Oder: „Haben Sie denn mal ein Foto, mich würde interessieren, wie er vor dieser schrecklichen Situation ausgesehen hat?" Gibt es für so ein Verhalten eine On/Off-Funktion oder wie agieren und funktionieren solche Menschen, wenn sie ihr Büro verlassen und nur wenig später liebende Familienväter und Ehemänner, gar Mütter sein sollen? Etwas Logik mag wohl dahinter stecken, dass solche Menschen sich annähernd so verhalten müssen. Aber nur Menschen, die dennoch einen kleinen Ansatz an Mitgefühl in sich tragen, Menschen geblieben sind, die noch immer erkennen und wahrnehmen können, wie ihnen selber so eine Situation zusetzen würde, wenn sie ihnen wiederfahren sollte.

Oder stumpft man dann ab, wenn man mal 500 solcher Fälle abgearbeitet hat, entwickelt sich schleichend dieses gefühlskalte Monster mit den Jahren der Auseinandersetzung? Oder gibt es gar noch einen anderen Grund, warum man so sein muss, besser so sein sollte? Vielleicht auch um sein eigenes Gewissen zu schonen für geplante, berechnende und verwerfliche Dinge, die man als umgänglicher und Empathie freudiger Mensch niemals tu würde? Am Ende fühlt man sich beobachtet oder noch schlimmer, den Angehörigen gegenüber sogar noch verbunden oder verpflichtet, und das schränkt natürlich im extremsten Maße die, nein, in allen Handlungsfreiheiten ein. Der Blick in die Augen der Angehörigen, insofern man diese überhaupt erblicken möchte und wofür es keinerlei Verpflichtung gibt, könnte etwas lostreten, was das geplante Handeln stören könnte. Ist diese Vorstellung berechtigt?

Ich denke schon, gerade im Betreuerwesen sind diese Gedanken sehr angebracht, wo dieses Amt doch allumgreifend auf reinem Gottvertrauen basiert. Und wenn man diese schon sehr lange in der Menschheit gebräuchlichen, manchmal empörenden Fragen verinnerlicht, „Was Denkst Du denn?", oder, „So darfst Du nicht denken!", oder, „Glaubst Du wirklich?", dann kann ich nur dazu sagen: Alles Schreckliche, Verbrecherische, Monströse, Ungerechte, was seit Menschengedenken auf diesem Erdball geschehen ist, konnte nur geschehen, weil Menschen genau das sagten und dachten, „Was denkst Du denn?", oder, „So darfst Du nicht denken!", und, „Glaubst Du wirklich?"

Die Feststellung, „so zu sein, versaut doch ein ganzes Leben, und wie kann man nur damit leben?", ist so überflüssig wie ein Kropf. Das alles sind Dinge, auf die es schon lange keine Antworten mehr gibt und vielleicht auch niemals gegeben hat, denn auch das spiegelt sich in unserer Menschheitsgeschichte wider. Alle Menschen, die so waren, Menschen, die so sind, werden ihr Handeln immer, egal vor welchem Gericht sie einst stehen, für richtig erklären.

Ich bin übrigens ein absoluter Gegner davon, wenn ernsthafte Angelegenheiten, und diese unsere Situation ist schon seit 2010 extrem ernsthaft, ins lächerliche gezogen werden. Wo es doch in den meisten Fällen absolut nichts zu lachen gibt. Tausende lassen sich vor den Fernseher ziehen, füllen ganze Fußballstadien, lachen und applaudieren, wenn irgendeine TV-Marionette der Meinung ist, „er ... deckt auf", ein Kasperl, der furchtbare Dinge mit Sicherheit nach Drehbuch mit einem unfassbaren Spaß vorträgt und für Einschaltquoten sorgt. Jedes Wort zensiert, jede Handlung genau durchdacht. Peinlich genau dosiert darf man dem Bürger eine gewisse Wahrnehmung zuteilwerden lassen. Aber der Mensch steht auf diese Art der Verharmlosung ernstzunehmender Dinge, er lacht und freut sich über so viele dumme Späße, die gemacht werden, und verliert dabei die sachliche und objektive Sichtweise und die Schwere des furchtbaren Problems. Er scheint auf einmal alles zu verzeihen, ist doch alles so witzig. Aber, so sagt man, dass in Menschen durch diese lächerliche Darbietung von Problemen und Verbrechen immerhin eine gewisse Wahrnehmung erwacht, auch wenn sie am Ende Scheiß egal ist.

Obwohl man nicht vergessen darf, dass Lachen als Ausdruck von Kritik auch historisch schon von Bedeutung war. So war der Narr am Königshofe nicht nur ein dummer Depp, der die Hofleute belustigen sollte. Er durfte als einziger ungestraft auch Wahrheiten aussprechen, die für den König recht unangenehm waren, und sonst nie ans Licht der Öffentlichkeit gekommen wären. Die sich im 19. Jahrhundert im Rheingebiet gründenden Karnevalsvereine wurden ebenfalls von den

Mächtigen scharf beobachtet und sogar zweitweise verboten, da die sich hier hinter der Maske des Narren verbergende Gesellschaftskritik manchem Herrschenden als zu gefährlich erschien. Oder nehmen wir das Skatblatt. Oft wird der Joker dort in Form des Narren gestaltet. Er scheint erstmal nichts zu sein, aber in Wahrheit ist er das Züngleinan der Waage. Der im Tarot verkehrt herum Hängende, an einem Fuß Aufgehängte wird auch oft als Narr gesehen. Aber schaut man richtig hin, er sieht die Welt nur anders, aus einer anderen Perspektive.

Leise Empörung ist alles, was heutzutage bleibt, sehr leise, nur nicht aussprechen, was man wahrgenommen, verstanden und doch nur genauso lustig weitererzählt, wie man es auf der Glotze gesehen hat. Die Mediensucht, die größte Seuche aller Zeiten, die unser aller Leben sehr gekonnt zur Zufriedenheit der Mediengestallter manipuliert und diktiert. Warum ist eigentlich noch keiner von diesen Mediengestaltern darauf gekommen, solche Fälle aufzudecken und einen rechtlich einwandfreien Vorgang daraus zu machen, wo es am Ende der Sendung heißt, wir haben heute 5 Verbrecher zur Verantwortung gezogen, 3 von ihnen mussten nach unserer Sendung in den Knast. Aber was quack ich hier eigentlich ... Das Volk muss belustigt werden, Lachen, laut und schallendes Lachen ist gefragt, die Fangemeinde des Medienkaspers wächst: „Mensch, ist der gut, der hat es mal wieder auf den Punkt gebracht."

Vielleicht liegt es daran, dass in unserer angeblich so offenen Gesellschaft bestimmte Dinge eben nicht mehr offen und ernsthaft ausgesprochen werden dürfen. Lachen, Satire, Parodie gediehen immer dann und dort besonders, in Zeiten, wo öffentliche Kritik verboten bzw. mehr und mehr unerwünscht war.

Wie es denn auch sei. Es gab also ab Ende 2012 einen neuen Betreuer für Mario und ich bleibe mal dabei, nenne ihn weiterhin Torsten Majar, ein Jurist, sehr spezialisiert in Betreuungsangelegenheiten und anderen Dingen.

Nur kurz nachdem dieser Mensch auserwählt wurde, oder sich entschieden hat, Marios Fall zu übernehmen, erhielt ich auch schon ein Schreiben aus Berlin. Er stellte sich darin kurz vor, von Amts wegen bin ich jetzt ... usw. und informierte darüber, dass Bitch bereits eine Übergabe von Marios Vermögen an ihn getätigt hätte. Unter anderem wurde ihm dieser halbe Teil des geheimen Schatzes, dieses Gold aus Marios Schließfach, als auch die Listen, die ich und Bitch darüber ausgetauscht haben, übergeben. In einer ziemlich miesen Art und Weise forderte er mich auf, als ob man ihm gesagt hätte, „der Bruder hat auch noch was, will der sicher behalten", dieses Gold an einem bestimmten Tag bei ihm im Büro in Berlin vorzulegen. Bitch hat, wie dumm sie doch war, geglaubt, „nicht das der glaubt der könnte jetzt das Gold behalten, wenn ich nichts kriege, kriegt der auch nichts." So war die akribische Ausarbeitung meiner Listen allerdings nicht gedacht. Ich wollte sie mit der Dokumentierung des Goldes davon abhalten, das Gold meines Bruders behalten zu können, war daher erfolgreich in meiner Haltung, denn ich hatte genau wie sie eine Kopie dieser Listen. Aber ich ärgerte mich über die klar spürbare Vorverurteilung dieses Herrn Majar mir gegenüber, der sich ganz eindeutig erkennbar hat beeinflussen lassen von seiner Betreuerkollegin, die im gleichen Amt stand, in dem er jetzt steht.

Es gab bei der Übergabe aller Dinge mit Sicherheit einige Gespräche zwischen den beiden, die meinem Leumund geschädigt haben. Sei's drum, ich verstehe es heute noch nicht. Sie war es, die sich distanzierte, hat sich nicht an unsere Vereinbarung gehalten und blieb weiter und weiter unerreichbar. Es war mir selbstredend nicht möglich, den von Majar anberaumten Termin wahrzunehmen, befand mich noch immer in Regensburg, war mit vielen Dingen beschäftigt, die ich erstmal delegieren musste. Ich schlug ihm einen Tag vor, an dem ich nach Berlin kommen kann, den er dann letztendlich auch so gewillt war zu akzeptieren.

So holte ich also am Tag vor der Abreise Marios Rente aus meinem Schließfach und machte mich auf den Weg nach Berlin in das Büro des Herrn Majar. Unbefangen, wie sich Juristen doch erstmal zeigen sollten, war er absolut nicht. Ich spürte förmlich seine Ablehnung mir gegenüber, seinen Blick, als er mich musterte. Das vorherige Wort der von mir entfernten Betreuerin hatte seine Spuren hinterlassen, die Berufsehre der Betreuer war geschädigt. Ganz genau prüfte er die übergebenen Gegenstände, hakte eine Position nach der anderen auf der von mir schon vor über zwei Jahren gefertigten Liste der Gegenstände ab. Ich konnte mir schon vorstellen, dass er auch den Teil, den Bitch zur Aufbewahrung hatte, genauso akribisch kontrolliert hat. Ich befürwortete dieses Geschehen daher.

Nebenbei klärte er mich über irgendwelche Rechtsangelegenheiten auf, die mir soweit nicht bekannt waren, auch nicht weiter interessierten. Der macht jetzt sowieso, was er will, als auserkorener Alleinherrscher. Dennoch wollte ich wissen, was denn mit all den anderen Dingen von Mario, die vielen kleinen Antiquitäten, den Bildern, alten Wanduhren, all dem vielen und guten Werkzeug und vor allem aus seiner persönlichen Habe geworden ist, wobei ich an die Dinge in dieser Glasvitrine und seiner eigenen Interpretation von seinem Kunstwerk „Der Schrei" dachte. Ist denn auch das alles von Bitch verschriftlicht auf einer Liste übergeben worden? Davon ist ihm nichts bekannt, das oblag der letzten Betreuerin, nur sie könnte darüber Auskunft geben, aber sie hätte bestätigt, dass es nichts mehr gebe außer die Autos, die Gelder der Konten, jetzt dieses Gold, mehr ist da nicht. Beinhaltet das auch den schwarzen Mercedes C-Klasse, fragte ich vorsichtig, obwohl ich mir die Antwort dazu längst selber geben konnte.

Und er bestätigte: „Nein, das Fahrzeug gehört nicht zum Vermögen von Mario. Sie konnte durch diverse Unterlagen glaubhaft beweisen, dass dieses Fahrzeug ihr gehört."

Alles andere aus dem Keller, der Garage und Marios Büro hat sie bereits räumen und entsorgen lassen. Sie hat keine materiellen Dinge mehr, die Mario einst gehörten. Da musste ich erstmal tief Luft holen. Das kann doch nicht sein! Warum hat sie denn die Angehörigen, natürlich Klaus, ich war ja nicht vor Ort, nicht kontaktiert, „kommt vorbei, ich möchte alles räumen, holt, was Ihr gerne haben möchtet von seinen so privaten Dingen, die sie sonst gewillt ist, der Entsorgung zu übergeben." Sie hat womöglich einen Händler angerufen, „kommen sie bitte her, hier sind ein paar interessante Dinge, die im Konvolut verkauft werden, geben Sie mir 2.500 € und nehmen Sie vor allem alles mit." Oder sie hat tatsächlich alles in die Verbrennung befördern lassen, was wiederrum ihrer Gier widerspricht, noch ein paar Euro abzwacken zu können. Anhand dieses Aktes lässt sich ihre abgründigste Boshaftigkeit erkennen, aus welch einem vernünftigen Grund sollte sie sonst so gehandelt haben?

Diese Wahrnehmung machte mich unfassbar wütend. Nichts war mehr da, keine Socke, kein T-Shirt, wo Mario doch nicht über und über mit Klamotten ausgestattet war. Er war kein Sammler unnötiger Dinge, die man doppelt und dreifach haben muss. Wenn Neues erworben wurde, wurde altes sofort entsorgt. Sein Kleiderschrank war nie überladen. Es waren vor dem Einkauf eines T-Shirts nur fünf Stück, „allet uff Kante", im Schrank und danach ebenfalls. Und es waren qualitativ immer sehr gute Klamotten, gut genug, dass sie ein Familienmitglied oder ein anderer bevorzugt Behandelter aus dem Freundes- und Bekanntenkreis noch hätte tragen können. Der Mensch hat nur zwei Füße, die bekleidet werden müssen. Wozu benötigt nur ein Mensch 20 Paar Schuhe? Sein Pragmatismus setzte sich in dieser Angelegenheit fort.

Bitch entsorgte sogar die paar alten Fotos von Roy und Mario, die Mundharmonika, dieses Bild „Der Schrei", alle diese ganz persönlichen Dinge hat sie ohne einen Hauch von Gefühl und Anstand abholen oder in die Verbrennung bringen lassen. Ich habe in meinem Leben so unfassbar viele Menschen ertragen müssen, die begründet von mir gehasst werden sollten, die katholische Kirche, Erzieher, Schläger, pädophile Kinderschänder, Mutter, Vater und ich habe keinen einzigen jemals wirklich gehasst. In diesem Augenblick tat sich etwas auf, was ich an mir selber nie feststellen konnte – Hass, abgrundtiefer Hass gegen diesen einen Menschen, der aus reiner Habgier, Missgunst und letztendlich Rache, solch ein Verhalten an den Tag legte, und das auch noch von dieser Frau, die Liebe meines eigenen Bruders. Ich wage es nicht, doch ich wünschte es mir manchmal, Marios Meinung dazu zu hören.

Was ist mit der Uhr, seiner Rolex und die Breitling, die ich ihm einst schenkte? Und was ist mit der goldenen Panzerkette, wurde denn das alles übergeben, hatte ich vorher vergessen. Ja, das ist da, das hat sie wohl auch übergeben. Dass musste auch fast so sein, denn diese Gegenstände waren uns allen bekannt. Kurzum, sie hat nur diese Dinge, die uns oder mir bekannt waren, übergeben, weil wir doch danach fragen könnten. Alles andere hat sie entweder versilbert, sprich verkauft, oder entsorgt, bevor sie nur eines dieser Dinge uns hätte zukommen lassen. Das alles interessierte diesen Majar gar nicht, dieser Mensch war dermaßen von ihr, seiner Ex-Kollegin im negativen Sinne uns gegenüber geimpft, dass ihm das alles vollkommen egal war, was da vorher war, auf das er keinen Einfluss hatte. Ein empathieloser Eisbrocken, abgekocht, abgebrüht, erkaltet und vollkommen desinteressiert an menschlichen Belangen. Und mir schwante, dieser Mensch wird sich immer auf sein alleiniges Recht berufen, den Angehörigen keine Rede, keine Antwort stehen zu müssen.

Mario und Rolex ...

Er hatte an diesem besonderen Merkmal des Wohlstands, dieser Uhr schon lange Zeit einen Narren gefressen, hatte ein wenig den Gedanken, „wenn ich mir mal eine Rolex leisten kann, dann hab ich es geschafft, dann bin ich raus aus dem Gröbsten." Ich kannte ihn schon lange nur mit Rolex, da war mal die eine, dann eine neue, eine noch teurere. Allerdings gab es auch immer irgendwelche Probleme mit seinen so teuren hochgepriesenen Uhren. Ständig war was dran, ständig mussten die Dinger in die Reparatur. Einmal nahm er mich mit in den Rolex-Laden am Ku'damm. Mal wieder ging sie nicht, das gute und wertvolle Stück. Der Sicherheitsmann an der Tür ließ uns passieren, uns, die tätowierten fragwürdigen Männer im kurzen T-Shirt, die den Laden betraten. Mario beklagte dezent, dass seine Uhr schon wieder nicht mehr funktioniert und der Uhrenverkäufer klemmte sich eine Lupe aufs Auge, betrachtete die Uhr Millimeter für Millimeter.

Ich sagte und ich musste es laut sagen: „Was macht der denn da, will er das technische Problem mit der Lupe finden oder was?"

Nein, so wurde ich aufgeklärt, dass jede Uhr, die zur Reparatur ins Haus kommt, ganz akribisch auf kleinste Kratzer und Beschädigungen vor der Reparaturannahme und danach kontrolliert wird, damit bei der Rückgabe keine Klagen kommen, von wegen, dieser Kratzer war aber vor der Reparatur noch nicht da. Schön, vielleicht gar nicht so schlecht.

„Aber warum geht die denn schon wieder nicht mehr, so viel Geld für nur eine einzige Uhr und ständig ist sie kaputt?"

Es ärgerte mich einfach, hob meinen Arm über die Theke und sagte: „Schau'n Sie mal, vor drei Jahren für 9,95 am Wühltisch gekauft und die läuft seitdem ohne irgendwelche Probleme, wie geht das denn?"

Mario: „Hör doch mal uff jetzt", ich merkte, da war jemand genervt.

Mir war aber einfach danach, hatte diese Wühltischuhr auch nur um, weil ich zur körperlichen Arbeit immer eine billige Uhr trug. Immerhin hat Klaus, der einst die gleiche Rolex wie Mario gekauft hatte, seine bei irgendeiner Arbeit einfach mal so verloren, weg war sie auf Nimmerwiedersehen.

Ich war nie ein Fan von Rolex, aber durch Mario angefixt, auch eine teure Uhr zu kaufen. Und als Navigator im beruflichen Sinne trug ich nach Feierabend oder bei keiner körperlichen Tätigkeit schon seit Jahren eine Breitling Navitimer der unteren Preisklasse. Auch eine teure und viel schönere Uhr meines Erachtens. Eine Uhr, die ebenfalls noch nicht einmal kaputt war. Letztendlich musste ich nochmal einen nachlegen, nachdem der Uhrenbegutachter verlauten ließ, die Uhr geht jetzt zur Reparatur in die Schweiz und sie würden Mario anrufen, wenn sie fertig ist, er denkt, so in vier bis sechs Wochen.

„Gibt es denn so lange eine Art Ersatzuhr von Euch?", lautete meine Frage.

„Nein, natürlich nicht", war die Antwort.

Und Mario schien es auf einmal eilig zu haben: „Komm jetzt", zog er mich am Arm aus diesem Laden.

Er machte vor der Tür nur eine kleine Moralpredigt: „Du bist ja peinlich, Du kannst doch nicht ..."

Und dieser Tag war der Grund, warum ich ihm etwas später eine nicht ganz so teure Breitling kaufte, einfach nur eine schlichte Uhr mit schwarzem Lederarmband. Ich konnte sie wenig gebraucht für 800 € von einem Bekannten abkaufen und reichte diese Mario bei einem Berlin-Besuch.

„Hier, eine gute Uhr für die Zeit, wenn Deine in der Schweiz Urlaub macht."

Auch wenn es nur eine Breitling war, freute er sich darüber. Und genau diese Uhr befand sich natürlich auch in Marios privaten Sachen.

In Majars Büro stellte ich vorsichtig die Frage, ob denn wenigstens die Möglichkeit bestünde, die Rolex und die Goldkette zu bekommen, da es doch absolut nichts Persönliches mehr gibt nach der Racheaktion von Bitch. Das eine wenige, dachte ich, für Klaus die Rolex und für Malte die Goldkette als immerwährendes Andenken. Ich hatte ja schon vor paar Jahren eine Goldkette von Mario bekommen.

„Selbstverständlich können Sie das haben", und ich freute mich schon innerlich, wenigstens etwas gerettet zu haben, hätte ihn aber aussprechen lassen sollen.

„Ich werde den augenblicklichen Wert der Dinge ermitteln und dann können Sie es für diesen ermittelten Wert auslösen, kein Problem."

Und das sagte er mit einer gewissen Genugtuung, hatte ich das Gefühl, mit dem Genuss seiner Macht, die er nun inne trägt. Ich fühlte die Worte förmlich: „So einfach mache ich es Dir nicht, was hast Du es auch gewagt, die Betreuerinnung zu kritisieren." Ich fühlte seine Wut und sein Verlangen nach Rache. Damit war er aus, der Traum von den einzigen noch persönlichen Sachen von Mario.

Ich verstand zwar, auch wenn es nicht richtig ist, dass das Vaterland Geld braucht, um sein Opfer noch ein paar Jahre Opfer bleiben lassen zu können. Doch hat das Vaterland ihn durch seine Gesetze zu dem gemacht, was er jetzt ist, und hält auch daran fest, dass er das bis zum natürlichen Versterben bleiben muss. Auch dass diese Opfer so lange den überwiegenden Teil ihrer Pflege selbst bezahlen müssen, bis sie pleite sind, sogar noch die Familie Pleite geht, Haus und Hof verloren haben, Ersparnisse ganzer Generationen verloren sind, weil dieses Vaterland es so diktiert hat. Diktiert hat, dass das Opfer am Leben bleiben muss, kein Mitleid, keine Gnade, kein Verständnis. Wie definiert man nochmal Diktatur?

Ich verstand die Unmenschlichkeit in der ganzen Angelegenheit noch immer nicht. Mario ist doch nicht in diesem Zustand, weil er es so wollte, er ist in diesem Zustand, weil sein Vaterland ihn zu diesem Siechtum verurteilt hat. „Wir verurteilen Dich im Namen des Volkes zu einem Siechtum bis ans natürliche Ende Deiner Tage und werden Deinen Nachlass und das Vermögen Deiner Angehörigen dazu verwenden, dieses Urteil so lange als nur möglich und über diesen Zeitraum hinweg aufrechtzuerhalten." Da hatte ich ja nochmal Glück, dass ich nur der Bruder und nicht seine Frau oder eines seiner Kinder bin. Denn in der Tat ist es so, dass ich als eigentlich nur Stiefbruder nicht zur finanziellen Fürsorge meines Bruders herangezogen werden kann. Ich wüsste nicht, was ich getan hätte, wenn dies der Fall geworden wäre, wenn ich seinen weiteren Leidensweg hätte auch noch bezahlen müssen, einen Leidensweg, den weder Mario noch ich gewollt noch so entschieden habe. Das Vaterland entscheidet mit seinen Gesetzen für das Siechtum des Menschen. Ehefrau, Eltern und Kinder müssen dieses Verbrechen bezahlen. Und das ist so dermaßen verwerflich, dass es die Frage der Ethik wortwörtlich überrollt und absolut überflüssig macht, das ist einfach nur Fakt.

Ja natürlich hat man als Verwandter ersten Grades ein paar mehr Möglichkeiten, den Dahinsiechenden sterben zulassen. Aber diese Möglichkeiten werden einem weiß Gott nicht immer leicht gemacht, formal und gesetzlich nicht immer leicht gemacht. Da werden sehr schnell widersprüchliche Darlegungen geknüpft, um diesen Weg so steinig wie nur möglich zu gestalten, am Ende, über mehrere Jahre hinweg mit Rechtsanwalt und Gerichtsverhandlungen zulasten des Betroffenen, eventuelle Möglichkeiten bewirken kann. Das dafür eine ausgeklügelte Rechtsschutzversicherung in Anspruch genommen werden kann, ist aller Wahrscheinlichkeit nach naiv zu glauben. Vielleicht hat man vorsichtshalber den Passus Erbschaftsangelegenheiten darin verankert, womit diese Versicherung noch ein klein wenig teurer wird. Doch was hat Erbschaft mit einer zu erstreitenden Möglichkeit zu tun, einen Angehörigen, einen

geliebten Menschen sein Leid zu verkürzen? Womöglich, wenn
dieser Mensch nach vielen Jahren schon längst Sozialfürsorge
in Anspruch nimmt, weil sein Erbe, vielleicht auch das Erbe der
Erben schon aufgebraucht ist. Nur wenige gutsituierte Menschen haben die finanziellen Mittel, diesen Akt der Erlösung
zu erstreiten, müssen sich über Jahre einer Situation hingeben, die unfassbar viel Kraft und Nerven kostet. Aber es besteht die Möglichkeit, das alles frühzeitig, zu Lebzeiten nach
eigenem Willen zu regeln.

Patientenverfügung ...

Hab ich das mit der Patientenverfügung überhaupt schon erwähnt in all diesen vielen Worten und Zeilen? Wer es noch
nicht verstanden hat, ohne, dass ich es ausdrücklich erwähnen
musste, vielleicht passt es genau hier ganz gut rein, um nur
ein wenig darauf aufmerksam zu machen. Denn dieses ganze
Palaver mit Bitch und diesen Majar, der noch sehr lange nicht
beendet ist, der findet jedenfalls nur statt, weil es keine Patientenverfügung von Mario gegeben hat. Es geht hier in diesen
Zeilen letztendlich allübergreifend darum, dass diese fehlende
Patientenverfügung von Mario mich und sehr viele Menschen,
die ihm nahestanden, allesamt zum Opfer dieses Landes und
seinen gesetzlichen Vertretern machte.

So ganz nebenbei geht es auch darum, dass wir schon seit
unserer Kindheit Opfer dieses Landes waren. Aber wir waren
damals Kinder, klein, unbeholfen, naiv, empfänglich für alle
Arten der Boshaftigkeiten, da wir keine Ahnung davon hatten, wie es nicht sein darf. Wir glaubten eine sehr lange Zeit
daran, dass das alles so sein muss. Das sind erwachsene Menschen, dass alles kann nur richtig sein. Erwachsen, im Alter
und Wissen gereift, ausgeprägt in Wahrnehmungen und Empfindungen und Entsetzen gegenüber Geschehnisse, die uns als
Kinder nicht interessierten, haben ihre Spuren hinterlassen.
Richtig rund und unfassbar erschwerend hat aber unser aller
Leben diese fehlende Patientenverfügung gemacht.

Und ich geh sogar noch einen Schritt weiter in meiner, manch einer würde sagen, „Verschwörungstheorie". Wie oft hat man es schon gehört, „Patientenverfügung", wie oft mit jemandem darüber gesprochen, wie oft wollte man es in Angriff nehmen und ich bin so stinksauer auf dieses Land, dem ich sogar unterstelle, dass es genau damit spielt und rechnet, dass wir, das Volk, uns sowieso nicht darum bemühen werden. Nicht nur das, das Land warnt das Volk sogar vor sich selbst, indem es sagt, wenn Du keine Patientenverfügung vorlegen kannst, dann gehörst du uns, deinem Vaterland, und wir werden mit dir, deiner Familie und alles, was mit dir zu tun hat, machen, was wir wollen. Und leider hat es mal wieder Recht damit, das Vaterland. „Mal wieder?" Weil es in vielen Angelegenheiten so ist, dass man des Volkes Trägheit und Dessinteresse zu jedem Akt der Politik einplant, damit sogar, „im Zweifel für den Angeklagten", alle Persönlichkeitsrechte der Menschen über den Haufen wirft, jedes Mitbestimmungsrecht, jede Seele, jedes Leben in dessen Hände gibt.

Dabei hätte diese Patientenverfügung bis ins Detail alles regeln können, all das, was mit meinem Bruder und seiner Familie und mit weiteren Tausenden Menschen hätte nicht geschehen müssen. Doch es wird geschehen, wenn man zu Lebzeiten nichts geregelt hat. Mehr schreibe ich dazu nicht, wie oft denn noch? Entscheide oder lass dich einfach für diese Machenschaften benutzen.

Ich mache ganz massiv darauf aufmerksam, erinnere mit diesem Buch, was dir Mensch blühen kann, wenn du dich nicht darum kümmerst – und jetzt tu es einfach.

Auch das, dieses neben der vielen anderen Worte, war auf keinen Fall belanglos und wird hoffentlich Beachtung finden. Aber ich war ja gerade bei meinem Besuch bei Rechtsanwalt Majar. Und wie ging es weiter?

Gott, war ich wütend an diesem Tag! Ich musste da weg und das so schnell wie möglich. Spielte mit dem Gedanken, zu ihr zu fahren, um sie zur Rede zu stellen, erkannte dann zu ihrem Glück, dass das auch nichts von seinen oder mir wichtigen Dingen, die ich gerne erhalten hätte, zurückbringen würde. Außerdem, bei all meiner Begabung, in vielen Dingen die absolute

Ruhe zu bewahren, hätte ich, wenn sie vor mir gestanden wäre, für absolut nichts garantieren können.

Also gleich von der Kanzlei weg, rein ins Auto, ab auf die Autobahn und zurück nach Regensburg. Stunden hatte ich nun Zeit, über all diese neuen Geschehnisse nachzudenken, und ich war voller Wut und Trauer, so eine niederschmetternde Nachricht erhalten zu haben. Mit Klaus hab ich darüber gesprochen, na ja, „was willste jetzt noch machen", womit er grundsätzlich recht hatte, meinen inneren Frieden aber nicht zurückbrachte. Es gibt nichts Schlimmeres auf diesem Erdball, wenn Menschen Unrecht und Verbrechen begehen und sie nicht dafür bestraft werden können. Da wäre die Selbstjustiz schon recht hilfreich in solchen Situationen, die es mehr und mehr gibt in diesem Land.

Es dauerte einige Zeit, bis ich diese Tatsache einigermaßen verträglich verinnerlicht hatte, darf mich in Gedanken, selbst am heutigen Tage, nicht allzu sehr darin vertiefen, um nicht erneut unfassbar wütend zu werden. Es gibt viele Dinge, die ich in diesem, meinem verworrenen Leben nur irgendwo ablegen konnte. Das war einfach notwendig meines weiteren Lebens wegen. Und das ist eine ordentliche Kiste voll davon, Dinge, die in vielen verschiedenen Sparten der schlechten Lebensereignisse angesiedelt sind, Dinge, die ich nicht vergessen kann. Dennoch sind darin nur wenige Geschehnisse, ausgeführt von den unterschiedlichsten Personen, enthalten, die ich niemals über meinen Tod hinaus verzeihen würde. Bitch ist definitiv eine von den doch recht Wenigen. Ob dieser Majar seinen Platz darin finden wird, muss sich erst noch beweisen, obwohl sein Verhalten allein ausreichend Grund dazu liefern würde. Aber ich habe ja noch eine ordentliche Herausforderung angenommen, die sich nicht auf die Schnelle, eher nur auf einem schweren und steinigen Weg erledigen lässt.

Ein paar Wochen später verfasste ich eine Mail an Majar, ich hatte da noch so einen Gedanken, der vielleicht die letzten Hinterlassenschaften meines Bruders doch noch retten könnte. Insgeheim hofften wir doch alle für Mario, dass ihn so schnell als nur möglich der erlösende Tod ereilt.

Ich schrieb es nieder, wie ich es dachte: „Halten Sie doch bitte die Rolex und die Panzerkette meines Bruders so lange vom restlichen Vermögen zurück, wie es nur geht", schrieb ich und erklärte sachlich, „vielleicht hat irgendein, was weiß ich was oder wer, Erbarmen mit Herrn Reich und lässt ihn sterben, vielleicht noch, bevor diese ‚es könnten auch fünf Jahre Wachkoma sein' vergangen sind. Wenn es so sein sollte, könnten diese beiden Dinge doch noch Herrn Petrewitz und seinem Sohn zugeführt werden, ohne dass es für Tausende von Euro erneut gekauft werden muss. Wenn nicht, gesetzt den Fall, es gibt kein Erbarmen, Herr Reich muss noch weitere Jahre in diesem Zustand verbringen und sein Vermögen, um dies zu ermöglichen, neigt sich dem Ende, Uhr und Kette müssen veräußert werden, dann melden Sie sich bitte und ich werde, egal was kommt, diese Dinge auslösen."

So schickte ich diese Mail, ich denke, es war Februar 2013, an Herrn Majar.

Herr Majar stimmte meinem Wunsch zu: „Das wäre gar kein Problem, wir können das so machen, er meldet sich, wenn es soweit ist."

Das war mein letzter Kontakt zu diesem Majar. Fakt ist, er hat sich in all den vielen Jahren nicht ein einziges Mal gemeldet. Ungefähr so: „Hallo Herr Schwarz, wollen wir uns mal über den Stand der Dinge über Ihren Bruder unterhalten und bringen Sie Herrn Petrewitz mit?", vielleicht einmal im Jahr wenigstens. Aber nein, Totenstille herrschte und, das kann ich ruhig schon mal verkünden, es wird doch passieren, was früher oder später passieren musste, Mario wird endlich sterben dürfen und selbst diesbezüglich habe ich von Majar absolut nichts gehört, kein einziges Wort. Er bleibt über Marios Tod hinaus Alleinherrscher, der über allen Dingen steht. Menschlichkeit, Mitgefühl, Anteilnahme, Anstand, Verpflichtung, Herz und Verstand gegenüber der Situation, den Verwandten und Angehörigen seines Mündels, das hatte dieser Majar nicht eine Sekunde über all diese vielen Jahre hinweg gezeigt.

Ich hatte ihn damals nicht falsch eingeschätzt, ihn gleich durchschaut, dass er das alles auch nicht möchte, sich nicht in die Karten schauen lassen will, behindert das doch seine Handhabe und Vorgehensweisen. Und, Hauptsache er meldet sich, wenn er diese beiden Dinge versetzen muss, die als Bargeld für Marios Pflege benötigt werden, war also falsch gedacht. Er hatte diese Dinge irgendwann in Händen, musste entscheiden, diese nun zu veräußern, wollte sich nicht an die Angehörigen von Mario erinnern, hat sich gegen den Vorschlag und der großen Bitte des Angehörigen entschieden, den er einst zugestimmt hatte. Es fehlt mir einfach die Vorstellungskraft, mir vorzustellen, warum er sich so verhalten hat. War es Dessinteresse, der Weg zu mir zu schwierig, die Furcht vor einer Auseinandersetzung oder doch leibhaftige Boshaftigkeit, womöglich die Gier, diese Dinge anderweitig gewinnbringender veräußern zu können? Doch was hätte er davon gehabt? So musste er diese Dinge doch dokumentiert Marios Vermögen zuführen, ein verschriftlichtes Vermögen, das keiner kontrolliert und die Angehörigen in der Regel nur über einen sehr beschwerlichen Weg nach dem Ableben des Betreuten einsehen können. Irgendwie schmeckt das alles nach „Da stimmt was nicht". Na, mal sehen, ob es sich im Verlauf der Zeit anders, womöglich rechtlich einwandfrei erklären lässt.

Dummerweise habe ich mir 2018 einen neuen PC gekauft und habe diese E-Mail leider nicht mehr, wie dumm für mich, wie passend für Majar. Nun würde Aussage gegen Aussage stehen, die Aussage eines Bürgers gegen die Aussage eines Juristen. Vielleicht erkennt man meine sachliche Herangehensweise, meine Erklärung zu diesem innigen Wunsch, nur ein paar Dinge von Mario retten zu wollen, erkennt meine ernste Absicht, auch in Verbindung einer größeren Zahlung, den Erwerb dieser Gegenstände durchaus ernst gemeint zu haben. Unfassbar, mir diesen Weg nicht ermöglicht zu haben, surreal die Vorstellung, ich würde so etwas erfinden, wem hätte ich am Ende schaden wollen außer ...?

Und was soll bei Mario groß passiert sein in all den Jahren, die noch kamen? Eigentlich doch nichts, oder? Sommerfeste kamen und gingen, Weihnachtsfeste kamen und gingen, Geburtstage kamen und gingen, 2018 auch sein 60ster Geburtstag. Alles Tage, die ich weiterhin nicht begründet sah zu feiern, vor allem nicht bei ihm am Pflegebett feiern konnte. Ich konnte auch Klaus seinem Vorschlag nicht folgen, dass wir da an diesem 21.09.2018 gemeinsam hingehen könnten. Und ich weiß nicht, wer genau ihn in all den Jahren immer treu besuchte, bin nicht in der Lage, Namen zu nennen, sind es doch so viele, die ich nicht persönlich kenne. Aber ich bleibe dabei, ein jeder, der doch ganz schön Vielen, geht mit der Situation so um, wie er sie am besten mit sich vereinbaren kann. Meinen Umgang damit habe ich in all diesen Zeiten mehrmals erwähnt und sehe keinen Anlass, es noch einmal zu wiederholen.

Persönlich nahm ich diese Tage zwar wahr, aber gedachte ihm eher heimlich mit nur wenig schlechtem Gewissen, dass ich mich auch an diesem Tag fernhalten musste. Was würde er sagen, wenn ich sein Zimmer mit einem kleinen „Yes"-Törtchen in der Hand betrete, vielleicht noch ein paar brennende Kerzen darauf, so an sein Bett schreite und „Happy Birthday" singe. Oder wir alle einen Kanon anstimmen, „Viel Glück und viel Segen auf all Deinen Wegen, Gesundheit und Wohlstand sei auch mit dabei". Letztendlich die Kerzen selber ausblasen und den Kuchen selber essen. Für mich absolut unmöglich, geradezu blasphemisch. Wenn ich nur nicht immer seine Stimme im Kopf hätte. Doch wie macht man es wirklich richtig? Andere fühlten sich weiterhin verpflichtet, an sein Bett zu schreiten, tief in ihnen noch immer der kleine Funke Hoffnung, er würde doch wenigstens irgendwas hören von diesem Gesang und diesen vielen „Herzlichen Glückwunsch, Mario". Es sei jedem gegönnt und ich respektiere das selbstverständlich, erwarte selbstredend, dass mein Umgang damit auch respektiert wird. Menschen um ihn herum verstarben in den weiteren Jahren und Mario begann in seinem Zustand, andere zu überleben, sofern man gewillt ist, dies alles als Leben bezeichnen zu wollen. Unser Schwager Jürgen, Dagmars Mann, und Klaus seine, nein, auch Marios Eltern starben 2013 und 2016.

Im Jahr 2017 hieß es, das Pflegeheim in Schönow möchte die Station, in der Mario sein Zimmer hatte, auflösen. Genauer Grund? Eigentlich unbekannt oder nicht wirklich bestätigt. Für mich, und so bin ich nun mal, eher fragwürdig. Man sprach erklärend von mangelnder Rentabilität, sprach nicht davon, dass sich sein Privatvermögen dem Ende neigte, die Eigenleistung für dieses Heim nicht mehr bezahlt werden kann, das Vaterland womöglich gesagt hat, das ist uns zu teuer, der muss dahin, wo es billiger ist.

Klaus meinte: „Nein, es wäre nicht so, die wollten die Station wirklich auflösen."

Augenblicklich sitze ich an der Endkorrektur dieses Werkes, es ist der 30. Dezember 2021. Ich hatte einst eine kleine Meinungsverschiedenheit mit Klaus bezüglich der Verlegung von Mario, die 2017 doch recht zügig vonstattenging. Ich wollte seine Meinung, das, was man ihm 2017 erzählte, warum Mario verlegt werden sollte, nicht einmal im Ansatz glauben. Aber, so kurz vor der letzten Zeile, wollte ich das dann doch geklärt wissen. Also habe mich auf den Weg gemacht, fünf Jahre später, bin nach Schönow gefahren, um das für mich Ominöse genauer in Erfahrung zu bringen. Ich war grundsätzlich dazu bereit, mich von der Wahrheit zu überzeugen, die keiner von uns jemals geprüft hat. Mein Auto parkte ich auf dem Teltower Damm vor der Nummer 189 und an der Einfahrt zum Gelände schritt ich einfach mal an der Pforte und der geschlossenen Schranke vorbei, dachte, wenn man mich aufhalten möchte, wird man das auch tun. Aber es interessierte keinen, trotz Corona war es wie damals und ich ging einfach weiter auf das Gelände, ging wie damals zielgerichtet zum Haus Melanchthon.

Komischer Name, komisch, dass man ausgerechnet hier den Namen dieses neben Luther wichtigen Reformtors vorfinden kann, konnte mich gar nicht mehr daran erinnern, dass es so geheißen hat. Mit dem Gebäude, das ich auch oft genug besuchte, war ich mir natürlich absolut sicher, hier richtig zu sein. Davor am gewohnten Eingang dachte ich noch immer, es müsste mich allein situationsbedingt so langsam mal jemand ansprechen, von den Leuten, die mir begegneten: „Wer sind Sie, wen suchen Sie, was wollen Sie?" Aber das war allen, die mir über den Weg liefen, ziemlich wurscht. Vor dem Haus war es wie damals, die Fenster wegen des Winters verschlossen, das eine Zimmer mehr, das andere weniger beleuchtet, auch das, in dem einst Mario untergebracht war. Es schien also wieder bewohnt zu sein, wenn es denn jemals anders gewesen sein sollte. Ich steckte mir erstmal eine an, wie damals, bevor ich Mario besuchte. Da musste ich meist auch erstmal eine rauchen, bevor ich zu ihm ging. Nebenbei musste ich erstmal googeln, wer dieser Philipp Melanchthon war.

Philipp Melanchthon war neben Martin Luther der wichtigste kirchenpolitische Akteur und theologische Autor der Wittenberger Reformation. Von Johannes Reuchlin empfohlen, erhielt der junge Tübinger Humanist 1518 den Lehrstuhl für Altgriechisch an der Universität Wittenberg. [de.wikipedia.org/wiki/Philipp_Melanchthon Reviewed 30.12.2021]

Darf man wissen, muss man aber nicht. Wie auch immer.

In diesem Haus war Mario also einquartiert, hatte dort sein Einzelzimmer. Es dürften fast 7 Jahre gewesen sein, die er dort gelegen hat, verdammt!! Vor der gläsernen Schiebetür passierte gar nichts, hörte nur ein leises Klicken, als ich davor stand, als ob diese Tür sich öffnen wollte, es aber nicht dürfe. Links daneben ein Aushang hinter der Scheibe, darauf die augenblicklichen Coronaregeln. Im gegenüberliegenden Gebäude müsste ich mit einem aktuellen PCR-Test, was übrigens Polymerase-Chain-Reaction-Test heißt, vorsprechen. Damit war der Fall eigentlich erledigt, denn diesen hatte ich nicht. Nun gut, das Haus war bewohnt, soviel stand fest.

Ob es das seit 2017 durchgehend war, wäre nun interessant zu erfahren. Dennoch machte ich etwas enttäuscht kehrt marsch zurück zu meinem Auto. In diesem Augenblick kam ein junger Mann, ein Pfleger, aus der Tür neben dem Eingang und lief die kurze Treppe herunter.

So habe ich ihn einfach angesprochenen: „Guten Tag, ich war gerade in der Nähe, mein Bruder war hier 7 Jahre als Wachkomapatient, ich wollte mal seine alten Pfleger und Pflegerinnen besuchen und ihnen erzählen, dass er verstorben ist, immerhin kannten sie ihn mehrere Jahre."

Er fragte, wer mein Bruder war, bekundete sein Beileid und meinte, dass sich in der Personalentwicklung einiges getan hat in den letzten Jahren. Er selber ist schon neun Jahre da, ist einer derjenigen, die am längsten da sind, und er kennt Mario Reich nicht.

„Ach sooo", meinte ich und, „ich habe ja gehört, dass dieses Haus aufgelöst werden sollte, und ich wundere mich, dass es doch bewohnt ist."

Ich dachte, einer, der seit neun Jahren hier seinen Job verrichtet, wird es womöglich wissen. Er meinte, es ist ihm nicht bekannt, dass diese Unterkünfte irgendwann mal zur Auflösung im Gespräch gestanden wären. Damit war ja eigentlich alles gesagt. Ich wünschte einen guten Rutsch und was sollte ich noch weiter mit ihm smalltalken, bedankte mich und wir gingen unserer Wege.

Nun gut, das heißt also, wenn wir schon mal beim 95-Thesen-Schreiber, dem guten Kumpel von Martin Luther, dem Philipp Melanchthon, sind, erstelle ich mal eine These und die besagt Folgendes: Selbstredend hat mich meine Wahrnehmung des Grundes zur plötzlichen Verlegung von Mario in ein billigeres Pflegeheim mit Zweibettzimmer in der Fuggerstraße nicht getrübt. Es scheint mir, ich habe den Vorwand, warum man ihn so plötzlich verlegen wollte, doch richtig verstanden. Das Versprechen, Mario könnte immer hier bleiben, auch wenn seine Habe verbraucht ist, wurde nicht eingehalten.

„Was interessiert uns unser Geschwätz von gestern!" Am Ende hätte es bestimmt auf Nachfrage geheißen: „Haben Sie das schriftlich?" Dieser fragwürdige Akt hatte also definitiv einen finanziellen Hintergrund und es wäre auch in Ordnung, wenn man mit offenen Karten gespielt hätte. Man hätte sagen können: „Das geht nur so lange, wie Herr Reich die überschüssigen Kosten ergänzen kann, die nicht von der Pflegeversicherung bezahlt werden. Und wenn er das nicht mehr kann, dann müssen Sie sich eine billigere Unterkunft suchen." Aber nein, man dachte sich, bringen sie das Opfer erstmal her, unser etwas teureres Etablissement kann so auf alle Fälle, wenigstens eine gewisse Zeit, erfreuliche Einnahmen erzielen. Hoffentlich ist er recht reich, der Herr Reich. Wobei ich nicht verstehe, warum es so gravierende Unterschiede gibt, Häuser, die doppelt so teuer sind als andere, in denen auch nicht mehr für das Opfer getan werden kann. Wo so ein Opfer weder Hummer noch Kaviar verzehren kann, auch keine Unterhosen mit Swarovskisteinen tragen muss, ebenso wenig 5-lagiges Toilettenpapier wahrnehmen kann, seine Windeln auch nicht von einem gediegenen und namhaften Anbieter sein müssen.

Fakt bleibt: Ich weiß, dass Kinder Väter und Mütter töten. Ich weiß, dass Väter und Mütter Kinder töten, und ich weiß, dass kleine Jungs und Mädchen liebe Großmütter und Großväter überfallen. Ich weiß, dass Männer Frauen vergewaltigen und dass beide Geschlechter, sogar als Geistliche, Kinder misshandeln und missbrauchen. Ich weiß, dass Lumpen Banken überfallen und andere auf einen Strafzettel, der an ihrer Windschutzscheibe klebt, einen großen Haufen scheißen. Ich weiß, dass Menschen wegen fünf Euro andere Menschen töten. Andere bestehlen die anderen und wieder andere lassen absolut kein Verbrechen aus, um Erfolg zu haben, und ich weiß, dass dies sogar in Krankenhäusern und selbstredend auch Kinder-, Alters- und Pflegeheimen, selbst in Kirchen geschieht, das weiß ich sogar aus 100% sicherer Quelle.

Von Hunderten schockierenden Dingen wissen wir alle. Wir ahnen und vermuten all das nicht nur, wir wissen, dass es geschieht. Warum in drei Gottes Namen darf ich nicht wenigstens glauben, dass es da irgendwelche geldgierigen Subjekte gibt, die pflegebedürftige Menschen bis auf die Unterhose bescheißen, die Angehörigen belügen und betrügen. Es gibt sie, diese Subjekte, die in der Realität nur eines wollen, das mühsam Ersparte der ihnen ausgelieferten Menschen. Aber, und jetzt Vorsicht ihr Verbrecher, ich glaube auch an die ausgleichende Gerechtigkeit und ich glaube daran, dass absolut nichts ungesühnt bleiben wird, und wenn es erst vorm Jüngsten Gericht ist. Verdammt, wo ausgerechnet ich doch kirchlich überhaupt nicht gebunden bin, aber hilfreich wäre es, wenn es wenigstens diese Richtbarkeit gäbe. Zieht euch also warm an, irgendwann geht es euch an den Kragen.

Ich bin weiterhin nicht wirklich bereit, an Vernunft und das Gute im Menschen zu glauben, wenn es doch nur nicht um das liebe Geld ginge, das egal wie, für Marios Pflege verlangt wird. Nun wurde Klaus als Betreuer mit dem Aufenthaltsbestimmungsrecht beauftragt, ein anderes Heim für Mario zu suchen. Ich war zwar in Berlin inzwischen sesshaft, aber aus beruflichen Gründen immer nur aller drei Wochen in Berlin. Und wer glaubt, das ist doch toll, hat auch nur bedingt recht, denn so einfach ist es nun auch wieder nicht, sein Umfeld in diesen Drei-Wochen-Rhythmus einzugliedern. Das Leben als fünftes Rad am Wagen setzt sich weiterhin fort, man kann es lieben oder hassen, dass brachte mein Job schon immer mit sich. Mit Marios Umzug ging eigentlich alles sehr schnell, fast an mir vorbei, und er wurde in ein Pflegeheim in die Fuggerstraße in ein Zwei-Bett-Zimmer verlegt, hatte nun einen Bettnachbarn, dem es auch nicht besser ging als ihm.

Und was war noch ...?

Das mit meiner Cocktailbar und gleichzeitig auf dem Schiff zu arbeiten hat nicht funktioniert und ich beendete schon Ende 2013 mein Leben als Hobby-Schankwirt. Außer vielen Spesen nichts gewesen. Der Laden wurde dicht gemacht, bevor ich mich finanziell in die Nesseln gesetzt habe. Sie hatte ihre Chance, die erzkatholische und konservative Stadt Regensburg. Sie ist noch lange nicht bereit für eine moderne, vor allem junge Gastronomie. Wer um 2 Uhr die Gehwege hochklappt, wird dieses Ziel auch niemals erreichen, will es auch niemals erreichen, so scheint es. Aber um eine große Erfahrung wurde ich reicher. Und ich bereue wie immer gar nichts.

Der Plan, nach Berlin zu ziehen bestand so insgeheim schon immer, back to the Roots, irgendwann. Ich hatte aber in Regensburg seit vielen Jahren meine Arbeit, mir dort auch ein Umfeld geschaffen, lebte im Verlauf meines Lebens, immer mit Abständen von ein paar Jahren, insgesamt 26 Jahre in Regensburg. Ab Januar 2014 war ich somit ohne berufliche Bindung und einer Umsetzung meines Vorhabens, nach Berlin zu ziehen, stand somit nichts mehr im Wege.

Nur mit meinem Auto, beladen mit wenigen mir wichtigen Dingen, verließ ich Regensburg, hielt an meiner Jahrzehnten bewährten Vorgehensweise fest: Ein Neuanfang bedeutet für mich immer, komplett alles neu zu beginnen. Nichts von dem, was hinter mir liegt, wird mitgeschleppt, alles muss neu werden. Auch jetzt hieß es wieder, Freunde und Bekannte werden bleiben oder werden mit den Jahren vergehen, alles nichts Neues, „Shit happens", es trennt sich erneut die Spreu vom Weizen. Meine Arbeit auf einem Tankschiff im Schichtdienst, drei Wochen an Bord, drei Wochen frei, das konnte ich auch mit Wohnsitz in Berlin machen und tat das auch die folgenden Jahre.

Schicht an Bord des TMS TILL in Antwerpen.

Also bin zu dieser Zeit das erste Mal in meinem Leben wissentlich in Berlin sesshaft geworden. Zog beabsichtigt in das 1968 erbaute Mietshaus im Stadtteil Berlin-Kreuzberg, eine unfassbare Bruchbude, in dem unsere Schwester Dagmar seit bereits 12 Jahren wohnt, sie in der 2., ich in der 7. Etage, keine 60 Stufen voneinander entfernt. Ich sanierte meine 70-m²-Wohnung mit eigenen Mitteln, da die Hausverwaltung, wie so oft in dieser Stadt, ihre Wohnungen auch unsaniert sehr leicht vermietet bekommt. Ich musste gelegentlich gegen ca. 60 Mitbewerber aus allen Bevölkerungsschichten anstinken, habe dann tatsächlich den Zuschlag erhalten und richtig viel Arbeit mitgemietet. Dieses Ding, das Mietshaus, ist, so denke ich, das hässlichste Haus in ganz Kreuzberg, im schönen Kreuzberg übrigens, keine 500 Meter entfernt von der Grenze zu Schöneberg. Und dieses Haus wird durch sein ruinenhaftes Aussehen sehr wenig von Lumpen aufgesucht. Alle meinen, „da lebt nur die soziale Unterschicht, womöglich nur ‚Harz-Vierer‘, da gibt es nichts zu holen.“ Ist ja auch nicht schlecht, wenn man sich darüber keine Gedanken machen muss, wenn man so viel unterwegs ist.

Ich tat das bewusst, in diese Grotte einzuziehen. Tat all das mit der Hoffnung, dass wir Geschwister, Dagmar und ich, uns nach all den Jahren der Trennung und Verzicht wieder etwas näher kommen könnten, was im Heranaltern sicher kein Fehler sein könnte. Das ist aber leider total fehlgeschlagen. Am Ende der weiterhin bestehenden Distanz erhielt ich zu meinem Geburtstag eine WhatsApp-Nachricht, in der mir zum Geburtstag gratuliert wurde. Ich war es nicht wert oder sie war zu faul, dass sie 5 Etagen mit dem Aufzug nach oben fährt, um mal eben an meiner Tür zu klingeln, vielleicht mit diesem vorhin erwähnten „Yes“-Törtchen in der Hand. Es wuchs leider kein Interesse von ihrer Seite, sich meiner Vorstellung von Geschwister sein anzuschließen. Versteh ich alles irgendwie, dieses Problem besteht in unserer Familie schon seit unserer Kindheit, auch der ewigen Trennung wegen. Sie hatte seit Jahren ein routinemäßiges Leben, in der meine Vorstellung von Familie keinen Platz finden konnte. Ich hab mich diesem Verhalten angepasst bzw. ich musste mich ihm anpassen. Jede Bemühung scheiterte. Ich war noch immer, wie die vielen anderen Jahre unseres Lebens, kein Thema mehr. „So nah und doch so fern“, allerdings. Wir sehen uns heute genauso wenig wie in der Zeit, bevor ich nach Berlin kam. Man grüßt sich, wenn man sich zufällig begegnen sollte, genauso steril, wie man einen normalen Nachbarn aus der 5. oder 3. Etage begegnet, einen netten Menschen aus der Nachbarschaft, den man auch nicht besser kennt, der aber ehrlicher und herzlicher, sogar vertrauter grüßt.

Und mir wurde bewusst, ich war ab dieser Zeit Mario, aber auch der furchtbaren Situation sehr viel näher und meine Einstellung zu all dem hat sich trotzdem nicht verändert, fühlte mich mehr und mehr bestätigt, dass es an seinem Zustand keine positiven Veränderungen mehr geben wird. Sein Verfall, seine auftretende Veränderung, von einem muskulösen Brocken von Mann mit 85 Kilogramm war längst ein gebrechliches Männlein von vielleicht 60 Kilogramm geworden. Das Siechtum hat längst um sich gegriffen, ein weiterer Grund, der mich davon abhielt, ihm nahe sein zu können.

Es vergehen daher weitere Jahre, die an Marios Zustand abermals nichts veränderten, und ich wüsste nicht, was ich zu seinem weiteren Lebens-, seinem weiteren Leidensweg, der vielen anderen Menschen womöglich interessieren könnte, fortfahrend biografisch berichten sollte. Noch schreiben wir das Jahr 2021 und erst im Verlauf der nächsten Zeit wird noch einiges passieren, was einen Teil 2 zu dieser Geschichte unabdingbar machen wird, denn das Vaterland ist mit Mario, auch mit mir und seiner Familie noch lange nicht fertig. Viele Dinge werden geschehen, die einem die Sprache verschlagen lassen, Zorn, Wut, Entsetzen und Machtlosigkeit an den Tag bringen.

Es mangelte daher massiv an Antworten auf Fragen, die noch zuhauf auftreten werden, viele Dinge, die ich hinterfragen muss und hinterfragen werde, und erst im Verlauf der kommenden Monate, vielleicht sogar Jahre eine Erklärung finden könnten, aber das ist reine Spekulation. Aufklärungs- und massive Recherchearbeiten über Angelegenheiten, die kein Mensch beantworten möchte, werden in großem Umfang auf mich warten. Kurzgefasst die Frage: „Was folgt denn da noch, lohnt es sich, dies alles zu verschriftlichen? Was kam denn dabei raus und was konnte ich erreichen?", erlaubt noch keine Antwort. All das kann zum jetzigen Zeitpunkt nicht beantwortet werden, da es doch in einer unbekannten Zukunft zu suchen und hoffentlich zu finden ist. Nur so viel: Ich habe auf jeden Fall den Eindruck, dass auch das, was noch folgen wird, unbedingt festgehalten werden sollte. Dennoch bleibt es menschenverachtend, es bleibt abstoßend, merkwürdig und auch im zweiten Teil dieser Biografie einiges unbeantwortet.

Und selbstverständlich steht die weitere Verschriftlichung dieser Geschichte im Vordergrund, sie soll weiterhin aufklärend und unterstützend wirken, schockieren und aufrütteln.

Fazit zu Teil 1 dieser Geschichte: Nur ein bisschen was Gutes gibt es, was in diesem Land Anwendung findet. Jede in Deutschland veröffentlichte Publikation, die über eine für bis zu 80 € erworbene 13-stellige ISBN (Internationale Standardbuchnummer) verfügt, muss den Zentralbibliotheken Frankfurt und Leipzig als Pflichtexemplar zugesandt werden. Somit wird bis in alle Ewigkeit auch dieser und Teil 2 zu diesem Werk bei den bereits dort archivierten vielen Millionen unterschiedlichen Exemplaren ihren Platz finden. Grundsätzlich bleibt es somit für jeden Mensch der Erde bis in alle Ewigkeit zugängig und lesbar. Sie sind und werden also nicht vergessen sein, diese vielen miesen Geschichten, Biografien, die auf gewisse Zustände hinweisen, die einst in unserem schönen demokratischen Land gebräuchlich waren. Sie können weiterhin weit in die Zukunft hinein darauf aufmerksam machen. Es ist nicht nur mir sehr wichtig, dass dies geschieht, sondern sollte auch der ganzen Welt wichtig sein, sei es nur für unsere Nachfahren, die sich vielleicht irgendwann einmal, vielleicht in weiter Zukunft, eines Besseren belehren lassen. Darüber belehren lassen, was Unfassbares in den Jahren 1958, der Geburt, bis 2021, dem Tod meines Bruders, und selbstredend darüber hinaus auf unserer Erde und in diesem Land geschehen ist. Diese unsere neue Generation kann eines Tages diese beiden Bände zu Marios Biografie zum Leitfaden nehmen, kann erkennen, wie es nie wieder sein darf, und vielleicht dürfen sie sogar akzeptable, menschliche Veränderungen erleben.

Vielleicht stützt man sich eines Tages auf diese Bücher und bemüht sich endlich um eine fundierte Überarbeitung des Betreuerwesens, entzieht diesen Lumpen endlich ihre freie Hand, führt sinnvolle Kontrollmechanismen ein, damit dieses Verbrechen, diese Selbstbereicherung am hilflosen Menschen ein Ende findet. Vielleicht findet man einen akzeptablen Weg, Menschen gegen ihren eigenen Willen gefangen, aus den Fän-

401

gen der Staatsmacht zu befreien, einen Weg, sie nach ihrem eigenen Willen zu erlösen, respektiert schon verbal die Meinungen der Angehörigen, die diese Opfer noch immer am besten kannten. Vielleicht kann man irgendwann mal auf dieses ganze Lebenserhaltungssystem der Pflegeeinrichtungen verzichten, vielleicht nur so weit reduzieren, dass nur noch Opfer am Leben erhalten werden, deren Angehörigen es nichts ausmacht, ebenfalls Opfer zu sein. Menschen, die in ihrem Egoismus liebende Menschen zu Opfer dieses Gesundheitssystems machen und über aller Menschlichkeit stehen.

Ganz schön hoch gepokert, könnte so manch einer meinen, was mir vollkommen egal ist, was interessiert mich das Geschwätz der anderen.

Außerdem soll diese Biografie an manch einen jener Menschen erinnern, die hier tatsächlich in Aktion traten, die ich zu gerne alle bei ihrem richtigen Namen nennen würde, Menschen, die es tatsächlich gibt. Sollte doch die Menschheit auch namentlich vor ihnen gewarnt sein, was ich leider nicht kann, da diesen Menschen auch noch der Schutz der Anonymität und der bestehenden „Unschuldsvermutung" zur Hilfe eilt. All die Macher und Sachbearbeiter, Befürworter, Betreuer, Juristen und Gesetzesschreiber, kurzum alle die, die zu diesem Leben, zu einem dieser vielen furchtbaren Leben, nicht nur dieser Geschichte beigetragen haben, sollen daran erinnert werden, dass Menschlichkeit, Rücksicht, Mitgefühl, Verständnis, Anteilnahme, Ehrlichkeit zum gewissen Teil sehr gute Charakterzüge und keine umgehbaren oder unnötigen Eigenschaften sind, die ein Leben, auch das Leben der anderen, lebenswert machen. Womöglich erinnert all das daran, dass all diese Eigenschaften eigentlich etwas Gutes mit sich bringen, etwas, was sich der normal denkende Mensch niemals nehmen lassen sollte, all das doch sehr gerne selbst in Anspruch nimmt, selbst von anderen erwartet. Weder aus Gier nach Gold, Geld und Wohlstand sollte er es verkaufen. Daran zu glauben, fällt mir allerdings sehr schwer. Ich denke, es ist schon lange zu spät, viel zu spät ...

Mit diesem Löwengebrüll muss ich leider Teil 1 von Marios Biografie beenden. Alles, was noch folgen wird, ist noch nicht in trockenen Tüchern und es wird sich noch Vieles ereignen, was dem Fass den Boden ausschlägt und den folgenden Teil 2, „Mein Bruder Mario Reich, Gott verdammtes Vaterland", mehr als verdient hat.

Weitere Bände *Schlechtwetterzonen* des Autors

Werner Schwarz
Schlechtwetterzonen
Voraus, voraus und allzeit gute Fahrt

Autobiografie, Band I
IATROS-Verlag & Service GmbH,
Sonnefeld 2019
Klappenbroschur, 14,8 x 21,0 cm,
360 Seiten
Zeichnungen des Autors, 16,00 €
ISBN 978-3-86963-670-2

Werner Schwarz
Schlechtwetterzonen
Wer zu viel rückwärts macht, kommt nicht voraus

Autobiografie, Band II
IATROS-Verlag & Service GmbH,
Sonnefeld 2020
Klappenbroschur, 14,8 x 21,0 cm,
520 Seiten
zahlreiche Fotos, 17,00 €
ISBN 978-3-86963-671-9

Werner Schwarz
Schlechtwetterzonen
Corona, Binnenschiff, das Schleusen-meister und der Drumherum

Autobiografische Erzählungen, Band III
IATROS-Verlag & Service GmbH, Sonnefeld 2020
Klappenbroschur, 14,8 x 21,0 cm, 372 Seiten
zahlreiche Fotos, 16,00 €
ISBN 978-3-86963-672-6

Werner Schwarz
Schlechtwetterzonen
Im Schatten der Zufriedenheit

Kriminalroman basiert auf wahren nautischen Begebenheiten, Band IV
Mit zahlreichen Zeichnungen von Nina Heinke
IATROS-Verlag & Service GmbH, Sonnefeld 2021
Klappenbroschur, 14,8 x 21,0 cm, 512 Seiten, 18,00 €
ISBN 978-3-86963-536-1

Iatros-Verlag & Services e.K.
Kronacher Straße 39
96242 Sonnefeld
Tel.: (0 92 66) 79 29 002
Email: info@iatros-verlag.de
Internet: www.iatros-verlag.de